AV

Ulrike Sheldon

Einmalallezeit

Das Leben der Johanna Friederike von Bar nach Quellen erzählt

AISTHESIS-VERLAG

Bielefeld 2017

Reihe Nyland Literatur Bd. 14
Herausgegeben von Walter Gödden
www.nyland.de

Die Deutsche Nationalbibliothek verzeichnet diese Publikation in der Deutschen Nationalbibliografie; detaillierte bibliografische Daten sind im Internet über https://portal.dnb.de/ abrufbar.

Postfach 10 04 27, D 33504 Bielefeld
Umschlaggestaltung: Germano Wallmann unter Verwendung eines Gemäldes von Heidi Seemann
Druck: docupoint GmbH, Barleben

ISBN 978-3-8498-1223-2
www.aisthesis.de

Inhalt

Die Ehre ist – die Ehre.
(Lessing: Minna von Barnhelm, IV, 6)

Vorbemerkung

Johanna Friederike von Bar? Sie lebte vor der Französischen Revolution in einer Zeit, als erste Risse die Ständegesellschaft durchzogen und Philosophen begannen, sie in Frage zu stellen. Johanna beobachtete das, sie las und durchschaute manche Entwicklung – ansonsten führte sie ein glanzloses Leben in Barenaue, einem abseits gelegenen Schloss am Großen Moor im Osnabrücker Land. Viele Jahre stellte sich die junge Frau in den Dienst ihrer streitenden, kränklichen unglücklichen Verwandten, die sie glücklich zu machen suchte – bis sie einen neuen Weg betrat. Das verstand die Familie von Bar als Kampfansage an ihr adliges Selbstverständnis, sie griff zu ihren schärfsten Waffen und trieb Johanna in schwere Konflikte. Die junge Frau revoltierte, sie zweifelte, sie liebte ihre Familie, sie widerstand, sie verzagte. Und doch sagte sie einmal: »Ich wünsche nur zu leben aus Neugier, wie mein Roman zu Ende kommen wird.«

Ich erzähle die Geschichte Johannas und ihrer Familie entlang ihrer vielen Briefe und Dichtungen. Dabei zitiere ich sie direkt oder indirekt, ich übersetze oder paraphrasiere und interpretiere sie. Meine Kenntnislücken füllt die Imagination. Der Leser erfährt, wo Fiktion und wo Wahrheit regieren. Mit Hans Magnus Enzensberger meine ich zum historischen Roman: »… jeder Leser hat das Recht zu wissen, woran er ist und was er von der Geschichte zu halten hat, die man ihm erzählt. Natürlich fingiert die Literatur alles Mögliche, was nicht der Fall ist. Aber der Autor soll uns zu verstehen geben, wann er lügt und wann nicht.«[1]

Meinen Helden danke ich, dass sie so viel geschrieben und noch mehr nicht gesagt oder hinterlassen haben!

Zitate sind kursiv gesetzt; fremdsprachige übersetzt; in deutschen Zitaten veröffentlichter Texte ist die Rechtschreibung, in den unveröffentlichten Texten sind außerdem Grammatik, Wortstellung, Zeichensetzung und gelegentlich Wortwahl modernisiert.

Buch 1: Konstellationen – Moorland

1748

Ankunft in Barenaue

Zunächst ein sehr traditioneller Beginn: Die Helden kommen an oder auch nicht. So oder so ähnlich könnte es gewesen sein.

Die Wolken hingen tief über dem Land. Da – ein Ruck, sie schleuderten nach vorne und fielen dann zur Seite, sie fielen aufeinander, der Vater, Georg Ludwig von Bar, auf die Mutter und beide auf sie, Johanna Friederike. Die Kutsche hatte abrupt gehalten und sich nach rechts geneigt. Die Pferde wieherten scharf, und ein dumpfes Poltern neben der Kutsche ließ vermuten, dass eines der Gepäckstücke zu Boden gegangen war. Das junge Mädchen seufzte leise und versuchte, dem Druck der Eltern, die sich nicht aufrichten konnten, standzuhalten. Die Mutter brach in lautes Weinen aus, und der Vater rieb sich die Stirn. Lange hätte Johanna nicht das Gewicht ihrer Eltern tragen können, da stemmte Karl, der Kutscher, die verklemmte Tür auf und half ihnen heraus, was bei der Schieflage nicht einfach war. Dann spannte er die unruhigen Pferde aus. Es regnete schon wieder, die drei Herrschaften waren schnell nass. »Was ist geschehen?«, fragte Georg Ludwig verärgert. »Sehen Sie, gnädiger Herr, wie der Weg aussieht!« Zahlreiche tiefe Furchen durchzogen die unbefestigte Fahrbahn; die Wagen, die hier in den letzten Wochen entlang gefahren waren, hatten sie geschaffen. An einigen Stellen war der Boden völlig aufgeweicht, große Schlaglöcher hatten sich gebildet und mit Wasser gefüllt. In einem steckte das rechte Vorderrad der Kutsche. »Die Eigentümer der Wege hätten doch längst die Straße ausbessern oder wenigstens ausflicken müssen. Oder sie haben nur Sand und Kot, Wasen und Quecken verwendet und einen wahren Mordsweg[2] geschaffen!«, erregte sich Karl. Der Vater schüttelte den Kopf, und die Mutter trocknete ihre Tränen, aber ihr Gesicht war sogleich wieder nass, nass vom Regen. »Was sollen wir jetzt machen?«, jammerte sie. Er versuchte sie zu beruhigen und klang ein wenig genervt: »Wir warten auf die andere Kutsche, sie führt

einen Hebebaum mit, dann müssen die Männer unseren Wagen wieder flott machen.«
Nach geraumer Zeit erschien das zweite Fahrzeug, es hielt, als sein Kutscher das Unglück sah. Die beiden Kutscher und die Kammerdiener hoben den Hebebaum von der zweiten Equipage herunter, legten ihn unter die Vorderachse des verunglückten Wagens und versuchten ihn hochzustemmen. Mehrere Anläufe misslangen. Die Frauen fröstelten, die Mutter klagte wieder, und Johanna tröstete sie. Schließlich ordnete der Vater an, dass er und die beiden Frauen mit der intakten Kutsche weiterfahren und die anderen bei der festgefahrenen bleiben sollten, um auf Hilfe aus Barenaue zu warten. »Es kann noch eine Zeit dauern, bis die Leute da sind. Wir dürften das Schloss in etwa einer Stunde erreichen. Sucht euch ein trockenes Plätzchen!« Die Zurückbleibenden seufzten, es tropfte von ihren Hutkrempen: Ein trockenes Plätzchen? Karl suchte vorsichtig die steckengebliebene Equipage zu umfahren, ein schwieriges Manöver, denn er musste dafür den Weg verlassen und sich auf die durchfeuchtete Wiese begeben. Es gelang. Johanna und ihre Eltern bestiegen die Kutsche. Sie war bedeutend kleiner, zugiger und weniger gut gefedert, außerdem mussten sie ihre Sitze mit großen Gepäckstücken teilen, die auf dem Dach und im Gepäckfach keinen Platz gefunden hatten.
Vor vier Tagen war die Reisegesellschaft bei klarem Himmel in Hamburg aufgebrochen; die Reisezeit hatte begonnen, die Straßen waren trocken und fest, und die politische Lage schien ruhig. Es war wenig Militär auf den Straßen zu erwarten. Der Krieg hatte diese Region sowieso nur anfangs berührt und kam nun zum Ende, der Krieg der großen Mächte um die habsburgische Erbfolge und um die überseeischen Kolonien. Kam er zum Ende? Wirklich? Würden die Gegensätze ausgeräumt und die Ansprüche aller befriedigt werden? Die Ansprüche Friedrichs II. von Preußen, Maria Theresias, Englands und Frankreichs? Oder würde nur eine prekäre Lösung gefunden werden, die schon den Keim für einen neuen Krieg enthielt? Im Augenblick freilich schien es ruhig.
Der Vater hatte die östliche Route gewählt. In der Nähe von Hamburg waren die Straßen noch gut ausgebaut oder wenigstens ausgebessert; aber weiter südlich waren sie in sehr schlechtem Zustand und führten durch öde Landschaften. Am zweiten Tag ihrer Reise war das Wetter umgeschlagen: noch einmal fegten eiskalte Stürme über die norddeutsche Tiefebene hinweg und

machten die Reise beschwerlich. Böen rüttelten an den Wagen, die Ausweichmanöver der Kutscher auf den durchweichten Straßen schüttelten die Reisenden durch und räderten sie. Starke Regenfälle zwangen die Kutscher, die Fahrt mehrmals zu unterbrechen. Lange Wartezeiten an den Zollstationen, unbequeme Wirtshäuser, Kälte, die durch die undichten Türen zog, und nun noch dieser Unfall! Alle waren sehr erschöpft. Besonders für die Mutter war es eine viel zu lange und beschwerliche Reise. Nun saß sie zusammengesunken und schwer atmend zwischen ihnen. Johanna hatte Mitleid mit ihr und vergaß ihre eigene Müdigkeit, ihren Überdruss und ihre feuchten Kleider.

Sie schaute aus dem Fenster: alles war grau, verschwommen; flache Ebenen, immer wieder Moor. Auf einer wenig befestigten Straße fuhren sie am Großen Moor vorbei, das sich düster bis an den Horizont erstreckte; dann das Venner Moor. Welche Namen die Straßen hier trugen: Im Bruche, Moordamm, Im Tiefenbruch, Zu den Dieven; ja, auch der Name Barenaue verriet, dass der Bar'sche Besitz an einem Feuchtgebiet lag! Nun bogen sie von der Alten Heerstraße in den Campemoorweg ein. Sie waren fast am Ziel.

Barenaue. Sie konnte sich zwar kaum noch an den Stammsitz der Familie erinnern; aber sie wusste: das Schloss war einsam gelegen, und sie würden hier Ruhe finden. Der Mutter würde ein zurückgezogenes Leben gut tun; sie würde sich erholen, zu Kräften kommen und sich wieder über Geselligkeit freuen, die der Vater so liebte. In Hamburg hatte sie sich nicht mehr wohlgefühlt: Zu unruhig, zu viele gesellschaftliche Verpflichtungen, zu traurige Ereignisse, zu große Sorgen. Johanna wollte nur zu gerne bei ihr bleiben, sie war überzeugt, dass sie auf ihre Freunde und ihre Vergnügungen in Hamburg verzichten konnte, wenn nur die Mutter genesen würde. Der Vater würde hier in der ländlichen Einsamkeit nicht leben können. Er würde bald zu seinen weltläufigen Verwandten und seinen klugen Freunden in Hamburg zurückkehren. Zu sehr liebte er diese Welt, trotz all der Schicksalsschläge, die er dort erlitten hatte. Er liebte die geistreichen Gespräche, und er wurde geschätzt; er war ein charmanter Gast und ein großzügiger Gastgeber. Das durfte sie als Tochter doch sagen! Er brauchte die Treffen mit seinen Dichterkollegen, mit seinem Verleger, mit den Patrioten, mit denen er

sich für das Wohl der Hamburger Gesellschaft engagierte, und er konnte ohne das Theater und die Oper nicht leben. Was sollte er in Barenaue?
Das Leben hier im Fürstbistum Osnabrück war gewiss nicht kostspielig, sie und Mutter könnten Geld sparen, und die Familie würde endlich einmal aus der Geldnot und der Verschuldung herauskommen; sie, Johanna, wollte jedenfalls alles dafür tun; hatte sie nicht Talent dafür? Sie verstand, ihr Geld gut zusammenzuhalten, wenn es auch nicht viel war; aber sie hatte es schon ein wenig vermehrt.
In ihrer Kindheit hatte ihre Familie in der südlicher gelegenen Stadt Osnabrück gewohnt und Barenaue öfters besucht. Manchmal war der Stammherr Graf Nikolaus Johann Christian, Vaters älterer Bruder, in seinem Schloss gewesen und hatte sie empfangen. Sie erinnerte sich nicht mehr gut an ihn, aber die lauten Streitereien zwischen den Brüdern klangen ihr noch im Ohr. Oft hatte der Vater sich über den Älteren geärgert, ja er hatte gegen ihn prozessiert und ihm jahrelang nicht geschrieben. Inzwischen hatten sich die beiden nach manchen Schicksalsschlägen wieder angenähert. Der Graf hatte schließlich seinem Bruder und dessen Familie das Schloss als Wohnsitz angeboten, während er selbst noch in Frankfurt residierte. Barenaue würde ein vorübergehendes Domizil sein, dessen war sich Johanna sicher, bis der Vater seine Prozesse gewonnen hatte und seine finanziellen Ansprüche befriedigt waren. Dann würden sie ein eigenes, zum ersten Mal ein eigenes bequemes Haus erwerben.
Es war dämmrig geworden, als sie in die Straße Am Campemoor einbogen. Auch hier kamen die Kutschpferde nur mühsam voran. Sie passierten einige Häuser von Heuerleuten, die Schmiede, die Töpferei, das Weberhaus, die Seifenfabrik. Der kleine Ort wirkte ausgestorben. Weiter ging die Fahrt, sie fuhren an dem Eiskeller vorbei, in dem, wie der Vater anmerkte, die Weine gelagert wurden und in dessen Obergeschoss die umfangreiche Bibliothek untergebracht war. Davor die riesige alte Gerichtslinde. Dann das kleine Wohnhaus des Pastors. Schließlich erreichten sie eine Allee, die von Linden gesäumt war. Sie hatte das merkwürdige Naturphänomen vergessen: Die niedrigen knorrigen Bäume neigten ihre Kronen schräg nach außen, denn der moorige Grund erlaubte nur geringes Wachstum, und der schmale aufgeschüttete Weg gab den Bäumen zu wenig Halt für einen aufrechten Wuchs; aber entwurzelt waren sie noch nicht. Karl musste in der Dämme-

rung höllisch aufpassen, dass das Fuhrwerk nicht ins Wanken geriet. Schließlich endete auch die Allee, linker Hand lag das Gärtnerhaus, rechter Hand die Brücke zur Einfahrt des Wasserschlosses, vor der die Kutsche stehen blieb. Johanna schaute hinaus. Vor ihr lag das Gebäude, eine Vierflügelanlage, ein schwerer dunkler Quader, der aus dem Wassergraben hervorwuchs oder eigentlich in ihm zu versinken schien. Der alte Torturm in der Mitte des Nordflügels beherrschte den Gebäudekomplex. Über der Einfahrt sah sie das Bar'sche Wappen, das in der Dämmerung jedoch nur in Umrissen erkennbar war.
Der Pförtner öffnete das Tor; Karl fuhr nun in den Hof ein. Die Hunde schlugen an, und die Pferde in den Ställen bewegten sich unruhig. Bedienstete traten an die Kutsche heran, halfen der Herrschaft aus dem Wagen und folgten ihr die große Freitreppe hinauf.

Da waren sie nun in dem von Kerzen schwach erhellten Entree. Müde, verfroren, durchnässt und ein wenig enttäuscht, dass alles dunkler und unfreundlicher als in der Erinnerung war. Sie begrüßten das wartende Personal. Georg Ludwig gab Anweisung, dass zwei oder drei Männer den Havarierten helfen sollten; schließlich kennten sie ja die Umgebung bestens. Die Männer folgten schweigend dem Befehl.
Da das Gepäck mit der Kleidung der Familie noch in der anderen Kutsche wartete, hüllten sich die Eltern und Johanna in warme Tücher, die man ihnen reichte, nahmen ein schnelles Mahl ein, zu mehr hatten sie wenig Verlangen, und begaben sich in die Zimmer, die der Vater ihnen zuwies.
Johanna fröstelte, offenbar hatte man erst vor kurzem Feuer in ihrem Kamin geschürt. Sie schaute sich in dem karg möblierten Zimmer um. Das Fenster ging auf den Park und das weite Land hinaus, das wusste sie, aber es war inzwischen so dunkel, dass sie nur Schemen erkennen konnte, auch nachdem sie die Kerze gelöscht und eine Weile gewartet hatte, bis ihre Augen an die Finsternis gewöhnt waren.
Sie entzündete noch einmal das Licht, um ein Geschenk auszuwickeln, das ihr Barthold Heinrich von Brockes der Jüngere am Vorabend der Reise in die Hand gedrückt hatte. Es war ein Liber amicorum, ein Buch der Freunde, in rotem Leder gebunden und mit einer Widmung auf der ersten Seite: »Dem Fräulein Johanna Friederica von Bar zur Erinnerung an viele anre-

gende Gespräche, Hamburg 1748.« Jeder ihrer Freunde hatte auf eine Doppelseite ein Gedicht geschrieben. Nachdenklich las sie darin und dankbar, sie merkte, dass sie die Gedichte einfühlsam ausgewählt hatten: sie wollten ihr das Herz in den Stunden des Abschieds nicht schwer machen. Aber sie wurde doch wehmütig, als sie an die Gesichter und Stimmen ihrer Freunde dachte. Auf der letzten Doppelseite fand sie ein Gedicht von Barthold Heinrich Brockes d. Ä., das sein Sohn in seiner feinen Handschrift abgeschrieben hatte. Sie kannte es, und doch ließ sie sich wieder davon bewegen.

Kirschblüte bei der Nacht

Ich sahe mit betrachtendem Gemüte
Jüngst einen Kirschbaum, welcher blühte,
In kühler Nacht beim Mondenschein;
Ich glaubt', es könne nichts von größrer Weiße sein.
Es schien, ob wär ein Schnee gefallen.
Ein jeder, auch der kleinste Ast
Trug gleichsam eine schwere Last
Von zierlich weißen runden Ballen.
Es ist kein Schwan so weiß, da nämlich jedes Blatt,
Indem daselbst des Mondes sanftes Licht
Selbst durch die zarten Blätter bricht, –
Sogar den Schatten weiß und sonder Schwärze hat.
Unmöglich, dacht ich, kann auf Erden
Was Weißres angetroffen werden.

Indem ich nun bald hin und her
Im Schatten dieses Baumes gehe,
Sah ich von ungefähr
Durch alle Blumen in die Höhe
Und ward noch einen weißern Schein,
Der tausendmal so weiß, der tausendmal so klar,
Fast halb darob erstaunt, gewahr.
Der Blüten Schnee schien schwarz zu sein
Bei diesem weißen Glanz. Es fiel mir ins Gesicht

Von einem hellen Stern ein weißes Licht,
Das mir recht in die Seele strahlte.
Wie sehr ich mich am Irdischen ergötze,
Dacht ich, hat Gott dennoch weit größre Schätze.

Die größte Schönheit dieser Erden
Kann mit der himmlischen doch nicht verglichen werden.[3]

Sie las das Gedicht zweimal und musste dabei an den alten, im Vorjahr verstorbenen Barthold Heinrich Brockes denken, an Vaters Freund, diesen gebildeten, tatkräftigen, einfallsreichen Mann, der immer fröhlich war und seine Freunde aufmunterte. Sein »Irdisches Vergnügen in Gott« hatte ihm wohl Kraft dafür gegeben. Während sie der »Kirschblüte bei der Nacht« nachdachte, sammelte sie Gedanken für einen Dankesbrief.
»Ein Gotteslob in einer Kirschblüte. Das Gedicht preist ein Weiß, ein sich selbst übersteigendes Weiß, das auf einen Herrn jenseits unserer Wahrnehmungen verweist. Welch eine herrliche Welt hat er geschaffen, welch einen noch lichteren Himmel. Kein Schwarz. Ihr Herr Vater glaubte wohl, unsere Erde sei ein Abbild des Paradieses, wenn auch ein schwaches. Die Welt sei harmonisch geordnet!«
Die Obstbäume im Umland von Hamburg blühten vor Johannas Augen auf. Dann wanderten ihre Gedanken zur Elbe, draußen, wohin der Vater manchmal mit ihr gefahren war, zu dem riesigen, sich vielfältig verzweigenden Gewässer und seinen Inseln. Es war menschenfernes, weites, unbekanntes Land, der Sog des Flusses zum Meer hin war beharrlich, der Wind blies ins Gesicht und die gleißende Wasserfläche blendete dort, wo sie in den lichten Himmel überging. Vom Wasser wanderten ihre Gedanken zu glanzvollen Aufführungen in der Oper, sie hörte Opernmelodien, Motive aus Kantaten von Telemann, dann auch Passionsmusik. Schließlich hörte sie ihren Vater über die vielen Prozesse murren und über sein ungnädiges Schicksal klagen. Sie sah das bleiche Gesicht ihres großen Bruders Itel Jobst, ihres geliebten Jomans, als er stumm und unbeweglich in seinem Bett lag und ihr nicht mehr antwortete. Ihr Vater im Krankenbett, sein Abschied von seinen Lieben, als er todkrank war.[4] Das langsame Dahingehen ihres Onkels Ludolf von Krosigk, der nicht sterben konnte.[5] Sie hörte die traurige,

siechende Mutter weinen, die sie zu trösten suchte, obwohl ihr selber immer wieder die Augen feucht wurden. Die geliebte Mama hielt sie so lange in ihren Armen, bis sie ihre Tränen zurückhalten konnte und sagte: »Du bist mein *einzigster Troost.*«[6]

Ja, da war es doch das Schwarze, da waren doch der Stachel, der Kummer, die Trauer und das Leiden. Was ist das für eine Ordnung, in der wir leben? Ist es eine Ordnung? All die Löcher, Brüche, Risse und Reibungen. Die beste aller Welten ist nicht gut!

Was sollte sie ihrem Freund von Brockes schreiben? Johanna schloss den Vorhang vor den dunklen Fenstern. Von ihren Zweifeln wollte sie nichts sagen. Sie wollte ihren Brief vielmehr mit Erinnerungen an den heiteren, zuversichtlichen und gläubigen Dichter schließen. Ihr Mut, ihre Neugier und ihre Unternehmungslust kehrten zurück.

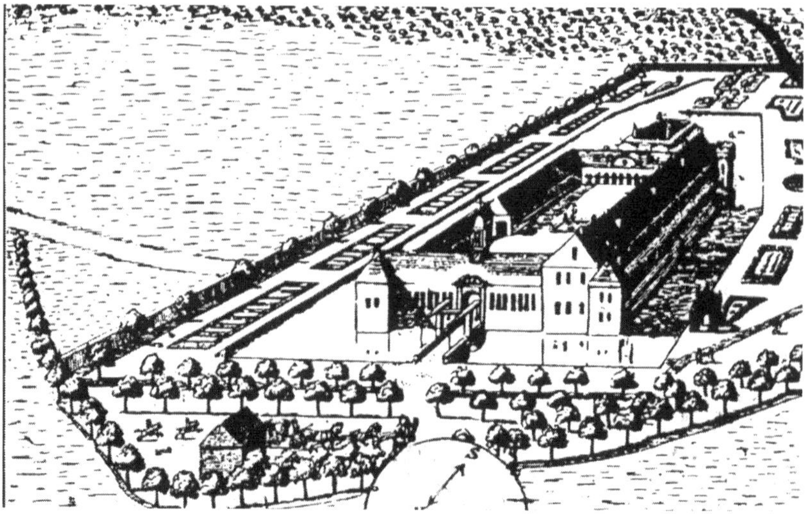

Schloss Barenaue, Herrenhaus, Ausschnitt aus einem Stammbaum

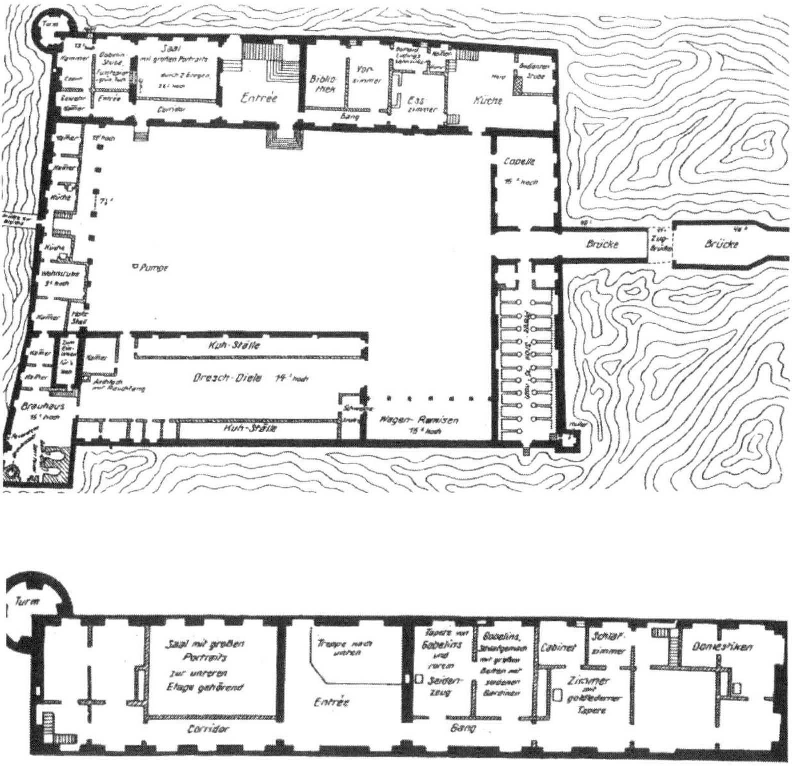

Grundriss der beiden Stockwerk von Alt-Barenaue.

Das Moorschloss auf der Sandinsel

Eine ältere Zeichnung vermittelt eine Vorstellung von der Anlage des Schlosses. Das lückenhafte Wissen beflügelt die Phantasie: sie muss die Ankommenden durch ihr neues Domizil führen.

Am nächsten Tag besichtigten die drei Ankömmlinge das Schloss.[7] Der Rundgang begann im Entree. Der Raum war übergroß und zeugte vom Repräsentationswillen seines Erbauers. Die Halle beanspruchte die ganze Tiefe des Wohntrakts, hatte eine schwere Eingangstür und im hinteren Bereich eine anmaßend breite Treppe, die ins obere Stockwerk führte. Johanna erfasste gleich die Anlage dieses nicht sehr großen Schlosses. Im Parterre, gleich neben der Eingangstür, zweigten rechts und links die Flure ab, deren große Fenster auf den Innenhof gingen und von denen man die an der Gartenseite gelegenen Wohn- und Schlafräume erreichte. Das Trio begann seine Tour mit dem großen Saal linkerhand. Er hatte die Höhe von zwei Stockwerken, sie war überdimensioniert und verdarb die Proportionen des Raums. Die Fenster, jeweils drei, waren in zwei übereinander liegenden Reihen angeordnet; jetzt waren die schadhaften Läden geschlossen und ließen nur schmale Lichtstreifen in den Saal. Wie würde der Park dahinter aussehen? An der Wand gegenüber hingen bis oben hinauf Porträts der Vorfahren, Porträts derer von Bar und ihren Frauen. Das konnte sie im Dämmerlicht erkennen. Die Anwesenheit der Väter, Großväter und Urgroßväter spürte sie, man müsste nur die Läden öffnen, um sie wieder zum Leben zu erwecken. Der Raum schien voll möbliert: In der Mitte stand ein großer schwerer Tisch, umgeben von zahlreichen Stühlen, in deren Lehnen das Wappen derer von Bar geschnitzt war. An der Seite befand sich ein Kamin, der auch den Nebenraum beheizen konnte. Dieses Zimmer, das sogenannte »Gobelinzimmer«, war kalt und roch muffig. Es hatte wohl auch vor Jahren der Repräsentation gedient: Den Boden bedeckte ein grüner Teppich, an einer der Wände hingen kostbare Gobelins, die Jagdszenen zeigten; die anderen Wände waren kahl, aber hellere Flecken ließen vermuten, dass auch hier einst Wandteppiche gehangen hatten. Georg Ludwig vermutete, dass sein Bruder, der Graf, sie verkauft hatte wie die meisten Möbel, nur ein Stuhl stand einsam in einer Ecke. Auch die anderen Räume waren in ähnlicher Weise ausgenommen, die kostbaren Stücke hatte man offensichtlich verwertet, es war nur noch das Gerippe übrig, und das war auch noch beschädigt. Von dem Gobelinzimmer kamen sie in eine Kammer, ein Eckzimmer der Schlossanlage, dann zum runden Eckturm mit Tür zum Innenhof und einer kleinen Wendeltreppe in das obere Geschoss. Sie führte, das hatte sie heute Morgen schon herausgefunden, auf kürzestem Weg zu ihrem Zimmer. Aber sie kehrten zunächst zum Entree des Schlosses zurück und kamen auf der anderen Seite der Eingangshalle in ein großes fast leeres Vorzimmer, dessen dunkle Holztäfelung und einige Wandleuchter der einzige verbliebene Schmuck waren. Von hier aus erreichten sie die Bibliothek und ein sehr kleines Zimmer, das für den Bruder Lutz vorgesehen war und dem sich das winzige Stübchen für einen Kammerdiener anschloss. Der Gang endete im Esszimmer, dahinter lag die große Küche mit einer Bedienstetenstube. In dem Esszimmer waren wohl früher große Feste gefeiert worden oder sollten gefeiert werden. Es hätte ein schöner Salon sein können, aber wertvolles Mobiliar, das hier einmal gestanden haben musste, suchte man vergebens, ein Sammelsurium von Stühlen und Tischen füllte den Raum, Relikte einer zerstörten Welt.

Ein ähnliches Bild bot das Obergeschoss und doch auch eine Überraschung, wie der Vater ankündete. Die breiten Stufen der Freitreppe erlaubten nur gemessenes Schreiten, Johanna, die gerne schnell hinauf- und hinunterlief, fühlte sich ausgebremst. Von der Treppe aus bogen sie in den linken Flur ab und gingen an einer langen Wand entlang, hinter der der große Saal lag, der ja bis in dieses Stockwerk reichte, ohne dass man in ihn hineinsehen konnte. Johannas Finger zeichneten einen Riss in der Wand nach, fast alle Mauern hatten Risse; sie mussten von dem instabilen Grund herrühren. Dann eilten ihre Gedanken schon voraus und sie hinterher, denn sie bewegte sich in vertrautem Terrain. Am Ende des Flures lagen zwei Zimmer, ihres, in dem sie geschlafen hatte, und das ihres künftigen Kammermädchens, außerdem der gewendelte Aufgang im Eckturm. Auf der anderen Seite des großen Treppenhauses – der Vater übernahm wieder die Führung – kamen sie in zwei weitere Zimmer. Sie waren Prachtzimmer mit kostbaren Gobelins, rotem Seidenzeug und goldledernen Tapeten. In einem der Zimmer prangte ein großes Bett mit seidenen Vorhängen – ein schöner Fremdkörper. Hier schliefen die Eltern. Die Mutter seufzte leise. Der Gang mündete schließlich in eine kleine abgetrennte Wohnung mit Kabinett, Schlafzimmer, Wohnzimmer und kleinen Räumen für Domestiken und eigener Treppe zur Küche. Diese Räume bewohnte der Graf, wenn er in Barenaue weilte; sie waren für sie, die Verwandtschaft, tabu. Der Vater betonte das.

Das Trio kehrte in die Bibliothek zurück. Alle, selbst der Vater, waren über den Zustand des Hauses erschrocken: »Welch verfallende Pracht, oder soll man besser sagen: welch prächtiger Verfall?«

Die Mutter stimmte zu: »Wie ein Möbellager, ein Haufen alter Möbel. Und viel Leere.«

Johanna fühlte sich zu einem Kommentar ermutigt: »So viel Disharmonie! Nichts passt zusammen, alles ist so hässlich, dass es wehtut. Das ist kein Zuhause.«
»Nein, das ist die Höhle eines Unbehausten.«
Die Mutter begann zu schluchzen: »Wie sollen wir uns hier je wohl fühlen? O, meine schönen Möbel, wie gerne hätte ich sie hier. Warum haben wir sie in Hamburg gelassen?«[8]
»Du weißt, meine Liebe, dass ihr nicht ewig hier bleiben werdet, vielleicht kehrt ihr ja bald wieder nach Hamburg zurück; wir haben doch lange darüber gesprochen!«
»Mutter, wir werden es uns schon schön machen! Ich finde hier sicher geschickte Handwerker, die manches reparieren und anderes nach unseren Wünschen anfertigen können. Und, Vater, wirst du mir dein Cembalo aus Hamburg schicken? Ja? Ich weiß, dass ich um viel bitte, du wirst es ungern entbehren. Aber könnte ich dann nicht weiterhin üben und Mutter ein wenig unterhalten?«
»Meine liebe kleine Jeanne, wie kann ich dir eine Bitte abschlagen?«
»Und schickst du mir auch alle meine Bücher? Und ein paar Neuerscheinungen dazu? Du weißt ja, was ich gerne lese.«
»Natürlich weiß ich es: alles, was gut geschrieben ist.« Er lachte. Dann wurde er sehr ernst: »Der erbärmliche Zustand des Schlosses ist leicht zu erklären. Der Graf wollte vor vielen Jahren das Schloss in einen prächtigen Repräsentationsbau verwandeln, obwohl sich die bauliche Anlage dagegen sträubt. Ich erzähle euch nichts Neues: Er war und ist ein stolzer Mann.«
Johanna hatte die Geschichte ihres Onkels schon viele Male gehört – er musste wirklich ein merkwürdiger Mann sein; er war stolz auf den Reichsgrafentitel, den der Großvater für sich und ihn erworben hatte; genauer, den der Großvater für sehr viel Geld gekauft hatte. Dann heiratete der Onkel eine Gräfin, Sophie Gräfin von Sayn-Wittgenstein, die er beeindrucken wollte. Aber das war eine Fehlkalkulation: die Ehe war unglücklich und die Gräfin verließ ihn bald wieder. Wahrscheinlich war er schon damals streitsüchtig und neigte zum Jähzorn! »Mein unfähiger, mein unglücklicher Bruder!« fuhr der Vater fort, »er hatte sich finanziell maßlos übernommen – mit der Ausstattung des Hauses, mit dem Erwerb zahlreicher Güter und mit seinen vielen Prozessen. Er braucht immer Geld. Darum hat er wohl man-

che Anschaffung wieder verkauft. So sind auch schöne alte Familienstücke verschwunden.«
Alle drei trösteten sich mit dem Gedanken, dass sie diese Festung im Moorland verlassen würden, sobald Vaters Freunde ihre Schulden zurückgezahlt hatten. Johanna war das Kommen und Gehen gewohnt. In Osnabrück hatte sie ihre Kindheit bis zum 12. Lebensjahr verbracht. Oft waren sie nach Utrecht zu Mutters reichen Verwandten, zu ihren Eltern, Geschwistern und Neffen, gereist, meist war die Familie im Sommer monatelang in Holland geblieben. In Hamburg hatten sie vier Jahre gelebt und mehrmals ihre Unterkunft gewechselt. Immer unterwegs und jede Wohnung eine Durchgangsstation. Aber wer weiß? Vielleicht würde Barenaue der Ort ihres Glückes werden? Vielleicht würde ihr hier das unverhofft Schöne, das reizvoll Unbekannte begegnen! Vaters Abneigung gegen Westfalen wollte sie sich nicht zu eigen machen, und als Opfer eines ungnädigen Schicksals mochte sie sich schon gar nicht verstehen.
Das Trio trat in den Innenhof der Vierflügelanlage. Die Bediensteten hatten alles Gerät und Arbeitsmaterial weggeräumt und den Hof gereinigt. Die Eiche mit ihrem dichten Blätterdach belebte ihn. In der Mitte stand ein steinerner Springbrunnen, der beschädigt war, in der einen Ecke befand sich die Pumpe zur Wasserversorgung. Dem Herrenhaus gegenüber lagen die Wirtschaftsgebäude, die Scheunen, Wagenremisen und Ställe, aus denen ab und zu ein Muhen oder ein Schnauben zu hören war. Im Norden, also linkerhand vom Herrenhaus, befanden sich die Kapelle, der Torturm mit dem einzigen Zugang zur Anlage und neben ihm im Nordosten die Pferdeställe. Nur einige der zwölf Boxen waren mit gut gepflegten Reit- und Kutschpferden belegt. Die drei wandten sich der Kapelle zu und betraten sie vom Innenhof aus, nachdem der Diener Henrich die schwere Tür geöffnet hatte.[9]
Ihnen schlug kalte Luft entgegen und nahm ihnen den Atem. So blieben sie an der Eingangstür stehen und betrachteten den Raum von dort: Vor ihnen die Bänke für die Herrschaft, dahinter die für das Gesinde, das einen eigenen Eingang vom Torweg aus hatte. Die Kapelle war sehr hoch und erhielt ihr Licht von je drei schmalen hochgelegenen Fenstern an den Längsseiten. Der Raum war schmucklos. An der Ostseite, nicht weit entfernt von dem herrschaftlichen Gestühl mit dem Bar'schen Wappen, stand ein einfacher Altar.

Gegenüber von diesem Trakt befand sich der Flügel, in dem die Bediensteten lebten. Er hatte ein herrschaftliches und fremdländisches Aussehen: eine durchgängige Galerie aus neun hohen Arkaden war der Fassade vorgeblendet, man fühlte sich in südliche Gegenden versetzt. Schaute man dahinter, so entdeckte man die kleinen und bescheidenen Stuben und Küchen des Personals. In der Mitte dieses Flügels führte ein Durchgang nach hinten ins Freie. Das Trio warf einen Blick hindurch auf die Bleiche und den sich anschließenden, leicht ansteigenden Eichenwald.
Schließlich überquerten die drei noch einmal den Hof, gingen durch den Torweg und traten durch die Schlupftür des nun geschlossenen großen Tores auf die Zugbrücke hinaus. Sie musterten die Front: Die Anlage hatte etwas Wehrhaftes, Trotziges. Der Turm des Torhauses war viereckig, auf ihm erhob sich ein achteckiger Aufsatz aus Fachwerk in heimischer Bauweise, und darauf thronte eine elegant geschwungene Turmhaube mit goldener Kugel. Dem Turm war ein kleiner Bau mit Giebel vorgesetzt, in dem sich das Bar'sche Wappen präsentierte, der schwarze, auf den Hinterbeinen stehende Bär mit silbernem Halsband. Auf dem großen roten Holztor war das Reichswappen aufgemalt – es ließ jeden Besucher wissen, dass das Schloss die Residenz eines Reichsgrafen war.

In den nächsten Tagen besuchten Vater und Johanna alle anderen Bar'schen Güter. Einige wie Rothenburg und Blankenburg waren seit Generationen im Besitz der Familie und gehörten allein dem Grafen, andere hatte der Graf gekauft, und zwar mit Hilfe von Mutters Geld, von ihrer großen Mitgift. So hatte auch ihre Familie Mitbesitz an den Gütern Borgwedde, Astrup, Bruchhausen und Hassebrock, war aber auch in die Prozesse verwickelt, die seit Jahren um einige dieser Besitztümer geführt wurden. Auf den Gütern und Bauernstellen stellten sich die Pächter vor, manche klagten über die geringen Einkünfte; die Heuerleute und Eigenbehörigen kamen aus ihren bescheidenen Kotten, um der Herrschaft ihre Aufwartung zu machen, still, geduckt, sie hielten sich mit beiden Händen an ihren abgezogenen Mützen fest; aus ihren gesenkten Augen schickten sie schnelle Blicke auf die neue Herrschaft: wie würden diese Bars aus Hamburg wohl mit ihnen umgehen, was von ihnen verlangen? Einem alten Mann rollten Tränen über das Gesicht. Bei der späteren Besprechung erklärte der Verwalter, dass man heute seine Kuh habe verkaufen müssen, weil er die fälligen Abgaben schuldig geblieben sei. Der Verwalter hatte noch allerlei vorzutragen, ebenso der Rentmeister, der für die finanziellen Angelegenheiten zuständig war. Diese Gespräche waren nicht immer erquicklich und oft laut. Bei Tisch beklagte sich dann Georg Ludwig darüber, wie weit der Schlendrian eingerissen war, weil der Graf schon so lange abwesend war und immer so viel hatte durchgehen lassen: Da wurden die schuldigen Dienste von den Eigenbehörigen nicht regelmäßig geleistet, die Abgaben kamen zu spät und in zu geringer Menge; manch einer bediente sich an dem Holz der Bar'schen Wälder oder missachtete das freiherrliche Jagdprivileg. Einige Verwalter waren sicher zu großzügig gewesen oder zu bequem, um die Abgaben konsequent einzutreiben, manche hatten vermutlich auch ihre eigenen kleinen Geschäfte auf Kosten ihrer Herren gemacht. Das alles minderte sein Erbe und das seines Sohnes Gotthard Ludwig.

Brot und Freiheit

Georg Ludwig von Bar hat viele Briefe geschrieben, die die Empfänger aufbewahrt haben[10]. Darin erzählt er von sich und seiner Familie, von Freunden und von Prozessen. Seine umfangreiche Dichtung verrät uns einiges über sein Denken, wenn man auch manche Äußerungen seiner Lust an der Zuspitzung und seiner Freude an der Satire zuschreiben muss. Und wie hat er gehandelt und gelebt? Hier ist wieder die Imagination gefordert, zumal ich mich nicht nur auf Selbstdarstellungen verlassen möchte.

Georg Ludwig fühlte sich in Barenaue bald unwohl. Die Gutsgeschäfte, die eigentlich die Geschäfte seines Bruders waren, liefen schlecht und langweilten ihn, die Tränen seiner Frau bedrückten, die banalen Gespräche mit den meisten seiner adligen Nachbarn ödeten ihn an – ihnen fehlte jeder Witz. Die Zukunft seines Sohnes Lutz machte ihm Sorgen, der immer gleiche graue Himmel dämpfte seinen Geist.

Er hatte diese Region nie geliebt, Vaterlandsliebe oder Heimatgefühle waren ihm fremd. Im Gegenteil; er hatte sich in mehreren Gedichten über Westfalen beklagt[11]: Es war Zufall, dass er hier geboren worden war. Dieses Land hatte nichts, was seine Liebe wecken konnte, er hat es nie annehmen können, und es scherte sich ja auch keinen Deut um ihn: Es ist ein armes Land, ein wüstes Land, ein wenig Ackerbau, Wiesen, Moore, Bruchland, Ödland. Es sorgt mehr für die Hasen als für seine menschlichen Bewohner. Man scheut hier die Wissenschaften. Der Adel ist blind und wild: Sein Stolz quält die Knechte und Untertanen, während diese darben, um ihre Herren, die Taugenichtse, zu mästen. Dabei sind die Armen träge, schwerfällig, tölpelhaft, ungeschickt und dumm und bücken sich in das Joch des Vorurteils. Wie soll diese Trägheit je die Armut besiegen, wie sollen Reichtum und Gewerbe in das Land einziehen? Und welch ein Lebensstil! Ein Brot, das man keinem Hund geben könnte! Beim Kauen müssen hier die Zähne tun, was andernorts die Mühlen leisten. Nichts schmeckt, die Feste sind öde, man ist kaltsinnig, die Frauen sind ohne Reiz, Witz und Feuer. Und der Alkohol! Ja, es stimmte immer noch, was er vor Jahren geschrieben hatte:

Der muntere Bacchus, der sonst mäßig ausschweifet,
Ist hier ein wildes Tier, das lärmt und sich ersäufet…
Mein böses Vaterland, ich bitt dich, straf mich Lügen,
Gabst du mir einen Tag durch edlen Reiz Vergnügen,
Da ich so lang in dir lebendig elend war? …
Bist du ein Fegefeuer?[12]

Es war eine verkehrte Welt: Er verdankte dieser Region nichts; er war hier, nicht weil er ein Westfale war, sondern weil er e r war. E r war ein Weltbürger!

Georg Ludwig von Bar, Gemälde eines unbekanntem Künstlers

Was brauchte er zum glücklichen Leben? *Brot und Freiheit*[13].
Er liebte seine Freiheit, den Gedankenaustausch mit gebildeten und gelehrten Menschen, die Künste, besonders die Musik und die Dichtung. All das konnte er in Hamburg haben.
Aber woher kam das Brot? Eine immerwährende Frage.
Es war bitter, der Zweitgeborene zu sein. Das große väterliche Erbe war an seinen älteren Bruder gegangen. Der wollte ihm noch nicht einmal die bescheidenen Summen auszahlen, die ihm rechtmäßig zustanden, und er musste darum prozessieren.[14] Die Domherrenstelle, die sein Vater für ihn in Minden erworben hatte, sollte ihm ein moderates jährliches Einkommen sichern, aber auch das wurde ihm nun schon seit Jahren vorenthalten. Die Prozesse um seine Ansprüche dauerten noch immer an. Ein Leben am Hof? Sowohl der dänische König als auch Friedrich II., König von Preußen, hatten ihn dazu eingeladen.[15] Aber er wusste nur zu gut, dass er dort mehr würde ausgeben müssen, als er einnehmen konnte. Und keine Freiheit des Geistes! Feine Schmeicheleien, böse Intrigen, tiefe Buckeleien, enge Abhängigkeiten und endlose Rücksichten. Ein Dichter müsste dort zum Lobredner werden, und spitze Federn müssten sich krümmen! Er kannte das Hofleben! Als Kind war er oft mit seinem Vater am hannoverschen Hof gewesen, wo der eine Vertrauensstellung besessen hatte, und als Student hatte er eine zeitlang am Heidelberger Hof verkehrt. Das Treiben dort war schal, und es war ihm zuwider: Das steife Leben, das sterile Hoftheater, die Soireen, das Geschwätz, die Vergnügungssucht, das langweilige Billardspiel.[16]
Welch eine Freiheit dagegen in der Hansestadt! Freiheit des Geistes und der Musen! Er sah seine Hamburger Freunde vor sich, und Melodien klangen in seinen Ohren. Melodien aus dem Pasticcio, aus seiner leichten Oper, »Il Tempio Di Melpomene, Su Le Rive Dell'Alstra« (Der Tempel der Tragödie am Ufer der Alster)[17], die Mingotti, der große Opernunternehmer, in sein Programm aufgenommen und in der Karnevalszeit 1747 aufgeführt hatte. Es war eine Benefizveranstaltung zugunsten der Sängerin Regina Mingotti, die der Impressario soeben geheiratet hatte. Welch eine Nachtigall sie doch war![18] Die Aufführung brachte eine hohe Summe ein. Viele Freunde waren dazu in die Oper am Gänsemarkt gekommen, und auch viele andere Zuschauer, an die 2000 Musikfreunde! Das Publikum hatte vor Begeisterung und Vergnügen über musikalische und lokale Anspielungen getobt, die ele-

gante Musik goutiert, bekannte Melodien begeistert beklatscht und mitgesungen und die komische Darstellung herzlich belacht. Mingotti ließ das Stück noch ein zweites Mal geben, wieder vor ausverkauftem Haus.[19] Die Erinnerung an die Aufführung des Stückes und auch an seine Entstehung hob Georg Ludwigs Laune. Er hatte zu dem Pasticcio den Einfall gehabt und das Textbuch in Französisch geschrieben – mit beschwingter Feder. Ein Kenner hatte den Text ins Italienische übertragen, und sein guter Freund, der Dichter Friedrich von Hagedorn, hatte einige Arientexte ins Deutsche übersetzt. Gemeinsam hatten sie Musik Hamburger Komponisten gesichtet und ihren Texten Passendes unterlegt. So waren reizvolle und anspielungsreiche Arien, Rezitative und Zwischenmusiken entstanden; manche waren richtige Schlager. Einige Stücke wurden eigens für das Pasticcio komponiert, vor allem von Filippo Finazzi, einem Kastraten, hervorragendem Musiker und wohlgelittenem Gast in ihren Kreisen.[20] Der große Georg Philipp Telemann, der Kantor an St. Johannis, Musikdirektor der Stadt Hamburg und weltweit anerkannte Komponist, steuerte Musik bei, ebenso bekannte Musiker und begabte Opernliebhaber aus Hamburg. Einige Male hatte sich Georg Ludwig mit den Komponisten und Übersetzern getroffen, um Libretto und Musik aufeinander abzustimmen. Wie anregend diese Zusammenarbeit gewesen war und welch ein himmlischer Spaß! Nun saß er hier in einer geistigen Wildnis, einer öden Wüste, einem dunklen Moor! Und welch göttliche Stunden hatte er in Hamburg erlebt!

Ihm fiel eine abendliche Fahrt auf der Binnenalster ein, seine Freunde saßen mit ihm in einer illuminierten Barke bei einem köstlichen Essen, und ihm flog ein Gedicht zu, ein Loblied auf Hamburg:

Wie die herrliche Themse eine ganze Welt vor uns ausbreitet,
Wie der Golf von Venedig uns ein göttliches Meisterwerk schenkt,
Wie die Seine auf ihrem lieblichen Weg die Königin der Städte darbietet
Und ihre lachenden Augen preist –
So sehe ich … doch an deinen Ufern, liebe Alster,
alle drei Städte: London, Venedig und Paris…[21]

Schwerkräfte und Fliehkräfte

Vaters schlechte Stimmung bedrückte Johanna und die Mutter. Aber ein Besuch auf dem nahe gelegenen Schloss Hünnefeld versprach Aufmunterung und Vergnügen. Johann Friedrich von dem Bussche-Hünnefeld war ein sehr guter Freund der Familie und ihr Pate und Namensgeber. Der Vater fand in ihm immer einen anregenden Gesprächspartner; er war ein begeisterter Leser und stets interessiert an seiner Dichtung. Auch hatte er, der Wohlhabende, seine Freunde in jeder Notlage unterstützt, ohne sie in Verlegenheit zu bringen. Welch ein Feingefühl! Die Eltern hatten das Hünnefeld'sche Stadthaus in Osnabrück schon vor ihrer, Johannas, Geburt gemietet und dort mit ihr und ihren Brüdern bis zum Umzug nach Hamburg gelebt. Sie erinnerte sich an das geräumige Gebäude, es war ihr ein Zuhause geworden, wenn auch nur ein geborgtes. Viele Jahre war der Vater den Besitzern die Miete schuldig geblieben und hatte sie erst beim Auszug bezahlt.[22] Sie erinnerte sich auch an den freundlichen Garten am Haus, den der Vater so geliebt hatte[23], an die Besuche der Familie von dem Bussche-Hünnefeld in Osnabrück, die dann in den ihnen freigehaltenen Räumen wohnten, und an die großen Feste, die dort gefeiert wurden. Auch als sie nach Hamburg gezogen waren, war Johann Friedrich ein sehr guter Freund und ein vertrauter Briefpartner geblieben.[24] Nach Jomans Tod erkrankte Vater schwer, ja, war selbst dem Tode nahe, – da hatte Johann Friedrich seinen Kuraufenthalt in Pyrmont unterbrochen und war nach Hamburg gekommen, um seinen Freund zu trösten und zu ermutigen.[25] Und auch die Mutter und sie, die sie beide nach dem Verlust von Sohn und Bruder nun um das Leben des Ehegatten und Vaters bangen mussten. Ja, der Vater hatte sich allmählich erholt, war zu Kräften gekommen und hatte seinen Witz wieder gefunden, wenn er auch nie mehr so frei und unbeschwert war wie vor dem Tod seines Ältesten. Johann Friedrich – welch ein guter Freund! Die Mutter hatte einmal von ihm gesagt: »*Guter Vater, guter Gatte, guter Bruder, guter Christ, guter Freund, guter Patriot – was mehr könnte ein Mensch sein?*«[26] Ihr Vater war immer der Nehmende, aber vielleicht gab er seinem Freund doch mehr als es den Anschein hatte.

Nun also fuhren sie nach Hünnefeld. Das Schloss, eine große Dreiflügelanlage mit weitem Ehrenhof, empfing sie mit offenen Armen. Auf der Freitreppe erwartete das Ehepaar Henrietta Dorothea Johanna und Johann Friedrich von dem Bussche-Hünnefeld seine Gäste, umgeben von seinen Kindern. Die Ankommenden wurden in einem der Salons herzlich begrüßt. Der Raum war edel möbliert, groß und zugleich wohnlich: hier lebten Menschen gerne in ihrem Haus. Nach einem Willkommenstrunk traten alle auf die rückwärtige Terrasse, um einen Blick auf den Garten zu werfen. Er war wie üblich im französischen Stil angelegt. Die Bars kannten viele prächtige Gärten, den riesigen Park am Herrenhäuser Schloss in Hannover, die Gartenanlage des Benedix von Ahlefeld in Jersbeck bei Hamburg, wo sie oft zu Gast gewesen waren, auch Brockes kleinen Barockgarten in der Stadt. Jeder dieser Gärten hatte ein besonderes Gesicht. An den heruntergekommenen Garten in Barenaue wollten sie jetzt gar nicht denken. Der Hünnefeldsche war elegant und sehr gepflegt[27]: Die Besucher schauten auf eine Allee, die Zentralachse des Parks, und auf gut proportionierte flache Blumenbeete im Parterre, die mit kegelförmigen Pflanzen eingefasst waren; die Broderien oder Ornamente, gestickte Pflanzenarrangements, waren filigran, einfallsreich variiert und harmonisch angeordnet. Weiter hinten die Boskette, die Lustwäldchen, durchschnitten von verschlungenen Wegen nach einem ornamentalen Plan, dazu ein großzügiges Wasserbecken mit Fontäne, umgeben von halbrunden Laubengängen und allerlei Standfiguren, die man gerne genauer betrachtet hätte.

Während die Ehepaare sich in die Wärme des Hauses zurückzogen, blieb Clamor Adolph Theodor[28] mit Johanna zurück. Clamor war der älteste Sohn der Familie, etwa 14jährig, zwei Jahre jünger als Johanna. Er wollte ihr eine Besonderheit des Hünnefeld'schen Parks zeigen und führte sie von der rückwärtigen Terrasse über eine Brücke auf eine kleine Insel. Sie lag mitten in der Gräfte hinter dem Wohngebäude; das Wasser weitete sich hier zu einem großen Teich, der als Rechteck dem Formrepertoire der Anlage angepasst war. Diese Insel war kreisrund und gewölbt, fast eine Halbkugel, und durch eine zweite Brücke mit dem Garten verbunden.

»Sie ist unsere Weltkugel, so wollte es der Gartenarchitekt«, sagte Clamor, »die eine Hälfte schaut aus dem Wasser.« Die jungen Leute blieben in der Mitte bei einem reich ornamentierten Beet stehen.

»Es ist ein Gartenparadies«, meinte Johanna.
»Schauen Sie nur genauer hin: Das soll die Welt sein – aber unser Gartenkünstler hat der Kugel eine senkrechte Erdachse gegeben.«
»Einen statischen Erdkörper konstruiert«.
»Die ewig kreisende Bewegung der Erde ignoriert.«
»Die Zentrifugalkraft außer acht gelassen.«
»Also: Die Fliehkraft, die nicht der Bewegung des ständig rotierenden Körpers folgt, sondern nach außen strebt.«
»Und die Schwerkraft.«
»Also: Die Anziehungskraft zweier Körper.«
»Die uns auf der Erde hält.«
»Und die Himmelskörper in Bewegung.«
»Die von Newton[29] entdeckt worden ist.«
»Sagt auch mein Lehrer.«
»Deren Wirken der Physiker aber noch nicht hinreichend geklärt hat. Sagt mein Vater. Auch die Erkenntnisse eines Newton darf man bezweifeln. *Vielleicht wird Newton, der von unseren Händen gekrönt wurde, von anderen entthront.* Man wird neue Einsichten gewinnen. Zweifel sind angebracht, ja notwendig. *Gewiss ist, dass Unsicherheit und Unwissenheit die beiden nicht bezweifelbaren Eigenschaften aller denkenden Wesen sind.*«[30]
»Nur Fragen öffnen neue Wege«, sagte Clamor.
»Ein Lob dem Zweifel!«
»Wie ernst wir geworden sind!«
»Ein bisschen zu ernst«.
»Zu ungalant.«
»Zu gelehrt.«
»Zu altklug.«
»Und ein wenig kindisch.«
»Ein Gartenkunstwerk …«
»… für ein Modell der Welt zu nehmen!«
»Verlassen wir dieses Terrain und begeben uns auf sichereren Boden«, lachte Clamor, und sie kehrten ins Schloss zurück.

Die beiden erreichten den Salon, als die Gesellschaft in den Speisesaal aufbrach.
Nach mehreren Trinksprüchen fragte der Gastgeber den Vater, ob er nicht auch in Barenaue bleiben möchte. »Wir beide, lieber Bussche, waren immer Freunde der Freiheit und der Selbstbestimmung und wollten unsere Gesellschaft mitgestalten. In Hamburg habe ich dafür Wege und Möglichkciten gefunden. Aber wo finde ich sie hier? In unserem absolutistischen Staat, wo der Fürst der Staat ist? In unserem Fürstentum? Welche Rechte haben wir? Nur das Recht, im Landtag die Steuern für den Fürstbischof zu bewilligen. Für einen prunkliebenden, jagdsüchtigen Herrscher, der viel Geld braucht, sich wenig um diesen Landstrich kümmert und seine Untertanen hungern lässt.«
»Unser Spielraum ist gewiss nicht groß, aber doch können und müssen wir auf unsere kleine Welt Einfluss nehmen, auf unsere Güter, auf unsere Leute, für die wir Verantwortung tragen. Wir leben so nahe bei ihnen, dass wir ihre Nöte erkennen können, auch dort, wo sie nicht laut jammern, sondern sich in ihre kleinen Hütten zurückziehen. Selbstverständlich versuchen wir zu helfen und die Bedrückten aufzumuntern. Manchmal müssen wir uns auch leise über Ungerechtigkeiten der Verfassung hinwegsetzen und einen gerechten Ausgleich schaffen. Bei unberechtigter Anklage lassen wir unsere Leute vor Gericht verteidigen und sorgen dafür, dass den Untertanen das Erwirtschaftete bleibt und sich nicht in unnütze und entbehrliche Reichtümer der Fürsten verwandelt. Mein ganzes Glück ist das ruhige Glück meiner Mitbürger.«[31]
Es entstand eine nachdenkliche Pause, die Johann Friedrich schließlich brach: »Erzählen Sie uns, lieber Freund, von Hamburg! Von den Wirkungsmöglichkeiten, die Sie dort haben!«
Der Vater zögerte einen Moment, aber dann berichtete er doch: »Meine Tätigkeit ist nicht der Rede wert. Aber, das ist wichtig, die Staatsgeschäfte werden dort von den Bürgern der Stadt geführt. Zwar hat ein Adliger keine Rechte, denn er kann in dieser Republik kein Bürgerrecht erwerben. Aber ich habe doch einen Weg zur Mitwirkung gefunden, ich bin Mitglied in der patriotischen Gesellschaft geworden.[32] Wir treffen uns einmal wöchentlich und sprechen über Fragen, die das Wohl unserer Mitbürger und unser fruchtbares Zusammenleben betreffen. Wir diskutieren über die Förderung

von Wirtschaft und Handel, von Schulen und Oper. Ja, die letztere, das gestehe ich gerne, ist mein Favoritenthema. Die Mitglieder unserer Gesellschaft sind *ernste und vernünftige Männer*, sie tragen Verantwortung, unter ihnen sind Bürgermeister und Mitglieder des Senats; sie gehören zu den Häuptern der Stadt. So gelangen die Pläne, die wir diskutieren, in die wichtigen Entscheidungsgremien Hamburgs, und wir können manches zur Verbesserung des Gemeinwesens beitragen.«

Johanna mischte sich ein: »Manche tadeln Vater, weil er zu selten die adlige Gesellschaft sucht, die Gesellschaft seiner Verwandten, der Botschafter und Gesandten und des Adels im Umland. Die Kritiker sind natürlich Adlige. Sie verspotten Vater als den *fünften Bürgermeister* Hamburgs und schimpfen ihn einen *Gentilhomme Bourgeois*, einen *Edelmann als Bürger*!«

»Das ist richtig. Aber dieser Name ist für mich ein Ehrentitel, auf den ich stolz bin. Ich wünschte, viele Menschen hätten diesen Hamburger Bürgersinn, nicht nur in der Hansestadt, sondern überall. Auch euch jungen Leuten hier wünsche ich ihn. Eignet ihn euch an, lebt ihn, Clamor und Jeanne! Arbeitet für eine bessere Welt! Wir leben nicht in der bestmöglichen.«

»Vater, ich bewundere dein Engagement in Hamburg. Aber du weißt selber, wie schwer es ist, gegen die Schwerkraft anzukämpfen und die Fliehkraft freizusetzen. Wie kann man das Beharren in Bewegung verwandeln und das Neue befördern?«

»Du hast recht. Schwer- und Fliehkraft, sagst du? Das sind Phänomene des planetarischen Systems, aber lass uns einmal diese Begriffe auf das gesellschaftliche übertragen! Der Fliehkraft müssen wir eine Chance geben. Der Gravitation können wir nicht entkommen, aber unserer eigenen Trägheit.« Nach einer kleinen Pause fuhr er fort: »Ich erwarte ja keinen Umsturz, keine Revolution, Gott bewahre uns davor! Wer möchte das? Und doch könnt ihr für Verbesserungen in unserer Gemeinschaft arbeiten. Habt Mut! Traut euch!«

Johanna war ein wenig eingeschüchtert. Welche Rolle würde sie als junge Frau schon spielen können? War ihr Wirkungskreis nicht sehr klein und beschränkt? Beschränkt auf Haus und Familie? Ja, zweifeln konnte sie, ein Lob dem Zweifel! Aber verändern? Verändern? Clamor und ihr Bruder Lutz würden einen größeren Wirkungskreis haben. Sie würden einmal Gutsherren sein, im Landtag abstimmen und Ämter übernehmen; sie könnten dann

Einfluss nehmen und Missstände mildern oder beseitigen. Aber der Vater ermutigte sie: »Du wirst einen ehrenwerten Mann heiraten und seine wichtigste Beraterin sein. Du wirst dich als kluge Gutsherrin um eure Leute kümmern, ihre begabten Kinder fördern und gute Lehrer einstellen. Vielen Frauen wirst du ein Vorbild sein. Deine eigenen Kinder erziehst du zu verantwortungsvollen Menschen und bereitest sie auf unser Gemeinwesen vor. Welch große Aufgaben!«

Auch Clamor schien ein wenig bedrückt. Sein Vater sprang ihm bei: »Du bist noch so jung; zunächst einmal musst du sehr viel lernen und Erfahrungen sammeln. Aber du bist stark und wirst nach deiner Lehrzeit auch viel zur Verbesserung unserer kleinen Welt beitragen.«

Johanna bedauerte, dass Clamor die Region bald verlassen würde, um zu studieren; er könnte ein guter Freund werden, sie würde sich mit ihm verstehen.

Fähnrich und Hauptmann

Gotthard Ludwig von Bar, genannt Lutz, war Johannas einziger noch lebender Bruder. Von ihm ist nur ein Originalzeugnis überliefert, ein kleiner Band mit Verserzählungen. Aber in Briefen von Verwandten und Bekannten finden sich viele kritische Urteile, ja, auch hämische Anmerkungen. Außerdem gibt es ein einfaches Gemälde von Lutz als altem depressivem Mann. Was ist die Ursache seiner abstoßenden Wirkung? Gibt es Menschen, die nur Kritik und Abneigung verdient haben? Fantasie, hilf!

Sein größter Feind war zwar tot, aber besiegt war er nicht. Er hielt noch immer die Herzen der Eltern besetzt und machte ihm alles streitig, ihre Liebe und ihre Anerkennung – und sein ganzes Leben. Dieser Engelsteufel, möge der Satan ihn geholt haben!

Er, Lutz, musste weiter für sich kämpfen, er hatte keinen Verteidiger. In seiner Familie schon gar nicht! So war es ihm nur recht, dass alle drei Hamburg verlassen hatten und er wieder auf sich selbst gestellt war. Wann war ihr Zusammensein denn jemals ohne Streit gewesen? Streit mit dem Vater. Streit mit der Mutter, denn sie schloss sich immer Vaters Meinung an. Und

seine kleine Schwester Jeanne? Sie war Mutters Liebling, eine falsche Katze und eine kleine Hexe! Wie sie schmeicheln konnte; für jeden fand sie ein freundliches Wort, auch wenn ihr Herz vor Hass brodelte und sie ihr Gegenüber am liebsten angespuckt hätte. Mutters ständige versteckte Vorwürfe[33], er sei verschwenderisch! Sie hatte ja keine Ahnung vom Leben beim Militär, aber sie wusste doch, wie niedrig die Einkünfte waren. Selbst das Gehalt der Offiziere war erbärmlich. Trotzdem musste er standesgemäß leben und angemessen ausgestattet sein. Wie hätte ihn sonst sein General, der alte von Zastrow, angesehen und wie seine Peers, die Fahnenjunker und Adjutanten, alle aus Adel und wohl situiert. Und hätten die gemeinen Soldaten in seinem Bataillon Respekt vor ihm gehabt? Außerdem wollte er auch sein Leben genießen.
Er hatte ein Recht auf eine gute Alimentation. Auf welch großem Fuß hatte sein Vater als junger Mann gelebt: Er hatte einen Hofmeister und einen Kammerdiener und natürlich auch eine Kutsche gehabt. Der Großvater hatte ihm sogar eine Bildungsreise finanziert. Angeblich hatte er in Utrecht Jura studiert, aber eigentlich doch nur die schönen Frauen. Er war bei Hofe in Nancy und in Heidelberg ein- und ausgegangen und hatte das Hoffieren gelernt! Teure Vergnügen![34] Der Vater hatte ihm, Lutz, nicht einmal den Besuch einer Ritterakademie bezahlt, auf der er für seine Militärlaufbahn vorbereitet worden wäre.
Seine Familie konnte sich auch nicht im Geringsten vorstellen, was er in den letzten vier Jahren erlebt hatte. Der Vater wusste nicht, was Kriegsdienst bedeutete. Er war zwar als Volontieroffizier in das Kavallerieregiment Berry in Straßburg eingetreten.[35] Aber als er von seinem Vater 5000 Taler verlangte, um eine Hauptmannsstelle im Regiment zu erwerben und damit ein gutes Auskommen zu haben, verweigerte der alte Herr ihm die erbetene Summe, und so verließ er bald das Regiment. Sehr ernst kann es ihm wirklich nicht mit dem Militärdienst gewesen sein. Das Patent als Kornett, als Fähnrich in der Kavallerie, das ihm der Vater in der hannoverschen Armee verschafft hatte, lehnte er ab. Es war ein Witz: Die Fähnrichstelle, die dem Vater damals nicht gut genug war, musste nun für ihn, den Sohn, hinreichen. Vom Gehalt seines Dienstgrades konnte nun wirklich kein Mann leben, schon gar nicht standesgemäß. Er musste mehrmals beim Vater Geld anmahnen, so dass er sich einen guten Mantel anschaffen und wenigstens

eine ordentliche Unterkunft in der Garnisonsstadt mieten konnte.[36] Man konnte ihm ja schlechterdings nicht zumuten, im Regimentsquartier zu wohnen.

Niemals hat der Vater eine Kampfhandlung erlebt. Nie. Und er steckte ihn, den Sohn, kaum 17 Jahre alt, in die hannoversche Armee, die mitten im Krieg stand. Sein Patenonkel Ludwig Heinrich von Wurmb, selbst ein erfahrener Krieger, Generalleutnant und nun Stadtkommandant in Hamburg, hatte Vater gewarnt: Lutz sei zu jung für den Militärdienst, und er sei ohne Anleitung leicht schlechtem Einfluss ausgesetzt.[37] Diese Sorge war natürlich überflüssig. Er konnte doch auf sich aufpassen! Und er brannte darauf, endlich seine Stärken zu zeigen und sich Ansehen zu erwerben. Er war ein Mann der Ehre, und er würde Ehre erwerben. Hatte er nicht immer gerne gekämpft, ja, war es nicht seine Berufung zu kämpfen? Und zu siegen? Ach ja, siegen! Wenn der Sieg nur von seinem Einsatz abhängen würde!

Die Welt ist eine Täuscherin, die Menschen sind Lügner. Man darf niemandem glauben außer sich selbst. Niemandem. Nur Misstrauen ist ein vertrauenswürdiger Begleiter. Das lernte er bald. Bei seinem Antritt war er stolz darauf, mit der großen hannoverschen Armee in den Krieg ziehen zu können. Er hatte einen stolzen Herren: Georg II. aus dem Hause Braunschweig-Lüneburg, Kurfürst von Hannover und gleichzeitig König von Großbritannien. Der kämpfte, alten Bündnissen und seinen Machtinteressen folgend, auf Seiten Österreichs gegen Frankreich, das seinerseits mit Preußen, Bayern und Spanien verbündet war. Ihm, Lutz, war zwar bewusst, dass man in diesem Krieg um den Bestand Österreichs und die Erbfolge dort stritt, ja eigentlich um die Vorherrschaft der Großmächte in Europa, aber was interessierte ihn das! Seine Loyalität gehörte seinem Regiment und seinem Generalmajor von Zastrow, um ihre Erfolge und um ihre Ehre ging es, und um die seinen. Ja, er würde sich in den Kämpfen auszeichnen, schnell die Rangleiter emporklettern, ein angesehener General werden, überall Achtung und hohes Ansehen erwerben, ein gutes Einkommen beziehen und ein standesgemäßes Leben führen. Ja, das hatte er anfangs tatsächlich geglaubt!

In der ersten Zeit war ihm das Leben bei der Kompagnie schwer gefallen, das musste er zugeben: die harte Ausbildung, die strengen Reglements, der Gehorsam gegenüber den Vorgesetzten. Bei dem täglichen Drill war ihm *wie einem armen Gemeinen zumute.*[38] Aber Freunde seines Vaters aus dem

Osnabrückischen, die in hannoverschen Regimentern in verschiedenen Rängen dienten, spornten ihn an durchzuhalten; und erfahrene Kameraden in seinem Bataillon lehrten ihn allerlei Tricks und Kniffe: man konnte den Drill ertragen, sich in der Freizeit den Reglements entziehen und zivilisierten und weniger zivilisierten Vergnügungen nachgehen, wenn man es nur schlau genug anstellte. Auch waren die Feste im Lager nicht zu verachten. Sein Generalmajor, der mutige von Zastrow, war ein großzügiger und lebenslustiger Mensch, er wusste zu genießen und zu feiern; er gab Festessen, Bälle, Maskeraden, Konzerte und Komödien, selbst noch am Vorabend großer Schlachten.[39] Oft lud er dazu auch seine jungen Offiziere, Adjutanten und Fähnriche ein. Das war eine neue Welt, eine herrliche Welt, die ihn lockte und in die er sich wild hineinstürzte. Seine Freunde hielten ihn manchmal zurück, sie sagten, er dürfe nicht die Regeln des Anstands verletzen. Aber wer hatte die festgeschrieben? Und dann: was für eine Stadt war Brüssel, in deren Nähe sein Regiment im Jahr 1744 zeitweise lag; tausend Möglichkeiten zu Spiel, Alkohol und Frauen![40]

In seinem ersten Kriegsjahr vor vier Jahren konnte er, Lutz, sich keine Sporen verdienen. Das war nicht seine Schuld. Die hannoversche Armee brach zwar nach Westflandern auf und vereinigte sich mit den österreichischen, holländischen und englischen Armeen; aber sie griffen die französische nicht an, obwohl diese eine Festung nach der anderen einnahm.[41] Wie irrsinnig! Wie schmachvoll!

Endlich erhielt er im folgenden Jahr die Gelegenheit, seine Tapferkeit zu beweisen. Freilich endete seine erste große Schlacht, die Schlacht bei Fontenoy, mit einer Niederlage für seine Seite und für ihn. An den Tag des großen Kampfes wollte er lieber nicht denken. Aber er hatte ausgehalten, hatte die Fahne mutig in dem Schlachtgetümmel getragen, hatte sich mit seinem General sehr kühn in eine kleine befestigte Ortschaft vorgewagt, wenn sie schließlich auch uneinnehmbar war. Er hatte sich gleich am ersten Kampftag ausgezeichnet! Das musste er sich immer wieder sagen.

Die folgenden großen Schlachten in Flandern, in denen er mitkämpfte, gingen verloren. Die Schlacht bei Roucoux, die Schlacht bei Lauffeld. Die Niederlagen waren schlimm, sehr schlimm. Aber das Kampfgeschehen machte ihm nun nichts mehr aus. Er war ein Mann geworden. Er war abgehärtet und ließ sich nicht berühren von toten Leibern, Pferdekadavern, schwarzem Blut, den Schreien aus Schmerz und Todesangst, dem Gestank von Innereien, Blut und Pulver, der Hitze in der Schlacht und der Kälte beim Rückzug. Dafür durfte man einfach keine Augen haben, keine Ohren, keine Nase und kein Herz! Vorsicht und Misstrauen brauchte man. Er hatte gelernt, Vorteile zu nutzen. Wenn sich eine aussichtsreiche Gelegenheit bot, wagte er sich vor und ließ es seinen General wissen, und der lobte ihn auch höheren Orts.[42] Er spürte seine Wertschätzung und bewunderte diesen Mann, der Mut und Entschiedenheit mit Lebenslust und Großzügigkeit verband. Seine, Lutzens Verehrung und sein Einsatz zahlten sich aus: Ja, er wurde nach der Schlacht bei Roucoux sein Adjutant und war danach oft in seiner Nähe und im inneren Führungskreis, wenn auch seine Meinung kaum gefragt war. Und auch keine weitere Beförderung folgte. Das und die Niederlagen nagten und nagten.

Als sich ein Friedensschluss zwischen den Krieg führenden Parteien abzeichnete, der zu einer Verkleinerung der Armee führen würde, begann der Vater, seine, Lutzens, Beförderung oder Entlassung aus dem hannoverschen Militärdienst zu betreiben. Dazu schrieb er viele Briefe; er, Lutz, konnte nicht an lautere Motive glauben. Der Vater wollte ja nichts als Entlastung seiner Kasse, schrieb er doch an die großbritannische Majestät: »*dass mein Sohn nun vier Jahre lang ihm gedient, auf meinen Beutel 3 Campagnen kostbarlich getan, ich wäre aber nicht im Stande die Spesen zum vierten Feldzug zu schaffen, daher bäte ich um Avancement oder Entlassung meines Sohnes*«.[43] Tatsächlich hatte er Lutz' Demission und seine Beförderung zum Hauptmann, die dem englischen König nichts kostete, erreicht. Gleichzeitig hatte der Vater bereits seine dänischen Kontakte und seine guten Beziehungen zum Herzog Christian August von Schleswig-Holstein-Sonderburg-Augustenburg spielen lassen. Der Herzog führte das Regiment der dänischen Königin und wollte ihm, Lutz, eine Compagnie geben. Und das zu guten Bedingungen. Er sollte die Stelle für 2000 und einige hundert Reichstaler[44] und ein wenig Gewehrgeld erhalten; das war ein sehr guter Deal, kostete doch ein solches Amt sonst an die 4000 Reichstaler. Der Vater fand, das sei ein großartiges Angebot, zumal er *Tafel, freies Logis und Pferde … und 200 dänische Taler an Gehalt genießt, dazu sich allerlei Douceurs bei diesem liebenswürdigen Fürsten sich versprechen kann*. In der Tat war das ein gutes Angebot. Aber wie sollte er das Motiv des Vaters verstehen, wenn der schrieb: »*Auf diese Art ist der*

Herr Hauptmann, mein Sohn, ausgesteuert, abgefunden und mir eine entsetzliche Last vom Halse genommen. … Den einzigen Sohn, so ich habe, kann ich nicht ohne Brot lassen«.[45] Hörten sich so Fürsorge und Liebe an? Aber die Beförderung zum Kapitän und seine Einstellung in der dänischen Armee mit all ihren Vorzügen goutierte er doch.

Jetzt musste der Vater aber erst einmal die 2000 Reichstaler aufbringen, und das fiel ihm bei seinen hohen Schulden und der Zahlungsunfähigkeit seiner Schuldner sehr schwer. Sollte er doch Mutters Silber verkaufen oder bei den Verwandten Kredit aufnehmen! Der Vater war ihm viel schuldig! Er, Lutz, könnte dann endlich ein gutes Leben führen, unabhängig von seiner Familie. Der Dienst im dänischen Heer galt für die Offiziere als außerordentlich angenehm. Seit mehr als 20 Jahren hatte Dänemark keinen Krieg mehr geführt, und es hatte den Anschein, dass das Königreich sich auch weiterhin aus den Querelen in Mitteleuropa heraushalten wollte. Er würde Gleichgesinnte finden unter den vielen deutschen Offizieren in der dänischen Armee.[46] Er würde an den Lustbarkeiten am Hofe des Herzogs oder des Königs in Kopenhagen teilnehmen und sich außerdem eine Wohnung in Hamburg leisten können.[47] Dort wäre er ein freier Mann und könnte seinen Neigungen folgen.

Und irgendwann würde er, wenn sein Onkel Nikolaus, der kinderlose Stammherr, und sein Vater Georg Ludwig endlich gestorben waren, Barenaue und alle dazugehörigen Güter erben. Er, der einzige männliche Nachkomme derer von Bar. Das konnte ihm niemand mehr nehmen, die kleine Hexe würde er billig aussteuern, sollte sie doch einen reichen Freiherrn oder Grafen heiraten!

Ein Kriegsschauplatz und ein historisches Drama

In diesem Kapitel führe ich Justus Möser ein, einen guten Freund der Familie von Bar. Ich lasse ihn historisches und literarisches Schreiben voneinander abgrenzen so, wie er es 1748 getan hat. Außerdem hat mich die Tatsache gereizt, dass Barenaue schon vor Jahrhunderten ein Kriegsschauplatz war. Selbstreferenz und Vorausdeutung sind also hier am Werk.

Justus Möser wurde bald nach der Ankunft der Bars nach Barenaue eingeladen. Sein Vater, der Kanzleirat Johann Zacharias Möser, hatte bisher die Familie von Bar in juristischen Fragen beraten und in zahlreichen Prozessen vor Gericht vertreten. Er wollte nun einige Rechtsgeschäfte an seinen Sohn abgeben. Johann Friedrich von dem Bussche-Hünnefeld war mit ihm befreundet, einmal hatte er ihn sogar in den Badeort Pyrmont mitgenommen.[48] Er empfahl der Familie von Bar den jungen Advokaten: Justus Möser sei ein guter Jurist, ein begabter Schriftsteller, ein sehr belesener Mann und ein liebenswürdiger Mensch. Alle drei Bars waren auf dieses Licht im trüben Fürstbistum gespannt.
Seine Erscheinung überraschte alle. Wen hatten sie erwartet? Da kam ein junger Mann, kaum 28 Jahre alt, groß, sehr groß. Jedermann musste zu ihm aufschauen, aber sein freundliches Gesicht verringerte sogleich den Abstand. Nach dem Willkommen bat Georg Ludwig den Gast in seine Bibliothek. Er wusste, dass sich der junge Möser für die Geschichte des osnabrückischen Landes interessierte, und wollte ihm die Münzsammlung der Familie zeigen. Die Bauern hatten die Geldstücke in den letzten Jahrzehnten auf den Feldern um Barenaue gefunden, der Großvater hatte sie ihnen abgekauft. Es waren römische Münzen, die darauf hindeuteten, dass eben hier die berühmte Varusschlacht stattgefunden hatte.[49]
»Wir sind sehr stolz auf diese Funde – sie sind der Beweis dafür, dass wir an einem bedeutenden historischen Ort leben. Einem sehr bedeutenden. Diese Schlacht war ein Wendepunkt der römischen Geschichte, ja der Weltgeschichte: Die Römer unter ihrem Feldherrn Varus wurden hier vernichtend geschlagen und für immer aus dieser Region vertrieben; die Germanen unter

Arminius übernahmen die Herrschaft. Barenaue – ein Kriegsschauplatz, ein Schlachtort von Weltrang! Auch darauf bin ich stolz! «
Möser betrachtete einige Münzen genau. »Manche sind sehr gut erhalten. Goldmünzen, Silbermünzen und Kupfermünzen Ja, sie sind ein Beweis für Ihre Annahme: Einige tragen den Namen Augustus, hier ist eine mit dem Gegenstempel VAR, vielleicht bedeutet das Varus. Ich stimme zu: Barenaue ist ein bedeutender historischer Ort!«
»Würde dieses Großereignis nicht ein großes Epos verdienen? In dem zwei Völker und ihre Helden aufeinander stoßen und eine Schlacht ausfechten, die die Welt verändert? Oder ist es eher Stoff für ein Drama, ja eine Tragödie, in der der Held Varus untergeht und sein Gegenspieler, der Germane Arminius, siegt? Eine alte reife Kultur unterliegt, ein einfaches Volk befreit und behauptet sich!«
Möser entgegnete: » Ich sehe das Geschehen ein wenig anders. Mich hat der Stoff immer gereizt, und ich habe alle Quellen dazu studiert. Wie verschieden doch diese Schlacht und ihre Helden beurteilt werden! Am bekanntesten sind die abfälligen Urteile des römischen Historikers Tacitus über Arminius. Ich muss gestehen – ich teile sie nicht.«
»Verraten Sie uns Ihre Ansicht von der Varusschlacht und von Arminius! Sie sollten darüber schreiben!«
»In aller Bescheidenheit: Ich möchte meine Funde später einmal in einer Osnabrückischen Geschichte verarbeiten. Gegenwärtig beschäftigt mich Arminius nach seinem Sieg über die römische Armee, und dieser Zeitvertreib hat mich zu einem Drama angeregt, einem kleinen Werkchen.«
»Sie schreiben ein Drama! Wer hätte das gedacht: Ein Dichter hier im hinterwäldlerischen Westfalen! Verstand, Geist und Bildung hier im Moorland! Wunderbar! Ihre Arbeit interessiert mich brennend.«
»O, Ihr Interesse habe ich nicht verdient. Das Stückchen ist in den Mußestunden eines Liebhabers geschrieben, das ich etwas zögernd der Öffentlichkeit übergebe.«
»Wie weit ist denn Ihr Drama gediehen?«
»Nun, es steht vor dem Abschluss. Unbescheiden und mit einem klein bisschen Stolz bekenne ich auch, dass sich bereits ein Verleger dafür interessiert.«
»Großartig! Aber nun erzählen Sie: Wie sehen Sie Arminius?«

Justus Möser, Kopie von Theodor Döbner nach einem Gemälde um 1755 (verschollen)

»Sie kennen seine Geschichte: Er wurde römisch geprägt. Doch er stellte sich an die Spitze eines germanischen Aufstandes. Nach seinem Sieg über die Römer versuchte er, die germanischen Stämme zu einen. Aber Fürsten seines Stammes ermordeten ihn. Davon handelt mein Drama.«
»Sie sind ein Kenner! Sie sind ein Kenner der Quellen, Sie haben Ihre eigene Sichtweise, und Sie haben Sinn für dramatische Situationen! Um welche Frage geht es in Ihrem Drama?«
»Mir geht es um die Frage nach der Freiheit. Zunächst befreiten sich die Germanen von der römischen Herrschaft. Dann mussten sie eine Form des Zusammenlebens finden. Arminius wollte alle Germanen einen und ihr Anführer werden. Aber seine germanischen Genossen sahen dadurch ihre soeben erkämpfte Freiheit gefährdet.«
»Welch Perspektive! Ja, was ist Freiheit? Was ist Freiheit? Die Frage verdient eine eigene Erörterung, die wir später einmal aufnehmen sollten. Aber das kann ich doch schon sagen: Sie sind ein Philosoph, ein Historiker und ein Dichter! – Erlauben Sie mir nun doch noch eine Frage: Sind Sie mehr Historiker oder mehr Dichter?«
»Diese Frage muss ich mir gefallen lassen. Ich habe viel darüber nachgedacht. Wenn ich ein Drama schreibe, muss ich Dichter sein. Ein Verfasser historischer Dramen oder Romane hat den Vorteil, dass seine Helden oft bedeutend und edel sind, aber er steht vor der großen Schwierigkeit, *den Charakter und die Sitten* dieser Helden *zu treffen.* Ja, es ist dem Autor fast unmöglich, die Feinheiten ihrer Handlungen und ihrer Tugenden historisch richtig zu schildern. Er muss nur das Wichtigste ihrer Taten aufgreifen, um sich dadurch *vor dem Widerspruch mit bekannter Wahrheit zu hüten.* Aber: das Kunstwerk würde nicht gelingen, *wenn er nicht die Macht hätte, das Mögliche durch die Überredung ins Wirkliche zu verwandeln, das Wahrscheinliche und Angenommene der kritischen Gewissheit vorzuziehen und das sich äußernde Leere mit neuen Geschöpfen auszufüllen.*«[50]
»Großartig! Herrlich! Sie sind ein kritischer Denker – Sie sind ein kreativer Geist!« Georg Ludwig blieb stehen und sah Möser begeistert an. »Wir müssen uns oft treffen, oft miteinander diskutieren!« Von nun an wurde Möser häufig nach Barenaue eingeladen.

Das Licht und seine Schatten

Der Marchese Sagramoso, ein Vetter von Johanna, hinterließ einen tiefen Eindruck bei den Menschen, die ihm begegneten. Sein wacher und aufgeklärter Geist spricht aus seinen Briefen und seiner Rede vor der Akademie der Wissenschaften in Stockholm. Wie mag er das Petersburg seiner Zeit erlebt haben, das er soeben besucht hat? Hier fabuliere ich.

Der Vater war noch nicht nach Hamburg zurückgekehrt; er wollte auf Frost warten, wenn die Straßen wieder fest waren. Oktoberregen und Novembernebel trübten den Herbst. Manchmal gelang es der schwachen Sonne, im Laufe des Vormittags den Dunst herabzudrücken. Aber meist war das Moor verhangen, und weiße Schleier hüllten das Schloss ein. Es war, als gäbe es nichts jenseits davon. Wenn nicht im Hof oder in den Wirtschaftsgebäuden hantiert wurde, war es ganz still. Am Anfang fühlte Johanna sich in dieser Hülle geborgen, aber allmählich wurde es bedrückend und einsam.
Darum war es höchst willkommen, dass sich der Vetter Michele Enrico Sagramoso ankündigte[51], der *ultramontane*[52] Vetter, wie Vater ihn nannte. Er hatte in den letzten Jahren die Familie mehrmals in Hamburg besucht und an ihren Geschicken Anteil genommen. Michele war ein Mann von Geist und Welt, kein schöner Mann, aber ein wissbegieriger und charmanter junger Mensch von 32 Jahren. Liebenswürdig und geistreich, aber auch manchmal still und verschattet.[53] Er mochte seine kleine Cousine, das spürte sie, und sie bewunderte ihn. Sie hörte ihm gerne zu. Er wusste von der großen Welt zu erzählen und war ein aufmerksamer und verständiger Gesprächspartner für alle, auch für Johanna.
Die Eltern hatten oft über seine Familie gesprochen.[54] Seine Mutter Sophie war eine von Vaters Schwestern. Sie hatte in jungen Jahren den italienischen Grafen Bergoni geheiratet;[55] es war eine Liebesheirat, derentwegen sie zum katholischen Glauben übergetreten war, sehr zum Missfallen der Familie.[56] Nach dem frühen Tod ihres Mannes heiratete Sophie den Marchese Orazio Sagramoso und lebte in Verona, wo ihr Sohn Michele Enrico geboren wurde. Er studierte in Bologna und trat in jungen Jahren – nachdem ihm Schreckliches widerfahren war, über das niemand sprach – in den Malteser-

orden ein. Dort erhielt er eine exzellente Ausbildung. Fünf Jahre lang reiste er, wie üblich für Neulinge bei den Maltesern, mit einem Ordensschiff von Land zu Land. Mit großer Offenheit begegnete er Menschen und Kulturen, beobachtete sorgfältig und erweiterte seinen Horizont. Dann übertrugen ihm seine Oberen diplomatische Aufgaben. Dank seiner Liebenswürdigkeit und Gewandtheit wurde er ein großer Vermittler zwischen den Kulturen, Staaten und Herrschern, ein glänzender Vertreter der Malteser und ein geschickter Arrangeur von Geschäften für seinen Orden. Bald war er an vielen Höfen als Botschafter akkreditiert, in London, Berlin, Neapel, Parma, Florenz. Auf seinen Reisen lernte er bedeutende Denker und Dichter wie Voltaire und Diderot kennen, Persönlichkeiten, die Vater nur aus seiner Lektüre kannte und denen er zu gerne begegnet wäre. In Hamburg wurde er Hagedorns Freund, der ihn einen frühreifen Odysseus[57] nannte; auch der Vater liebte diese Metapher.[58]
Er hatte Michele in sein Herz geschlossen und seiner Schwester die Konversion längst verziehen. »Mein Neffe ist ein *sehr liebenswerter junger Mann, ganz entgegen meinen Erwartungen.*«[59] Vater war mit ihm im Vorjahr von Hamburg auf die Insel Alsen zum Herzog Christian August von Schleswig-Holstein-Sonderburg-Augustenburg gefahren.[60] Der Herzog nahm den Marchese mit nach Kopenhagen zu dem Krönungsfest des dänischen Königs Friedrich V. Auch Vater war eingeladen, aber er musste absagen, da er nicht die angemessene Kleidung und Ausstattung besaß und sie sich auch nicht leisten konnte.
Im April dieses Jahres hatte Michele abermals die Bars in Hamburg besucht. Er war auf seinem Weg nach Stockholm, wo er in die königliche Akademie der Wissenschaften aufgenommen werden sollte.[61] Michele besprach mit dem Vater seine Dankesrede. Der zog seine kleine Jeanne, wie er sie nannte, zu diesen Gesprächen hinzu. Er beteiligte sie gerne, denn er wollte, dass sie so viel lernte wie möglich, war er doch der festen Überzeugung, dass Frauen ebenso für die Wissenschaften und schönen Künste begabt seien wie Männer.[62] Johanna lächelte ein wenig: Der stolze Vater war von ihrer Klugheit entzückt, wie er sagte. Ihre Gedanken wanderten zurück zu Micheles Vortrag, an den sie sich noch genau erinnerte: Er begann mit einem Dank für die schwedische Gastfreundschaft und die Großzügigkeit der Akademie, die ihn in ihre Reihen aufnehmen wollte. »Mein Herz ist sehr bewegt, und mei-

ne Freude über diese Ehre unaussprechlich. Ich sehe viele Möglichkeiten für die Zusammenarbeit von schwedischen und italienischen Gelehrten. Die beiden Länder liegen auf weit entfernten Breitengraden und haben ein völlig unterschiedliches Klima. Wie viel könnten doch astronomische Beobachtungen, angestellt zur gleichen Zeit, aber an verschiedenen Orten, zu neuen Einsichten beitragen! Der Vergleich von Messungsergebnissen und die Parallelen und die Gegensätze der Phänomene werden zu Erkenntnissen für Astronomie und Navigation führen. Zum Beispiel sind die Entstehung von Meteoren und ihre Eigenschaften noch immer unbekannt. Abweichende Anzeigen der Kompassnadel in verschiedenen Gegenden der Welt werden bereits von Schweden und Engländern gemeinsam untersucht, hier könnten auch Messungen in Italien aufgrund seiner südlicheren Lage hilfreich sein. Welche Auswirkungen haben Luft und Luftbewegungen, Temperaturen und Erdbeschaffenheit auf belebte und unbelebte Wesen? Voller Bewunderung schauen wir auf die Pflanzen-, Tier- und Mineralsysteme, die man hier in Schweden entwickelt hat«, er dachte an Linné, den Schöpfer des ersten Pflanzensystems, den er in Uppsala aufgesucht hatte.[63] »Vielleicht könnten andere Länder mit der Beobachtung weiterer Phänomene diese Systeme erweitern. Wie ergiebig wird auch die Zusammenarbeit meines Heimatlandes mit Schweden in der Erforschung von Sprache und Literatur sein! Das nördliche Land hat eine große Geschichte und wunderbare Dichtungen aus der Frühzeit, die dargestellt und publiziert werden sollten. Italien wiederum hat viel Erfahrung mit der Tradierung seiner Geschichte und mit der Veröffentlichung seiner Literatur und könnte ähnliche Projekte in Schweden unterstützen. Und schließlich gibt es noch einen Berührungspunkt. In einigen Alpentälern leben Menschen, deren Sprache sich sehr stark von denen ihrer Nachbarn unterscheidet und über die Forscher staunen. Man vermutet, diese Menschen seien Nachkommen der Kimbern, die, aus dem Norden stammend, nach Italien eingefallen und schließlich von Marius geschlagen worden sind. Eine Untersuchung ihrer Sprache kann vielleicht diese Hypothese bestätigen.«[64]

Johanna hörte den Gesprächen sehr aufmerksam zu und lernte viel. Bei der Diskussion über Micheles Dankesrede machte sie bisweilen Vorschläge, die der Vetter vernünftig fand und gerne annahm. Zum Dank schenkte er ihr den Entwurf seiner Rede.

Inzwischen war der Marchese also in Stockholm gewesen, dann an den Hof nach St. Petersburg weiter gereist und schließlich trotz des unfreundlichen Wetters nach Barenaue gekommen. Sie alle waren darüber hoch erfreut. Michele, ein Mann von Geist und Welt, war nun hier in dem kleinen Barenaue mitten im Moor! Zwar war er noch jung, aber doch weise, und er erzählte ebenso plastisch wie unterhaltsam und geistreich. Johanna interessierte sich für jede Geschichte und für jedes Detail. Eines Tages waren die Familie von dem Bussche-Hünnefeld und Justus Möser zu Gast, als Michele auf Bitten der Gäste von St. Petersburg berichtete.
Zarin Elisabeth und Prinzessin Katharina empfingen den jungen Diplomaten am Hof und luden ihn häufig ein. Noch kamen wenige Ausländer nach St. Petersburg, und der Südländer war eine auffallende Figur in der kühlen Stadt. Er knüpfte engere Bande zwischen seinem Orden und dem aufstrebenden russischen Reich und schloss ein Abkommen zur Lieferung von Holz, ein gutes Geschäft für die Malteser und ein Schub für den russischen Schiffsbau. Er lernte einflussreiche und manchmal auch bedeutende Menschen in Petersburg kennen wie den Präsidenten der neu gegründeten Akademie der Wissenschaften. Am Hof tafelte er mit dem Großkanzler Bestuzev-Rjumin: »*Er hat weder den Geist noch das Talent für seine großen Aufgaben, liebt die inneren und äußeren Umarmungen, pflegt die Kunst des Betruges wie kein anderer, dabei ist seine Konversation fade und langweilig. Er hat das größte Vergnügen an den kleinsten Nichtigkeiten, wird beim Mittagessen lebhaft und sogar höflich: wehe aber, wenn ihn dann jemand irritiert.*«[65]
Alle schmunzelten. Johann Friedrich von dem Bussche-Hünnefeld fragte schließlich nach der Größe von St. Petersburg, und Michele antwortete: »Es ist eine bescheidene Hauptstadt, wenn man sie mit den großen Metropolen vergleicht, mit London und mit Paris. Sie ist noch keine 50 Jahre alt; wie Sie alle wissen, wurde sie von Zar Peter gegründet und 1712 zur Hauptstadt gemacht. Die Einwohnerzahl ist schnell gewachsen, und zwar durch Zwangsansiedlungen und durch die große Anziehungskraft der Neugründung. Die Adligen mussten ihre Residenzen nach St. Petersburg verlegen. Jetzt mögen dort bereits 150.000 Menschen leben, das ist ein Viertel der Einwohnerzahl von London oder von Paris.

Michele Enrico Sagramoso, Künstler unbekannt

Peters Wille zum Aufbau seiner Hauptstadt und zur Modernisierung Russlands war unbeirrbar. Er war ein Herrscher, und er trotzte die Stadt dem Sumpf ab. Das spürt man auch noch heute.

Die Stadt ist geprägt von Wasser, von dem großen Fluss Newa, dessen Mündung sich in den finnischen Meerbusen verzweigt, dem Fluss Fontanka, der Moika, anderen Flüssen und Kanälen und zahlreichen Inseln.

Weltreisende werden bald diese Stadt entdecken und über sie staunen. Ihre Herrlichkeiten und Innovationen sind überwältigend! Die Stadt ist unvergleichlich. Doch! Sie ist auch ein Wunder, trotz allem. Ich habe oft am südlichen Ufer der Newa in der Nähe der Admiralität gestanden. Von hier aus erschließt sich der Charakter der Stadt am besten. An sonnigen Tagen bietet sie ein großes Tableau von reflektierendem Wasser, hellen Gebäuden und einem weiten Himmel über einem ebenen Land: offen und doch verschlossen, klar und kalt, greifbar und unwirklich. Die Newa ist hier ein breiter Fluss mit großen Wassermengen, bei Regen steigt der Pegel schnell und überflutet dann die Stadt, wie man mir erzählt hat. An schönen Sommertagen aber wälzt er sich gemächlich vorwärts und trägt die großen Segelschiffe, Zweimaster, Dreimaster; trägt sie ins Meer oder in den Hafen und das Handelszentrum, oder die Schiffe nutzen die Winde, um landeinwärts zu segeln und die Waren dorthin zu bringen. Auf der anderen Seite des Flusses liegt die Wassilij-Insel mit den Zwölf Kollegien, dem Menschikow Palais, der Kunstkammer und dem Hafen, daneben dann die Insel Peter und Paul mit der imposanten Festung und der Kirche. Auch am südlichen Ufer reiht sich ein Gebäude an das andere, nur bisweilen von Zuflüssen zur Newa voneinander getrennt, am markantesten sind das neue und das alte Winterpalais. Die meisten Bauten sind zwei- oder dreistöckig mit zurückhaltendem Schmuck. Hier gliedern Lisenen eine Häuserfront, dort wird sie durch Galerien aufgelockert. Die Gebäude zeugen von den Entwürfen westlicher Baumeister und Künstler und haben doch eine fremde Aura. In der Ferne überspannt eine Brücke den breiten Fluss, dahinter scheint sich die Stadt in der Weite zu verlieren. Dieser Ort mit seinen niedrigen Gebäuden ist mehr dem Wasser verbunden als dem hohen Himmel.

Die Bildung seines Volkes lag Peter am Herzen und die Förderung der Forschung. Die Einrichtungen dafür interessieren mich am meisten; z.B. die Akademie der Wissenschaften und die Kunstkammer. Letztere steht der

Bevölkerung zu ihrer Bildung kostenfrei offen, ja, die Besucher werden mit einer Tasse Kaffee belohnt.

Schließlich der Ladoga-Kanal, dessen Bau unter Peter begonnen wurde. Ein weitsichtiges, ein geniales Projekt! Der neue Wasserweg soll die Newa, die dem nahe gelegenen See entspringt und in den baltischen Meerbusen mündet, mit der Wolchow und dann der Wolga und dem Kaspischen Meer verbinden. Also das ganze russische Reich mit einem Wasserweg erschließen. Ein kühnes und weitsichtiges Projekt! Ein unermesslicher Fortschritt für dieses rückständige Land. Der Kanal führt südlich des Ladogasees entlang, der für die Schifffahrt wegen des häufig stürmischen Wetters und der Geröllbänke zu gefährlich ist. Ich habe die künstliche Wasserstraße genau studiert und will später der Königlich Schwedischen Akademie der Wissenschaften darüber berichten;[66] auch werde ich die Befestigung der Ufer, die Schleusenkammern und den Treidelpfad beschreiben.«

Der Vater schaltete sich ein: »Ich bewundere Peter. *Man muss zugeben, dass Peter der Große seinen Beinamen verdient. Er hat… Ungeheuer besiegt, die man für unüberwindlich hielt. Er hat Wasser und Moor gebändigt, sein unfruchtbares Land zum Blühen gebracht und seine armen Russen ihrer Trägheit und ihrem dumpfen Leben entrissen. In seinen Taten hat er alle Menschen übertroffen, und nur Gott ist größer als er.*«[67]

Michele wiegte den Kopf: »Von nichts kommt nichts. Man muss wissen, dass vielen, sehr vielen armen Menschen übermäßige und unmenschliche Opfer abverlangt wurden. Bei der Trockenlegung der sumpfigen Gebiete im Newadelta und bei dem Aufbau der Stadt waren ständig 50.000 Männer beschäftigt, die in den elendsten Erdlöchern lebten, hungerten, von schweren Krankheiten bedroht waren und die härtesten Strafen bei kleinen Vergehen fürchten mussten. Allein beim Bau der Festung Peter und Paul sollen 100.000 Menschen umgekommen sein. St. Petersburg ist nicht nur auf Pfählen erbaut worden, sondern auch auf den Knochen vieler tausender Menschen. Allerdings spricht man davon nur hinter vorgehaltener Hand.«

Der Vater war bestürzt: »Das war mir nicht bekannt!« Auch Johann Friedrich konnte sich nicht zurückhalten: »Mir blutet das Herz, wenn ich von diesem Umgang mit Schutzbefohlenen höre. Wo war seine Menschlichkeit?«

»Der Zar hat diese Männer sicher nicht als Schutzbefohlene gesehen. Das ist grausame Tyrannenart. Aber keiner will das wissen, und jedermann hält die

Stadt für ein Geschenk des Himmels. Peter benannte die Stadt nach seinem Namenspatron, nach einem Heiligen, und doch auch nach sich selbst! Wie vieldeutig! – Und doch, und doch – St. Petersburg ist nicht nur schrecklich, sondern auch schön! Peter war furchtbar und groß. In gewisser Weise stimme ich dir zu, lieber Onkel. Muss man nicht seinen Willen zum Aufbau und Fortschritt bewundern, seine Förderung der Landesverteidigung, des Handels, der Schifffahrt, der Wirtschaft? Ja, auch den Aufklärer seines Volkes?«

Johanna fragte: »Aber was darf der Fortschritt kosten? Von wessen Fortschritt sprechen wir? Die Aufklärung hat sich doch Freiheit und Fortschritt für die Menschen auf die Fahnen geschrieben, nicht ihren Tod! Fortschritt für alle Menschen, oder zählen manche Menschen nicht? Als du vor der Akademie in Stockholm über die Aufklärung gesprochen hast, hattest du, Michele, eine strahlende Vision. *Glücklich die Völker* – hast du gesagt – *die sich unter aufgeklärten Führern einen Weg durch die Finsternisse der Unwissenheit und der Vorurteile bahnen können, um in dem Licht anzukommen,* das von Wissenschaftlern entzündet worden ist.«[68] Sie selber war ein wenig erschrocken über ihren mutigen Einwand, und auch der Vater schaute sie erstaunt an.

Möser warf ein: »Auch ich halte Fortschritt und Reformen zum Wohle der Menschen für notwendig und wichtig. Aber die Aufklärung darf nicht einer Vernunft entspringen, die Ungeheuer gebiert. Sie kann Wohltaten schaffen, wenn sie nur mit Bedacht regiert, wenn sie die Bedürfnisse der Menschen respektiert und an das Bestehende anknüpft. – Aber das ist ein weites Feld. Kehren wir nach St. Petersburg zurück! «

Johanna war froh, als Clamor dem Gespräch ein Wendung gab: »Würden Sie uns noch von einem Wunderwerk in St. Petersburg erzählen, von dem ich gelesen habe, von dem Gottorfer Globus?«

Michele folgte gerne dem Vorschlag, auch er schien erleichtert. »Zar Peter hatte ihn aus Dänemark mitgebracht. Ob er nun ein Gastgeschenk oder doch eine Kriegsbeute im Nordischen Krieg war? Ich weiß es nicht. Jedenfalls kann man ihn nun in der Kunstkammer besichtigen. Stellen Sie sich vor: Der Globus ist eine Kugel mit einem Durchmesser von drei Metern. Auf seiner Außenseite stellt er eine Weltkugel mit den Kontinenten und Meeren dar. Das Innere ist ein begehbares Planetarium. Die Sterne sind aus vergoldeten Messingknöpfen gefertigt, die Sonne aus einem geschliffenen

Kristall. Sie werden durch Kerzenlicht zum Funkeln gebracht. Man kann an einem Tisch Platz nehmen, während sich die Kugel um eine geneigte Achse dreht. Zwar hat der Erbauer auf eine Darstellung der Planetenbahnen verzichtet, aber durch eine Mechanik kann er die tägliche und jährliche Rotation der Sonne darstellen. Es gibt noch viele andere bewunderungswürdige Bewegungen und Anzeigen. Der Globus ist ein Wunderwerk des menschlichen Geistes.«

Clamor schaute zu Johanna hinüber: »Mit Vergnügen höre ich, dass die Achse geneigt ist. Aber diese großartige Konstruktion scheint noch auf dem geozentrischen Weltbild zu beruhen, bewegen sich doch die Gestirne um den im Zentrum sitzenden Betrachter. Merkwürdig: eine so ausgefeilte technische Leistung und doch ein falsches Weltbild!«

Michele nickte: »Sie haben recht. Das System des Gottorfer Globus ist antiquiert. Wir sind mit unseren Kenntnissen schon viel weiter, und wir werden noch weiter kommen. Wie ich hoffe, zum Wohle aller Menschen.« Er lächelte.

Am frühen Abend erzählte Michele von dem Licht in St. Petersburg: »Es ist viel weißer als in südlicheren Ländern, namentlich in meiner Heimat. An Sommersonnentagen ist es gleißend und blendet, wenn es sich auf den weiten Wasserflächen spiegelt oder von den hell getünchten steinernen Gebäuden zurückstrahlt. Dabei bleibt die Luft auch an diesen Tagen frisch und windig, und die Bauten, oft grün oder hellblau gestrichen, wirken kühl. Gegen Mittag scheinen sich die Menschenbauten im Licht aufzulösen. Ist das alles wirklich, was der Zar Peter und seine Nachfolger geschaffen haben? Sind es nicht Luftschlösser? Der Tag hört nicht auf. Er ist unendlich und das Licht weiß wie die Ewigkeit. Nachts bleibt es hell, die Sonne geht nicht unter, sondern berührt nur den Horizont und spiegelt und vervielfältigt sich vom Rande der Erde her in den vielen rot verschatteten Fenstern der Paläste. Diese Nächte lassen niemanden schlafen. Eine erschöpfte Wachheit und eine klarsichtige Müdigkeit breiten sich nach einigen Tagen aus. Auch die ständige frische Brise kühlt den Geist nicht. Er ist immer auf dem Sprung, sucht nach Antworten, ohne ans Ziel zu gelangen, bleibt ruhelos. Der Sinn für die Wirklichkeit scheint abhanden zu kommen. Ob der Mensch für soviel Licht gemacht ist? Herz und Geist sind erleichtert, wenn Wolken aufziehen und der Himmel sich verdunkelt.«

Möser schlug Sagramoso vor, einige Sommertage in Osnabrück zu verbringen: »Sie sollten hier einmal einen Sonnenuntergang erleben. Der Horizont färbt sich zunächst in ein sanftes Gelb, dann in ein warmes Gold und schließlich in ein loderndes Rot, das die Backsteine unserer Bauernhäuser erglühen lässt. Bis der Himmel erblasst, dann eindunkelt und die Menschen schließlich Ruhe finden.«

Anfang Dezember verabschiedete sich der Vetter; der Vater begleitete ihn bis nach Berlin.[69] Michele würde ihr fehlen, wie charmant er war, wie heiter, gesellig und warmherzig; wie klug und weltläufig. Dazu seine Zuversicht, über der nur manchmal eine sanfte Melancholie lag. Dass er doch bald wieder nach Barenaue kommen würde!
Sobald das Wetter im neuen Jahr sicher schien, kehrte der Vater nach Hamburg zurück. Clamor bereitete seine Abreise nach Erlangen vor, um dort sein Studium zu beginnen. Es wurde ruhig in Barenaue. Johanna dachte nun oft an die Stunden mit ihrem geistreichen, wenn auch ein wenig launischen und unzufriedenen Vater, mit dem welterfahrenen Vetter Michele und dem jungen Nachbarn Clamor, mit dem sie sich so gut verstand.

1749 – 1750

Tage, Wochen, Jahre

Summa summarum, Sammelsurium, Simsalabim: zwei Jahre sind dahin.

Die Tage gingen ins Land. Die Mutter trauerte noch immer ihren schönen Möbeln nach, die sie in Hamburg hatte zurücklassen müssen.[70] Johanna dachte oft an die Geselligkeit in der Hansestadt und sehnte sich nach dem heiteren Umgang mit ihren Freunden, den Opernaufführungen, dem bequemen Haus am Jungfernsteig, dem Blick auf die Alster und dem quirligen Leben in der Allee. Aber sie verscheuchte diese Erinnerungen.

Anfangs war in dem neuen Quartier viel zu tun. Johanna ergänzte, was im Haus fehlte. Zunächst beschaffte sie das Notwendige, dann das Schöne. Hässliche und defekte Gegenstände wurden aussortiert, neuer Hausrat besorgt, Möbel angefertigt oder auswärts bestellt. So erhielt das Haus einige Schmuckstücke, die das Auge auf sich zogen und über die Mängel hinwegsehen ließen, über schadhafte Möbel, über Risse in den Wänden und feuchte Stellen an den Decken. Die Bewohner und wohlwollende Besucher konnten eine gewisse Behaglichkeit empfinden.

Dann wurden die Tage ruhig und die Wochen gleichförmig. Die Woche gliederte sich in Waschtag, Besuchstag, Anwaltstag, manchmal Gerichtstag, Feiertag. Niemals Theatertage oder Operntage. In manchen langen Wochen waren die Posttage die großen Festtage.

Der Mutter taten diese Einförmigkeit und Ruhe gut, Johanna ließ keine Aufregung an sie heran. Sie erholte sich zusehends, ging am Arm ihrer Tochter spazieren, ließ sich von ihr vorlesen, besprach mit ihr die Haushaltsführung. Johanna wies den Bediensteten ihre Pflichten zu und wuchs in die Aufgaben einer Gutsfrau hinein. Sie sorgte für die Mutter, für den Haushalt, für das Wohl des Gesindes und für die Armen von Barenaue. Sie gab Anordnungen, sie kontrollierte in der Küche die Sauberkeit, sie ermahnte die Zimmermädchen zur Pünktlichkeit, sie tadelte den etwas faulen Pferdeknecht. Sie plante die Menus, sie besprach die täglichen Arbeitspläne des Personals, achtete auf gerechte Belohnung, kümmerte sich um erkrankte Hausgenossen. Sie besuchte die Heuerleute in ihren engen und dunklen Kotten, brachte Kranken Medizin und herzhafte Nahrung, übernahm die Kosten für die Ausbildung zweier armer Mädchen[71], visitierte gelegentlich den Schulunterricht der Kinder[72] und besprach mit dem Verwalter einzelne Arbeiten auf den Gütern. Geld- und Steuerangelegenheiten sowie Rechtsstreitigkeiten reichte sie an den Rentmeister weiter und verwies ihn an den Onkel in Frankfurt oder an seine Anwälte. Manchmal wünschte sie, der Vater wäre hier und unterstützte sie in all den vielen Aufgaben. Aber sie wusste ja, dass ihn nichts hierher zog.

Eine Kammerjungfer wurde für sie eingestellt, Wilhelmine Magdalene Greven. Sie war etwas jünger als sie selbst, eine hübsche zierliche Person, freundlich, pfiffig und ein wenig keck. Sie ging ihr überall zur Hand, auch bei den häuslichen Aufgaben, sie wachten zusammen auf der Bleiche bei der Wäsche[73] und, wenn der Henrich nicht zur Verfügung stand, auch am Eingang des Schlosses.[74] An ihren Aufgaben scheiterten und wuchsen sie gemeinsam. Sie lachten miteinander, spotteten über Unzulänglichkeiten ihrer Mitmenschen, neckten sich gegenseitig und weinten manchmal gemeinsam über eine gefühlvolle Lektüre. Ja, auch Wilhelmine las gerne. Johanna schätzte ihre Kammerjungfer mehr und mehr und vertraute ihr. Sie wusste bald, dass sie sich auf sie verlassen konnte.

Die Tage waren sehr betriebsam und anstrengend, wenn die große Wäsche anstand oder Näharbeiten erledigt werden mussten. Oft saß sie mit der Mutter viele Stunden gebeugt über Hemden, um sie auszubessern, bis ihr Rücken schmerzte. Wie viel Wäsche war zu flicken, kaum war der Berg abgearbeitet, wuchs er wieder: Bettlinnen, Tischwäsche, Schürzen, Unterröcke, Strümpfe, manchmal musste sie ihr altes Hauskleid flicken. Bisweilen beauftragte der Vater sie mit der Abschrift seiner neuesten Verse; häufig brauchte die Mutter kundige Pflege, oft Zuspruch und Trost. Mutters Dankbarkeit war Johannas Belohnung. Kraft holte sie sich aus den Büchern. Sie verfolgte die Neuerscheinungen und Rezensionen in Magazinen und Zeitschriften, die die Post brachte und die sie kaum erwarten konnte. Sie bestellte sich Bücher mit viel versprechenden Titeln in Hamburg oder in Holland, erhielt vom Vater manchen Band zugesandt und tauschte mit Möser Lektüren aus. Die beiden Frauen machten auf den Nachbargütern ihre Aufwartung und erhielten Gegenbesuche. Sie vertieften ihre Freundschaft mit der Familie von dem Bussche-Hünnefeld, man besuchte sich gegenseitig, und viele Briefe und Grüße gingen zwischen den Häusern hin und her. Johanna freute sich über Neuigkeiten von Clamor, der ein gewissenhafter Student geworden war. Manchmal ließ er sie in seinen Briefen an seine Eltern grüßen. Wenn man sie ihr ausrichtete, schlug ihr Herz lauter, und sie wandte sich ab, damit niemand die Röte sehen konnte, die ihr ins Gesicht geschossen war. Gelegentlich wurde sie mit ihrer Mutter zu Geselligkeiten, zu Soireen und Bällen eingeladen, die in den Stadthäusern der Adligen in Osnabrück oder auf den benachbarten Rittergütern gegeben wurden. Sie tanzte gerne, sie liebte die Bälle und glühte vor Freude. Die Mutter sah ihr beim Tanzen mit Stolz zu und vergaß darüber ihre Leiden. Die Gastgeber und die anderen älteren Gäste taxierten sie interessiert als mögliche Ehefrau ihrer heiratsfähigen Söhne. Darunter waren auch gute Partien, Erstgeborene, die einmal die gut geführten Güter ihrer Väter übernehmen würden. Die Beobachter schätzten Johannas gute Manieren und ihr hübsches Äußeres und zogen Erkundigungen über ihre Mitgift ein. Einige strichen sie von der Liste möglicher Schwiegertöchter, als sie von ihrer Belesenheit erfuhren. Vielen jungen Herren gefiel sie, das bemerkte sie sehr wohl[75], manche gefielen auch ihr, die Großherzigen und Ehrenhaften. Aber dabei blieb es.

Graf Nikolaus Johann Christian von Bar 1727, unbekannter Künstler

Die besten Freunde der beiden Frauen wurden die Mösers. Justus Möser kam des Öfteren nach Barenaue, manchmal nur auf der Durchreise zu den Bussche-Hünnefelds. Bisweilen blieb er auf Einladung der Bars eine ganze Woche[76], öfters begleiteten ihn seine Frau Juliane und ihr Töchterchen Johanna Wilhelmina Juliana, die Jenny gerufen wurde und ein liebes Mädchen war.[77] Frau Möser, jünger als die Mutter und älter als sie selbst, war eine sensible, gebildete Frau und dabei sehr praktisch; sie wurde schnell ihrer beider Freundin. Johannas Spaziergänge ins Poatjenholz, ans Moor, hinunter ins Dorf wurden viel reizvoller in der liebenswerten Gesellschaft Mösers oder des Ehepaares. Oft sprachen sie über ihre Lektüren, über historische Darstellungen, Gesellschafts- und Staatstraktate, naturwissenschaftliche Bücher, Romane.[78] Möser und seine Frau schienen diese Gespräche auch zu lieben. Sie redeten sich warm, und Johanna glühte beim Austausch der Gedanken. Einmal bemerkte Möser: Er kenne keine junge Frau, die so gebildet und belesen, so interessiert und so geistreich sei wie das gnädige Fräulein.[79] Hielten sich Johanna und die Mutter in der Stadt Osnabrück auf, nahmen sie Quartier bei ihren Freunden. Dort fühlten sich die Gäste wohl und teilten das bürgerliche Leben ihrer Gastgeber, ein emsiges Leben und ein freundliches Miteinander. Frau Möser nahm immer wieder junge Frauen in ihr Haus, auch Fräuleins von Stande, weil sie verwaist waren oder bei ihr die Haushaltsführung lernen sollten. Johanna freundete sich mit einem der Schützlinge an, mit dem Fräulein von Ehrenberg aus Varel. Aber sie verlor diese Freundin bald wieder, denn sie wurde von ihrer Familie verheiratet, und zwar mit einem älteren Major. Wie bedauerte Johanna sie! Auch Mösers waren enttäuscht: *18 Jahre jung, unschuldig, schön und vielleicht ein wenig eitel.... Sie verdiene wirklich ein würdigeres Schicksal, als einen Mann zu heiraten, der ihr Vater sein könnte und der ...*[80].

1750

Der Reichsgraf

Reichsgraf Nikolaus Johann Christian von Bar, Erbherr von Barenaue, hatte seine Rückkehr auf seine Güter angekündigt. Johanna erwartete ihren Onkel im Innenhof. Ein Sechsspänner fuhr ein, ein Kammerdiener sprang aus dem Wagen und half dem alten Herrn aus der großen prunkvollen Kutsche. Der tastete sich unsicher vorwärts, obwohl er geführt wurde. Ihm musste seine Heimat während seiner langen Abwesenheit fremd geworden sein. Die ganze Welt hatte er gesehen: Er war in England, Irland, den Niederlanden, Frankreich und Dänemark gewesen. In den letzten Jahren war sein Augenlicht gänzlich geschwunden, und jetzt war sein Radius so groß wie der seines Stockes. Trotzdem war er hochgemut, er war ein Herr. Wie er seine Bediensteten herumkommandierte! Wie er herumdonnerte! Johanna staunte. Dann begrüßte sie ihn höflich und erhielt einen Gegengruß. Oben auf der Freitreppe nahm ihn die Mutter in Empfang, ihre Stimme klang belegt.
Der Graf verlangte, unverzüglich in seine Wohnung geführt zu werden. Das für ihn vorbereitete festliche Mahl im großen Ahnensaal sagte er ab, er wollte alleine in seiner Wohnung essen. Wenig später trafen weitere Bedienstete ein, für die die Alteingesessenen im Diensttrakt des Schlosses zusammenrücken mussten. Es dauerte nicht lange, bis Befehle aus der Wohnung des Grafen kamen: Möbel aus den Räumen Johannas und ihrer Familie wurden in seine Wohnung beordert, Möbel aus seinem Apartment abgestoßen. Als Johanna den Möbeltausch überwachte, hörte sie den Grafen über seine verarmte Verwandtschaft fluchen, die sich in seinem Schloss breitgemacht habe. Sie erschrak. Die Mutter hatte sie vor dem schwierigen Onkel gewarnt; seine Beschimpfungen dämpften ihre Fröhlichkeit. Aber sie sah keinen Grund, sich für ihre Anwesenheit im Schloss zu entschuldigen. Vater und Onkel hatten doch vor Jahren ihre Übersiedlung nach Barenaue verabredet.
Die nächsten Wochen waren unruhig. Große Fuhren Hausrats kamen an, er musste untergebracht werden. Johanna bemühte sich, die Arbeit zu unterstützen; Hilfe wurde erwartet, und doch war es nie die richtige. Ihre Vorschläge bei der Einrichtung wurden manchmal gelobt, aber meistens lächerlich gemacht. Wie hochfahrend dieser niedergebeugte Mann sein konnte! Er

verlangte die Einstellung einer Köchin, die nach seinen Wünschen kochte; einige Frauen, die Johanna kommen ließ, missfielen ihm. Seine ständige Unzufriedenheit lastete über allen. Noch immer hatte er die Angewohnheit, mit dem Finger zu schnipsen. Aber oft war das Schnipsen folgenlos, weil sich die Diener in anderen Räumen aufhielten und ihn nicht hören konnten. Dann wurde er wütend und schrie laut. Meist kam einer seiner dienstbaren Geister, schon gewappnet gegen die schlechte Laune des Herrn. Wenn aber niemand sein langes Brüllen hören konnte oder wollte, sank er schließlich erschöpft zusammen. Einige seiner Bediensteten nahmen bald ihren Abschied. Johanna hörte, dass der Graf sie nicht pünktlich bezahlte oder bezahlen konnte, manche schienen die Einsamkeit in Barenaue zu scheuen und Glanz und Hofatmosphäre zu vermissen; die Spiele mit den bäuerischen Dienerinnen und Mägden nutzten sich ab. Johanna erkannte schnell: Es war ein schlimmes Schicksal, beim Grafen angestellt zu sein; Dienste bei ihm waren *Sklavendienste*[81].

Was hatte den Mann, der die große Welt kannte, hierher in das Moorschloss geführt?

Sein neuer Aufenthaltsort schien ihm zuwider zu sein. Nie habe er nach Barenaue zurückkehren wollen, sagte er, nichts als Einsamkeit, Arbeit und Verdruss.[82] Er schimpfte immer wieder, am lautesten über den Zustand seiner Güter: »*Ich habe einen großen Fehler gemacht, soviel Geld in diese trockenen, mageren und armen Böden zu stecken... aber die Ambition, meine Familie zu erhöhen und groß zu machen und die Ländereien in einen solchen Zustand zu versetzen, wie sie niemals gewesen sind, seit unser Name besteht, und die mir viel Mühe und Arbeit verschaffen, haben mich diesen Fehler begehen lassen, Fehler, die man andernorts ehrenhaften Menschen verzeiht. Ich wünsche nichts in der Welt, als dass die Güter in dem Zustand erhalten werden,* in den ich sie versetzt habe.«[83]

Er hatte keine leiblichen Erben und stand seit seiner Scheidung allein. Ein böses Kapitel für ihn. Seine nächsten Verwandten waren nun sein jüngerer Bruder, Johannas Vater, mit dem er ständig in Streit lag, und dessen Familie. Er hatte hier keine Freunde, und er bemühte sich auch nicht darum, welche zu gewinnen. Wie einsam musste er sein! Sie wusste, er hatte auf großem Fuß in der großen Welt gelebt, er war ein Hofmann. Das Fürstbistum Osnabrück kannte kein Hofleben und hatte keinen Glanz, denn der

Landesherr residierte andernorts und kam nur selten in sein Osnabrücker Schloss. Und welches Vergnügen hätte auch ein blinder hinfälliger Mann am Hofe gehabt? Ob er sich langweilte? Vielleicht hatte er Freude daran, andere zu schikanieren. Oder ob er unter seiner Blindheit und Gebrechlichkeit litt, die ihn so hilflos machten? Welch ein merkwürdiger Mann! Sie wollte ihm mit Ehrerbietung begegnen, aber sie konnte das nicht mit reinem Herzen tun. Ihr Mitleid erlosch bald, sie heuchelte Achtung und empfand Verachtung, die sie jedoch zu verbergen wusste.

Er hatte hier Juristen gefunden, die ihn berieten und mit seinen Anwälten an verschiedenen Gerichtsorten wegen der laufenden Prozesse korrespondierten; sein Sekretär war lange Tage damit beschäftigt, Schriftstücke vorzulesen, zu kopieren oder nach seinem Diktat zu schreiben. Gelegentlich rief er Johanna zu sich: »Ich muss dich über die schwierige Situation der Bar'schen Besitztümer unterrichten; dein Vater und dein Bruder sind nicht erreichbar, wenn man sie braucht. Deine Mutter versteht nichts von diesen Angelegenheiten. Es bleibt mir also nichts übrig, als mit dir vorlieb zu nehmen.« Aber dann wollte er doch nur über die Langsamkeit, Bestechlichkeit und Parteilichkeit der Gerichte lamentieren. Er war ein streitsüchtiger Mann, er hatte früher sogar gegen ihren Vater prozessiert. Einmal sagte er ihr, dass er 91 Prozesse an verschiedenen Orten des Reiches und in verschiedenen Instanzen führe, 44 habe er von seinem Vater geerbt, zusätzlich sei er in 47 eigene verwickelt.[84]

Am meisten wurmten ihn zwei Prozesse. Einer gegen seine ehemalige Frau, die Gräfin von Sayn-Wittgenstein, die seit der Scheidung hohe Forderungen an ihn stellte, Forderungen, die lächerlich und anmaßend seien und vor keinem Gericht bestätigt werden würden.

Den zweiten höchst ärgerlichen Prozess hatte er von seinem Vater übernommen. Er führte ihn gegen die Osnabrücker Ritterschaft, die Vertretung des niederen Adels im Landtag. Dort hatten die Bars seit Jahrhunderten das Amt des Erblanddrosten und damit den Vorsitz und die Führung gehabt, die ihnen nun streitig gemacht wurden. Johanna musste sich seine Schimpftiraden immer wieder anhören: »Was diese kleinen Landadligen sich einbilden, was sie von mir verlangen! Infam! Ich, ich soll aufschwören und beweisen, dass ich 16 adlige Vorfahren habe? Wie das! Der Adel unserer Familie ist über jeden Zweifel erhaben! Einfach lächerlich! Schon unser Vater hatte diese Zumutung zurückgewiesen und sich einen Pfifferling um die Kröten geschert. Fledermäuse sind sie in dunklen Höhlen!«, höhnte er. »Jeder weiß doch, dass das Bar'sche Geschlecht das edelste im Fürstbistum ist! Jeder kennt unseren römischen Ursprung. Selbst der Analphabet kann das am Wappen erkennen. Der Bär, die römischen Ursiner! Dass das nicht in ihre Köpfe geht, Platz wäre ja in ihren Strohköpfen! Wer von den Landadligen kann sich schon mit uns vergleichen? Wir übertreffen sie alle und in jeder Hinsicht: Keiner von denen gehört dem Reichsgrafenstand an! Landpomeranzen, Kleingeister!«, fauchte er, »wer von denen hat schon an den großen Höfen Europas gelebt und gedient wie unsereins! Wer von ihnen hat Verbindungen nach Hannover, Dresden und Wien?« Sein Gesicht war feuerrot angelaufen, seine Stimme spitz geworden. Johanna legte ihre Rechte beruhigend auf seinen Arm. »*Seit vierhundert Jahren hat der Älteste dieses Geschlechts ohne Unterlass das Erbland-Drosten Amt besessen*[85], seitdem führen wir die Ritterschaft an. Und jetzt sollen wir unsere adlige Abstammung nachweisen? Und jetzt verweigern sie uns den Zutritt zu unserer Standesvertretung![86] Und jetzt machen sie uns das Amt des Erblanddrosten streitig!«

Er verschluckte sich an seiner Spucke und schnappte nach Luft. Johanna klopfte ihm erschrocken auf den Rücken, musste aber sogleich feststellen, dass sie nur den Stöpsel für weitere Ergüsse gelöst hatte.

Sie kannte die Fakten und durchschaute seine Übertreibungen und schiefen Argumente. Aber sie ließ die Kanonade geduldig vorüberziehen, wer hätte sie schon abwehren können, ohne selbst ins Schussfeld zu geraten? »Jetzt muss ich, ich vor Gericht für meine offensichtlichen Rechte streiten! Mir kommt die Galle hoch! Ich kämpfe für mein Recht und für die Ehre der Familie. – Leider habe ich selbst geringe Kenntnisse von der Jurisprudenz, *denn unser lieber Vater wollte aus mir nur einen Mann des Hofes und der Politik machen.*[87] Aber meine Advokaten fechten für mich und die Familie, und die Prozesse wären längst beendet, wenn die Adligen im Landtag nicht solche Provinztrottel wären und nicht so beschränkt.« Seine Stimme zischte. »Das oberste Gericht des Reiches, der Reichshofrat in Wien, hat schon dreimal meinen Erblanddrosten-Titel bestätigt, aber sie begreifen nicht, was rechtens ist. Ihre ständigen Einsprüche gegen dieses Urteil werden weiterhin scheitern.« Er lachte böse.

Der stolze Reichsgraf – er fühlte sich allen bloß freiherrlichen Adligen überlegen, und doch war seine Standeserhöhung noch ganz jung, er war ein Reichsgraf ohne Reichsgut, ein bloßer Titularreichsgraf! Wie viel Geld der Großvater für die Standeserhöhung bezahlt und damit die Schulden der Familie vergrößert hatte!
Johanna musste sich noch oft endlose Jeremiaden anhören, aber sie lernte, ihn schimpfen, spotten und zischen zu lassen und derweil ihren eigenen Gedanken nachzuhängen, sich auf ihre Spaziergänge zu freuen und die Schicksale ihrer Romanheldinnen auszuspinnen.

Und dann das Geld. Johanna und ihre Mutter erhielten keinen Einblick in seine finanziellen Verhältnisse. Er schien immer wieder illiquide zu sein. Einmal war sie Zeuge, wie er die Mutter um ein weiteres Darlehen anging. Sie lehnte ab: »Mein lieber Schwager, von meinen Geldern muss ich unseren Lebensunterhalt bestreiten, die Dienstboten bezahlen, die Kutsche und Pferde finanzieren. Das weißt du sehr gut. Und du weißt auch, dass du in meiner Schuld stehst, du hast seit langem keine Zinsen mehr auf die Darlehen bezahlt[88], die ich dir gewährt habe.« Das Gesicht des Grafen lief rot an, und er barst fast vor Zorn. »Was denkst du dir eigentlich! Ich schulde dir nichts! Du lebst hier mit deiner Tochter in meinem Schloss, trägst nichts zur Erhaltung des Bar'schen Besitzes bei und schmarotzt. Und dein Mann! Wie viele Schulden hat der noch bei mir. Wie verschwenderisch geht er mit dem Geld um, mit meinem Geld und deinem! Hach, du warst einmal eine reiche Frau!«[89] Johanna zog die Mutter, der die Tränen in die Augen geschossen waren, aus dem Raum und versuchte sie zu trösten. Das alles war so ungerecht wie schmerzlich. Wenig würdig und schrecklich kalt. Beide nahmen sich diese harten lauten Worte zu Herzen. Johanna konnte die bösen Reden schnell aus ihrem Kopf verscheuchen, aber ob das auch die gute Mutter vermochte? Sie machte sich Sorgen um sie. Ja, die Mutter brauchte jemanden, dem sie ihr Herz ausschütten konnte. Am besten ihrem guten Freund Möser und ihrer Freundin Dorothea von dem Bussche-Hünnefeld.[90] Aber beide waren nur selten abkömmlich.
Einmal verunglimpfte er die Mutter: »Was hat es denn überhaupt mit deinem Adel auf sich? Wir wissen doch alle, dass deine Herkunft fragwürdig ist. Dein angeblicher Adel, ein holländischer Adel, ist doch nichts wert! Du bist

doch keine von den Unsrigen! Was da in unsere Familie hineingeheiratet hat!«, spottete er, und dann wurde er ganz direkt: »Mein Bruder war ein Trottel, als er sich von dir bezirzen ließ! Und dein Glaube ist das reine Heidentum. Reformiert! Ich werde keinen Reformierten als Erben dulden. Du kannst dir aus dem Kopf schlagen, dass dein Sohn einmal Herr in Barenaue wird. Ich habe in meinem Testament bestimmt, dass mein Erbe *der weisen evangelischen lutherischen Lehre und Religion zugetan sein* muss.«[91] Johanna taten diese Worte um der Mutter willen weh. Während seines letzten Satzes donnerte ein großer Gegenstand die Treppe hinunter, so laut, dass der Graf aufschreckte, seine debilen Bediensteten verfluchte und sich nicht mehr beruhigen konnte. Damit war sein Angriff auf seine angeheiratete Verwandtschaft beendet – kein großer Trost, aber doch eine kleine Genugtuung!
Graf Nikolaus Johann Christian von Bar. Was für ein Mensch! Dieser Mann war hochmütig, wenn er redete, und hilflos, wenn er sich in Bewegung setzte. Sein Gang war unsicher und seine Stimme bestimmt. Er war herrisch, wenn er sprach, und abhängig von anderen, wenn er handeln wollte. Schikanieren war sein liebster Zeitvertreib. Mit dem Grafen war Unfrieden ins Schloss Barenaue eingezogen. Das Leben hier hatte sich verändert. Vorbei war es mit der Ruhe, verflogen der Frieden, eingeschränkt der selbstbestimmte Tageslauf. Bei jeder kleinen Entscheidung im Haushalt wollte der Graf mitreden, bei der Verteilung der Arbeiten auf den Gütern, bei der Einladung von Gästen, bei der Gestaltung des Tages. Johanna verstand bald, dass sie vieles vor dem alten Herrn geheim halten musste, und das war bei seiner Blindheit nicht sehr schwer. Sie zog sich immer mehr mit ihren Büchern zurück. Je stärker Johannas Welt in Barenaue schrumpfte, umso mehr weitete sich ihr die der Imagination.

Wenn doch der Vater nach Barenaue zurückkehren würde, wenn er nach dem Rechten sehen könnte und ihr und der Mutter den ständigen Streit mit dem Onkel vom Hals halten würde! Der Graf schien sich ebenfalls Hilfe von seinem Bruder zu erhoffen. Er machte dem Vater den *extravaganten* Vorschlag, nach Barenaue zurückzukommen und ihn bei der Verwaltung zu unterstützen. Alle fiskalischen Angelegenheiten sollten weiter Aufgaben des Rentmeisters bleiben. Der Bruder könne zur Miete im Schloss leben. Ob er denn eine Aversion gegen das Haus seiner Vorfahren habe? Aber der Vater hatte nicht die geringste Neigung zur Rückkehr. Er beriet sich mit dem *weisen Möser, dem König der Anwälte*, und teilte der Mutter und seinem Freund Johann Friedrich von dem Bussche-Hünnefeld mit: »*... ob ich großes Unrecht habe, mich nicht in ein Moor einsperren zu lassen, um hier dem Fiskus zu dienen? Unter einem Rentmeister, um auf meine eigenen Kosten zu leben bis zu meiner völligen Auslöschung ... Raten Sie mir, sein Anwalt und sein Sekretär zu werden in einer Zeit, in der er sich widerborstig verhält ... Sie wissen, dass mein Leben nur ein Geflecht von Widerwärtigkeiten und Entwürdigungen gewesen ist. Ich nähere mich einem halben Jahrhundert, ich würde gerne meine Karriere in Ruhe beenden; mich in den Dienst meines Bruders zu begeben, führt nicht dahin*«.[92]

Der Graf wütete gegen seine Blindheit, er schimpfte auf alles, war ungerecht gegen jedermann und versank nach vergeblichem Aufbegehren in Trübsinn. Allmählich war Johanna an die Ausbrüche gewöhnt, sie konnte ihren Verlauf vorhersagen, sie wusste, wie er sich in seine Wut steigerte, wie seine Stimme lauter wurde, wie die Hände sich heftiger bewegten. Diese Prozeduren verloren mit den Wiederholungen an Wirkung. Manchmal erschrak Johanna noch, gleichzeitig wuchs ihre Abscheu gegen die würdelosen Szenen.

1754

Vom Unglücklichsein

Noch ein qualvolles Kapitel über einen quälenden Misanthropen – der Leser möge seine gute Laune bewahren. Er muss den jungen Mann aushalten, so wie ihn unsere junge Heldin ertragen musste.

Nun war er also aus Wien wieder zurück in Barenaue, während der Vater noch in der Kaiserstadt blieb. Mutter und Schwester hatten ihn freundlich aufgenommen. Aber auch nicht mehr. War das jemals anders gewesen? Und war es überhaupt wichtig? Jeanne war immer noch Mutters Liebling, die kleine Hexe, die Schmeichelkatze. Die alte Dame schien sich mit schweren Sorgen zu quälen.[93] Was ging ihr nur durch den Kopf? Es hatte sicher etwas mit dem Grafen zu tun. Oder mit ihm, Lutz? Sie konferierte lange mit Möser, ohne ihn, Lutz, ihren einzigen Sohn, einzuweihen. Aber andererseits: Möser war länger als geplant in Barenaue geblieben, um seine Berichte aus Wien zu hören. Er sei »*ein rechter Philosoph*« geworden, über den sich die Mutter freuen dürfe. Was man darunter wohl verstehen sollte?

Dass er in Wien gewesen war, verdankte er den Launen seines Vaters. Der war im vorigen Jahr aus Hamburg nach Barenaue zurückgekehrt,[94] um sich endlich einmal um die Familiengüter zu kümmern, aber mit wenig Erfolg. Denn der Graf duldete keine Ratschläge, und es kam zu ständigen Auseinandersetzungen zwischen den beiden Alten. Dabei hatte der lichtlose Greis keinen Überblick mehr; er vertraute blind seinem Rentmeister, der seine Finanzen verwaltete, er vertraute ihm mehr als seinen Verwandten. Des Grafen Durst nach Geld war unstillbar, er entzog es unablässig seinen Gütern, so dass die Verschuldung wie ein Krebsgeschwür wuchs. Was wird übrig sein, wenn er, Lutz, einmal das Erbe antritt?

Dann also Wien. Der Vater mochte dem Verfall Barenaues nicht mehr tatenlos zusehen, er wollte wenigstens versuchen, Prozesse der Familie, die beim obersten Reichsgericht, dem Reichshofrat in Wien, anhingen, zu einem glücklichen und klingenden Ergebnis zu führen.

Und er, Lutz, sollte die dänische Armee verlassen und ihn wenigstens eine zeitlang begleiten. Der Vater hatte ständig Pläne mit ihm. Immer meinte er, er müsse seinen Sohn managen; er nannte es: für seinen Sohn sorgen. Er, Lutz, sollte einflussreiche Männer in der Kaiserstadt kennenlernen, Beziehungen knüpfen und eine sehr einträgliche Stelle in irgendeiner Armee zugeschoben bekommen. Die Erinnerung an Wien ließ ihn, Lutz, kalt. Die Reise hatte ihm nichts eingebracht. Seine Gedanken schweiften viel öfter nach Dänemark. Mit seiner Zeit dort war er noch nicht fertig.

Er war aus der dänischen Armee gerne ausgeschieden. Die letzten Jahre in seiner Compagnie waren unersprießlich gewesen. Das Klima war unfreundlich und kalt, das Leben in der kleinen Garnisonsstadt langweilig. Da war er doch lieber nach Hamburg gefahren, er gestand es, er war ein Libertin,[95] und das kam ihn teuer zu stehen. Wenigstens … In seinem Regiment hatte er Freunde gefunden, die ihn wegen seiner Treue schätzten.[96] Aber es hatte in seiner Compagnie auch immer wieder Ärger gegeben, Streit, schweren Streit auch mit Kapitänen anderer Compagnien und mit Vorgesetzten. Zu viele

Vorschriften schränkten ihn ein. Bei Beförderungen waren ihm mehrmals jüngere und weniger erfahrene Männer vorgezogen worden. Auch Bürgerliche. Von Verdienst und Kompetenz war die Rede, Fachleute wurden verlangt. Als ob er sich nicht vielfach bewiesen hätte, als junger Mensch hatte er in großen Schlachten in Flandern gekämpft und sich mehrfach ausgezeichnet, und dazu seine Herkunft aus einer altadligen Familie![97] Anfangs hatte er sich ein angenehmes Leben mit dem Gehalt eines Capitains versprochen.[98] Aber die Einkünfte waren doch zu gering, um ihm einen angemessenen Lebensstil zu ermöglichen. An eine Heirat und die Gründung einer Familie war gar nicht zu denken.[99]

Aber es gab Lichtblicke. Dank der guten Beziehungen seines Vaters zu dem Herzog Christian August von Schleswig-Holstein-Sonderburg-Augustenburg wurde er oft auf die Schlösser Gravenstein und Augustenburg eingeladen. Der alte Herr war inzwischen verstorben, aber er war bei seinen Kindern ein gern gesehener Gast, dessen war er sich sicher, doch! Auf Festen kamen hier interessante Menschen zusammen, er erfuhr mancherlei Wertschätzung. In Emil August von Augustenburg-Sonderburg, dem jüngeren Bruder des neuen Herzogs, hatte er einen Freund gefunden,[100] da war er sich sicher. Sie hatten im gleichen Regiment gedient. Emil spürte seine, Lutz', Liebenswürdigkeit, die er sehr wohl hinter seiner Spottlust erkannte. Sicher schätzte er auch seine geistreichen Anmerkungen. In dem Kreise dieser großen Familie fühlte er sich wohl. Aber die Besuche kamen ihn teuer zu stehen: neue Kleidung, Gastgeschenke, Aufmerksamkeiten. Es war ausgeschlossen, unter den jungen Damen des Hauses eine Ehefrau zu finden, jede war eine schlechte Partie. Denn die Familie war schwer verschuldet, auch beim Vater, bei Georg Ludwig. Der alte Herzog hatte den Vater vor Jahren in Hamburg aufgesucht, ihn dann oft auf das Schloss Augustenburg eingeladen, zum Vertrauten gemacht und schließlich angepumpt. Die enge Beziehung zum Herzog schmeichelte dem Alten, und er war dann zu gutmütig, um die Geldbitte abzuschlagen.[101] Diese Mischung aus Gutmütigkeit und Eitelkeit war nichts als Dummheit. Der schwache Vater unterstützte einen alten hochverschuldeten Mann, aber spottete in seinen Gedichten über die vergnügungssüchtigen und verschwenderischen Herren! Wie widersprüchlich Menschen doch sein konnten! Natürlich zahlte der Herzog seine Schulden nicht zurück. So hatte der Vater leichtsinnig Geld verschleudert, Geld, das ihm, Gotthard Ludwig, zustand. Das machte ihn wütend und das schmerzte. Der Vater war doch ihm, seinem Sohn, am meisten verpflichtet! Seine eigenen Schulden häuften sich darum an, aber sie waren eine Lappalie verglichen mit den Verpflichtungen des Herzogs. Nach seinem Ausscheiden aus dem dänischen Dienst ließ er seine Bibliothek und andere Besitztümer[102] bei den Augustenburgern als Pfand zurück, er bezahlte seinen Hauswirt in Hamburg nicht[103] und hatte Schulden bei Freunden in seinem Bataillon. Andererseits hatte er selbst auch hohe Gehaltsforderungen, für die niemand aufkommen wollte.[104] Anfangs plante er, die Rückzahlung der Augustenburger Schulden vor Gericht zu erstreiten, aber ein Freund der Familie hielt ihn davon ab.[105]

In Wien hatte er keine akzeptable Bestallung in einer Compagnie akquirieren können, genauer gesagt: gar keine. Die Prozesse, die den Vater beschäftigten und mit denen er ihn, Lutz, nur zu gerne unterhielt, langweilten ihn und waren auch zu verworren. Die Menschen in Wien waren hochmütig, kalt und abweisend. Er war so bald wie möglich abgereist.

Aber wo war er gelandet! Es gab keinen langweiligeren Ort als Barenaue. Stumpfe Nachbarn, kaum ein Fest, ständiger Streit mit dem Grafen über die Verwaltung der Güter und über Geld. Gelegentlich mal eine Jagd, ein Besuch in Hannover, Glücksspiele, bei denen er wenig Glück hatte. Er versuchte, die Verbindung zum Hause Augustenburg-Sonderburg zu pflegen, er bemühte sich, die Gunst der Familie durch allerlei Geschenke und Sendungen zu erhalten; er schrieb fleißig und äußerte sich enttäuscht über ausbleibende Antworten. Die solcherweise Ermahnten entschuldigten sich mit ihrer angeborenen Schreibfaulheit. Faule Ausreden? Hier, in Barenaue, führte er ein solideres Leben als bisher – aus Mangel an Geld und an Gelegenheiten. Aber er hatte sich auch ein Ziel gesetzt. Er wollte die immense Verschuldung der Güter, die er einmal erben würde, abbauen. So flößte er dem Onkel und seinem Rentmeister ein, die Forderungen an die Pächter und die Abgaben der Eigenbehörigen in die Höhe zu schrauben, er selbst versuchte, Schulden bei Nachbarn und Freunden einzutreiben und neue Geldquellen zu erschließen. Aber er stieß ständig an Grenzen: Der Onkel, der noch immer Herr der Bar'schen Besitzungen war, verwies ihn rüde und laut in seine Schranken, auch vor der gesamten Dienerschaft. Welche Erniedrigung! Wie er seinen Onkel dafür hasste! Die früher ertragreiche Maulbeerzucht des

Onkels war vernachlässigt worden und längst eingegangen[106] und ließ sich auch aus Mangel an Investitionskapital nicht wieder beleben. Die Produktion der Seifenfabrik war eingeschlafen. So gesellten sich zur Illiquidität lähmende Ohnmachtsgefühle, schmerzliche Demütigungen und die Erfahrung ständigen Scheiterns. Eine wohlhabende Erbtochter im heiratsfähigen Alter in der Region war nicht in Sicht, und wer hätte schon ihm, dem mittellosen Mann, dem zukünftigen Erben verschuldeter Güter seine Tochter zur Ehefrau gegeben? Und dann das ewig freundliche Gesicht seiner Schwester, dieser falschen Schlange! Dem Winter seines Missvergnügens[107] folgte ein Sommer des Verdrusses und diesem ein ebensolcher Winter und noch ein solcher Sommer und ein weiterer verdrießlicher Winter.

Der letzte Wille

Johanna fühlte sich seit der Rückkehr ihres Bruders noch stärker in ihrer Lebensart eingeschränkt als bisher. Gute Laune und Leichtigkeit wollten in seiner mürrischen Gegenwart nicht aufkommen; nur wenn er außer Hauses war, stellten sich Witz und Heiterkeit wieder ein. Auch die Mutter schien bedrückt, wenn sie auch ihrem Sohn Liebe und Zuwendung zeigen wollte und ihm zunächst schweigend Geld lieh, sobald er sie darum bat. Doch sein Geldhunger war unersättlich.

Ihre Sorgen mochte sie nicht mit ihrer Tochter besprechen. Am liebsten hätte sie sich wohl mit Henrietta Dorothea von dem Bussche-Hünnefeld ausgetauscht.[108] Aber ihre Freundin war nach dem Tode ihres Mannes unabkömmlich und trug schwere Bürden: die Regelung der Erbschaft, die Verantwortung für ihre sechs jungen Kinder, ihren Kummer, dazu ihre schwache Gesundheit. Schließlich wandte die Mutter sich an Möser. Sie wollte das Testament, das sie schon vor zwei Jahren entworfen hatte, juristisch absichern, und Möser half ihr, es in die erforderliche Form zu bringen.[109]

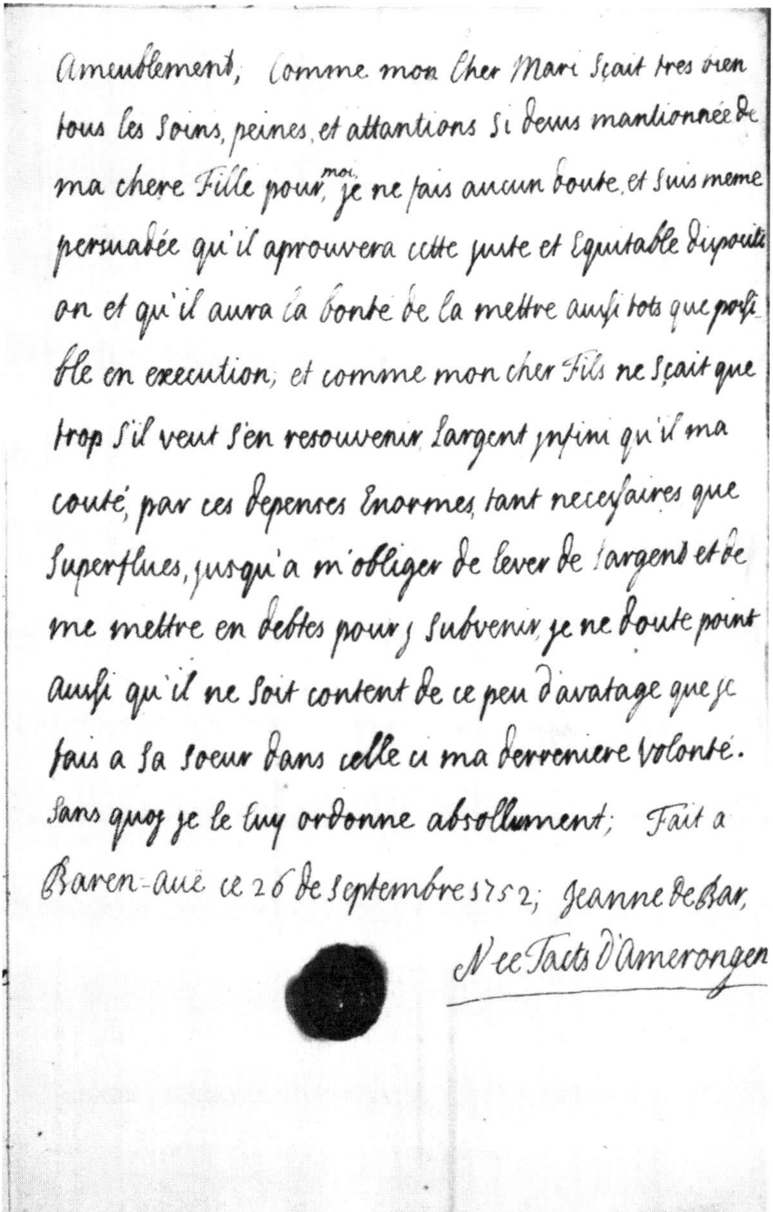

Ameublement; Comme mon Cher Mari Sçait tres bien
tous les Soins, peines, et attantions Si deuus mantionnée de
ma chere Fille pour moi, je ne fais aucun doute, et Suis meme
persuadée qu'il aprouvera cette juste et Equitable dispositi
on et qu'il aura la bonte de la mettre aussi tots que possi-
ble en execution; et comme mon cher Fils ne Sçait que
trop S'il veut s'en resouvenir, largent infini qu'il m'a
couté, par ces depenses Enormes, tant necessaires que
Superflues, jusqu'a m'obliger de lever de largent et de
me mettre en debtes pour y Subvenir, je ne doute point
aussi qu'il ne Soit content de ce peu d'avatage que je
fais a Sa soeur dans celle ci ma derreniere Volonté.
Sans quoy je le luy ordonne absollument; Fait a
Baren-aue ce 26 de Septembre 1752; Jeanne de Bar,
Nee Taets d'Amerongen

Testament der Johanna von Bar, geb. Taets van Amerongen, vom 26.9.1752

Sie bat Johanna, dieses Testament zu lesen. Dachte die Mutter schon an ihren Tod? Sie mochte sich nicht ihren Verlust vorstellen, der Gedanke erschreckte und lähmte sie. Sie konnte sich auch nicht über Mutters große Dankbarkeit freuen, die aus dem Testament sprach; es war so selbstverständlich, was sie für sie tat. Sicher, das Vermögen war groß, das sie ihr vermachte, größer als die Mitgift mancher junger Fürstinnen; es würde sie für immer unabhängig von jedermann machen. Aber was zählte das jetzt?
Mutter hatte sie, Johanna, als Alleinerbin eingesetzt: »Niemals kann ich die liebevollen Sorgen und Dienste, die vielen Gefälligkeiten und die große Nachsicht meiner Tochter genügend würdigen, die sie mir bei all den Desastern, Kümmernissen, Widerwärtigkeiten und Krankheiten erwiesen hat. Sie hat sogar ihre eigenen bescheidenen Einkünfte aufgeopfert, die sie für den Unterhalt und meine dringendsten Bedürfnisse ausgegeben hat, und das mehrere Jahre lang. Ich müsste mich der schwärzesten Undankbarkeit beschuldigen, wenn ich nicht ein Zeichen meiner Dankbarkeit setzen würde, das im Vergleich zu ihrer ununterbrochenen Hilfe bescheiden ist. Darum bestätige ich noch einmal, dass das Erbe meiner verstorbenen Schwester, der Madame Villegas, Johanna zugute kommen soll, zumal das auch der erklärte Wille meiner Schwester gewesen ist. Außerdem erhält sie den Anspruch auf die wertvollen Investitionen, die ich für Barenaue getätigt habe und für die Johanna die entsprechenden Schuldscheine bekommen soll. Schließlich sollen ihr meine Möbel und persönlichen Gegenstände gehören, u.a. ein goldener Pokal mit Deckel, das Taufgeschenk meines Paten.
Mein Mann Georg Ludwig kennt alle die Mühen, Sorgen und Pflege, die Johanna mir hat zuteil werden lassen, und er wird diesem Testament zweifellos zustimmen. Er soll es auch vollstrecken. Mein Sohn Gotthard Ludwig weiß nur zu gut, welche unendliche Summen er mich durch seine enormen Ausgaben gekostet hat, seien sie nun notwendig oder überflüssig gewesen. Ja, ich habe seinetwegen Geld leihen müssen und mich in Schulden gestürzt, um ihn zu unterstützen. Ich zweifle nicht, dass er mit den kleinen Vorteilen einverstanden ist, die ich seiner Schwester einräumen will. Wenn nicht, dann befehle ich ihm strikt, meinen letzten Willen zu respektieren.«
Die Mutter ließ auch ihren Sohn das Testament lesen. Johanna konnte nicht einschätzen, wie er es aufnahm, denn er ritt sofort nach der Lektüre fort, niemand wusste, wohin. Nach seiner Rückkehr mehrere Tage später war

ihm keine Reaktion auf das Testament anzumerken. Sie hütete sich, ihn darauf anzusprechen.

Buch 2: Liebe in Zeiten des Krieges – Bruchland

1756

Anfänge eines langen Krieges

Es war Krieg. Krieg an allen Fronten. Ein Weltkrieg mit Schauplätzen in Europa, Nordamerika und Indien. Er brach 1756 aus, in dem Jahr, in dem Johann Conrad Meier[110] seine Arbeit als Verwalter in Barenaue aufnahm und die Liebe zwischen ihm und Johanna erwachte, und er endete 1763, in dem Jahr, in dem Johanna Friederike von ihren Eltern verstoßen wurde. Welch eine Koinzidenz, die ich mir nicht entgehen lassen will.

Schon im Vorjahr hatte sich der britisch-französische Konflikt in Nordamerika zugespitzt. Ein Krieg zwischen den beiden Mächten war zu erwarten. England war zwar ein Inselreich, aber auch auf dem europäischen Festland involviert, da sein König Georg II. zugleich Kurfürst von Hannover war. Würde der Krieg zwischen England und Frankreich auf Europa übergreifen? Die großen Mächte in Europa schlossen neue Bündnisse. Dabei kehrte sich das traditionelle System um. Lutz hatte noch im Erbfolgekrieg auf Seiten der Engländer und Hannoveraner, die mit Österreich und Holland verbündet waren, gekämpft; ihre Gegner waren damals die mit den Franzosen alliierten Preußen gewesen. Inzwischen waren völlig neue Bündnisse entstanden, es hatte ein »renversement des alliances« stattgefunden, alte Allianzen wurden über den Haufen geworfen: Frankreich schloss sich nun mit Österreich zusammen; England, in Personalunion mit Hannover verknüpft, verbündete sich mit Preußen. Dem ersten Bündnis traten das Kurfürstentum Sachsen bei, das russische Kaiserreich, das Heilige Römische Reich, die Königreiche Schweden, Spanien, Neapel und Sizilien sowie das Herzogtum Parma. England, Hannover und Preußen fanden kleinere Verbündete wie das Herzogtum Braunschweig-Wolfenbüttel, die Landgrafschaft Hessen-Kassel, die Grafschaft Schaumburg-Lippe.
Alle Beteiligten wollten ihr Territorium behaupten und es erweitern: es ging um die Vorherrschaft in Europa und in der Welt.

Preußen unter Friedrich II. musste die gerade eroberte ehemals österreichische Provinz Schlesien verteidigen, Österreich wollte eben diese zurückerobern. Russland unter der Zarin Elisabeth erstrebte eine Ausdehnung nach Westen in das Herzogtum Kurland, einem polnischen Lehen, für das Polen später mit Ostpreußen entschädigt werden sollte, das die Russen erst noch den Preußen entreißen mussten. England und Frankreich suchten ihren Kolonien in Nordamerika und Indien auf Kosten des anderen zu vergrößern.

Die Menschen in Barenaue verfolgten die internationalen Konflikte und die wachsenden Spannungen. In den Gazetten lasen sie davon, ihre Freunde, darunter Möser, informierten sie, und Georg Ludwig schrieb darüber aus Wien, einer der Schaltstellen in dem Kampf um die Vorherrschaft.

Welche Rolle würde das Fürstbistum Osnabrück in einem kontinentalen Krieg spielen?

Würde es in den Krieg hineingezogen werden? Welche Stellung würde der Landesherr Clemens August, Erzbischof und Kurfürst von Köln aus dem Hause Wittelsbach, einnehmen? Bisher war er in seinen Allianzen sehr unstet gewesen und hatte sich mehr seinen Jagden und dem Schlossbau gewidmet als seinen landesherrlichen Aufgaben. Würde er mit Frankreich koalieren, dem er zuneigte, oder würde er neutral bleiben? Könnte er das Fürstbistum Osnabrück aus dem Krieg heraushalten, würde er es vor Angriffen und Durchzügen der beiden Kriegsparteien schützen? Der kleine Staat war gefährdet, lag er doch zwischen den Territorien der feindlichen Mächte: östlich von Frankreich und den österreichischen Niederlanden, nördlich von Hessen und westlich von Hannover. Es war zu befürchten, dass er einen Krieg nicht unbeschädigt überstehen würde.

Im Frühsommer 1756 erklärte Großbritannien seinem Kontrahenten Frankreich offiziell den Krieg, die französische Kriegserklärung folgte bald. Ende August fiel die preußische Armee ohne Kriegserklärung in Sachsen ein, um einem Angriff der Koalition von Russland, Frankreich, Österreich und Sachsen zuvorzukommen. Friedrich II. besiegte die Sachsen und besetzte das Kurfürstentum.

In diesem Jahr blieben das Fürstbistum Osnabrück und seine Bewohner noch verschont. Nur einzelne Soldaten streunten durchs Land.

Der Misanthrop

Das widerrechtliche Duell des Gotthard Ludwig von Bar mit dem Oberstleutnant von Schele wurde totgeschwiegen, musste totgeschwiegen werden; es wird nur einmal in einem Brief von Georg Ludwig von Bar erwähnt. Also muss ich spekulieren. Sehr viel klarer ist die Quellenlage zu Lutz' dichterischen Ambitionen.

Lutz nahm sich die Folgen des Duells[111] nicht zu Herzen. Schließlich hatte der Vater ihn ja beauftragt, die Schulden des Schele von Schelenburg bei den Bars zurückzuverlangen. Dass der Oberstleutnant so heftig auf seine Forderung reagierte, sie gar als Beleidigung auslegte und ihn zum Duell forderte, war nicht ihm, Lutz, anzulasten. Von Schele musste ja wissen, welches Risiko er bei einem Duell einging. Er würde schon wieder genesen! Wie viele verletzte Duellanten waren nicht mit dem Leben davongekommen, wie viele Kriegsverwundete hatten nicht überlebt. Der Vater sollte sehen, wie er ihn, seinen einzigen Sohn, aus dieser Situation heraushaute. Gab es nicht hervorragende Anwälte, und war der Vater nicht mit dem Alten gut befreundet? Was er einzig und allein fürchtete, war ein schnell eingeleiteter Prozess und ein voreiliges Urteil.
Er hielt es daher für geraten, sich zunächst aus der Öffentlichkeit zurückzuziehen. Der harte Winter, der bis in das späte Frühjahr 1756 andauerte und Barenaue durch heftigen Schneefall von der Außenwelt abschloss, hielt ihn fest und schützte ihn vor möglichen Verfolgungen. Er saß in seinem kleinen Zimmer am Fenster, schrieb und schaute hinaus ins stille Schneegestöber, das das Schloss einhüllte. Blind kam man sich vor und taub. Schließlich drang eine milde Sonne durch die Wolken, es wurde wärmer, das Eis schmolz, das Schmelzwasser versickerte, die Wege um Barenaue wurden gangbar. Lutz zog auf ein kleines Gut eines Freundes und lebte dort inkognito. Er musste zwar bald bemerken, dass einer der Bediensteten ihn erkannte, sein Gesicht hatte ihn verraten; aber mit Geld konnte der zum Stillschweigen verpflichtet werden. Lutz hatte sein Gesicht immer gehasst, lang und hager war es, je zwei tiefe senkrechte Falten säumten seine Mundwinkel, die großen Augen wirkten offensichtlich auf viele entweder kritisch-sarkastisch oder melancholisch.[112] Er wusste das. Wenn er einen Raum betrat

und sich die Blicke der Anwesenden auf ihn richteten, schwiegen alle betroffen, bis ein geistesgegenwärtiger Mensch eine launige Bemerkung machte. Schmerzlich hatte er das immer empfunden, wenn er als Halbwüchsiger zusammen mit seinem engelsgleichen Bruder Joman zu einer geselligen Runde stieß, die Gäste beim Anblick dieses ungleichen Brüderpaares stutzten und alsbald den heiteren, geistreichen Älteren umringten. Auch später, am dänischen Hof, im Schloss der Augustenburger, in anderen Häusern, in denen er verkehrte, begegneten ihm die erschrockenen und misstrauischen Blicke. Aber er merkte doch auch, dass er Härte und Entschiedenheit ausstrahlte, die ihm Respekt bei Männern und Bewunderung bei den Schönen verschafften. Wenn auch nie Liebe, die musste er sich kaufen.
Sein Gesicht konnte er nicht ablegen, und das Gespenst seines Bruders würde ihn sein Leben lang verfolgen. Er musste ständig auf der Hut sein, aber er hatte gelernt sich zu schützen.

In seiner selbst gewählten Einsamkeit begann er zu schreiben.[113] Er hatte genug in der Hansestadt Hamburg, in den Garnisonsstädten und an Höfen erlebt, was er erzählen und belachen konnte. Beim Schreiben vergaß er seinen Vater, der so gerne dichtete, manches publiziert und viel Lob eingeheimst hatte. Aber dann drängten sich doch wieder einzelne Verse seines Erzeugers in seinen Kopf, die von jedermann so gerne zitiert wurden. Doch er, Lutz, war anders, er schrieb deutsch, er war der *deutsche Herr von Bar*[114]. Er hatte seinen eigenen Stil: Er spottete, er spottete, davon war er überzeugt, schärfer als sein Vater, den mancher Leser einen Misanthropen nannte. Er, Lutz, war kein Misanthrop, er wollte einfach der Wahrheit gerecht werden. Er spottete über arme Dichter, genusssüchtige Domherren, feige Helden, besitzgierige Bürger, den ruhmsüchtigen Edelmann, am meisten und am liebsten aber über die falschen Frauen. Sie scheinen sittsam, fromm, bescheiden, geistreich, gebildet, edel und anmutig. Aber folgte man ihnen in ihre Privaträume, stieg man ihnen in die Beichtstühle nach, belauschte man sie an Sterbebetten, dann entpuppten sie sich als eitel, herrschsüchtig, geldgierig und immer wieder als lüstern.
Die Arbeit machte gute Fortschritte. Die Geschichten fand er in den Bürgerhäusern und den Schlössern, die Reime fügten sich mühelos, und der Rhythmus lag ihm im Blut. Am Ende war er ganz zufrieden mit seinen

geistreichen Erzählungen. In Hannover tat er einen Verleger auf, der sein Werk für eine beträchtliche Summe druckte. Als er schließlich das fertige Buch in Händen hielt, durchströmte ihn ein starkes Glücksgefühl. Er erwarb zahlreiche Exemplare, die er seinen Freunden und Verwandten schickte.

Barenaue, Kupferstich von Franz Hecker 1921

Der Mutter[115] las er einige Erzählungen vor. In ihrer bescheidenen Art sagte sie: »Schön, mein Junge. Fleißig bist du gewesen. Du wirst noch in die Fußstapfen deines Vaters treten. Nur schreibt er halt Französisch und liebt geistreiche Anspielungen auf die Alten und ihre Dichtung. Er ist eben ein gelehrter Mann und kennt die gesamte Weltliteratur.« Er konnte kein fachmännisches Urteil von ihr erwarten. Der Vater, dem er seine »Erzählungen« nach Wien geschickt hatte, kommentierte: »Talentiert bist du, mein Sohn. Du hast einen guten Sinn für Länge und Proportionen und strapazierst deine Leser nicht. Reim und Rhythmus wirken natürlich. Vielleicht schreibst du auch einmal ein ehrliches Loblied auf Freunde und Frauen! Ein bisschen mehr Nachsicht mit den Menschen!« Dass der Vater es nicht begriff: Er fühlte sich der Wahrheit verpflichtet, denn *alle Kunst und selbst der Weisheit Spur, / Bestehet einzig nur / In der Nachahmung der Natur*[116]. Ahmte er nicht die Natur aufs Genaueste nach?
In dem Vorwort zu seinen »Erzählungen« gab er selbstironisch zu, dass kein Freund und keine Schöne ihn um ihre Veröffentlichung gebeten hätten. »*Ich habe es ihnen mannigmal so nahe gelegt, dass ich dachte, sie müssten mich wenigstens aus Höflichkeit dazu ermahnen; aber nimmermehr habe ich solches von ihnen erpressen können.*«[117] Auch der Verleger habe ihn nicht nach weiteren Manuskripten gedrängt. Im Grunde habe er dem Leser in dem Vorwort nichts zu sagen, außer dass diese Gedichte die ersten Früchte seiner Muse seien. Er fuhr fort: »*Ich bin nicht stolz genug, den öffentlichen Beifall als eine Belohnung zu erwarten, aber auch nicht demütig genug, gegen allen Beifall gleichgültig zu sein. Ich wünsche, meinen Freunden zu gefallen. Gelinget mir der Wunsch, so ist mein ganzer Ehrgeiz befriedigt. Ich kenne das gewöhnliche Schicksal eines jeden Schriftstellers: Laudatur ab his, culpatur ab illis – von den einen gelobt, von den anderen getadelt.*«[118]
Es schickte sein Bändchen auch an alle Augustenburger in Dänemark.[119] Der Herzog Friedrich Christian und Emil August, sein Freund, lobten das Werk. Jedoch nicht ohne Einschränkungen: sie seien keine kompetenten Kunstrichter. Emil ließ wissen, dass er kein Liebhaber von Satiren sei. »*Lieber Freund, fahren Sie ferner fort, moralisch zu denken und schreiben, hören Sie aber auf, unglücklich zu sein und erfreuen Sie doch einmal Ihren Freund durch die Nachricht eines veränderten Schicksals. In der Hoffnung, Ihre Muse durch*

Vergnügen begeistert zu sehen, sehe ich mit Verlangen der versprochenen Fortsetzung dero moralischen Erzählungen entgegen.«[120]
Völliges Unverständnis bewiesen die Damen, denn sie bemerkten, dass viele Geschichten gegen das *arme Geschlecht*[121] gerichtet seien. Sophie Louise schließlich gefiel das Gedicht, das die ideale Frau besingt, am besten – natürlich, es war das einzige ohne Spott. Als er genauer nachfragte, schrieb sie: »*Ich habe nicht genug Geist, Muße oder Geschmack, um mich in diese Angelegenheit einzumischen. Wenn Sie noch weitere Kommentare wünschen, so fragen Sie doch Ihre Schwester. Denn nach dem Porträt, das man von ihr gezeichnet hat, werden Sie dort Ihr Schicksal finden. Sie behaupten, Sie hätten in unserem Hause gelernt, an das Gute zu glauben – das ist zu schmeichelhaft. Aber Ihre Art, Schlechtes zu sagen, wenn Sie das Gute meinen, haben Sie sicher niemals hier gefunden.*«[122] Und als er noch einmal nach ihrem Urteil fragte, antwortete sie: »Einmal haben Sie gesagt, nur nach außen hassen Sie die Menschen, im Innern aber lieben Sie sie. Warum kehren Sie nicht Ihr Inneres nach außen?«[123] Die Bemerkung verwunderte ihn nicht, Louise Sophie war uralt und vorgestrig und liebte Moralpredigten. Sie war dabei überzeugt, dass ihre Lehren nützen würden, wenn er sie nur befolgte. Sie hatte keinen Sinn für die Realität und schon gar keinen für Witz und Geist.
Was ihm aber sehr naheging, war das Stillschweigen seiner Schwester, seiner belesenen und gebildeten Schwester.[124] Er hatte es nicht gewagt, sie um ein Urteil zu bitten, ja, er hatte ihr Urteil gefürchtet. Darum legte er die »Erzählungen« einfach in ihr Zimmer. Aber sie reagierte gar nicht, so als wenn sie das Buch nicht gefunden hätte, als ob sie überhaupt nichts von dem Buch wüsste. Manchmal glaubte er, einen ironischen Wimpernschlag in ihrem Gesicht zu entdecken, einen leicht verzogenen Mundwinkel, der sich nicht im Zaum halten ließ, so leicht herabhängend, dass nur er ihn wahrnahm. Nach einigen Wochen fand er in seinem Zimmer zwei Bücher: »Le Misanthrope« von Molière und Lessings soeben erschienenes Lustspiel »Der Misogyne«. Niemand bekannte sich zu dieser Gabe. Aber er wusste, dass sie von seiner Schwester stammte! Das und ihr Schweigen kränkten ihn mehr als alle kritischen Stimmen zu seinem Werk, die er sehr wohl verstanden hatte. Warum hatte er ihr überhaupt sein Buch in ihr Zimmer gelegt? Er wusste doch, dass Frauen falsch sind! Er würde ihr diese Reaktion, diese scheinbare Nicht-Reaktion, nicht so schnell vergessen.

Ankunft eines Fremden

Die Fantasie erzählt, unter Berücksichtigung einiger bekannter Fakten.

Der Graf suchte einen neuen Verwalter für seine Güter. Möser hatte Johann Conrad Meier empfohlen.[125] Sein Vater Ernst Conrad Meier war Oberverwalter bei Christian Eberhard Niemeyer, das allein war schon eine gute Referenz, wie die Nachbarn, die von Scheles, versicherten.[126] Die weit verzweigte Familie Niemeyer hatte einen sehr guten Ruf in der Region. Da Ernst Conrad Meier schon seit Jahrzehnten deren großes Pachtgut Hellinghausen im Fürstentum Lippe in vorbildlicher Weise verwaltete, durfte man Gutes von seinem Sohn erwarten. Die Familie Meier galt als zuvorkommend im Umgang, erfolgreich in der Verwaltung eines großen Gutes, ja überhaupt kenntnisreich in landwirtschaftlichen Fragen.
Den bisherigen Verwalter hielt der Graf für völlig inkompetent, so hatte er ihn rausgeworfen. Angesichts der schwierigen Verhältnisse in der Familie und auf den Bar'schen Gütern war Johann Conrad Meier ein viel versprechender Kandidat.
Zu dem Vorstellungsgespräch hatte sich der Rentmeister Wilhelm Meier eingefunden, zuständig für die Finanzverwaltung der Bar'schen Güter und Vertreter und Berater seines Herrn. Lutz und die Mutter empfingen Johann Conrad Meier in der Bibliothek, kurze Zeit später brachte Johanna den blinden Grafen herein. Der Bruder hatte seine Schwester gebeten, bei dem Gespräch dabei zu bleiben, um den Grafen zu beruhigen, wenn er aufbrausen sollte. Auch kannte sie ja die Probleme der Bar'schen Güter als quasi-Sekretärin des alten Mannes sehr gut.
Johann Conrad Meier war ein hochgewachsener Mann. Er erschien ihr sympathisch, offen, respektvoll, aber ohne Servilität der adligen Herrschaft gegenüber. Seine Haltung war aufrecht, er blickte den Personen, mit denen er sprach, frei in die Augen und bewegte sich lebhaft, aber nicht heftig. Das alles wirkte selbstbewusst ohne Anmaßung und außerordentlich natürlich. Ihm schien eine Grazie in die Wiege gelegt worden zu sein, zu der ein Adliger meist erst erzogen wird und die er mit dem Bewusstsein seiner privilegierten Stellung zu paaren lernt. Der Kandidat hörte den Ausführungen

seiner künftigen Arbeitgeber genau zu, stellte gelegentlich Fragen; wenn er gefragt wurde, waren seine Antworten vorsichtig abwägend; sie zeugten von großen Fachkenntnissen, aber auch von der Einsicht, dass er selber erst die Situation und die Probleme des Bar'schen Besitzes genau kennen lernen musste.

Lutz und der Graf stellten ihrem Verwalter in spe die Güter und deren Bewirtschaftung vor, sie nannten einige Probleme, vor allem aber lamentierten sie übereinander und gerieten schnell in Streit, indem sie sich gegenseitig der Misswirtschaft bezichtigten. Sie schienen die Anwesenden völlig vergessen zu haben und warfen einander häufige Abwesenheit, Prozesssucht, Schuldenmacherei und Inkompetenz vor. Der Graf brüstete sich mit der bedeutenden Erweiterung des Grundbesitzes durch Zukauf. Als Lutz kontern wollte, unterbrach Johanna ihn voller Scham darüber, dass die beiden ihre Streitpunkte und gegenseitigen Animositäten gleich in der ersten Stunde vor dem Fremden ausbreiteten; sie versuchte, die aufgebrachte Stimmung zu entschärfen, indem sie das Gespräch auf die Aufgaben des Verwalters lenkte. Auch hier entstand schnell ein Disput zwischen den beiden Bars, aber nun griff Johann Conrad Meier in das Gespräch ein und erklärte, er entnehme der Äußerung des Grafen, des Herren von Barenaue, dass er für den gesamten landwirtschaftlichen Betrieb und die Menschen, die darin arbeiteten, zuständig sei.[127] Für die Aufsicht über die Bearbeitung des Bodens, die Bodenverbesserung durch Plaggen, die Pflege der Tiere, die Reinigung der Entwässerungskanäle im Moor, weiter für die Einteilung der Arbeiten, die Überwachung der pflichtmäßigen Dienste der Eigenbehörigen (Leibeigenen), die Kontrolle und Instandhaltung der landwirtschaftlichen Geräte und vieles mehr. Mit seiner freundlichen Art beruhigte er die aufgebrachten Männer, so dass der Streit verstummte und nur gelegentlich ein gräfliches Grummeln zu hören war. Er schien allen sympathisch; man hielt ihn für den geeigneten Kandidaten, und der Graf war entschlossen, ihn einzustellen. Bloß Lutz zögerte, aber er schluckte und schwieg. Aus ihrer, Johannas, Sicht musste die ganze Vorstellung auf den neuen Verwalter sehr abschreckend gewirkt haben, die finanziellen Probleme, der schlechte Zustand der Güter, die ungeklärten Zuständigkeiten und die Familienkonflikte. Aber er nahm offensichtlich die Probleme und Streitigkeiten gelassen hin und zeigte sich

zuversichtlich, die Aufgaben bewältigen zu können. In den nächsten Tagen sollte er die Bar'schen Güter kennen lernen.
Der Graf beendete das Gespräch und verabschiedete den neuen Verwalter, Johanna begleitete ihn hinaus. Im Hof nahm er sein Pferd in Empfang. Nach kurzem Zögern entschloss sie sich, ihm noch etwas zu erzählen, was ihr auf dem Herzen lag. »Ich würde Ihnen gerne etwas Schönes zeigen, kommen Sie!«, sagte sie. Sie trat durch den rückwärtigen Torbogen und wies auf den Eichenwald hinter dem Schloss und dem Wirtschaftsgarten. Die alten Bäume waren schön gewachsen, ihre belaubten Zweige bewegten sich leicht im Wind, ein Weg führte in den Wald, der im Sommer schattigen Schutz bot. Johann Conrad Meier schaute mit Bewunderung auf die Eichen.
»Sehen Sie diese herrlichen, alten Bäume. Ein Geschenk der Natur, ein Erbe unserer Vorfahren und ein beliebter Aufenthaltsort. Diese Eichen will der Graf fällen lassen, um das Holz zu Geld zu machen.«[128]
»Solch ebenmäßig gewachsene hohe Eichen haben sehr gutes Holz, es eignet sich bestens für den Hausbau und ist sehr wertvoll; sein Verkauf bringt viel Geld. Aber die Bäume bieten dem Schloss auch einen ausgezeichneten Windschutz. Sie sind eine Kostbarkeit in diesem feuchten Gebiet. Wahrscheinlich stehen sie auf einer Sandinsel im Moor so wie auch das Schloss. Es würde viele Generationen dauern, bis ein Wald nachgewachsen wäre, wenn nicht gar der Boden vorher erodieren würde.« Schließlich sagte er: »Was wären wir ohne den Trost der Bäume?« Damit verabschiedete er sich, bestieg sein Pferd und ritt durch das Tor, dessen Flügel weit geöffnet waren. Johanna ging der letzte Satz nicht aus dem Kopf – welche Liebe zur Natur hörte sie darin, und wie sehr berührte sie sein Respekt vor den Bäumen.

Die Augen

Welche Liebesgeschichte hätte sich nicht des Augentopos bedient?

Der neue Verwalter zog ins Schloss ein. Ihm wurde ein Raum im Erdgeschoss des Herrenhauses zugewiesen, und zwar die Stube unter Johannas Zimmer.
Man war von ihm angetan. Johanna freute sich, wenn der neue Verwalter die Mahlzeiten mit der Familie einnehmen konnte und nicht auf den entfernten Gütern zu tun hatte. Waren keine Gäste im Schloss, saßen nur die Mutter, Lutz, Johanna und manchmal der mürrische Graf um den großen Tisch. Johann Conrad Meier war zurückhaltend, aber bisweilen erzählte er kleine Geschichten von seiner Arbeit. Meist konnte er damit die kränkelnde Mutter aufheitern und den grummelnden Grafen beruhigen. Nur das Misstrauen von Lutz gegen alles und jeden vermochte er nicht ganz zu zerstreuen; aber auch er konnte sich seinem Charme nicht entziehen. Johann Conrad Meiers Gelassenheit entschärfte die immer vorhandenen Spannungen in der Familie. Alle fühlten sich in seiner Gegenwart wohl, auch wenn er schwieg. Die Mutter vertraute ihm und erzählte manch Persönliches; sie freute sich, dass er ihrem Holländisch folgen konnte, und war besonders freundlich zu ihm. Redete man französisch, hielt er sich zurück; er verstand die Sprache kaum und sprach sie gar nicht, was Lutz einmal zu einer hämischen Bemerkung hinriss. Konnte er nicht an den gemeinsamen Mahlzeiten teilnehmen, empfanden alle eine Lücke in ihrem Kreis. Die Tischgesellschaft wechselte, öfter war Lutz abwesend, bisweilen waren Freunde der Familie zu Gast oder Amtspersonen, der Richter am Gerichtstag in Barenaue, Advokaten, der Rentmeister, Berater der Familie. In großer Gesellschaft war Johann Conrad Meier noch stiller, er beteiligte sich an der Unterhaltung nur, wenn er aufgefordert wurde. Richtete man das Wort an ihn, schaute er seinen Gesprächspartner offen an, sonst blickte er auf seinen Teller oder in das Gesicht dessen, der gerade sprach.
Nach wenigen Tagen jedoch wanderte sein Blick immer häufiger hinüber zu dem gnädigen Fräulein. Erst nach einiger Zeit wurde ihm das bewusst. Sie sah gut aus, nicht eigentlich schön, aber lebhaft. Wenn sie sprach oder sich

jemandem an der Tafel zuwandte, was sie oft tat, war ihr Gesicht sehr freundlich, ja manchmal strahlend; sie besaß Wärme und Liebenswürdigkeit im Überfluss. Wie sie jeden Wunsch der Mutter erfüllte, ja ihn kannte, bevor die alte Dame ihn ausgesprochen hatte! Wie geschickt sie Gäste in das Gespräch einzubeziehen wusste! Wie klug sie reden konnte! Welch schönen Klang ihre Stimme hatte! Man brauchte sie gar nicht anzusehen, wenn sie sprach, denn man vibrierte mit ihren Worten. Wie melodisch sich ihr Französisch anhörte, auch wenn er es nicht verstand. Diese Stimme und diese Augen! Und das Lächeln in den Augen! Und schon hatten sich seine Augen wieder auf den Weg zu den ihren gemacht. Manchmal trafen sich ihre Blicke, dann lächelte sie.

Johanna sah Johann Conrad Meier gerne an. Sie freute sich auf sein freundliches und meist fröhliches Gesicht bei Tisch und bemerkte seine schönen Bewegungen, wie er Platz nahm, wie er seinen Kopf wendete, wie er den Löffel zum Mund führte. Sein Gesicht war schön, ebenmäßig, klar, wohlproportioniert, mit feinen, sprechenden Zügen. Seine Stimme war warm und wohlklingend. Seine männliche, schlanke Gestalt, seine aufrechte Haltung! Wie hatte die Natur ihn verwöhnt! Er war still, aber gesprächsbereit, wenn er gefragt wurde; er war liebenswürdig und aufmerksam. Er war keiner, der die üblichen Rollen spielte und sich verstellen konnte. Jetzt schien er in einer Hochstimmung zu sein. Sie schaute ihn immer wieder an. Wenn sie mit einem Gast sprach und den ansah, so waren doch die Augenwinkel bei ihm; wenn sie über den Teller gebeugt war, hoben sich ihre Lider, bis sich ihre Augen trafen. Sie fühlte sich ertappt, lächelte, wie sie es gewohnt war, und senkte schnell ihre Augen. Von nun an wollte sie ihre Blicke besser kontrollieren.

Wenn er seiner Arbeit auf den ferner gelegenen Gütern nachging, waren seine Gedanken bei Johanna. Er sah mit seinem inneren Auge, wie sie fröhlich die breite Treppe in der Eingangshalle heruntereilte, wie sie ihre Mutter behutsam ins Speisezimmer führte, wie sie durch den Innenhof ging, ihr Kleid ein wenig anhebend, damit sein Saum nicht im Staub schleife, wie sie freundlich, aber bestimmt mit der Köchin sprach oder einen Bediensteten ernst zurechtwies, wie sie zum Haus des Pfarrers lief, schnell und leichtfüßig. Sein Herz war so voll von ihr und sein Kopf so verwirrt. Des Nachts träumte ihm oft von ihr. Wenn er aufwachte, hatte er das Gefühl, etwas Verbotenes

getan zu haben, und er erschrak. Manchmal versuchte er, die Gedanken an sie zu verscheuchen, aber über seine Träume hatte er keine Macht.
Wie sie begann, sorgfältiger auf ihre Garderobe zu achten, wie sie den Kopf nach ihm drehte, wenn er in den Raum trat, wie ihre Stimme lauter wurde, wenn sie ihn in der Nähe wähnte, wie sie ihn spürte, auch wenn sie ihn nicht hatte kommen sehen. Etwas war mit ihr passiert, sie wusste nicht, was es war, aber es verwirrte sie.
Wenn er in ihrer Nähe war und Anweisungen erteilte, hob er manchmal seine Stimme, so als sollte sie auf ihn aufmerksam werden. Als sie sich tatsächlich einmal nach ihm umdrehte, erschrak er, ohne zu wissen warum. Er wollte sich nicht wieder so kindisch benehmen, aber er vergaß den Vorsatz schnell.

Beide waren froh, dass es auch eine dienstliche Beziehung zwischen ihnen gab. Jeden Morgen erschien er vor ihrem Pult, um sich Aufträge abzuholen[129], die der Graf ihr diktiert hatte. Er lächelte sie beim Eintritt an, und sie lächelte zurück. Nach einiger Zeit machte er es sich zur Gewohnheit, sie des Morgens mit einem Fundstück aus der Natur zu überraschen oder ihr von einer Beobachtung zu erzählen, die er am Vortag gemacht hatte. Sie freute sich täglich auf dieses kleine Spiel und begann alsbald auf seine Einfälle zu antworten.
»Wie schön die Sonne durchs Fenster auf Ihr Pult fällt – was für ein Tag!«
»Es wird auch für Sie ein guter Tag; schauen Sie nur, wie die Sonne auf die Anweisungen scheint«, und sie gab ihm die Notizen. Ein anderes Mal legte er ihr einen Eichenzweig auf das Pult: »Die Eichen haben ausgeschlagen.« Manchmal eröffnete sie das Gespräch: »Haben Sie gestern den Regenbogen gesehen? Ein Kindertraum, ihn zu erreichen und über ihn zu laufen!« »Ein gefährliches Unterfangen«, lachte er. »Er verbindet hier im Moor den Himmel und den Abgrund.« Dann meinte er: »Der Regenbogen entsteht durch die Brechung des Lichtes; das weiße Licht fächert sich in alle Farben auf.« »Dass erst eine Brechung eine solche Schönheit aufleuchten lässt, die wir sonst nicht gesehen hätten!« Einmal hatte sie des Abends die Nachtigall gehört, er am frühen Morgen die Lerche aufsteigen sehen. Bisweilen brachte er ihr kleine Aufmerksamkeiten mit: Eine Kastanienblüte, eine Fasanenfe-

der, die ersten Nüsse, Herbstblätter, Fundstücke, die sie auf ihrem Pult liegen ließ, bis sie verwelkt oder verschrumpelt waren.

Bruch und Moor

Johanna Friederike und ihre Familie gingen oft und lange spazieren, gerne auch zum Moor. Ob Johanna und Johann Conrad Meier diese Öde aufgesucht haben, weiß ich nicht; aber es ist wahrscheinlich.

Im ersten Kriegsjahr blieb es im Fürstbistum recht ruhig. Nur einzelne flüchtige Soldaten, Deserteure, manchmal auch Marodeure zogen durchs Land. Die Mutter sorgte sich wohl am meisten. Sie sah es gar nicht gerne, dass Johanna fast täglich ausgedehnte Spaziergänge machte, nur in der Gesellschaft eines Hundes. Darum bat sie Johann Conrad Meier, ihre Tochter auf ihren Spaziergängen zu begleiten, wenn seine Aufgaben ihn nicht festhielten. War er abkömmlich, freute sich Johanna. Die anfängliche Befangenheit beider war gewichen und ihr Umgang miteinander wurde ungezwungener.
Eines Tages schlug Johanna einen Spaziergang zum Moor vor[130], er willigte gerne ein. Zunächst führte ihr Weg durch den Bruchwald, einen Erlenwald, der von Wasserläufen, Sümpfen oder Mooren durchzogen war, ein rissiges, durchfurchtes und brüchiges Land. Sie kamen auf dem Sandweg gut voran. Da der Wald licht war, sahen sie immer wieder den Himmel und seine Spiegelung im Wasser, in dem die Bäume mit ihren Stützwurzeln standen. Auf dem festeren Grund am Wegesrand wuchsen Ebereschen und Bruchholunder, Brombeeren und Brennnesseln wucherten an trockenen Stellen.
Schließlich erreichten sie das Ziel des Sandweges: den Torfstich. Hier an der Grenze zwischen Moor und Wald hatten Eigenbehörige und Heuerleute Wasser abgeleitet und Torf unter der flachen Wasseroberfläche freigelegt. Mit ihren bescheidenen Werkzeugen hatten sie Ballen abgestochen und sie zum Trocknen ausgestellt oder auf kleine Pfähle im moorigen Gelände aufgespießt. Die Wagenspuren im Sandweg ließen vermuten, dass sie noch vor

kurzem hier gewesen waren und Soden abtransportiert hatten. In der Tiefe der Grube, der Pütte, hatte sich Wasser gesammelt.

»Für die Bauern ist der Torf die einzige Gabe des Ödlandes. Er ist billiges Brennmaterial. Ansonsten bringt der unwirtliche Ort nichts Brauchbares hervor, nutzlos ist er, lebensfeindlich und oft lebensgefährlich. Obwohl dieses Gebiet zum Bar'schen Besitz gehört, verwehrt man den Leuten die Torfgewinnung an ausgewählten Stellen nicht, in der Hoffnung, dass das wilde Baumfällen unterbleibt. Nur wenn hier am Rande gejagt wird, Ihr Bruder tut das ja gerne, dürfen sie sich nicht sehen lassen.« Als sie nickte, wurde ihm bewusst, dass er Johanna Bekanntes erzählt hatte, und er schwieg verlegen. Die beiden gingen weiter auf einer festen Narbe zwischen Moor und Bruchwald und ließen die Abbaustelle hinter sich. Wo der Boden so uneben wurde, dass er zum Balancieren zwang, reichte er ihr seine Hand, während sie mit der anderen ihren Rock anhob, um seinen Saum vor Staub und Feuchtigkeit zu schützen. Als sie anhielten und sich nach links wendeten, sahen sie eine fast baumfreie Ebene, die sich in der Mitte leicht wölbte und, wie es ihnen schien, bis zum Horizont erstreckte. Die Fläche war ein Mosaik aus großen Seen, kleinen dunklen Wasserlachen in den Senken und niedrigen bewachsenen Buckeln. Wenn die Sonne aus den Wolken brach, glänzten die großen Wasserflächen und blitzten die kleinen, die Mooraugen, auf. Eine magische Lautlosigkeit lag über dem Moor.

Johanna hatte seine Verlegenheit bemerkt und bat ihn: »Erzählen Sie mir alles über das Moor und seine Entstehung! Meine Kenntnisse sind sehr vage.« Nun bewegte er sich mit Sicherheit vorwärts wie einer, der sich auf bekanntem Terrain weiß. »Diese Hochmoore oder Regenmoore entstehen auf einem wasserundurchlässigen Grund ohne Abfluss. Das Regenwasser sammelt sich also und bleibt stehen. Aus einer Ursache, die man nicht kennt, werden die abgestorbenen Pflanzen des Moores nicht durch kleine und kleinste Tierchen abgebaut, sondern sie sinken unter die Wasseroberfläche und verdichten sich dort zu Torf. Wahrscheinlich, weil sie ständig unter Wasser stehen, unter nährstoffarmem Wasser, so dass dort nichts leben kann, was die Pflanzen zersetzen könnte. Das saure Wasser mag seinen Teil dazu beitragen.« Er zeigte in die Weite: »Neue Pflanzen nehmen denselben Gang, so wächst die Torfschicht langsam über viele hundert Jahre, und das Moor wölbt sich dabei ein wenig.«

Sie hielten an und ließen wieder den Blick in die Ferne schweifen. Die Weite erfüllte Johanna, alles Enge und Kleinliche löste sich auf. Sie atmete tief und dehnte sich und wuchs. Grenzen gab es hier nicht, und alles schien möglich. Es war das ganz große Glück! Und Johann Conrad Meier neben ihr!

Dann blickte sie nach unten: Unter diesem weiten Himmelsgewölbe eine Welt voller kleiner Schönheiten. Die vertrockneten Köpfchen des Wollgrases, wattig und weiß noch immer, schwebten über den grünen und braunen Torfmoosen. »Ein Sternenhimmel auf Erden«, rief sie, und ihm schien dieses Bild zu gefallen. An verschiedenen Stellen blühte die Moorheide, ihr Rosa passte sich in die delikate Farbpalette des Moores ein. Die dunkelgrüne Segge mit ihren braunen Spitzen fügte weitere Formen und Farben hinzu; Johanna konnte sich nicht satt sehen an dieser Komposition der Natur, die mit so wenigen Elementen auskam und so vollkommen war. Johann Conrad Meier freute sich über ihre Freude; es war, als danke sie ihm für all die Schönheit.

Bisher waren sie auf einer Sandbank, die das Moor säumte, gelaufen. Nun betraten sie einen langen Plankenweg, den Jäger in das Moor gelegt hatten. Hier konnten sie Bulten und Schwenken ganz aus der Nähe betrachten. Die Bulten waren kleinere oder auch massive Hügel, bewachsen mit Moosbeeren, Besenheide, winzigen Birken, Wollgras und Torfmoos, das von Gelbrot bis Braun changierte. Der Frühsommer war nur mäßig feucht gewesen, so waren die Bulten trocken und bildeten kleine oder größere sichere Inseln im Moor. Johann Conrad Meier verließ den Pfad und betrat eine Bult. Sie folgte ihm mit sicheren Schritten, die ihn zu beunruhigen schienen. »Man muss im Moor überaus vorsichtig sein«, warnte er, »überall lauern Gefahren, oft sind sie nicht erkennbar.« Er blickte sie an: »Gehen Sie niemals in das Moor! Es ist trügerisch und unberechenbar. Sie wissen das ja«, unterbrach er sich, fuhr dann aber doch gleich fort: »Sie wissen auch, dass schon viele Menschen nie zu Hause angekommen sind, die eine Abkürzung durchs Moor gesucht haben«, wiederholte er sich. Er zeigte auf eine Schlenke, die mit Wasser gefüllt war, auf ihrem Grund schimmerten zartgrüne Algen. In manchen wuchsen Seggen, so dass man die Tiefe des Wassers nicht abschätzen konnte. Wieder andere Stellen waren scheinbar mit Torfmoosen zugewachsen und präsentierten sich in unschuldigem hellem Grün. Sie waren besonders gefährlich. Am Rande eines Moorauges hatte sich ein schwimmendes Moospolster gebildet, als Johann es mit seiner Schuhspitze berührte, wellte sich die Oberfläche. »Hier sinkt man schnell ein! Wenn man nur bis zu den Knien in einer Schlenke steht, kann man sich ohne Hilfe kaum herausarbeiten. Die Arbeiter befolgen im Moor die Regel: Rot und braun – kannst du traun; grün und gelb – Gott help!« Er schwieg abrupt. Ob er es schon bereute, ihr diesen Leitspruch verraten und sie vielleicht zu einem Experiment ermutigt zu haben? »Bitte, gehen Sie niemals ins Moor, auch nicht an Stellen, die fest erscheinen, selbst nicht in Begleitung einer kundigen Person.« Seine Warnungen verschreckten sie nicht. Warum sollte sie Angst in diesem Gelände haben, sie verstand, wie das Moor entstanden war, sie kannte doch die Gefahren, und sie fühlte sich sicher. Die Stimmung des Nachmittags war ruhig, der Ort friedlich. Wie vertrauenswürdig er war!

Sie folgten dem Weg, der noch tief ins Moor hineinführte, nicht weiter und kehrten um. Er kam auf die Pläne des Grafen zur Trockenlegung und Kultivierung der Moore um Barenaue zu sprechen. Es gab allerlei Methoden, wie man diese feuchten Gebiete urbar und für den Menschen nützlich machen konnte. Die bestehenden Entwässerungsgräben mussten gepflegt und ausgeräumt, neue angelegt werden.[131] Wichtig war, dass man viele grub und ihnen ein gehöriges Gefälle gab, dann sank der Wasserspiegel im Moor allmählich, und der Boden trocknete aus.[132] Solche Unterfangen erforderten aber eine größere Investition. Und wenn der Graf gehofft hatte, dass er, Johann Conrad Meier, solche Meliorationsprojekte voranbringen würde, so fehlte es doch an Bauern und Eigenbehörigen, die man dafür hätte einsetzen können; auch stellte der Graf nicht genügend Geld bereit, um weitere anzuheuern. Man musste froh sein, wenn man die bestehenden Gräben regelmäßig säubern und instand halten konnte. Johann Conrad Meier gab einem neuen Projekt wenige Chancen.

Am späten Nachmittag kehrten sie nach Barenaue zurück, mit bestaubten Schuhen und feuchten Kleidersäumen.

Familienbilder

Viel Fiktion!

Diesem Spaziergang folgten weitere, wenn Johann Conrad Meier auch nicht so oft abkömmlich war, wie er es sich wünschte. Er liebte diese gemeinsamen Nachmittage, bisweilen vergaß er, dass er die Nichte seines Brotherren, eine Baronesse, begleitete, dann wieder erschrak er ein wenig über seinen Freimut und seine Offenheit, zu der er sich hinreißen ließ. Aber sie war an allem, was er erzählte, interessiert, fragte nach, ergänzte, verglich seine Erfahrungen mit ihren und entdeckte viele Gemeinsamkeiten. Er empfand die Situation bald als natürlich, aber manchmal fragte er sich doch, ob er nicht den angemessenen Abstand vergaß.

Sie gingen zum Stallhaus, er wollte nach den Kühen sehen. Auf dem Weg erzählte er von seiner Arbeit. Er hatte viele Aufgaben; und manche waren kaum zu lösen, weil die nötigen Mittel fehlten. Wie sollte er die Gutsgebäude sichern, wenn kein Geld für Ziegel da war, wie sie vor Feuer schützen, wenn es nicht einmal genügend Eimer gab? Im letzten Jahr hatte der Verwalter zu wenig Saatgut hinzugekauft, so dass die Ernte spärlich ausfiel. Manche Pächter waren säumig und ließen die Weiden verkommen, das Heu für den Winter reichte nicht aus. Das Getreide, das sie und die Eigenbehörigen ablieferten, war nicht sehr rein gewesen; ja, und sie hatten auch zu wenig gebracht. Aber was sollte er sagen? Wollten doch alle Vorräte für den Winter anlegen; wer weiß, wie hart der Krieg sie noch treffen würde! Und dann gab es immer wieder Betrug: manche lieferten zu wenig Futter ab, manche gaben den fälligen Zehnt falsch an, ganz Schlaue unterschlugen einige Schafe. Er musste sehen, dass seine Herrschaft mit seiner Aufsicht und Kontrolle zufrieden war; aber er hatte auch Mitgefühl mit den Heuerleuten und Eigenbehörigen, die meist sehr arm waren und manche schwer krank. Einige konnten nicht die Leistungen erbringen, zu denen sie verpflichtet waren. Musste er ihnen nicht Aufschub geben und manchmal ein bisschen großzügig sein? Und doch wollte er keinen Schlendrian einreißen lassen.

Johanna nickte: »Ja, Sie haben recht! Ein Mittelweg ist sicher gut. Aber erzählen Sie mir nun von Ihrer Kindheit und Ihrer Familie.« Was sollte er ihr berichten? Was konnte sie an seinem einfachen Leben interessieren? Es war so anders als das ihre. Wie vornehm hatte sie gelebt und lebte sie noch. Wie viel hatte sie erfahren! Sie war gebildet, war mit bedeutenden Menschen zusammengekommen und hatte die große Welt gesehen! Manchmal hatte er das Gefühl, dass sie aus Rücksicht auf ihn und sein kleines Leben vieles verschwieg. Wie unvollkommen er doch war![133] Aber dann wieder sprach sie seine Gedanken aus, als wenn sie er wäre, so dass er die großen Unterschiede in Stand, Erfahrung und Bildung vergaß.

Sie waren am Stallhaus angekommen. Die Kühe waren noch auf der Weide, Johann Conrad war zufrieden mit ihrem Aussehen; bald müssten sie in den Stall gebracht werden, er musste den Knecht noch einmal an die Aufgabe erinnern, er war doch ein wenig nachlässig. Johann Conrad wandte sich wieder Johanna zu:

»Zu Hause mussten wir oft mit anpacken. Trotzdem hatten wir eine schöne Kindheit. Stellen Sie sich ein weites Tal vor, das Kalletal, und hören Sie meinen Bruder und mich wild durch die Gegend reiten, galoppieren, es konnte uns nie schnell genug gehen. War die Kalle über das Ufer getreten, dann spritzten wir durch die flachen Überflutungsgebiete. Einmal war ich zu nahe an die reißende Strömung geraten. Ich spürte den Sog, das Pferd schnaubte und stemmte sich gegen den Strom, der ihm die Beine wegzuziehen drohte, mein Bruder schrie vor Angst, das Tier und ich kämpften, und schließlich gelang mir – oder besser gesagt dem Pferd – die Rückkehr ins flache ruhige Gewässer.«

Johanna lachte: »Sie lassen sich nicht reinreißen! Das passt zu Ihnen, ich kann mir die Szene gut vorstellen!«

Sie hatten das Stallhaus zweimal umrundet, als sie wieder auf der Sonnenseite anlangten. Hier lag ein großer Heuhaufen. Johanna schlug vor, es sich doch an diesem windgeschützten Plätzchen bequem zu machen.

»Sie meinen, wir sollten uns ins Heu setzten?«

»Warum nicht? Wir können ein wenig ausruhen. – Ich werde Ihnen auch eine Wassergeschichte erzählen, und zwar aus unserer Zeit in Hamburg. Wir wohnten am Jungfernstieg[134], der die Alster zu einem kleinen See staut. Diese Straße ist eine beliebte Allee, auf der viele Hamburger gerne promenieren. Da man sich dort auch trifft und gesehen werden will, führen viele Damen ihre neuesten Kleider aus. So spazierten wir wieder einmal eines sonntags mit unseren Freunden, der Familie Lipstorp, am Wasser entlang, er in seiner bürgermeisterlichen Würde, seine Frau[135], die mein Vater gerne Silvie nannte, in einem feinen hellen Kleid. Sie war ein wenig neugierig und immer gut für Überraschungen. Als sie am Rande des Wassers einen Gegenstand sah, den sie genauer sehen wollte, umging sie das Geländer, kam auf der Böschung ins Rutschen und war in der Alster verschwunden. Wir verstummten vor Schreck, aber im nächsten Augenblick schaute ihr verdutztes Gesicht schon wieder hervor. Sie richtete sich im flachen Wasser auf und schüttelte sich wie ein nasser Hund, so dass wir, als wir zur Hilfe kommen wollten, vollgespritzt wurden. Unsere Kleider hingen schlaff herunter, zu unseren Füßen bildeten sich Lachen, und unsere Perücken hatten ihre Form verloren, während Silvies auf der Alster davonschwamm und in der Ferne wie eine weiße Gans aussah. Die Herren halfen der verwässerten Dame auf die Promenade, und wir konnten unser Schmunzeln nur mit Mühe unterdrücken.« Johanna und Johann Conrad Meier lachten herzlich.

Er erzählte ihr von seiner Familie und vom Leben in Hellinghausen im Kalletal. »Wir wohnen hier, seit ich denken kann. Vater ist seit vielen Jahren Verwalter auf dem Domänengut Hellinghausen – Sie wissen das. Er arbeitete immer für die Pächterfamilie Niemeyer, zunächst für Christian Eberhard Niemeyer und seit seinem Tod vor zwei Jahren für seinen Sohn Heinrich Konrad[136]. Eine außergewöhnliche Familie, die aus kleinen Verhältnissen zu einflussreichen Ämtern und Wohlstand gekommen ist. Viele Männer aus dieser Familie haben Stellen als Amtmann oder Oberamtmann in der Region inne, sie haben Güter erworben, sogar adlige, und sind immer gute Herren für den Vater und die Familie gewesen. Die Niemeyers sind mir ein Vorbild. Wenn ich Ähnliches nur erreichen könnte …« »Warum nicht?« »Das ist unmöglich! Mein Vater hat nun so viele Jahre Dienst getan, guten Dienst, aber er ist niemals unabhängig geworden. Heutzutage muss man juristische Kenntnisse haben, um Amtmann zu werden. Zu Zeiten des alten Niemeyer galt das noch nicht. Auch war er ein sehr beschlagener Mann. Seine Klugheit hat ihn vorangebracht. Den großen Reichtum hat er wohl durch Pelzhandel, den er nebenbei trieb, erworben. Ja, das war ein erfolgreicher Lebensweg.«

»Könnten Sie sich einen solchen Weg nicht doch vorstellen?«, insistierte Johanna.

»Mehr wünschen als vorstellen. Ich müsste noch viel lernen, um eine Amtmannsstelle ausfüllen zu können oder um ein erfolgreicher Kaufmann zu werden. Aber ich sehe dafür keine Möglichkeit, und mir fehlen auch die Mittel.«

»Sie haben Geschwister?«, fragte sie und lächelte ermutigend.

»Ich habe eine ältere und drei jüngere Schwestern und einen jüngeren Bruder, Friedrich Wilhelm, von dem ich Ihnen schon erzählt habe. Wir beide haben fast alle Zeit miteinander verbracht. Wenn der Unterricht beim Küster beendet war, mussten wir den Vater begleiten, zur Mühle, zur Brauerei, zu den Ställen, auf die Weiden und Felder. Manchmal mussten wir mit anpacken und den Knechten helfen. Wir lernten aus Vaters Anweisungen; und zu Hause unterrichtete er uns in der Buchführung. Er hat uns viel beigebracht. Später erhielt ich noch einige Jahre Unterricht vom Pfarrer. Die Eltern waren streng, aber gerecht. Ich bin überzeugt, dass sie uns lieben. So wie Ihre Mutter Sie liebt. «

»Ja, sie liebt mich, und ich sorge gerne für sie. Sie ist eine so fromme geduldige Frau, aber sie leidet viel, und das macht mich traurig. Ich tue alles, um sie zufrieden und glücklich zu machen. Sie ist so dankbar für alles – obwohl meine Hilfe doch nur selbstverständlich ist.«

Er schaute sie freundlich an: »Sie sind eine gute Tochter! Es scheint mir, dass man Sie so liebt wie Sie Ihre Verwandten. Aber das zu sagen, steht mir eigentlich nicht zu – entschuldigen Sie!«

Auch sie hatte ihm ihr Gesicht zugewandt: »Warum entschuldigen Sie sich? Ich freue mich, dass Sie an meine Interessen denken! Wissen Sie, dass meine Mutter Sie sehr schätzt? Wie einen eigenen Sohn, hat sie neulich gesagt.[137] Mein Vater wird Sie auch mögen.«

Johann Conrad Meier war berührt und sehr glücklich. »Ich bin sehr gespannt auf ihn! Er ist sicher ein ebenso liebenswerter Mensch wie Ihre Mutter.«

»Er ist ein sehr zärtlicher Vater. Er hat einen wunderbaren Kosenamen für uns Kinder ersonnen: er nannte uns seine *Murmeltiere*[138]! Auch heute noch liest er mir meine Wünsche von den Augen ab und versucht, sie zu erfüllen. Wir beide sind große Literaturliebhaber. Sie wissen, dass er ein Dichter ist. Ich unterhalte mich gerne mit ihm über neue Romane und über Opern, die er gehört hat. Die meisten Männer verachten gebildete oder gar gelehrte

Frauen. Mein Vater denkt da ganz anders[139]. Er ist *immer … beflissen gewesen, mich etwas lernen zu lassen und mir einzuprägen, mehr auf die Vorzüge und den Nutzen des Geistes als des Körpers zu sehen.*[140] Ich durfte am Hausunterricht meiner Brüder teilnehmen, obwohl ich viel jünger als sie bin. Er hat mich in Hamburg ins Theater mitgenommen und mich mit guter Lektüre versorgt. Sie verstehen nun sicher, warum ich *viel Wesen ums Lesen, Schreiben, Lernen*[141] mache.«

Johann Conrad Meier schwieg. Er merkte, wie auch sein Gesicht schwieg. Nein, er hatte wenig Zeit und Ruhe zum Lesen; auch interessierte er sich eigentlich nicht für Romane. Er könnte nicht einen einzigen neueren Titel nennen. Dieses Fräulein war ihm in allem überlegen, sie war so schön, so reizend, so liebenswürdig, so gebildet und so weit entfernt, dass es schmerzte! Er schaute auf seine Schuhe.

»Sie werden meinen Vater mögen, und er wird Sie schätzen. Er ist ein Mensch, der das Leben und seine Genüsse liebt. Das Schicksal hat ihm böse mitgespielt, er beklagt sich oft darüber, aber er erträgt die Missgeschicke geduldig. Nur mit Geld konnte er nie umgehen. Meine Verwandten waren und sind alle ungeschickte Verwalter ihres Vermögens, Verschwender und leichtfertige Kreditgeber. *Meines Vaters unredliche Wirtschaft hat mich zwar in Armut versetzt. Jedoch kann* ich ihm deswegen nicht böse sein. *Seine Erziehung, die einem Staatsmann gebührt hätte, hat die Fähigkeit seines Verstandes nur geschärft und ihn gelehrt, belesen und erfahren gemacht, hingegen* unfähig *zum Haushalten. Darum genieße ich seine Zärtlichkeit in gleichem Grad wie* Sie *dagegen* die Ihres *Vaters.*«[142]

Wie viel sie ihm erzählte! Er durfte, ja er musste ihr Vertrauen erwidern. Er schaute sie an. »Mein Vater war immer sehr sparsam. Als Kinder hatten wir nie das Gefühl, dass uns etwas fehlte. Aber wenn ich den Lebensstil auf Barenaue sehe und an den der Familie Niemeyer denke, dann muss ich sagen, dass wir sehr bescheiden gelebt haben. Meine Eltern haben uns Söhnen ein wenig Geld überlassen, damit wir uns etwas aufbauen können, und sie wollen den Töchtern eine passable Aussteuer mitgeben. Darum gehen sie so sorgfältig mit Geld um. Und in diesem Sinne haben sie auch uns zur Sparsamkeit angehalten.«

»Ich kann Ihre Eltern verstehen und schätze ihre Einstellung; sie handeln umsichtig und fürsorglich.[143] Wenn mein Vater das auch nicht getan hat, so hat er mir doch viel gegeben. Ich bin ihm sehr dankbar und werde es immer sein. *Sollte Gott mir die Gnade bescheren, jemals Mutter* zu werden, *so hoffe ich, so wenig in meines Vaters Fehler als in den des* Ihrigen *zu verfallen, nämlich nicht zu wenig zu der Wissenschaft und Erziehung meiner Kinder anzuwenden und auch nicht zu versäumen, die Mittel für ein Wohlhaben und standesgemäßes Vermögen zu schaffen.*«[144]

Sie wollte noch etwas sagen, aber schwieg dann doch. Sie war ein wenig erschrocken über ihr Vertrauen, hatte sie nicht zu viel gesagt? Auch er war verwirrt. Warum sie ihm das alles sagte? Was meinte sie damit? Was sollte er dazu sagen? Er wusste es nicht. Er stand auf und reichte ihr etwas verlegen die Hand, um sie aus dem Heuhaufen hochzuziehen. Sie gingen schweigend nebeneinander her und erreichten bald das Schloss.

Flötentöne

Im Herbst wählten sie feste und bequeme Wege. Heute führte Johanna ihn in den Eichenwald oberhalb des Schlossgartens. Die Bäume hatten ihre Blätter verloren, die schwache Sonne schien durch das Geäst und warf verwirrende Schatten auf den von Laub bedeckten Weg. Aber sie nahmen ihre Umgebung kaum wahr, so vertieft waren sie in ihr Gespräch. Johann Conrad begann: »Darf ich Ihnen etwas sagen, was mir so gut gefällt – ohne Ihnen schmeicheln zu wollen …« Johanna lachte herzlich: »Aber gewiss!« »Sie spielen oft auf dem Cembalo und manchmal singen Sie auch und begleiten sich selbst. Ich höre Ihnen gerne zu, Sie singen so …, ich weiß nicht, wie ich es ausdrücken soll …«, und schließlich: »Ihr Spiel und Ihr Gesang klingen so natürlich … so innig. Gerade so, als ob Sie mit sich oder einer Person sprechen würden, die Sie mögen.«

Wie viel Vertrauen er inzwischen zu ihr hatte! »Sie haben recht: Musik macht mich glücklich, und es gibt Stücke, die mir aus dem Herzen kommen. Ich liebe Musik, jedermann in unserer Familie liebt sie. Besonders mein Vater.« Sie zögerte einen Moment, sollte sie ihm mehr über ihn erzählen? Er schien großes Interesse an dem Thema zu haben, und so begann sie: »Stellen Sie sich vor, als Junge hat ihn der berühmte Händel in Cembalo und Flöte unterrichtet, als unsere Familie in Hannover lebte. Mein Vater hat gerne musiziert. Er wurde oft aufgefordert, vor den Gästen seines Vaters aufzutreten, aber das war ihm zuwider.[145] Übrigens: Das und das ganze Leben am Hof verdross ihn bald – heute hat er nur noch Verachtung dafür übrig. Aber in privatem Kreis musiziert er immer noch. Ich mag sein Flötenspiel, es ist galant und unterhaltsam. Der Musik ist er treu geblieben. Darum lebt er wohl auch so gerne in Hamburg. Es ist eine Stadt für Musikliebhaber. Hier leben und arbeiten berühmte Musiker, allen voran Telemann. Sie komponieren, spielen Kirchenmusik, geben Konzerte. Dazu kommen wunderbare Opernaufführungen.«

Sie hing ihren Erinnerungen an die Hamburger Oper nach, wollte aber keine Einzelheiten erzählen. Würde sie damit nicht ihren lieben Begleiter einschüchtern?

Lange hatte sie geschwiegen, als er sie schließlich fragte: »Wo haben Sie denn das Spiel auf dem Cembalo und das Singen gelernt?« »Der Unterricht begann schon früh, als wir noch in Osnabrück lebten. Aber in Hamburg, wir zogen dorthin, als ich zwölf Jahre alt war, erhielt ich Unterricht bei einem der besten Lehrer: bei Meister Finazzi.[146] Er ist ein begnadeter Musiker aus Italien, der nun schon lange in Hamburg lebt. Ein guter Komponist, ein beliebter Lehrer und ein liebenswürdiger Mann. Sie können sich vorstellen, dass er in vielen Häusern Hamburgs sehr gerne gesehen ist, so auch bei uns. Er hat meine Stimme geschult und mich das Singen vom Blatt gelehrt. Ihm verdanke ich meine Vortragsart. Ja, Sie haben schon recht mit dem Wort ›innig‹: Finazzi hat mir gezeigt, wie man seine Gefühle in den Gesang und in das Cembalospiel legt. Sie müssen auch Musik lieben – so wie Sie von ihr sprechen.«

»Sie vermuten richtig. In meinem Elternhaus wurde viel gemeinsam gesungen. Auch mein Vater spielt Flöte, und er hat mir das Spiel auf diesem Instrument beigebracht.[147] Später hat mich der Kantor unserer Kirche unterrichtet. Manchmal hat er mich begleitet, das war immer mein ganz großes Glück! Meist aber habe ich für mich allein gespielt. Ja, ich liebe Musik, darum höre ich Ihnen ja so gerne zu. Die Musik berührt mich, ich kann es nicht genauer sagen.«

»O, ich wusste nicht, dass Sie Flöte spielen. Großartig! Haben Sie Ihr Instrument hier in Barenaue? Spielen Sie doch bitte einmal etwas für mich,

spielen Sie Ihr Lieblingsstück für mich! Ich würde Sie so gerne hören! Vielleicht würde mein Vater nach seiner Rückkehr sogar mit Ihnen musizieren. Oder vielleicht könnten wir es einmal zusammen tun.«
Johann Conrad Meier schien der Gedanke zu gefallen, vorsichtig stimmte er zu.

Namen

In den letzten Nächten war Frost eingefallen, tagsüber stand die Sonne flach und kühl am Himmel. Trotzdem ließen sich die beiden nicht von ihren Spaziergängen abhalten. »Solange die Sonne noch scheint …«, sagte Johanna zu Johann. An einem solchen Tag begann er, als sie sich schon ein wenig vom Schloss entfernt hatten: »Darf ich Sie etwas fragen? Sie tragen doch den gleichen Namen wie Ihre Mutter, nicht wahr?« »Ja, Sie wissen es! Sie heißt auch Johanna – wird von meinem Vater aber Jeanne genannt. Ich bin sehr glücklich über diese Namensgleichheit, denn wer ist mir näher als sie, und wer könnte mir ein besseres Vorbild sein? Trotzdem ein Zufall, ich bin nicht nach ihr benannt, sondern nach meinem Paten Johann Friedrich von dem Bussche-Hünnefeld.«[148]
»Meinen Vornamen Johann verdanke auch ich meinem Paten. Was mögen die Eltern wohl beabsichtigen, wenn sie uns Vornamen von Freunden oder Verwandten geben? Wollen sie den Paten danken und sie ehren?«
»Oder vielleicht denken sie mehr an das Kind und wollen ihm einen Freund mit auf den Weg geben. In meinem Fall trifft das zu: Mein Namenspate ist mein großes Vorbild.«
»Erzählen Sie mir doch von Ihrem Patenonkel! Ich habe ihn ja nicht mehr kennengelernt, aber er wird doch öfter in Ihrem Haus erwähnt.« Sie sagte mit Wärme: »Er war ein sehr guter, ein zuverlässiger und ein einfühlsamer Freund. Mit meinem Vater teilte er die Liebe zu Büchern.[149] Wie oft haben die beiden über Neuerscheinungen gesprochen, und mein Vater hat ihm aus seinen poetischen Werken vorgelesen. – Aber es verband sie mehr als nur gemeinsame Interessen: sie schätzten und vertrauten einander. Zu allen Festen auf Schloss Hünnefeld waren die Eltern eingeladen«, aber sie verschwieg,

dass der Vater nur mit Bedenken zu diesen Festen gegangen war: er hatte manchmal das Gefühl, dass er unter den eleganten, wohlhabenden und glücklichen Gästen ein Fremdkörper war.[150]

»Seine Freundschaft zeigte sich am schönsten, als wir alle am traurigsten waren. Wir lebten damals in Hamburg, mein älterer Bruder Itel Jobst, Joman, wie wir ihn nannten, war gestorben, erst 22 Jahre alt. Sie können sich unsere Trauer nicht vorstellen. Wir alle haben ihn geliebt, so geliebt. Er war zart, sensibel, nachdenklich, liebenswert und sehr klug. Mein Vater hat ihn angebetet. Wir alle. Als er starb, wollten wir schon an der göttlichen Vorsehung zweifeln. Die Trauer war unermesslich, und meine Eltern weinten immerzu. Wie konnte ich meine Eltern trösten, wo ich doch selbst noch so jung war und so traurig, da ich doch meinen großen lieben Bruder verloren hatte? Ich versuchte zu trösten, aber ich konnte es nicht.[151] Nachdem man meinen Joman weggetragen hatte, erwartete auch ich meinen Tod … Mein Vater erkrankte sehr schwer.« Johanna schwieg einen Moment und zog ihr Tuch fester um ihre Schultern. »Als unser Freund Johann Friedrich von dem Bussche von unserem Unglück hörte, unterbrach er seine Kur in Pyrmont und kam zu uns nach Hamburg. In langen Gesprächen gelang es ihm, meines Vaters Lebenswillen zu stärken. Außerdem gab er ihm eine bedeutende Summe Geldes.[152] Damit konnte sich der Vater einen Herzenswunsch erfüllen. Er konnte seinem Sohn ein Grab im Dom kaufen und einen Grabstein anfertigen lassen. Darauf ließ er ein Gedicht auf Joman einmeißeln. Ich zeige Ihnen das Gedicht bei Gelegenheit einmal.«

Beide schwiegen wieder, aber schließlich nahm Johann Conrad Meier den Faden wieder auf: »Herr von dem Bussche-Hünnefeld muss Größe gehabt haben!«

»Wie wahr! Wie Recht Sie haben! Mein Patenonkel unterstützte seine Freunde in der Not, selbstlos und ohne den Wunsch nach Anerkennung. Er war großzügig und gab gern, er wusste so zu geben, dass der Empfänger glaubte, dass er der Gebende sei. Auch darin kann er Vorbild sein, mir und vielen unserer Freunde.«

»Welch seltene Gabe! Sie überbrückt große Unterschiede zwischen Menschen und kann eine Nähe herstellen, wo man sie nicht erwarten würde! Wer dafür eine Begabung hat!«

»O ja, wer sie hätte!«, seufzte Johanna, nun wurden ihre Augen feucht, nachdem sie die Tränen so lange zurückgehalten hatte. »Wir trauern immer noch um ihn. Er starb vor vier Jahren.[153] Lange war er krank, und unsere Gedanken waren während seines Leidensweges oft bei ihm.[154] Einmal sagte Mutter in ihrem drolligen Deutsch, das wäre noch das schlimmste Unglück nach all den Widerwärtigkeiten in ihrem Leben, einen solchen geschätzten und lieben Freund zu verlieren. *Ich kost ju nich seggen hoe dierbar my syne vriendscap was.*[155] Möser, mit dem er auch befreundet war, hat ihm ein großes Denkmal mit einer Schrift gesetzt. Sie trägt den Titel: »Der Wert wohlgewogener Neigungen und Leidenschaften«[156] und ist eine tiefempfundene Würdigung eines edlen Mannes. Im vorigen Jahr ist nun auch seine Frau Henrietta Dorothea gestorben, unsere beste Freundin! Das ist so traurig, so traurig! Sie war Mutters engste und innigste Vertraute. Und noch so jung! Sie hinterlässt sechs Kinder. Stellen Sie sich den Jammer vor!« Zögernd fuhr sie fort: »Sie haben ihren ältesten Sohn kennen gelernt, Clamor von dem Bussche-Hünnefeld. Er ist erst 23 Jahre alt und muss ein großes Erbe verwalten und erhalten. Wenn seine Geschwister auch einen Vormund haben, so fühlt er sich doch für sie verantwortlich, wie auch für die vielen armen Menschen auf den großen Liegenschaften. Ich bin sehr froh, dass Möser dort für die Finanzverwaltung eingesetzt ist und Clamor unterstützt.«

Sie dachte nach und sagte schließlich: »Die Freundschaft, so wie sie die Hünnefelds gelebt haben, wird ein unerreichbares Vorbild bleiben. Möser hat dazu gesagt: *Die Liebe ist Freundschaft.... Die Liebe ist ebenso schonend, ebenso gerecht und ebenso aufmerksam auf die Beförderung unserer Glückseligkeit, als es die Freundschaft sein kann.*«[157]

Johann Conrad Meier schaute Johanna offen und freimütig an: »Ich kann mir keine genauere Bestimmung von Liebe und Freundschaft vorstellen. Wenn man diesem Ideal gerecht werden könnte, gnädiges Fräulein, wenn man eine Person, die man sehr verehrt, so lieben könnte, ihr auf diese Weise ein Freund sein würde ...«

Johanna wollte dem Thema nun doch eine andere Richtung geben. Sie ging ein wenig schneller. »Mein Onkel wird mir ein Vorbild bleiben. So wollen es sicher auch meine Eltern. Aber manchmal verzage ich fast vor all den Erwartungen, die man an mich, die man an uns Jüngere stellt. Sie sind uns Leitlinien – und sie sind uns Last. Was erhoffen sich meine Eltern von mir? Ich möchte ihnen eine gute Tochter sein und später einmal eine gute Ehefrau und eine gute Mutter werden. Ob ich ihre Erwartungen erfülle? Nie möchte ich sie betrüben, ich will ihren Spuren folgen und wünsche, dass sie meinen Weg billigen können. Und doch, und doch denke ich manchmal, dass es schwer ist, diesen Weg zu gehen; ich muss meinen eigenen finden. Vielleicht können sie ihn nicht gutheißen.« Johanna dachte daran, wie schwer ihr jetziges Leben doch oft war: die Schikanen des Onkels, die Krankheit der Mutter, die Wechselstimmungen des Vaters, wenn er denn einmal bei ihnen war, die Bosheiten ihres Bruders. Ihre Lieben dehnten sich aus, immer mehr und immer weiter. Wo war da noch Platz für sie? Für einen Moment hatte sie ihren Begleiter vergessen, bis er sagte: »Ja, die Wege, die uns die Eltern oder vielleicht das Schicksal gehen lassen, sind nicht immer einfach. Aber haben wir eine Wahl? Können wir einen eigenen Weg finden? Ich glaube nicht, dass die Pfade abseits der breiten Straßen leicht zu gehen sind.«

»Ja, gewiss! Und haben wir die Kraft, uns im Widerspruch zum Gängigen auf den Weg zu machen?« Sie schaute ihn an. »Wir verändern uns ständig, wir entwickeln uns und wachsen. Aber merkwürdig: unsere Namen bleiben. Man sollte dem gegebenen Namen nicht eine so hohe Bedeutung beimessen. Ja – man könnte ja seinen Namen auch ändern!« Sie lachte.

»Das sind merkwürdige Gedanken, und kühn sind sie! Aber ich traue Ihnen einen Namenswechsel zu!«

»Ein kleines Spiel – oder eine große Freiheit?« Sie lächelte.

Er antwortete nicht. Wollte er noch etwas sagen und fehlte ihm nur der Mut dazu? Was beschäftigte ihn? War es gefährlich, ihn zu ermuntern? Schließlich fragte sie doch: »Was denken Sie?« »Wissen Sie, was mir gleich zu Beginn unserer Bekanntschaft aufgefallen ist: Dass wir den gleichen Vornamen haben, Johanna und Johann. Ich denke schon lange darüber nach, was das bedeuten könnte. Niemand hat das geplant, es ist eine wunderbare Fügung. Sie gefällt mir so gut, und ich wünschte, Ihnen auch!« Damit streckte er beide Hände aus, und Johanna nahm sie an, warme kräftige Hände.

»In Ihrer Familie werden Sie ›Jeanne‹ genannt«. »In unserer Familie ist immer französisch gesprochen worden. Mein Vater ist mit dieser Sprache aufgewachsen.« Als Johann schwieg, sagte sie lächelnd: »Für Sie bleibe ich Johanna von Bar«.

1757

Ein unbemerkter schmaler Pfad (1)

Für diese Phase in Johannas Leben liegen viele Briefe an Johann Conrad Meier vor. Seine Worte und seine Gefühle spiegeln sich manchmal in ihren Antworten, aber es sind auch Zweifel an ihrer Perspektive angebracht. Außerdem: Welcher Liebende könnte seinen Gefühlen umfassenden Ausdruck geben? Rücksichten, Uneingestandenes, Geheimnisse, Unsagbares. Liebe ist größer als Sprache.

Johann Conrad Meier bekannte am 12. Januar 1757 der Johanna Friederike von Bar seine große Verehrung und Liebe, unter Eid und schriftlich.[158] Nach seinem Geständnis empfand sie eine Seligkeit wie nie zuvor in ihrem Leben. Sie glaubte, dass sie ihre Gefühle für ihn bisher gut verborgen hatte,[159] und nun .... Sie hatte gezweifelt, ob sie ihm gefallen würde, ob sie seine Liebe würde gewinnen können; all ihre kleinen Schwächen, ihre geringen äußeren Vorzüge, und er – von der Natur beschenkt mit so viel Schönheit, Grazie und Tugend. Ein nicht gekanntes Glücksgefühl flammte auf. Sie umarmten einander in heißer Leidenschaft. Hätte nicht jeder andere Mensch in einer solchen Situation dem Verlangen nachgegeben? Aber sie widerstanden.[160]
Schließlich stellte sich wieder Nüchternheit ein: »Ich habe noch nie eine solch warme und überwältigende Zuneigung zu einem Mann empfunden wie zu Ihnen. Öfter habe ich Männern gefallen, habe Interesse und Zuneigung erregt[161], aber für keinen meiner Verehrer habe ich eine solche Zärtlichkeit und eine solche Leidenschaft gefühlt. Ich habe mir nicht vorstellen können, jemanden bis zu meinem Lebensende lieben zu können. Nun aber bin ich mir dessen sicher, ganz sicher – Sie sind mein Lebensglück.«
Johann bekräftigte sein Bekenntnis, und sie schworen einander einen heiligen Eid unter Anrufung Gottes: sie wollten niemals an eine andere Person gebunden sein.[162] Ihre Treue sollte bis zu ihrem Lebensende dauern.
»Ich will Ihnen eine getreue Gefährtin sein, gehorsam und in Anhänglichkeit ergeben. Darauf beruhen all meine Zufriedenheit und mein Glück. Nur eine

Bedingung stelle ich. Zu meiner künftigen Verbindung sollen meine Eltern ihren Segen geben. Ohne ihre Zustimmung kann ich nicht glücklich werden. Eine Verbindung, die ihren Wünschen zuwider ist, würde sie betrüben, ja zerstören. Ich verdanke ihnen alles und darf mich nicht gegen sie versündigen; das vierte Gebot ist mir eine Verpflichtung.« Johann nickte und Johanna fuhr fort: »Aber ich werde meine Eltern für unsere Ehepläne gewinnen. Ganz gewiss! Hat meine Mutter nicht immer wieder versichert, dass sie Sie wie einen Sohn liebt? Meine Eltern wollen mich gewiss nicht in einem Zustand ständiger Versuchung lassen, einem Zustand, in dem ich leicht meiner Leidenschaft nachgeben könnte, meiner Liebe und meinem Verlangen.«

»Ich verstehe Ihren Wunsch, und ich respektiere ihn. Auch ich möchte, dass meine Eltern unsere Verbindung billigen. Dass Sie Achtung vor Ihren Eltern haben, macht Sie mir noch liebenswerter. Und doch habe ich große Sorgen; muss ich nicht ein Nein Ihrer Eltern fürchten? Welche Familie von Stand lässt ihre Tochter einen nichtadligen Verwalter heiraten?«

»Ich will inbrünstig zu Gott beten und ihn bitten, den Eltern Einsicht zu geben, die Einsicht, dass ich *keine bessere Wahl hätte treffen können*, dass es keinen so redlichen Mann wie Sie gibt, keinen so aufrichtigen, liebenswürdigen und großmütigen Menschen. Können da Standesschranken noch gelten? Wer könnte da noch auf dem Geburtsadel bestehen? Die Eltern werden einsehen, *dass dasjenige, was unsere Vereinigung schwierig macht, nichts beiträgt zu einer glücklichen, zufriedenen und christlichen Ehe. Zum Beweis dieser Wahrheit werden wir mit Gottes Gnade noch zum Beispiel dienen.*«[163]

Um die materiellen Grundlagen ihrer Ehe machte sie sich geringe Sorgen. Sie hatte eine große Erbschaft mütterlicherseits zu erwarten. Gut, vielleicht würde sie einige tausend Reichstaler verlieren. Wenn sie ihm dann aber noch immer wert war, könnten sie gut mit dem Verbliebenen leben, sie wüsste ihre Ausgaben einzuschränken, sie würde auch mit wenig auskommen.

Sie vereinbarten, ihre Verbindung zunächst geheimzuhalten. Johanna wollte die Einstellung der Eltern herausfinden, sie in vorsichtiger Weise auf ihr Vorhaben vorbereiten, ohne ihnen davon zu erzählen. Für ihr Geständnis würde sie einen günstigen Augenblick abwarten. Wenn sie Johann nur noch besser kannten, wenn sie ihn noch mehr schätzten, würden sie zustimmen.

Jetzt hatte niemand im Haus den geringsten Argwohn, fast ärgerte sich Johanna, dass man es für so ganz *»unmöglich hält, dass wir uns lieben.«*

Bald darauf fiel etwas Merkwürdiges bei Tisch vor. Die Greven zeigte Garn, das *sie gestern bekommen* hatte; sie prahlte ein wenig damit: »Ist es nicht außergewöhnlich?«
Die Mutter stimmte zu: »Ja, ich habe selten eine so feine Qualität gesehen. Was wollt Ihr damit machen?«
»Ich werde es weben lassen, mir ein Tuch davon nähen und damit meine Konkurrenz ausstechen.«
»O, um welchen Burschen konkurriert Ihr mit den jungen schönen Mädchen auf Barenaue?«
»Es gibt allerlei gefährliche Konkurrenz!«
»Habt Ihr einen Liebsten? Vielleicht wollt Ihr noch nicht von ihm sprechen, aber so verratet uns doch wenigstens, wer Euch das Garn verehrt hat?«
Die Kammerjungfer schwieg, lächelte aber *schalkhaft* und sah Johann an. Der errötete und blickte auf seinen Teller.
»Doch nicht etwa Herr Meier?« Die Mutter schien betrübt zu sein. Wilhelmine schwieg, schmunzelte und ließ ihre Augen über den Tisch wandern. Lutz *lächelte höhnisch.*
Johanna erschrak. Warum widersprach Johann nicht der Greven? Warum war sein Gesicht feuerrot geworden? Sollte er etwa der Greven das Garn geschenkt haben? Sollte er etwa eine Schwäche für die kleine lustige Greven haben? Den ganzen Tag über wiederholte sich diese kleine Szene in ihrem Kopf. Sie suchte eine Gelegenheit, um mit ihm allein zu sein, und sagte: *»Die lose Greven hat auch so schalkhaft von ihrem Garn gesprochen, dass ich fast selbst Verdacht bekam, sie habe Ursache, uns glauben zu machen, es wäre ein Geschenk von Ihnen.* Ich bin ein wenig beunruhigt.«
Er beteuerte: »Ich habe nichts mit diesem Geschenk zu tun.«
»Warum haben Sie nicht widersprochen?«
»Die Situation bei Tisch war so peinlich; jedermann hat mich angeschaut.«
»Ich vertraue Ihnen – so wie immer. Ich weiß, wie ehrlich Sie sind. *Aber überlegen Sie, wie weit Sie meine Mutter in Ungewissheit lassen wollen; der Argwohn ist zwar dienlich, damit niemand Verdacht auf uns bekommt; aber es*

kann meiner Mutter Freundschaft gegen Sie, mein liebster Freund, schädlich sein – welches wir auch zu verhüten haben.«
Sie trafen einander wie bisher des Morgens an ihrem Pult, wenn er von ihr die Aufträge des Grafen einholte, und saßen am Mittagstisch zusammen, außer er weilte auf den weiter entfernten Gütern. Sie begegneten sich im Haus oder im Innenhof des Schlosses bei ihren täglichen Verrichtungen. Sie setzten ihre gemeinsamen Spaziergänge fort, wenn es das Wetter erlaubte. War der Bruder aus dem Haus, musizierten sie zusammen. Er schlüpfte hinauf in ihr Zimmer, wenn niemand ihn beobachten konnte, um sie zu herzen und zu küssen. Welche Leidenschaft, und doch – welche Grenzen waren ihnen gesetzt! Wenn sie einander nicht sehen konnten, schrieben sie sich Briefe oder kurze Notizen. Die Greven wurde ihr Bote; sie hatte die Beziehung zwischen der Herrin und Johann Conrad Meier schnell begriffen; Johanna ließ sie glauben, es handele sich um eine kleine Liebelei, über die sie Stillschweigen bewahren möge. Sie glaubte, dass sie sich auf die Greven verlassen konnte, so lose und schnippisch ihr Mundwerk auch manchmal war.

Johanns Freude darüber, dass Johanna ihn so liebte wie er sie und dass sie ihr Leben mit ihm teilen wollte wie er mit ihr, erfüllte sein ganzes Herz. Manchmal meinte er, so müsse sich ein Vogel in der Höhe fühlen: frei, weil es keine Grenzen gab, und reich, weil ihm unten alles gehörte.
Aber nach einer Weile wurde sein Herz schwer, der Vogel sank unter starkem Druck in die Tiefe.[164] War ihr gemeinsames Vorhaben nicht ein Märchenprojekt? So viele Schwierigkeiten, er wusste nicht, welche die größten waren. War es nicht völlig unwahrscheinlich, dass Johannas Eltern ihre Zustimmung geben würden? Wenn Johanna das auch noch so oft behauptete. Sehr oft. Zu oft. Waren sie nicht Adlige, stolze Adlige, die sich viel auf die reine Linie von Vorfahren zugute taten? Demonstrierte nicht jedes Möbelstück, jede Geste, jedes Wort, jede Handlung ihren Adel? Den Stolz auf ihre Abstammung? Würden sie ihre Tochter aus diesem Kreis entlassen? Und hätten sie mit ihrem Einspruch nicht sogar Recht: Waren jemals so ungleiche Menschen wie sie eine Ehe eingegangen, und wenn, war eine solche Verbindung glücklich gewesen? Johanna war Wohlstand und ein bequemes Leben gewohnt, sie hatte allen Luxus, den sie sich wünschte. Sie aß mit silbernem Besteck, verziert mit dem Wappen derer von Bar, sie trug Kleider

aus feinstem Leinen und Seide, sie hatte eine Kammerjungfer und lebte in einem Schloss mit viel Personal; sie war sehr fleißig im und um das Haus, sicher, aber die meiste und die schwere Arbeit verrichteten doch Mägde und Knechte. Sie war gewohnt, Anweisungen zu geben und für sich arbeiten zu lassen. Sie lobte freundlich die Dienstfertigen und tadelte ungnädig die Unbotmäßigen. Ihr stand eine Equipage mit Kutscher zur Verfügung. Was konnte er ihr als Verwalter mit einem kleinen Einkommen bieten? Sie beide könnten von ihrem Besitz leben, aber bald würde er zusammengeschmolzen sein. Und schließlich: Würde sie überhaupt etwas besitzen? Einmal hatte die gnädige Frau ihm ihr Testament zu Johannas Gunsten gezeigt,[165] doch man würde ihr das Erbe im Fall einer Mesalliance streitig machen. Er kannte einen sehr gierigen und adelsstolzen Anwärter auf den mütterlichen Besitz. Bei einer unstandesgemäßen Heirat würde sie nichts, gar nichts erhalten! Sie würde durch ihre Verbindung mit ihm auch noch verarmen! Und selbst wenn sie das Erbe erhielte – würde es ihm denn recht sein, von ihrem Geld zu leben? Hatten seine Eltern nicht immer von dem Einkommen gelebt, das sie sich erarbeitet hatten? Nie war ihnen etwas geschenkt worden; und sie hätten auch nichts geschenkt haben wollen. Es musste nach Verdienst gehen, nach Verdienst vor Gott und den Menschen. Wie konnte er mit einer reichen Frau leben?

Wäre es nicht viel leichter und angenehmer, eine Person wie die Wilhelmine Greven zur Frau zu haben? Würde sie nicht viel besser zu ihm passen? Sie bräuchten keine Einwände und keinen Widerstand von ihren Eltern zu befürchten, sie müssten ihre Liebe nicht verheimlichen, sie könnten bald heiraten und einen eigenen Hausstand und Kinder haben; sie würden von seinem Geld leben können; Wilhelmine würde den Haushalt zu führen wissen und keine Arbeit scheuen. Ja, er mochte sie wirklich gerne. Sie hatte eine schöne Figur und wusste sich vorteilhaft zu kleiden. Sie war klein, zierlich, hübsch, flink und immer schlagfertig. Es machte Spaß, mit ihr zusammen zu sein, sie war so lustig und unkompliziert. Misstrauen war ihr fremd. Sie genoss seine Komplimente und seine kleinen Geschenke. Ja, er beschenkte sie gerne, sie konnte sich so freuen.

Die Greven war ein lustiges Mädchen, die einem das Leben leicht machte. Johanna machte es ihm manchmal mit ihrer Eifersucht schwer. Aber doch, gewiss! Er liebte Johanna. Noch nie hatte er eine so wunderbare Frau kennen gelernt. Noch nie hatte er eine Frau so geliebt und begehrt wie Johanna. Sie war so freundlich, liebenswürdig, charmant, offen, sie nahm an seiner Person und an seiner Arbeit so ehrlich Anteil. Sie achtete jeden, gleich welchen Standes, wandte sich allen Menschen zu. Ihre Lebhaftigkeit und ihre Fröhlichkeit, hinter denen ein großer Ernst und eine feine Empfindsamkeit standen.[166] Ihre Klugheit, ihre zupackende Art, ihre Wärme und ihr Lächeln! Ihr Lächeln würde er bis an sein Lebensende nicht vergessen, auch wenn sie ihn längst vergessen hatte.

War er ihrer wirklich würdig? War er nicht sehr unvollkommen?[167] Würde es ihr behagen, eine Frau Meier zu werden? Sie würde eine ganz gewöhnliche bürgerliche Frau sein, dazu noch die Frau eines Verwalters, der von seinem Dienstherrn abhängig ist. Sie, die als Adlige Hochachtung, Respekt und Ansehen genoss und die immer den Vortritt erhalten hat, sie die Hochwohlgeborene, die viele Privilegien besaß und die Aufträge verteilte. Vor der man dienerte, die einen eigenen Sitz in der Kirche hatte, deren Familie kaum Steuern zahlte und die Geschicke des Landes im Landtag mitbestimmen konnte. Könnte. Er lachte bitter: Wenn die Familie sich nur bequemen würde, den seit einigen Jahrzehnten vorgeschrieben Adelsnachweis zu erbringen! Aber auch dazu war sie zu stolz. Stolz, Adelsstolz, den besaßen der alte Graf und der junge Herr, sie überboten sich darin gegenseitig. Freilich, Johanna fehlte der adlige Hochmut, das musste er einräumen. Nie, nie hatte sie ihm gegenüber die Adlige herausgekehrt, im Gegenteil, sie verachtete jeden Standesdünkel. Manchmal schien sie zu denken, sie beide könnten diese Welt umdrehen, sie könnten den Widersinn der Standesgrenzen beweisen, ihre Ehe könnte ein Modell für eine bessere Welt sein.[168] Aber sie überschätzte ihre und seine Kräfte und unterschätzte diese Welt. Nein, sie konnten die Welt nicht ändern. Eine Ehe mit ihm wäre eine Mesalliance; sie wäre für Johanna ein tiefer Abstieg in dieser Gesellschaft, die nichts als Schranken kannte.

Sie gehörte nicht zu ihm und er nicht zu ihr. Zu ihm passte die Wilhelmine. Er sollte bei seinesgleichen bleiben. Er hatte sie deutlich vor sich, wie sie über den Hof lief und ihn schelmisch anlachte … ihm wurde leicht ums Herz. Dann dachte er wieder an Johanna, ihr hatte er sich versprochen, sie zog ihn an; sie war eine so große und reiche Person, innerlich. O, dieses Warten, diese Schwierigkeiten, ihre Familie!

Würde ihre Familie nicht versuchen, sie mit einem adligen Partner zu verheiraten? Er würde zuvorkommend mit ihren Eltern umgehen und wäre gewiss wohlhabend, gebildet, charmant und vielleicht noch gut aussehend. Allein in der Nachbarschaft gab es genügend Heiratskandidaten, allen voran Clamor Adolph Theodor von dem Bussche-Hünnefeld. Er war der Familie von Bar von klein auf verbunden, er schien Johanna sehr zu schätzen, er besaß große, fast schuldenfreie Güter und war schon sein eigener Herr. Hatte Johanna nicht öfter von ihm gesprochen, und zwar voller Hochachtung und Zuneigung? Und wenn sich hier in der Gegend kein Kandidat fände, so war doch das Reservoir adliger Männer im Deutschen Reich groß. Welche Chance hatte er da noch? Er würde keinem Vergleich standhalten. In keiner Hinsicht. Sie war eine kluge Frau und würde vorteilhaft wählen, ja ihr Herz würde bei einem geeigneten Kandidaten schnell entflammen.
Johanna wollte ihre Ehe nicht ohne den Segen der Eltern eingehen. Das war recht so, auch ihm war die Zustimmung seiner Eltern zu seiner Wahl wichtig. Er war sich nicht einmal sicher, ob er sie erhalten würde. Würden sie ihn für eingebildet und wirklichkeitsfremd halten? Gewiss würde der Widerstand in seiner Familie geringer sein als in Johannas. Andererseits: Die gnädige Frau schätzte ihn, das fühlte und wusste er. Vielleicht würde sie doch eine Verbindung ihrer Tochter mit einem einfachen Verwalter billigen? Und der Vater? Angeblich ein hochgebildeter Mann, ein bekannter Dichter, ein Weltmann. Wenn er seinem Sohn Gotthard Ludwig von Bar nur ein wenig ähnelte, würde er eine Ehe seiner Tochter mit ihm, dem einfachen Menschen aus der Provinz, strikt ablehnen. Andererseits hatte Johanna oft gesagt, ihr Vater versuche ihr jeden Wunsch zu erfüllen. Dann wieder schien auch Johanna an einem Einverständnis der Eltern zu zweifeln; je näher die Rückkehr des Vaters aus Wien rückte, umso mehr.
So kreisten seine Gedanken und kreisten und wurden zu einer Schlinge, die sich immer enger um sein Herz zog. Die Vorstellung, dass Johanna nicht seine Frau werden würde, schmerzte ihn. Schmerzte. Der Schmerz würde nie aufhören, wenn er sie verlieren würde.
Bisweilen durchschoss ihn eine schreckliche Idee: Vielleicht war ihre Beziehung zu ihm nicht ernsthaft. Vielleicht war sie nur der Zeitvertreib einer adligen ledigen Dame, ein Zeitvertreib in einem etwas langweiligen Leben auf dem Lande; er war der Spielball eines Fräuleins, die ihn bald aus Über-

druss fallen lassen würde. War sie nicht eine Meisterin im Verheimlichen, Verschweigen, Täuschen? Eine vorzügliche Schauspielerin? Liebte sie nicht ihre kleinen Teufeleien?[169] Immer wieder hörte er genau hin, was sie sagte, und prüfte ihre Worte sorgfältig: Musste er hinter dem Gesagten nicht noch eine ganz andere Botschaft hören? Äußerungen, denen man nur mit kritischem Geist, ja mit Misstrauen begegnen sollte? Hatte das Gesagte nicht eine doppelte Bedeutung? Neulich bei Tisch hatte sie etwas Merkwürdiges geäußert: Man solle wieder einmal Clamor Adolph Theodor von dem Bussche-Hünnefeld einladen, er sei ein so liebenswürdiger Mensch und dabei recht einsam. Ihre Familie sei doch seinen Eltern und ihm viel schuldig. Johanna bemerkte danach seine, Johanns, Niedergeschlagenheit und fragte ihn bei der nächsten Gelegenheit nach dem Grund. Falls er sich dadurch verletzt fühle, so täte es ihr sehr leid; er wisse doch, die Familie sei Clamor von dem Bussche-Hünnefeld verpflichtet; außerdem habe sie gehofft, die Tischgenossen von ihrer beider Verbindung abzulenken. Ein andres Mal wieder war sie bei Tisch ihm gegenüber so kaltsinnig[170] und schaute ihn nicht an. Sie behauptete später, sie habe sich nur verstellt, ihre unglückliche Situation zwinge sie dazu, sei sie nicht sehr bedauerungswürdig? Was sollte er glauben? Immer wieder beschwor sie ihre ewige Liebe, ihre Treue und ihren Gehorsam, die sie ihm versprochen hatte.

Johanna bemerkte seine Niedergeschlagenheit, ja seine Melancholie. Auf einem Spaziergang sprachen sie über seine Bedenken und Einwände. Sie zeigte sich stark und hoffnungsvoll und suchte ihn zu trösten und aufzumuntern. Anschließend bekräftigte sie ihre Zuversicht noch in einem Brief: »*Ich bin so überzeugt, ungeachtet unseres geringen Ansehens und Einkünfte, dass ich dennoch zufriedener, vergnüglicher, folglich glücklicher mit Ihnen leben werde als mit all den Mannspersonen, die ich noch in meinem ganzen Leben gesehen habe. Dass ich mich über die Bündigkeit meiner Verbindung freue, es gereicht gewiss zu meiner Beruhigung, dass Sie, herzliebster Freund, die eidliche Versicherung meiner schuldigen Treue angenommen haben, welche ich hier nochmals zu dero fernerer Gewissheit wiederhole. … Diese überflüssige Versicherung gebe ich Ihnen, um mir den kränkenden Zweifel zu nehmen, mit welchem Sie mich verlassen haben … Gott ist nochmals mein Zeuge, dass ich mir keinen möglichen Fall vorstellen kann, welcher mich zur Untreue bringen könnte. Nein, ich lebe und sterbe die Ihrige.«*[171]

Aber manchmal drückten sie seine Traurigkeit und seine Zweifel nieder. Wie abhängig war sie von seinen Empfindungen! Einmal versicherte sie ihm: »*Die Schwierigkeiten, die Einwendungen und sogar die Unmöglichkeit, die Sie mir gegen unsere künftige Glückseligkeit vorgestellt haben, hatten mir allen meinen Mut und Herzhaftigkeit genommen, jedoch in keinem Stücke meine Liebe und Treue ... Ja, die Erhaltung meines Lebens ist mir nicht so viel wert wie die Treue und Beständigkeit Ihres Herzens in der Hoffnung auf unsere künftige Vereinigung. Warum zweifeln Sie so oft an dieser? Jetzt schlägt es ¼ nach 1. Mein Bruder hat mir befohlen, ihn zu wecken. Ich freue mich über den anbrechenden Tag, denn eine Schale kalter Milch hat mich ganz erfroren, und mit der Wärme ist auch alle Herzhaftigkeit gegangen. Zwei-, dreimal habe ich gezittert aus Furcht über ein Leid, was ich noch nicht erdenken kann. Und eine verwünschte Fledermaus ist mir auch ganz unvermutet ins Gesicht geflogen. Dies wird genug sein, um die Unordnung meines Schreibens zu entschuldigen. Sonst soll* das *die nicht auszudrückende Liebe, Zärtlichkeit und das zeitlebens währende Treueversprechen für mich tun ... Adieu, très cher ami.«*

Ein unbemerkter schmaler Pfad (2)

Johanna zweifelte nie, nie an ihrer Liebe zu Johann. Auch nicht an ihrer Treue. Sie war sich sicher, dass sie ihren Schwur ewiger Treue halten würde, was auch immer geschehen sollte. Niemals hatte sie so innig und ernsthaft geliebt. Ja, sie hatte bis dahin nicht gewusst, dass Liebe eine so starke Kraft ist. Dass sie einen Menschen so ausfüllen könnte, dass sie ihn verwandeln und die Liebende dem geliebten Menschen angleichen würde. Die Liebe war ein Gefühl der Allmacht, es war ein göttliches Gefühl. Es musste ewig währen. Ewig? Vielleicht verflog die Liebe mit der Jugend – »*Dieser Gedanke erschreckt mich doch, ich habe gedacht, unsere Liebe wäre unendlich*«,[172] schrieb sie ihm. Doch, sie war überzeugt, dass sie nur mit ihm glücklich sein konnte. Niemals zuvor war sie sich einer Sache so sicher gewesen. Nichts würde sie davon abbringen können.

Es war Leidenschaft, die sie zu Johann zog, gewiss, aber sie wusste auch, dass das Fundament ihrer Liebe größer war als die Leidenschaft. Er hatte so viele Tugenden. »*So wüsste ich mir auch in meinen Gedanken nicht einen liebenswürdigeren Gegenstand vorzustellen, denn wo ist das Herz, welches dem Ihrigen gleicht?*«[173] Großzügig war er, liebenswürdig, voller Güte, sanftmütig, gerecht, ehrlich, vertrauenswürdig, zärtlich, empfindsam. Er teilte ihre Ansichten in fast allen Fragen und schätzte ihre Art, mit Menschen umzugehen. Ihre Schwächen nahm er großmütig hin. Er war redlich und respektierte ihre Tugend; sie befürchtete »*nichts Unredliches von dero Seite*«, schrieb sie ihm, »... *Das ganze uneingeschränkte und vollkommene Vertrauen, das ich in Sie setze, würde strafbar sein, wenn ich nicht überzeugt wäre, wie unvermögend Sie sind, solches zu missbrauchen.*« Dafür war sie ihm dankbar. Mit *der heftigsten Macht und stärksten Überwindung* widerstanden sie ihrem Begehren füreinander. Sie beide durften zufrieden sein *über die Gewalt, die wir uns bei mancher Gelegenheit angetan haben, da wo gewiss bei vielen die Leidenschaft gesiegt hätte.*

Im Frühling und Frühsommer konnten sie wieder häufiger spazieren gehen. Einmal kamen sie auf Johannas Lust am Lesen zu sprechen. Johann wunderte sich, wie gerne und wie viel sie las. Und was sie alles las! Romane, Gedichte, historische, ja sogar militärische Abhandlungen, philosophische Schriften.[174] »Die viele und lange Lektüre ist doch überflüssig«, tadelte er später einmal, als sie sich schon duzten. »Mein Lieber, du bist unbillig, dass du mich wegen *meiner Neigung zum Lesen* tadelst. Ich sehe dich nur noch so selten – *auf welche Art und womit soll ich denn die stille Einsamkeit und die gewaltsame Entfernung von dir, mein Engel, zubringen? Dir zur Gefälligkeit will ich wahrhaftig, in Kleinigkeiten wie in Hauptsachen, deinem Willen gerne gehorsam leben; untersuche aber – ohne Vorurteil – meinen besten und wahren Vorteil, bevor du mir desfalls Gesetze vorschreibst.*« Als Johann schwieg, fuhr sie fort: »Ich habe dich den ganzen Tag nicht gesehen. *So bleibt mir zu meinem ferneren Trost nichts mehr übrig, als den Tag mit einer dir gefälligen Arbeit zu beschließen. Folglich habe ich zum Nutzen meiner Frau Mutter ein Drittel eines Hemdes genäht.* Urteile nun, ob sechs Stunden *gebückten Sitzens mit eingebogener Brust und krummen Rücken nebst vielen verdrießlichen Gedanken, die die Nicht-Beschäftigung des Geistes bei der bloßen Handarbeit verursacht, der Gesundheit nützlicher sei als der angenehme Zeitvertreib, den mir ein aufmunterndes Buch gibt, bei dessen Lesung ich die Härte meines Schicksals vergesse und das Vergnügen empfinde, dass meine Erkenntnis sich vermehrt, dass mein Geist demnächst mehr Stoff zum Nachdenken und zum Reden erhält, und dass ich nicht müde noch träge, sondern lustigen und freudigen Gemüts bin.«*[175]Es war schwer für Johann, sie zu verstehen. Ihm hatte Lesen nie etwas bedeutet. Sicher, er informierte sich über Fragen der Landwirtschaft, der Kultivierung des Bodens, der Verwaltung von Gütern, er las in der Bibel. Aber die Welt des Gedachten und Erdachten war ihm fremd. Doch er wusste, dass das Johannas Welt war, er bewunderte sie ja auch für ihre Belesenheit und ihre Bildung. Sie erinnerte ihn daran, dass er ihr einst freundschaftlich versichert hatte: *»meiner Neigung im Lesen und Lernen nicht zuwider zu sein, sondern durch gleiche Beschäftigung mich desto mehr dazu aufzumuntern.«*[176] Ja, sie wünschte sich auch von ihm, dass er sich … *fleißig im Lesen und Schreiben*[177] übe. Welche Erwartungen sie an ihn stellte!

Einmal traf er sie an ihrem Pult an, als sie eine Landkarte betrachtete. Es war eine alte Karte, die eine lang gestreckte Insel mit einem hohen Bergkegel zeigte.[178] »Diese Karte kam mit den Büchern, die ich aus Zwolle angefordert hatte«, sagte sie. »Ich hatte sie nicht bestellt, sie ist ein Irrläufer. Aber ist sie nicht interessant? Schauen Sie nur, wie felsig die Insel ist und wie hoch der Kegel, der sie im Norden krönt. Ob man dort leben könnte? Wie wäre das – ein Inselleben? Fern von allen gesellschaftlichen Zwängen und Vorurteilen. Freilich scheint die Insel unbewohnt und unwirtlich.« »Wahrscheinlich wird sie nur von Walfängern angefahren. Sehen Sie die Männer mit ihren Harpunen, die sich an die Inschriftentafel lehnen! Was steht da auf dem oberen Schild?« »Lassen Sie sehen! Die Tafel ist mit barocken Formen gerahmt und schwimmt auf dem Meer. ›Insula que à Joanne Mayen nomen sortita est‹ – Insel, die ihren Namen von Johann Mayen erhalten hat.« Er schaute sie erstaunt an. »Johann Mayen?« »Könnte er ein Vorfahre von Ihnen sein? – Auf jeden Fall ist er ein kühner Seefahrer, ein Entdecker, der neue Wege erkundet hat. Darin Ihnen doch ähnlich! Sie sind Johann Meien und erlauben Sie mir, dass ich Sie manchmal so nenne!«

Er lachte. »Tun Sie das. Aber Sie sollen auch wissen, dass mir der Name Meier viel bedeutet. Unsere Familie trägt ihn seit Jahrhunderten. Er ist sehr verbreitet. Aber wir freuen uns über den glücklichen Zufall, dass unser Na-

me und unser Beruf zusammenfallen. Fast zusammenfallen. Das Gut Hellinghausen, das mein Vater seit vielen Jahren verwaltet, ist eine Meierei. Nun ja, mein Vater ist eigentlich kein Meier, er ist kein Pächter oder gar Besitzer der Meierei. Die Pächter von Hellinghausen sind ja die Niemeyers. Aber er ist der Verwalter des Gutes. Sie verstehen: Ich bin eins mit meinem Namen und fühle mich mit ihm wohl.«
»Ich will Sie nicht kränken oder Ihnen gar Ihren Namen nehmen. Ich achte Ihre Familie, Ihr Herkommen, Ihre Tradition. Der Name Ihrer Familie ist ein Ehrenname. Verstehen Sie mich nicht falsch: Der Name ›Meien‹ soll nur ein Code zwischen uns beiden sein, ein Zeichen für unser Abenteuer, für unsere gemeinsame Entdeckung und Expedition in eine Terra incognita. Nur zwischen uns soll dieser Name gelten.« Diese Erklärung versöhnte Johann, jedenfalls schien es ihr so. Er widersprach nicht, wenn sie ihm von nun an den Namen *Meien* gab.[179]

Johanna fürchtete die möglichen Einwände ihrer Eltern. Immer wieder fragte sie sich, ob sie einer Ehe mit Johann zustimmen würden. Manchmal war sie sehr zuversichtlich. Wie oft beteuerte die Mutter, auf deren Meinung es doch ankam, dass sie Johann Conrad Meier liebe. Eines Tages zeigte sie ihm sogar das Testament, das sie zu Johannas Gunsten aufgesetzt hatte.[180] So sehr traute sie ihm. Ein anderes Mal sagte sie, so schrieb Johanna: »*Wie freundlich sieht er aus ... mit so einem Mann ist eine Frau glücklich. Die Greven ist seiner nicht wert, so einen Mann müsste ich haben.*«[181]
Der Graf brummte damals bloß zu Mutters Bemerkung, aber Johanna war gerührt, mit *blutendem Herzen* hörte sie diese Sätze. Sie war so glücklich, dass sie beinahe der Versuchung erlegen wäre, sich der Mutter zu offenbaren. Einen Augenblick überlegte sie: war das nicht der Moment, in dem die Mutter ihrer Verbindung mit Johann zustimmen würde? Aber dann wagte sie doch nicht, ihre Liebe zu gestehen, und schwieg.
An anderen Tagen wieder zweifelte Johanna und fürchtete, dass die Eltern ihre Ehe mit einem Bürgerlichen ablehnen würden, obwohl sie das nicht aus guten Gründen tun könnten.[182] Aber es gab schlechte Gründe. Ungründe. Ihr Bruder vertrat sie in allem, was er tat und sagte, aus *angeborener Hoffahrt* und *blindem Vorurteil. Torhaft*. Der Vater war aufgeschlossen, hatte viele gute bürgerliche Freunde. Hatte er nicht ständisches Denken hinter sich

gelassen? Aber dann war er wieder so unberechenbar, war so leicht reizbar und erzürnte schnell; vielleicht hatte er doch einen unausrottbaren Standesdünkel. An diesen dunklen Tagen verzagte sie. Sie liebte ihre Eltern, sie wollte sie nicht enttäuschen, sie ersehnte ihren Segen und fürchtete ihren Fluch. Wollte sie den Eltern folgen, die so falsch dachten, dann musste sie gegen ihre eigenen Einsichten und Wünsche handeln. Einmal besuchte sie den Unterricht der Dorfkinder und hörte ihrem biblischen Examen zu über den Gehorsam, den Kinder ihren Eltern schulden.[183] *Wie groß die Sünde sei, die selbigen zu betrüben.* Obwohl sie darüber viele Male nachgedacht hatte, rührte sie die Aussage der Kinder empfindlich und jagte ihr einen tiefen *Schrecken* ein. In welchen Widersprüchen war sie gefangen! Widersprüche zwischen ihren Wünschen und denen der Eltern, zwischen ihren Pflichten gegenüber ihrer Familie und denen gegenüber Johann, dem sie Treue gelobt hatte. Das Gebot des Kindesgehorsams stand gegen das Gebot, dass eine Frau ihrem Mann folgen und ihre Eltern verlassen muss. Warum gab es alle diese Widersprüche, warum konnte sie diese Konflikte nicht lösen? Ja, ihre Gefühle waren oft paradox, aber niemals, niemals sollte Sarkasmus ihre Integrität zerstören.[184] Sie brauchte Gottes Hilfe, mit gutem Verhalten wollte sie göttlichen Segen erlangen … Vielleicht konnte sie ihre Verbindung mit Johann erst nach dem Tod ihrer Eltern öffentlich vollziehen? »*Aber, o Himmel!*«, schrieb sie, »*wie weit wird durch diesen Gehorsam unsere glückliche Vereinigung zurückgesetzt!*«[185] Ach, wenn sie doch ihre Verbindung bald öffentlich machen und legalisieren könnte! Sie ersehnte das Ende der Heimlichkeit, und konnte doch nicht das Ende ihrer Eltern wünschen.

Dann wieder wollte sie an die Klugheit ihrer Eltern glauben. Oder sie hoffte darauf. Sie hoffte durch ihren *kindlichen Gehorsam und Verehrung Gottes Segen soviel menschenmöglich zu verdienen.*[186] Sie betete um die Einsicht ihrer Eltern und wusste, dass die Wartezeit für sie beide eine schwere Prüfung war. Wenn doch das Wünschen helfen würde! Sie mussten ihre Liebe verheimlichen, sich ständig verstellen und sich immer beherrschen. Waren sie und Johann nicht falsch und verlogen? Aber so lebte man in ihrer Familie. Jeder musste ständig Rücksicht auf Gefühle, auf Formen, auf gesellschaftliche Konventionen, auf Vorrechte und Machtpositionen in der Familie nehmen. Aufrichtigkeit half selten, Klugheit war gefragt. Verstellung und Maskerade. Lüge mochte sie diese Taktik nicht nennen, vielleicht »Spiel« oder

Teufeleien[187]. Ja, sie mussten beide gute Schauspieler sein. Sie war darin geübt – aber ob Johann diese Kunst beherrschte, er, der geradlinige und redliche Mensch, der sich auf seinen Instinkt verließ? Wie würde er sich verhalten, wenn man ihm eine Falle stellte, ihn prüfte? Oder er sich über sie ärgerte? Wie sehr hing sie von seiner Klugheit, seiner Standhaftigkeit und seinem Gemütszustand ab. »Ich erschrecke mich«, schrieb sie an ihn, »*mich Ihnen so weit anvertraut zu haben, dass es lediglich auf Ihre Vorsichtigkeit und ehrliche, gewissenhafte Gesinnung ankommt, ob wir meiner Eltern Liebe und Sorge oder ihren Fluch verdienen.*«[188] Aber vielleicht war er doch geschickter, als sie bisher vermutet hatte.

Anfechtungen

Bisweilen fragte sie sich, ob sie ihm überhaupt vertrauen könnte, ob er ihr treu bleiben würde, ja, ob er ihr treu war.[189]
Vielleicht würde er all die Einschränkungen und Schwierigkeiten in ihrer Lage nicht mehr ertragen. Musste sie nicht beobachten, dass er sich für andere junge Frauen interessierte? Das war verletzend. Wie teilte sie ihm ihre Sorgen mit? »*Wenn Sie Ursache hätten zu glauben, … jemand wäre mir nicht gleichgültig, dieser Mensch wäre dabei jünger, schöner und einschmeichelnder als Sie, könnten Sie mit Gleichgültigkeit erfahren, dass ich mit ihm alleine spazieren gewesen wäre?*«[190] Wie schrecklich war ihr »die Vorstellung von *dero Unbeständigkeit, und wie wahrscheinlich war mir dieses Unglück, sowohl nach Ihren gestrigen Worten als* auch *Ihrem frühzeitigen Verlassen zu urteilen und zumal Ihren zwei zuletzt erhaltenen Zetteln, wie kaltsinnig, wie bedingsam waren diese! Doch zu meinem Trost will ich glauben, dass eine flüchtige ungegründete Neigung zur kessen Greven Sie kaltsinnig … in Ihrem Schreiben gemacht hat, und über dergleichen Triebe bin ich weder unruhig noch eifersüchtig, sondern Ihr mir bekanntes redliches Ehrengemüt versichert mir die Erfüllung der mir so heilig getanenen Versprechungen, bei welchen der Allerhöchste gewiss nicht vergeblich wird zum Zeugen gerufen sein … Wie heftig war … die Leidenschaft. An diesen Zeitpunkt erinnere ich mich niemals, ohne dass meine Hochachtung und meine Liebe sich gegen Sie nicht vermehren. Wie zärtlich, wie*

empfindlich, wie redlich, wie tugendhaft war damals Ihr Herz! Sind Sie noch gleich so gesinnt?«[191]
Er mochte die Greven, das wusste sie. Die Jungfer war ein quirliges und hübsches Mädchen. Gewiss wäre sie für ihn eine gute Partnerin. Sie kamen aus ähnlichen Familien, es gab keine Standesunterschiede, keine Einsprüche von Eltern, keine Heimlichkeiten, kein Taktieren. Er könnte mit ihr ein ganz normales, gutes Leben führen; er könnte bald heiraten und eine Familie gründen. Alles wäre einfach und unkompliziert. Je länger sie darüber grübelte, umso sicherer wurde sie, dass er die Greven sehr, sehr mochte. Hatte sie nicht allen Grund zu diesen Gedanken?
Johann war ungehalten über ihre Eifersucht; er nannte sie *eigensinnig* und *argwöhnisch,* und sie empfand seine *Befragung* als *kränkend.*[192] Sie bat ihn: »Verstehen Sie *die Heftigkeit meiner bezeugten Eifersucht, welche doch von meiner Liebe weit überwogen wird. Wollten Sie mit Gerechtigkeit meine Empfindungen beurteilen, wer weiß, ob der Name Eifersucht billig wäre, denn meine Traurigkeit und Betrübnis rühren wahr und wahrhaftig bloß aus der Furcht her, Ihrer verlustig zu werden, und wie bald wäre das möglich? Bedenken Sie … die Versuchung und die Gelegenheit, so Sie täglich und vorzüglich gestern hatten, wäre es nicht verwegen, wenn ich dabei ruhig bliebe? Je größer und je vollkommener ich mir die Glückseligkeit vorstelle, mit Ihnen vereinigt zu leben, je gegründeter meine Hoffnung und Trost auf die Erhaltung Ihrer Neigung ist, desto schmerzhafter ist folglich auch die Vorstellung, alle meine rechtmäßigen und von Gott gebilligten Rechte durch eine unbedachtsame Blendung, durch Ränke vernichtet zu sehen. Sind dies nicht die gefährlichen Umstände, worin wir leben? Die Sorge, so Sie diesen Morgen mit Vorwurf mich erblicken ließen, über den Verdruss, den Sie künftig wegen meiner Eifersucht zu vermuten hätten, ist mehr denn unbegründet. Wenn die Umstände es dereinst zulassen, dass unsere Vereinigung öffentlich und unzertrennlich sein wird, so werde ich alle Ruhe und Freude genießen und meine jetzige Furcht, von Ihnen geschieden zu werden, wird glücklich überstanden sein; und in diesem Fall, sollte ein Fehltritt von Ihrer Seite mir zwar leid tun, aber er würde mich nicht unglücklich machen, sondern ich bin überzeugt, nach meiner jetzigen Denkungsart zu urteilen, dass es eine Gelegenheit sein sollte, worin ich bewies, dass meine Zärtlichkeit und Liebe wohl könnten beleidigt, aber niemals unwirksam gemacht werden.*«[193]

Sie kannte sich: Ja, sie war misstrauisch. Misstrauen war eine böse, eine zerstörerische Eigenschaft. Ihr Bruder besaß sie im Übermaß, und wie oft hatte sie sich darüber geärgert, wie sie Johann gestand: »Heute saß ich mit der Greven auf der Wache, als er des Nachts mit seinem Argwohn angeschlichen kam, *jemand wäre auf dem Boden, vermutlich, um Korn zu holen, hernächst hörte die Greven die große Tür aufgehen, und bis nun sind wir mit Flinten und Hirschfänger das Haus durchwandelt als unsinnige Leute. Ich bin ganz böse auf meinen Bruder wegen seines argwöhnischen Gemüts. Doch was sage ich, ist das meinige besser? Wie eifersüchtig ward ich gestern Nachmittag! Jetzt bitte ich Sie um Verzeihung. Wenn ich Ihnen mehr Vorwürfe gemacht habe, als Sie verdient haben. Aber wen überzeuge ich hiervon? Ich darf mir selber nicht trauen, ich weiß, wie parteiisch ich bin und dass ich Ihnen alles zu gefallen glaube. Hierüber kann ich mich selbst auch nicht tadeln, da ich so viele und gerechte Ursache habe, Sie zu lieben und hochzuschätzen. Diese Ihre Verdienste sind auch der Grund meiner Sorge und Eifersucht, weil ich fürchte, dass man Sie durch Freundlichkeit oder List verführen wird … Jetzt muss ich immer sorgen, nicht allein um den Verlust Ihrer Person, sondern um Ihr Herz und Ihre Neigung. Mit Betrübnis muss ich selber das Geständnis ablegen, dass es mir an Schönheit und an Jugend gebricht …*«[194] Sie bedauerte ihre Eifersucht, ja, sie hatte ihm unrecht getan. Sie musste dieses gelbe Monster bekämpfen. »*Wie unglückselig wäre ich alsdann, wenn ich denjenigen verlöre, auf welchen alle meine zeitliche Hoffnung und Vergnügen gerichtet sind … Je mehr ich Ihre Aufführung, Ihre Redlichkeit, Ihre tugendhafte Aufführung betrachte, je angenehmer werden Sie … Ihr sanftmütiges Gemüt, Ihr tugendhaftes Herz, Ihre mehr als angenehme Person. Können und wollen Sie mich behalten, so werde ich Ihnen weiterhin mit ganzem Herzen gehören,*[195] Sie lieben und Ihnen vertrauen!«

Bei ihrem nächsten Zusammentreffen[196] zeigte sie ihm zwei Gedichte von Christian Felix Weiße:

Doris an Damon

Ich glaube dir:
Du schwörest mir,
Mir ewig treu zu sein!
Kann ich wohl mehr begehren?

Doch auch mein Herz bleibt ewig dein;
Dies schwör ich dir,
Mein Damon, hier;
O könnt ich dir auch schwören
Stets jung und schön zu sein!

Damon und Doris

Doris.
Geh Damon, sahst du nicht, wie jener Schmetterling
Die junge Rose dort boshaftig hinterging?
Kaum küsst er sie, so fliegt der Schalk zu andern Rosen!
Sprich, wenn du von mir gehst, wen eilst du liebzukosen?
Damon.
Der Schalk! ich seh es, ja; doch wirst du auch gewahr?
Dem Schmeichler bot sie kaum den schönen Busen dar,
So lässt sie gleiches Glück der Biene hier genießen:
Wenn Damon dich verlässt, sprich, wer wird Doris küssen?[197]

Sie lachten herzlich. Sie lachten über ihre Ängste und Sorgen, über ihre Zweifel und ihr Misstrauen. Sie fielen sich in die Arme und nannten einander Doris und Damon. Johann war für Johanna noch lange ihr »Damon«, Johanna blieb ihm immer seine »Doris«.[198] Ein Paar rosa Wölkchen schwebten am Abendhimmel.

Eines Tages schenkte er ihr alle seine Ersparnisse, einige hundert Reichstaler. Er wolle ihr eine Freude machen, mehr mochte er nicht zu seinem Präsent sagen. Johanna erschrak, als er ihr, der Wohlhabenden, seine Rücklagen gab. Schätzte er ihre Vermögenssituation so falsch ein? Oder dachte er, sie würde sich über ein Geldgeschenk freuen? Fürchtete er, dass sie durch ihre Verbindung mit ihm in materielle Not geraten könnte? Vielleicht wollte er ihr nur zeigen, dass er sich ihr bedingungslos ausliefere, dass sie nicht an seiner Treue zweifeln dürfe. Nach einigen Tagen schrieb sie ihm: »*Die schönen Geschenke, die Sie mir gegeben haben, sind mir von großem Wert als Proben*

Ihrer Treue und Liebe; zum Beweis der meinigen und meines Uneigennutzes vertrau ich Sie Ihnen wieder an, doch behalt ich eines davon, welches ich vertauschen will, wenn die Gelegenheit es zulässt. Dieses kann aber unvollkommen den Wechsel unseres Herzens vorstellen. Der Besitz der hier wieder zurückkommenden Summe kann mich Ihre Person nicht sicher machen, sonst behielte ich sie doch zu desto mehr Beruhigung.«[199]

Aber wieder kamen sie, diese Zweifel, auch als sie einander noch enger verbunden waren und sich duzten. Hatte er der Greven *nicht 6 Ellen schöne Zitz einfarbigen Kattun geschenkt …, um auf des Rentmeisters Hochzeit neu gekleidet zu sein?*[200] Ja, er war auf diese Hochzeit geladen, er war mit seinen Freunden und der Greven zu dem Fest gegangen. Sie selber konnte ja schlechterdings nicht auf dieser Hochzeit erscheinen nach all den Differenzen, die sie mit dem Rentmeister gehabt hatte. Da saß sie nun hier allein im Moor und vergrübelte sich. Wie vergnügt war er, als er des Morgens mit seiner Gesellschaft loszog! Wie unglücklich war sie, als sie mit ihren trüben Gedanken allein zurückblieb; sie setzte sich an ihr Pult und versuchte, ihre Gefühle zu verstehen und ihre Gedanken zu ordnen: »… *Ich bin so misstrauisch über meine eigenen Verdienste und den Wert, so ich noch in deinen Augen haben könnte, dass ich fast nicht glauben kann, dass meine Zuschriften dir angenehm sind … Ich kann nicht verhehlen, dass es mit empfindlichem Gram sei, dich wiederum bis zukünftigem Donnerstag meiden zu müssen … Es müsste mir zwar zum Troste dienen, dich unterdessen in Gesellschaft, Freude und Zufriedenheit zu wissen, aber, aber, je weniger darf ich mir schmeicheln, dass du dich meiner mit Geneigtheit erinnerst. Es ist mir aber lieb, dass die Schwierigkeiten unserer Zusammenkunft nicht von meiner Seite herrühren und dass du es bist, welcher unterdessen die lustige Gesellschaft genießt. Wäre ich es, so müsste ich mir Vorwürfe von dir gewärtigen; jetzo aber schafft mir meine Einsamkeit Ruhe; ich bin auch ohne das Leidwesen, das mir von unserer Entfernung entsteht, ganz vergnügt, lustig und zufrieden. Langem Schlafen, gutem Essen und angenehmen Büchern habe ich vieles zu danken. Das Nachlesen deiner Zettel und das Nachsinnen unserer Vereinigung ist aber die vergnügteste Zufriedenheit, so ich genieße, obgleich dein letztes Zuschreiben mir große Zweifel an deiner Aufrichtigkeit gegeben hat; wahrlich, du kannst schmeicheln gegen die Empfindung deines Herzens.«*[201]

Und ein anderes Mal: »*Du bist gestern von der Zeit an, dass ich bin zu Tische gegangen, gar zu sehr aufgemuntert und belustigt gewesen, als dass ich mir schmeicheln könnte, dass du an mich mit Vergnügen gedacht hättest … Mich verlanget ungemein nach einer bequemen Gelegenheit, dir zu erzählen dasjenige, so meine armen Ohren haben hören müssen. Dir es zu schreiben, könnte dich verdrießen, ich hoffe aber, dir es kund zu tun, damit dir zugleich meine verstellte Gleichgültigkeit und Gelassenheit bekannt werde.*«[202] Es gelang ihr nicht, den gelben Einflüsterer zu besiegen – oder gab ihr Johann nicht doch berechtigten Anlass zum Misstrauen? Nach einigen Monaten musste sie abermals um Verzeihung bitten: »*Da die Annehmlichkeit deiner schönen Bildung Eindruck auf mich macht, … dein sanftmütiges Wesen, edles Gemüt, Denkungsart und Gesinnung sind die Eigenschaften, auf welche meine Neigung zu dir gegründet und auf welche alle meine Hoffnung, Zufriedenheit und Glück gebaut sind. Ich lobe dir jetzt an, … dass ich künftig meine Eifersucht mehr beherrschen und einschränken werde; durch diese Überwindung werde ich verbannen den e i n z i g s t e n Streitpunkt, so gottlob noch jemals unsere Einigkeit und Ruhe gestört hat – vergib mir die desfalls dir bis hierher verursachte Unruhe, ich bereue solche wahrhaftig in diesem Augenblick mit Vergießung heißer Tränen, welchen dein gutes Herz die freundschaftliche Aussöhnung nicht versagen wird, um welche ich dich flehentlich bitte. Ich habe gewiss Neigung und Zärtlichkeit genug, um mir ein wahres Vergnügen zu machen, dir gehorsam zu sein … Verfahre also nicht, liebster Mann, als K i n d, sondern als H e r r.*«[203]

Und ein Jahr später schrieb sie wieder und immer noch: »*Die Natur, diese gütige Mutter, hat dich mit so vielen Vorzügen geschminkt, besonders einem so reizenden Wesen, dass durch den Eindruck, so mein Herz davon hat, ich keinen sehnlicheren Wunsch habe, als mit dir in Freundschaft und Einigkeit zu leben. Dieses Glück mir zu erwerben, wollte ich alles Übrige aus Gleichgültigkeit aufopfern … Nichts ist uns bisher hinderlich gewesen als meine Eifersucht, ich will solche soviel wie möglich bezwingen. Habe du Mitleiden, etwas Nachsicht und Geduld mit dieser Schwachheit. Du weißt nicht, wie mir zu Mute ist, wie meine Eigenliebe, Stolz und alle meine Hoffnung gekränkt werden, wenn ich aus kleinen Umständen, Erzählungen zu besorgen habe, dass mir eine unwürdige Person in deinem Herzen vorgezogen wird, dass du mich verachtest und dass ich daher in Gefahr bin, zu verlieren den Gegenstand aller meiner Neigung, Hoffnung, Zärtlichkeit und Freundschaft.*«[204]

Selbst als sie schon ganz fest miteinander verbunden waren, schrieb sie: »*Manchmal komme ich auf den grauenvollen Gedanken, dass du mich nicht liebst, dass du meine lange große Gestalt nicht leiden magst, dass die kleine Greven dir im Sinn liegt etc.*«[205]

Sommer 1757

Das wunderbarste Schauspiel

Viele Briefe des Georg Ludwig von Bar sind Jeremiaden, vor allem wenn er um Kredit bei seinen Verwandten bittet. Aber dann blitzen doch auch wieder sein Witz, seine Lebensfreude und seine Genussfähigkeit hervor, so auch in seinen Berichten aus Wien.

Nun war Georg Ludwig drei Jahre in Wien gewesen, um die Familienprozesse zu einem erfolgreichen Ende zu bringen – und was hatte er erreicht? Einiges, aber es blieben genügend Schwierigkeiten, vor allem Geldsorgen. »*Ich bin betrunken von Ruhm*«, schrieb er, »*und hungrig nach Geld.*« Dem Zitat von Corneille konnte er nur halb zustimmen. Trunken von Ruhm war er nicht, eher amüsiert und selbstironisch wegen der vielen lobenden Rezensionen seiner Dichtungen. Er würde richtiger sagen: »*Die deutschen Journalisten verschwenden ihre Lobreden auf mich. Es ist schade, dass ihre fliegenden Blätter keine Bankscheine sind.*«[206] Er hatte zu viele Schulden und zu viele Schuldner. Großzügig hatte er Geld verliehen, die Debitoren konnten oder wollten nicht zurückzahlen. Er wurde gedrängt, seine Schulden zu begleichen, und bekam keinen Kredit mehr, weder von Freunden noch von seinen Schwestern in Hamburg, die ihn bis jetzt unterstützt hatten. Das Geld, das seine Frau in die Ehe eingebracht hatte, war ausgegeben oder verliehen, auch an den Bruder, den Grafen, der sich weigerte, die Zinsen dafür zu zahlen. Er musste das Schicksal der zweiten Söhne tragen: er hatte von seinen Eltern eine kleine Aussteuer und eine bescheidene Pfründe erhalten. Ja, sein Vater hatte ihm eine Domherrenstelle in Minden gekauft, aber dort verweigerte man die ihm zustehenden Einkünfte – aus vorgeschobenen Gründen. Er musste vor Gericht ziehen und um seine Rechte kämpfen. Natürlich brauchte er Geld, seine Familie musste ernährt werden, sie sollte standesgemäß leben; und er wollte ihnen geordnete Verhältnisse hinterlassen. Auch geordnete Verhältnisse auf dem Gut Barenaue, das er nach dem Tode seines Bruders, des Grafen, erben und dann an seinen Sohn Lutz weitergeben würde. Es ging vor allem um seinen Sohn, dem er einen unanfechtbaren Besitz hinterlassen wollte. Um seinen einzigen Sohn. Aber noch lasteten auf diesen Gütern hohe Schulden und zahlreiche Prozesse. Das wertvollste der Güter war Astrup mit großen Ländereien und ungewöhnlich ertragreichen Böden in dieser sonst sandigen und moorigen Gegend. Und es war das umstrittenste. Schon der Vater hatte vor Gericht mit Verwandten einer Nebenlinie gekämpft, die ebenfalls das Gut beanspruchten. 1716 hatte dieser Prozess begonnen, der Graf hatte ihn fortgeführt, zu keinem Ende gebracht und Unsummen dafür ausgegeben.[207] Das Verfahren um seine Ansprüche aus seiner Mindener Präbende kam vor ein preußisches Gericht, das um Astrup vor ein hannoverisches. Und schließlich gelangten beide Prozesse vor den Reichshofrat in Wien, dem höchsten Gericht im Heiligen Römischen Reich. Hier hatte der Graf bereits acht weitere Prozesse laufen. Darunter war auch der Rechtsstreit um das Amt des Erblanddrosten, das seiner Familie die Führung des Adels im Osnabrücker Landtag seit Hunderten von Jahren gesichert hatte, das aber die Adligen den Bars seit Jahrzehnten streitig machten. Und dann musste er noch einige weitere kleinere Verfahren für die Familie abschließen. Sein Bruder konnte seine Angelegenheiten und die der Familie nicht mehr selbst vertreten; so musste er eben in Wien streiten.

Fast drei Jahre hatte er sich in Wien aufgehalten.[208] Zunächst konnte er sehr zufrieden sein, denn er es gelang ihm, in drei Monaten vier Verfahren abzuschließen.[209] Aber die anderen Prozesse zogen sich in die Länge und enttäuschten seine schlechte Meinung vom Gerichtswesen nicht. Er war erfahren in der Streitkunst, wenn auch selten erfolgreich. Prozesse hatte er sein Leben lang geführt, viele Prozesse, selbst gegen seinen Bruder. In wie viele Rechtsstreitigkeiten war der verwickelt![210] Dass er, Georg Ludwig, seit einem Vierteljahrhundert als der *gnädige Herr Streithahn*[211] angesehen wurde, kränkte ihn. Nicht er war für die Länge der Prozesse verantwortlich, es war das vermaledeite Justizsystem. Oft war er dieser Auseinandersetzungen überdrüssig, aber dann rettete ihn doch wieder seine Spottlust: *Nichts ist so willkürlich wie die heilige Themis,*[212] die Schützerin des Rechts. Die Richter waren bestechlich, parteiisch, politisch, im besten Falle blind. Sie waren *taub und stumm gegen die Schreie der Unschuldigen*[213] und arbeiteten mit einem Zeitmaß, dessen Einheiten Ewigkeiten waren. Die Prozesse waren verworren und fraßen die Zeit, das Vermögen und die Seele der Kontrahenten. Er kannte das deutsche Rechtswesen seit langem!

Um zu entscheiden, ob dieses Stück Land
Rechtmäßig Paul oder Peter gehört –
Bräuchten wir dazu mehr als ein Jahrhundert und müsste man nicht
In einer begrenzten Zeit den ganzen Fall ausbrüten?
Sagen wir die Wahrheit, sagen wir, dass die Justiz
In der Schikane ihre Nährmutter sieht.[214]

Seine Prozessgegner hatten eine starke Phalanx, um ihn zu vernichten, Advokaten, Agenten, Sekretäre, Minister, Botschafter. Die Familie von Bar befand sich in einer ungünstigen Situation. Er hoffte, sie durch seine Anwesenheit in der Nähe des Reichshofrates zu wenden. Hier hatte er Zugang zu seinen Mitgliedern, konnte den Fortgang beobachten und auf schnellere Erledigung drängen. Auch hielt er die augenblickliche Konstellation für günstig. Seine Kontrahenten, zumindest die Regierung in Berlin, hatte hier nur noch wenig Kredit. Und doch hatte er eine schwierige Position in Wien: »*Selbst die Blöden werden erfindungsreich, wenn sie einen anderen zerstören können.*«[215] Manchmal verzweifelte er an seinem Schicksal: »*Geld ausgeben und Kummer haben – das ist mein Leben*!«[216] Aber wollte er nicht alles das zum Wohl seiner Familie auf sich nehmen?
Doch dann war da auch Wien, diese herrliche Stadt! Die alten Mauern und Bastionen waren abgerissen, begnadete Architekten aus Italien und Frankreich hatten helle Schlösser gebaut, weite Parks angelegt und breite Avenuen geschaffen. Früchte des Friedens.[217] Nun strahlte sie, diese Schöne!
Er fand eine ungewöhnliche Unterkunft, von der er an seine Tochter schrieb: »*Ich habe mich in ein Kloster zurückgezogen. Du vermutest richtig, es ist ein Mädchenkonvent. Aber du wirst überrascht sein, wenn ich dir sage, dass ich es allein bewohne. Es ist das herrliche Palais, das die Kaiserin Amalie hat bauen lassen, sie ist die Gründerin dieses Convents der Mädchen von Maria oder der Salesianerinnen von S. Franziskus von Sales. Sie hat hier ihre Tage beendet.*

Und ich habe die Ehre, einen Teil ihres Palais zu bewohnen, gänzlich leer seit ihrem Tod. Es grenzt an Prinz Eugens Park, der heute öffentlich ist. Das Palais sollte eigentlich von irgendeinem Prinz bewohnt werden, wenn nur die Nachtgespenster die wahren Gläubigen hier nicht quälten! Ich kann meine Nachtruhe nur rühmen. Im Gegenzug beklage ich mich über eine Einschränkung, nämlich dass ich mich um neun Uhr abends zurückziehen muss. Diese Verlegenheit befreit mich davon, Vorstellungen zu besuchen und auf Assembleen zu spielen, zwei für mich schreckliche Veranstaltungen. Dazu spare ich die Ausgaben für eine Karosse … Die Menschen haben die Güte, es für philosophischen Geschmack zu halten, während mein Rückzug auf ernsthafter Sparsamkeit beruht.«

Er freute sich an dem großen Park von Schloss Belvedere. Als leidenschaftlicher Spaziergänger schritt er die Terrassen hinab und hinauf und atmete die Großzügigkeit der Anlage, die sein Herz weitete, die großen Rasenflächen, die schattigen Alleen, die weit ausschwingenden Broderien in den Beeten, die immer munteren Wasserspiele, deren Plätschern und Rauschen die Spaziergänger begleiteten. Er schaute auf das schöne und heitere Wien hinunter, das Schloss Schönbrunn, die Burg, den Stephansdom mit seinem farbig gedeckten Dach und dem hohen Turm, die strahlenden neuen Adelspaläste in der Stadt, die vielen Straßen und Bürgerhäuser. Seine unmittelbaren Nachbarn waren die einflussreichsten Adelsfamilien ... Welch eine Welt!

Ganz so klösterlich, wie er seiner Tochter erzählte, war sein Leben nun doch nicht. In Wien nutzte er schnell sein großes Netzwerk, er, der in mehreren europäischen Groß- und Residenzstädten gelebt hatte. Gleich zu Beginn seines Aufenthaltes war sein Neffe Michele Sagramoso als Botschafter des Malteserordens[219] in Wien erschienen, und sie hatten gemeinsam zahlreichen hochgestellten Persönlichkeiten ihre Aufwartung gemacht und Beziehungen gepflegt. An manchen Tagen kamen sie in 30 Häuser, *in denen man 50° Treppen ersteigen und vier Vorzimmer passieren musste, bis man in dem Zimmer der Dame oder des Herrn ankam.*[220] Zum ersten Weihnachtsfest und zum Jahreswechsel wurden sie beide von dem Grafen und der Gräfin von Schönborn aufs Land eingeladen.[221] Ja, Georg Ludwig hatte Zugang zu den ersten Häusern. Er tafelte bei der Kaiserin Maria Theresia, vergnügte sich auf Maskenbällen, konnte den galanten Mann spielen und huldigte den schönen Damen mit ebenso schönen Gedichten.[222] Überhaupt die Damen: Wie strahlten sie, die Damen in der Stadt, die Damen am Hof und die Damen in

den Theaterlogen. Die Schauspielerinnen und Tänzerinnen verblassten vor den Zuschauerinnen. Schön sahen sie aus ohne jede Hilfe der Kunst, oft in schlichten Kleidern, während die Schauspielerinnen fast abstoßend erschienen: gekräuselt, gepudert, geschminkt und aufgedonnert.
Und dann der köstliche Wein in Wien und im Ungarnland, der Tokayer! Georg Ludwig konnte sich nicht satt daran trinken.[223]
Metastasio lebte in Wien, der große Librettist vieler Opern der ersten Hälfte des Jahrhunderts. Ja, zu den meisten Opern, die Georg Ludwig in Hamburg gehört hatte, hatte der Meister die Texte geschrieben. Er verehrte ihn[224]: Welch völliger Einklang von Musik und Sprache! Er hatte ihn immer bewundert, und er wusste, dass er, Georg Ludwig, sich mit seinem Libretto zu dem Pasticcio »Il Tempio di Melpomene« nicht mit diesem großen Mann messen durfte. Aber er suchte ihn doch auf und diskutierte mit ihm über die modernen Sprachen und ihre Eignung für Oper und Philosophie.[225] Die Abende nutzte er für seine literarischen Arbeiten. Gleich zwei Neuauflagen seiner »Epîtres diverses« wurden geplant, eine bei seinem alten Verleger Changuion in London / Amsterdam und eine von der Konkurrenz in Frankfurt und Leipzig. Er legte Wert darauf, dass die Londoner Ausgabe anonym erschien, enthielt der Band doch zu viele Angriffe auf die katholische Kirche[226] – das konnte ihm hier in Wien nur schaden. An einigen Abenden, traurigen Abenden, schrieb er ein Gedicht, einen Nachruf auf seinen Freund Friedrich von Hagedorn. Die Nachricht von seinem frühen Tod traf ihn tief. Er hatte den Jüngeren bewundert und geliebt. Sie hatten in Hamburg viele Gespräche über ihre Dichtung und über poetische Fragen geführt; war er nicht der geistige Vater des Jüngeren?[227] Hagedorn war ein so heiterer und großzügiger Mensch gewesen, seine Gedichte waren so leicht und liebenswert, seine Freundschaft so herzlich und aufrichtig. Seine Liebe zum Leben, seine Unbekümmertheit, seine Geselligkeit, seine Menschenliebe, seine Hilfsbereitschaft. Was hatte der dunkle Tod in diesem hellen Leben zu suchen? Hagedorns Tod war so schwer zu verstehen, und er, der sich immer wieder in sein Schicksal zu fügen wusste, konnte sich mit ihm nicht leicht abfinden. Er hatte den talentierten Dichter geliebt, er nannte ihn seinen Sohn. Selten ist ihm ein Gedicht so aus dem Herzen gekommen wie das »Soliloquium« zum Tod dieses Freundes.[228]

Dann gab es wieder vergnügliche Stunden. Er besuchte Theatervorstellungen und diskutierte mit dem Direktor der drei Wiener Theater über die derzeit beliebten Stücke.[229] Der Hanswurst, der im Kärntnertortheater im Gewand eines Salzburger Bauern auftrat, war zu dumm und unschicklich; er amüsierte das einfache Volk und füllte das Theater, so dass die Kronleuchter bezahlt werden konnten. Mehr nicht. Und das Hoftheater? Die französischen Klassiker gefielen ihm noch immer, aber es gab im Spielplan wenig Abwechslung. Schauspiele und italienische Opern wurden von französischen Darstellertruppen aufgeführt.[230] Er bewunderte die hohe Sprachkunst und den Charme der Darstellerinnen – aber waren der Ton nicht gestelzt und die Ausdrucksweise nicht unnatürlich? Er dachte an die Opernaufführungen in Hamburg zurück: die Sänger hatten Lebendigkeit und Würde vereint!
Immer wieder sein Sohn, sein einziger ihm verbliebener Sohn. Er war noch immer so schwierig, so auf sich selbst zentriert, so wenig vorausschauend, so wenig engagiert und so ungeschickt, wenn es um seine Zukunft und die der Familie von Bar ging. Er, der Vater, musste noch immer für ihn denken und sorgen. Er nutzte alle seine Kontakte in Wien, um ihm wieder eine Stelle als Capitain in der hannoverschen Armee zu verschaffen und damit Einkommen und eine respektable Stellung. In den ersten Monaten hatte der Sohn ihn in Wien begleitet, aber Diplomatie war nicht das Fach von Lutz, und er war vorzeitig abgereist. So musste er selbst dessen Geschäft betreiben. Das Geld, um ein Patent zu erwerben, würde er ausgeben, ja natürlich. 2000 Écus[231]. Aber Lutz müsste vor seinem Antritt mehr Geld in den Händen haben, und das fehlte, solange er selbst nicht das ihm zustehende Einkommen aus Minden erhielt. Und damit war es nicht getan. Es gab viele ausländische Mitbewerber, die sich mit unbegrenzten Mitteln einkaufen konnten. Aber nicht genügend freie Stellen. »*Der Tod, der Tod muss sich noch einmischen, um dir eine Compagnie zu verschaffen, die an die 1000 Florin*[232] *einbringt*«[233], schrieb er an Lutz. Dann musste er noch jemanden gewinnen, der in diesem Konkurrenzkampf gerade seinen Sohn bei der Stellenvergabe bevorzugte. Er antichambrierte, petitionierte, verfasste Memoires. Er hatte den Eindruck, dass seine Briefe an den Schaltstellen in Braunschweig unterschlagen wurden. Schließlich bat er die Kaiserin um Unterstützung. Sie willigte gnädig ein und ließ den Generalleutnant Ferdinand von Braunschweig-Lüneburg durch einen ihrer Feldmarschälle bitten, dem Gotthard Ludwig

von Bar das erste frei werdende Regiment zu geben. Nichts geschah. Inzwischen änderten sich die Bündnisse der großen europäischen Mächte, England und das Kurfürstentum Hannover, die mit Georg II. einen gemeinsamen Herrscher hatten, und auch Braunschweig-Lüneburg wurden Gegner Österreichs; und alsbald konnte sich die Kaiserin nicht mehr für Lutz in Hannover verwenden. Was konnte er nun noch für seinen Sohn tun? Es war zum Verzweifeln.[234]

Und dann noch das! Der Advokat seines Bruders benachrichtigte ihn, dass sein Sohn bei einem Duell mit scharfen Waffen den Oberstleutnant von Schelenburg, seinen, Georg Ludwigs, engen Freund, verletzt und dass er, der Vater, das Duell verursacht habe mit seinem Drängen auf die Zahlung von 2000 Écus, die der von Schelenburg ihm schuldete.[235] Wie alle diese Lügen ihm zusetzten! Wie er sich um den verletzten Freund sorgte, wie er für ihre Freundschaft bangte und welch böse Folgen er für seinen Sohn befürchtete! Wie übel das Schicksal ihm gesonnen war! Manchmal wurden ihm zu schwere Lasten auferlegt.

Der Krieg rückte näher an Wien und näher an Barenaue heran. Der preußische König hatte im Vorjahr Sachsen eingenommen, in diesem Jahr mit der Schlacht von Prag Böhmen gewonnen und mit der schweren Niederlage von Kolin wieder verloren. Die Franzosen fielen in den norddeutschen Raum ein. Georg Ludwig hoffte, dass sich Hannover neutral erklären würde, aber würden die Franzosen nicht nach Berlin durchmarschieren und dabei auch das Fürstbistum Osnabrück gefährden? Es drängte Georg Ludwig zu seiner Familie zu kommen. Nicht aus Heimweh – Westfalen und Barenaue waren ja nicht seine Heimat[236] – aber aus Sehnsucht nach den Seinen und zu ihrem Schutz.

Er fand seine Bilanz am Wiener Gericht nicht schlecht. Die Anrechte auf seine Mindener Präbende waren ihm inzwischen zugestanden worden, wenn auch die Gelder noch auf sich warten ließen. Den Prozess um die Erblanddrostei hatte er für die Familie klar gewonnen, freilich hatte der Osnabrücker Adel Revision eingelegt.[237] Nicht verloren war der Prozess um Astrup, aber auch noch nicht gewonnen. Eine Bestallung seines Sohnes hatte er nicht erreicht. Er musste dafür sorgen, dass Lutz sich in Barenaue gut etablierte und einst einen geordneten Besitz erben würde. Viel Geld hatte er in Wien für die Prozesse aufgewendet, auch wenn er selbst bescheiden gelebt hatte, Geld für Aufmerksamkeiten, für Gefälligkeiten, für Bestechungen. Sein Bruder hatte ihm nicht einen Écu für seinen Aufenthalt hier gegeben, ja er antwortete nicht einmal auf seine Fragen, obwohl er, Georg Ludwig, doch dringend Informationen für die Prozesse brauchte, in denen er für den Bruder stritt. Dabei zog der auch noch die Einkünfte, hohe Einkünfte aus den Barenauischen Gütern. Und trotzdem war am Ende des Jahres nichts übrig, die Schulden waren gewachsen. Wahrscheinlich floss alles Geld in die Rachen der Bastarde, deren Vater der Graf nicht einmal war. Der Bruder hatte seinen Advokaten nicht bezahlt[238], er hatte seine Reise missbilligt und ihm Misserfolge vorhergesagt. Es war Zeit abzureisen.

Er wollte Wien trotzdem in guter Erinnerung behalten. Eine hochgestellte Dame hatte ihn einmal gefragt, ob es wahr sei, dass in Wien außergewöhnlich viele schöne Menschen zu sehen seien. Er wollte ihr mit einer Hymne auf die Stadt antworten. Was sollte sein Gedicht sein? Eine raffinierte Höflichkeit oder eine ekelhafte Schmeichelei? Eine geistreiche Anmerkung oder devote Höflingsdichtung? Er war *unsicher*. Manchmal kam ihm sein Entwurf *lächerlich* vor, dann wieder *schön*. Er bat Metastasio um ein Urteil zu seinem Gedicht. Der berühmte Mann ermutigte ihn. Dabei war ihm wohl bewusst, dass der Meister nicht nur den Titel »kaiserlicher Hofpoet« trug, sondern auch dem Hof sehr nahe stand. Aber er überreichte der Dame schließlich doch sein Gedicht und veröffentlichte es[239].

In seiner Hymne wählte er Cineas als Vergleichsperson: den thessalischen Helden, der nach dem Sieg über die Römer vor dem römischen Senat auftrat und die Freiheit der Bürger in der römischen Verfassung bewunderte.

Das wunderbarste Schauspiel der Welt in Wien

Du siehst, Cineas, ein schönes Bild in Rom,
du siehst einen ganzen Senat von Königen.
Als Kenner des Menschen bist du gerecht
Gegen diese Helden und Verteidiger ihrer Rechte.
Ein Bild, angenehmer und herrlicher noch,
trifft unsere verzauberten Augen hier:
Eine Welt von Gottheiten.
Die man nicht ohne Bewunderung sieht;

Deine Römer, Cineas, sind Herren des Universums,
Was wären sie hier? Sklaven in Fesseln.[240]

Die Nachtigallenarie

Johann hat nachweislich Flöte gespielt, Johanna gesungen. Es ist jedoch nicht bekannt, ob sie gemeinsam die Nachtigallenarie, die hohe Anforderungen an die Musiker stellt, eingeübt haben.

Ende Juli war Georg Ludwig von Bar wieder bei den Seinen. Er hatte eine lange Fahrt hinter sich, da er Kampfgebiete vermeiden musste; es gelang ihm, vor dem Krieg in Barenaue anzukommen. Er wurde von seiner Frau und seinen Kindern herzlich empfangen, nur der Graf mied ihn und beschränkte sich aufs Grüßen. Die Frauen waren freudig gespannt auf seine Rückkehr, aber hatten auch mancherlei Bedenken. Die Mutter ahnte, dass sie nun auf manche Freiheiten würde verzichten müssen, und Johanna wusste, dass das morgendliche Treffen mit Johann an ihrem Schreibpult enden würde. Und Lutz? Hatte er sich jemals mit seinem Vater verstanden?
Aber auf die Gespräche mit dem Vater freute sich Johanna doch, auf Gespräche über die Zeitläufte, über ihre Lektüren und über die Freunde in Hamburg, in Wien und sonst wo. Und sie freute sich auf ihre gemeinsamen Spaziergänge und ihre kleinen Entdeckungen in der Natur.
Zu Vaters Willkommen hatten Johanna und Johann eine musikalische Überraschung vorbereitet. Monatelang hatten sie an der Nachtigallenarie von Händel gearbeitet. Es war eine schwieriges Stück aus dem Oratorium »L'Allegro, il Penseroso ed il Moderato« (Der Fröhliche, der Nachdenkliche, der Maßvolle) auf einen Text von Milton.[241] Eigentlich war es für Sopran, Flöte, Streicher und basso continuo geschrieben, aber sie hatten es bearbeitet, so dass sie es miteinander aufführen konnten. Johanna hatte es gewählt, weil der Vater immer noch ein begeisterter Flötist und ein Bewunderer seines Lehrers Händel war.[242] Auch gefiel den beiden Musikanten die Arie mehr als alles, was sie bisher zusammen musiziert hatten.
Sie bat also ihren Vater und die ganze Familie in die Bibliothek, wo ihr Cembalo stand. Selbst der Graf kam, wenn er auch schwieg und kaum einen

Gruß andeutete. Johann trat mit seiner Flöte an das Instrument. Als sich alle gesammelt hatten, richtete sie sich auf, er setzte die Flöte an die Lippen, sie schauten einander noch einmal an, er nickte und sie spielte den ersten Akkord des basso continuo, auf den Johann nach kurzem Abwarten einstimmte. Seine kleine fallende Figur im Auftakt schloss mit einem Triller, nach einer kurzen Pause ertönte sie noch einmal – kommst du? kommst du?! – ein Herantasten, ein Fragen und beim zweiten Mal schon mehr ein Auffordern –, um sich dann freizuschwingen in hohe trillerdurchsetzte Quartsprünge und schließlich in schnellen Dreiklangsbrechungen in die höchsten Tonbereiche hinein, als wolle sich die Nachtigall den Himmel ersingen. Noch einmal eine kleine Pause und dann die auftaktige Figur vom Anfang, aber nun umgekehrt, steigend, eine Einladung, eine mitreißende Geste, – komm mit! komm mit! – die wieder in gebrochene Dreiklänge als 32tel mündete. Schließlich, abermals trillerdurchsetzt, eine rasant schnelle Tonleiterfigur in 64teln: die Nachtigall flog in unerreichbare Höhe, als gäbe es nur Glück und Freude, Leichtigkeit und Freiheit. Während der basso continuo im Cembalo in ruhigen, oft lang ausgehaltenen Basstönen den himmelwärts strebenden Gesang der Flöte erdete. Nachdenklicher wurde die Nachtigall, ihre Melodie in Achteln nach Moll modulierend. Und wechselte dann schnell wieder nach Dur, stieg weiter in nicht gekannte Sphären und jubelte – mit gebrochenen Dreiklangs- und Tonleiterfiguren, punktierten 16teln und 32teln und Trillern. Himmelstöne. Wer ließe sich nicht in dieses Glück hineinreißen?

Schließlich setzte der Sopran ein, Johanna, eine Nachtschwärmerin, eine Nachdenkliche, eine Melancholische, manchmal eine Sehnsuchtsvolle, berührt und angezogen vom Gesang der Nachtigall: »Sweet bird«; die Nachtigall antwortete mit einem Echo – eine Terz höher – schickte ein Zwitschern hinterher und pausierte. Abermals besang die Schwärmerin den Vogel: »Sweet bird, that shun'st the noise of folly« (Süßer Vogel, der du den Lärm der törichten Menge meidest). Die Flöte zwitscherte gleich hinterher. »Most musical, most melancholy« (voll Musik, voll Melancholie), ergänzte der Sopran. Die letzte Phrase von Johannas Gesang begleitete Johann in völligem Gleichklang, pausierte, verfiel in melancholische moll-Töne. Dann Johannas Part »Thee, chantress oft the woods among, I woo, I woo to hear thy evensong« (Du Sängerin, oft in den Wäldern, ich sehne mich nach deinem Abendlied), begleitet nur von seinen kurzen Einwürfen, von Jubel, von Fragen und von Aufforderungen. Als die Sängerin schließlich das Wort »song« sang und sang und sang und nicht enden wollte, so wie die Sehnsucht niemals an ihr Ziel kommt, da fiel die Nachtigall mit hohen Tongirlanden ein, welch Jauchzen, welche Freude, welch Abendzwitschern, so dass sich die Schwärmerin lösen konnte, beider Gesang sich vereinte und sie gemeinsam den Grundton erreichten.

Sie spielten ihr Lied noch einmal wie eine zweite Strophe. Noch einmal beschwor die sehnsuchtsvolle Nachtwandlerin den Vogel, der Sopran die Flöte, Johanna Johann. Wieder sang die Flöte hoch über dem Sopran, stetig und unbeirrt, mit unveränderten Figurationen, ihrer Natur treu bleibend, ein Naturwesen. Die Nachtigall riss ihre Partnerin abermals mit. Sie spielten noch viel virtuoser, näher beieinander; die Stimmen umschlangen sich immer öfter, wechselten einander ab oder überlappten sich, imitierten einander, liefen parallel. Die Flöte fand neue Motive, der Sopran ahmte sie nach, immer schneller und schneller, immer höher, immer höher, einander hochschaukelnd, rauschhaft. Schließlich mündete ihre Musik in eine gemeinsame Trillerfigur.

In einem Mittelteil, einem Larghetto, fand sich die Nachtschwärmerin allein, die Nachtigall schwieg. Die Penserosa fiel in ihren eigenen Duktus in Moll, nachdenklich, melancholisch, wehklagend, auf der Suche nach der Nachtigall.

Or, missing thee,
I walk unseen
on the dry smooth shaven green,
to behold the wand'ring moon,
riding near her highest noon,
to behold the wandering moon,
riding near the highest noon.

(Ich vermisse dich, ich gehe ungesehen auf trockenem, weichem, geschorenem Grün, um den wandernden Mond zu betrachten, der zur Mitternacht emporsteigt.)

Langsam, meditativ begann die Penserosa ihren Gesang, bei zurückhaltender pochender Begleitung. Aber dann hob sich die Melodie mit dem steigenden Mond, immer weiter, immer höher, in kleinen Schritten, Halbtonschritten, Schritt für Schritt, höher und höher, acht Takte lang, schmerzlich, dehnend und sehnend. Bis schließlich mit einem Oktavsprung ins hohe a, einem lang angehaltenen Spitzenton, der Scheitelpunkt, die Mitternacht erreicht war. Mit einer Koloratur führte Johanna zu dem Ausgangston zurück.
Ihr Verlangen nach Johann erfüllte sich. In einer Wiederaufnahme der zweiten Strophe, »Sweet bird«, vereinigte sich die Singstimme mit der Flöte, wie schon zuvor, und beide durchspielten noch einmal das Spiel von Locken und Folgen, von Impulsen und Imitation, von Ferne und Zusammenklang. Kurz vor dem Schluss kamen die beiden Musikanten ein wenig aus dem Takt, ihre Augen lächelten, im nächsten Moment hatten sie wieder zusammengefunden und endeten ihr gemeinsames Spiel.
Dann war es eine Zeit lang still in der Bibliothek, nur das gerührte Schluchzen der Mutter war zu hören. Schließlich klatschten die Zuhörer begeistert. Der Graf grummelte, Lutz nickte anerkennend, Wilhelmine Greven strahlte. Vater stand auf und umarmte seine Jeanne innig und dankte Johann mit einem Handschlag. Die Mutter folgte ihm und drückte auch Johann an ihre Brust. Schließlich sagte der Vater: »Ich kenne viele Stücke von Händel und liebe seine Musik, Händel ist der deutsche Orpheus.[243] Aber dieses Oratorium ist mir unbekannt. Es ist so kunstvoll wie seine anderen Werke, aber viel empfindsamer, und das habt ihr beiden Musikanten uns auch spüren lassen. Jeder hat das gefühlt: Das ist eure Musik. Welche Innigkeit in deinem Gesang, Jeanne, welche Klarheit, Schönheit und Unbeirrbarkeit in Ihrem Flötenspiel. Es war der Zusammenklang einer empfindsamen Seele und eines feinen naturhaften Wesens! Herzlich danke ich euch für diesen wunderbaren Auftakt zu meinem neuen Lebensabschnitt.
Vielleicht darf ich später einmal mit euch zusammen musizieren und den Cembalopart übernehmen. Dann kannst du, liebe Jeanne, dich ganz auf den Gesang konzentrieren.« Dieser Vorschlag gefiel Johanna. Aber es kam nie zu einem dreisamen Spiel.

Paradiese der Seele

Für Spaziergänge der Bars gibt es viele Belege, auch für Spaziergänge mit Möser, nicht jedoch für diesen. Hier folge ich also der Fantasie in ein Paradies. Sind Paradiese nicht Geschöpfe der Fantasie?

Georg Ludwig fand allmählich in seine neue alte Welt zurück. Gleich im August lud er Möser zu einem mehrtägigen Besuch nach Barenaue ein.[244] Sie tranken – wie Möser an einen Freund schrieb – zusammen mit den Damen Pyrmonter Wasser, das alle erfrischte. Sie gingen spazieren, und der westfälische Juvenal[245], wie Möser den Vater nannte, erzählte von seinen »Rêveries poétiques«, seinen poetischen Träumereien, an denen er gerade arbeitete. Sie *genossen* gemeinsam alles Heitere, was das Landleben bietet. »*Sorglos bis zum höchsten Grad*«, schrieb Möser, »*taten wir nichts anderes als unsere Vergnügungen zu verfeinern, wir dachten mit geistvollen Scherzen über philosophische Fragen nach und fügten unserer Zufriedenheit die süße und sanfte Melancholie hinzu, deren schöne und herbe Seiten Monsieur von Hagedorn in einigen englischen Stanzen mit dem Titel ›The Pleasure and Pain of Melancholy‹* – Die Freude und der Schmerz der Melancholie – *ausgemalt hat.*« Welche Tage!
Einen Morgen verbrachten die beiden Herren und Johanna in dem Garten, oder sollte man Park zu der Anlage sagen? Ein sommerlicher Morgen lockte sie nach draußen. Die Sonne schien an einem wolkenlosen Himmel, verheißungsvoll, ein leichter Wind streifte übers Land, noch stank das Wasser in den Gräften nicht, die Mücken würden erst schwirren, wenn der Wind nachgelassen hatte und die Luft still stand – kurzum, die Gesellschaft durfte heitere Stunden erwarten.
Sie traten vom Entree aus nach draußen und überquerten auf der kleinen Zugbrücke den Schlossgraben. Vor ihnen erstreckte sich der französische Garten, der ebenso wie das Schloss selbst von Gräften umgeben war. Eine hohe Mauer schirmte das Areal vor ungewollten Eindringlingen ab; sie schimmerte hinter schnurgeraden Reihen von Linden durch. Nach einem kleinen Rundgang setzten sie sich auf eine Bank, die Gebäude im Rücken, so dass sie den Garten überschauten.

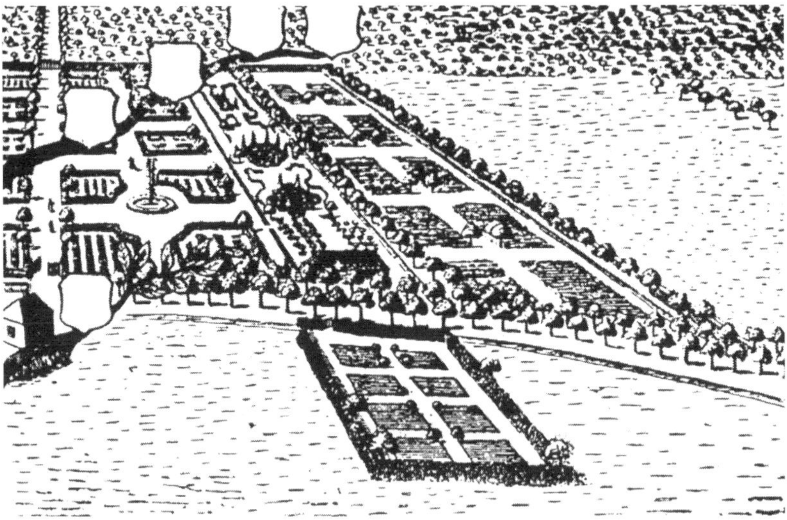

Schloss Barenaue, Gartenanlage, Ausschnitt aus einem Stammbaum

Wie heruntergekommen der Barenauer Park doch war! Der Großvater hatte ihn angelegen lassen und eigens einen französischen Gartengestalter angestellt.[246] Die Anlage war nicht sehr groß, man hatte sie dem moorigen Boden durch Aufschüttungen abringen müssen. Linkerhand jenseits der Gräfte stieg das Gelände leicht an, ein Weg führte dort in den Wald mit alten, gut gewachsenen Eichen, deren kräftig grünes Laub jetzt ein geschlossenes Dach bildete. An den beiden anderen Seiten des Parks schlossen sich Gras- und Moorflächen an. Der Garten war geruchlos und geräuschlos, er hatte keine Farben und keine Geheimnisse, der Wind fand hier keine verfänglichen Bäume, und die Vögel mieden ihn. Denn er war ein Fremdkörper, gnadenlos in die weite Naturlandschaft hineingesetzt. Wegen seines asymmetrischen Zuschnitts war die Achse, die von der Mitte des Wohntraktes in den Garten führte, keine Mittelachse, links der Achse lagen längere schmale Wege und mehr quadratische Felder als rechts: Die Längs- und die Querrichtung der Anlage stritten um die Vorherrschaft. Der Grundriss gehorchte geometrischen Prinzipien, aber unterlief die Symmetrie eines französischen Parks. Ein missglückter französischer Garten.

Die quadratischen Beete waren, wie üblich, mit Rasen bepflanzt und von beschnittenen, kaum kniehohen Taxuspflanzen umrandet. Eckpunkte wurden durch höhere Büsche markiert, die zu pflanzlichen Skulpturen geschnitten waren; die ursprüngliche Formen waren noch zu ahnen: Kegel, Pyramiden und Kugeln. Nur an wenigen markanten Stellen spendeten niedrig gehaltene Bäume etwas Schatten. In den Schnittpunkt der beiden Hauptwege, die sich hier zu einem Kreis weiteten, war ein Springbrunnen gesetzt. Die Brunnenfigur, ein Neptun, hatte ihren Dreizack und ihren Kopf verloren, und im trockenen Brunnenbassin lag verwehtes Laub vom Vorjahr. Die Blumenbeete im hausnahen Teil des Gartens waren leer, die Taxusreihen ausgedünnt, andere zu buschig, wieder andere verdorrt. Die pflanzlichen Skulpturen fransten aus.

Ähnlich traurig sah der hintere Teil des Gartens aus. Er bestand aus zwei Terrassen, die durch Aufschüttung geschaffen worden waren und zu denen man über Stufen gelangte. Auf der ersten fanden sich Rondelle, auf der zweiten hatte man kurze Buchenhecken parallel gereiht und mit gestutzten Bäumen gerahmt. Sie waren lange nicht mehr beschnitten worden und der Form entwachsen, die ihnen zugedacht war. Zwischen ihnen machte sich Unkraut breit. Die ursprüngliche Absicht war aber noch erkennbar: Die gesamte Anlage sollte einst zum langsamen Gehen einladen, bei dem man sich präsentieren konnte: im Parterre und auf der ersten Terrasse waren die Lustwandelnden von jedem Platz aus zu sehen und zu bewundern, keine farbige Blume konkurrierte mit ihrer Kleidung, die dunklen Pflanzen bildeten einen guten Hintergrund für die bunten Roben. Welche Feste mochte man hier gefeiert haben? Aber die Zeit des Schlenderns in Prunk und Pracht war vorbei, stattdessen herrschten Schlendrian im Garten und Leere im Geldbeutel.

Alle wussten, dass der Graf nicht bereit war, Geld für die Pflege des Gartens auszugeben. Er sah den erbärmlichen Zustand des Gartens nicht, er hatte keine Gelegenheiten zum Repräsentieren und interessierte sich nur für Einnahmen, nicht aber für Ausgaben.

»Dieser Garten ist das traurige Relikt einer früheren Zeit«, seufzte der Vater. »Fast könnte man an der französischen Gartenkunst zweifeln. Der Natur darf man solche Parks nicht aussetzen. Das vertragen sie nicht.«

»Vater, ihre Prachtstücke hast du doch immer gepriesen. Den Belvedere, die Gärten in Hamburg und den Park von Hünnefeld. Aber du hast recht: Sind sie ungepflegt, dann sind sie gespenstig. Ja, sind französische Gärten nicht überhaupt unwirklich? Natur ist hier nicht vorgesehen. Sie wird zugunsten von Geometrie, Symmetrie, Regelmäßigkeit und Gleichförmigkeit verstümmelt. Die künstliche Form regiert und tyrannisiert das Lebendige. Sind diese Gärten nicht eigentlich einfallslos, ohne Geheimnisse und Überraschungen? Gleich auf den ersten Blick erkennt man die Regeln, nach denen sie angelegt sind. Mir gefallen französische Gärten nicht mehr. Vielleicht wachsen wir in eine neue Zeit hinein und wehren uns gegen das, was auf Zwang beruht, was unseren Geist fesselt und reglementiert. Wehren wir uns nicht, wenn wir, wenn unser Leben zu sehr ausgerichtet, beschnitten und geregelt wird? Ich möchte es einmal ein bisschen überspitzt sagen: Freiheit ist in diesen Gärten nichts, erzwungene Ordnung alles.«
Möser ergänzte: »Wir wollen Regeln, aber wir lieben auch die Freiheit, die Vielfalt, die Originalität. Das organisch Gewachsene.«
»In diesen Gärten wird die Natur vergewaltigt!« Sie erschrak selbst über ihre aufgebrachte Stimme.
Der Vater schaute auf: »Meine liebe Jeanne, das ist scharf formuliert!«
»Verzeih Vater, verzeihen Sie Monsieur, wenn ich heftig geworden bin. Ich weiß nicht, was mich getrieben hat.« Sie überlegte ein Weilchen und fuhr in ruhigerem Ton fort: »Die Schöpfer der französischen Anlagen müssen viel Angst vor der Natur haben, vor ihren Gefahren und vor ihren Reizen. Sie glauben ihnen zu entkommen, indem sie die Natur unterwerfen. Vergeblich, wie wir an unserem Garten sehen. – Ist seine Anlage nicht unnatürlich? Die Natur schreckt vor geraden Linien zurück. Sie gehorcht nicht den Gesetzen der Geometrie. Sie ist organisch und unfassbar vielfältig, da stimme ich Ihnen, lieber Freund, von Herzen zu. Alle Lebewesen in der Natur bilden ein zusammenhängendes Gewebe, einen lebendigen Organismus. Werden und Vergehen, Wachsen und Absterben: Auf den herabgefallenen Blättern, den verdorrten Pflanzen und den verrotteten Bäumen wachsen wieder neue Pflanzen, die dort Nahrung, Licht und Luft für ihr Gedeihen finden.«
»Ich möchte Ihnen beipflichten, gnädiges Fräulein. Es gibt Anlagen, die Ihnen wahrscheinlich gefallen würden. Ich spreche von den englischen Gärten, über die in letzter Zeit oft geschrieben worden ist. Noch haben wir nur

wenige auf dem Kontinent.[247] Aber ich habe sehr detaillierte Abbildungen gesehen. Sie vielleicht auch?«

Beide verneinten und baten Möser, ihnen ein Bild von einem englischen Garten zu malen. Er tat es bereitwillig, indem er einen englischen mit einem französischen verglich[248]: »*In jenem finden Sie … Tempel, Grotten, Klausen, Dickichte, Riesensteine, Grabhügel, Ruinen, Felsenhöhlen, Wälder, Wiesen, Weiden, Dorfschaften, und unendliche Mannigfaltigkeiten, wie in Gottes Schöpfung durcheinander vermischt, in diesen hingegen schöne gerade Gänge, geschorene Hecken, herrliche, schöne Obstbäume, paarweise geordnet oder künstlich gebogen, Blumenbeete wie Blumen gestaltet, Lusthäuser im feinen Geschmack – und das alles so regelmäßig geordnet, dass man beim Auf- und Niedergehen sogleich alle Einteilungen mit wenigen Linien abzeichnen kann und mit jedem Schritte auf die Einheit stößt, welche diese wenigen Schönheiten zu einem Ganzen vereinigt. Der englische Gärtner will lieber zur Wildnis übergehen, als mit dem Franzosen in Berceaux* – Bogenlauben – *und Charmillen* – Hagenbuchenhainen – *eingeschlossen sein. …*

Welcher von diesen beiden Wegen sollte nun aber wohl der beste sein: Der Weg zur Einförmigkeit und Armut in der Kunst, welchen uns … der verfeinerte Geschmack und der sogenannte gute Ton zeigen; oder der Weg zur Mannigfaltigkeit, den uns der allmächtige Schöpfer eröffnet? Ich denke immer: der letztere, ob er gleich zur Verwilderung führen kann. Denn es bleibt doch wohl eine unstreitige Wahrheit, dass tausend Mannigfaltigkeiten zur Einheit gestimmt, mehr Wirkung tun, als eine Einheit, worin nur fünf versammelt sind … Dass der Weg zur Mannigfaltigkeit der wahre Weg zur Größe sei …«

Er zögerte einen Moment; aber als er die aufmerksamen Gesichter sah und Johanna begeistert nickte, fuhr er fort: »Die Wirkung von Gärten ebenso wie von Kunstwerken ist *so viel größer, wenn die Wahl und Zusammenstellung wohl geraten ist … Die Menge und Verschiedenheit der Gegenstände, welche in einem Kunstwerk zusammengestellt werden, ist also gewiss kein Hindernis ihrer Schönheit …* Auch diese Gärten haben ihre geheime Einheit.«

»Wie überzeugend Sie diesen Garten würdigen! Und doch zögere ich, mich ganz von überschaubaren, klar angelegten Parks zu verabschieden.«

»Vater, bist du vielleicht ein wenig zerrissen bei der Frage, welche Gartenanlage die ideale ist? Vielleicht gefällt dir meine Idee. Lass mich einen Garten entwerfen, der Ihrem, lieber Freund, ein wenig ähnelt. Du wirst sehen, Va-

ter, wie schön er ist und welch eine Freiheit er uns verleiht. Er wird uns viel mehr entsprechen als die französischen Gärten!«
Der Vater nickte, ein wenig amüsiert über ihre Begeisterung, Möser lächelte. Sie begann von einem Garten zu erzählen, von dem sie schon oft geträumt hatte.
»Ich würde die Natur wieder zu sich selbst befreien. Mein Garten ist ein Landschaftsgarten, der sich an die natürlichen Gegebenheiten der Gegend anpasst. Es gibt keine gerade Linie mehr. Die Idee, die meinem Plan zugrunde liegt, ist nicht sichtbar, man spürt nur die große Harmonie der Anlage und erhält das Gefühl von Ausgewogenheit und einer natürlichen Ordnung, einer göttlichen Ordnung.
Vor dem Wohnflügel lasse ich Blumen pflanzen. An die geschwungenen Beete schließt sich eine große Rasenfläche an, links und rechts gesäumt von Büschen und Bäumen, die Übergänge zwischen den Pflanzzonen sind kaum merkbar. Die Terrassen müssen eingeebnet und zu einem gewellten Terrain modelliert werden. Hier passen auch nicht mehr abgrenzende Mauern und Hecken, die lasse ich niederreißen und abholzen. Die Gräfte, die den Garten jetzt umfließt, wird so umgeleitet, dass das Gelände um ein Mehrfaches vergrößert wird. Auch lasse ich sie tiefer legen, damit der Betrachter sie nicht als Grenze wahrnimmt und sein Auge darüber hinweg in die Landschaft schweifen kann, die sich jenseits des Grabens fortsetzt.«
Sie zeigte in die Ferne: »Ich lasse also eine in die Tiefe führende Lichtung anlegen. Man kann in das fernere Gelände sehen, man schaut auf die Wiesen und bis hin zu den Häusern des Pastors, der Handwerker und der Heuerleute. Aber auch die nahen Zonen aus Busch und Wald, die sich rechts und links der Lichtung anschließen, werden den Spaziergänger anziehen. Unregelmäßig angelegte Wege eröffnen ihm immer wieder neue und überraschende Anblicke auf kleine Lichtungen und interessante Baumgruppen. Das alles in natürlicher Art. Die Natur verbirgt die Kunst.«
»Es gibt sicher auch Ruheplätze«, warf der Vater ein.
»Sicher, an vielen Stellen meines Parks finden die Spaziergänger Steinbänke und an einem verborgenen Platz einen Unterstand, der bei Regen schützt. Vielleicht lasse ich über seinen Eingang eine Inschrift setzen: ›Secretum iter, et fallentis semita vitae‹ – ›abseits der Heerstraße, ein unbemerkter schmaler

Pfad durchs Leben‹. Vater, Verse deines geliebten Horaz möchte ich hier verewigen:

Vor allem forsche von den Weisen ..., was
Dir selbst zum Freund dich macht', und wahre Ruh
Dir schaff? – Ob Ehre, oder Reichtum? Oder
Ein unbemerkter schmaler Pfad durchs Leben.[249]

In meinem Garten werden Sie nicht so viele Gebäude finden wie in dem englischen, den Sie uns geschildert haben; aber den höchsten Hügel soll eine Rotunde krönen; eine Rotunde, deren Kuppel nur von Säulen getragen wird, offen nach allen Seiten, offen für die frei schweifenden Blicke des Besuchers und offen für Wind und Wetter. Venus wird das gewölbte Dach krönen.«

Johanna schaute Möser und ihren Vater an, die ihr aufmerksam zuhörten: »Mein Park ist ein Ort des Nachdenkens. An ruhigen, einsamen Orten werde ich Statuen aufstellen: Abélard und Héloise[250] und, ja, Orpheus und Eurydike.«

»Die Göttin der Liebe und große liebende Paare. Unglücklich Liebende. Welch traurige Begleiter hast du der Venus zugesellt, Jeanne! Orpheus und Eurydike, die an ihrer Liebe zugrunde gehen. Und Abélard und Héloise, zwei Liebende, die sich über die Regeln der Gesellschaft hinwegsetzen und daran scheitern.«

»Warum scheiterten sie? Ist es nicht traurig, dass eine Ehe zwischen zwei Ungleichen nicht möglich sein soll, zwischen einem Hauslehrer und seiner Schülerin?« Nach einer Pause fuhr sie fort: »Ist eine Gesellschaft nicht grausam, die ihre Verbindung bestrafte? Sie blieben auf immer getrennt, aber ihre Liebe füreinander endete erst mit ihrem Tod.«

»Und doch ist es notwendig und auch unvermeidlich, dass Verstöße gegen gesellschaftliche Normen geahndet werden.«

»Hat die Liebe nicht ein größeres Recht? Hat nicht die Liebe immer das Recht auf ihrer Seite?«

»Das ist eine schwierige Frage«, erwiderte der Vater. »Ich bin nur froh, dass wir nicht vor ihr stehen. Damals wollte man standesgemäße Ehen. Auch wir bestehen heute auf ihnen, und das aus guten Gründen. Liebe ist oft ein

schlechter Ratgeber bei der Partnerwahl. Andererseits: standesgemäße Ehen und Liebe schließen sich nicht aus. Denke an die Ehe deiner Eltern.«
Möser nickte: »Ebenbürtige Ehen sichern die Stabilität des Standes und der Gesellschaft. Aber sie dienen auch dem Glück des einzelnen: Partner des gleichen Standes passen besser zusammen als solche von ungleicher Herkunft. Sie teilen Traditionen und Lebensstile; das macht das Zusammenleben einfacher.«
Der Vater schloss ab: »Nun, ich will das Thema nicht vertiefen. Zumal mich dein Plädoyer für die Liebe rührt. – Lass uns zu dem Bildprogramm in deinem englischen Park zurückkehren! Warum würdest du Standbilder von Orpheus und Eurydike aufstellen? Der Sänger ist für mich kein Vorbild. Er war ein unwürdiger Partner seiner liebenswerten Frau. Warum gehorchte er nicht dem Gebot der Götter, sie gaben ihm die einmalige Gelegenheit, seine Frau aus dem Totenreich zu holen. Aber er drehte sich nach ihr um – trotz des göttlichen Verbots. Warum tat er das? So musste er sie auf ewig verlieren.«
»Vater, ich verstehe die Geschichte von Orpheus und Eurydike ganz anders. Es ist die Geschichte einer unendlich großen Liebe, die alle Grenzen dieser Welt übersteigt. Orpheus' Liebe beseelt seine Musik und erhebt sie über jedes Maß, so dass sie Gräser, Sträucher, Bäume, ja, die ganze Natur und selbst die Jenseitigen rührt und die Götter ihm das Unerhörte erlauben. Sie erlauben ihm, den Fluss vor dem Totenreich zu queren und seine Frau von dort zurückzuholen, aber er darf sich nicht nach ihr umschauen. Seine Liebe zu Eurydike ist jedoch so groß und drängend, er muss sie ansehen. Und dann sein unendlicher Schmerz um seine abermals verlorene Frau, seine unvergängliche Liebe zu ihr, sein Trauergesang ... in seiner Musik lebt Eurydike weiter. Nur ein ganz großer Liebender kann der Liebe Ewigkeit verleihen.«
»Jeanne, vielleicht weißt du mehr von Liebe als wir alle. Dafür liebe ich dich, aber ich habe auch Angst um dich – kann man damit bestehen? Begib dich nicht auf abseitige Pfade, verlasse nicht unsere Welt!«, sagte der Vater halb ernst, halb lachend.
Johanna erschrak. Sie mochte den Vater nicht ansehen.
Möser überspielte die verlegene Stille. »Wir haben uns in unseren Sehnsüchten verloren. Und haben doch ein Paradies in unserem Osnabrücker Land:

Unsere herrlichen Wälder. Die reine Natur, die keinem menschlichen Plan folgt, sondern einem göttlichen.«

»Wir alle lieben unsere Wälder«, stimmte Johanna zu, »die Natur braucht keinen Schmuck, sie spricht aus sich. Sie braucht keine Kunst und verkündet keine Moral, sie ist Offenbarung. Sie sagt uns etwas vom Wesen der Dinge.«

Möser fügte hinzu: »Ich möchte es so formulieren: *Die ganze Schöpfung ist gewiss zur Einheit gestimmt, und doch scheint sie hier und da sehr wild und noch wilder als ein englischer Garten zu sein.*«[251]

Alle warfen noch einmal einen Blick auf die Barenau'sche Gartenanlage. Sie wussten, dass sie weiter verlottern würde und dass ein Garten in englischer Manier ein Traum war. Und doch waren die Freunde belebt durch das Gespräch und wollten es fortsetzen. Sie verabredeten sich zu einem nachmittäglichen Waldspaziergang und kehrten zum Haus zurück, als die Sonne ihren Höchststand erreicht hatte.

Mann und Frau

Johannas Herz war oft schwer: »*Wie wenig*«, schrieb sie ihm, »*darf ich fest auf unsere unzertrennliche Verbindung gründen, wenn ich die große Ungleichheit betrachte, die in unserem Umstande ist, den Vorzug, den ich an Geburt und Vermögen habe, besitzen Sie im Gegenteil an Schönheit und Jugend. Doch wünsche und hoffe ich, dass wegen der Einstimmung unserer Denkungsart und unserer Gemüter dergleichen Schwierigkeiten, die nur äußerlich sind, nicht unüberwindbar, und die am allerwenigsten stören werden, wenn unser Hoffen und Ziel einst erreicht sein werden.*«[252]

Ein schriftliches Eheversprechen sollte sie noch fester verbinden. Wenige Wochen nach Vaters Rückkehr gelobten sie sich in einer *heiligen Handlung*[253] ewige Treue vor Gott. Sie wählten dafür die Schlosskapelle und ließen sich vom Pfarrer von Blechen segnen, den sie eingeweiht und für den Akt gewonnen hatten. Ihr Bund war nun unverbrüchlich und bis an ihr Lebensende verbindlich. Er war nicht nach den Regeln der Gesellschaft und nicht nach denen der Kirche geschlossen, aber, dessen waren sie sich sicher, mit dem Einverständnis und dem Segen Gottes. Sie betrachteten sich als Ehepaar, begrüßten sich in ihren Briefen als Mann und Frau und lebten, wenn auch nur im Verborgenen, zusammen; ihnen war nun *nach göttlichem Recht alles gestattet.*[254]

Sie fanden Gelegenheiten, viele Nächte miteinander zu verbringen, unbemerkt von den andern. Sie gab ihm ein Zeichen, wenn die Situation günstig war, sandte ihm ein Billet oder ließ nachts die Tür offen stehen, und er, der sein Zimmer unter dem ihren hatte und nur die Wendeltreppe hinaufgehen musste, verstand ihre Winke. Ihr Glück war unendlich. Wenn dann der Morgen anbrach, die ersten Vögel sangen und Johannas Zimmer heller wurde, begannen ihr langer Abschied und die Rückkehr nach Barenaue.

Tagsüber lebten viele Sorgen wieder auf. Wann würden sie öffentlich zueinander stehen können? Sie hatten die frühere Vereinbarung in das Eheversprechen aufgenommen, dass ihre Eltern nicht »*betrübt*« werden dürften. Oft quälte sie sich in ihrer zwiespältigen Lage. »*Wie traurig wird mir mein Herz*«, schrieb sie Johann, »*wenn ich die Schwierigkeit bedenke, meine Pflichten gegen dich und den kindlichen Gehorsam zu vereinigen.*« Der Vater hatte den neuen Hausgenossen wohlwollend aufgenommen und schien ihn zu schätzen. Er wandte auch nichts gegen ihre Spaziergänge ein und begrüßte ihr gemeinsames Musizieren. Aber würde er Johann als Ehemann seiner Tochter annehmen können?

Dann wieder die zärtlichen Gedanken, die um ihn und nur um ihn kreisten. Musste er mehrere Tage auf anderen Gütern arbeiten, wurde ihr Verlangen unbezwingbar. Wie glücklich war sie dann, wenn sie alleine sein konnte und niemand sie störte. Neulich weigerte sich die Greven, mit ihr auf der Bleiche bei dem Linnen zu wachen, sie müsse so lange arbeiten, die Käte und die Dörte hatten nie so viel leisten müssen wie sie.[255] Johanna war froh, dass sie sich nicht auf ein Geplauder mit der Wilhelmine einlassen musste. So konnte sie sich ungestört erinnern, ihn sich vorstellen, mit ihm leise sprechen, sich nach ihm sehnen. Dann war sie erfüllt und unerfüllt zugleich.

Als Verlierer geboren

Schon wieder Geldknappheit, Unzufriedenheit und Streit. Ich kann dem Leser das nicht ersparen.

So groß die Wiedersehensfreude mit seinen beiden Jeannes und seinem Sohn Lutz war, so belebend die Gespräche mit Möser und so vergnüglich die Spaziergänge mit seiner Tochter waren, so unerfreulich war das Wiedersehen mit seinem Bruder. Der Ältere ging ihm aus dem Weg, grüßte ihn – sonst kein Wort. Als er ihm vom Stand der Prozesse berichten wollte, wandte der Bruder sich ab. Wollte er die strittigen Geldangelegenheiten besprechen, verwies der Graf ihn an seinen Anwalt. Waren aktuelle Probleme der Güter zu lösen, sollte der Rentmeister zuständig sein.
Georg Ludwig wusste, dass die finanziellen Probleme von Barenaue nicht gelöst waren und seine Ansprüche nicht befriedigt werden würden. Wie hatte er sich in Wien für die Belange seines Bruders eingesetzt! Und er hatte Erfolge gehabt. Aber er erhielt von ihm noch nicht einmal seine Auslagen in Wien zurück, er bekam keine Anerkennung oder gar Dank. Der Bruder stritt ihm jedes Verdienst ab; nur Kosten habe er verursacht und Misserfolge eingefahren, wie vorhergesagt. Georg Ludwig habe keinerlei Ansprüche und bekomme keinen Taler von ihm. Er wusste, er würde es seinem Bruder nie recht machen, jeden Tag spürte er, wie verhasst er ihm war. Trotzdem konnte er auf seine Erfolge stolz sein. Aber was half ihm das? An seine Schwester Wilhelmine von Krosigk schrieb er: »*Ich habe davon die Ehre und mein Bruder das Geld. Wenn er dann da droben vor dem ewigen Richter sein Verhalten gegen mich rechtfertigen muss, wird er immer noch geschickter als ich sein.*[256] *Ich bin als Verlierer geboren.*«[257]
Wie konnte er mit seinem Bruder leben, wenn schon nicht auskommen? Als sich die Seinen vor zwei Jahren bitter über den Grafen beschwert hatten, hatte er ihnen aus Wien geschrieben: »*Ich rate euch …, die Unverschämtheiten des Grafen zu verachten. Gott lässt ihm das Leben, um ihm Zeit für eine Umkehr zu geben und um uns zu prüfen. Nicht das Kloster, in dem ich wohne, bringt mich auf diesen Gedanken, sondern der gesunde Menschenverstand. Entehrt durch seine Frau, verachtet von der ganzen Welt, voller Selbsthass, zerrissen von Gewissensbissen, blind, ohne einen unterstützenden Freund – wer würde*

sein eigenes Schicksal gegen das Seinige tauschen?«[258] Da er nun selbst unter den Schikanen des Bruders litt, kamen ihm seine Ratschläge für die Familie doch sehr wohlfeil vor. Er selbst konnte sie nicht befolgen. Zwar hatten seine Familie und der Graf getrennte Haushalte. Der Bruder lebte in seiner abgeschlossenen Wohnung im Schloss und wurde direkt von seiner Küche versorgt. Er hatte sein Personal und ließ sich nicht in dem Wohnbereich von Georg Ludwigs Familie sehen. Aber er spürte ständig die Anwesenheit des Älteren. Auch gab es viel zu viele Punkte, die besprochen werden sollten, die leidigen Geldangelegenheiten, juristische Probleme, Verwaltungsfragen. Georg Ludwig dachte oft über einen Wegzug nach. Er würde es hier nicht lange aushalten können.

Dabei wuchs seine Geldnot. Er hatte den Prozess gegen das Domkapitel im preußischen Minden gewonnen und seine finanziellen Ansprüche waren anerkannt worden. Aber der Krieg zerstörte jede Hoffnung auf die Auszahlung seiner Pfründe. Minden war nun von den Franzosen besetzt. Welche Ironie: dass ihm jahrelang die rechtmäßigen Einkünfte verweigert worden waren, verdankte er dem preußischen König, dass er sie nun nicht erhielt, verdankte er dem französischen. Sein Haus in Minden wurde von einem französischen General bewohnt und seine Einkünfte von einem französischen Soldaten verzehrt.[259] Nach seinem gerichtlichen Sieg hatte er sich eine Zeitlang nach Minden geträumt: Er als Domsenior und als einziger unter den Domherren, der das Französische vollkommen beherrschte, er als ihr Beschützer und als Vermittler zwischen ihnen und den französischen Generälen.[260] Aber ach, Wunschträume!

Er sollte wenigstens sein Geld von den Augustenburgern energisch zurückfordern, von dem jetzigen Herzog, dem Sohn seines Freundes und Schuldners. Aber der junge Herzog weigerte sich zu zahlen. Andererseits widerstrebte es ihm, gegen den Erben eines Mannes zu prozessieren, den er bewundert hatte und dem er unvergessliche Gunst und Wohltaten verdankte. Seine besten Beweisstücke für dessen Wertschätzung und für seine eigenen Ansprüche waren die Briefe des Verstorbenen. Aber wer würde eine geheime, vertrauliche Korrespondenz vor dem Gericht ausbreiten wollen? Würde ihn nicht die ganze Welt wegen einer solchen Indiskretion hassen?[261]

So viele Probleme, so viele erträumten Auswege und so viele Schranken!

Seine beiden Schwestern in Hamburg hatten ihm mehrfach Geld geliehen, waren aber inzwischen nicht mehr bereit dazu, ja, wollten auch die Kredite nicht verlängern. Immer deutlicher hörte er aus Wilhelmines Briefen vorwurfsvolle Fragen.[262] Warum er solange in Wien geweilt, wofür er all sein Geld dort ausgegeben habe, vielleicht für Frauen? Sie bezweifelte seine finanziellen Ansprüche an seinen Bruder. Sie warf ihm vor, dass er sein Geld leichtsinnig an Fürsten geliehen habe, die bankrott gewesen seien. Wo war die reiche Aussteuer geblieben, die seine Frau mit in die Ehe gebracht hatte? Beide Schwestern wollten ihm nicht glauben, dass der Graf die Zinsen auf das Kapital, das er ihm geliehen hatte, nicht bezahlte.[263] Sie hielten ihn wohl für einen penetranten selbstmitleidigen Jammervogel und waren von seinen ständigen Verweisen auf seine säumigen Schuldner genervt und seiner Klagen über die Ungerechtigkeiten der Welt überdrüssig. Sie kritisierten seinen geringen Einsatz für seinen Sohn, war es ihm, dem Vater, doch immer noch nicht gelungen, Lutz eine Kapitänsstelle zu verschaffen. Und jetzt lebten er und seine Familie in Barenaue auch noch von der Gnade seines Bruders! An allem trug er Schuld. Am Ende war er auch noch für den Einfall der Franzosen in Westfalen verantwortlich! Die Verdächtigungen waren lächerlich, und sie waren schmerzlich! Die Schwestern schlugen sich immer mehr auf die Seite des Bruders. Warum richteten sich ihre Vorwürfe nicht gegen den Älteren, der so viel schönes Land besitzt, daraus hohe Einkommen erzielt, der alles verzehrt und nun auch noch das Land mit hohen Schulden belastet? All die Anwürfe der Schwestern machten ihn zornig und drohten ihn zu verbittern. Hatte er nicht Jahre seines Lebens für den Bestand von Barenaue gegeben, als er in Wien für die Ansprüche der Familie gekämpft hatte? Hatte er nicht einfach nur die Pflichten eines vernünftigen Hausvaters erfüllt? Die Schwestern zwangen ihn, sich ununterbrochen zu verteidigen und zu rechtfertigen. »*Der Ältere hat immer Recht, der Jüngere Unrecht, mein Unrecht ist es, als der Jüngere geboren zu sein.*«[264]

Es gab keinen Ausweg: Er konnte nicht nach Minden gehen, wo er sich ein standesgemäßes Leben nicht leisten konnte, und er mochte nicht hier bleiben, wo er seinem Bruder so verhasst war.

Über die deutsche Sprache und Literatur

Der Leser hat ein entlastendes Kapitel verdient: Hier also ein fiktives Gespräch über Fiktion, das sich jedoch auf Schriften von Georg Ludwig von Bar und von Justus Möser stützt.

Seine große Freude waren Mösers Besuche, und wenn sie nicht über Prozesse und Geldangelegenheiten, sondern über Literatur sprachen, waren sie höchste Lust. Freilich war Möser viel zu selten in Barenaue. Georg Ludwig wusste, dass der Freund dem Fürstbistum und seinen geplagten und ausgepressten Menschen in diesem verheerenden Krieg unermessliche Dienste leistete, indem er immer wieder in die Feldlager reiste, um bei den Generälen die harten Auflagen für die Osnabrücker herunterzuhandeln. Er wusste, dass Möser Rückschläge erlitt, aber auch Erfolge hatte, dass er überlastet und überbürdet war. Der Freund und Patriot musste Petitionen, Memoranden, Eingaben schreiben, keine Gedichte mehr, keine Dramen, keine Essays, aber er las noch immer und nahm immer noch an seinen Freunden Anteil.
Gerne spazierten die Freunde im Poatjenholz, oft in Begleitung von Johanna. So auch heute. Möser erkundigte sich nach den literarischen Arbeiten seines Freundes: »Ich habe mit Vergnügen Ihr neues Buch gelesen, die ›Rêveries poétiques‹[265], ›Die poetischen Träumereien‹.«
»Das ehrt mich sehr. Noch haben sie wenig Resonanz gefunden.«
»Es ist sicher noch zu zeitig. Ich bin überzeugt, dass Sie bald ein positives Echo hören werden. Denken Sie nur an das große Lob, das Sie seinerzeit für Ihre ›Epîtres diverses sur des sujets différens‹ erhalten haben. Und das zu Recht, ich lese immer wieder darin und schließe mich nur zu gerne den Urteilen der Kritiker an: Geistreich und witzig, kritisch und unterhaltsam sind sie, Ihre Satiren. Sie haben diese ›Briefe‹ zu unserem Nutzen und Vergnügen geschrieben. Ich teile das Urteil unseres Literaturpapstes, des ehrwürdigen Gottsched. Darf ich es wiederholen? Wie recht hat er, wenn er Sie als besten deutschen Dichter rühmt, der in französischer Sprache schreibt.«[266]
»Ich bitte Sie! Das Lob schmeichelt mir, aber ich weiß, welchen Anteil die Höflichkeit daran hat. Wahrscheinlich ist auch eine gehörige Portion Politik dabei: Wenn ich dein Werk lobe, so wirst du auch meines nicht verreißen.

So funktioniert doch das Besprechungskartell! In meinen ›Epîtres‹ habe ich seinerzeit die Dichtung seiner Frau gepriesen, der Gottschedin.[267] Konnte sie dann noch anders, als meine ›Epîtres‹ lobend zu besprechen? Und das hat sie dann auch getan, viele Seiten lang; nur die Verwendung der französischen Sprache hat sie bedauert.[268] Bitte, behalten Sie aber diese Bemerkungen für sich, ich möchte die Dame nicht verletzen oder verärgern. Ich habe sie als sehr liebenswürdig kennengelernt.«[269]

Sie waren zu einer Bank gekommen und setzten sich.

»Ich verstehe Ihre Vorliebe für die französische Sprache, Monsieur. Es ist die Sprache Ihres Standes, des Adels, und es ist die Sprache eines Weltmannes, eine Weltsprache, kurz – es ist Ihre Sprache.«

»Noch viel mehr: diese Sprache entspricht meiner Art zu denken.«[270]

»Das ist ein sehr guter Grund, sie zu verwenden. Aus dem gleichen Grund schreibe ich in Deutsch.«

»Ich bekenne gerne, dass für mich die französische Sprache und Literatur alle anderen übertreffen. Ich liebe die französische Literatur.[271] Haben nicht die Franzosen die beste Dichtung in den letzten Jahrzehnten verfasst? Eignet sich nicht die französische Sprache viel besser als jede andere für die Poesie? Und sollten nicht alle Menschen Französisch lernen, um diese Literatur im Original lesen zu können?«[272]

»Das mag richtig sein. *Ich will einmal zugeben, dass wir noch kein einziges Stück haben, was* sich *mit den Meisterstücken eines Corneille oder Voltaire*[273] messen kann. Niemand schätzt sie höher als ich. Der wahre Grund aber, warum unsere Sprache und Literatur seit dem Mittelalter so heruntergekommen sind, liegt darin, dass wir nur von lateinisch gelehrten Männern erzogen worden sind. Sie haben unsere heimischen Früchte verachtet und italienische und französische selbst von mittelmäßiger Güte vorgezogen, anstatt *deutsche Art und Kunst* zu vervollkommnen, mein verehrter Freund.«

»Nun gehen Sie aber doch sehr weit und machen mich noch zum Verteidiger deutscher Poeten! Denken Sie doch nur an die Gedichte meiner Freunde, die Gedichte des verehrten Brockes und des liebenswerten Hagedorn! Welche Schlichtheit und Genauigkeit, welche Leichtigkeit und Eleganz!«

»O, ich weiß diese Qualitäten zu schätzen. Aber stehen sie nicht noch ganz in der französischen Tradition?«

»Keine schlechte Tradition. Aber was erwarten Sie denn von *der deutschen Sprache und Literatur?*«
»Ich möchte Sie nicht langweilen, lieber Freund, ich denke zwar viel darüber nach, aber noch sind meine Gedanken nicht ausgereift. Später werde ich sie einmal niederschreiben.«
»Lassen Sie mich an ihrer Entstehung teilhaben, als Ihr Freund!«
»Nun denn. Die deutsche Sprache ist, *ich gestehe es, in manchem Betracht noch immer arm, aber das ist der Fehler aller Buchsprachen.* Alle … *Buchsprachen sind bloße Konventionssprachen des Hofes oder der Gelehrten,* die sich nur für konventionelle Floskeln und Kopfprodukte eignen, aber zum Sprechen gänzlich ungeeignet sind. Man kann in der deutschen Sprache noch nicht einmal *ein mächtiges, rohes oder schnurriges Bild … ausdrücken.*[274] Selbst unsere Konversationssprache ist oft Buchsprache. Ohne Zweifel ist die französische viel reicher: denn französische Dichter haben Herzen und Tugenden untersucht, ihnen nachgrübelt und sanftere und feinere Empfindungen zum Ausdruck gebracht. – Kein deutscher Dichter hat das bis vor kurzem gewagt oder gekonnt. Aber ich sehe auch, dass es junge Dichter gibt, die ihre eigene Sprache finden, in der sie ihre *Empfindungen und Leidenschaften* darstellen.[275] Ja, es sind auch ganz neue Gefühle. Sie müssen nur echt und wahr sein und tief empfunden, dann wird ihre Sprache fein, sensibel und stark. Dann ist ihre Dichtung originell und schielt nicht nach Vorbildern.«
»Sie plädieren für Originalität und meinen, sie sei höher zu schätzen als die Nachahmung unserer großen antiken und französischen Vorbilder und als die Befolgung ihrer Regeln, mein Lieber?«
»Wenn der originelle Dichter uns überzeugen kann, ja! Und wenn er wahrhaftig ist. Der Fehler aller Kopien ist, dass sie uns unwahr machen. *Nichts schadet dem Fortgange der schönen Künste mehr als diese Unwahrheit,* die Unredlichkeit. *Keiner wird in allem so w a h r empfinden, denken, harren, schwärmen oder rasen,* als diejenigen, die *durch wirkliche Umstände genötigt werden, ihre höchste Empfindung hervorzupressen und auszudrücken; und ohne W a h r h e i t ist keine vollkommene Größe, so wenig in der Musik als in der Malerei und in anderen schönen Wissenschaften.*[276] Ist es nicht so: Wenn der Künstler aus seinen Erfahrungen und Überzeugungen schöpft, dann kann er nicht die Literatur anderer nachahmen und sich starren Regeln unterwerfen.«

»Ich halte viel von großen Vorbildern, vor allem von französischen und lateinischen, Sie wissen das. Von ihnen zu lernen, heißt nicht, sie zu kopieren. Ich habe mich mit ihren Gedanken, ihrer Sprache, ihren Ausdrucksformen, ihren Regeln beschäftigt, von ihnen gelernt, sie geprüft, ihnen widersprochen und sie mir und meiner Zeit anverwandelt. Ich wäre unehrlich, wenn ich das nicht gestehen, und ich wäre undankbar, wenn ich das nicht anerkennen würde. Außerdem: werden wir Gebildeten nicht durchflutet von unseren literarischen und philosophischen Traditionen?«
»Gewiss, niemand wird ohne seine Wurzeln gedeihen und außerhalb seiner Welt leben können. Doch möchte ich mein Augenmerk auf das Individuum mit seiner originellen Schöpferkraft richten. Ein Individuum, das *alle Regeln und Gesetze seiner Zeit um sich herum stehen oder fallen* lässt, *um aus sich selbst zu schöpfen und seine Empfindungen allein auszudrücken. … Denn indem wir tief in uns zurückgehen, und was wir also empfinden, ausdrücken, verlassen wir einen Pfad, welchen auch schon Meister vor uns geebnet haben …*«[277]
»Wenn wir schreiben, abseits der Pfade unserer Meister, wenn wir die Regeln missachten – dann werden wir in die Irre gehen und uns verlaufen. Niemand wird uns folgen wollen. Wen interessieren meine Empfindungen, die oft böse, wirr, widersprüchlich oder unbedeutend sind?«
»Sie werden viele Leser finden, davon bin ich überzeugt! Ich bin ein Freund der Vielfalt und achte sie immer mehr, je älter ich werde. Denken Sie an Shakespeare, dieses Genie, denken Sie an seine Dramen. Sind sie nicht stärker und bewegender als die von Racine? Sie folgen keinen Regeln, sie verzichten auf Vereinfachungen und kennen nicht die strenge und schnell erfassbare Einheit. Vielmehr lieben sie die Mannigfaltigkeit, farbige Charaktere, zahlreiche, ineinander verschlungene Handlungsstränge und viele unterschiedliche Schauplätze. Und doch gibt es in seinen Dramen einen Vereinigungspunkt, man muss nur hoch genug steigen, um ihn zu erkennen. Einheit in der Mannigfaltigkeit. Ist nicht die ganze Schöpfung reich und mannigfaltig? Und gibt es nicht einen Vereinigungspunkt in dem Schöpfer?«[278]
»Mein lieber Freund, diese Art Literatur scheint mir doch ein wenig zu luftig, und ihre Wege werden schnell in die Wildnis führen. Haben Sie sich denn jemals auf dieses unsichere Terrain begeben, quasi auf moorigen Boden?«

»Ich glaube nicht, dass man dabei versinken kann, sicher, manchem wird es nicht gelingen, die Wildnis zu bändigen. Als ich meinen ›Arminius‹ schrieb, war mir Originalität noch nicht wichtig. Jetzt aber setze ich meine Hoffnung auf die junge Generation, auf mutige, schöpferische Menschen. Auf solche, die nicht gelehrt sind und die nicht die großen Dichter und Philosophen studiert haben, bevor sie schreiben, auf Autoren, die das tintenklecksende Säculum hinter sich lassen. Die unserer Sprache starke Gefühle, Leidenschaft, und Seelentöne entlocken können. Vielleicht müssen wir gar nicht lange warten; denken sie an Klopstock, das junge Genie.[279] Welche neuen Töne!«

»Ich hatte die Ehre, ihn in Hamburg kennenzulernen.[280] Mir ist er sehr fremd geblieben. Wer wird eine solche Literatur lesen? Doch sicher nicht das herkömmliche Publikum, der Hof und seine Entourage, der Gelehrte, der gebildete Adlige und der Bürger?«

»Die Höfe sicher nicht. Wenn ich nur an die Dramen denke, die auf seinen Bühnen gezeigt werden! Sind es nicht oft alberne Dinge, die wir dort zu sehen bekommen? Die hundertste Geschichte einer Liebe mit den üblichen Verwicklungen und Auflösungen, *artigen Kammerjungfern* und *witzigen Bedienten*[281] oder die edlen großen Papierhelden. Und auf den Marktplätzen haben wir nichts als Kasperle-Stücke.«

»Ihre Beispiele mögen richtig sein. Aber denken Sie an das Theater in Hamburg! Es ist kein Hoftheater, sondern ein, ja ich möchte sagen, Bürgertheater; sein Erfolg hängt von dem Beifall des bürgerlichen Publikums ab. Dort werden anspruchsvolle Opern und bisweilen auch Theaterstücke gegeben – freilich selten in deutscher Sprache.«

»Ja, danke, dass Sie uns daran erinnern. Könnte ein solches Theater nicht eine Keimzelle für neue Literatur und neue Opernformen sein? Sie müssen mir mehr davon erzählen! Entsteht dort nicht schon ein anderes Theater- und Lesepublikum, finden sich dort nicht aufgeschlossene, neugierige Menschen – darf ich sagen: wie Sie, wie einst Herr von dem Bussche-Hünnefeld und wie viele empfindsame Bürger? Sie entdecken sich und ihre Gefühle, stehen selbstbewusst zu ihnen und sind hungrig nach dem Neuen, dem Ursprünglichen, dem Originellen, dem wahrhaft Empfundenen.«

Georg Ludwig stutzte einen Moment. Wurde er für luftige Ideen vereinnahmt? Ging Möser nicht ein bisschen weit? Sie standen auf und setzten ihren Spaziergang fort. Er wandte sich an Johanna, die aufmerksam zugehört, aber bisher geschwiegen hatte: »Fragen wir doch eine junge, aber sehr eifrige Leserin. Jeanne, du musst uns bei unserem Disput helfen.«

»Was kann ich dazu sagen? Dass ich eine begeisterte Leserin bin, wissen Sie, lieber Freund[282], das weißt du, Vater. Wie viele Bücher haben wir nicht ausgetauscht, wie gute Anregungen habe ich nicht von Ihnen und von dir erhalten, wie oft haben wir nicht über Neuerscheinungen gesprochen! Lieber Vater, du weißt auch, wie gerne ich deine Verse lese. Ebenso Werke von Corneille und Voltaire. Die Gedichte von Vaters Freunden, von Brockes und Hagedorn. Sie unterhalten mich, sie regen mich an, sie geben mir zu denken.[283] Aber ich begeistere mich auch für die Oden von Klopstock. Und für die Dramen von Shakespeare[284], sie reißen mich mit, sie bewegen und erfüllen mich. Da bin ich nun ganz Ihrer Meinung, lieber Freund. Ich schätze die regelhafte Dichtung, und ich liebe die Dichtung, die neue Pfade betritt, die tiefen Gefühlen entspringt und mir neue Welten eröffnet.«

»Was liebst du denn an den Neueren, Jeanne?«

»Sie sprechen eine starke Sprache, kraftvoll, genial, begeistert und begeisternd. Shakespeare war ein großer Schöpfer, ein Genie, und Klopstock ist es vielleicht auch. Wollen wir, die Leser, nicht mitgerissen werden von Leidenschaft, von Zorn, von Hass, Eifersucht und Liebe, von Freundschaft und von Großmut? Wollen wir nicht ergriffen werden von Größe und Kraft und von Zartheit und Verzweiflung?[285] Von starken Gefühlen und neuen Gedanken? Und das in einer Sprache, die bisher noch nicht gehört worden ist? In einer Sprache, die wütet und weint, zagt und zweifelt, liebkost und lacht? Wo gibt es Vorbilder für eine solche Dichtung? Wie könnte sie, die aus der Seele kommt, denn irgendwelchen Mustern folgen oder sich Regeln unterwerfen?«

»Soviel Feuer! Meine sanfte Jeanne spricht ja wie eine Umstürzlerin! Ich kenne dich gar nicht wieder! Aber ich bin froh, dass du auch meine Vorlieben teilst und meine bescheidene Dichtung nicht verschmähst. Unsere Streitfrage hast du aber nicht entschieden. Warum auch, was haben wir dir da zugemutet? Du bist eine altmodische Leserin und eine moderne zugleich. So werden wir unseren Disput später einmal fortsetzen müssen, lieber Möser.«

Möser nickte und fügte hinzu: »*Alles in der Welt ist doch nur relativ schön. – Alle Nationen können in der Art ihrer Literatur groß werden, ohne dass sie ihre* Rivalen *zu verachten brauchen.*«[286]

Immer der Zweite

Der Krieg hatte zunächst im Osten gewütet; zwischen den Preußen und den Kaiserlichen waren große Schlachten um Prag und um andere Städte geschlagen worden. Schließlich erreichte das Kriegsgeschehen im Sommer auch die norddeutschen Lande. Etwa zum Zeitpunkt von Georg Ludwigs Rückkehr nach Barenaue nahmen die Franzosen das ganze hannoversche Land, das mit Preußen verbündet war, ein und bald auch die norddeutschen Nachbarstaaten. Immer wieder zogen französische Einheiten durch die Stadt Osnabrück. Manche kampierten hier kurzzeitig, andere schlugen ihr Winterquartier auf. Die Osnabrücker fürchteten um ihr Hab und Gut und versteckten ihre Kostbarkeiten vor dem Feind.
Seit Vaters Rückkehr war das ruhige Leben vorbei. Es gab jeden Tag Streit zwischen dem Alten und ihm. Sie waren immer unterschiedlicher Meinung.[287] Den Prozess um das Gut Astrup müsste man durch einen Vergleich beenden, der Vater wollte ihn gewinnen. Ein Sieg war ausgeschlossen, dass der Vater das nicht einsah! Ein verlorener Prozess würde viel kostspieliger sein als ein Vergleich. Aber der Vater konnte oder wollte das nicht verstehen. Wahrscheinlich, weil er in Wien so lange um das Gut gekämpft hatte. »Nur kein Rückzug!« war seine Devise. Dann die Eigenbehörigen, auch so ein Streitpunkt. Dieses Pack, es sollte viel genauer kontrolliert werden, ständig versuchten die Gauner bei ihren Abgaben zu betrügen, aber der Vater sah großzügig über Unregelmäßigkeiten hinweg. Überhaupt, alle Schulden müssten eingetrieben werden! Es half manchmal eben nur ein Prozess! Am meisten wäre bei den Augustenburgern hereinzuholen, und hier zierte sich der Vater, angeblich aus einem Feingefühl, das er, Lutz, nicht aufbringen konnte. Die Familie brauchte das Geld! Wie vieles lief auf den Gütern schief! Zwar hatte der Graf bei allen Entscheidungen, die den Bar'schen Besitz betrafen, das letzte Wort, doch der alte Mann verstand die Probleme

immer weniger, und man konnte ihn leicht umgehen. Wenn der Vater nur energischer auftrumpfen würde! Mit dem Ableben des Grafen in nicht zu ferner Zukunft rechnete er fest. Er, Lutz, müsste nun allmählich in die Rolle des zukünftigen Erbherrn hineinwachsen, aber der Vater ließ ihn immer wieder wissen, dass er selbst der nächste Erbe sein werde und er ja im Rahmen des Möglichen das Beste für die Güter tue. Der Vater traute ihm die Rolle eines Gutsherrn nicht zu. Er wusste alles besser, er hasste ihn und weinte immer noch dem verstorbenen Ältesten nach.

Der tote Bruder, er ließ ihn nicht los und verfolgte ihn unaufhörlich. Alle haben ihn, Itel Jobst, geliebt. Ihren Joman, wie sie ihn noch heute nennen. Er, mit seinen blonden Locken, seinem scheinbar freundlichen Wesen, seinem Charme! Eine falsche Schlange war er, ein engelsgleicher Satan. Welchen Raum er auch betrat – sofort war er der Mittelpunkt. Wenn er lächelte, ging die Sonne auf, pflegte Mutter zu sagen. Dabei war er eine Luftnummer! Waren sie in einer Gesellschaft, bezogen die älteren Gäste ihn in ihre Gespräche ein – sie liebten seine angeblich geistreichen Bemerkungen. Die jungen Damen, diese Äffchen, drehten sich nach ihm um, wenn es der Anstand erlaubte, und schoben sich in den Kreis, der sich um ihn bildete. Er wurde von den jungen Gänsen angehimmelt und von den Eltern unverheirateter Töchter umworben, obwohl er keine gute Partie war! Ihm, Lutz, blieb nichts, als das alles aus einer Ecke heraus zu beobachten. Er war froh, nicht Konversation machen zu müssen – und hatte doch ein schweres, heißes Herz. Ja, er wusste, er sah ernst und verschlossen aus, hatte ein grobes Gesicht – wen soll er dafür anklagen: den Bruder, der die schöne Folie zu ihm war, seine Eltern, die ihn in die Welt gesetzt hatten, oder die Natur, die ihn so stiefmütterlich behandelt hat? Warum musste sie ihm diese Bürde von Hässlichkeit aufladen? Warum ging sie so parteilich zu Werke? O, wie hasste er sich und wie viel mehr hasste er den Bruder! Noch immer stand ihm der Verstorbene im Weg.

Gotthard Ludwig von Bar, unbekannter Künstler

Er, Lutz, war und blieb der ungeliebte zweite Sohn. Zufall der Geburt; er der Zweitgeborene, sein Bruder Itel Jobst der Erste. Witz der Namensgebung: er wurde wie sein Vater Lutz gerufen, wenn auch der Vater nicht sein Namensgeber war, sondern sein Onkel und Pate Ludwig Heinrich von Wurmb. Wie der Vater immer noch um seinen Joman trauerte, der nun schon elf Jahre tot war! Elf Jahre! Wie viel elterliche Liebe und Aufmerksamkeit hatte der Bruder ihm gestohlen! Ständig war der Bruder krank gewesen, und fortwährend sorgten sich die Eltern um ihn. Wie gut er simulieren konnte! Und wie sie auf ihn hereinfielen! Sie wagten nicht, ihn auf eine Bildungsreise zu schicken,[288] und nahmen ihn mit nach Hamburg, als sie dorthin zogen. Immer und überall hatte er sich über Itel Jobst geärgert und mit ihm gestritten. Richtig kämpfen konnte man mit ihm nicht, Itel hatte zwar starke Worte und Argumente gehabt, aber einen schwachen Körper und eine noch lahmere Faust. Dafür hatte er raffinierte Einfälle und schlaue Ausreden. Er war verweichlicht und weibisch, hatte keinen kämpferischen Geist und kein Ehrgefühl, gab sofort auf, und die Eltern oder der Hofmeister schritten schnell zu seinem Schutz ein. Itel war ohne Geschrei auf die Welt gekommen und ohne Klagen auch wieder gegangen; zum Ende hatte er die Hand seines Vaters genommen und zum Zeichen seiner Dankbarkeit geküsst – und das hatte dem Alten gefallen.[289] Alles hatte der Vater in den Bruder investiert, nichts blieb für ihn, den Nachgeborenen, nichts, kein Geld, keine Liebe. Von klein auf hatte man ihm klar gemacht, dass Itel der Stammherr und Erbe der Bar'schen Güter sein würde; er, der Jüngere musste eine Laufbahn im Militär einschlagen und sich mit unverschämt schlechter Bezahlung begnügen. Wurde er nicht bereits mit 17 Jahren in die hannoversche Armee gesteckt, mitten im Krieg? Abgeschoben wurde er, ja – aber er wollte auch, weg von dieser schlaffen Familie. Kämpfen, siegen, seine Fähigkeiten zeigen, Ehre erwerben! Währenddessen wurde der Bruder von einem Hofmeister, vom Vater und von berühmten Lehrern am Akademischen Gymnasium in Hamburg unterrichtet.[290] Er neidete Itel die Aufmerksamkeit, aber nein, er hätte selbst nicht so lange vor den Büchern sitzen und lernen wollen. Verstaubte Bücher ließen ihn kalt; launige und witzige Bücher gefielen ihm.

Wie oft wurde noch von Itel, von Joman, gesprochen! Der Mutter traten dann jedes Mal Tränen in die Augen, und der Vater verließ den Raum. Er hatte in Joman nicht nur einen Sohn, sondern einen engen Freund geliebt. Das behauptete er jedenfalls. Er entblödete sich nicht, ihn nach seinem Tod zu bedichten, das Poem auf den Grabstein zu setzen, es auch noch zu veröffentlichen und sich mit seinen Gefühlen in der Öffentlichkeit zu prostituieren. Alle Welt wusste nun von Vaters Vorliebe und konnte sich einen Vers auf ihn, Lutz, den Zweiten, machen. Man höre sich nur die selbstverliebten Zeilen an, im Original natürlich französisch – was denn sonst?

O mein Sohn, mein Schüler, mein enger Freund!
Du bist nicht mehr; bin ich noch? Ich weine; also bin ich.
Ich beklage die Tage, ich beklage die Nächte,
die ich ohne dich in dieser faden Welt verliere.

Lieber Gefährte meiner Studien! Liebenswerter Vertrauter!
Du konntest mich in so vielen Katastrophen trösten;
In dir, werter Sohn, hatte ich alle Philosophen.
Ach, ich verliere alles, mein Sohn, indem ich dich verliere.[291]

»Ich weine, also bin ich.« Wenn das nicht kokett war! Unverschämt kokett! Falsche Gefühle und hohles Pathos! Hatte der Vater jemals ein Gedicht auf ihn, Lutz, geschrieben? Und wenn er eines schreiben würde – wie würde das wohl lauten? Ganz gewiss nicht wohllauten!

Er wusste, dass der Vater ihn nicht liebte. Da konnte der Familienfreund Georg Ludwig von Oberg ihm noch so heftig widersprechen: »*Lieben Sie Ihren werten Vater, er verdient es, Ihr ganzes Herz zu besitzen, durch seine wahrhaft väterlichen Gefühle, die er für Sie hegt.*«[292] Der Oberg hatte keine Ahnung und war immer auf Vaters Seite. Dabei gab es eindeutige Beweise für Vaters Abneigung. Kurz nach dem Tod seines Bruders hatte er den Entwurf eines Briefes aufgestöbert, den der Vater an seinen Freund und Gönner Johann Friedrich von dem Bussche-Hünnefeld gerichtet hatte und der sicher nicht für seine Augen bestimmt war. Dort hieß es: »*Die teure Person, um die ich mir viele Sorgen gemacht habe, 15 Jahre lang, ist nicht mehr. Und ich bin nicht mehr in der Lage, mich für seinen Bruder zu opfern. Er hat sich sehr zu seinen Gunsten geändert, er hat sogar Eingeweide und ein sensibles Herz erworben. Aber er ist in keiner Weise Joman. Ich habe ihn seit einigen Tagen nicht mehr gesehen und hatte doch angenommen, ihn einige Monate hier zu haben. In den wenigen Tagen musste ich ihn von neuem ausstatten und ihn kräftig unterstützen, bis er die Ehre hat, sich im Dienst Seiner Britannischen Majestät zum Krüppel machen zu lassen. Meine Frau weint von morgens bis abends ..., um dann von ihrem Verstorbenen zu träumen.«*[293]

Es war klar: Zwar war er jetzt der zukünftige Erbherr auf Barenaue, der Dauphin. Aber Itel besetzte immer noch den ersten Platz in Vaters Herzen. Und wenn jemand jemals auf diese Stelle nachrücken würde, dann wäre es seine Schwester Jeanne. Sie begann sich bereits dort breitzumachen, der Alte war gerne mit ihr zusammen. Sie teilten die Liebe zu Büchern, wenn auch nicht immer die Meinung über ihre Lektüre. Sie diskutierten über die neuesten Romane und philosophische und historische Schriften. Jeanne schrieb seine literarischen Produkte oder Geschäftsbriefe ins Reine, wenn kein Sekretär zur Hand war. Ging es um Kritik an seinen poetischen Werken, war sie ganz auf seiner Seite.[294] Sie unterstützte ihn in seiner Lese-, Schreib- und Sammelwut. Sie konnte gut schmeicheln und die liebe Tochter spielen. Sie war raffiniert. Sie war sein Ein und Alles, die Hoffnung seines Alters und der Lichtblick seiner Zukunft. Sie war seine Prinzessin. Aber offensichtlich mochte kein Mann sie zur Dame seines Herzens machen. Wer wollte schon eine belesene, gelehrte Frau zur Gattin haben?

Dass Jeanne immer der Liebling der Mutter gewesen war, konnte er noch hinnehmen. Zu viel hatten die beiden Frauen gemeinsam, was ihm fremd war. Trauer, Tränen, Trost. Weibisch. Die Schwester hatte die Mutter nach Itels Tod getröstet – was hatte sie sonst zu tun?[295] Sie pflegte sie jetzt, las ihr jeden Wunsch von den Augen ab und hing an ihren Worten. Was sie sich wohl davon versprach? Die Mutter hatte sie ja bereits bestens in ihrem Testament bedacht: Alles, was sie in die Ehe gebracht hatte, sollte einst der Schwester gehören. Das ging schon weit über das übliche Maß an Versorgung hinaus. Viel hatte die Mutter besessen, viel hatte der Vater durch seine falsche Großzügigkeit verschleudert. Hohe Summen hatte er verliehen, die er wohl nie wieder sehen würde. Und viel mütterliches Geld hatte der Graf in den Ausbau von Gut Astrup investiert – ein wirklich großartiges Geschäft! Nun ja, Jeanne würde noch genügend Mobilien erben und dazu eine Summe, um die er sie nur beneiden konnte. Gerecht war das nicht und diente weder der Familie noch ihren Gütern. Sie mussten entschuldet werden.

Dorthin gehörten die Gelder. Seine eigenen Schuldenprobleme würde er schon auf seine Art lösen. Aber der Weg zu Mutters Geld war steinig. Die sentimentale Frau bevorzugte eindeutig ihre Tochter. Jeanne war ihr *einzigster Troost*[296], wie sie tausend Mal wiederholte, während die Tochter Mutters Sanftmut und Leidensfähigkeit bewunderte. Reine Heucheleien, eben ein Verhalten, zu dem man Frauen erzog. Aber vielleicht hatte er doch noch eine Chance auf das mütterliche Erbe, vielleicht tat sich bald eine Gelegenheit auf, die Schwester auszubooten – Jeanne war in der letzten Zeit so verändert, schien oft so entfernt zu sein, ob sie etwas mit dem Meier hatte? Das wäre seine Chance!
Trotzdem: Vorsicht war angesagt, Misstrauen[297] musste die Richtschnur seines Handelns sein. Die Eltern erfüllten zwar die Pflichten ihrem Zweitgeborenen gegenüber. Aber wenn man es nüchtern betrachtete: Platz war für ihn auch hier keiner. Kein Ort für ihn. Nirgends.

1758

Krieg

Im Frühjahr 1758 gewannen die Hannoveraner unter Herzog Ferdinand von Braunschweig mehrere Schlachten gegen die Franzosen, diese verließen kampflos das Fürstbistum Osnabrück, die demoralisierten Truppenteile zogen durch die Stadt, ab Mitte März war sie in der Hand der Engländer und Hannoveraner, die das Fürstbistum als Feindesland betrachteten. Dörfer wurden abgebrannt und geplündert, ein großes Viehsterben brach aus. Die Kontributionsforderungen der Engländer waren so hoch, dass das Land ausblutete und kein Feind es ihnen abjagen würde, ohne selbst zu verhungern. 180 000 Reichstaler, später wurden die Ansprüche auf 140 000 reduziert. Geld wurde gefordert, Naturalleistungen und mehr Fuhren an Heu und Getreide, als das Fürstbistum jemals stellen konnte. Die Regierung in Osnabrück versuchte, einen Teil der Summen von Geldverleihern zu borgen und aus der Bevölkerung aufzubringen. Aber die Forderungen waren unerfüllbar. Möser verhandelte mit dem Kriegshauptquartier, um Minderungen der Naturalleistungen und Stundungen oder einen teilweisen Erlass der

Geldforderungen zu erreichen. Nur zum Teil war er erfolgreich. Das Land wurde weiter ausgesogen. Die Engländer rekrutierten im Fürstbistum Knechte und Heuerleute für ihre Armee, angeblich war die Teilnahme freiwillig, aber viele junge Männer fürchteten eine gewaltsame Einziehung, sie wurden gejagt – man fühlte sich an afrikanische Sklavenjagden erinnert[298] – und sie flohen in die Wälder oder nach Holland. Die Landwirtschaft kam ohne ihre Arbeitskraft nicht aus, die Ernte litt darunter schwer.[299] Es fehlten Ordnung und Mäßigung, die Regierung ließ alles laufen. Möser schrieb an einen befreundeten Kriegsrat, es sei an keinen Geldbeitrag mehr zu denken, wenn man nicht jedem einzelnen seine Möbel nehmen wolle. »Auch *ist es völlig gleichgültig,* ob die zu zahlenden Rationen *einige Millionen oder 600.000 Reichstaler betragen. Wie ist dieses zu bedauern, dass wir allemal, es sei nun auf welche Art es wolle, einmal ohne alles Verschulden unglücklich werden müssen!*«[300]

Zärtlicher Morgen

Oft schickte Johanna ihrem Geliebten eine kurze Nachricht, heute morgen diese: »*Ich hoffe, dass die Umstände verstatten werden, dir heute Nacht mündlich wiederholen zu können, wie glücklich mich dein freundschaftlicher Besuch und deine Worte gemacht haben. Ich empfinde wahrhaftig mehr Freundschaft und Erkenntlichkeit als Leidenschaft.*«[301]

Ein anderes Mal schrieb sie ihm:

»*Mache dir morgens früh keinen Tee, sondern Kaffee, und teile den Rahm in Freundschaft mit deiner armen und von dir ganz verlassenen Frau!*

Heute morgen, zärtlicher Mann! Hast du wohl geruhet nach deiner gütigst erwiesenen Freundlichkeit? Ich danke dir mit pflichtmäßiger Erkenntlichkeit für deine geneigte Achtsamkeit, versprochener Maßen gestern Abend punkt 11 Uhr auf mein Klopfen zu kommen. Deine bezeigte Zärtlichkeit ist mir im Traum wiederum erinnert worden, was habe ich doch nicht deine Gefälligkeit zu rühmen! Wahrlich, ich bin ganz lustig und vergnügt, obgleich mir das Unglück begegnet ist, dass ich zu meinem Kaffee keinen süßen Rahm, sondern sauren Käse erhalten habe. Zur Versüßung meines Schicksals habe ich *mir selbst den Trost verschafft, auf deine Gesundheit zu trinken. Dir wird vermutlich das rechte Ohr geklungen haben, als ich das Vergnügen hatte, doch hoffe ich, dich nicht aus dem Schlaf erweckt zu haben!*«[302]

Tröstungen im Unglück

Der Streit mit seinem Bruder hatte kein Ende, er konnte sich auch keines vorstellen. Es gab ständigen Ärger. Der Graf redete nicht mit ihm, sondern schickte ihm seinen Rentmeister mit Forderungen und Anordnungen. Es war offensichtlich, dass die Bar'schen Güter schlecht geführt wurden und dass der Graf Raubbau an den Wäldern trieb. Jedermann wusste, dass die armen Eigenbehörigen und die Heuerleute des Nachts Holz stahlen und Abgaben unterschlugen. Er beobachtete die allmähliche Verödung des Bodens und die geringer werdenden Einkünfte mit größter Sorge. Die Kriegslasten und den Mangel an Arbeitskräften, die für den Krieg geworben oder zwangsrekrutiert wurden, fehlende Pflege und geringe Investition in die Ländereien! Die Schulden, die auf dem Land lasteten, wuchsen. Georg Ludwig sah, wie das Erbe, das einmal sein Sohn erhalten sollte, dahinschmolz. Lutz war doch sein einziger Sohn, dessen Zukunft er wenigstens materiell sichern wollte!

Das musste seine Hauptaufgabe sein. Er mischte sich so viel, wie er konnte, in die Verwaltung der Güter ein. Der Graf hatte keinen Überblick mehr, seine Blindheit griff von seinen Augen auch auf seinen Verstand über. Er, Georg Ludwig, versuchte des Bruders Fehlentscheidungen, die einer Laune entsprangen, einem Vorurteil, der Lust am Widerspruch oder dem Zorn, zu korrigieren. Aber seine Anstrengungen waren oft vergeblich. Trotzdem, für seinen Sohn musste er sie unternehmen. Dafür war er nach Barenaue zurückgekehrt. Dafür lebte er jetzt. Dabei machte es ihm Lutz nicht einfach. Er hatte immer noch seinen eigenen Stil, er pflegte seine Launen und hatte stets eine satirische Bemerkung auf der Zunge. Oft waren sie unterschiedlicher Meinung, eigentlich immer[303], über Schulden, über die Verwaltung der Güter, ja selbst über Freunde und über Poesie.

Was konnte er tun? Er gab sich als *christlicher Philosoph.*[304] An seine Schwester schrieb er: »*Ich tröste mich, überzeugt, dass mir nichts aus Zufall widerfährt, und dass die Ungerechtigkeiten, die ich leide, ebenso sehr Prüfungen sind, durch die mich die Vorsehung gehen lässt. Es gibt kein Beispiel in der Geschichte, dass ein einzelner Sterblicher so vielen Widerwärtigkeiten ausgesetzt war, wie ich sie ohne Unterlass erfahre.«*[305] Was für einen Schutzengel hatte er!

Ist allen Menschen recht zu leben,
Zum Schutz ein Engel übergeben,
So muss der meine, wie mich dünkt,
Ein Schurke sein, der sich betrinkt.[306]

Und doch war das Leben größer als sein Unglück. Er achtete seine Frau, die immer bereit war, ihn zu unterstützen und ihm Rückhalt zu geben. Treu war sie bis zur Selbstverleugnung. Sie suchte ihn zu trösten oder zu besänftigen, sie lachte über seine Scherze und freute sich an seinen poetischen Arbeiten, aus denen er ihr manchmal vorlas und die sie nicht ganz verstand. Und sie ertrug seine Ausbrüche, wenn er enttäuscht oder zornig war, wenn er zum ungezählten Male unter den Ungerechtigkeiten der Welt seufzte, wenn er wieder einmal zu viel Wein getrunken hatte. Nur weinte sie zu viel. Dieses Heulen, diese Tränen!

Und doch! Seinen Appetit und seine Freude am Wein konnte ihm niemand verderben. Gutes Essen und ein reifer Tokaier Wein machten ihn glücklich. Er saß gerne bei Tisch mit Freunden oder in der kleinen Runde seiner Familie. Diese hatte sich um eine liebenswerte Person erweitert, um Johann Conrad Meier, den neuen Verwalter. Er war ein gut aussehender Mann und hatte eine ungewöhnliche Persönlichkeit. Seine Wirkung auf andere Menschen verdankte er der Natur, die ihm eine so ausdrucksstarke und harmonische Physiognomie und einen so wohlgeformten Körper geschenkt hatte, dazu eine feine Gestik und Mimik, Verbindlichkeit und Bescheidenheit, ein freundliches Lächeln und eine nachdenklichen Miene. Georg Ludwig war niemals einem solchen Mann begegnet, der den Wert seiner Person fühlte, aber daraus keine anderen Ansprüche ableitete, als respektiert zu werden. Sein Auftreten war nicht von Geist, Bildung und Leistung geformt wie bei seinen bürgerlichen Freunden; es beruhte schon gar nicht auf traditionsbewusstem Stolz, es entsprang seiner Natur. Wie er doch ins Schwärmen geraten war! War das seinen Kindern gegenüber gerecht? Aber auch Johanna schien sich gut mit ihm zu verstehen. Seine Frau hatte ihn tief in ihr Herz geschlossen, sie sagte immer wieder, dass sie ihn liebe wie ihren eigenen Sohn. Wenn nur Lutz das nicht hörte!

Wie einfach und entspannend war das Zusammensein mit Jeanne. Sie war eine liebe, eine einfühlsame junge Frau. Sie war so klug. Er bewunderte immer wieder ihre Einsichten und ihren Sinn für die finanziellen und wirtschaftlichen Probleme. Sie verstand seinen Ärger, sie teilte seine Sorgen, und sie stimmte seinen Urteilen zu. Sie ging diplomatisch mit Menschen um. Beide waren sie intensive Leser, ließen sich die Neuerscheinungen der großen Autoren von ihrem Buchhändler aus Zwolle schicken, sie diskutierten ihre Lektüre. Sie war sehr belesen und urteilte sensibel und verständig. Obgleich ihr Urteil auch manchmal von dem seinen abwich und sie die Romane, Geschichtsbücher und die philosophischen Werke anders las als er, empfindsamer, gefühlvoller. Ihre Gespräche über ihre Lektüre waren immer anregend für ihn und sicher auch für sie. Er stellte ihr seine Entwürfe zu neuen Arbeiten vor und profitierte von ihren Fragen und Vorschlägen. Wenn sie manchmal seine Entwürfe ins Reine schrieb[307], fügte sie gelegentlich hier und da ein Wort ein; es waren gute Verbesserungen.

Er hatte Freunde. Sein engster Freund Georg Ludwig von Oberg lebte mit seiner Frau Mette noch immer in Hamburg. Mit ihm teilte er nicht nur den Vornamen[308], sondern fast alles, was ihn bewegte. Oberg nahm großen Anteil an seinem Leben, verfolgte die Neuauflagen seiner poetischen Werke und las amüsiert die Gedichte, die sein Freund auf ihn geschrieben hatte. Er verehrte Obergs Frau Mette[309] und bedauerte beide, weil ihre schlimme Erkrankung schnell fortschritt. Aber Hamburg war weit weg und die Freunde fern, und nur gelegentlich konnte Georg Ludwig sie dort besuchen. Da half nur der rege Briefwechsel.[310]

Seine Meinung über Westfalen hatte sich nicht geändert: Osnabrück war immer noch eine elende, provinzielle Stadt, der Boden kümmerlich, das Klima rau, das Brot schwarz, die Geselligkeit öde.[311] Sein lieber Freund Johann Friedrich von dem Bussche-Hünnefeld – ach, er war schon vor Jahren gestorben. Johann Daniel Viktor von Schele-Schelenburg, den sein Sohn bei einem Duell vor zwei, drei Jahren verletzt hatte, hatte sich mit ihm ausgesöhnt. Die beim Duell erlittene Wunde war längst verheilt. Aber auf seine Gesellschaft hoffte Georg Ludwig vergebens. Der Freund kämpfte nun wie-

der in der hannoverschen Armee gegen die Franzosen, mutig und erfolgreich wie je, und war inzwischen zum Oberst befördert worden.
Doch, sein Freund Möser! Nur noch selten kam er zu Besuch, manchmal mit seiner Frau. Er war noch immer der juristische Berater der Familie. Inzwischen war er zum Syndikus der Ritterschaft, der Vertretung des Adels im Landtag, gewählt worden. Der Graf hatte schweren Protest gegen diese Wahl eingelegt, glaubte er doch als Erblanddrost, den Syndikus ernennen zu müssen. An diesen ganzen Streit um das Erblanddrostenamt wollte er überhaupt nicht denken. Man erwähnte den Namen Möser besser nicht in der Gegenwart des Alten und ließ ihn nicht wissen, wenn der Freund einmal nach Barenaue kam. Da Möser verbindlich und ausgleichend war, konnte er die familiären Querelen umschiffen. Er war ein außerordentlicher Jurist, kannte alle einflussreichen Männer des Landes und nutzte die kürzesten, wenn auch manchmal verschlungenen Wege zum Ziel. Er war ein Mann des Kompromisses und der Vermittlung; Verständigung ging ihm vor Streit, einen Vergleich zog er jedem Prozess vor. Manchmal hatte er, Georg Ludwig, sich sogar über diese Ausgleicherei geärgert.[312] Abgesehen davon war er einer der wenigen umfassend gebildeten und geistreichen Männer der Region und blieb ihm der einzige kongeniale Gesprächspartner. Aber Mösers Zeit wurde immer knapper. Neben seinen Aufgaben als Vertreter der Ritterschaft im Landtag und den vielen juristischen Beratungen von Einzelpersonen und Familien wurde er in diesen Kriegszeiten unentbehrlich für das ganze Fürstbistum. Er verbrachte viele Tage, ja Wochen in den Hauptquartieren der Armeen, um die Kriegslasten für Osnabrück zu mindern. Deshalb sahen Georg Ludwig und seine Familie ihren Freund immer seltener.
Trost in seinem Unglück fand Georg Ludwig in seiner poetischen Arbeit. Oft zog er sich in die Bibliothek zurück und schrieb. Er schrieb die »Consolations dans l'infortune. Poème en sept chants«, »Tröstungen im Unglück in sieben Gesängen«[313]. Hält man sich nicht für unglücklich, weil einem etwas von demjenigen fehlt, was wir für das höchste Glück halten? Ja, können wir jemals ganz glücklich sein, solange wir Begierden haben? Die werden erst mit unserem Tod enden. Gab es nicht vieles, was einen glücklich machen könnte, wenn man sich nur darauf besinnen würde? Fast alle Menschen leben in viel unglücklicheren Umständen als man selbst. Hilfe und Hinwendung zu den Untröstlichen können uns erfüllen. Arbeit ver-

treibt die Langeweile und den Lebensverdruss. Mit guter Lektüre gewinnen wir einen *Hof witziger Freunde,* die Beschäftigung mit den schönen Künsten verschafft uns hohes Vergnügen. Tiere sind liebe Hausgenossen, er selbst freute sich immer wieder an Katzen und Hunden; es schmerzte, wenn sie gequält wurden. Freunde ermuntern uns und spenden uns Trost. Schließlich bleibt der Blick auf das Letzte. Der Gedanke an den Tod und an ein anderes Leben danach macht uns gegen den alltäglichen Verdruss unempfindlich. Zu bedauern sind die Menschen, für die es nichts nach dem Leben gibt, sie bleiben in ihrem zeitlichen Unglück ohne Trost.
Wenn er sich in seine »Tröstungen« versenkte, verblassten seine Träume von einem besseren Leben in Hamburg oder Minden, von einem Leben als Patriot oder als Domherr.

Ein gutes Leben

Hier kombiniere ich einen Brief Mösers mit einem von Johanna Friederike, deren Zusammenhang freilich in keiner Weise bewiesen ist.

Im August fand Möser doch Zeit, einige Tage auf Barenaue zu verbringen. Vater schenkte ihm seine soeben erschienenen »Consolations dans l'infortune«. Was konnte Möser wohl Vaters Gedanken über das Unglück und die Tröstungen abgewinnen? Wie groß war das Unglück, das Möser bei seinen Reisen durch das kriegsverwüstete Land täglich sah! Was war dagegen Vaters täglicher Verdruss? Welchen Trost konnte es für die Osnabrücker geben? Für die Heuerleute, deren schmale Ernte verwüstet wurde, für die Städter, die ihre kleinen Schätze und Kostbarkeiten abtreten mussten, wenn es ihnen nicht gelungen war, sie gut zu verstecken, für die Eltern, die ihre Söhne im Krieg verloren hatten. Möser arbeitete unermüdlich und ohne Rücksicht auf sich selbst, um das völlige Ausbluten des Fürstbistums und seiner Menschen zu verhindern. Wie viele Rückschläge musste er dabei hinnehmen!
Bei Tisch kamen sie auf das gute Leben eines Landedelmannes zu sprechen. Möser hatte einen Brief von Clamor Adolph Theodor von dem Bussche-

Hünnefeld erhalten.[314] Alle Tischgenossen nahmen Anteil an dem Leben und den Plänen des jungen Mannes. Nicht ohne Rührung erinnerten sie sich an seine verstorbenen Eltern, die ihnen so gute Freunde gewesen waren. Vor drei Jahren hatte der damals 21jährige die Nachfolge seiner Eltern auf den großen Gütern der Familie antreten müssen. Ein Onkel war Vormund seiner fünf jüngeren Geschwister geworden und hatte Möser zum Verwalter ihres Vermögens gemacht. Möser kannte den Sohn seiner verstorbenen Freunde gut, hatte ihn während seines Studiums in Göttingen besucht[315], beriet ihn nun in Geldangelegenheiten und sah sich als väterlichen Freund. Der junge Mann lebte sehr zurückgezogen, die Familie von Bar sah ihn nur noch selten und wünschte doch häufigere Besuche, hier in Barenaue oder dort in Hünnefeld.

Möser berichtete, dass Clamor sich mit dem Gedanken trage, eine Domherrenstelle in Lübeck zu erwerben und dort zu residieren. Der Vater riet vehement von diesen Plänen ab. Jahrelang war er in Minden Domherr gewesen, Annehmlichkeiten hatte es gegeben, aber noch mehr Pflichten, Querelen und Feinde.[316] Die Einkünfte seien ihnen, den Domherren, alsbald gemindert worden … Alle in der Runde kannten seinen unaufhörlichen Ärger darüber und seine zähen Prozesse um seine Rechte; sie waren erleichtert, als er seine Lamentation abbrach. Auch Möser wollte dem jungen Mann von diesem Weg abraten: »Die Einkünfte sind nicht so hoch. *Denn ein- oder zweitausend Taler jährlich mehr oder weniger* werden ihn *nicht glücklicher machen, noch weniger, wenn solche mit einem so entfernten Aufenthalt von schönen Gütern verknüpft sein sollten, die gewiss darunter leiden würden.* Ich kann verstehen, dass er einen Titel erwerben will, da es *in gewissen Fällen und Gelegenheiten angenehm ist, unter einem wohlverdienten Titel diejenigen Vorzüge zu genießen, die billig dem Verdienste allein eigen sein sollten, gleichwohl aber nach der gemeinen und hergebrachten Denkungsart an diesen oder jenen Rang gebunden sind.*« [317]

Georg Ludwig kommentierte: »Ich beneide Männer, die nicht auf Einkünfte aus Ämtern angewiesen sind. Wenn man es nicht nötig hat, seine Unabhängigkeit aufzugeben, sich nicht mit Rivalen und ungerechten Herren herumschlagen muss, wenn man nicht von Hass und Eifersucht umgeben ist, wenn man nicht Sklave von Herren ist, die einen mit Gleichgültigkeit behandeln und die verdiente Anerkennung verweigern. Wie herrlich dagegen, wenn man Herr seines Lebens sein kann, wenn man sich nur seinen Gütern widmen, wenn man spazieren gehen, philosophieren oder sich in seiner Bibliothek vergraben kann!«[318]

Möser nickte: »Ich habe über Ämter und Titel für Clamor nachgedacht. Vielleicht wäre ein Amt in preußischen Diensten zu empfehlen. Besser noch in hannoverschen. Am besten wären ein Amt und ein Titel als Drost hier im Fürstbistum. Er sollte auf das Gehalt verzichten und das Amt einem Amtmann anvertrauen. Es ist so wichtig, dass unserem Vaterland nicht die besten Edelmänner entzogen werden, Clamor sollte nichts annehmen, was dem Stift nicht nützlich ist. Der glücklichste und wichtigste Titel ist doch der eines *Privat-Edelmannes. Reisen, Heirat und ein ganz billiger Ehrgeiz* sind, dessen bin ich mir sicher, Garanten eines guten Lebens.« Bei dieser Bemerkung schaute er zu Johanna hinüber, und der Vater tat es ebenfalls, nickte und fragte sie nach ihrer Meinung. Auch sie nickte, sie wusste, dass Vater Clamor sehr schätzte.[319] Die anderen sprachen noch eine Weile über diesen würdigen jungen Mann. Dann zog sich Möser zurück und schrieb ihm einen Brief.

Johanna ahnte, dass diese und weitere Gespräche über Clamor ihren Liebsten sehr beunruhigen würden, wenn er davon erfuhr. Welch glänzende Aussichten wurden ihr da vorgestellt, eine standesgemäße Verbindung, gebilligt von jedermann, ein Leben an der Seite eines würdigen Mannes, eine Existenz in gesicherten Verhältnissen. Aber sie konnte Johann beruhigen: »*Ich bin ohne Eigenliebe ganz zufrieden mit meiner Gesinnung und leugne nicht, dass ich bis jetzt mein Gemüt nicht einer so standhaften und beständigen zärtlichen Denkungsart fähig geglaubt hätte. Die vorgefallenen Unterredungen zu verschiedenen Fällen gaben Anlass, mich zu prüfen, wie groß die Überwindung bei mir sein würde, den Vorteil auszuschlagen und dir getreu zu bleiben, zu meiner innigen Ruhe empfinde ich aber, dass es keinen möglichen Beweggrund in der Welt gäbe, mich nunmehr zur Unbeständigkeit zu reizen.*«[320]

1759

Krieg

Friedrich II. musste inzwischen die Angriffe der Österreicher und Russen in seinem Kernland abwehren. Er erlitt eine verheerende Niederlage bei Kunersdorf. Das preußische Heer löste sich zeitweise auf. Da jedoch die Sieger ihren Sieg nicht ausnutzten, blieb den Preußen die Katastrophe erspart. Sachsen wurde fast völlig von den Kaiserlichen eingenommen.
Auf dem westlichen Schauplatz schwankte der Krieg hin und her, die Gegner stießen von beiden Seiten in das feindliche Gebiet vor, worunter die Zivilbevölkerung sehr litt. Auch das Fürstbistum Osnabrück wurde zum unmittelbaren Kriegsschauplatz. Zunächst war es in hannoverscher Hand, im Sommer wurde es von französischen Einheiten besetzt. *Den 13. Juli, morgens zwischen 10 und 11 Uhr, kamen die französischen Husaren ins Johannistor, einige mit bloßem Säbel in der Hand, andere den Säbel im Munde und das Gewehr zum Schuss in der Hand haltend, und ritten zum Herrendeichstore hinaus, kamen aber sogleich wieder zurück.*[321] Wenige Tage später lieferten sich die Franzosen und die Hannoveraner ein heftiges Scharmützel vor den Stadttoren, das letztere siegreich bestanden. Bei einigen Gefechten flogen Kanonenkugeln in die Stadt und beschädigten Häuser, die Angst der Bewohner war unvorstellbar. Schließlich wurde Osnabrück von den Hannoveranern und Engländern zurückerobert.

Die Leiden der Bevölkerung wuchsen von Tag zu Tag. Die Einquartierung in der Stadt und den umliegenden Ortschaften belastete alle schwer. Täglich musste das Fürstbistum über 20 000 Rationen unentgeltlich stellen und die Tiere versorgen. Das große Magazin bei der Stadt sollte gefüllt werden und wurde damit – so fürchtete man – zum Anziehungspunkt für die Gegner. Da Osnabrück die geforderten Naturalien nicht bereitstellen konnte, wurden abermals sehr hohe Kontributionen verlangt. Fast täglich zogen einzelne Regimenter durch die Stadt oder an ihr vorbei, dabei auch das Hospital, die Kranken, Kriegsgefangenen, Invaliden, Feldkanonen, Munitionswagen, Bagage größerer Einheiten. 300 Bäcker. Jeder hiesige Bäcker bekam zwei Mann ins Quartier, und sie mussten für die Armee Brot backen. Einmal wurde ein leer stehendes Haus abgebrochen, um Backöfen zu bauen. Man zwang junge Männer, mit Schaufeln, Beilen und Äxten Wege auszubessern. Im Sommer brach die rote Ruhr aus, an der viele starben. Alle im ganzen Stift, auch der Adel, sollten ihre Gewehre abgeben.[322]

Die Einquartierungen waren für viele eine schwere Bürde. Die Tochter des verstorbenen Pfarrers Kahmann in Melle beklagte sich bitter bei dem Magistrat über ihre drückende Lage. Wie viele Männer musste sie allein in der ersten Hälfte des Jahres 1759 aufnehmen: *Am 19. Januar 1759 mussten sie und ihre Mutter nachts zwischen eins und zwei Uhr für einen münsterschen Fähnrich vom Regiment von Wengen Quartier schaffen. Er blieb bis zum 6. März, also fast sieben Wochen. Dazu kam für acht Tage noch ein Leutnant. Am 7. März musste sie 14 französische Offiziere, sieben Bediente und neun Pferde beherbergen. Am 19. März kamen von dem Regiment des hannoverschen Generals von Wallmoden 13 Bediente und 15 Pferde. Sie blieben bis zum 22. März. Am gleichen Tage, kaum waren ihre Vorgänger abgerückt, erschienen zwei hessische Offiziere mit zwei Bedienten und drei Pferden. Am nächsten Tage kamen zwei hannoversche Regimentsquartiermeister mit zwei Bedienten und vier Pferden. Im gleichen Haus hatten sich am 19. Februar außerdem schon ein hannoverscher Auditor (Kriegsgerichtsrat), ein Bedienter und zwei Pferde einquartiert, die bis zum 8. April blieben. Im Juni mussten die Kahmanns über 30 französische Soldaten auf einmal beherbergen. Am 6. Juli kam schließlich ein hannoverscher Leutnant mit einem Bedienten und zwei Pferden. Das war allein im Jahr 1759.*[323] Und so ging es in den folgenden Jahren weiter, bis 1763. Meist wurden englische oder hannoversche Soldaten, Offiziere, Kapitäne, Leutnants, Freicorpsler, Ärzte mit ihren Bedienten und Pferden bei ihnen einquartiert.

Die Ernten wurden von den Armeen aufgezehrt, Pferde und Fuhrwerke wurden eingezogen, junge Männer zwangsweise rekrutiert; die Arbeiten auf dem Lande gerieten ins Stocken, und die Ernte fiel mager aus. Die Menschen litten Hunger, ihnen fehlte oft das Holz oder der Torf für die Feuerung. Viele Güter wurden verwüstet. Auch über das Gut Hellinghausen im Lippischen, das Johann Conrads Vater verwaltete, fielen Husaren her; sie plünderten den Hof 36 Stunden lang.[324]

Die Hauptsitze der adligen Familien wurden zunächst von Einquartierungen verschont, nicht aber ihre weiteren Güter und Häuser. Die geschmolzenen

Abgaben und Dienste ihrer Pächter und Eigenbehörigen gingen an das Militär verloren. So waren auch die Einkünfte des Adels in diesen Jahren minimal.[325] Die Bars spürten alle diese Einschränkungen. Da sie versuchten, ihren Lebensstil aufrecht zu halten, koste es, was es wolle, vergrößerten sich ihre Schulden; Johanna hatte ihr kleines Vermögen ihrer eigenen Familie geliehen, bei Möser, einem großen Kreditgeber des Osnabrücker Adels, gingen die Bars Verpflichtungen ein, und selbst ihren Verwalter Johann Conrad Meier pumpten sie an.[326]

Der Krieg war das Gesprächsthema bei Tisch, immer wieder, jeden Tag. Die Kenntnisse der kleinen Gesellschaft speisten sich aus verschiedenen Quellen, aus Zeitungen und Magazinen, aus Briefen gut informierter Männer wie Möser, aus Berichten von Freunden, deren Söhne in der hannoverschen oder in der braunschweig-lüneburgischen Armee kämpften. Es waren Berichte von Schlachten, von Niederlagen und Siegen, von Truppenbewegungen, die eine bevorstehende Schlacht vermuten ließen. Allen in der Familie Bar gingen die Schrecken des Kriegs nahe, die Massaker, die Vergewaltigungen, die Raubzüge, die brennenden Städte; auch der Weltbürger Georg Ludwig klagte über die Zerstörung des Vaterlandes.[327]
Barenaue bekam den Krieg inzwischen unmittelbar zu spüren. Das Schloss lag nur wenig abseits der großen Heerstraße, manchmal war es durch die Überschwemmungen im Umland unzugänglich; sonst zogen öfters größere Einheiten, versprengte einzelne Reiter oder kleine Trupps vorbei. Das Dorf Engter und ihre dortigen Güter waren mehrmals Opfer der durchziehenden Truppen und mussten sich Einquartierungen gefallen lassen. Reisen zu benachbarten Familien und nach Osnabrück und Besuche der Familie Möser in Barenaue mussten die Bars sehr gut planen, damit keiner in Truppenbewegungen geriet.
Hessische Husaren, Parteigänger der Engländer und Hannoveraner, nahmen Barenaue zweimal in die Klemme. Ein Unteroffizier mit 13 Begleitern versuchte ins Tor einzudringen unter dem Vorwand, man wolle die Möbel bewachen. Der Graf hatte angeordnet, die Fenster zu verbarrikadieren, selbst die Vorhänge wurden geschlossen, so dass weder die Sonne noch die Marodeure eindringen konnten, die Brücken wurden hochgezogen, Barenaue war eine Festung geworden. Johanna hatte Angst, aber auch sie lud zwei Geweh-

re. Eine marodierende Gruppe schwor dem Rentmeister, sie werde mit einer großen Zahl von Husaren zurückkommen, die Bars würden dann wohl nicht mehr wagen, ihr den Zutritt zu verwehren. Sie, die Soldaten, würden dann die Gebäude plündern und zerstören, so wie sie es schon andernorts getan hätten. Der Rentmeister verhöhnte sie. Rachsüchtig zogen einige hannoversche und braunschweigsche Regimenter ganz nahe an Barenaue vorbei. Aber diese Truppen richteten keine Schäden an. Dafür erschienen sogleich hinter ihnen einige unverschämte Pöbler und Plünderer. In Hünnefeld und Essen, so hörte man, war es zu schweren Ausschreitungen gekommen. Inzwischen waren die Franzosen wieder Herren der Stadt und des ganzen Landes geworden. Welch ein schneller Wechsel![328]

Die Launen des Grafen wurden unerträglich. Dieser blinde, meist betrunkene, besudelte, halbtote Mann![329] Vater und Lutz mieden ihn und entzogen sich so seinen Hasstiraden, seinen Anschuldigungen, seinen Beschimpfungen, seinen Klagen und seinem Wüten. Johanna war die einzige, die ihn noch aufsuchte – widerwillig und pflichtbewusst. Er war auch ihr gegenüber übelgelaunt, ungerecht und grausam. Oft verlangte er nach ihr, manchmal hielt er sie fest, manchmal quälte er sie geradezu, bei ihm zu bleiben und mit ihm zu essen.[330] Erst wenn er schlief, konnte sie in ihr Quartier zurückeilen und ihre bettlägerige Mutter betreuen.[331]
Er versuchte sie auszuhorchen: »Was macht denn deine Mutter mit ihren Geldern? Wie legt sie sie denn an?«
Johanna wich aus: »Ich weiß es nicht, Onkel.«
»Komm, das wirst du doch wissen. Du weißt doch sonst alles!«
»Ich weiß es nicht, und ich will es auch nicht wissen; es ist nicht meine Angelegenheit.«
»Das kannst du mir doch nicht erzählen! Natürlich interessierst du dich für ihr Geld, welcher Erbe tut das nicht! Du sagst es mir sofort!«
»Nein, Onkel, ich kann es nicht.«
»Was heißt hier, du kannst es nicht. Du willst es nicht, du widerborstiges Ding! Und erst deine Mutter, diese halbadlige Frau mit ihrer Riesennase, undankbar bis zum Äußersten, nistet sich hier mit ihrer Brut ein – ohne jede Gegenleistung! Ich werde sie noch spüren lassen, was sie ist und wo sie hin-

gehört.« Seine Augen blitzten böse. Johanna war erschrocken über seine grellen Attacken. Ob er wirklich ihre Familie vor die Tür setzen würde?
»Und was höre ich über dich, was erzählt man mir? Du und der Verwalter? Pikant! Pikant! Aber – wie kannst du so blind sein und dir einen so einfältigen Geliebten aussuchen? Da hätte ich dir doch einen besseren Geschmack zugetraut! Lass die Finger von dem, na, du wirst seiner schon bald überdrüssig werden. Und pass auf: Lass dir nur kein Kind andrehen!«
Johanna erstarrte und wollte schnell das Zimmer verlassen, aber er befahl: »Bleib hier, ich hab dir noch etwas zu sagen.« Er hustete, und sie reichte ihm schnell ein Tuch, damit der Auswurf nicht auf seine Jacke kleckerte. Als er sich wieder beruhigt hatte, fragte er lauernd:
»Dein Vater und dein Bruder, was führen sie jetzt im Schilde?« Johanna war froh, dass sie nicht in die neuesten Prozesse der beiden gegen den Grafen eingeweiht war und dass sie wirklich keine Auskunft geben konnte; denn sie *machten ein Geheimnis*[332] daraus.
»Ich weiß es nicht, du musst sie selber fragen.«
»Sie fragen, dass ich nicht lache! Wie kannst du so etwas Albernes vorschlagen. Steine würden mir mehr erzählen als sie.« Er schaute höhnisch um sich, obwohl er nichts sehen konnte, und wischte sich den Nasenrotz mit seinem Ärmel weg.
»Dann sprich mit deinen Rechtsanwälten und dem Rentmeister. Sie haben schließlich die Prozesse gegen meinen Vater geführt und verloren. Außerdem: Du lässt immer noch Bäume fällen, obwohl das Gericht es dir untersagt hat! Du gießt nur *noch mehr Öl ins Feuer.*«[333]
»Natürlich müssen Bäume gefällt und Holz verkauft werden. Das Gericht hat mir gar nichts zu sagen. Dass ich nicht lache! Was fällt dir ein: jetzt riskierst du auch noch eine große Lippe, du kleines Mädchen! Mich und meine Leute beschuldigen? Mir Ermahnungen? Mir, dem Herrn von Barenaue? Willst du mich beleidigen? Ihr sitzt doch alle auf dem kürzeren Ast, und den werde ich auch bald absägen. Das wird mir wirklich Geld einbringen!«, sagte er mit bösem Entzücken in seinen Augen. Während er sich an seinen Drohungen weidete, verließ Johanna den Raum schnell, ohne dass er es bemerkte.
Dass sie nie ganz unempfindlich gegen die Zumutungen dieses kindischen Greises wurde! Seine Grausamkeiten und die Kämpfe der beiden alten Brü-

der bedrückten sie sehr. An Möser schrieb sie: »*Ich leide aber den empfindlichsten Gram, täglich zu sehen, dass der Ärger und Verdruss sowohl meinen Vater als Bruder augenscheinlich verzehren und dass meine Mutter stets weinet und seufzet. Welch ein Anblick!*«[334] Dann versuchte der Vater doch wieder mit dem Onkel zu reden. Die Streitereien wuchsen sich in ein großes Gezänk aus; es war ein Hauen, ein Stechen, ein Krieg; diese Umstände würden auch die Seele eines Stoikers berühren.[335] Vaters Töne waren scharf, sie wünschte, er würde *gelindere Saiten aufziehen*, denn *der Graf will beleidigt sein.*[336] Sie fürchtete sich vor der Rache des Alten: in welch *missliche Umstände* könnte er ihre Familie stürzen … Vater und Bruder schienen auch Schlimmes zu befürchten und planten wieder einmal, als Domherren nach Minden zurückzukehren.[337] Aber die Mutter hegte den größten Widerwillen gegen diesen Ortswechsel. Johanna war entschlossen, mit ihr in Barenaue zu bleiben; sie musste niemandem ihre eigenen Gründe dafür offen legen, ihre Sorge um die Mutter überzeugte jedermann. Nur Johann Conrad vertraute sie an: »*Die Vorstellung, die Möglichkeit von dir getrennt zu werden, sollte es nur ein Jahr sein, beängstigt mein dir in allem geweihtes Herz.*«[338] Sie konnte verhindern, dass der Vater Möbel nach Minden transportieren ließ, und sie vermochte ihn schließlich zu überzeugen, dass die Domherrenstelle niemals die Einkünfte einbringen würde, die für eine standesgemäße Haushaltung und für die Repräsentationspflichten in Minden nötig wären.[339]

Warten

In diesen schwierigen Zeiten wünschte sich Johanna ihre besten Freunde nach Barenaue, Justus und Regine Möser. Wie gut könnten die Mösers sie und ihre Eltern in dem Familienkrieg beraten und aufrichten! Welch schöne Ablenkung von all den Grausamkeiten wären Gespräche mit ihnen, Gespräche über die politische Lage, über Mösers Arbeit, über seine Kinder, über Neuerscheinungen! Johanna wartete und wartete auf sie. Aber so vieles verhinderte ihren Besuch. Der Graf gestattete ihn nicht, er erlaubte überhaupt keine Besucher in Barenaue.[340] Immer wieder bat ihn Johanna darum, aber er widersetzte sich ihrem Wunsch mit großer Entschiedenheit. Johanna

begriff bald, dass sie auch keinen Besuch hinter seinem Rücken arrangieren dürfte. Zu groß waren sein Misstrauen und seine üble Laune.
Dazu seine Abneigung gegen Möser, der sich um eine Moderation zwischen ihm, dem Grafen, und ihrem Vater bemühen würde. Und schließlich die prekäre Situation des Greises. Sein liebster Lakai hatte ihm gekündigt, nachdem ihn schon die meisten anderen Bediensteten verlassen hatten. Nur der Kammerherr war noch bei ihm geblieben. Des Grafen einziger Hausrock war völlig verschlissen[341], so wollte er sich nicht sehen lassen. Zudem konnte man wegen der Truppenbewegungen und Kampfhandlungen in und um Osnabrück[342] nicht sicher reisen, Epidemien gefährdeten die Reisenden.[343] Außerdem war Möser unabkömmlich, sein Verhandlungsgeschick war mehr denn je für das Fürstbistum gefordert.[344] So musste Johanna weiter warten. Einmal schrieb sie an die Mösers: »*Es kann Ihnen auch nicht leid sein, dass Sie nicht hier kommen, denn dero freundschaftliche Gesinnung würde Sie beide zum Mitleiden und zur Traurigkeit bringen durch den Anblick der hiesigen betrübten Umstände, da mein Vater alle Morgen und meine Mutter beständig krank sind. Mein Schicksal ist noch nimmer so hart wie jetzo gewesen, und ich fühle gänzlich dessen unterdrückende Last. Ich opfere hier nicht allein die schönsten Tage meines Lebens auf, sondern sogar meine Gesundheit, welche durch Gram und Betrübnis vernichtet wird. Mir ist allhier kein Trost übrig, als in stiller Einsamkeit des Nachts denen alten Bäumen mit wehmütigem Herzen mein Schicksal zu klagen. Es ist viel grausamer, wie Sie vermuten …*«[345]

Nun kannten sie einander schon fast drei Jahre, vor zwei Jahren hatten sie ihren Ehekontrakt geschlossen und sich ewige Treue und Liebe geschworen, und noch immer durften sie sich nicht öffentlich zueinander bekennen. Noch immer war die Zeit für eine Unterredung mit den Eltern über ihre Heiratspläne nicht reif, meinte Johanna. Wie lange musste er noch warten? Bis zum Tod ihrer Eltern? Manchmal war er missmutig und fragte sich, warum er überhaupt eine Verpflichtung mit einer solch ungewissen Aussicht eingegangen war. Er war gebunden als so genannter Ehemann und konnte doch nicht die Vorteile des Ehestandes genießen. Sollte er nicht seinen eigenen Weg gehen, sein Leben selber in die Hand nehmen? Sein Leben. Könnte er nicht mit seinen Freunden, bei denen sich Johanna nicht wohlfühlte, viele fröhliche Stunden verbringen? In *lustiger Gesellschaft*[346] sein? Unbeschwert leben? Wie viel einfacher wäre ein Leben mit der kleinen kecken Wilhelmine. Er versaß hier seine besten Jahre, und am Ende würde Johanna doch eine standesgemäße Partie finden und ihm untreu werden. Wer war er schließlich? Ein einfacher Mensch, ein Mann ohne Rang, Besitz, Ansehen und Bildung. Musste sie ihn nicht irgendwann verachten? Ja, er war ihrer gar nicht wert. Was konnte er ihr bieten außer seinem Herzen? Keine Familie von Stand, kein Geld, kein Land. Ließ sie ihn nicht auch manchmal seinen geringen Wert spüren? Blickte sie nicht, wenn sich eine größere Gesellschaft in Barenaue zusammengefunden hatte, einfach durch ihn hindurch? War er dann nicht nur der Verwalter auf Barenaue, während sie, die Tochter des Hauses, sich freundlich oder witzig mit ihrer Familie und den Gästen unterhielt? Wie charmant und geistreich sie dann war, wie gewandt sie auftrat, wie gelehrt und gebildet sie sich gab. Zu allen Themen hatte sie etwas zu sagen, ob juristische Fragen diskutiert wurden oder die neueste Literatur erörtert wurde. Zu welchen Themen hätte er etwas beitragen können? Bei Tisch wurde seit der Rückkehr von Johannas Vater nur noch französisch gesprochen, wenn die Familie unter sich war, nur wenn man ihn etwas fragte, sprach man deutsch. O Gott, welche Herablassung! Waren Gäste da, von denen die meisten französisch sprachen, verließ er den Raum.

Wenn er, Johann, sehr niedergedrückt war, las er in der Bibel. Einmal schlug er das Hohelied Salomos auf. Der Text war ihm unbekannt, niemals war er in der Kirche verlesen worden. »*Du bist schön meine Geliebte, schön bist du.*« Er verstand den Text nicht recht, aber er war berührt. Sprach Salomo hier von der Liebe Christi zur Seele oder von der zweier irdischer Liebenden? Er wusste es nicht, aber ihm kam der Gedanke, dass sie vielleicht gar nicht so verschieden waren und dass vielleicht der Glanz der einen Liebe auf die andere fiel. Er war ein wenig hilflos. Wie würde ein Pfarrer diese Textstelle erklären? Und warum sparten die Geistlichen sie in den Gottesdiensten aus? Vielleicht war Liebe himmlisch. Er wollte Johanna fragen.

Fand er dann eine Gelegenheit, mit Johanna zu reden, oder schrieb sie ihm ihre schönen Briefe, wurde er ruhig, er schöpfte wieder Hoffnung auf eine baldige gemeinsame Zukunft. Er wusste, dass er ohne Johanna nicht leben konnte, ohne ihre Liebe, ohne ihre Zärtlichkeit, ohne ihr Lächeln. Es dauerte eine Weile, bis sie ihn aus seiner Melancholie herausgeholt hatte, bis er wieder wusste, dass sie ihn wegen seines *sanftmütigen Wesens, edlen Gemüts,*

Denkungsart und Gesinnung liebte und dass sie darauf ihre ganze *Hoffnung, Zufriedenheit und Glück* baute[347]. Sie wiederholte, was sie ihm schon so oft gesagt hatte: *Beschuldige dich nicht, du wärest unvollkommen in meinen Augen!*[348] Sie sprach liebevoll mit ihm, sie lächelte ihn an, sie umarmte ihn – er war ihr wichtig, teuer und lieb! Dann konnte er auch wieder vor sich selbst bestehen. Er verstand ja, sie musste sich in Gesellschaft gleichgültig zeigen, damit niemand hinter ihrer Freundschaft eine große Liebe vermutete. Sie malte dann auch ihr künftiges gemeinsames Leben aus. Wie sehr sich doch ihre Ansichten und Vorstellungen vom Leben ähnelten! Schließlich erinnerte sie ihn daran, »*dass wir beide zu gewissenhaft sind, als dass einer von uns meineidig werden könnte, und Menschen samt aller weltlichen Obrigkeit sind nicht bemächtigt, eine so heilige Vereinigung zu brechen, die in Gottes Wort gegründet und gebilligt ist.*«[349]

Einmal hatte er eine weite Reise unternommen. »*Wie vielfältig sind die Beurteilungen deines langen Ausbleibens. Zu einigem Trost gereicht mir jedoch, dass meine gute fromme Mutter sagt, es muss unmöglich Meiers Schuld sein, er hat mir versprochen, am Donnerstag von seiner Reise wiederzukommen, länger hat er keine Erlaubnis. Er kennt den Grafen, seine Feinde hier und weiß den Verdruss, den er haben würde, wenn er ohne eine gute Ursache zu lange wegbliebe. Diese Meinung wird von dem Pastor und der Vorhersage der Greven widerlegt, welche beide behaupten, du würdest nicht zu der bestimmten Zeit zurück sein, ersterer gesteht gar, du habest ihm das gesagt. Ich habe mich bei all diesen Reden äußerlich ganz gelassen und gleichgültig gestellt und nachgerechnet, wann die Post Sonntag oder Donnerstag Morgen um 9 Uhr von Hannover bis hierher fahre und dass ich vor gestern Abend oder heute nicht die Freude haben konnte, dich zu umarmen. Hierauf hoffend bin ich gestern sehr lange und Nota bene alleine beim Hopfengarten gewesen, jetzt trinke ich einen dünnen Kaffee und warte auf deine baldige Ankunft und hüte beständig an meinem Pult sitzend den Damm in der schmeichelhaften Meinung, dich, meinen engelslieben Mann, zu erblicken. Noch bis 11 Uhr werde ich guten Mut haben, hernach verliere ich alle Hoffnung bis auf künftigen Montag … Jetzo komme ich ganz trostlos zurück aus dem Poatjenholz, wo ich, um mir die Zeit zu verkürzen und dich als erste zu sehen, ganz allein von ½ 10 bis 11 Uhr auf dem Schlagbaum gesessen habe. Ein einziger Wagen, den ich von ferne auf dem neuen Damm fahren sah, vervielfältigte die Schläge meines Herzens durch die süße Hoffnung deiner Ankunft. Allein, wie kurz währte diese Freude und wie groß ist jetzo meine Unruhe und Besorgnis ... Ein jeglicher tadelt dich jetzt wieder, und mich verdrießt am meisten, dich nicht entschuldigen zu können. Mein Bruder wirft mir bei jeder Rechtfertigung vor, dass du es dem Pastor zuvor gesagt und zu uns ganz anders gesprochen hättest. Die Sorgen und Mutmaßungen, womit ich mich quäle, gereichen alle zu einer Rechtfertigung ... Dabei bin ich versichert, dass du mir sowohl die Wahrheit deines Vorhabens als auch deine Cassette anvertraut hast, deshalb sorge ich auch, dass dir ein Unfall begegnet sei, bin voller Betrübnis und fast nicht vermögend, meine Unruhe und Wehmut zu verhehlen. Mit Ungeduld erwarte ich des Fisseurs Rückkehr, ob du mir auch geschrieben hast. Ich will wohl zugeben, dass es teils die Früchte der heftigen Liebe und Leidenschaft sind, aber habe ich nicht etwa Grund, betrübt und besorgt zu sein? ... Deine Gesundheit bei jetzt kränklichen Zeiten, deine eilfertige Unvorsichtigkeit, deinen aus einem kranken Haus kommenden Hausrock mitzunehmen ... alles sind kleine Umstände, die mir das Herz aufs Äußerste beschweren und welche durch das Plaudern anderer noch verschlimmert werden. Ich bin schon gar auf den närrischen Argwohn verfallen, dass dein Vater ... suchte dich zu bereden, hier nicht ferner im Dienst zu bleiben ... Meine Zärtlichkeit für dich, liebster Engelsmann, wird hoffentlich entschuldigen, dass ich um deine werte Person und deren Erhaltung in Bekümmernis sei; mein Glück, meine Zufriedenheit, meine Ehre und Ruhe sind in dir vereinigt. Gottlob, nun sehe ich dich –*«[350]

Bedenken

Jedermann auf Barenaue hatte begriffen, dass Johanna dem Verwalter Johann Conrad Meier sehr zugetan war. Man beobachtete, dass sie häufig miteinander sprachen, und das nicht nur über Angelegenheiten der Bar'schen Güter, dass sie manche Stunden zusammen verbrachten und sich sehr gut verstanden. Auch Georg Ludwig, seine Frau und sein Sohn begannen, sich über Johannas Interesse an dem Verwalter Gedanken zu machen: sie fürchteten, dass ihre Beziehung mehr als Zuneigung war. Georg Ludwig fand eine Gelegenheit, mit seiner Jeanne allein zu sprechen.

»Jeanne, ich muss mit dir reden.« Johanna erschrak. »Ohne lange Umschweife – sag mir offen und ehrlich, wie stehst du zu dem Meier? Mir scheint, du magst ihn, du hast ein kleine Schwäche für ihn?«
Es war nicht seine Art, ein heikles Thema so direkt anzugehen; er war darin ungeübt und seine Überrumpelungstaktik schlug fehl, wie er gleich erkennen musste. »Ich schätze ihn, ja, ich schätze ihn sehr. Ihr alle schätzt ihn. Ihr sagt immer wieder, dass wir in Barenaue noch nie einen so tüchtigen, zuverlässigen und sympathischen Verwalter gehabt haben.« Hörte sich das nicht zu sehr wie eine Verteidigung an? Sie versuchte, beiläufig zu sprechen. »Auch findet ihr sein Wesen sehr angenehm und seine Umgangsformen gewandt. Mutter hat ihn in ihr Herz geschlossen. Wie sollte ich anders denken oder fühlen? Ich freue mich, dass er hier ist.«
Der Vater schaute sie skeptisch an: »Manchmal scheint mir, dass du dich in seiner Gegenwart anders gibst als sonst und dass du unruhig bist, wenn er länger auf Reisen ist. Du brauchst mir jetzt nicht zu antworten. Aber ich bitte dich, prüfe dich ernsthaft und unvoreingenommen. Ist er dir mehr als ein Beschützer bei deinen langen Spaziergängen? Ist seine Flöterei nur eine harmonische Ergänzung deines Klavierspiels? Er ist ein Mensch voller Leidenschaft[351], du weißt das. Wenn du doch eine Schwäche für ihn haben solltest, überwinde sie! Belass es bei einer Freundschaft, meinetwegen auch einer guten Freundschaft. Lass keine tieferen Gefühle aufkommen! Und wenn du tiefere Gefühle hegst – sei versichert, sie gehen vorüber. Man kann sie auch beherrschen. Beherrsche sie! Du kannst dir keine Liebelei mit ihm erlauben.« Vielleicht war er jetzt doch zu direkt geworden? Er versuchte, einen väterlichen Ton anzuschlagen. »Du würdest uns alle verletzten, dich am meisten, und du tätest auch ihm unrecht. Du weißt, was du dir schuldest und was deiner Familie! Bleibe in deinen Bahnen. Dein Schicksal meint es gut mit dir, du musst es nur annehmen. Halte dich an das Bestehende und an das Erprobte.«
Als sie schwieg, fuhr er fort: »Oft erlöschen Zuneigung oder leidenschaftliche Gefühle. Du wirst das selbst begreifen. Falls meine Vermutung begründet ist – nimm Vernunft an! Kontrolliere deine Gefühle! Bleibe eine ehrbare Frau und eine gute Tochter.«
Johanna war über Vaters Rede erschrocken, und sie musste ihre kalte Seite aufrufen, um nicht in Tränen auszubrechen. Er würde ihrer Verbindung

nicht zustimmen, jetzt nicht, noch lange nicht, vielleicht nie. Ob die Eltern jemals verstehen würden, worin ihr Glück bestand? Es war schwer, die Enttäuschung zu verbergen. Ihre Worte kamen ihr gepresst vor, hoffentlich merkte der Vater nichts. »Ich werde meinen Gefühlen nur das erlauben, was ich mit meinem Gewissen vereinbaren kann!«

»Ich weiß, du bist eine souveräne Frau, Jeanne. Verhalte dich so, dass du uns und dir selbst gerecht wirst!«

Johanna nickte.

Georg Ludwig war ganz zufrieden mit dem Gespräch. Er hatte seine Bedenken ausgesprochen, aber er wollte nicht hartnäckiger nach ihrem Verhältnis zu dem Verwalter fragen. Vielleicht hätte sie ihm eine Liebe gestehen müssen, die er nicht billigen konnte, vielleicht hätte er sie zu Ausflüchten oder Lügen gezwungen. Er wollte keine Auseinandersetzung mit seiner kleinen Jeanne. Sie kannte nun seine Meinung zu dieser Angelegenheit. Ihrer Liebe zu dem Verwalter, wenn es sie denn gab, ließ sich durch den bevorstehenden Umzug nach Minden der Boden entziehen; bald würden sie Barenaue verlassen, die Vorbereitungen waren schon weit fortgeschritten. Jeanne würde sicher gerne dort leben. Sie wäre dann für eine längere Zeit von dem Meier getrennt. Allmählich würde sie sich den Mann aus dem Kopf schlagen.

Sie wird in Minden eine größere Bühne haben. Hatte sie früher nicht auch die großen Auftritte geliebt? Es gibt dort bessere Gelegenheiten, jüngere Männer aus dem Adel kennen zu lernen als in diesem abgelegenen und heruntergekommenen Schloss. Er wollte ja nicht, dass sie irgendeine standesgemäße Versorgungsehe einging. Nein, sie sollte einen liebenswürdigen Mann heiraten, der so gebildet war wie sie und der ihre Bildung schätzen konnte. Sie könnte zwar immer als Stiftsdame in Marienthal (Holland) leben, sie hatte ein Anrecht auf einen Platz im Stift und bezog bereits eine kleine Einkunft aus ihrer Präbende. Aber nein, in einem Damenstift sollte sie nicht vertrocknen, sie war eine so lebendige Person, sie wäre eine wunderbare Gefährtin für einen würdigen Mann.

Bisher hatte sich die Familie kaum Gedanken über Jeannes Zukunft gemacht, das musste er sich nun vorwerfen. Dabei war sie mit ihren 27 Jahren längst über das beste Heiratsalter hinaus. Und doch war sie noch eine junge attraktive Frau, die sich nach einem Partner sehnte, das hätten sie längst verstehen müssen. Sie hätten Gelegenheiten für Bekanntschaften schaffen

sollen. Sie hatten ihre Hoffnung zu sehr auf Clamor Adolph Theodor von dem Bussche-Hünnefeld als künftigen Schwiegersohn gesetzt, ohne dieses Projekt ernsthaft zu verfolgen. Er konnte sie sich gut als Herrin von Hünnefeld und als Gemahlin von Clamor vorstellen. Er war ein würdiger Mann, wenn er auch ein wenig ernst war und sich ganz und gar der Verwaltung seiner Güter und der Versorgung seiner verwaisten jüngeren Geschwister verschrieben hatte. Aber Jeanne würde ihn unterstützen und aufheitern können. Sie würde in ihrer zupackenden und tatkräftigen Art dem großen Haushalt in Hünnefeld vorstehen und Freude, Leben und Geist in das Haus bringen. Ein großes schönes Haus mit einer wertvollen und umfangreichen Bibliothek.[352] Es würde ein gutes und erfüllendes Leben für sie und für Clamor sein. Aber wie selten sahen die Bars den jungen Mann! Vielleicht hatten sie zu sehr auf ihn gesetzt.
Die Familie musste mehr an Jeanne und ihre Zukunft denken. Alle schätzten ihre angenehme Gegenwart und nahmen ihre Gesellschaft und ihre Unterstützung als selbstverständlich hin. Sie hatte einen so besänftigenden Einfluss auf alle die streitbaren Familienmitglieder, sie war freundlich und liebenswert und wurde jedem gerecht. Ihre Anhänglichkeit, Liebe und Sorge hatten Mutters Leben verlängert. Sie leitete das Hauswesen umsichtig und zupackend. Er selbst schätzte sie als anregende und gebildete Gesprächspartnerin, ja, er brauchte sie; wo fand er sonst so viel Verständnis für seine Gedanken, für seine poetischen Arbeiten, auch für seine Händel? Sie war allen fast alles!
In den folgenden Tagen erschien ihm Jeanne sehr still und in sich gekehrt; seine Worte hatten ihre Wirkung nicht verfehlt, dessen war er sich sicher. Wirklich? Irgendwie schien sie erschöpft zu sein, in sich zusammengefallen.

Die Ahnengalerie

Johanna mied den großen Ahnensaal. Seine Disproportionen bereiteten ihr Unbehagen. Die ständige Anwesenheit ihrer Vorfahren bedrückte sie. Die Bilder waren hoch gehängt, und die Untersicht, zu der der Betrachter gezwungen war, machte ihn zum Winzling, die schiere Masse der Porträts überwältigte ihn. Selten wurde der Saal genutzt; feuchte dumpfe Luft hing in dem Raum, auch wenn man häufig lüftete. Eines Tages, als sie die Fenster schließen wollte, wurde sie von ihrem Bruder abgefangen. Er wolle ihr vermutlich wieder einmal die Geschichte der Familie erzählen und eine Lehre anhängen. Johanna kannte seine Version, er hatte sie schon viele Male damit gelangweilt. Längst sollte sie die Umschläge um Mutters Beine gewechselt haben. Aber sie spürte, dass sie nur seinen Zorn erregen würde, wenn sie jetzt ausweichen würde.

Sie stellten sich mit dem Rücken zur Fensterfront, um die gegenüberliegende Bilderwand ganz in den Blick zu bekommen. Brustbilder, manchmal Kniestücke, selten ganzfigurige Darstellungen, Männer und Frauen, Blutsverwandte und Eingeheiratete. Die Dargestellten waren auf manchen Gemälden nicht gut zu erkennen: einige Porträts hingen zu hoch, andere waren stark eingedunkelt, auf manchen reflektierte der Firnis das Licht, das aus den Fenstern auf sie fiel. Aber viele Bilder boten die Herrschaften gut erkennbar dar und bewiesen die stolze Familientradition.

Imposante Persönlichkeiten präsentierten sich da, ernst, selbstbewusst und überlegen. Ihre Haltung war aufrecht, manchmal starr, ihre Mienen zeugten von dem Bewusstsein ihrer Würde, und ihre Blicke waren über den Betrachter in weite Ferne gerichtet.

Lutz begann die Lektion in seiner steifen und belehrenden Weise, die zum Widerspruch reizte, aber sie wusste, dass sie den hinunterschlucken musste.

»Wir müssen uns doch immer wieder bewusst machen, welcher Familie wir angehören und welche Verpflichtungen jedem von uns daraus erwachsen. Unsere Vorfahren sind unsere Vorbilder. Sie haben sich große Verdienste um das Vaterland erworben und hohes Ansehen in der Gesellschaft gewonnen; sie haben sich innerhalb des Adels und vor dem Landesherrn ausgezeichnet – durch ihre Verdienste, ihren Mut und ihren Stolz, durch ihr Ehrgefühl, ihre Klugheit und ihre Bildung.« Er schaute Johanna an. »Alles das lebt in unserer Familie weiter, auch in uns. Es ist unsere Aufgabe, dieses Erbe zu bewahren und an unsere Kinder weiterzugeben. An Kinder aus einer standesgemäßen Ehe. Bastarde sind dafür unempfänglich, du weißt das. Die Familie ist ein Körper, und trennt sich ein Glied, verkommt es und der ganze Körper leidet. Unsere Vorgänger weisen uns den Weg – Einzelgänger sind Irrgänger.«

Johanna hatte schon befürchtet, dass Lutz sie in der Ahnengalerie nur aufgehalten hatte, um gegen die vermutete Verbindung mit Johann Front zu machen, um sie unter moralischen Druck zu setzen und sie auf Linie zu bringen. Seine Predigt beunruhigte sie, er würde noch mehr Schwierigkeiten gegen eine Ehe mit Johann Conrad machen, als sie befürchtet hatte. Ihr Herz wurde schwer. Aber welche Argumente! Welche Argumente! Wie konnte er nur so lügen! Er konnte doch nicht glauben, was er da sagte! Wo waren denn die großartigen Leistungen ihrer Angehörigen und Ahnen? Wohin man schaute, sah man Untergang: Zerfall des Schlosses, Niedergang der Landwirtschaft, Verschwendung und Schulden, Ausbeutung der Eigenbehörigen. Hatten einzelne Vorfahren Verdienste erworben, so hatten andere vielfach versagt. Das wusste Lutz doch ebenso wie sie; dass er sich nicht entblödete, so zu lügen. Warum log er? Diese Märchen waren beunruhigend. Wo war die großartige Erbschaft von Ehre, Anstand und Menschlichkeit ihrer Familie? Erlebte sie nicht nur Streit, Jammern über die Ungerechtigkeit der Welt, üble Laune, gemeine Worte, gegenseitige Beschuldigungen, Beleidigungen und Prozesse, auch gegeneinander? Nein, das sollte nicht ihre Welt sein!

»Die Familie von Bar zeichnet sich vor allen anderen im Fürstbistum Osnabrück aus. Sie ist aus dem alten römischen Geschlecht der Ursiner hervorgegangen, wie man auf dem Torbogen der Einfahrt lesen kann: *Ex antiqua ursinorum gente Romana*[353]. Das beweisen ja auch der Name von Bar und unser Wappentier, der Bär.« Lutz zeigte auf das Bar'sche Schild, das oberhalb der Bilderreihen prangte und sich auf einigen Porträts fand.

Sie hatte sich immer über das Wappen amüsiert. Nun ärgerte sie sich über Lutz' Auslassungen, aber ließ sie über sich ergehen. Das Wappen war durch eine Diagonale zweigeteilt, oben glänzte ein silberner Grund, die untere Hälfte bildete ein schräg rechts geneigtes schwarz-silbernes Schachbrett oder eine Mauer, die ein mächtiger schwarzer Bär – im silbernen Feld – erstieg; das schien ihm nicht schwer zu fallen, tatendurstig züngelte er aufwärts; er trug ein Halsband mit einer Öse, aber von der Kette, die in einem älteren Wappen dort noch eingehängt war und ihn kurz gehalten hatte, hatte er sich befreit.

Über die Abstammungstheorie, die ihr Bruder so gerne und immer und immer wieder erzählte, hatte sie oft gelächelt: Es gab noch eine andere, manche Gelehrte führten die Familie von Bar auf das Geschlecht der Askanier zurück, hieß nicht einer von ihnen Albrecht der Bär? Aber auch diese Herkunftstheorie war nur eine Theorie. Zweifel über Zweifel. Ja, im Zweifelsfalle für den Zweifel! Als er ihr nun seine Lieblingsversion ein weiteres Mal mit voller Überzeugung präsentierte, wusste sie, dass ihre Lage ernst war und sie nicht so schnell davonkommen würde.

Sie solle sich nur das Porträt[354] des Vaters ansehen: »Ein bedeutender Mann ... sein Harnisch ... ritterliche Abkunft ... In einigen Jahren, nach dem Tode des Grafen, wird er Herr von Barenaue mit allen Ehren und Rechten sein ... Tradition der Familie fortsetzen ... Großer Namen ... Dichtungen ... geistreich und sehr gelehrt ... Gottsched, der Literaturpapst, seine Satiren übertreffen die der großen französischen Poeten«.[355]

Johanna kannte das Bild nur zu gut. Es war ein kleines ovales Brustbild.[356] Der Vater schaute ernst wie alle anderen Porträtierten, aber sie sah, wie seine Augen und sein Mund zu einem Lächeln ansetzten. Die weiche Malerei, die der Künstler gewählt hatte, ließ Vaters rundes und gut durchblutetes Gesicht, umrahmt von der dunklen Lockenpracht seiner Perücke, mild erscheinen. Der von links kommende Lichteinfall reflektierte auf dem Armstück des Harnischs, die Härte und Kälte des Materials leuchteten auf, aber diese Wirkung wurde konterkariert durch feine rötliche Zeichnungen auf dem Metall und durch das weiche weiße Halstuch. Niemals hatte der Vater eine Rüstung getragen – ebenso wenig wie viele andere ihrer Vorfahren, die hier so wehrhaft dargestellt waren – ja, er hatte nicht einmal in einem Krieg gekämpft und sehr schnell seine frühe Militärkarriere abgebrochen. Dass er im Harnisch dargestellt war, bewies nur, wie traditionsbewusst, um nicht zu sagen: rückwärts gewandt, der Adel war, der sich immer noch als Wehrstand malen ließ. Ja, er war ein Dichter, ein anerkannter Dichter, und auch sie bewunderte seinen Esprit und seine geistreichen Einfälle. Sie schätzte seine Dichtung schon aus töchterlicher Liebe – wenn sie auch Literatur mit empfindsamen oder leidenschaftlichen Helden bevorzugte. Wie oft hatte sie Verse, die der Vater aufs Papier geworfen hatte, abgeschrieben, einzelne Stellen mit ihm diskutiert und schlechte Übersetzungen seiner Arbeiten getadelt.[357] Sie verteidigte ihren Vater gegen seine Kritiker.[358] Sie wurden ihm nicht gerecht, sie verstanden seine geistreichen Anspielungen wahrscheinlich nicht einmal[359] und kannten ihn nicht, ihren Vater, der so leidenschaftlich sein konnte, so heiter, so zornig, aber manchmal auch so unberechenbar, wenn er zuviel getrunken hatte. Sie liebte ihn, und manchmal fürchtete sie ihn auch, seine Ungerechtigkeiten und seine Trunkenheit. Ja, jetzt überwog ihre Sorge, weil er sie nicht mehr verstand.

Johannas Rücken begann zu schmerzen, sie hatte schon zu lange gestanden. Die Mutter wartete auf ihre Hilfe, wenn sie sich auch nicht über ihr Ausbleiben beklagen würde. Aber Johanna sagte nichts zu Lutz' Eloge über den Vater, mit dem er sich noch nie verstanden hatte! Ihr leeres Schweigen schien den Bruder anzuspornen, er musste es brechen! Also trat er ein wenig vor und zeigte auf das Porträt des Grafen Nikolaus Christian. Johanna warf einen Blick auf das Halbfigurenbild[360]. Es zeigte den Onkel als jüngeren Mann. Wie hatte er sich seitdem verändert! Das Bild war mehr als zweimal so hoch wie das seines jüngeren Bruders. Und er war dreimal so prächtig gekleidet! Sein schmales langes Gesicht wurde von einer großen weißgepuderten Allongeperücke umrahmt, die schmalen Augen blickten mokant. Auch er trug einen Brustpanzer, der mit goldenen geschwungenen Beschlägen fein verziert war. Quer über der Brust lag eine leuchtend rote Schärpe, über dem Oberkörper schwebte ein bewegter grüner Samtumhang, der an mehreren Stellen das goldene Futter sehen ließ. Auf der linken Seite seines Überwurfes prangte der württembergische Jagdorden, den ihm der Herzog Eberhard Ludwig mitsamt dem Titel eines Geheimen Rates verliehen hatte als Dank für ein hohes Darlehen. Der runde Orden, aus dessen Rand silberne Strahlen schossen, trug die Inschrift »Foedus amicitiae virtutisque« – Bund der Freundschaft und der Tugend. Was bedeuteten schon Freundschaft und Tugend eines Herzogs? Der Onkel hatte den Kredit wohl als gute Geldanlage gesehen, aber der Württemberger zahlte ihm nie die Schulden zurück, und er gab ihm auch kein einträgliches Amt! – Doch das musste jeder Betrachter zugestehen: die Darstellung zeigte eine wahrhaft gräfliche Erscheinung! Was war aus dem Mann geworden? Ein blinder, herrischer, vereinsamter, mittelloser Alter! Jeder, der mit ihm zu tun hatte, musste leiden. Wie viele Jahre hatte sie nicht schon seine Tyrannei erdulden müssen! Dass sie ihre Zeit mit einem so Nichtswürdigen verschwenden musste![361] Sein tiefer Hass, die groben, hämischen, unflätigen Beschimpfungen seiner Feinde, seine Verleumdungen und seine Lügen über die Eltern, seine Angriffe auf sie. Stinkend, besudelt, inkontinent. Blind und hilflos. Dieser Mann sollte ein würdiges Glied einer herausragenden Familie sein? Das sagte Lutz, dessen Hass auf den Onkel abgrundtief war? Sie traute ihren Ohren nicht. So viele bewundernde Worte für den verachteten Grafen? Wie verbohrt musste Lutz in seine Adelsmission sein, dass er sich in einen solchen Widerspruch verrannte!

»... früh am Hof des Kurfürsten eingeführt und für Hofdienst und Diplomatie erzogen ... Kavaliersreise an die Höfe von Nancy, Luneville, Aufenthalte in Paris, den Niederlanden, England, Irland und Dänemark ... in den Dienst des Landgrafen von Hessen-Kassel ... ehrenvolle hochrangige Positionen, als Hofjunker, als Offizier in der Leibgarde zu Pferde, als Gesandter an verschiedenen Höfen, als General-Postmeister ... sächsische Dienste.«

Lutz vergaß zu erzählen, dass auch der Landgraf von Hessen-Kassel niemals die Auslagen des Grafen erstattete, Auslagen, mit denen der Graf das Postwesen in der Landgrafschaft verbessert hatte, dass er in Kassel ein prächtig ausgestattetes Haus aufgeben musste und dass sein Amt in Sachsen ein reines Titularamt ohne Gehalt war. Wie unbegabt die Bars doch in Geldsachen waren!

»... Im Jahre 1720 mit seinem Vater in Wien, vom Kaiser Reichsgrafenwürde ...1726 ranghohe Heirat ... die Gräfin Sophie Charlotte von Sayn-Wittgenstein-Hohenstein.« Und nun noch die ganze Lamentation über die liederliche und unmoralische Gräfin, über die Scheidung und die anschließenden erbitterten Prozesse. »... große Verdienste des Grafen um das väterliche Erbe ... Verbesserung der Güter. ... Maulbeerbäume ... Seidenraupenzucht[362]. ... eine Leinen-, eine Tabak- und eine Seifenfabrik ... Zukauf dreier großer Güter zu dem bereits ausgedehnten Besitz der Bars.«

Ihr Ärger über so dreiste Fälschungen wuchs; er quatschte sich – oder vielleicht besser ihr – den Himmel auf die Erde herunter. Warum erwähnte er nicht, dass die Unternehmungen des Grafen alle gescheitert waren; er hatte sich zu wenig darum gekümmert und sich meistens in Frankfurt aufgehalten, wo er das Geld ausgab, das die Güter erwirtschafteten. Seine Schulden, auch bei der Mutter, seine vielen Prozesse[363]! Jedermann in Barenaue wusste doch, wie sehr er sich einschränken musste, dass er noch nicht einmal ordentliche Kleidung hatte, um Gäste zu empfangen!

Johanna presste die Lippen aufeinander. Sie musste gehen, sie sah die hilflose Mutter vor sich. Die Köchin wartete auf Anweisungen, der Kurier musste mit einem Eilbrief losgeschickt werden. Warum unterbrach sie nicht einfach die Monologe des Bruders und ging? Seine Gunst würde sie sowieso nicht erringen! Aber sie hatte den rechten Moment verpasst, Lutz holte Atem und wandte sich dem Großvater Heinrich Sigismund zu, den die Enkel nicht mehr kennen gelernt hatten. Er war auf einem Brustbild[364] dargestellt, das zentral in der unteren Reihe hing. Der Großvater war ein gut aussehender Mann; die prächtige Perücke mit schwarzem, langem, gewelltem Haar gab ihm ein würdiges Aussehen. Mit dem dunklen Hintergrund würde das Bild düster sein, aber der rote Umhang um die Rüstung machte Heinrich Sigismund zu einem strahlenden Mann.

»Ein ganz Großer der Familie von Bar[365] … verantwortungsvolle Ämter bei dem Osnabrücker Landesherren, dem Bischof Ernst August, später beim Kurfürsten Georg Ludwig von Hannover ... Reichsgrafentitel.«

Warum erzählte der Bruder nicht, dass dieser Titel die Familie sehr viel gekostet und den Schuldenberg vergrößert hatte? Ob der Kaiser die Titel nur vergab, um seine leeren Kassen zu füllen? Ihre Augen waren während des brüderlichen Sermons immer wieder abgeschweift auf das Bild, das neben dem ihres Großvaters hing. Es war ein Brustbild[366] einer sehr schönen jungen Frau, die sich als Flora präsentierte. Zur ihrer Linken saß eine kleine Putte, die sie anschaute und ihr einen Korb mit Blumen reichte; die Dame hatte sich bereits einige genommen und hielt sie in ihrer anmutig geneigten Hand über dem Korb. In ihren rechten Arm hatte sich eine weitere Putte eingehängt. Die Blicke der jungen Dame suchten die des Betrachters. Ihre großen braunen Augen glänzten, ihr Gesicht war weich und voll, die Wangen leicht gerötet, die Lippen dunkelrot. Das leuchtende Gesicht war von üppigen dunklen Locken umrahmt. Volle kräftige Blüten zierten auch ihr Haar. Die Perlenohrringe und das Brokatleid mit kostbarer Goldstickerei wiesen sie als eine vornehme Dame aus, ansonsten aber war sie informell gekleidet: Das Kleid war weit ausgeschnitten, es ließ die runde rechte Schulter und die Ansätze ihrer Brüste frei, den Ausschnitt säumte der luftige weiße Stoff eines leichten Gewandes, um den rechten Arm waren weiche Tücher locker geschlungen. Welch eine warmherzige, liebenswürdige Frau! Wie reizend, wie vollblütig und wie sinnlich! Verführerisch schön! *Mächtig verlockend!*[367] Ein Wesen der Natur und der Leidenschaft, mit einem hellen wachen Verstand begabt. Es war Sophie Dorothea, Herzogin von Braunschweig-Lüneburg, geschiedene Gemahlin des Kurfürsten Georg Ludwig von Hannover und unglückliche Prinzessin von Ahlden.

Sophie Dorothea von Braunschweig-Lüneburg als Flora, Gemälde von Henri de Gascar 1686

»Dem Großvater ist die Verwaltung des Privatvermögens der ehemaligen Herzogin Sophie Dorothea 1709 übertragen worden, nach ihrer Scheidung von Georg Ludwig, dem Kurfürsten von Hannover und späteren König von Großbritannien.« Lutz sprach schnell weiter: »Ich hasse das Bild dieser Frau. Es ist ein hässlicher Fleck an der Wand und wird als erstes abgehängt, wenn ich einmal nach dem Tod des Grafen und des Vaters Barenaue übernehmen werde. Es ist kein Familienbild und passt auch sonst nicht in die Ahnengalerie!« Niemand konnte soviel Abscheu in seine Stimme legen wie ihr Bruder: »Vor allem aber: Diese Frau ist wahrhaftig keine Zierde ihres Geschlechts und ihres Standes. Schon die Herkunft dieser Frau ist völlig dubios – ihr

Lebensweg also wenig erstaunlich!« Lutz hob seine Stimme, weil er wohl fürchtete, dass sie widersprechen wollte, und fuhr lauter fort: »Ihr Vater war Georg Wilhelm, Herzog von Braunschweig und Lüneburg …«, welch aufregende Neuigkeit! »… ihre Mutter, eine kleine Französin, von niedrigem Adel, wenn überhaupt adlig. Eine sogenannte Liebesheirat. Sophie Dorothea war die einzige Tochter und die Erbin eines großen Vermögens und eines Herzogtums. Dass sie mit dem zukünftigen Kurfürsten von Hannover verheiratet wurde, hat sie nur ihrem Vater und ihrem Onkel zu verdanken. Aber der Bastard ist seiner Herkunft treu geblieben, die Frau blieb ein Mausdreck im Pfeffer: Schnell hatte sie einen Geliebten, den Grafen von Königsmarck ...«

Johanna konnte nicht mehr an sich halten: »Sie hat durch ihren Ehebruch gefehlt, sicher. Ich billige das nicht. Aber verdient sie nicht eher unser Mitgefühl als unsere Verurteilung? War ihr Leben in einer unglücklichen Ehe nicht sehr schlimm? War sie nicht quasi eingesperrt?«

Lutz Stimme wurde schneidend: »Wo lebst du? Du bist realitätsblind! Wenn diese Ansicht die Frucht deiner Lektüre ist, dann solltest du dich mit ernsthafteren Büchern beschäftigen. Besser noch, du solltest gar nicht lesen und dich wie andere adlige Fräuleins sinnvoll beschäftigen. Liebe und Ehe? Unglückliche Ehen hat es immer gegeben!«

Johanna beharrte: »Wie würdest du in einer Ehe leben, in der du keine Liebe findest?«

Lutz wusste es: »Ich würde das tun, was alle Ehemänner tun: Ich würde nicht leiden.«

»Und deine Frau?«

»Es gibt genügend Vorbilder, an denen sie sich ausrichten sollte!«

»Das allerdings. Aber dadurch wird beider Situation nicht besser.«

»O doch, man arrangiert sich und ist völlig zufrieden, wenn man einen vorteilhaften Ehekontrakt geschlossen und Nachkommen hat.«

»Ein trauriges, ein armes Leben.« Hatte sie sich undiplomatisch weit vorgewagt?

»Für die Gefühlsseligen, ja. Aber ich gehöre zu den Realisten. Und du solltest besser auch realistisch sein. – Weißt du, Johanna, du irritierst mich mit deinen Ansichten. Worauf willst du eigentlich hinaus?«

Johanna hatte sich mit dem Geschick dieser Frau beschäftigt. Es kursierten sehr unterschiedliche Erzählungen, sie blühten üppig, zumal der hannoversche Hof über die Vorgänge um die Herzogin schwieg. Johanna fügte die Bruchstücke der Geschichte, die sie kannte, zu ihrer eigenen Variante zusammen.[368] Sophie Dorothea war eine hoch talentierte junge Person, liebenswürdig, sprachbegabt und geistreich. Sie wuchs geliebt, unbeschwert und in großer Freiheit auf. Aber kaum war sie 16 Jahre alt, setzte ihr Vater eine Übereinkunft mit seinem Bruder, dem Kurfürsten von Hannover, um. Sie wurde mit ihrem Vetter ersten Grades Georg Ludwig verheiratet, um auf diese Weise das beträchtliche Erbe der beiden Zweige der Familie zusammenzuführen.

Die junge Frau und ihre Mutter waren über die Entscheidung des Vaters entsetzt. Der Vater hatte seine Liebste geheiratet, und nun verscherbelte er seine Tochter zu dynastischen Zwecken! Er hatte eine Herzensehe geschlossen und zwang sie zu einer Zweckehe![369] Wo war da die väterliche Liebe? Anfangs schien die Ehe der Sophie Dorothea noch ganz harmonisch zu sein, sie gebar einen Sohn und eine Tochter. Aber alsbald bevorzugte ihr Mann Georg Ludwig seine langjährige Mätresse. Zu dieser Kränkung kamen noch Missachtung und Beleidigungen am Hof, besonders maliziös war ihre Schwiegermutter: Sophie war und blieb für sie ein Bastard. Ob die alte Herzogin sich für ihr eigenes Schicksal rächte? Einst hatte Sophie Dorotheas Vater um ihre Hand angehalten und sich mit ihr verlobt, aber die Verlobung bald gelöst, stattdessen wurde sie mit seinem jüngeren Bruder Ernst August verheiratet; ein für sie demütigender Brauttausch.

Wie misslich war Sophie Dorotheas Situation am hannoverschen Hof! Die junge Frau suchte Ablenkung und Zerstreuung im Hofleben, bei Konzerten, Soireen, Theateraufführungen, Bällen. Sie war hoch erfreut, als kurz nach der Geburt ihrer Tochter ein junger Mann und alter Bekannter, Philipp Christoph Graf von Königsmarck, in hannoversche Dienste trat und oft an den Veranstaltungen in der Residenz teilnahm. Er war am Hof ihrer Eltern als Page aufgewachsen, und sie mochte ihn. Bei gesellschaftlichen Anlässen unterhielten sie sich gerne und lange. Ja, sie trafen sich immer öfter, auch an geheimen Orten. Ein Doppelleben! Die Zusammenkünfte waren ihre glücklichsten Stunden. Königsmarck war bis zum Wahnsinn in sie verliebt.[370] Welch warme Küsse, welch heiße Umarmungen! Am hannoverschen Hof fiel die enge Beziehung der beiden auf, und die Schwiegermutter begann, ihr anstößiges Verhalten vorzuwerfen. Ihr Ehemann schloss sich dem an, sie behauptete ihre Unschuld, es kam zu einem heftigen Streit zwischen den beiden. Sie wollte sich von ihrem Mann trennen und reiste empört zu ihren Eltern nach Celle. Die wollten nichts von einer Trennung wissen, zumal der Vater die Unterstützung seines Bruders, ihres Schwiegervaters, brauchte. Sie schickten ihre Tochter zurück an den hannoverschen Hof. Abermals wurde Sophie Dorothea ihrer Familie und der Staatsräson geopfert. Ist es gerecht, dass Kinder für die Projekte ihrer Eltern herhalten müssen? Die junge Kurprinzessin wusste, dass sie nach ihrer Rückkehr in Hannover kein gutes Leben mehr haben würde. Aber auf ihre Beziehung zu dem Grafen wollte sie nicht verzichten. Ihre Treffen wurden immer schwieriger und gefährlicher. Einmal schrieb er ihr:

»*Und also lieb ich mein Verderben,*
Und heg' ein Feur in meiner Brust,
An dem ich noch zuletzt muss sterben.
Mein Untergang ist mir bewusst.
Das macht, ich habe lieben wollen,
Was ich doch nur anbeten sollen.«[371]

Beide waren bereit, für ihre Liebe *ins tiefe Elend zu wandern*[372]. Sie verabredeten die gemeinsame Flucht an den sächsischen Hof, wo Königsmarck eine Stellung als General erhalten hatte. Aber ihre Liebesbriefe und ihre Fluchtpläne wurden durch eine Intrige bekannt – und das bedeutete für das hannoverische Kurfürstentum eine Staatsaffäre. Am nächsten Tag war der Graf verschwunden. Niemand wusste etwas von seinem Verbleib. Sophie Dorothea konnte nicht glauben, dass er sich ohne sie abgesetzt hatte, wie manche Hofschranzen behaupteten. Sie wusste, wie grausam der Hof war, sie wusste, dass der Graf getötet worden war, wenn sich das auch niemals nachweisen ließ. Eine tiefe Traurigkeit befiel sie, die sie apathisch machte für die Widrigkeiten, die nun folgten.

Lutz hatte Johannas Geistesabwesenheit nicht bemerkt und schreckte sie auf, als er seine Geschichte mit empörter Stimme fortsetzte: »Die Königsmarck-Affäre wurde Gegenstand der großen Politik … Große Diskussionen bei

Verwandten, Diplomaten, dem einfachen Volk … Nachfrage Ludwigs XIV. … Fahndung Augusts des Starken nach seinem General … Protest des Kurfürsten von Hannover gegen diese Einmischungen … Scheidung der Ehe … ihre Verbannung auf das Schloss Ahlden als »Prinzessin von Ahlden« … ewige Festsetzung dort, kein Wiedersehen mit ihren Kindern … aber ausgestattet mit dem großen Vermögen ihres Vaters.« Lutz Stimme wechselte schnell ins stolze Fach. »Ein Vermögen, das bekanntermaßen unser Großvater Heinrich Sigismund von Bar verwaltete. Welch hohes Ansehen unser Großvater genossen hat! Wie würdig hat er sich dieses Vertrauens erwiesen!«
Die arme Prinzessin! Ihren Liebsten verloren, lebenslänglich eingeschlossen und von den Kindern auf immer getrennt! Die junge Frau hatte keine Mittel, sich gegen die Verbannung zu wehren. Ihre Mutter hatte zwar Besuchsrecht, aber ihrem Vater wurde es verwehrt, selbst als er sterbenskrank war und nach seiner Tochter verlangte. Sie bat ihren Ehemann demutsvoll um Verzeihung für ihren Fehltritt und flehte auf Knien um die Gnade, ihre Kinder einmal sehen zu dürfen. *»Alles, was aus einem Übermaß an Liebe getan wird, muss verzeihlich sein«*[373], sagte sie. Aber ihr wurde nicht verziehen, und die Kinder durften sie nie besuchen. Das Personal auf Schloss Ahlden wurde von dem hannoverschen Hof ausgewählt, und bald war sie nur noch von Feinden umgeben. Allein der Großvater Heinrich Sigismund von Bar wurde ihr ein guter Freund und korrespondierte mit ihr. Viele der Briefe wurden im Archiv von Barenaue aufbewahrt[374], Johanna hatte sie gelesen: es war ein warmherziger Briefwechsel, beide hatten eine große Hochschätzung, ja eine tiefe Zuneigung füreinander. Allein dafür liebte Johanna den Großvater. Er musste ein Mann mit Herzensbildung gewesen sein. Sie hätte ihn gerne gekannt. Die Prinzessin bedachte ihn in ihrem Testament sehr reich; aber er starb einige Jahre vor ihr. Sein Sohn, der Graf Nikolaus Christian, hätte die Aufgaben des Vaters fortführen müssen, aber er vernachlässigte die Verwaltung ihres Vermögens und kümmerte sich kaum darum. Doch das Geld aus ihrem Erbe nahm er gerne an.
Lutz resümierte: »An diesem Beispiel sieht man bestens die Folgen unstandesgemäßer Heiraten. Sophie Dorothea ist die faule Frucht einer solchen Verbindung. Tugend ist nun einmal erblich, sie ist das Attribut des Adels.«
Welch aberwitziger Adelsstolz und welch grenzenloser Hochmut! Sie musste diesem Irrsinn widersprechen, auch wenn sie dabei das letzte Wohlwollen

ihres Bruders riskierte, falls er noch welches für sie hegen sollte: »Tugend ist Verdienst, jeder Mensch kann edel sein. Du selber kennst doch genügend Gegenbeispiele zu deiner Behauptung!«

Er konterte: »Edel und adlig sind verwandte Wörter!«

»Großartig! Wie viele Meinungen hast du eigentlich über die Natur des Adels? Wie du jetzt wieder seine angeborene moralische Überlegenheit verteidigst – und wie du einst über eben diese gespottet hast. Ich denke an den jungen Helden in einer deiner *Erzählungen.*« Nun musste sie doch einmal auf sie zu sprechen kommen! »Erinnere dich: Er kann die bevorstehende Schlacht kaum erwarten und versteckt sich dann, als das Feld in Pulverdampf gehüllt ist, hinter einem dicken Baum – und du kommentierst:

Der Mut bleibt wohl mit Recht des Adels Eigentum,
Den Bürger reizt sein Geld, den Edelmann der Ruhm:
Ihm ist mit der Geburt der Mut ins Blut geschrieben,
Er kann nur große Taten lieben!«[375]

Stundenlang war es ihr gelungen, eine sarkastische Bemerkung zurückzuhalten – nun hatten ihr zwei Minuten Ironie einen Triumph beschert, aber den scheinbaren Frieden für lange Zeit zerstört. Lutz' Augenlider zuckten, sein Gesicht lief rot an, und er sagte mit gepresster Stimme: »Du verstehst nichts. Deine Bemerkung ist wieder einmal die Ausgeburt deines falschen Bewusstseins.« Johanna wusste sofort, dass ihre Teufelei ein Fehler war und dass der Bruder sie dafür noch lange in der Hölle seiner Gemeinheiten schmoren lassen würde.

Sie schüttelte sich und eilte, ohne ihn noch einmal anzusehen, hinauf zur Mutter.

1760

In Erwartung

Zu Beginn des Jahres war es gewiss: sie war schwanger![376] Sie hatte schon seit Wochen die Befürchtung, Mutter zu werden, nun war es sicher. Ihr Körper war ihr fremd geworden. Furchtbar! Die Situation war unumkehrbar. Sie war aussichtslos. Sie war schrecklich. Wenn sie doch nicht mehr aufwachen müsste! Sie schlug mit ihren Fäusten gegen ihre Stirn, um ihre Gedanken zu zertrümmern und die Wirklichkeit zu vernichten. Aber alles Hämmern, alles Flehen zu Gott, alle Tränen, alle Seufzer halfen nichts. Nichts. Es war so! Sie lag nächtelang wach, grübelte und haderte mit sich, mit der Welt, mit Gott, war verzweifelt. Ihre Angst zerriss ihr die Brust. Es war so! Es war grausam. Sie hatte leichtes Fieber. Schließlich weihte sie Wilhelmine Greven ein, die die Verzweiflung ihrer Herrin längst bemerkt und richtig gedeutet hatte. Welchen Trost konnte die Kammerjungfer schon geben, nur das Versprechen, treu zu ihrer Herrin zu halten und sie zu unterstützen. Johanna sprach mit ihrem Liebsten, und es gelang ihr, ein heiteres Gesicht aufzusetzen und zufrieden zu erscheinen, sie wollte ihm nicht seine Zuversicht nehmen. Er ermunterte sie, er freue sich auf ihr gemeinsames Kind, nun seien sie noch enger miteinander verbunden, nun seien sie eine Familie, sie würden einen Weg finden, zusammen zu leben. Jetzt müssten sogar die Eltern ihrer Verheiratung zustimmen. »Nein, sie müssen gar nicht, du kennst sie doch! Bei aller Gottergebenheit – sie werden ihre Vorstellungen durchsetzen, und die haben nichts mit elterlicher Liebe und christlicher Barmherzigkeit zu tun, sondern nur mit ihrem Adelsstolz. Du weißt es.« Wenn sie ein wenig ruhiger war, suchte sie nach Auswegen und machte Pläne. Sie dachte an einen Wohnort in der Schweiz, wo niemand sie kannte. Ihr Geld würde ihnen über den schwierigen Anfang helfen, er würde eine Arbeit finden, sie hatte Erbschaften von ihren kinderlosen Tanten zu erwarten, die Mutter hatte ihr ja in ihrem Testament alles vermacht, was sie in ihre Ehe eingebracht hatte. Sie würden leben können, und sie würden die Familie von Bar zurücklassen und ihre eigene Existenz aufbauen, ganz neu und ganz allein. Sie würden die Gefühle der stolzen Familie schonen und Auseinandersetzungen aus dem Wege gehen. Die Eltern wären sicher mit dieser Lösung einverstanden. Auch

Johann machte Pläne: Er würde sie niemals verlassen, aber sich bald Arbeit bei einem anderen Dienstherren suchen, um schwere Konflikte für alle zu vermeiden. Er würde zunächst bei seinem Vater auf Gut Hellinghausen arbeiten, später vielleicht auf einem der anderen Güter der Familie Niemeyer. Johanna bestärkte ihn in seinen Plänen, um ihn dem Zorn von Vater und Bruder zu entziehen.[377]

Sie suchte Hilfe bei ihren besten Freunden, bei Regina Juliana und Justus Möser. In ihrem Brief ließ sie die herkömmliche *Förmlichkeit* fallen und vertraute sich ihnen offen an, *ohne Gaze und ohne Schleier.*[378] Möser antwortete verständnisvoll und weise, tröstend und zuversichtlich; er war sicher, dass sich eine Lösung in dieser scheinbar ausweglosen Lage finden würde. Es gab zu jedem Problem eine Lösung. Er und seine Frau würden alles tun, um die junge Freundin zu unterstützen. Schließlich gestand sie Lutz unter Tränen ihre Lage. Sie legte ihr Herz und ihr Gewissen in ihre Worte und bat ihn demütig, in dieser Angelegenheit ihr zärtlicher Bruder und Advokat zu sein. Er schien berührt von ihrem Zustand und ihrem Kummer und versprach ihr jede mögliche Hilfe. Wahrscheinlich würde sie seine Unterstützung durch eine merkliche Minderung ihres Erbes bezahlen müssen. Ihre Eltern informierte sie einzeln. Sie sagte ihnen, dass sie an Johann Conrad Meier durch einen schriftlichen Ehevertrag und ein eidliches Eheversprechen gebunden sei, dass sie ihn liebe und immer lieben werde und dass sie ihre Beziehung nun legalisieren wolle. Und dass sie, um jedermanns Gefühle zu schonen, weit weg ziehen werde, vielleicht in die Schweiz. Die Mutter war mit den Plänen einverstanden, sie war ruhig und zufrieden, und, Gott sei Dank, ging es ihr so gut wie seit zwei, drei Jahren nicht mehr.

Allerdings war der berühmte Verfasser der »Epîtres diverses« kein zärtlicher Vater, sondern ein scharfer Kritiker, dessen zornige Worte nach starkem Bier und Rotwein rochen. Lutz schien die versprochene Unterstützung vergessen zu haben. Beide stellten sie einmal in der Bibliothek und erhoben ihre Forderungen. Sie überboten sich geradezu an Zumutungen.

Regina J. E. Brouning (verheiratete Möser), Kopie von Theodor Döbner nach einem Gemälde um 1755 (verschollen)

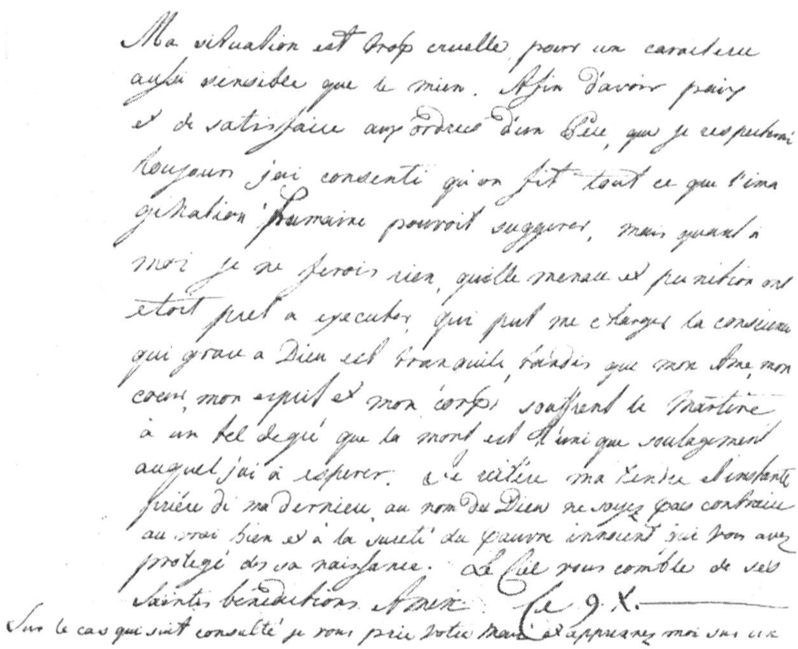
Ma situation est trop cruelle pour un caractere
aussi sensible que le mien. Afin d'avoir paix
et de satisfaire aux ordres d'un Pere, que je respectoi
toujours j'ai consenti qu'on fit tout ce que l'ima
gination humaine pouroit suggerer, mais quand a
moi je ne ferois rien, quelle menace et punition on
etoit pret a executer, qui peut me charger la conscience
qui grace a Dieu est tranquille, tandis que mon Ame, mon
coeur, mon esprit et mon corps souffrent le martire
à un tel degré que la mort est le vrai que soulagement
auquel j'ai à esperer. Je reitere ma tendre et constante
priere de ma derniere, au nom de Dieu ne soyez pas contraire
au vrai bien et à la sureté du pauvre innocent qui vous avez
protegé des sa naissance. Le Ciel vous comble de ses
saintes benedictions Amen. le 9. X.
Sur le cas qui suit consulté je vous prie votre mari et appuyez moi sur ce

Johanna Friederike von Bar an Regina Juliana Elisabeth Möser.

Der Vater eröffnete die Beschimpfungen mit lauter Stimme: »Du denkst doch nicht etwa, du könntest mit deinem Galan und deiner Ausgeburt hier leben, vielleicht auch noch von unserem Geld. Dann wärest du vollkommen verblendet.«

»Und auch nicht an einem anderen fernen Ort, gleichsam anonym. Du bildest dir ein, du könntest einen besonderen Weg gehen, den sonst niemand geht! Du bist hochmütig und tollkühn.«

»Das Mindeste, was du der Familie schuldig bist, ist Rücksicht auf unseren Ruf und unsere Ehre. Das können wir von dir erwarten. Das befehle ich dir! Eine Ehe mit dem Kindsvater kommt auf keinen Fall in Frage, wenn du das je geplant haben solltest.«

»Völlig undenkbar«, unterstützte Lutz den Vater. »Das wäre eine schändliche Verbindung, blamabel, peinlich, um nicht zu sagen: vernichtend für dich – und für uns! Außerdem: Es ist dir ja klar, dass dein Bastard nicht den geringsten Erbanspruch hat.«

»Ich verlange, dass die Schwangerschaft geheim gehalten wird, auch hier im Schloss darf niemand etwas davon erfahren. Kein Mensch! Das Kind kommt auf keinen Fall hier auf Barenaue zur Welt. Es wird hier nie willkommen sein. Genauer gesagt: Es darf niemals unsere Familienbesitzungen betreten. Es gehört nicht zu unserer Familie!« Der Vater wurde immer lauter. »Der Kindsvater, diese Kanaille, muss sich um das Balg kümmern. Er soll es wagen, noch einmal unter unsere Augen zu treten! Ich möchte ihn nie wieder sehen!«

Lutz blieb ruhig und genoss jedes seiner Worte. »Noch besser: Ich werde dafür sorgen, dass das Kind von fremden Leuten aufgezogen wird, die nichts von seiner Herkunft wissen. Aber wir verschwenden hier unsere Zeit mit ungelegten Eiern. Wer weiß denn, ob das Kind überhaupt die Geburt überleben wird. Sein Tod würde viele Probleme lösen.«

Sie erstarrte und ihre bemühte Freundlichkeit gefror. Der Vater stand auf, und sie musste hochblicken. Eine Alkoholfahne schlug ihr entgegen.

»Und hier stehst du und lächelst und spielst die liebe Tochter. Denkst du, wir machen dieses Spiel mit? Wir sind normale Menschen. Aber dein ganzes Denken ist reine Phantasterei! Absurd und anomal! Du beleidigst uns und verrätst alle unseren guten Grundsätze!«

Solche Beschimpfungen, schrieb sie an Möser, »*versenken mich wieder in eine Trostlosigkeit, in der ich nur ständig stöhne, und das im tiefsten Winkel meines Herzens; denn ich sehe zu allen Seiten nichts als Abgründe und ausweglose Schluchten. Es gibt keine Lektüre, die meine Aufmerksamkeit noch fesseln, und noch weniger, die sich auf meine Situation beziehen könnte … Ich arbeite und finde Trost nur in Gedanken, die einen Sturzbach von Tränen losreißen; ich beklage mich in meiner Traurigkeit, und das, glaube ich, allein um mit meinem Kummer die Beleidigungen und Vorwürfe auszulöschen, die man mir mit Recht machen könnte. Sie, mein Herr, dessen Seele die Natur mit einer vierfachen Portion Nachsicht begabt hat, Sie sind der wahre Freund, der Sie mich mit Ihrem Mitgefühl ebenso trösten wie mit allem, was Ihr Geist mir zu Linderung meines Kummers vorschlagen kann. Je lebendiger dieser Gedanke wird, umso*

mehr denke ich, dass ich nicht untröstlich sein muss wegen all dessen, was mir noch in dieser Welt bleibt.«[379]
Manchmal allerdings ließ der Vater sie seine zärtliche Liebe, die sich nicht ganz unterdrücken ließ, spüren. Er verfügte testamentarisch, dass sie nach seinem Tod alle seine französischen Bücher erben sollte, während er seine lateinischen und deutschen Bücher seinem Sohn vermachte.[380] Einmal träumte sie, er nehme sie in seine Arme und sagte: »Es wird alles gut.«

Johanna begann zu ordnen: ihr Zimmer, ihre Bibliothek, Briefe, die sie erhalten hatte, ihre Papiere. Dann ordnete sie Vaters Bibliothek. Dann seine Manuskripte: seine veröffentlichten und seine unveröffentlichten Gedichte, seine vielen Listen, Listen von Dichtern, die nicht arm waren, von geistlichen Dichtern, von Fabeln. Der Vater war ein großer Sammler, aber er hasste es, seine Schätze zu sortieren. Sie kopierte seine Vierzeiler, die er auf die Titelblätter seiner Bücher geschrieben hatte, quasi kleine Kritiken, Leseeindrücke.[381] Sie fertigte ein Inventar des Fideikommisses, des Familienbesitzes, an bis auf den geringsten Schemel, um für die Familie eine Übersicht zu schaffen.[382] Aber all das Ordnen half nichts.
In besseren Stunden versuchte sie, für ihre Zukunft vorzusorgen. Sie forderte ausstehendes Geld ein, wenn auch vergeblich. Sie ließ sich von Möser über einen günstigen Wechselkurs beraten[383], um ihr Geld zu vermehren. Sie griff bei günstigen Gelegenheiten zu, um Notwendiges für ihren künftigen Hausstand zu erwerben.
Dann war sie wieder gefordert. Der Kampf um die Eichen ging weiter. Der Graf ließ noch immer die schönsten Bäume fällen.[384] Er spottete über die Justiz und glaubte, sie werde ihm nichts anhaben, zumal sie trotz eines Urteils bisher nicht gegen sein widerrechtliches Handeln eingeschritten war. In Barenaue fand der Graf keinen Holzfäller mehr, der gewagt hätte, Bäume zu schlagen, denn Johanna drohte in dem Fall mit ihrem Gewehr – einem Gewehr, dass sie mit Dragees geladen hatte. Aber in Astrup wütete sein Despotismus. Sie wollte die Gerichte gegen diese ständigen Verletzungen des Rechts und die Zerstörung des Landes anrufen, wenn Möser, den sie anfragte, Aussicht auf Erfolg sähe.

Seit Johanna ihrer Familie die Schwangerschaft mitgeteilt hatte, suchte ihr Liebster das Gespräch mit den Eltern, aber sie ließen ihn gar nicht vor. Nur einmal brauchte der Vater ihn: er setzte ihn unter Druck und pumpte ihn, seinen Verwalter, den verhassten Urheber eines verhassten Enkels, an, um die Weinrechnungen zu zahlen. Dem Schuldschein von 400 Reichsthalern zischte er noch einige Verfluchungen hinterher. Danach ging Johann der Familie aus dem Weg, er aß nicht mehr am Familientisch, er holte sich seine Instruktionen und lieferte seine Berichte ab, wenn die Bars in ihren Privaträumen oder auf Reisen waren. Nach dem letzten Hassausbruch von Lutz begann Johanna um das Leben ihres Liebsten zu fürchten. Manch ein Liebhaber war verschwunden, wenn er in der Familie der Verehrten unerwünscht war, – verschwunden auf Nimmerwiedersehen. Sie dachte an Königsmarck. Es wäre am besten, Johann würde so schnell wie möglich abreisen. Er brauche sich keine Sorge um sie zu machen, sie habe den Rückhalt der Familie Möser, sie werde ihm so oft wie möglich schreiben, und er solle das auch tun. Johann zögerte, sie in dieser furchtbaren Situation zu verlassen. Aber schließlich fügte er sich ihrem Wunsch: Sie könne die Lage doch besser einschätzen als er. Er konnte seine Kündigung auch gut begründen: Er wolle nicht länger Komplize des Grafen sein und rechtswidrig Eichen fällen lassen; darum kündige er seine Anstellung hier. Seiner Liebsten gab er die Schuldverschreibung ihres Vaters, so hatte sie für den Notfall noch eine Rücklage.

Möser und seine Frau hatten ihr Zuflucht in ihrem Haus in Osnabrück angeboten, in diesem Schutzraum konnte sie ihr Kind zur Welt bringen. Mitte Juli[385] reiste sie mit Wilhelmine in einer geschlossenen Kutsche von Barenaue ab. Die Mutter weinte und fühlte sich so elend, dass sie ihre Tochter nicht zur Kutsche begleiten konnte. Der Vater war längst nach Hamburg abgereist[386], die Geburt seines illegitimen und unstandesgemäßen Enkelkindes hatte nichts mit ihm zu tun. Seinen Freunden erzählte er, dass er das Erscheinen seines neuen Werkes in Hamburg erwartete, der »Babioles littéraires et critiques en prose et en vers«[387], der »Literarischen und kritischen Kleinigkeiten in Prosa und Vers«. Johanna hatte ihm bei der Vorbereitung dieses Bandes geholfen, sie hatte mit ihm das Material gesammelt und zusammengestellt. Es waren verstreute kleine Aufsätze zur Literatur und

Philosophie sowie zahllose, auch ältere Vierzeiler zu den vielen Büchern, die er in den letzten Jahren gelesen hatte. Er hatte sich immer auf sie verlassen können. Wie diese Erinnerung schmerzte!
Mösers waren die einzigen Ankerpunkte, die ihr noch geblieben waren. Wie dankbar war sie dafür, und wie geborgen war sie in ihrem Haus. Es war ihr vertraut, hatten doch die Mösers das Hünnefeldsche Stadthaus gemietet, in dem sie ihre Kindheit verlebt hatte[388]. Aber oft überfiel sie eine große Traurigkeit. Manchmal fühlte sie sich krank. Die Geburt rückte näher, Tag für Tag. Ihre Angst vor der Geburt wuchs. Wie viele junge Frauen hatten sie nicht überlebt! Vielleicht war der Tod die Erlösung aus ihrer schlimmen Lage. Einmal holte sie sich die »Hinterlassenen Werke von Margarete Klopstock« hervor. In ihrer Hamburger Zeit hatte sie das junge Mädchen kennen gelernt und seitdem ihr Schicksal verfolgt: ihre Verheiratung mit Klopstock und ihren frühen Tod. Im vorigen Jahr hatte sie voller Mitgefühl die empfindsame Korrespondenz des Dichters mit seiner Frau gelesen.[389] Sein Brief über Margaretes Tod bei der Geburt ihres Kindes hatte ihr das *Herz zerrissen.* Klopstock hatte den Brief eine Woche nach Margaretes Tod an seinen Freund Cramer geschrieben: » … *Vom Freitage bis Dienstagnachmittag gegen viere haben ihre Leiden gedauert; am stärksten aber sind sie vom Montagabend um acht Uhr gewesen … Da ich an ihrem Leben zu zweifeln anfing … da sagte ich ihr von Zeit zu Zeit etwas von Gott ins Ohr, doch so, dass ich ihr nicht merken ließ, dass ich an ihrem Leben zweifelte … der Allerbarmherzigste ist mit dir! Ich sah, wie sehr sie es fühlte. Vielleicht vermutete sie izt, dass ich dafür hielte, dass sie sterben würde. Ich sah dies an ihrer Miene …* Sie wurde zur Ader gelassen. *So sah ich ihr Gesicht nach vielen Stunden das erste Mal wieder deutlich. Ach, mein C., die Farbe des Todes war darauf! Aber der Gott, der so mächtig mit ihr war, stärkte auch mich bei diesem Anblicke.* Eine zeitlang ging es ihr besser, aber dann verschlechterte sich ihr Zustand, eine Operation war unausweichlich … *Ich halte dir mein gegebenes Versprechen, meine Meta, und sage dir, dass dein Leben wegen deiner großen Schwäche in Gefahr ist. ›Kann ich in der Operation sterben?‹ – Du kannst in der Operation sterben; aber ich fürchte deine Schwäche noch viel mehr, an der du hernach sterben kannst … Nun, der Wille desjenigen, der dir unaussprechlich hilft, geschehe! … ›Er mache, wie Er es will, sagte sie, und Er wird es gut machen!‹ Dies letzte sprach sie mit einem besonders starken Tone der Freude und der Zuversicht aus.*

Du hast wie ein Engel ausgehalten! Gott ist mit dir gewesen! ... Nach einigen schmerzhaften Empfindungen in ihrem Gesichte ist ihr Gesicht wieder ganz heiter geworden, und so ist Sie gestorben![390] Johanna weinte lange, als sie diese Stelle gelesen hatte. Ja, sie fürchtete sich. Sie fürchtete die Schmerzen, und sie fürchtete den Abschied von Johann, der alleine zurückbleiben würde. Und das Kind? Wenn nur ihr Gottvertrauen sie nicht verlassen würde!

Das Elend des Krieges

Der Krieg zog sich hin. Vom Westen drangen die Franzosen vorwärts, vor allem in Hessen-Kassel, während Osnabrück weiterhin unter hannoverscher Besetzung blieb. In Schlesien fielen immer wieder die österreichischen Truppen ein und eroberten wichtige Festungen. Friedrich II. versuchte vergeblich, Dresden zurückzuerobern. Was die Bewohner dabei erlitten und wie die Stadt, diese Schöne, zerstört wurde, erschütterte jeden, der davon hörte. Johanna konnte darüber ihr eigenes Elend vergessen. Mitte Juli, als die Belagerung begann, war sie bereits im Möserschen Haus. Frau Möser versuchte vergeblich, die Nachrichten über den Kampf um Dresden von Johanna fernzuhalten. Als sie von den Schrecken und dem Leid las, weinte sie und konnte sich lange nicht beruhigen.
Mitte Juli hatte sich Friedrich II. nach Dresden gewendet, um die von den Österreichern besetzte Residenzstadt zu belagern.[391] Diese war als Festung unbedeutend, sie war nur von schmalen Gräben umgeben, der Neustadt fehlte Mauerwerk, und einige Erdwälle mit Palisaden schützten sie völlig unzureichend. Friedrich ließ die Stadt angreifen und hoffte auf schnelle Kapitulation. Aber der Kommandant von Dresden lehnte ab, und die Preußen begannen die Stadt zu beschießen. Die Schüsse, zunächst aus kleineren Kanonen, später aus schwerem Geschütz, richteten die Preußen gleich anfangs auf die Stadt und nicht auf die Wälle, um die Österreicher schneller zum Einlenken zu zwingen. Aber der Kommandant ließ sich nicht beirren, zumal den Preußen die vollständige Umzingelung nicht gelungen war und die Österreicher ständig Verstärkung von außen erhielten. Bomben lösten Brände aus, die anfangs noch gelöscht werden konnten. Später schlugen sie

unaufhörlich in der Altstadt ein. *Die Einwohner klagten erbärmlich, und wussten nicht, wo sie sich in der Angst hinwenden sollten. In den Häusern waren sie in Gefahr, zerschmettert zu werden, zu verbrennen oder zu ersticken, und auf den Straßen droheten die umherfliegenden Kugeln ihnen auch den Tod. Dergleichen Unglücksfälle geschahen fast stündlich, so dass man sich nur notgedrungen aus den Häusern wagte. Die Vorstadt vor dem Wilsdruffer Tore, die bei der vorigen Belagerung verschont geblieben war, wurde jetzt von den Preußen in Flammen gesetzt, um den Wällen desto näher zu sein. Das Feuer wütete nun entsetzlich in und außer der Stadt; viele der vornehmsten Straßen brannten von einem Ende zum andern. Prächtige Paläste, die jede Stadt Europens würden geziert haben, wurden ein Raub der Flammen. Wo man hinblickte, stürzten Häuser von vielen Stockwerken ein, die Sitze der Industrie und des Wohlstandes. Oft wurden die armen Einwohner unter dem Schutt begraben, oder sie flohen und ließen alles im Stich.*

Was dies Elend noch vermehrte, war das Betragen der österreichischen Besatzung, deren Raubgier den unglücklichen Dresdnern mehr Schaden als Bomben und Flammen tat. Eine Menge Keller und unterirdische Gewölbe in dieser Residenz waren bombenfest. Hierher brachten viele hundert Familien alles, was sie nur Kostbares hatten. Die Zugänge und Öffnungen wurden sorgfältig verrammelt, mit großen Schlössern versehn, oder vermauert, und nun gaben diese bedrängten Einwohner das übrige preis. Sie retteten sich auf die nahe liegenden Weinberge oder in die benachbarten Städte und Dörfer. Umsonst war ihre Vorsicht und vergebens ihre Erwartung, den besten Rest ihres Eigentums wiederzusehen. Ihre Bundesgenossen, die Österreicher, erbrachen diese bombenfesten vermauerten Keller und raubten alles. Jede noch so künstlich verwahrte Öffnung wussten sie auszuspähen. Viele dieser Bösewichter wurden hingerichtet, allein es half nichts. So schlecht war die Mannszucht und so wild das Betragen in einer Stadt, die man beschützen wollte …

Das Bombardement wurde indessen immer fortgesetzt. Eine Anzahl Bomben fiel auf die Kreuzkirche, eine der ältesten und schönsten Kirchen in Sachsen. Der festgebaute Turm tat langen Widerstand, endlich aber drangen die Eisenmassen ein, zerschmetterten das Dach der Kirche und zerstörten das Innere des Gebäudes so wie die umliegenden Häuser. Die wütenden Flammen vollendeten das Werk. Auf diesem Turm standen einige Kanonen, die man zu Folge eines alten Gebrauchs an Feiertagen abfeuerte. Man war so unvorsichtig gewesen, sich dersel-

ben auch jetzt bei der Belagerung gegen die Feinde zu bedienen; obgleich nur einige Male und ohne Wirkung, mehr zum Versuch als planmäßig. Diese wenigen von den Belagerern sowie von den Einwohnern kaum bemerkten Schüsse waren jedoch entscheidend, weil nun die Preußen die Kirche wie eine Batterie betrachteten, die man zerstören müsse. Da gefühllose Verheerung ohne weitere Rücksicht nun einmal die Losung war und keine Befehle zur Schonung der andern Kirchen gegeben wurden, so fuhr man mit diesem grausamen Geschäfte fort und nahm die emporragenden Gebäude besonders zum Augenmerk; da denn auch der gewölbte prächtige Turm der Frauenkirche den Bombardierern oft zum Ziel diente; allein die Bomben prallten immer von der Kuppel ab und verursachten bloß Risse.

Die persönliche Rettung war jedoch die Hauptangelegenheit der unglücklichen Einwohner aller Stände. Die häufigen Nachrichten von ganzen Familien, die unter den Trümmern ihrer Wohnungen elendiglich umkamen, und die Hungersnot, die sich einstellte, setzte alles in Bewegung … Die Landstraßen wimmelten von Menschen. Greise und Matronen, durch Alter und Schwachheit zu Boden gedrückt, krochen an ihren Stäben fort oder lehnten sich auf den Arm ihrer Söhne und Töchter, die große Bündel trugen. Mütter, von ihrer Kindheit an mit allen Gemächlichkeiten des Lebens vertraut, wanderten zu Fuße, mit ihren Säuglingen an der Brust, und seufzten zum Himmel. Erwachsene Kinder weinten, und kleine schrien. Viele dieser Flüchtlinge fanden eine Linderung ihres Unglücks im Gebet und beteten laut. Einer tröstete den anderen. Der Anblick der rauchenden Stadt aber, der nagende Hunger und der Prospekt eines künftigen Elends machten jedoch diesen Trost sehr unwirksam. Da es an Pferden mangelte, schleppten viele an Wohlstand und Überfluss gewöhnte Personen ihre geretteten Habseligkeiten selbst auf dem Rücken fort. Man sah wohlgebildete reizende Frauenzimmer, die in dieser Residenz so häufig sind, von feinen Sitten und zarter Leibesbeschaffenheit, wie die Lasttiere bepackt. Die Schwächlichen und Kranken dieses Geschlechts wurden von ihren männlichen Freunden auf Schubkarren gefahren. Alle angenommenen Begriffe von Anstand und Schicklichkeit, alle kleinen Vorurteile der höheren Volksklassen von Ehre und Schande, alle Regeln der Höflichkeit und Galanterie hörten in diesen schröcklichen Stunden auf; alle Verhältnisse des bürgerlichen Lebens wurden geschwächt oder aufgelöst.

Die Belagerten waren im Überfluss mit Artillerie versehn, die auch wohl bedient wurde; allein sie konnten das Feuer der Preußen nicht zum Schweigen bringen, da diese ihre Bomben-Batterien hinter Schutthaufen abgebrannter Häuser aufgeführt hatten. Den 19ten Julius, an einem einzigen Tage, wurden über 1400 Bomben und Kugeln in die Stadt geschleudert; es brannte in allen Winkeln. An kein Löschen wurde mehr gedacht; auch war es nicht möglich, da die Belagerer das den Einwohnern so nötige Röhrwasser abgeschnitten hatten …

Die tagelange Belagerung und Beschießung der Stadt konnte den Widerstand der Belagerten nicht brechen. Als dann ein österreichisches Heer heranzog, um die Besetzer anzugreifen, mussten diese, die ohnehin zahlenmäßig weit unterlegen waren und inzwischen auch viele Verluste an Personen und Pferden erlitten hatten, sich zurückziehen. Allmählich kehrten die geflohenen Bewohner Dresdens zurück, viele von ihnen hungrig und krank, um dann vor den Trümmern ihres Hauses, ihrer Wohnung zu stehen.

Ein neues Leben

Wenn die Historikerin wenig oder gar nichts über die Vorgänge weiß, erhält die Kammerjungfer das Wort. Denn Kammermädchen wussten doch schon immer am besten Bescheid. Also: Wilhelmine Greven erzählt.

Nun waren sie, das gnädige Fräulein und sie selbst, an das Ende ihrer Reise gekommen. Was sie nicht alles erlebt hatten, und wie weit sie herumgekommen waren! Es war ihr ganz wirr im Kopf! Sie musste die Ereignisse einmal ordnen. Am 9. Juli hatte die Reise begonnen, sie beide waren von Barenaue abgefahren, beim Gesinde hatte sie erfolgreich die Mär von einer Badereise verbreitet, das Fräulein war so erholungsbedürftig! Eine Kur hätte ihr[392] tatsächlich gut getan. Sie war so elend, wie oft hatte sie in der letzten Zeit geweint, was hatte sich die Arme alles anhören müssen! Der junge gnädige Herr hatte sie niederträchtig behandelt. Dieser launische, unzufriedene, herrschsüchtige Mensch! Sie ging ihm, wenn nur irgend möglich, aus dem Weg. Der alte gnädige Herr war manchmal ganz lieb zum Fräulein, dann aber wieder so unbarmherzig, je nach Laune. Zwar versuchte sie, ihre Herrin aufzurichten. Ihre Bemühungen waren jedoch recht hilflos. Sie wusste es. Welchen Trost konnte sie schon anbieten? Das Fräulein war so allein und die Situation ohne Ausweg. Was sollte sie dem Fräulein schon sagen? Dass sie sich auf das kleine Wesen freuen sollte? Unvorstellbar für das Fräulein. Es gab Momente, in denen sie fürchtete, die Herrin werde noch den Verstand verlieren. O, das alles hatte dieses gute und liebenswerte Fräulein nicht verdient, überhaupt nicht verdient. Einige Male musste sie weinen, dabei war sie gar nicht so nah am Wasser gebaut. Aber meist gelang es ihr, eine zuversichtliche Miene zu zeigen und die Stimmung durch kleine Aufmerksamkeiten aufzuheitern. »Hören Sie die Amsel vor Ihrem Fenster, Fräulein!« »Kommen Sie in den Hof, ein Eichhörnchen hat sich in der Eiche eingenistet, vielleicht hat es bald Junge!« O, das war wahrscheinlich eine unpassende Bemerkung! Einmal brachte sie ihr einen bunten Wiesenstrauß von einem kurzen Spaziergang mit, und das Fräulein lächelte unter Tränen.

Sie fuhren zu Mösers nach Osnabrück, wo man sie herzlich empfing.[393] Sie war schon öfters in diesem behaglichen Haus gewesen, nun durfte sie hier wohnen. Mösers hatten es von der Familie von dem Bussche-Hünnefeld gemietet. Wie schön es war, mit den drei Arkaden an der Straßenseite. Freundliche Räume, viele Bücher, schöne gepflegte Möbel, sogar ein Sofa und mehrere Sessel! Ein feiner frischer Duft lag im Haus. Wie ruhig und friedlich es hier war! Niemand stritt, niemand brüllte, niemand weinte, niemand klagte, niemand war launisch, niemand war herrisch, niemand war betrunken. Ihre kleine Kammer lag neben dem Zimmer des Fräuleins, so dass sie schnell bei ihr war, wenn sie sie brauchte. Sie kümmerte sich um die Garderobe, um die Wäsche, sie half den Mädchen im Haus. Das alles hätte ihr viel Spaß gemacht, wenn nur ihre Sorge um das Fräulein nicht so groß gewesen wäre. Ja, eigentlich hatte sie auch manchmal Spaß, das musste sie gestehen, die Mädchen hier hatten es gut und waren lustig, und der Hausknecht war stattlich und sehr, sehr freundlich zu ihr.

Frau Möser war um das Fräulein so besorgt wie um eine jüngere Schwester. Sie, Wilhelmine, war froh, die Bürde auf ihren eigenen Schultern wurde leichter. Das gnädige Fräulein war nun sehr tapfer und sah voller Gottvertrauen der Entbindung entgegen; aber manchmal verzagte sie doch, die Arme! O, das liebe Fräulein, wenn sie nur ihre schwere Stunde endlich hinter sich hätte, wenn sie sie nur überlebte! An einen anderen Ausgang wollte sie

gar nicht denken, am Ende dachte sie noch den Tod herbei. Sie versuchte, sie immer wieder aufzumuntern, aber Frau Möser konnte das viel besser. Sie war eine erfahrene Frau und Mutter, sie hatte bereits zwei Kinder, Jeanette und den kleinen Justus; was waren das für liebe Kinder! Sie brachten manchmal sogar das Fräulein zum Schmunzeln. Bisweilen sah Dr. Brouning, der Bruder von Frau Möser, nach dem Fräulein, ansonsten hatte die Hausherrin dafür gesorgt, dass nur wenige Besucher vorbeikamen. Der Herr Möser war viel unterwegs, er war ein gefragter Mann in diesen Kriegszeiten.
Einmal hörte sie ein Gespräch des Fräuleins mit Frau Möser im Nebenzimmer. Das Fräulein bat sie, sich des Kindes anzunehmen, sollte sie die Geburt nicht überleben. Frau Möser sagte es ihr zu und beruhigte sie. Wie warmherzig sie war! Auch bat das Fräulein, Möser möge in diesem bösen Fall Herrn Meier juristisch vertreten, denn er sei in solchen Fragen so unerfahren. Sie habe ihn in ihrem Testament mit einer größeren Summe bedacht; ihre Familie werde sie ihm sicher streitig machen und ihm vielleicht auch noch manchen anderen Tort antun. Vielleicht wäre ihr Tod das Beste für ihre Familie, vielleicht lösten sich damit alle Probleme, für alle. Das Fräulein schluchzte, und auch Frau Möser war gerührt und redete ihr Zuversicht und Mut zu. Sie, Wilhelmine, musste weinen.

Am 2. August wurde der Sohn des Fräuleins geboren.[394] Sie war das erste Mal Zeuge einer Geburt – wie doch Frauen leiden müssen! Aber das Fräulein litt nicht lange, die Geburt ging schnell. Danach ließ ihre Anspannung nach, und erst dann merkte sie, wie sehr sie um das Leben ihrer Herrin gebangt hatte. Die junge Mutter war glücklich über das kleine Wesen, sie herzte und küsste es, wenn immer es ihr gebracht wurde. Sie, Wilhelmine, hatte nicht erwartet, dass das Fräulein ihr Kind so lieben könnte und so sehr Mutter sein würde. Der Vater wurde benachrichtigt und kam so schnell, wie er konnte. Sein Bruder Friedrich Wilhelm begleitete ihn. Sie war erstaunt, als sie ihn sah. Er sah zwar fast so gut wie sein Bruder aus, aber er hatte offensichtlich nicht dessen Erziehung genossen. Wäre er nur *in geschickte Hände geraten, um ihn zu hobeln!*[395] Aber er schien ein treuer, zuverlässiger und anhänglicher Bruder zu sein. Herr Meier war feiner. Er hatte etwas Vornehmes an sich, obwohl er doch nur aus einer Verwalterfamilie stammte. Sie hatte ihn immer gemocht, anfangs hatte ihr Herz schneller geschlagen, wenn er sie ansprach. Er war sehr männlich. Sie hatte sich gefreut, als er ihr damals den Stoff für ein neues Kleid schenkte und sie mit auf die Hochzeit des Rentmeisters nahm. Das Fräulein schien es ihr zu verübeln. Aber was dachte denn das Fräulein? Hätte sie denn zur Hochzeit gehen können nach all dem Ärger mit dem Rentmeister? Und Herr Meier wollte dort nicht alleine erscheinen. Bei dem Fest war er sehr freundlich und höflich gewesen. Er war ein ernsthafter Mensch, ein bisschen zu ernst für sie. Sie scherzte und neckte so gerne; auf der Hochzeit hatte sie mit anderen Gästen mehr Spaß als mit Meier. Es gab fröhlichere charmante Männer als der Geliebte ihrer Herrin. Ja, als sie begriff, dass es dem Fräulein ernst mit ihm war, wusste sie, wo ihr Platz war.

Der Herr schien auch sehr glücklich über das Kind zu sein. Es erhielt den Namen Fridericus Justus. Den ersten Namen verdankte der Kleine wohl dem Bruder des Herrn, bei dem zweiten Namen war sie sich nicht so sicher. Das Fräulein hatte öfter von ihrem älteren, verstorbenen Bruder Jobst gesprochen, der auch Justus gerufen wurde.[396] Dann wieder hatte sie ihre holländische Verwandtschaft erwähnt, in der der Name Joost verbreitet war. Aber ihr schien doch, dass das Fräulein ihrem Freund und Wohltäter Justus Möser Dank sagen wollte[397] und sich für ihr Kind eine solche Natur wünschte, wie sie der Herr besaß. Sein Name bringt Glück. Das sagte sie einmal.

Frau Möser hatte eine tüchtige Amme gefunden, die auch der jungen Mutter zusagte. Als das Fräulein sich erholt hatte und wieder reisen konnte, fuhren sie nach Hellinghausen,[398] der Heimat von Herrn Meier. Auf der Domäne arbeitete der Vater seit vielen Jahren, und seit kurzem unterstützten ihn der Herr und sein Bruder. Sie wohnten in dem großen Gutshaus, einem älteren, aber stattlichen Fachwerkbau, umgeben von zahlreichen Wirtschaftsgebäuden in gleicher Bauweise.[399] Hier ging es ganz anders zu als bei den Mösers. Alles war zwar reinlich und wohl geordnet, die Räume im Gutshaus waren groß, aber die Sparsamkeit schaute aus jeder Ritze hervor. Soviel Kargheit kannte sie aus dem Häuschen ihrer Eltern, das allerdings viel kleiner war. Dem Fräulein war wohl ein wenig bange bei ihren neuen Verwandten. Sie passte nicht hierher. Aus vielen Gründen. Sie war wie ein Windspiel unter Terriern. Aber sie mochte nicht über die Leutchen spotten, sie waren freundlich, rechtschaffen und wacker. Einmal fragte das Fräulein sie unter vier Augen: »Was denken Herrn Meiers Eltern über mich? Hast du gehört, wie sie über unsere Verbindung sprechen? Was halten sie von mir, dem adligen Fräulein, und was von dem Kind?« Nein, sie hatte nichts gehört, aber sie konnte schon sehen, dass die Mutter ihrer Schwiegertochter – Schwiegertochter? – sehr entgegenkam, der Vater aber zurückhaltend blieb.[400] Das war gewiss: beide hatten große Freude an dem kleinen Enkel und herzten und küssten ihn. Er war doch ihr Enkel, ihr erster Enkel! Das Fräulein wollte für seinen Unterhalt aufkommen, aber die Großeltern wollten für die Kleidung des Kleinen sorgen.[401] Das wollten sie sich nicht nehmen lassen.

Sie, Wilhelmine, war dann doch froh, als sie mit der jungen Familie und der Amme wieder abreisen durfte. Die ältere Schwester von Herrn Meier hatte sich bereit erklärt, das Kind aufzunehmen und auf Kosten des Fräuleins zu pflegen. Sie war mit Georg Adam Wuth verheiratet, dem Küster von St. Aegidien in Hannover.[402] Also fuhr die Reisegesellschaft in die Hauptstadt. Was würde sie nun dort erwarten? Die Familie Wuth wohnte in dem Küsterhaus bei der Kirche, nicht unbequem, aber doch ein wenig eng. Zumal auch seine Mutter im Haushalt lebte, die alles über Kinderpflege und Erziehung und auch sonst alles zu wissen schien. Jedenfalls gab sie ständig Ratschläge. Die Amme hörte sich das verwundert an, schwieg aber diplomatisch. Hoffentlich kam sie mit der Familie zurecht! – Überhaupt wurde viel und laut in diesem Haus gesprochen. Der Herr des Hauses führte das ganz große Wort. Er war stolz auf seine gymnasiale Ausbildung in Eisenach, unterrichtete Kinder in Mathematik und versah die Küsterdienste in seiner Kirche. An einem Abend unterhielt er die Gäste mit einer sehr merkwürdigen Geschichte, der Geschichte seines Scheintods.

»*Ich war ein Knabe von etwa neun Jahren, schwerlich krank, und lag in meiner Eltern Stube. Mein Geburtsort war Bischofsrode, eisenachischer Hoheit, und stand unter der Gerichtsbarkeit des erfurtischen Klosters. Dem Probst dieses Klosters, Herrn Müller, war vom Kloster die Pflege dieses Dorfes aufgetragen, und er wohnte auf dem Schlosse des adligen Hauses. Von ihm wurde meinen Eltern ein Gläschen Medizin geschickt, welche rot aussah. Nachdem ich die hallesche Medizin kennen gelernt, habe ich es für hallischen Lebensbalsam gehalten. Da ich etwa zwei oder dreimal davon eingenommen, starb ich, und war in den Augen meiner Eltern tot; da ich mir indes meiner selbst bewusst war und auch alles, was um mich her vorging, beobachtete und vernahm. Ich hörte das laute Weinen und Jammern meiner Mutter und Geschwister, hörte, wie man vom Rufen der Totenfrau sprach, wie es einer von meinen Schwestern aufgetragen wurde, sie zu rufen, und wie die älteste dagegen die Einwendung machte, dass die alte Catharine ja eine Hexe sei.*

Indessen entschloss man sich doch endlich, sie kommen zu lassen; und noch ist's mir, wenn ich an jenen Vorfall denke, als sähe ich diese große breitschultrige, den Kopf mit einem Tuch umwundene Catharine zu mir kommen und mit einstimmen in das bei ihrer Ankunft lauter werdende Weinen und Schluchzen. Ich sah, wie mein Vater das Stroh zu meinem Totenlager bei meinem Bette vorbei in die Kammer trug, und die alte Catharine auf mich zukam und mir die Augen zudrückte. Ich wurde gewaschen und hörte: tragt ihn in die Kammer und legt ihn aufs Stroh. Dies geschah, und bald kam der Tischler, um von mir die Maße zum Sarg zu nehmen.

Bei diesem ganzen Vorgang hatte ich mein völliges Bewusstsein. Bis die Totenfrau mir die Augen zudrückte, konnte ich alles sehen und nachher alles hören. Körperliche Schmerzen litt ich nicht, und da ich von der Angst und dem Leiden, lebendig beerdigt zu werden, nichts wusste, wurde ich von keiner Besorgnis darüber beunruhigt. Vor Tod und Grab fürchtete ich mich nicht, denn dieses hielt ich für mein größtes Glück. Es war mir diese ganze Zeit über unaussprechlich wohl, und ich war ausnehmend vergnügt. Selbst das Weinen und Jammern der Meinigen vermochte nicht, diesen heiteren Zustand meines Gemüts zu verstimmen. O! dacht ich, wenn ihr doch nur wüsstet, wie wohl mir ist! wenn ich euch das nur sagen könnte! Ihr würdet gewiss nicht weinen. Der letzte Gedanke, dessen ich mich noch erinnere, war der: Wie schön ist doch der Tod! Wie lange ich aber in meiner Totenkammer gelegen und auf welche Art ich wieder zum Gebrauch meiner Glieder gekommen und wie man mein Aufleben zuerst wieder erkannte, das weiß ich nicht. Auch weiß ich nicht, ob ich als ein Kranker oder völlig Gesunder wieder herausgebracht worden. Ich mutmaße letzteres, weil ich mich keines weiteren Krankseins erinnere. … Da ich diesen meinen Scheintod für einen wirklichen Tod hielt, so war es mir nicht gleichgültig, auf was Art der Leichnam eines Menschen behandelt würde. Es hatte bei mir einen tiefen Eindruck gemacht, dass die Seele noch Notiz von ihrem verlassenen Leibe nehmen

müsse; und so erklärte ich mir die Auferstehung des Lazarus und anderer im neuen Testament.
Ich halte daher den physischen Tod des Menschen gar nicht für etwas Schmerzhaftes, wohl aber die vorhergehende Krankheit. Dabei fallen mir immer die Worte des 14ten Verses im 39ten Psalm ein: Lass ab von mir, dass ich mich erquicke, ehedem ich hinfahre, und ich nicht mehr hie bin.«[403]
Herr Wuth sprach so ernsthaft und nahm sich so wichtig, dass er eine kleine Lektion verdient hatte. »Und nun sind Sie sicher süchtig nach dieser roten Medizin«, wollte sie gerade sagen, als das Fräulein sie beschwörend ansah, sie hatte den Schalk in ihren Mundwinkeln erkannt. Wilhelmine konnte ihre Bemerkung noch rechtzeitig herunterschlucken. Aber verdient hätte der Geck sie schon! Wie konnte er das Fräulein so beunruhigen! Sie schien nach Wuths Erzählung ganz bedrückt und wurde erst wieder heiter, als ihr die Amme ihren kleinen Sohn brachte. Wie sie sich an ihm freute, wie sie mit ihm spielte, ihn liebkoste und ihm allerlei zärtliche Namen gab: *Justgen, Hänsgen, Fritzchen*![404]
Nun also würde sie, Wilhelmine, ihren Eltern[405] einen Besuch abstatten, ihre Mutter hatte nach ihr verlangt – was sie dort wohl erwartete? Hilflose Mutter, mürrischer Vater? Aber es konnte nicht so schlimm sein wie des Fräuleins Rückkehr nach Barenaue. Die alten Herrschaften waren so wirklichkeitsfremd und der junge Herr verstand schon überhaupt nichts von Frauen, von Liebe und von Kindern. Er würde dem Fräulein das Leben schwer und die Hölle heiß machen. Für sie selbst war es auch besser, wenn sie sich vorläufig nicht auf Barenaue sehen ließ, vermutlich war sie ja an der Liebschaft und der Schwangerschaft des Fräuleins schuld![406]

Die Fortsetzung des Romans

Zwar hatte sie das Haus ihres Schwagers in Hannover als eng und dunkel empfunden, aber als sie nun nach Barenaue zurückkehrte, erschien ihr das Schloss geradezu düster, es war eine Festung, in die sich seine Bewohner eingebunkert hatten. Voll widerstreitender Gefühle kam sie an, voller Sorge um die kränkelnde Mutter, voller Liebe und Sehnsucht nach dem Kind und ihrem lieben Mann, voller Trennungsschmerz, voller banger Fragen nach ihrer gemeinsamen Zukunft und voller Furcht vor den elterlichen Vorwürfen und Zurückweisungen. Anfangs erschien ihr die bekannte Umgebung fremd. Hatte sich Barenaue verändert? Für Augenblicke schien sich jedoch die alte Vertrautheit mit den Eltern wieder einzustellen. Ihre Eltern begrüßten sie herzlich, so als wenn nichts zwischen ihnen gestanden hätte; die Mutter schloss sie inniger in ihre Arme als jemals zuvor, der Vater machte galante geistreiche Bemerkungen. Und doch schienen ihr Vater und Mutter auch wieder verändert und weit entfernt. Hatten die Eltern ein Geheimnis vor ihr? Beim Abendessen kam sie sich wie eine Besucherin vor, die sich in die Interessen, Themen und Sprache ihrer Gastgeber zu finden sucht. Dabei schweiften ihre Gedanken immer wieder nach Hannover, aber keiner fragte nach ihrer Reise, keiner erkundigte sich nach Fritzchen.

Am nächsten Morgen war ihr die Mutter näher. Johanna spürte ihre Zuwendung und ihre Freude darüber, dass ihre liebe Tochter wieder um sie war. Und doch war Mutters Benehmen anders als vor Johannas Reise, manchmal brach sie mitten in einem Satz ab, einmal begann sie zu weinen, wollte aber auf Fragen nicht antworten. Andererseits war sie liebevoll wie immer. Johanna war verwirrt. Vielleicht würden die Eltern sie doch noch verstehen und ihre Pläne unterstützen!

Vieles war für ihre zukünftige Menagerie zu regeln und zu planen.[407] Sie drängte Onkel und Bruder, ihre Schulden bei ihr zu begleichen, aber vergeblich; sie verkaufte manches, um es zu Geld zu machen. Sie hoffte, dass die Mutter sie mit Geld und mit Möbeln ausstatten würde, im Vorgriff auf das Testament, das sie 1754 zu ihren alleinigen Gunsten abgefasst hatte. Sie machte Pläne für ein künftiges Domizil. Sie korrespondierte mit mehreren Personen, von denen sie sich Hilfe erhoffte. Ihre Tante, Wilhelmine von Krosigk, bot Johanna ihr Haus in Hamburg an,[408] Johanna erinnerte sich mit Dankbarkeit der Zeit, die sie mit ihrer Familie dort gelebt hatte. Aber sie hätte doch nur einen vorübergehenden Unterschlupf gefunden, den sie gar nicht suchte. Und noch waren viele finanzielle Fragen zu klären.

Als ihr Bruder von seiner Reise zurückkehrte, änderte sich die Stimmung im Haus. Sie wurde gespannt, Unausgesprochenes hing in der Luft. War man ihr noch gewogen? Was erwartete man von ihr? Man sagte ihr nicht, welche Pläne man mit ihr hatte. Andeutungen beunruhigten sie; trübe Gedanken verdunkelten ihre Tage. Schließlich wurde ihr klar: Der Bruder betrieb energisch die Auflösung ihrer Verbindung. Lutz plante, zu Johanns Eltern zu reisen, er wollte offensichtlich deren Unterstützung bei seinen Plänen.[409] Mit diesem Ziel schien er auch Georg Adam Wuth in Hannover zu bearbeiten, er setzte seine große Hoffnung auf ihn. Wohl mit wenig Erfolg, jedenfalls hörte Johanna nichts mehr davon. Dann wollten der Vater und Lutz den unerwünschten »Schwiegersohn« abfinden, um ihn loszuwerden. Mehrere Fahrten von Lutz nach Osnabrück versprachen nichts Gutes. Das alles ließ sie *halb in Hoffnung, halb in Sorgen* leben.

Eines Tages hatte ihr Bruder einen schweren Unfall.[410] Alle waren sehr, sehr besorgt. Welch ein *Geschrei,* welch ein Klagen! Der Graf und der Vater lamentierten laut. Gott möge helfen, dass er überlebe und genese! Wer sollte sonst das Bar'sche Erbe fortführen? Etwa eine unadlige Tochter und deren Bastard? Der gute Name, die Ehre, die Tradition, adlige Nachkommenschaft. Alle Privilegien, die an den echten Adel gebunden waren, Steuerfreiheit für viele Güter, Mitgliedschaft im Landtag, Anrechte auf Domherrenstellen und hohe Positionen im Militär – alles hing an dem Leben von Lutz! Alles, alles würde verloren gehen, wenn es keinen adligen Erben gab. Aber Lutz erholte sich schneller von seinem Sturz, als man erwartet hatte. Man hatte den Unfall wohl im Lichte der Schwärze gesehen, dachte Johanna. Ja, er erholte sich sehr schnell.

So schnell und gut, dass er seine Angriffe auf sie verschärfte. Er war bald wieder ganz der Alte. Als die Mutter sich einmal weigerte, einen an die Tochter adressierten Brief zu öffnen, wurde er sehr ungehalten und *unbarmherzig* gegen die arme alte Frau, *der Brief wäre gewiss von der Bagage* und sie müsse ihn öffnen. Sie erwiderte, *sie würde* Jeannes Briefe *ohne große Ursache nimmer aufmachen.*[411] Er schrie herum und tobte. Sein rohes und unmenschliches Betragen stürzte die Mutter in Verzweiflung. Johanna hatte diese Szene im Nebenzimmer mitgehört. Für den Briefwechsel mit ihrem Liebsten musste Johanna also sichere Wege finden. Sie traute nicht vielen, vor allem nicht denen, die *mit Geld zu bestechen sind.* Aber sie fand in dem Pastor von Blechen einen bereitwilligen Boten, der sich einen pfiffigen Postweg erdachte: die Briefe für sie wollte er in ihr Gesangbuch oder in Noten einlegen. Auch erwies sich Barthold Heinrich von Brockes als bereitwilliger Helfer, er würde ihre Briefe unter seiner Adresse entgegennehmen und sie ihr heimlich zustellen. Der Freund der Familie aus Hamburger Zeiten, der ihr beim Abschied von der Hansestadt einst ein Liber Amicorum angelegt hatte, war schon vor vier Jahren Kanzleirat in osnabrückischen Diensten geworden und hatte die Verbindung mit der Familie von Bar wieder aufleben lassen.[412] Auf ihre Anfrage bekam sie eine *rührende Antwort*, wie sie an ihren lieben Mann schrieb, »nämlich *dass seine Dienste, seine Verschwiegenheit und seine Treue mir auf zeitlebens gewidmet wären, ich sollte ihn nur bei allen Gelegenheiten, die zu meinem Vorteil wären, auf die Probe stellen, allemal würde ich meinen treu ergebenen Freund in ihm antreffen.*« Sie hatte ihre Helfer. Aber oft musste sie lange auf Post warten und war dann in großer Sorge.

Jede Woche schrieb sie ihrem Liebsten aus dem *Moor*, aus dem *Moorland*. Wenn immer sie sich in ihr Zimmer zurückziehen konnte und mit keinem Auftrag und keinem Ruf mehr rechnen musste, erzählte sie ihrem Mann von ihren Sorgen und Ängsten, von dem Leben in Barenaue, von ihren kleinen Erlebnissen und immer wieder von ihrer Liebe und Treue. Sie schrieb viele Seiten und viele Nächte lang. Ihre Briefe waren Gespräche mit ihm. Die Gedanken flogen von einem Punkt zum anderen, bis ihr Lebenskreis ausgezirkelt war. Sie war glücklich, wenn Post von ihm kam, wenn sie von seinem Wohlbefinden hörte, wenn er von dem Wohlwollen seiner Eltern schrieb, wenn er von Fritzchen erzählte, wenn er von seiner Arbeit auf dem Gut in Hellinghausen berichtete, wenn er sie von seinen Aufenthalten auf anderen Gütern seines Patrons informierte. Wenn es ihm gut ging, wenn sie erfuhr, »*dass du charmanter Meyer … vergnügt und zufrieden bist, ohne dich über unser Schicksal zu grämen oder Reue zu empfinden wegen Fritz sein Dasein und seiner Mutter Wahl. Ich bin diesen Morgen auch ganz vergnügt und zufrieden. Mich gereut nichts als die Stunden, die ich ohne dich zugebracht und noch länger ohne dich und Fritzchen zubringen muss …*«[413] Manchmal hatte er böse Ahnungen. Sie konnte ihn beruhigen. Nein, sie interessiere sich überhaupt nicht für irgendeinen Mann auf Barenaue oder anderswo, er solle nicht eifersüchtig sein, auch nicht auf den Herrn von dem Bussche-Hünnefeld: »*Ich würde ihn ehren, aber zu deinem Nachteil nicht lieben, nein wahrhaftig nicht!*« Wenn sie sich recht bedachte, so liebte sie Johann nicht nur »*wie eine junge Frau ihren Mann liebt, sondern ich liebe dich … wie ein Vater und eine Mutter ihren Sohn lieben können*«. Ja, sie wollte ihm gehorsam sein, wie es sich für eine gute Ehefrau gehörte, aber sie wollte auch ihre Kenntnisse von der Welt nutzen, um für ihre kleine Familie das Beste zu erreichen. Sie wollte planen, sie wollte ein Gut erwerben, ja am liebsten ein kleines Gütchen, auf dem sie Nüsse und Kastanien ziehen würden, sie wollte ihre Beziehungen spielen lassen, um für sich oder für Johann eine ehrenvolle Stellung zu erhalten, sie wollte für ihr gemeinsames Geld kämpfen, sie wollte Möglichkeiten für seine Fortbildung erkunden – sie hatten schon so oft darüber gesprochen.

Ihr größtes Vergnügen war es, an Fritzchen zu denken. Das *kleine Jungchen*, dieser *liebe Schelm*. Wie sehnte sie sich nach dem Kind. Wurde es liebevoll umhegt? War die Amme gut oder sollte man sie austauschen? Sie wollte für alles aufkommen, sie wollte gerne selber *Strümpfe, Hemden, Mützen, Tücher* für den *lieben Jungen* anfertigen. Manchmal überfiel sie eine schwere Angst. Die Amme sollte das Kind auf keinen Fall in ihr Bett nehmen, sie könnte es erdrücken! Den Tod des Kindes könnte sie nicht ertragen. »*Sollten wir den lieben Jungen verlieren*«, schrieb sie einmal in ihrer Angst an ihren Mann, »*so denke nicht, dass du mich jemals wieder zu sehen bekämest, so lange aber, wie Gott uns Fritz erhält, so bin ich inniglich vergnügt und zufrieden, als deine Frau zu leben und zu sterben. Willig und geduldig will ich alle Marter und Qual ausstehen und doch eine zärtliche Mama und getreue Frau bleiben. Sei zufrieden, lieber charmanter Mann, behalte mich lieb, aber unseren Jungen noch lieber. Sorge für ihn!*«[414] Wuth schrieb zu selten; »*Dem Wuth traue ich keine Freundschaft noch Gefälligkeit mehr zu. Dieser verfährt gar zu arg mit mir. Gebe Gott, dass er dem armen Kinde menschlicher gesonnen ist und mit ihm umgeht, meine Sorgen sind deswegen sehr groß.*« Wenn sie nach langem Warten Post aus Hannover erhielt, war sie glücklich: »Über *Fritzchens gute Gesundheit, gutes Gewicht, starke Beine, kleines freundliches Gesicht. Erstere drei Punkte kannst du der Mutter zuschreiben, die großen dunkelfarbigen hellen Augen und kleines freundliches Gesicht magst du, Herr Vater, verantworten. Gottlob, dass wir Mama und Papa sind und dass die Probe ein Meisterstück geworden.*«[415]

Manchmal, schrieb sie, überfiel sie die Angst, »*dass du mich nicht liebst … Ich bitte dich, ich flehe dich an, sei mir gewogen, liebe mich aus Pflicht und aus Neigung, denke daran, dass Gott uns zusammengefügt und dass der Mensch uns nicht scheiden soll.*«[416]

Die Stimmung und die Arbeitssituation im Gutsbetrieb von Barenaue verschlimmerten sich.[417] Lutz hatte nach dem Weggang von Johann Conrad

Meier das Oberkommando übernommen. Der Graf wurde immer grämlicher und kindischer und konnte nichts mehr regeln. Der Bruder war der Herr und führte ein strenges Regiment. Er herrschte über alles, über die Wälder, die Felder, das Haus, das Personal, einen großen Teil der Finanzen. Selbst die Stallleute und die Zimmermägde mussten *sich von ihm Befehle und Arbeit holen.* Er scheuchte die Leute bei Wind und Wetter hinaus – auch wenn der Vater Protest einlegte – und scheute selbst weder Regen noch Sturm. Es ging streng und schlimm auf Barenaue zu. Sie war froh, dass ihr Liebster das nicht erleben musste. Der neue Verwalter in Barenaue sprach auch schon vom Weggehen.

Oft war sie sehr niedergeschlagen. Es schien ihr nun, als gäbe es keinen Ausweg mehr aus ihrer schwierigen Lage. Sie wünschte, Wilhelmine wäre endlich wieder in Barenaue, sie fehlte ihr sehr, sie würde sie verstehen. An Johann schrieb sie verzweifelte Briefe: »*Mein Engel, mein Trost, meine Hoffnung und allerliebster Mann!*«[418] Ob er ihre Schwierigkeiten begriff, die Konflikte, die Ansprüche und Erwartungen, die man von zwei Seiten an sie stellte, von ihrer Herkunftsfamilie und von ihrer neuen kleinen Familie? Die Ansprüche, die sie an sich selbst stelle; ihre Liebe zu ihren Eltern und zu ihrem Mann und ihrem Kind. Dass sie alle ihre Lieben, auf beiden Seiten, betrübte! Ein Riss ging durch sie. Ihre Seele, ihr Herz, ihr Geist und ihr Körper litten ein so hartes Martyrium, dass ihr manchmal der Tod als der einzige Trost erschien, auf den sie hoffen konnte.[419] »*Wollte Gott*«, schrieb sie ihrem Mann, »*du, mein Vater und meine fromme alte Mutter könnten alle drei ohne Betrübnis und Grämen sein, ich wollte gerne … büßen. Mein Gewissen und mein ganzes Gemüte leiden vieles und machen mir schwere Vorwürfe, dass die drei Personen, die ich am zärtlichsten liebe und ehre und von welchen ich immer geliebt werden will, alle drei durch mich betrübt sind.*«

Möser unterstütze sie, berichtete sie, er »*hat mir einen so betrübten, zärtlichen und mitleidigen Brief geschrieben, den ich ohne Weinen nicht habe lesen können. Er schwört zu Gott, dass mein unglückseliges Schicksal ihn Nacht und Tag betrübe, dass er ohne Gram und Leid nicht an mich denken könne. Dabei könnte ich überzeugt sein, dass seine treuen Dienste und Hilfe mir in allen möglichen Fällen zu Gute kommen sollten.*«[420]

Wie sie zwischen Hoffnung und Verzweiflung schwankte! Es gab Zeiten, da war sie ziemlich ruhig und erwartete in *stiller Zufriedenheit den Schluss* ihres *unglücksvollen Schicksals*, sie war *munter und friedsam* gesinnt, sie war jedermann gut, die strittigen Punkte wegen Johann ausgenommen. Sie lebte zwar sehr eingeschlossen und eingeschränkt, aber sonst friedlich.[421] Dann wieder folgten Tage voller Gram und Sorgen. Sie lag nächtelang wach, aß kaum noch, setzte trotz des schönen Wetters keinen Fuß vor die Tür. Todesgedanken schlichen sich ein. Und doch: »*Es wäre wirklich schade, wenn ich stürbe. Ich wünsche mir zu leben aus Neugier, wie mein Roman zu Ende kommen wird.*«[422]

Liebe braucht keine Rechtfertigung

Vater beorderte sie zu einem Gespräch in seine Bibliothek. Er war nüchtern und sogar gut ausgeschlafen. Als sie den Raum betrat, blieb er stehen und forderte sie nicht zum Sitzen auf. Die Fenster waren geöffnet, und frische Luft strömte herein.

»Lass uns vernünftig miteinander reden. Ich möchte, dass wir eine gute Lösung für deine Zukunft finden. Meine Liebe, ich mache mir große Sorgen um dich. Du hast einen schweren Weg eingeschlagen, einen Irrweg, aber noch gibt es Auswege. Vertraue uns, höre auf uns! Jeanne, du bist eine so wunderbare junge Frau. So gebildet, geistreich, gewandt im Umgang mit Menschen. Liebenswert bist du und, nicht zu vergessen, eine schöne Frau. Du beschäftigst dich nicht mit albernen Nichtigkeiten und Klatsch. Du kannst Verantwortung übernehmen und einem großen herrschaftlichen Haus vorstehen. Du verstehst etwas von Gesetzen und unserem komplizierten, trägen, korrupten Rechtswesen. Du bist nachdenklich, belesen, gelehrt. Das Testament der Mutter und das umfangreiche Villegas'sche Erbe werden dich zu einer wohlhabenden Frau machen. Eine junge Person wie du verdient einen würdigen, liebenswerten Mann von Stand, und derjenige kann sich glücklich schätzen, der dein Herz gewinnt. Es wird sich ein junger adliger Mann finden, der dich über alles schätzen und der auch dir gefallen wird.« In bestimmtem Ton fuhr er fort: »Deinen Sohn werden wir verheimlichen; wir werden ihn gut versorgen lassen.«

»Vater, warum verstehst du mich nicht? Mein Herz kann niemand mehr gewinnen. Denn ich liebe Johann Conrad Meier, ich will mit ihm mein ganzes Leben verbringen, legal und für jedermann sichtbar. Mit ihm und unserem Sohn, den ich sobald wie möglich zu mir holen werde. Verstehe doch! Ich liebe Johann, so wie du das holländische Fräulein geliebt hast und wie du sie als deine Frau immer noch liebst. So gewährt mir doch, was euch selbst gelungen ist! Lasst doch auch jetzt der Liebe ihr Recht.«

»Warum musst du so unerbittlich lieben?«

»Liebe braucht keine Rechtfertigung außer ihrer Wahrhaftigkeit. Das ist das Wesen der Liebe.«[423]

»Nicht die Liebe ist das Problem, sondern deine Wahl.«

»Vater, Lieben ist ein Bedürfnis, und das kann man nicht hinterfragen.[424] Meine Liebe und meine Wahl kann ich nicht trennen. Ich habe richtig und gut gewählt, ich hätte nicht besser wählen können.«

»Ich kenne dich doch, meine Tochter, ich kenne dich genauer als irgendjemand, genauer als du dich selbst. Der Meier ist nicht der richtige Mann für dich! Wie willst du mit ihm, dem einfachen, mittellosen und ungebildeten Verwalter glücklich werden?«

»Er hat mehr Bildung als viele Menschen, die ich kenne. Sein Charakter ist schön und edel. Hast du nicht selbst gesagt, dass nur Tugend den Menschen edel macht?[425] Du und die Mutter, ihr habt ihn doch bisher sehr geschätzt, sie hat oft gesagt, dass sie ihn wie einen Sohn liebe. Ihr wisst es auch, er ist großmütig, liebenswürdig, verständnisvoll, und er hat großes Einfühlungsvermögen.[426] Sein edler Charakter ist sein Adel! Könnte ich denn einen besseren Ehemann finden? In meinem ganzen Leben habe ich keinen adligen Mann kennen gelernt, der so tugendhaft ist. Tugend wiegt mehr als adlige Geburt, Verdienst mehr als Stand!«

»Du übertreibst gewaltig! Seine Tugend möchte ich bezweifeln. Deine so genannte Liebe blendet dich. Er ist ein leidenschaftlicher Mensch. Er wird dir nicht treu bleiben. Denke nur an das Beispiel mit deiner Kammerjungfer, der Greven! Wenn er erst dein Geld geheiratet hat, wenn du erst *fest in seiner Gewalt* bist, wird er dich *misshandeln*, dir *bös begegnen* und dich in *beständige Betrübnis und Reue setzen!*«[427]

Johanna schluckte.

»Vater, das ist nicht richtig, und du bist ungerecht. Er mag die Greven, ja, aber wir alle mögen die kleine lustige Person. Er hat nie die Grenzen überschritten. Er ist mir nie untreu geworden, den schweren Zeiten und mancherlei Versuchungen zum Trotz. Nein, ich verlasse mich auf die *glückliche Erfahrung der zusammengelebten drei Jahre, welche meine Liebe bestätigt und uns fürs Künftige beiderseits Eintracht, Zufriedenheit und aufrichtigen Zuneigung versprochen hat.*«
»Das, was du dir erhoffst, meine Jeanne, wird in dem täglichen Umgang miteinander schnell zerrieben. Ich bin sicher, dass die Ungleichheit eurer Herkunft, eurer Bildung und eures Vermögens euch bald entzweien wird.«
»Ich bin vom Gegenteil überzeugt. *Wie wenige vornehme Leute genießen wir das wahre Glück, dessen wir uns beide zu versichern haben durch die Übereinstimmung unseres Gemüts, unseres Geschmack und unserer Denkungsart!* In welcher standesgemäßen Ehe könnte ich das finden?«
»Auch darauf kommt es nicht an. Wie ich bereits gesagt habe, es geht um die richtige Wahl, um die Ebenbürtigkeit der Eheleute. Du bist in die Liebesfalle getappt.«
Ein Windstoß blähte die Vorhänge auf.
»Das bin ich nicht; und ich möchte nicht, dass die Adelsfalle zuschnappt. Du stellst die Ebenbürtigkeit, die adlige Abstammung beider Partner über inniges Einverständnis, über Glück und Liebe?«
»Sie schließen einander nicht aus. Auch im Adel gibt es glückliche Ehen. Aber entscheidend ist doch, dass du einen Cavalier, einen adligen Mann, heiratest. Du musst adlig bleiben. Um deinetwillen, für dein Ansehen, deine Stellung in der Gesellschaft und für deine Familie.«
Johanna fröstelte. »Ich verstehe dich nicht, Vater! Ich kenne doch deine kritische Einstellung zum Adel! Von dir habe ich doch in Hamburg gelernt, bürgerlichen Einsatz für das Gemeinwesen zu bewundern und bürgerliche Freunde für ihre Liebenswürdigkeit und ihr Engagement zu schätzen. Du warst stolz auf deinen patriotischen Beitrag zu einer bürgerlichen Gesellschaft. Stehst du denn nicht über dem ständischen Denken? Wie oft hast du dich in deiner Dichtung kritisch über den Adel geäußert. Über die verarmten Adligen, denen bürgerlicher Erwerb verschlossen ist, über den kunstdilettierenden Edelmann, der sich in seiner Jugend drillen lassen muss, drillen in allen Sprachen, in den Künsten, in Geschichte und in Rechtskunde!«[428]

»Jeanne, wie kannst du den Meier mit den respektablen und verdienten Bürgern in Hamburg vergleichen! Er ist ein einfacher Bauer, sie sind erfolgreiche Großkaufleute, Juristen, Reeder, die Großes geleistet haben. Hast du vergessen, was ich außerdem über den Adel gesagt habe? Nämlich, dass sich das Joch des Adels nicht ohne Schmach abschütteln lässt! Wir leben in einer ständischen Gesellschaft. Auch du musst dich ihren Regeln unterwerfen. Du hast die Pflicht, die Linie der Bars fortzusetzen. Wenn du eine Ehe mit einem ebenbürtigen Mann schließt, wird der Stamm derer von Bar in einer anderen adligen Familie aufgehen und fortleben. Aber nicht in einer Ehe mit einem Meier! Und mehr noch: Sollte Lutz keine Nachkommen haben, wären du und deine Kinder die nächsten in der Erbfolge. Aber unadlige Besitzer würden alle adligen Privilegien, die mit unseren Gütern verbunden sind, verlieren. Unsere lange ehrwürdige Familientradition wäre beendet, für immer!«

»Ist unsere Abstammung denn so rein, so ungebrochen? Du weißt doch auch, dass Mutters adlige Abkunft nicht unumstritten ist.[429] Manche unserer sogenannten Standesgenossen bezweifeln, dass Lutz 16 adlige Vorfahren nachweisen kann, und die bräuchte er ja, um Mitglied der Ritterschaft im Landtag zu werden. Warum verlangst du dann von mir eine standesgemäße Heirat?«

»Unsinn. Dummes Gerede! Die adlige Abstammung deiner Mutter können wir ohne Schwierigkeiten belegen. Außerdem: deine Missheirat würde uns zum Gespött der Gesellschaft machen. Ich sehe schon die verächtlichen Blicke der einen und, viel schlimmer, die mitleidigen der anderen, ihre heuchlerische Frage nach unserem Wohlbefinden und ihr unverhohlenes Bemühen, uns zu vermeiden! Schließlich würde deine Mesalliance die Heiratschancen deines Bruders beträchtlich mindern und damit eine Fortsetzung der Familie in der Manneslinie gefährden! – Unser Ansehen, unsere Würde, unsere Ehre, unser Stolz, unsere Tradition stehen auf dem Spiel, und du solltest sie nicht verletzen! Dem habe ich nichts mehr hinzuzufügen.«

»Aber ich! Du verlangst, dass ich mein Glück für das der Familie von Bar aufopfern soll! Außerdem und vor allem: Ich bin rechtlich an Johann Conrad Meier gebunden. Du weißt es. Wir haben einen schriftlichen Vertrag geschlossen. Der hat Gültigkeit und ist unauflöslich.«

»Es gibt wenige Verträge, die man nicht annullieren kann. Diesen Ehevertrag gibst du mir, und wir werden ihn für nichtig erklären lassen.«
»Das Original werde ich nicht aus meinen Händen geben. Meine Zustimmung zur Auflösung werdet ihr nie erhalten!«
»Aber gewiss die von dem Meyer. Ich kenne diese Art Leute. Sie sind doch käuflich. Wir werden alle Druck- und Lockmittel einsetzen. Wir werden ihm eine Abstandssumme bieten, so billig wie möglich für uns und so verlockend für ihn, dass er sofort von dem Vertrag zurücktritt.[430] Es gibt keinen Mann seines Schlages und seiner Herkunft, der ein solches Angebot ablehnen würde. Ganz gewiss nicht! Und du entsagst dieser Verbindung! Keine Diskussion mehr! Wenn du nicht mitspielst, könnte dir die Kassation von Mutters Testament drohen. Dann bist du mittellos, und ich möchte sehen, wie ewig dann noch eure Liebe ist!«, lachte der Vater und beendete abrupt das Gespräch, indem er die Bibliothek verließ.

Im Moor

Autoren schicken ihre Helden an einer Wende ihres Lebens in den Schneesturm oder auf ein freies Feld. Hier also ins Moor.

Fort aus diesem finsteren Ort, aus diesem düsteren Gemäuer, aus diesen dunklen Räumen. Weg von Vater, Mutter und Bruder, die sie von allen Seiten bedrängten und in tiefste Not stürzten. Hinaus ins Freie und fort aus einer Dunkelheit, die den Raum zu einem Punkt schrumpfen ließ. Sobald sie die Zugbrücke überschritten hatte, begann sie sich schon freier zu fühlen. Sie atmete tief die milde Luft ein, es war ungewöhnlich lau für den Spätherbst. Sie musste sich bewegen, sie musste den weiten Raum erlaufen und Herrin ihrer Schritte werden. Sie eilte den Weg entlang, den sie so oft mit Johann gegangen war. Schließlich stand sie am Rand des Moores.
Allmählich wurde ihr schneller Atem ruhiger, und sie schaute hinaus. Wie düster das Moor heute war, wie fern der Himmel, wie endlos die Ebene. Einsam war es. Totenstill. Lebensfeindlich. Ein kühler Luftzug wehte ihr aus dem Moor entgegen. Geruchlos. Und doch übte der Ort einen starken Sog

auf sie aus, er hatte etwas Verlockendes, seine Grenzenlosigkeit, seine Menschenferne und seine Indifferenz.
Ihre Blicke fielen auf den Rand des Moores: Wie ungewöhnlich, das Moor schien fast ausgetrocknet. Ja, es hatte monatelang nicht geregnet. Die Bulten überragten die tiefliegenden Schlenken mehr als sonst. Die Senkungen schimmerten grünlich und schienen eingetrocknet. Sie berührte mit der Spitze ihres Schuhes einen grünen Flecken – ihre Vermutung bestätigte sich: der Boden war fest. Johanna fand schnell den Jägerpfad. Sie konnte sich ohne jegliche Gefahr auf das Moor hinauswagen. Welch eine Verlockung! Hinaus ins Freie und in die Weite! Vorwärts! Gelegentlich verlor sich der Steg, und sie musste auf eine Bulte springen. Sie lief ihren Gedanken nach und wurde von ihnen angetrieben.
Heute *kam Krieg, wie unvermutet!*[431] Was tat man ihr an! Was verlangte man von ihr! Wie bedrohte man sie! – Morgens hatte die Sonne geschienen, die Eltern schlugen vor, sie solle sich zur Ader lassen, das war glücklich geschehen, als die Eltern ihr – die Mutter weinte laut – eine lange Schrift überreichten, die sie unterschreiben sollte. Vater, Mutter und Bruder hatten eine grausame Allianz geschlossen! Und sie allein, sie hatte hier keinen Verbündeten, keinen Freund, der ihr hätte beistehen können.
Was verlangten sie von ihr: Es müsse endlich eine Entscheidung getroffen werden. – Mit welch niederträchtigen Worten man von Johann sprach, er sei infam, eine *Canaille*, ein Geschmeiß, ein Heuchler, ein Betrüger, ein Heiratsschwindler, der nur ihr Geld heiraten wolle … Man bombardierte sie. Die Angelegenheit müsse endlich verbindlich geregelt werden, es werde kein Aufschub mehr geduldet. Sie solle schriftlich entsagen.
Was am meisten quälte und sie fast verzweifeln ließ: Sie sei die *Mörderin ihrer Eltern*[432], sie würden vor Gram und Schande dahinsiechen und sterben, erst einen schmachvollen Tod in der Gesellschaft und dann einen schmerzvollen in ihrem Bett. Sie, Johanna, mache sich an ihnen schuldig. Sie solle ihre Seele und ihre Seligkeit retten, ihre grauen alten Eltern nicht ins Grab stürzen und sich selbst nicht in dieser Welt verächtlich und unglücklich machen. Ihre Eltern, die sie liebte, die einen so großen Platz in ihrem Herzen hatten. Sie verlieren, und sie Johanna, schuld an ihrem Tod!
Außer sie trenne sich jetzt eidlich von dem Mitgiftjäger und dessen Kind. Sie solle eine Verzichtserklärung unterschreiben. Und diese Verpflichtung solle

auch nach dem Tod der Eltern gelten. Ja, die Eltern kannten ihre liebe und gehorsame Tochter! Fritzchen werde ihrem Bruder anvertraut, der allein für das Kind verantwortlich sein sollte. O, das kleine liebe Fritzchen! Lutz werde dafür sorgen, dass es unter fremdem Namen aufwachse. Das würde sie nicht ertragen können. Der Gedanke schnürte ihr das Herz zu. Es tat so weh. Ein Leben ohne Johann und ihr kleines Fritzchen gab es nicht. Es wäre ein Vegetieren in einem schwarzen Schlund, der sie alsbald verschlingen würde. Und dann wieder: Sie wäre die *Mörderin ihrer Eltern*! Dieser Vorwurf schmerzte sie wie nichts zuvor in ihrem Leben. Und dagegen ihre Liebe und Bindung an Johann und Fritzchen. Ihre Verantwortung für sie und ihre tiefen Verpflichtungen! Wenn sie doch für alle ihre Lieben leben könnte, für ihre Eltern, ihren Mann und ihr Kind! Es zerriss sie. Diese Gewissensbisse, diese nagenden Selbstvorwürfe! Dann wieder neigte sie dazu, ihr Glück und ihre Zufriedenheit für das Wohl der Eltern zu opfern. Besser als ihren Kummer, ihre Krankheiten und ihren Tod verantworten zu müssen. *Mörderin ihrer Eltern* oder *meineidige Ehebrecherin.* O Gott, niemals selig, sondern ewig verdammt! Und doch: Kein Richter soll sie beschuldigen, die Mörderin ihrer Eltern zu sein! – Ihren geliebten Mann aufgeben? Ihr Glück, ein friedliches Leben mit ihm, immer einig im Grundsätzlichen, ohne Streit. War sie selbstsüchtig? Aber hatte sie nicht auch einen Eid geschworen vor Gott! Wenn ihr Mann ihr nur raten könnte! Wenn er ihr helfen könnte! – Fritzchen, der kleine liebe Kerl, welch ein Jammer! Ihr großer Trost auf dieser Welt! Wäre es nicht grausam, diesen armen Jungen wie ein verlassenes Waisenkind aufwachsen zu lassen, wo er doch Eltern hat, die ihn versorgen und erziehen könnten! Ihren Mann und ihr Kind könnte sie nicht aufgeben, nein! Aber bei jeder Mahlzeit in Barenaue würde sie nun von drei Seiten hören, sie solle Seele und Seligkeit retten, ihre alten grauen Eltern nicht ins Grab stürzen und sich selbst nicht verächtlich, arm, elend und unglücklich machen.

Vor Gott war ihre Verbindung mit Johann doch keine Sünde! Dürfte sie ihr vor Gott gegebenes Eheversprechen brechen? Oder sollte sie sündig werden durch einen vorzeitigen Tod ihrer Eltern, den sie verursacht hat? Wofür wollte Gott sie strafen? Welche Entscheidung erwartete er von ihr? Sie rief ihn an, er solle ihr helfen in *gerechtem Grad die Schuldigkeit eines gehorsamen Kindes, einer beständigen Frau und einer zärtlichen getreuen Mutter … zu vereinigen.*[433] Wo war Gott? War auch Gott zwiespältig? Nein, sie wollte nicht auch noch an ihm irrewerden! Manchmal war es so dunkel, keine Sonne und kein Mond und keine weißen Kirschblüten.

Und dann die Drohungen. Wenn sie sich auf eine Trennung nicht einlasse, werde sie enterbt. Sie werde nichts erhalten, nicht einmal eine Gabel, nicht einen einzigen Taler. Enterbt! Andernfalls aber könnte sie mit der reichen Erbschaft rechnen, wie ihr die Mutter sie in ihrem Testament zugesichert hatte, und vielleicht auch noch einiges aus dem väterlichen Erbe! Sie konnte *zwischen Himmel und Hölle wählen. Die Belohnungen sind prächtig, aber die Züchtigung ist grausam.*[434] Alle die Drohungen und auch alle die Lockungen und Versprechungen! O Gott, er möge ihr helfen, die richtige Entscheidung zu treffen! Die Lockungen verfingen nicht. Nur dass sie die Mörderin ihrer Eltern werde …

Dann noch ein schweres Geschütz: man werde sie in das Zuchthaus stecken! Sie kannte es, es wurde seit einigen Jahren in Osnabrück geplant, dieses Haus, diese Arbeitsstätte und Korrekturanstalt für unbotmäßige Arme und für Arbeitsunwillige.[435] Schwere harte Arbeit, ein Leben zusammen mit groben Faulenzern, frechen Personen und Armen, die unschuldig in Not geraten waren. Ein entbehrungsreiches, karges Dasein, ohne Ansehen und Ehre, ohne Freunde und Familie, unter Fremden und rohen Menschen. In Finsternis und Freudlosigkeit. Ausgestoßen aus der Gesellschaft. Ohne ihren Mann und ohne ihr Kind. Mörderin! – Sie würde ja ihre persönliche Zufriedenheit und Freiheit aufopfern, wenn sie nur einen jeden damit zufrieden stellen könnte!

Schließlich wagte sie einen Einwand gegen all die Anschuldigungen, Forderungen und Drohungen. Sie berief sich auf ihr Eheversprechen, sie könne schon deswegen ihre Verbindung mit Johann Conrad Meier nicht lösen. Lutz, der inzwischen zu den dreien dazu gestoßen war, erwiderte lachend: »Leuten wie dem Meier muss man nicht Wort halten, ich und der Vater wollen die Sünde vor Gott und die Verantwortung vor den Menschen auf unser Gewissen nehmen, wenn du nur eine Entsagung unterschreibst.« Welch eine Gotteslästerung – oder war es Gottlosigkeit? Macht geht vor Recht! Das war Unrecht, und man verlangte von ihr, dass sie Unrecht tue. Sie konnte es gar nicht richtig machen, nicht vor sich, nicht vor den Eltern, nicht vor ihrem Mann und ihrem Kind, nicht vor der Gesellschaft, nicht vor

Gott. O Gott, er möge gnädig sein und ihr einen Ausweg zeigen! Sie fürchtete, den Verstand zu verlieren.
Sie spürte einen frischeren Wind und blickte vom unebenen Boden auf, auf den sie bisher geschaut hatte, ohne ihre Umgebung recht wahrzunehmen. Sie drehte sich um: kein Baum und kein Strauch, nur eine ebene Fläche. Sie in der Mitte einer kreisrunden Ebene, die rundherum am Horizont ins Nichts abkippte. Archaisch. Wüst und leer. Wie am ersten Schöpfungstag, bevor Gott Licht und Dunkel, Wasser und Erde schied. Düstere Wolken zogen auf und jagten über den Himmel. Welch eine Bewegung über dieser dunklen Ebene! Den rasenden Fetzen stürmten massigere Wolken hinterher, die sich verdichteten und sich nach wenigen Minuten zu einer schwarzen Wand auftürmten, während Himmel und Erde am Horizont in dunklem Grau verschmolzen. Ja, Regen drohte, Sturm.
Sie erschrak und sah, wie sich schon Wasser in den Schlenken sammelte und stieg. In der Ferne musste ein Wolkenbruch niedergegangen sein. Bald würden die Regenwolken auch sie erreichen, das Wasser würde weiter steigen. Sie musste schnell umkehren.
Den Jagdweg hatte sie schon vor einiger Zeit verlassen, ohne es recht wahrzunehmen, und war von Bult zu Bult gesprungen. Mein Gott, aus welcher Richtung war sie denn gekommen? In allen Richtungen sah die Landschaft gleich aus. Kein Baum, kein Strauch, der ihr ein Wegzeichen hätte sein können. Nur Bulten, Senken und kleine Seen, in denen das Wasser stieg. Tückisch war das Moor, trügerisch und unberechenbar. Ein Unort. Ihr fielen die schaurigen Geschichten von Menschen ein, die sich im Moor verloren hatten. Die inständige Bitte von Johann, niemals ins Moor zu gehen. Sie musste sofort umkehren. Sie drehte sich und sprang von Bult zu Bult, zurück, wie sie meinte. »Rot und Braun – kannst du traun, Grün und Gelb – Gott help!« Die Bulten waren nun im späten Herbst braun, die Schlenken in der Dunkelheit schwarz. Sie sprang und sprang, sie verhedderte sich in ihrem langen Rock, die kleinen Hügel wurden glitschig. Einmal rutschte sie von einem Bult ab, konnte sich aber noch fangen. Sie wollte schneller werden; aber sie konnte nicht.
Die Luft war kühler geworden, der Himmel schwarz. Wie sollte sie jemals hier herausfinden? Was hatte sie getan? Sie hatte sich von ihren trüben Ge-

danken treiben lassen. Sie kannte sich, sie verzagte schnell und war furchtsam.[436]
Aber nein, sie durfte nicht aufgeben. Sie wollte ihr Leben nicht im Moor verlieren. Und doch, würde sie hier herausfinden? Würde sie hier versinken? Nein, sie wollte leben, sie musste leben. Leben für Johann und für Fritzchen. Es wurde noch dunkler, die ersten Tropfen fielen. Die jagenden Wolken trieben über ihr her, immer schneller, immer schneller. War sie überhaupt vorwärts gekommen, in die richtige Richtung gelaufen oder gesprungen? Sie blieb stehen, um wieder zu Atem zu kommen. Sie wurde ruhiger. Sie dachte nach. Regen und Sturm kamen meistens vom Westen, Barenaue lag am südlichen Rande des Moores. Sie musste also, mit der Regenfront im Rücken, rechter Hand gehen. Ja, sie würde in diese Richtung laufen, aber war sie richtig? Nirgends eine Antwort.
Der Regen wurde stärker, der heftige Wind drückte sie von der Seite. Die Bulten hatten sich mit Wasser vollgesogen und boten keinen sicheren Grund, wenn sie darauf trat. Aber sie ließ sich nicht beirren, falls es einen Weg aus dem Todesfeld gab, dann bloß diesen. Sie konnte nur wenige Schritte weit sehen, denn der Regen war inzwischen ein dichtes dunkles Gewebe geworden. Ging sie überhaupt in gerader Linie nach Süden? Völlig durchnässt war sie, das Wasser rann über ihr Gesicht und mischte sich mit ihren Tränen. Sie hastete voran. Fuß um Fuß, Meter um Meter. Wofür wurde sie bestraft? Gott hilf!
Da fühlte sie unter ihren durchweichten Schuhen Festigkeit; der Boden gründete sich, sie hatte den Jägerweg erreicht! Wie war das möglich? Welch eine unglaubliche Fügung. Ein Fingerzeig. Es dauerte eine Weile, bis ihr Entsetzen wich und sich ihre Anspannung löste. Gott sei gedankt! Er musste es gut mit ihr meinen. Die Holzplanken waren glitschig und erforderten noch einmal alle Aufmerksamkeit. Aber allmählich wurde sie ruhiger. Ja, sie hatte das Moor, sie hatte den Abgrund besiegt, sie hatte den Kampf gewonnen.
Der Regen ließ nach, sie sah bereits den Erlenbruch. Sie war auf dem richtigen Weg! Schließlich spürte sie den sandigen Boden unter ihren Füßen. Jetzt hatte sie das Moor verlassen. Während sie dem Weg nach Barenaue folgte, kehrten ihre Gedanken zu dem Familienkrieg zurück. Es konnte keinen Frieden mit den Eltern und dem Bruder geben, aber sie wollte Frieden in

ihrem Herzen. Der Vater hatte gesagt, man müsse Stoiker sein, sie müsse sich in ihr Schicksal fügen, jeder Mensch müsse das. Was sollte denn seine Rede vom Schicksal, das ihm angeblich so ungünstig gesonnen war! Das war die Ausflucht eines ermüdeten Mannes, der viel verloren hatte und sich keinen neuen Weg zum Glück vorstellen konnte. Nein, es war nicht ihre Bestimmung, auf ihre Liebe zu verzichten. Sie war keine Stoikerin.[437] Es gab kein Schicksal, dem man sich fügen musste; man musste es meistern. Sie konnte sich entscheiden, und sie hatte sich entschieden. Sie würde die Verzichtserklärung nicht unterschreiben. Niemals. Sie würde niemals auf Johann und Fritzchen verzichten, wenn sie auch sonst vielem würde entsagen müssen. Sie wusste, dass sich auch Johann auf keinen Abstand einlassen würde. Sie würde den Eltern weiter mit Ehrerbietung und Achtung begegnen. Aber ihrem eitlen Adelsstolz, ihrer Sucht nach Größe und Vornehmheit, denen würde sie sich nicht unterwerfen. Nein, sie würde niemals ihren Mann und ihr Kind aufgeben. Sie würde entschieden auftreten, denn Möser hatte Recht, ihre Freundlichkeit und ihr Entgegenkommen wurden ihr als Schwäche ausgelegt.[438]

Ihre Füße eilten schneller, und ihre Gedanken flogen voraus. Sie würde ihr Leben gestalten und neue Pfade finden. Ganz gewiss würde sie mit ihrer Verbindung den Tod ihrer Eltern nicht verschulden, sie würde ihnen alles zu Willen tun, nur nicht auf ihren Mann und ihr Kind verzichten. In der Öffentlichkeit würde sie Rücksicht auf die adligen Gefühle ihrer Familie nehmen, so falsch Adelsstolz und Hochmut auch waren. Die Eltern würden nicht an ihrer Verbindung mit Johann zugrunde gehen. Der Vorwurf, sie werde zur Mörderin ihrer Eltern, war infam, ungeheuer infam. Es war die versuchte Erpressung einer Tochter, die man als gehorsam und mitfühlend kannte. Man benutzte ihre Elternliebe, ihr empfindsames Gemüt und ihre Nachgiebigkeit. Aber dieses Mal würde sie fest bleiben. Mochten doch die Eltern einen Prozess gegen sie und Johann anstrengen, sie würde ihnen die Stirn bieten. Sie würde sich nicht einschüchtern lassen, auch nicht durch die Androhung von Armut, die *würde sie vielleicht unglücklich, niemals aber perfide oder untreu machen.*[439]

Es war dunkel geworden, als sie Barenaue erreichte. Sie schlüpfte durch den Nebeneingang ins Schloss und ging hinauf in ihr Zimmer, wo Wilhelmine sie schon erwartete. Sie war höchst besorgt gewesen über das Ausbleiben ihrer Herrin, nun war sie überglücklich und umsorgte sie mit warmen Tüchern und trockner Kleidung. Von der Familie, sagte sie Johanna, habe sie keiner vermisst, nur die Mutter habe zweimal nach ihr gefragt, aber Wilhelmine waren gute Ausreden eingefallen, mit denen sie die alte Dame beruhigen konnte.

Unbeirrbar

Johann war zufrieden bei der Arbeit auf den Gütern seines Patrons Niemeyer. Er war fleißig und sparsam und legte alles Geld, das er verdiente, zurück. In Träumen stellte er sich sein Leben mit seiner kleinen Familie vor. Diese Gedanken machten ihn froh. Wenn er seinen Sohn besuchen konnte, war er glücklich. Das liebe Fritzchen war ein unverdientes Geschenk, ein wunderbares Geschenk. Der Junge gedieh gut, er wuchs, lächelte ihn an und war zufrieden. Welche Ähnlichkeit mit Johanna! Wie er ihn liebte! Nur die dunklen Augen hatte er von ihm. Sie drei würden eine gute Familie sein. Auch wenn sie noch so arm leben müssten.

Wenn Johanna nur bald zu ihm kommen könnte! Manchmal klangen ihre Briefe ganz zuversichtlich. Ein andermal waren sie traurig und verzweifelt: »*Mein Herz schwimmt in blutigen Tränen*«,[440] schrieb sie einmal. All ihre Zweifel, wie zerrissen sie war: »*Der Hochmut, der Ruhm nach unserem Tod machen allein, dass meine Eltern sich quälen und mich zeitlebens in Unglück und Betrübnis lassen wollen ... Eine Stunde Stille an deinem Busen geseufzt würde mich wieder in Zufriedenheit und Ruhe setzen. ... Unterdessen zweifele nicht an der Ehrlichkeit und Treue meines Verhaltens, keine Reue hat mich noch angefochten, im Stand deiner Frau zu sein, ist noch stets das Ziel meiner Hoffnung.*«[441] Seine arme Frau – wie könnte er ihr helfen? Was sollte er ihr raten? Seine Gedanken waren oft bei ihr. Er sah sie in ihrem Zimmer weinen oder verstört durch das Schloss gehen. Er wusste, dass er nicht nach Barenaue kommen durfte, Johanna hatte ihn gewarnt, er sei dort in Gefahr.[442] Manchmal schien es ihm, als sehe Johanna gar keinen Ausweg mehr. Dieser Gedanke bedrückte ihn, auch wenn er ihre Sorgen nicht recht verstehen konnte. Sie ließ sich zu schnell einschüchtern. Niemals würde die Familie sie ins Zuchthaus stecken. Das würde der lieben alten Dame das Herz brechen. Der Bruder musste doch wissen, dass eine solche Maßnahme die angeblich peinliche Angelegenheit erst öffentlich und damit richtig peinlich machen würde. Wie würde er denn die Inhaftierung seiner Schwester erklären, wenn man ihn fragte? Sie würde seiner Ehre unermesslich schaden. Schlimmer noch, jeder mitfühlende Mensch müsste die Bars für herzlose Monster halten. Nein, da konnte er Johanna beruhigen, das war Großsprecherei, das war der hinterhältige Versuch, sie gefügig zu machen. Diesen falschen Reden würden niemals Taten folgen. Das würde er ihr schreiben. Sie, die oft so beherzt war, ließ sich durch solche Reden einschüchtern, ja zerstören. Anders war ihre Verzweiflung nicht zu erklären.

Eines Tages erhielt er einen Brief von Johannas Vater.[443] Er appellierte an seine, Meiers, Einsicht: Er müsse doch wissen, dass ein adliges Fräulein nicht seine Ehefrau werden könne. Den mit Johanna geschlossenen Ehevertrag solle er herausgeben und auf eine Ehe mit ihr verzichten. Dann sei er frei und könne eine passende Verbindung eingehen. Die von Bars würden ihm alle Unkosten erstatten, die ihm durch die Verbindung mit Johanna entstanden seien. Außerdem werde er eine ordentliche Summe als Abstand erhalten, mit der er sehr zufrieden sein könne. Nehme er diesen Vorschlag zur Güte nicht an, behielten sie sich gerichtliche Schritte vor. Dann werde er die Sprache des Gesetzes verstehen lernen. Dieses Schreiben erschlug ihn fast. Er war eine Weile leer, völlig leer, dann entsetzt. Wenig später traf ein Brief von seiner Liebsten ein. Sie schrieb ihm von ihrem schweren Kummer, von ihrer Sehnsucht nach ihm und von ihrer Liebe zu dem Kind. Dass sie zwar ihren Verwandten gestattet habe, ihm diesen Brief zu schreiben, aber dass sie niemals von ihrer Verbindung zurücktreten werde.

Seine Beständigkeit war ebenso stark wie die ihre. »Niemals würde ich den Vertrag lösen. Niemals hat mich dein Geld gelockt. Du weißt, dass ich nicht deinen Reichtum liebe. Immer nur dich, meine allerliebste Doris. Nur dich. Meine Verpflichtung wächst, je mehr man dich bedrängt und je größere Armut uns droht. Immer werde ich der Deine sein, in guten und in schlechten Zeiten. Du musst mir vertrauen. Wir beide leben doch für unser Kind, füreinander und für unsere gemeinsame Zukunft. Du musst so bald wie möglich Barenaue verlassen. Diese Welt zerstört dich. Ich werde mich nach einem kleinen Haus für uns drei umsehen. Es wird wahrscheinlich sehr bescheiden sein, aber unser Glück hängt doch nicht von einem bequemen Leben ab. Suche du auch nach einem geeigneten Domizil, du kennst so viele einflussreiche Menschen. Sei versichert, dass ich ewig der Deine bin. *Einmalallezeit.*«[444]

Lösungen?

Johanna plante nun energischer ihre gemeinsame Zukunft. Sie selbst wollte sobald wie möglich Barenaue verlassen, sie hatte ein schmeichelhaftes Angebot von dem Hof von Lippe.[445] Auch Johann sollte jetzt sein Projekt in Angriff nehmen, so wie sie es früher oft besprochen hatten: er sollte sich an ihren Freund Buxtorf in Bremen wenden, der immer hilfreich gewesen war. Der Großhändler hatte viele Verbindungen nach Holland und Frankreich. Er könnte Johann einen Aufenthalt dort vermitteln, wo er sein Wissen vermehren, seine Fertigkeiten verbessern und das Geschäft eines Großhandelskaufmanns lernen würde. Vielleicht könnte er dann einen ähnlichen Weg einschlagen wie einst der alte Christian Eberhard Niemeyer, sein bewunderter Patron, Gott hab ihn selig! Ein achtbarer Beruf, den selbst der Vater respektierte. Auch würde Johann auf dieser Reise Französisch lernen, das wäre ihr sehr lieb. Danach würden sie ihr gemeinsames Leben beginnen können. Selbst wenn sich diese Pläne zerschlügen und sie in Armut leben müssten, so würden sie doch glücklich sein.
Johanna sorgte für die Mutter wie bisher, ja, die Mutter brauchte mehr Fürsorge als früher, sie kränkelte stärker, wollte Johanna immer um sich haben, war unruhig, weinte oft. Weder der Vater noch der Bruder hatten Verständnis für die alte Dame und schon gar keine Geduld. Lutz behandelte sie je nach Laune, und die war oft schlecht. Der Vater lud alle seine Sorgen, seinen Ärger und seine Ungeduld, die er auf dem Herzen hatte, bei ihr ab und beschwerte ihres. Er schrie und tobte, beklagte sich, machte Vorwürfe, und das in den übelsten Tönen, wenn er betrunken war. Ihre Freundlichkeit und ihre Leidensfähigkeit waren bewunderungswürdig. Johanna versuchte sie nach den väterlichen Ausfällen zu beruhigen und zu trösten. »Du, mein *einzigster Troost*[446]«, sagte die Mutter wie schon so oft. Eines Abends hörte

Johanna laute Stimmen aus den Räumen der Eltern, so zornig hatte ihre Mutter noch nie gesprochen, ihre Mutter, ein Vorbild an Duldsamkeit und Ergebenheit. Sie trat unbemerkt in den Raum und wurde Zeugin: Die alte Dame warf, wie Johanna an Möser schrieb, »*ein Glas sehr guten Weins auf meinen Vater, er applaudierte und versicherte ihr, er werde sie kanonisieren lassen. Sie antwortete, nun denn, ich erhebe darauf keinen Anspruch, wenn ich nur nicht grob behandelt werde.*« Mutter fürchtete sich vor dem Vater, ihre Angst war begründet und offensichtlich größer, als Johanna bisher gedacht hatte. Mein Gott, die arme Frau! Sie konnte ihre Mutter nicht in diesen grausamen Umständen allein lassen, um ihrem eigenen Glück zu leben. Sie konnte es nicht. Sie musste bei ihr bleiben, solange sich Mutters Situation in Barenaue nicht änderte. Ob Johann das verstehen würde?
Er verstand seine Johanna. Schweren Herzens willigte er ein, weiter auf ihre öffentliche Verbindung zu warten.

Ihr Entschluss, vorläufig in Barenaue zu bleiben, beruhigte den Vater und die Mutter ein wenig. Aber Johanna stellte auch klar, dass sie nicht auf Fritzchen und Johann verzichten und die Verheiratung nur aufschieben werde. Der Vater wollte das noch immer nicht gelten lassen. Er machte sich weiterhin viele Sorgen um seine Nachkommenschaft, um seine adlige Nachkommenschaft. Wie alt und mürbe war er geworden, dass ihm ihre standesgemäße Verbindung so wichtig war! Oder weckte das Haus seiner Vorfahren, in dem er nun lebte, seinen Adelsstolz? Das Leben inmitten der alten Traditionen und Geister? Sie wollte ja gar nicht Herrin auf Barenaue werden und den Familienbesitz ihrem Sohn hinterlassen. Sie wollte ein ganz anderes Leben. – Wenn Lutz doch endlich heiraten und eigene Kinder haben würde! Dann wären die Eltern erleichtert und brauchten sich wegen adliger Nachkommenschaft keine Sorgen mehr zu machen. Ja, es war offensichtlich, der Vater wünschte sich sehr, dass sein Sohn heiratete.[447] Dann würde er vielleicht auch gnädiger auf ihre Zukunftspläne sehen. Aber ihr Bruder ein Bräutigam und Ehemann? Er war nun schon 34 Jahre alt, er liebte sein freies Leben. Sie konnte sich ihn nicht als guten Vater vorstellen und schon gar nicht als liebevollen Ehemann. Ein Verächter der Frauen, der er war! Wie hatte er in seinen Erzählungen geschrieben?

... Ein Weib sei wie ein Schmetterling,
Gleich flatterhaft in allen Trieben;
Aufrichtig, zärtlich, treu zu lieben
Sei beiden stets ein Wunderding ...[448]

Welcher Frau würde ein solches Lied gefallen? Sie müsste eine besondere Art von Humor haben oder großzügig sein oder sehr jung. Lutz war ein sehr schwieriger Mensch, so anders als sie. Selbst Gönner und Freunde sagten: »*er müsste auch ein wenig das bekannte difficile est satyrum non agere – seine fast zwanghafte satirische Art – ablegen.*«[449] Vielleicht sprachen nur seine vielen Enttäuschungen aus seinen bissigen Bemerkungen? Aber sie machten ihn nicht schöner und nicht liebenswerter. Ja, wahrscheinlich sollte er eine sehr junge Frau haben. Ihr kam die älteste Tochter von Ludwig August von Schele in den Sinn, Klara Sophie Wilhelmine.[450] Vater war immer noch gut mit dem alten Herrn, dem kurhannöverschen Rat, befreundet. Sie würde die Familie Schele einladen, wenn sich auch Lutz in Barenaue aufhielt. Ihr gefiel dieser Plan.

1761

Tagesträume, Nachtgedanken

Lutz verfolgte die Kriegsereignisse sehr genau. Er las Zeitungen, korrespondierte mit Freunden aus der hannoverschen Armee und wollte alles über seinen alten Chef, Ludwig von Zastrow, in Erfahrung bringen. Der hatte sich in diesem Krieg vielfach ausgezeichnet und war inzwischen in den Rang eines Generals aufgestiegen. Eine Zeitlang hielt er sich im Hauptquartier der Alliierten in Münster auf, ganz in der Nähe; Lutz besuchte ihn. Sein Herz schlug für seine Armee, die Hannoveraner. Die Parteinahme konnte er auch laut äußern, da im Fürstbistum nun die Hannoveraner die Herrschaft übernahmen. Der katholische Landesherr des Fürstbistums Osnabrück und Parteigänger der Franzosen, der Kölner Kurfürst Clemens August, war Anfang des Jahres gestorben. Im Westfälischen Frieden war eine einzigartige Regelung getroffen worden: in Osnabrück galt die Alternativsukzession, d.h. die Regentschaft des gemischtkonfessionellen Fürstbistums wechselte zwischen katholischen und protestantischen Herrschern; der Nachfolger des Kurfürsten musste also aus dem protestantischen Hause Braunschweig-Lüneburg stammen. Dessen Herzog war zugleich Kurfürst von Hannover und damit in Personalunion großbritannischer König. Der neue Fürstbischof würde Osnabrück aus der Kriegsallianz mit Frankreich lösen und an Hannover und damit auch an England und Preußen binden. Lutz versprach sich viel von diesem Wechsel – für Osnabrück und für sich persönlich – stand doch das Fürstbistum nun auf der richtigen Seite. Er hoffte wie jeder hier, dass sich die Kriegslasten verringern und die früher gezahlten hohen Kontributionen an die Hannoveraner rückerstattet würden. Möser begann bereits Verhandlungen in den Hauptquartieren, und wie man ihn kannte, würde er sehr geschickt und erfolgreich vorgehen.

Lutz beschäftigte sich viel mit dem Kriegsgeschehen, wenn er sich nicht gerade mit finanziellen Problemen herumschlug, seine Schwester in Schach zu halten versuchte oder seiner Braut Klara Sophie von Schele seine Aufwartung machte – ja er war verlobt, niemand hätte ihm das zugetraut. Mein Gott, wie einfältig Menschen waren! Er war verlobt!

Das Kriegsgeschehen verfolgte ihn bis in seine Träume. Die waren wild, wirr, fiebrig. Am häufigsten quälten ihn seine frühen Kriegserlebnisse als junger Fähnrich – sehr jung, siebzehnjährig! – in dem österreichischen Erbfolgekrieg, und sie verstörten viele Nächte. Er hatte als Infanterist in der hannoverschen Armee gekämpft, die Hannoveraner waren damals in dem Krieg mit den Engländern und Österreichern verbündet. Seine erste große Schlacht, die Schlacht bei Fontenoy. Die gegnerische Armee, die französische, bereitete in jenem Jahr die Belagerung von Tournai vor, eine der wichtigen Festungen im Südwesten Flanderns am Westufer der Schelde. Sie aber mussten die Franzosen am Vormarsch hindern und trafen auf sie bei Fontenoy.

Schlacht von Fontenoy (1745), Gemälde von Louis Nicolas Blarenberghe 1779

Sehr früh am Morgen rückten die Regimenter aus und nahmen in der Dämmerung gegenüber dem Feind Stellung. Er fror vor Kälte und Müdigkeit, aber der Anblick des Schlachtfeldes und der beiden Armeen überwältigte ihn. Es war ein weites hügeliges Gelände, von Büschen überwachsen, mit verstreuten Dörfern, von denen nur noch das nahe gelegene Fontenoy von den Franzosen besetzt war, rechter Hand ein dichter Wald mit mehreren kleinen französischen Befestigungen, gegenüber das riesige gegnerische Heer, das von einer sich breit hinziehenden Anhöhe herunterkam, hier auf seiner Seite die englischen, hannoverschen und holländischen Regimenter.

Alle in Reih und Glied, wohlgeordnet, in stolzer Haltung, prächtig in ihren Uniformen, rote Röcke alle, sein Regiment mit gelben Westen, goldenem Tressenbesatz und Ärmelaufschlägen, weißen Beinkleidern und einem schwarzen, goldgesäumten Dreispitz. Wie sein Herz bei diesem Anblick laut schlug und vor Glück fast zersprang! Der Sieg war gewiss. Da eröffneten die Franzosen das Feuer, Kanonenfeuer, auf den rechten Flügel, wo auch das Zastrowsche Infanterieregiment stand. Der Generalleutnant von Campbell, der mit seiner Kavallerie den Aufmarsch der Alliierten hatte decken sollen, verlor gleich zu Anfang durch eine Kugel ein Bein, so dass sein Einsatz unterblieb. Lutz begriff, dass die adligen Gegner einander nicht schonten, wie man ihm immer erzählt hatte; zudem waren die Kugeln im Kanonenrauch nicht wählerisch. Auch er war ungeschützt! Die hannoverschen und englischen Infanteristen waren dem Kugelhagel ausgesetzt, sofort von Rauch umhüllt, ihre Schüsse gingen ins Ungewisse ab. Neben ihm fielen die ersten Gemeinen, sie wälzten sich am Boden, anderen war der Leib zerfetzt, Blut ergoß sich, rotes Blut, schwarzes Blut, Gedärme hingen aus den Leibern, einige schrieen vor Schmerzen, viele stöhnten, manche murmelten ein letztes Gebet, andere fluchten, einzelne verstummten; zerfetzte Leiber häuften sich aufeinander, und ein überwältigender Gestank von Pulver, Exkrementen, Blut und verbranntem Fleisch stach in die Nase. Welche Barbarei! Schreckliche Angst packte ihn, weggeschossen waren Mut, Freude, Ehrgefühl und Angriffslust. Dann wurde der erste Fähnrich seines Regimentes verwundet. Hastig nahm er die Fahne auf, sie durfte nicht in feindliche Hände fallen! Er fühlte sich schwach, er fror, es würgte ihn, sein Inneres wandte sich um sich selbst, weiter würgte es, er erbrach sich, er erbrach sich selbst, bis er völlig leer war. Leer, schwach und kalt. Benommen, bekotzt, bestialisch riechend. Ein besudeltes Ich. Als eine Kugel neben ihm einschlug und Erde und Leichenteile in die Luft spritzten, war er wieder auf dem Schlachtfeld. Mein Gott, welches Gemetzel! Welch ein Donnern, Knallen, Zischen, Schreien! Die Männer seines Regiments bewegten sich wie Schemen in Abwehr, Angriff, Schutzsuche oder Desertion. Niemand hatte ihn in seinem Unglück bemerkt. Er fühlte sich erleichtert, und seine Erschöpfung und seine Müdigkeit machten ihn stumpf, fühllos. Der Geruch des Erbrochenen störte ihn nicht mehr; nichts störte ihn noch. Er musste in Reih und Glied bleiben, seine Augen waren nur noch auf von Zastrow gerichtet und sahen über die Monstrositäten hinweg. Endlich kam ihnen die Artillerie zur Hilfe und brachte das gegnerische Feuer wenigsten zeitweise zum Verstummen. Nun konnte die hannoversche Armee angreifen. Obwohl abermals ein furchtbares Kanonenfeuer die Reihen lichtete, drängten sie vorwärts. In einer verwüsteten Landschaft stolperten sie erst über die zerfetzten Körper ihrer Gefallenen oder Verwundeten, dann über die niedrigen Büsche, die das Vorwärtskommen erschwerten. Sie *hielten auf 30 Schritt das Feuer des Feindes aus, ehe sie selber schossen, und warfen alles über den Haufen, was sich ihnen entgegenstellte, dass sie Herren desjenigen Teils des Schlachtfeldes wurden, auf welchem die Franzosen eben noch gestanden hatten, und diese bis in ihre Lager zurückdrängten.*[452] Doch noch war das Dorf Fontenoy im Zentrum des Schlachtfeldes nicht genommen. Die Regimenter Zastrow und Spörcken drangen trotz des mörderischen Feuers auf den Flecken zu. Er trug nun die Fahne und folgte seinem General in einem Rausch, der ihn die Gefahren vergessen ließ und für die Opfer der Schlacht blind machte. Aber der von einer zwei Meter hohen Mauer umgebene, stark verschanzte Kirchhof war nicht einzunehmen. Die französische Brigade, die das Dorf schützte, kämpfte äußerst tapfer und ohne Rücksicht auf sich selbst; das mörderische Kartätschenfeuer ihrer acht Geschütze löschte das Leben vieler Gemeiner aus und verwundete einige Offiziere schwer. Sein Regiment musste den Rückzug antreten. Auch auf dem anderen Flügel der Alliierten gab es nichts als blutige Verluste, keinen Fortschritt. An die letzte Phase der Schlacht erinnerte er sich nur schwach. Er musste ohne Bewusstsein gewesen sein. Nur Rauch, Nebel, diffuses Licht, nie zuvor gehörte Geräusche, die Ohren schmerzten. Griff nicht die französische Kavallerie noch einmal ihren Flügel an? Schlug von Zastrow nicht mutig, ja draufgängerisch zurück? Wurde der General nicht dabei verletzt? Und hätte ihn, Lutz, nicht auch fast eine Kugel getroffen? Trat seine Armee nicht am frühen Nachmittag den Rückzug an, ohne dass die Franzosen sie verfolgten? Er war zu erschöpft, um über die Berge von Leichen und Pferdekadavern zu erschrecken, über die sie retirierten, und über den Schlamm und das fremde Blut, mit dem er bespritzt wurde. Und er war zu leer, um sich über den entgangenen Ruhm zu grämen. Er erschrak auch nicht, als er am Abend von den Verlusten der hannoverschen Armee erfuhr: Es waren 7 500 Mann gefallen, die Verluste der Franzosen waren fast eben so hoch. Sein Regiment hatte einen Oberstleutnant verloren. 13 Offiziere, darunter der General von Zastrow, und vier Fähnriche waren verwundet, die meisten von ihnen schwer.[453] Sein Vetter Capitain Meding in einem anderen Bataillon war ebenfalls verletzt, sein Freund von Behr, Fähnrich in der Cavallerie, war gefallen.[454] Er nahm diese Bilanz nur noch stumpf auf.

So endete die Schlacht, ein mörderischer Tag, ein Schlachttag.

In den folgenden Tagen kehrte sein Verstand allmählich zurück. Er versuchte, sich über das klar zu werden, was geschehen war. Die Niederlage war ein Schlag gegen die Ehre der Armee, der Regimenter, ihrer Befehlshaber, jedes einzelnen Mannes, der jungen ehrgeizigen Fähnriche, des Gotthard Ludwig von Bar. Die Männer hatten es – abgesehen von ein paar Deserteuren – wahrhaftig nicht an Einsatz und Mut fehlen lassen, sie hatten ihr Leben gewagt, und viele hatten es dabei verloren. Viel zu viele. Schmerzhaft war das, noch schmerzhafter aber die Schande der Niederlage. Tagelang wütete sie in seinem Herzen. Alles vergebens, ja mehr, alles verloren, was er sich von der Schlacht versprochen hatte. Wie konnte er noch vor sich bestehen und wie vor seinen Freunden, seiner Familie, ja allen, denen er unter die Augen treten würde? Nächtelang focht er weiter auf dem Schlachtfeld, versuchte der aussichtslosen Lage eine Wendung zum Besseren zu geben, spielte immer wieder einzelne Gefechte durch, entwickelte draufgängerische kühne Aktionen, die er auch im Alleingang durchführen wollte. Nein, er hätte es nicht getan, und er hätte es auch nicht gegen die Ordre seiner Vorgesetzten tun können. Und was hätte er auch allein bewirken können? Die Gegner waren in großer Übermacht gewesen. Wenn er mit seinen Kameraden darüber sprach und dann seine Enttäuschung und seine maßlose Wut herausließ, beruhigte er sich ein wenig. Es war ihnen allen klar: Die Schlacht wäre gewonnen worden, wenn der Brigadegeneral Sir Richard Ingoldsby den mehrfach gegebenen Befehl Cumberlands ausgeführt und die Flanke der Alliierten geschützt hätte. Dazu sein irrsinniger Vorstoß gegen die französischen Linien, die er durchbrach! Alle diese selbstherrlichen Aktionen, die seinem Ruhme dienen sollten, führten zu schweren frontalen Angriffen der Franzosen und großen Verlusten bei den Briten und den Hannoveranern. Dermaßen geschwächt, musste Cumberland schließlich den Befehl zum Rückzug geben. Das war der Grund für ihre Niederlage! Er konnte sich das noch so oft vor Augen führen, der Schmerz, die Wut, die Enttäuschung, die Kränkung fraßen weiter in seinem Herzen.

Er und seine Kameraden tranken und tranken. Hartes Zeug, das man ausgeteilt hatte. Dann begannen sie zu höhnen. Sie spotteten über Versager, Feiglinge, Deserteure. Lutz fand sich bald im Mittelpunkt einer Runde von Spöttern. Er war der Dichter unter ihnen und trug unter großem Beifall seine Satire »Der junge Held« von, wenn er sie auch nach den letzten blutigen Tagen viel zu flach fand:

Ein zwanzigjähriger Eugen
Der zwar noch keinen Feind gesehn,
Doch oft mit vielem Stolz gelesen
Wie tapfer und wie groß sein Ahnherr einst gewesen;
Und der besonders gern von großen Taten sprach:
Und weil der Mut ihm nicht gebrach,
Sich fürnahm, dass er sich so tapfer zeigen wollte,
Dass ihn die Nachwelt auch den Großen nennen sollte;
Sprach oft: »zum T… ach, wie ärgerts mich
Itzunder gibt es nirgends Krieg! …«
Krieg ward, man rückt ins Feld, das Angriffszeichen ruft:
Des Pulvers Dampf erfüllt die fast entzündte Luft.
Wie froh wird unser Held; man sieht ihn kaum noch fliegen,
Aus jeder Wendung blitzt ein siegendes Vergnügen;
Und ob man ihn nur gleich noch erst als Fähndrich grüßt,
So weiß er doch schon, dass er nächstens Obrist ist.
Jetzt rückte beider Heere einander ins Gesichte,
Sein klopfend Herz empfindt auch schon des Sieges Früchte;
Er stellte sich … die Nachwelt glaubt es kaum!
Kühn … hinter einen dicken Baum.[455]

Auch die folgenden großen Schlachten in Flandern gingen verloren, die bei Roucoux und die bei Lauffeld. Noch heute kämpfte er die verlorenen Gefechte.

Nach solchen Träumen erwachte Lutz zerschlagen und bedrückt, an Einzelheiten konnte er sich nicht mehr erinnern. In der Helligkeit des Morgens gewann er sein Gleichgewicht wieder. Besonders wenn ihn Nachrichten vom Heldenmut hannoverscher Einheiten erreichten. Ihre Parolen begeisterten ihn: »*Führen Sie uns nur an, Ruhm zu erwerben. Wir wollen kein Geld.*« Oder: »*Wir müssen die Festung ersteigen, oder ich will hier umkommen! Ich habe dies unserm Chef versprochen. Unser Regiment führt seinen Namen! Lasst uns also siegen, oder sterben!*«[456]
Er lachte, als er von der Einnahme der Festung Schweidnitz[457] las, obwohl sie einen schweren Schlag für die Hannoveraner bedeutete. Von Zastrow war der Kommandant. Da war er wieder, der lebenslustige General! Des Abends hatte er einen Ball gegeben. Seine Freude an Tafelgenüssen und an Festlichkeiten war auch den Österreichern bekannt. *Ein gefangener österreichischer Offizier, ... der des Kommandanten Gunst und alle Freiheit genoss, gab von jedem Umstand die genaueste Nachricht. Zastrow ahnete nichts, und war so über alle Vorstellung unbesorgt, dass er weder Reiter ausschickte, die Bewegungen des Feindes auszuspähen, noch Leuchtkugeln werfen ließ, um zur Nachtzeit die Felder zu erleuchten; ja er erteilte seinen Offizieren nicht einmal Verhaltungsbefehle für den Notfall.*[458] Das war Zastrow – so unbekümmert! Bedauerlich war natürlich, dass die Festung nachts eingenommen wurde und es große Verluste gab. Zastrow würde sich höheren Orts verantworten müssen, aber wie Lutz ihn kannte, würde er sich auch da gut schlagen.

Wenn der Tag dann schon einige Stunden alt war, überlagerte sein Glück die dunklen Erinnerungen, seine Verlobung mit Klara Sophie Wilhelmine von Schele. Die generationenlange Verbindung mit der Familie von Schele zahlte sich jetzt aus. Es war eine lohnende, reputierliche Verbindung. Der Vater hatte dafür gesorgt, dass die Duell-Geschichte mit Klaras Onkel begraben worden war. Er diente noch in der hannoverschen Armee, inzwischen als Generalleutnant, und war meist an der Front. Klaras Vater, Georg Ludwig August, vertrat seit vielen Jahren die Interessen des Hauses Hannover im Fürstbistum Osnabrück. Vor einigen Jahren hatte er das Gut Kuhof geerbt. Die ganze Familie war sehr erfolgreich, angesehen, etabliert, wohlhabend und fast ebenso alt wie die Familie von Bar. Eine echte Adelsfamilie. Ihr ungebrochenes adliges Bewusstsein beeindruckte Lutz am meisten. Daran würde er sich orientieren müssen. Die Eltern der beiden jungen Leute – nun so jung war er auch nicht mehr – waren sich einig geworden und Klara Sophie und er ebenfalls. Sie würde eine gute Mitgift in die Ehe bringen und zunächst jährliche Zahlungen von ihren Eltern erhalten. Aber ihre Eltern würden auch erwarten, dass er ihrer Tochter ein bequemes und standesgemäßes Leben bieten könnte. Das würde alles in den Ehepakten zwischen den beiden Familien ausgehandelt werden. Er musste dafür sorgen, dass das gesamte Erbe der Eltern und des Grafen ihm allein und in vollem Umfang zugute kam. Die Ansprüche seiner Schwester, die man auch in den Ehepakten regeln würde, musste er beschränken. Er wusste, es war Zeit für legitime Nachkommen zu sorgen, er hatte eine Pflicht dazu. Johanna mit ihrem Bastard war eine schwere Bedrohung für die Familienlinie, wenn auch klar war, dass ihr Kind von der Erbfolge ausgeschlossen war. Die Familie von Bar durfte nicht aussterben! Und überhaupt war er inzwischen längst in einem Alter, in dem ein Mann eine dauerhafte Frau brauchte. Die Wahl war nicht schlecht. Er begann seine Verlobte zu mögen. Sie war ein hübsches junges Mädchen, stolz und selbstbewusst und doch liebenswürdig. Von seiner Schwester, die sich viel Mühe gab, ihr zu gefallen, ließ sie sich nicht beeindrucken, ja sie schien die ältere und immer noch unverheiratete Schwägerin ein wenig zu verachten. Sie genoss ihre Rolle als Fräulein Braut.[459] Dass sie ihn, Lutz, schätzte und bewunderte, ja sogar mochte, spürte er immer deutlicher, und damit wuchs auch seine Zuneigung und die Freude darauf, sie bald ganz zu besitzen. Er besuchte sie, so oft er konnte. Manchmal kam sie auch nach Barenaue, und sie machten zusammen mit Johanna kleinere Spaziergänge. Er zwang sich zur gebotenen Zurückhaltung, aber wenn sich die Gelegenheit bot, zog er ihr doch nach dem Spaziergang die staubigen Schuhe aus oder küsste ihr Kleid.[460]

Sie würden im Herbst heiraten und einen eigenen Hausstand haben. Er konnte sich nicht vorstellen, mit seinem Vater unter einem Dach zu leben. Sie waren nie einer Meinung.[461] Im gleichen Haus wie seine Schwester wollte er schon gar nicht wohnen. Ihr schändliches Geheimnis würde irgendwann auch Klara Sophie erreichen – und diese seine Schmach wollte er sich gar nicht vorstellen. Jetzt musste er auch seine Schuldenprobleme in den Griff bekommen und sich höhere Einkünfte sichern. Die Mutter hatte er schon überzeugen können, Johanna zu enterben und ihn in ihrem Testament allein zu bedenken, wenn sie bei der unstandesgemäßen Verbindung mit dem Meier bleiben würde. Mutter war sich ihrer Würde und ihres Adels bewusst und wollte ihren Besitz nicht ihrer unadligen Tochter und einem Bastard vermachen. Gleich nach der Geburt des Balgs hatte sie das Testament geändert. Noch kannte Johanna Mutters neues Testament nicht, und er freute sich schon auf den Moment, wenn er diesen Trumpf gegen sie ausspielen würde. Trotzdem war er in dieser Angelegenheit hin- und hergerissen: Er konnte die Schande einer unstandesgemäßen Ehe seiner Schwester kaum ertragen[462]; aber wenn sie tatsächlich den Meier heiratete, würde er ihr gesamtes Erbe erhalten. Was war das kleinere Übel?

In der Kampfzone

Eines Tages trat ihr Bruder in ihr Zimmer und bat um eine Unterredung.[463]
»Jeanne, du bist wohl gerade von einem langen Spaziergang zurückgekommen.«
»Du hast Recht, und er war sehr erholsam. Frische Luft, milde Sonne und keine Zwischenfälle, kein erzürnter Nachbar und kein bewaffneter Feind.«
»Der hätte sicher die mutige Schützin in dir gefürchtet.«
»Nein, sicher nicht, ich bin ohne das Gewehr losgezogen«, lachte sie.
»Aber doch hoffentlich mit den Hunden. Pass auf dich auf, liebe Schwester; die Lage ist noch immer gefährlich. Aber wem sage ich das?«
»Sei unbesorgt. Ich erkundige mich, bevor ich hinausgehe.«
»Ja, ich weiß, du bist klug.« Nach einer kurzen Pause fuhr er fort: »Und charmant wie immer. Am letzten Sonntag, liebe Jeanne, hast du dich mit meiner Braut so liebenswürdig unterhalten. Sie freut sich darüber, sie freut sich, in dir eine so herzliche Schwester zu bekommen. Ich danke dir dafür. Ich weiß, was ich an dir habe. Du bist immer hilfreich gewesen, in allen schwierigen Situationen. Dafür will ich dir noch einmal von Herzen Dank

sagen.« Johanna war erstaunt, ihr war die zukünftige Schwägerin eher kühl und hochmütig erschienen, und Lutz war sehr überschwänglich. Was er wohl wollte?

Er wirkte gewinnend, als er sie nun bat: »Ich brauche auch jetzt dein Verständnis und deine Hilfe, meine Liebe. Bei wem sonst könnte ich sie finden? Ich bin in einer prekären Situation. Du weißt, wie viele Schulden ich mit Barenaue erben werde, darunter auch Schulden, die der Graf bei dir gemacht hat. Auch habe ich noch Verpflichtungen dir gegenüber. Obligationen und enorme Zinsen, die die Schulden inzwischen verdoppelt haben. Von der Mutter habe ich kein Geld zu erwarten; sie hat ihr Testament ja ganz zu deinen Gunsten abgefasst. Es kommt also eine große Last auf mich zu. Und nun meine bevorstehende Verbindung mit Klara Sophie, mein glückliches Schicksal! Aber ich fürchte, dass meine prekäre finanzielle Situation die Eheschließung gefährdet. Die Familie von Schele wird nicht bereit sein, mir ihre Tochter zur Ehefrau zu geben und einen Ehekontrakt mit uns zu schließen, wenn ich so verschuldet bin, unser Land so belastet ist und wir kein angenehmes und standesgemäßes Leben führen können. Du verstehst meine Sorgen. Du weißt, wie sehr ich Klara Sophie liebe und was mir die Ehe mit ihr bedeutet, Schwesterherz. Ich bitte um dein Entgegenkommen. Mir wäre sehr geholfen, Jeanne, wenn wenigsten du mir die Schuldzinsen erlassen könntest. Ich darf doch auf dein offenes Ohr und dein großes Herz hoffen?«

Johanna überlegte nicht lange: »Ich bin mit diesem Vorschlag einverstanden. Ich freue mich sehr, wenn ich dir helfen und eure Verbindung unterstützen kann. Wenn ich ein wenig zu eurem Glück beitrage.«

»Ich danke dir. Hier noch einmal das Testament unserer Mutter.«

Johanna wollte es zunächst gar nicht lesen, denn sie kannte es ja. Aber der Bruder drängte. Sie überflog es, und sie hatte das Gefühl, dass alles Blut aus ihrem Kopf wich – es war nicht das alte bekannte Testament, sondern ein neuer letzter Wille.[464] Sie mochte nicht glauben, was sie da las: danach sollte sie von jeglichem mütterlichen Erbe ausgeschlossen sein, wenn sie sich unstandesgemäß verheiraten würde; bei einer standesgemäßen Eheschließung jedoch würde ihr das mütterliche Erbe zufallen! Mehrmals las sie die verletzenden Formulierungen: »*Sollte meine Tochter, was Gott verhüten möge, die Schwäche haben, eine Mesalliance einzugehen, würden im gleichen Augen-*

blick alle Güter, die ich ihr hinterlasse, gleicherweise an meinen Sohn übergehen. Wenn das Unglück eintreffen würde, was Gott verhindern möge, dass meine beiden Kinder trotzdem die Niedertracht besäßen – was ich moralisch für unmöglich halte – sich wie Kanaillen zu verhalten, dann erkläre ich, dass ich meinen gesamten Besitz, er möge noch so unbedeutend sein, dem Armenhaus von Barenaue vermache.«

Nun trieb der Zorn ihr das Blut in den Kopf. Welche Ungerechtigkeit! Welch eine Hinterlist ihres falschen Bruders! Wie intrigant! Und wie konnte die Mutter so etwas schreiben! Das ihr antun, ihr, die sie so liebte. Sie, Johanna, eine Kanaille! Eine niederträchtige Person! Eine unmoralische Tochter! Noch nie war sie so außer sich gewesen. Die Familie hatte scharfe Waffen, sehr scharfe Waffen gegen sie gezogen. Schließlich fand sie ihre Worte wieder: »Welche Infamie! Welche unglaubliche Herabsetzung! Welche Verachtung meiner Person! Die Mutter, ihr alle, wollt mich enterben! Dieses Testament bedeutet, schmeichelhaft ausgedrückt, mich auf nichts zu beschränken. Es liefert mich der Armut aus. Keine Ländereien, kein Geld, kein Schmuck, keine Möbel, kein Weißzeug, nichts, worauf ich meine künftige Existenz bauen könnte. Welch eine Zumutung! Und das wegen eurer lächerlichen Adelssucht! Wie unehrenhaft von euch, wie unedel und unadelig! Habe ich nicht dreizehn Jahre meines jungen Lebens für die Familie, für euch alle, *geopfert,* hier *verliere ich meine Gesundheit, meine Jugend, gebe mein Geld aus und schmeichle Unwürdigen*?[465] Ich habe tagaus, tagein der Familie gedient: den Haushalt organisiert, Hausarbeiten erledigt, Manuskripte abgeschrieben, den Grafen unterhalten, diesen blinden, betrunkenen, abgestorbenen Menschen, die schlechten Launen aller ertragen, vorgelesen, Kranke gepflegt« – »Frauenkram!«, unterbrach er sie – »ich habe Einsamen Gesellschaft geleistet, Niedergeschlagene getröstet; betrunkene Männer und geschmacklose Bemerkungen erduldet; dreizehn leidvolle Jahre lang! – und das ist nun der Dank für meine Aufopferung? Du, du sollst nun das Erbe erhalten, der du nie die Eltern unterstützt hast, der du selten im Hause warst, wenn sie dich gebraucht hätten, der du sie viel gekostet und ihnen noch mehr Ärger bereitet hast – Jagd, Weiber, Wein, Glücksspiel, großspurige Geschenke –, du sollst nun der alleinige Erbe sein, du und deine zukünftige Frau, die noch nie einen Finger für unsere Familie gerührt hat?«

Lutz hatte mit versteinertem Gesicht zugehört und gab sich den Anschein, als prallten ihre Worte von ihm ab.
»Wenn dieses Testament unverändert bleibt, *zwänge man mich, mein Glück bei Menschen zu suchen, die weder adlig noch meine Verwandten sind, dafür ehrenhafte Personen mit einem Gewissen.*«[466]
»Jammere nicht!«, entgegnete er scharf, »du exaltierte Person! Blähe deine Verdienste nicht auf, die Blase könnte platzen! Lies lieber das Testament genau, dann weißt du, dass dir das mütterliche Erbe verbleibt, wenn du dich nur standesgemäß verheiratest.«
»Ich habe das Testament sehr wohl verstanden. Die Bedingung ist unmenschlich. Du weißt das genau. Was fordert ihr von mir*? 1. eine starke Leidenschaft zu überwinden, 2. durch den Verzicht auf meinen Sohn die Stimme der Natur und die lebhafteste Zärtlichkeit zu ersticken, 3. mich den grausamsten Gewissensbissen auszusetzen, 4. die heiligsten Schwüre zu brechen – und das alles, um in der Sklaverei einer entehrten Tochter zu bleiben. O Gott, welch eine Situation*!«[467]
Zornig verließ sie das Zimmer, bevor ihr Bruder seinen Widerspruch loswerden konnte.

Viele Gedanken jagten durch ihren Kopf, ungeordnet und widersprüchlich. Warum hatte sie überhaupt die Ehe ihres Bruders eingefädelt? – Das neue Testament war einem Komplott entsprungen, hinter dem der Vater stecken musste. Aber auch die Mutter? Was für ein Kartell! Die Mutter, warum hatte sie das Testament geändert? Sie war schwach! – Klar, der letzte Wille ist nicht immer der letzte, und auch nicht immer der eigene. Man hatte die arme Frau eingeschüchtert, mit bösen Beschimpfungen bedroht, mit Beleidigungen, gewiss! So war dieses Testament entstanden. Es war ein Werk *der Rache*[468].
Wenn sie nur dieser Sklaverei rechtzeitig entkommen würde! Solange sie noch jung und mutig genug war, ihr Etablissement ohne das elterliche Erbe aufzubauen, würde sie es ja ohne Bedauern den Nachkommen der zukünftigen Frau von Bar überlassen. Sie prüfte sich genau: »*Gott sei Dank, ich finde, dass der Verlust des Vermögen und seines Wertes mir ziemlich gleichgültig ist, aber die Idee, dass man das Armenhaus zu meinem Schaden bevorzugt vor ei-*

nem Mann, dem man geschmeichelt hat, liebkost und soviel hat glauben lassen … und dann das Unrecht an Justgen …«[469]
Aber dann besann sie sich eines anderen. Sie schrieb an ihre Freundin, Frau Möser: »*Es ist gegen jede Gerechtigkeit, hier meine Jugend und meinen Besitz zu nutzen, um mich dann fallen zu lassen und dem Gespött von Menschen auszusetzen, die meinen Eltern noch niemals den geringsten Dienst oder die kleinste Gefälligkeit erwiesen haben.*« Sie würde um das ihr zustehende Erbe kämpfen! Und sie würde sich niemals auf eine standesgemäße Ehe verpflichten lassen. Niemals. Nirgends.

Der Kampf um das ihr zustehende Erbe hatte noch nicht einmal begonnen, da fuhr Lutz ein weiteres Geschütz auf, um sie zum Verzicht auf ihren Geliebten zu zwingen. Aber scharf schoss es nicht, das verstand sie schnell. Der Ehepakt zwischen den Familien von Bar und von Schele würde ihre Unterschrift benötigen, denn in dieser Vereinbarung würde auch ihr Anteil aus dem väterlichen, dem Bar'schen, Erbe geregelt werden. Für diesen ihren Anteil, lächerlich gering wie er war, hatte Lutz eine Formel einfügen lassen: dass sie das Erbe nur erhält, wenn sie unverheiratet bleibt oder sich standesgemäß verheiratet. Unannehmbar! Sie würde auf der Disposition über ihre eigene Person und über ihr Leben bestehen, ohne Einschränkung. Sie war entschlossen, unerschütterlich. Scheles würden ihre Unterschrift unter den Ehepakten brauchen, und die Juristen würden sie verlangen. Lutz' neuerliche Attacke war unklug, die Waffe würde auf ihn selbst zurückfeuern. Denn sie würde ihre Unterschrift unter diesen Vertrag verweigern, und ihre Weigerung würde den Bruder in größte Schwierigkeiten stürzen. Den Grund ihrer Ablehnung dürfte er nicht einmal offen legen, wollte er der neuen Verwandtschaft ihre Situation nicht erklären. Nichts wäre ihm schrecklicher. Nichts würde sein krankes Ehrgefühl mehr verletzen. Er wollte lieber ins Elend geraten, hatte er einmal gesagt, als schweigend einer nicht standesgemäßen Verbindung zustimmen. Welch eine Gelegenheit für sie, welch eine Machtposition, die sie, die kleine nachgiebige Schwester, hatte. Man hatte geglaubt, man könne alles von ihr verlangen. Nun dieser Fehlschlag für den Bruder! Diese Vorstellung *kitzelte.*[470] *Fortuna ist bizarr, und die Schläge des Schicksals sind sonderbar.*[471] Dann dachte sie an den Zorn ihres Bruders. Aber sie würde sich nicht einschüchtern und nicht umgarnen lassen. Sie würde standhaft bleiben, sie würde unter diesen Bedingungen nicht unterschreiben.[472] Auch Vaters Drohungen konnten sie nicht beeindrucken. Er wollte bei Ungehorsam sein Hausväterrecht über sie ausüben – was immer das heißen mochte – und sie ins Elend stürzen. Aber dieses Mal hatte sie die schärferen Waffen.

Die Verhandlungen zwischen den Familien von Bar und von Schele-Kuhoff über die Ehepakte der beiden Verlobten gestalteten sich schwierig.[473] Tausend Einwände und Probleme: die zukünftige Religion der Kinder – lutherisch oder reformiert? –, der Grafentitel, der dem Onkel zustand, aber nicht seinem Bruder und Neffen, das Geld, das von der Familie von Schele vorgeschossen werden sollte, bis Lutz einmal Herr von Barenaue sein würde. Alles lachhaft für sie, Johanna, aber zugleich höchst schmerzlich. Sie hatte die strenge Auflage erhalten, bei den Gesprächen in Kuhoff nichts über ihre Verhältnisse verlauten zu lassen. Es gelang ihr, diese Rolle zu aller Zufriedenheit zu spielen. Lutz hatte sie deshalb umschmeichelt, war bis zum Exzess freundlich gewesen, dabei war klar, dass er sie, wenn er von ihr erreicht hatte, was er wollte, *fallen lassen würde wie ein Utensil, das man nicht mehr braucht.* Den Vertrag mit der verhassten Bedingung unterschrieb sie nicht. Aber ein Eklat in Kuhoff konnte vermieden werden[474], denn Möser formulierte die sie betreffenden Passagen des Ehekontraktes neu: Die Klausel ihrer standesgemäßen Verheiratung entfiel, die Scheles waren bereit, die Mösersche Fassung zu akzeptieren, vielleicht hatten sie nicht einmal den Wegfall der Klausel bemerkt; aber der Bruder tobte im Kreise der Familie. Dieser Angriff war abgewehrt, sie hatte gewonnen.

Ein Verbündeter

Der Sieg an der einen Front war errungen, aber noch war die große Schlacht nicht geschlagen und nicht gewonnen: Sie war entschlossen, das neu gefasste Testament der Mutter, nach dem sie bei einer Mesalliance enterbt werden sollte, anzugreifen. Möser und seine Frau waren ganz auf ihrer Seite und sagten ihr Hilfe zu. Sie würden sie zu ihrer Taktik beraten. Vielleicht könnte

Möser sogar erfolgreich bei ihren Verwandten intervenieren. Er war ein so begabter Vermittler.

Sie wollte wohl dafür sorgen, dass ihr Freund dabei unbeschadet blieb. Das war ihr wichtig; er sollte doch auch ihrer Familie noch als Freund und glaubwürdiger Berater gegenübertreten können. Er dürfte in keinem Fall *zweideutig* erscheinen. Wenn er solche Schwierigkeiten sähe, würde sie ihre Bitte sofort zurücknehmen. Später würden sie beide ihre Briefe zu diesem Thema vernichten.[475] Johanna wollte jetzt wieder ihre geheimen Postwege nutzen, um ihren Briefwechsel dem inquisitorischen Zugriff ihrer Familie zu entziehen. Zur Sicherheit wählte sie Decknamen für ihren Mann und sich selbst, Kriegsnamen[476]. Sie nannte ihn Trueworth und sich selbst Betsy nach den Helden aus Eliza Haywoods Roman »The History of Miss Betsy Thoughtless« (1751). Möser wandte ein, dass diese Figuren den beiden realen Helden nicht sehr ähnelten. Sie musste gestehen, dass die Wahl nicht ideal war. Aber der Name für Johann gefiel ihr: »Trueworth, wahrer Wert. Sicher, ich gebe diesen Namen eines adligen Mannes nun einem Bürgerlichen, aber er besitzt das Herz und die Gefühle der Romanfigur, wenn auch nicht dessen Verdienste, Reichtum und Erziehung. Und Betsys Klage: ›*Trueworth, wie unglücklich sind Sie und wie beklagenswert ich selbst!*‹ passt doch gut auf meine Situation. Ja, ganz treffend sind die Decknamen sicher nicht, doch welcher Roman erzählt schon ein Schicksal, das dem unsrigen ähnelt? Nein, Abélard und Héloise sind keine Decknamen für uns, auf keinen Fall. Zwar wird auch in dieser Geschichte eine Liebe zwischen zwei jungen Menschen unterschiedlichen Standes dargestellt: die Liebe zwischen der jungen adligen Héloise und ihrem Hauslehrer Abélard. Aber ihr Schicksal ist so furchtbar, es wäre kein gutes Omen für uns.«

Bevor Möser sich für sie einsetzen wollte, bat er sie zu prüfen, ob ihre Beziehung zu Johann der Wirklichkeit und der Zeit standhalten werde. Ob ihre Liebe noch dauern werde, wenn erst die Leidenschaft abgekühlt sei. »Dessen bin ich mir ganz sicher. Ich liebe sein gutes Aussehen, gewiss, aber das ist nicht die Grundlage unserer Liebe. Noch bevor meine Leidenschaft entflammt war, die mich vielleicht geblendet hat, habe ich seinen Charakter kennengelernt. Ich habe Gelegenheit gehabt, ihn zu prüfen, und habe unwiderrufliche Beweise für seine Schönheiten und nur kleine menschliche Schwächen gefunden. Gesunder Menschenverstand, außerordentliche Großzügigkeit, Feinfühligkeit und Zärtlichkeit sind seine wesentlichen Charakterzüge. Wir haben einander nie etwas vorzuwerfen gehabt. Unsere Liebe hat sich in schwersten Zeiten bewähren müssen, in drei Jahren voller Sorgen, Schikanen, Prozesse, schlechter Launen und Anfeindungen. Ohne das süße Gefühl der Liebe hätte ich das alles nicht durchgestanden. Es wird mich weiterhin über alle Schwierigkeiten hinweg tragen. Auch früher habe ich jungen adligen Männern gefallen und manchen sehr geschätzt, aber zum ersten Mal in meinem Leben weiß ich, dass es einen Menschen gibt, den ich bis zu meinem Lebensende lieben kann. Mein großes Glück!«

Ob denn Meier ihr bis zum Ende treu sein könne und wolle, fragte Möser weiter in einem Brief. Auch wenn sie vielleicht in Armut leben müssten? Ob er ihr dann nicht Vorwürfe machen werde? »*Er ist außerordentlich großzügig, und das wird mich immer freuen.* Nicht vergänglicher Charme oder Interessen sind die Grundlage seiner Gefühle für mich; nein. *Die vielen schwierigen und kritischen Umstände, in denen Trueworth mich gesehen hat, haben ihm meine Gewissenhaftigkeit bewiesen und ihn überzeugt, in mir die gute und zärtliche Frau zu lieben. Ich bin bis zum Exzess gefügig und bis zu meinem Ende gehorsam. Ich kenne meine Aufgaben als Ehefrau und meine Pflichten, die ich frei wähle. Er wird mir sicher keine Vorwürfe machen, er weiß, dass er dazu keinen Grund hat, selbst wenn er später gegen unsere Armut grollen sollte. Sein gutes Herz wird meinen Kummer nicht vergrößern wollen. Ich mache ihm auch keine Vorwürfe.*«[477]

Schließlich gab Möser zu bedenken, dass sie wohl den *Beifall aller rechtschaffenen Personen* werde entbehren müssen.[478] Sie selbst hatte darüber oft nachgedacht, und sie blickte deswegen mit Sorgen in die Zukunft. »Ich empfinde es schmerzlich«, schrieb sie, »verachtet zu werden, und ich hoffe, dass ich dahin kommen werde, den Beifall *ruhig entbehren zu können*, wie Sie es mir empfehlen. Ich arbeite schon lange daran und tröste mich mit der Überzeugung, dass meine Sache gerechtfertigt, richtig und respektabel ist. Glanz und Ruhm sind mir nicht wichtig. Ich muss mir eingestehen, dass meine Situation seit 12 oder 13 Jahren obskur war und ich selbst völlig unbeachtet gewesen bin. Ich habe keinerlei Ruf erworben, der mich befriedigen oder mich für alle Nachteile meines Lebens in Barenaue entschädigen könnte. *Umso leichter kann ich von einem Theater abtreten, auf dem ich niemals brilliert habe und auf dem mich niemand vermissen wird.* Nur die Geduld und das Wohlwollen meiner engsten Freunde zählen für mich. Die zu verlieren, wäre allerdings tödlich. Ich werde vulgären Vorwürfen und blindem Unverständnis die Stirn bieten. Durch eine tadellose und vorbildliche Führung werde ich auch in meiner neuen Lage die Achtung meiner Feinde erzwingen. Ich schmeichle mir, dass ich in eben dieser Situation eine viel glücklichere Ehefrau sein werde, als es meine Mutter je gewesen ist und meine Schwägerin es jemals sein wird – trotz ihres Adels und ihres Reichtums. Trueworth wird seine Frau niemals misshandeln, sein Urteil ist großzügig, sein Herz gut und sein Gemüt sanft und ruhig.«

Mösers Fragen und Bedenken, die mit viel Liebe und Verständnis gepaart waren, trösteten Johanna: »*Niemals, lieber Freund, hätte ich Ihnen mit solchem Sanftmut und solchem Vertrauen geschrieben, wie ich sie heute empfinde, aber Ihre Antwort hat mich Tränen vergießen lassen, Tränen, die mir willkommen waren, ich untersuche nicht, ob ich sie aus Zärtlichkeit oder aus Freude vergossen habe; Sie haben mich in außergewöhnlicher Art meiner selbst versichert und mich wieder mit mir versöhnt. Ich habe mich schon sehr gering geschätzt: die gehässigen Vergleiche und, so wahr wie ein Gott im Himmel ist, die ungerechten Parallelen, mit denen man mich erdrückt, haben mich schon ganz und gar gegen mein armes Ich eingenommen, dem man die härtesten Vorwürfe macht, um mich zu beeinflussen …*

Dass das Bedürfnis zu lieben wesentlich ist usw. Der Gegenstand duldet keine andere Rechtfertigung als Wahrhaftigkeit und eine tiefe Überzeugung. Ich erachte es als einen großen Trost, dass Sie die einzigartigen und gefährlichen Umstände genügend berücksichtigen, um zwischen Verbrechen und Schwäche zu unterscheiden. Basta.

Ich küsse die Passage in Ihrer Antwort, wo Sie mich bestärken: Schätzen Sie Trueworth und lieben Sie sein Herz – diese Meinung ist für mich von unschätzbarem Wert, und ich verlange sonst nichts.«[479]

Mösers Prüfung war gründlich; einmal warf er ihr und Johann vor, dass sie so unvernünftig gehandelt hatten. Ja, sie musste zustimmen. Aber ob er in einem vergleichbaren Fall über jeder Leidenschaft gestanden hätte? Sie bat ihn, sich in Gedanken *an einen kleinen Hof zu versetzen, »wo Sie jedermanns Liebling sind, wo man Sie über alle anderen heraushebt, wo man Ihnen schmeichelt und wo man sich Ihres Geldbeutels und Ihrer Dienste bedient. Stellen Sie sich zugleich eine arme Prinzessin vor, volljährig und mit der Aussicht auf ein gutes Auskommen, diese Prinzessin schickte sich an, Ihr Glück zu machen, indem sie sich zukünftig an einem ruhigen Ort niederlassen will. Bedenken Sie dabei auch, dass diese Prinzessin Ihr Herz nicht gleichgültig gelassen hat – und urteilen Sie nun, Monsieur, ob Sie in dieser Romanze Weisheit und Mäßigung hätten aufbringen können! Aber ach! Die Wirkungen einer Leidenschaft zu erahnen, ist ebenso unmöglich, wie den Fieberwahn vorherzusagen, wenn man von einem kalten Schauder erfasst wird. Seien Sie nicht zu streng, mein lieber Möser; ich glaube, dass Sie Herr jeder Leidenschaft sind so wie Scipio; aber erlauben Sie, dass ich Sie für einen sehr liebenswerten Menschen halte, von beispielhafter Tugend, und nicht für einen Engel, der völlig geistig und metaphysisch ist. Basta!*«[480]

Eine openhertige Onderreedung

Die Mutter war niedergeschlagen und ständig krank; sie brauchte selbst für die kleinen täglichen Verrichtungen die Hilfe ihrer Tochter. Johanna hatte sie wissen lassen, dass sie nur ihretwegen in Barenaue blieb, dass sie nur darum ihre öffentliche Verbindung mit Johann aufschob und dass sie ein ehrenvolles Angebot am Hof des Grafen von Lippe ausgeschlagen hatte.[481] Die Mutter verstand sie sehr wohl und zeigte Jeanne ihre Zuneigung und ihre Dankbarkeit.

Aber das geänderte Testament! Anfangs hatte sich Johanna sehr über die Mutter geärgert. Aber allmählich verstand sie, wie zerrissen die Mutter war.[482] Wie zuwider war ihr die Kassation ihres ursprünglichen Testamentes zugunsten ihrer Tochter! Aber dann wiederum war ihr das *Verbrechen einer Mesalliance …* verhasst. *In ihr kämpften ihr Adelsstolz und ihre Liebe* zu ihrer Tochter aufs Härteste. Sie liebte ihre Jeanne zu sehr, um sie in Armut zu stürzen, das wusste Johanna, aber ihre *Eitelkeit* hinderte sie daran, ihren Besitz *einer nichtadligen Nachkommenschaft zu hinterlassen.* Das Resümee: Das Herz und das Wohlwollen waren für sie, Johanna, das Geld für die anderen.

Johanna war bald überzeugt, dass die Mutter unter dem Druck der Bar'schen Männer stand und nur darum das Testament umgeschrieben hatte. Sie litt mit ihr, der armen, ein *wenig schwachen* Frau. Nur Möser würde *das Gleichgewicht herstellen können* zwischen dem letzten Willen und ihrem wahren Willen. Die Mutter wünschte ein Gespräch mit ihm. Johanna bat ihren weisen Freund, den einfühlsamen Kenner der Herzen, den Versöhner, mit der Mutter eine *openhertige Onderreedung*[483] zu führen.

Er kam auf ihren Ruf nach Barenaue; der Zeitpunkt war gut gewählt, Lutz war auf Reisen. Welch eine Beruhigung von dem Freund ausging, wie viel Zuversicht. Selbst der Vater war zu geistreichen Bemerkungen aufgelegt. Eine Unterredung mit der Mutter unter vier Augen brachte für Johanna die Wende. Sie erfuhr nie, was die beiden besprochen hatten. Aber die Mutter kassierte das Testament des Vorjahres und setzte ihre Tochter wieder als Haupterbin ein – ohne eine Mesalliance-Klausel.[484] Sie, Johanna, würde Möser dafür ihr Leben lang dankbar sein. Dafür und für vieles mehr. Der Vater war in keiner Weise mit dieser Wendung einverstanden. Er war ganz auf Lutz' Seite. *Vater und Sohn* waren *niemals einer Meinung, außer wenn es darum ging*, ihr *irgendetwas in dem besagten Fall zu nehmen.*[485] Im Augenblick konnte man überhaupt nichts mit ihm besprechen bei *seinen schnell wechselnden Launen und seinen Ausfällen*, unter denen sie und die Mutter litten.[486]

Als Johanna ihrem Bruder die neueste Fassung des Testaments zeigte[487], ergriff ihn die kalte Wut. Seine Zukunftsprospekte vernichtet und eine Frau belohnt, die die Familienehre mit Füßen trat! Er, er, der die Familientradition fortführen würde, benachteiligt, fast ohne Mittel! Er wollte ja das Geld nicht für sich, sondern für die Zukunft der Familie von Bar. Er tobte und schrie, er beschimpfte sie und spuckte alle seine Verachtung aus. Wie beschränkt sie denn sei, um das nicht zu begreifen! Das Interesse des Familienverbandes gehe schließlich ihrem individuellen vor! Er wusste, einen guten Moment für ein Gespräch mit der Mutter abzupassen und von ihr erneut ein Testament zu seinen Gunsten zu fordern, aber anders als sonst blieb sie völlig unzugänglich und erklärte, sie könne nur mit dieser Lösung ihr Gewissen beruhigen und möchte nicht weiter mit ihm darüber sprechen. Welch eine Überzeugungskraft musste Möser in seinem Gespräch mit der Mutter gehabt haben, dass sie nun so unerschütterlich für ihren Willen einstehen konnte! Lutz versuchte noch einmal mit Johanna zu verhandeln, dieses Mal appellierte er an ihr Mitgefühl für ihn und seine zukünftige Fa-

milie. Sie verwies auf i h r e kleine Familie, ja, so nannte sie ihr Arrangement. Er schwieg, aber sie sah, wie er sich an einem sarkastischen Kommentar fast verschluckte. Er lief durchs Haus mit einem Gesicht wie Bruder »*Isegrimm*«[488], wie sogar der Vater anmerkte.
Sie verbiss sich, Triumphgefühle zu zeigen – aber hatte sie nicht auf der ganzen Linie gesiegt?

Die Ehre

Georg Ludwig litt in dieser Zeit. Einst hatte er von einem ruhigen Landleben geträumt, von der Einsamkeit und Ruhe auf dem Lande:

Glücklich, wer – gleichgültig gegenüber der Welt,
so wie unsere ersten Sterblichen –
mit einer fruchtbaren Hand selbst
die väterlichen Ländereien bestellt:
Ja, kein Eremit oder stolzer Einzelgänger,
sondern so, wie Horaz den Weisen malt,
einer, der zu leben weiß, von Horaz erleuchtet,
sich glücklich hingibt
dem arbeitsamen Müßiggang
und als Weiser untätig arbeitet.[489]

Das war immer ein Traum gewesen; aber er wusste genau, dass er das Landleben nicht lieben würde. Es war nur seine Sehnsucht nach Frieden, die ihm dieses Bild vorgaukelte. Der unaufhörliche Kampf mit seinem Bruder, dessen ständige Beleidigungen und Ungerechtigkeiten. Der nie endende Zwist mit seinem Sohn Lutz. Und nun auch noch eine Tochter, die sich von einer liebenswürdigen jungen Frau zu einer widerborstigen, eigensinnigen Person entwickelt hatte, und das angeblich der Liebe wegen!
Er trank mehr als sonst, schlief schlecht, fühlte sich am nächsten Morgen elend, fast jeden Nachmittag kam sein Sohn in die Bibliothek und klagte über seine Schwester, oder es kam ein Brief vom Rechtsanwalt des Grafen mit Forderungen, so dass er, Georg Ludwig, sich am Abend bei einem guten

Glas Rotwein entspannen musste. Sein Sohn hatte ja recht: Johanna würde ihn, Lutz, noch um sein Glück bringen. Konnte man ihrer Verschwiegenheit trauen? Würde Klara Sophie Wilhelmine von Schele seinen Sohn, seinen einzigen Sohn, heiraten wollen, wenn sie von Johannas Geschichte erfahren würde? Waren die Scheles nicht adelsstolz? Ehrbewusst? Diese Ehe musste zustande kommen, koste es, was es wolle. Sie konnte Lutz endlich das Glück bringen, das ihn sein Leben lang gemieden hatte. Warum war er oft so sarkastisch? Sprach aus seinen bösen Bemerkungen nicht Enttäuschung, hatte er nicht viel Pech gehabt? Vielleicht würde er in der Ehe mit Klara Sophie glücklich werden, er schien sie zu verehren und zu lieben. Ja, Georg Ludwig wünschte sehr, dass diese Ehe zustande kam.

Und Jeanne? Er war so verärgert über sie – aber allmählich wurde er nachdenklich und schließlich besorgt: Sie hatte es nicht verdient, in Armut und Elend zu leben. Diese liebenswürdige, gebildete junge Frau, die sich seit vielen Jahren um ihn, seine leidende Frau und den unwürdigen Grafen gekümmert hatte. Aber warum hatte sie sich in diesen unsäglichen Meier verliebt? Sie schien fest entschlossen, ihren Weg zu gehen. Sie folgte unbeirrbar ihrer Liebe zu diesem Mann und ihrem Kind. Aber dieser Weg würde sie nicht zu Ansehen und Ehre führen. Sie hatte großen Mut, das musste man einräumen, aber kein Ehrgefühl. Wo war ihr Adelsstolz geblieben? Und wo der seiner Frau? Was hatte sie dazu gebracht, abermals ihr Testament zu ändern, wieder zugunsten von Jeanne? Sie war partout nicht bereit, davon abzurücken. Vielleicht hatte sie damals nur unter Druck gehandelt, als sie Jeanne im Falle einer Mesalliance enterbte, hatte Angst vor dem tobenden Sohn und vor ihm selbst und seinen Launen gehabt. Das tat ihm nun leid. Ja, launisch, wendisch, das war er manchmal, das musste er eingestehen, oder vielleicht nur zerrissen zwischen dem Glück des unglücklichen Sohnes und dem Unglück der glücklicheren Tochter. Vielleicht war es gut, dass seine Frau dieses Testament mit der Mesalliance-Klausel kassiert hatte. Der Adel war eine *Bürde.* Er verpflichtete zu einem Leben in Ehre und Ruhm, und verschloss einen ganzen Kosmos, viele einträgliche und ehrbare Berufe[490] und angenehme Lebensformen.

Warum war ihm selbst die Ehre wichtig? Die Adelsehre? Was war das, diese Ehre? War diese Ehre nicht auch ein Tyrann, und hasste er nicht Tyrannen?

Gab es sie überhaupt? War sie nicht ein Konstrukt? Er setzte sich an seinen Schreibtisch und schrieb nach einigem Nachdenken:

L'honneur est un Tyran connu pour un Fantôme
Et l'Homme, esclave et libre, obéit sa voix
L'honneur, ce fanfaron, impose à l'honnête homme,
La Loix d'offenser Dieu, le Beau-Sens et les Loix.[491]

Die Ehre ist ein Tyrann, ein Phantom, wie man weiß,
und der Mensch, ob Sklave oder frei, gehorcht seiner Stimme,
Die Ehre, diese Aufschneiderin, zwingt dem Ehrlichen ihr Gesetz auf,
nämlich Gott, den gesunden Menschenverstand und die Gesetze zu beleidigen.

Über dem Schreiben war Georg Ludwig zu Ruhe gekommen. Nein, er wollte nicht dem Diktat einer solchen Ehre folgen. Er würde sich nicht von diesem Phantom tyrannisieren lassen. Sollte Jeanne ihren Weg gehen und Lutz den seinen. Er würde sich einfach aus den Auseinandersetzungen zurückziehen. Sollte sein Sohn seinen Kampf selber austragen, wenn er nicht anders konnte. Er würde sich von nun an nicht mehr in die strittigen Fragen einmischen.[492] Die wahren Güter des Lebens waren doch Gesundheit, Ruhe, Unbeschwertheit und Freundschaft.[493]

Krieg und Hochzeit

Das Fürstbistum litt unter zwei weiteren schlimmen Einfällen französischer Truppen: Im August rückte eine Einheit unter Marquis Conflans in das Fürstbistum ein, im September eine weitere unter dem Brigadier Wurmser, denen erst Mitte Oktober wieder englische Truppen folgten. Die Franzosen betrachteten das Fürstbistum Osnabrück nach dem Tode des Kurfürsten Clemens August als feindliches Land und erhoben Kontributionen in noch nie dagewesener Höhe, und zwar unter Androhung von Brandschatzung und Geiselnahme. Osnabrück war nach dem jahrelangen Krieg völlig ausgesogen, die Osnabrücker brachten nur einen geringen Teil zusammen. Ihr

Entsetzen und ihre Verzweiflung waren grenzenlos, und ihre Furcht vor Feuer und Gewalt schnürte ihre Herzen ein. Möser versuchte, die Forderungen herunterzuhandeln und frühere Leistungen in Anrechnung zu bringen, aber nur mit geringem Erfolg.

Johanna tat alles, um das wieder erworbene Vertrauen ihrer Eltern nicht zu gefährden. Endlich hatte sie das Misstrauen zerstreut, mit dem man sie so lange beleidigt hatte.[494] Nein, sie würde sich nicht heimlich mit Johann treffen. Das hatte sie Möser versprochen. Sie hatten von einander Abschied genommen, der Abschied reichte über eine Entfernung von 14 Meilen; das war zwar nicht tröstlich, aber sie waren unangreifbar. Und welches Vergnügen könnte auch ein heimliches Zusammensein von ein oder zwei Stunden machen? Sie konnte es sich nur als eine düstere Begegnung vorstellen, so düster, dass sie sich in ihr Zimmer einschließen und den Schlüssel in den Brunnen werfen würde, wenn sie ihren Liebsten in der Nähe wüsste, um nicht der Versuchung zu erliegen, ihn doch zu treffen. Letzthin war sie mit einem von Lutzens Hunden, dem einzigen Begleiter, den sie finden konnte, alleine ausgegangen – räuberischen Soldaten zum Trotz. Ja, sie war zum Stallhaus gegangen und hatte sich auf einen Heuhaufen niedergelassen und melancholisch einige Rosinen gegessen. Die Erinnerung an das Gute, das sie hier erlebt und besessen hatte, ließ sie bitterlich weinen. Als sie gegen 7 Uhr zurückkehrte, wagte sie nicht, zu den Eltern hoch zu gehen, ihre Augen waren zu verweint, stattdessen besuchte sie sogleich den alten Grafen – ganz gegen ihre Gewohnheit. Oft saß sie vor dem kleinen leeren Kamin in ihrem Zimmer, schaute in die dunkle Höhle und dachte an Johann und an Fritzchen. Dann auch an ihre Freunde, die Mösers, die nicht den Glauben an sie verlieren durften.

Am 7. Oktober 1761 – noch immer wüteten die Franzosen in der Stadt – fand die Vermählung von Gotthard Ludwig von Bar mit Klara Sophie Wilhelmine von Schele statt. Bei dem Hochzeitsfest kam Johanna neben Möser zu sitzen, so wie sie es sich gewünscht hatte.[495] Die von ihr erwartete Rolle als Brautjungfer – schöne Jungfer! – spielte sie so, wie man es von ihr erwartete.[496] Nach der Verheiratung zog das junge Paar auf das Bar'sche Gut Borgwedde, das der Graf den beiden überlassen hatte.[497] Das Haus befand sich in schlechtem Zustand. Aber sie hätten nicht in Barenaue einziehen können, es hätte ständig Streit gegeben.[498] Lutz würde erst nach dem Tod von Graf, Vater und Mutter Schlossherr in Barenaue werden. Das konnte noch lange dauern.

Die französischen Forderungen drückten die gebeutelten Osnabrücker schwer. Die Rückkehr der Engländer und ihre Einquartierung entlasteten sie kaum. *Diese Einquartierung ist sehr schlimm gewesen, weil nicht allein viele Soldaten in den Häusern waren und ihnen alles an den Fingern klebte, damit sie etwas zu saufen hatten, wiewohl sie genug gestrippst wurden mit einer Geißel von 4 bis 5 Strängen, welches sie aber nicht achteten, sondern es durfte keiner des Abends ohne Leuchte auf der Straße gehen, sonst war er vor den räuberischen Soldaten und vor der Patrouille nicht sicher, sogar legten sie einige Male die Hände an ihre eigenen Offiziere und beraubten sie.*[499]

Alle kriegführenden Nationen wünschten den Frieden, aber nicht ihre Beherrscher. Nur Friedrich II. von Preußen allein sehnte sich darnach, jedoch ohne Aufopferungen zu machen.[500] Maria Theresias Absicht war es, Schlesien zurückzuerobern, ihre Hauptabsicht aber, Friedrich auf den *Rang eines kleinen Fürsten zu erniedrigen.* Die Zarin *Elisabeth hatte ihre Rache gesättigt*, aber sie betrachtete *Preußen als eine russische Provinz*, die durch Krieg behauptet werden musste. *Dem Hof zu Stockholm und der ganzen schwedischen Nation war der Krieg mit Preußen von Anfang an verhasst gewesen, allein das Heft der Regierung lag noch immer in den Händen von Reichsräten, die blindlings den Befehlen* aus *Versailles gehorchten. Die französische Nation schmachtete zwar am meisten nach dem Ende eines Krieges, der ihr Land von Menschen und Geld entblößte, der aus Phantasie angefangen, aus Privateigennutz der Minister und der königlichen Buhlerin fortgesetzt und jetzt, ohne zu wissen warum, mit Wut verlängert wurde.* Es war *ein Krieg, der die französischen Waffen* mehr als irgendein anderer *mit Schande bedeckt hatte.* Ludwig XV., der nur für seine Vergnügungen einen Sinn hatte, bekümmerte sich wenig um das Glück oder Unglück seines Volkes.

1762

Eine zukünftige Welt

Es muss einmal die Systemfrage gestellt werden! Das folgende Gespräch ist fiktiv. Es ist auch nicht belegt, dass sich Sagramoso zu dieser Zeit in Barenaue aufhielt. Mösers Ansichten sind in seinen zahlreichen Veröffentlichungen nachzulesen, Sagramosos beruhen auf Vermutungen, Johannas auf Erdichtung.

Der Vater war schon nach oben in die Schlafräume gegangen, eine Flasche Rotwein unter dem Arm; er wäre kein guter Gesprächspartner mehr gewesen. Michele Sagramoso, Justus Möser und Johanna saßen noch zusammen vor dem Kamin. Im Haus waren alle Geräusche verstummt, es herrschte Ruhe.

Möser eröffnete das Gespräch: »Marchese, gerne erinnere ich mich an Ihren Besuch vor 14 Jahren in Barenaue, als ich Ihre Bekanntschaft machen durfte. Ich war der Familie von Bar dankbar für die Einladung, die mich mit Ihnen zusammengebracht hat, und ich danke Ihnen, liebes Fräulein, für das heutige Vergnügen.«

»Das Vergnügen ist ganz auf meiner Seite«, erwiderte Sagramoso. »Ja, wir haben lange Gespräche im dunklen November geführt, ich erinnere mich gut. Ich war gerade aus Petersburg zurückgekommen und noch immer begeistert von dieser prächtigen Stadt, den herrlichen Bauten und dem genialen Zaren Peter. Aber auch Entsetzen hatte sich in die Bewunderung gemischt: Entsetzen über die übermenschlichen Leistungen, die aus den armen Leibeigenen herausgepresst wurden, und den hunderttausendfachen Tod der Arbeiter, die die Wunderwerke in Petersburg errichten mussten. Es war ein zerstörerischer Aufbau.«

»Ich erinnere mich auch«, ergänzte Johanna, »wie erschrocken wir waren. Erschrocken über einen Herrscher, der sein Paradies auf den Knochen seiner Untertanen erbaut. Ich habe später noch oft darüber nachgedacht. Müssen Verbesserungen immer mit Verschlimmerungen einhergehen?«

Sagramoso stellte Gegenfragen: »Wer ist ein guter Herrscher? Was ist eine gute Gesellschaft?«

»Und welche Rolle soll der Einzelne in der Gesellschaft spielen? Rousseau hat uns angesteckt«, sagte Johanna und sah auf seinen »Gesellschaftsvertrag«, der auf dem Tisch lag. Die beiden Herren stimmten zu. »Er gibt uns schon ordentlich zu denken mit seinen radikalen Ideen vom Menschen und von einer guten Gesellschaft.«
Möser nickte: »Radikal ist ein gutes Attribut für seine Theorie. Rousseau, der Radikale. Er reißt alles Bestehende mit der Wurzel aus. Ich bin der Meinung, dass niemand ohne Wurzeln leben kann. Radikale Ideen atmen einen Todeshauch aus, wehe, wenn sie umgesetzt werden.«
»Und doch sind Rousseaus Ideen bedenkenswert und mehr als ein weltfernes Gedankengespinst oder gar ein zerstörerisches Gift«, wandte Johanna ein. »Die Idee von einer Gesellschaft ohne Stände – mich fasziniert die Vorstellung, dass alle Menschen gleich und frei geboren werden, dass Bettler Fürstenbrüder sind. Dass alle die gleichen Rechte haben und dass jedermann vor dem Gesetz gleich ist. Dass es keine Stände mehr gibt, keine Vorrechte, keinen Standesdünkel.«
»Wir wissen«, nickte Möser, »was Sie empfinden, liebes Fräulein, wenn Sie von Ständen und Standesdünkel sprechen. Ich verstehe es nur zu gut, dass Rousseaus Entwurf Sie fasziniert. Dass die Vorstellung einer Gesellschaft ohne Standesgrenzen für Sie verlockend ist. Es ist in der Tat eine aufregende, eine umwälzende Idee. Aber wird sie den Menschen gerecht, den Menschen in ihrer großen Verschiedenheit?[501] Können alle Menschen gleich sein, gleich in ihren Rechten und gleich vor dem Gesetz, wie Sie es sagen? Obwohl sie von Natur aus so unterschiedlich sind? Ach, liebes Fräulein, was ist aus unsrer vergnüglichen Plauderei geworden, wohin haben wir uns verirrt? Das heitere Gespräch ist zu ernst geworden.«
»Lieber Freund«, widersprach Johanna, »Sie wissen, wie gerne ich mit Ihnen diskutiere, auch über schwierige Themen. Wie könnte ich Rousseaus Thesen besser verstehen als in einem Diskurs mit Ihnen?«
Möser ließ sich darauf ein: »Wenn Sie mögen, will ich erläutern, warum die Menschen in unseren Gesellschaften nicht die gleichen Rechte haben können. Sie unterscheiden sich in ihren Fähigkeiten und Begabungen von Geburt an und von Natur aus. Auch sind sie geprägt durch die Verhältnisse, in denen sie leben. Und schließlich entscheidet ihr Eigentum über ihre Stellung in der Gemeinschaft. Manche verfügen über großes Eigentum, manche über

geringes, manche sind besitzlos. Aus diesen unterschiedlichen Eigentumsverhältnissen sind ihnen über die Jahrhunderte unterschiedliche Rechte und Verpflichtungen gegenüber der Gemeinschaft erwachsen. Jedes Gemeinwesen baut auf diesen Unterschieden auf. Betrachten wir z.B. nur einmal die Menschen genauer, die von dem Land leben: Es sind die unterschiedlichsten Gruppen, und sie existieren unter ganz verschiedenen Bedingungen. Die abhängigen Eigenbehörigen, die armen Heuerleute, die nichts ihr Eigen nennen. Dann die Pächter, Personen also, die eine Pacht bezahlen können, weiter die Bauern mir ihren eigenen Höfen und schließlich die Landadligen, die große Güter besitzen und bearbeiten lassen. Diese verschiedenen Gruppen von Menschen haben wenige gemeinsame Interessen. Die Besitzlosen wollen aus dem Land, das ihnen nicht gehört, so viel herausholen, dass sie sich und ihre Familie ernähren können, die anderen aber, die Pächter und noch mehr die Landeigentümer, wollen Überschuss erwirtschaften, um ein aufwendiges Leben zu finanzieren und ihren Besitz zu mehren. Sie denken langfristig und werden den Boden meliorieren, sie werden dem Moor Land abringen, sie werden die Wälder pflegen. Das ist die Grundlage für ihr Einkommen und ihre oft bequeme Lebensweise. Zugleich schafft ihr Land auch Arbeit und Einkommen für Besitzlose und versorgt die gesamte Bevölkerung mit Nahrung. Je mehr Eigentum ein Mensch besitzt, umso größere Verantwortung trägt er für das Ganze, umso mehr Rechte muss er haben; sonst kann er seiner Verantwortung nicht gerecht werden. Wer nichts besitzt, kann nichts verlieren. Wer viel besitzt, haftet mit seinem Eigentum. Die unterschiedlichen Aufgaben und Beiträge für das Ganze führen zu unterschiedlichen Rechten und Freiheiten. Das ist der Ursprung der Stände.«

Eine leichte Empörung zitterte in Johannas Stimme: »Ich kenne viele Besitzer großer Ländereien, die dieser Verantwortung in keiner Weise nachkommen, die ihr Land aussaugen und auf Kosten ihrer Leute ein gutes Leben führen, bis sie ihr Eigentum ruiniert haben und weder sich noch ihre Leute nähren können.«

»Sicher gibt es solche Eigentümer«, erwiderte Möser. »Es gibt immer Missbrauch von Vorrechten und schwere menschliche Verfehlungen! Aber, liebes Fräulein, Ihnen fallen sicher auch viele sehr verantwortungsvolle Landbesitzer ein.«

»Ja, ich kenne leuchtende Vorbilder. Aber einmal grundsätzlich gesprochen: kann es wirklich gerecht und sinnvoll sein, aus unterschiedlichem Besitz unterschiedliche Rechte herzuleiten, die sich dann auch noch vererben? Rousseau postuliert die Gleichheit der Menschen vor dem Gesetz – vor Gott sind ja auch alle Menschen gleich.«

»Da stimme ich Ihnen zu. Auch als moralische Wesen sind alle Menschen gleich; darauf beruhen ihre Menschenwürde und ihre Menschenrechte. Aber ich unterscheide zwischen Menschenrechten und Bürgerrechten. Als Bürger haben die Menschen nicht die gleichen Rechte.«

»Deine Überlegungen, liebe Cousine, mögen deinen Hoffnungen und deinen Wünschen entspringen, aber sie liegen auch mir nahe. Im Tiefsten meines Herzens bin auch ich davon überzeugt, dass alle Menschen die gleichen Rechte haben. Unabhängig von ihrer Herkunft und ihrem Verdienst.«

»Mir fällt der alte Spottvers ein: Als Adam säte, Eva spann, wo war denn da der Edelmann? Alle Welt spricht von einem Vertrag, auf den sich der Staat gründet. Von einem Vertrag, den die Menschen in der frühen Zeit miteinander geschlossen und dabei Rechte und Pflichten verteilt haben. Wo ist dieser Vertrag? Gab es ihn wirklich? Oder ist er nicht eine Chimäre und der Adel *ein bloßes Gedankending*?[502]« Sie wurde lebhaft: »Ja, ich möchte behaupten, dass das Recht des Einzelnen nicht erst in einer Gesellschaft und in der Geschichte entsteht, sondern dass es dem Menschen eingeboren ist. Ich weiß, ich stehe damit völlig in Gegensatz zu meinen Standesgenossen. Kein traditionsbewusster Adliger könnte dem zustimmen. Jeder von ihnen wird sich auf die große Vergangenheit seines Geschlechts berufen, auf seine eigene Verantwortung und auf die Heldentaten seiner Vorfahren, und damit wird er seine adligen Vorrechte begründen.«

»Nicht zu Unrecht!«, entgegnete Möser. »Der Adel hat bei uns immer eine wichtige Rolle gespielt, und er hat seine Verdienste. Ich möchte hier gar nicht darauf eingehen, dass die Stände und vor allem der Adel ein unerlässliches Bollwerk gegen einen machthungrigen absoluten Herrscher sind. Ich möchte Sie vielmehr an die besonderen Leistungen des Adels erinnern. Sie wissen es selbst, liebes Fräulein, der Sohn eines Adligen wird früh in die Verwaltung der Ländereien eingewiesen, er lernt zu führen und erwirbt den weiten Blick, der manchem Bürger fehlt. Er entwickelt eine Sicherheit im Denken und Handeln, die ein Emporkömmling nie erwerben wird, und er wird eine leitende Stelle im Staat sehr gut ausfüllen können. Manchmal als Staatsmann, vor allem aber im Militär. Denken Sie an Ihren Bruder. Er war schon als Kind zum Soldatenstand bestimmt, er nahm früh an Jagden teil, lernte reiten und fechten und wurde als sehr junger Mann Fähnrich, und das während eines Krieges. Das ist kein leichter Weg, er ist für den jungen Mann entbehrungsreich und muss von der Familie finanziert werden. Es dauert viele Jahre, bis er endlich Offizier ist und ein Gehalt bekommt, von dem er eine Familie ernähren kann.[503] Wir stehen am Ende eines furchtbaren Krieges und wissen, welche großen Leistungen die jungen Adligen und die älteren in den hohen Offiziersrängen für das Vaterland erbracht haben. Welche Opfer, wie viele Leben! Diese Pflichten und Lasten kann nur einer übernehmen, der dazu durch seine Erziehung vorbereitet und durch Eigentum abgesichert ist. Diesen Männern gebühren Ehre und Vorrechte. Aber auch die anderen Stände leisten ihre unverzichtbaren Beiträge für den Staat; es sollte ein jeder an seinem Platz stehen und seine Ehre darein setzen, sein Bestes für alle zu geben. Die Stände sind ein unerlässlicher Pfeiler für unser gemeinsames Haus.«[504]

»Bis zu einem gewissen Grad kann ich Ihnen zustimmen, Monsieur«, bemerkte Sagramoso. »Ich habe das auf meinen Reisen auch beobachtet, aber ich habe ebenso oft bemerkt, dass bürgerliche Männer ihre Herkunft weit hinter sich lassen und Außerordentliches zuwege bringen als Gelehrte, Forscher oder Expeditionsreisende, als Juristen und Staatsmänner. Es gibt so viele Begabungen und Fähigkeiten, die nicht an Stände und nicht an Eigentum gebunden sind. Warum sollten wir diese Menschen in den ständischen Fesseln halten? Wie gut wäre es für unser Gemeinwesen, könnten wir die Besten für die großen Aufgaben in unserer Gesellschaft gewinnen. Viele Menschen können vieles, ich bin von der Lernfähigkeit der Menschen überzeugt. Lieber Freund – so darf ich Sie doch nennen – sind Sie selbst nicht ein lebendes Beispiel einer überragenden Begabung? Haben Sie selbst nicht einen großen Einfluss auf die Geschicke des Fürstbistums Osnabrück? Sind Sie nicht ein Beweis für die Richtigkeit der Rousseauschen Ideen?«

Möser lachte: »Ich danke Ihnen für Ihre sehr schmeichelhaften Komplimente. *Das Glück der menschlichen Gesellschaft muss unser … wahrer Wunsch sein, und wer das nicht befördert, der hat kein Verdienst bei uns.*[505] Das ist meine Devise. Ist das nicht ein selbstverständlicher Leitsatz? Sie überschätzen meine

Arbeit, lieber Marchese. Mein Einfluss ist begrenzt, und er ist umso wirksamer, je weniger Aufsehen er erregt.«

Johanna wandte ein: »Seien Sie nicht so bescheiden, lieber Freund. Ihre Leistungen verdienten eine öffentliche Auszeichnung; Sie sollten ein hohes Amt erhalten – doch vielleicht sehen Sie das nicht als eine ehrenvolle Anerkennung an. Was haben Sie nicht alles für das Fürstbistum getan! Wie haben Sie sich in den letzten Jahren aufgerieben, um die hohen Kriegslasten von uns abzuwenden. Eine beschwerliche, kräftezehrende Arbeit, und dabei haben Sie Ihre Gesundheit vernachlässigt! Dazu alle Ihre anderen Ämter! Sie arbeiten als advocatus patriae, als Rechtsanwalt, als Syndikus der Ritterschaft und so weiter. Eine Liste Ihrer Tätigkeiten und Leistungen würde uns noch den ganzen Abend beschäftigen, und es würde mir vielleicht sogar gelingen, Ihnen Röte ins Gesicht zu treiben – aber wer wollte das?«

»Liebe Freundin«, lächelte Möser, »Sie erheitern mich, und, wie ich glaube, Sie verstehen mich auch. Ich bin für Ruhm wenig empfänglich. Außerdem bin ich davon überzeugt, dass ich auf stillen Wegen meine Ziele am besten erreichen kann: Ich möchte vermitteln und Probleme lösen, ohne dass eine der Konfliktparteien Nachteile für sich empfindet.«

Sagramoso beharrte auf seiner Meinung. »Was ist das für ein System, in dem die Tüchtigen nur im Verborgenen arbeiten können, um etwas zu bewirken? Es ist doppelbödig und brüchig und muss grundlegend reformiert werden.«

»*Das mag in der Theorie richtig sein, taugt aber nicht für die Praxis.*[506] Sie wissen: Ich bin ein Pragmatiker. Das Leben ist so reich und vielfältig, die Erfahrung zeigt uns eine bunte Welt – was könnte da die karge Vernunft, was könnten abstrakte Prinzipien und erdachte Modelle ausrichten? Sie bürden der Vernunft eine zu große Aufgabe auf, Marchese. Ich bin nicht so optimistisch wie Sie, dass sie diese Last tragen kann. Vielmehr fürchte ich, Rousseaus Theorie ist für andere Menschen entworfen, als sie bisher geboren wurden. Sicher, Marchese, Sie haben die große Welt gesehen, waren Gast an vielen Höfen, kennen unterschiedliche Nationen und Gesellschaften aus eigener Anschauung, Sie haben Kenntnisse erworben, die wir uns nur aus Büchern zusammenlesen. Sie haben gesehen, wie Menschen in anderen Ländern ihr Zusammenleben organisieren und wie sie ihre Zukunft gestalten wollen. Ich wiederum habe in die Vergangenheit geblickt, habe mich viel mit der Geschichte unseres Landes befasst, und ich habe verstanden, welch

ein schweres Gewicht die Vergangenheit für uns Heutige ist. Man kann diese Verankerung nicht in kurzer Zeit lösen, ohne vieles, vielleicht alles, zu zerstören, was sinnvoll und gut ist. Wie kommt das Neue in die Welt? Änderungen sind oft notwendig, aber sie müssen aus dem Bestehenden organisch erwachsen. Im besten Fall bemerken die Betroffenen sie gar nicht, niemand wird dabei beschädigt. Diese Neuerungen werden sich also nur ganz allmählich entwickeln, und sie werden nicht zu einer völligen Umwälzung unserer Gesellschaft führen können.«
Sagramoso wandte ein: »Menschen werden ungeduldig, irgendwann wollen sie nicht länger warten.«
Möser wurde sehr ernst: »Die Ungeduld ist keine gute Lehrmeisterin, und schnelle Änderungen werden für viele sehr schmerzlich sein. Man verändert nicht so leicht Bestehendes, das in der Vergangenheit Gutes bewirkt hat, auch wenn es heute hier und da überholt scheint und der Reformen bedarf. Um wieder an unser Thema anzuknüpfen: Man kann nicht die Stände beseitigen, ohne die gesamte Rechtsordnung zu ändern. Würden wohl der Adel und die Geistlichkeit jemals in einem freiwilligen Akt auf ihre Vorrechte verzichten? Was würde geschehen, wenn die Gleichheitsidee um sich griffe und in die Köpfe auch der Unerfahrenen und Unklugen einzöge? Was täten die Eigenbehörigen, die Kötter, die Heuerleute, die ärmsten Menschen, wenn sie die gleichen Rechte erhielten wie ihre Herren und Brotgeber? Es würde eine Revolution ausbrechen! Und die wäre schrecklich. Feuer und Gewalt, Totschlag, Raub und Mord! Wir wollen es uns gar nicht vorstellen.«
In der Stille der Nacht hörten sie Pferdegetrappel. Wen hatte es zu so später Stunde in diese einsame Gegend verschlagen? Eine verstreute Truppe? Die Vorhut einer größeren Einheit, die auf das geschundene Osnabrück loszog? Würde Barenaue endlich auch Opfer des Krieges werden? Ein Hund schlug an. Johanna war sehr besorgt und öffnete ein Fenster. Aber sie wusste, dass Henrich Wache hielt und er sie bei Gefahr benachrichtigen würde. Das klackende Geräusch verebbte langsam in der Ferne. Alsbald war es wieder totenstill. Ein wenig beruhigt, aber doch angespannt lauschte sie noch einmal hinaus und schloss dann das Fenster.
Sagramoso schien beruhigt zu sein: »Merkwürdig, nicht wahr? Aber es scheint keine Gefahr zu bestehen. Wir können unbesorgt sein.«

Es entstand noch eine nachhorchende Pause, dann nahm der Marchese seinen Faden wieder auf: »Eine Revolution kann keiner wollen; aber wir müssen doch mehr Gleichheit in unserer Gesellschaft herstellen, lieber Herr Möser. Auf unblutigem Weg. Wir müssen aufbauen, nicht zerstören. Es muss machbar sein. Lieber Freund, liebe Cousine. Ich bin ganz zuversichtlich, dass allmählich eine neue Gesellschaft entstehen wird. Viele Menschen engagieren sich doch schon dafür. Ich beobachte, dass sich unsere Welt verändert. Überall werden patriotische Gesellschaften gegründet, die für ein besseres Gemeinwesen arbeiten. Denken Sie auch an die Lesegesellschaften, die zur Bildung vieler Menschen beitragen, die Schulen, die von klugen Fürsten eröffnet werden. Meine Geheimgesellschaft, über die ich freilich nicht viel preisgeben kann, ist eine Wegbereiterin. So viel kann ich doch von ihr erzählen: Wir sind ganz republikanisch. Unsere Mitglieder stammen aus allen Kreisen: Es sind Kaufleute dabei, Unternehmer, Juristen, Gelehrte, Beamte, Offiziere, Männer im Hofdienst, ja selbst Grafen und Fürsten. Keiner hat Vorrechte in unserem Kreis, jeder ist jedem nichts als ein Mensch. Es ist eine Republik, in der bürgerliche Tugenden herrschen, ein Modell einer zukünftigen Gesellschaft.[507] Ganz gewiss, eines Tages werden alle Menschen aufgeklärt und erleuchtet sein. Ich bin von der Lernfähigkeit und Bildbarkeit des Menschen überzeugt.«

»Vielleicht sind meine Hoffnungen luftig und meine Gedanken ohne Schwerkraft«, Johanna war ein wenig verunsichert durch Mösers Meinung und Sagramosos Widerspruch. »Aber ich möchte meinem Vetter zustimmen, wenn ich mir diese neue Gesellschaft auch kaum vorstellen kann.«

»Voltaire,« sagte Sagramoso, »hat so schön gespottet: *Ich aber weiß nicht, was einem Staat nützlicher ist, ein wohlgepuderter Herr, der genau weiß, zu welcher Stunde der König sich erhebt, zu welcher er zu Bett geht, und der sich etwas von Größe gibt, wenn er im Vorzimmer eines Ministers die Rolle eines Sklaven spielt, oder ein Kaufmann, der sein Land bereichert … und zum Guten der Welt beiträgt*[508].«

Möser und Johanna schmunzelten. Dann fuhr Sagramoso ernsthaft fort: »Ich will die Entwicklung, die ich erwarte, einmal erläutern, wenigstens ganz allgemein. Die Staatsaufgaben werden sich verändern, es wird – hoffentlich – weniger Kriege geben, die Landwirtschaft wird an Bedeutung verlieren. Die Städte werden wachsen; der Staat wird sich um Manufakturen, Gewerbe, Industrie, Handel, Verkehrswege und vieles mehr kümmern müssen. Man wird unternehmerische Menschen brauchen, selber denkende Köpfe, kreative Geister, begabte verantwortungsfreudige Menschen – welche Rolle bleibt da noch dem Adel?«

Möser räumte ein: »Ich verkenne die gegenwärtige Schwäche des Adels nicht, seine Brüche, die Selbstzerfleischung, die Krisen, die Verschuldung, die ihn hindern, seine Aufgaben für die Gemeinschaft zu erfüllen. Er muss sich weiterentwickeln.« [509]

»Wenn ich das noch erleben dürfte!«, sagte Johanna. »Unsere Welt wird sich nur langsam wandeln, fürchte ich. Ich weiß, dass ich die Welt nicht verändern kann. Vielmehr muss ich mich mit unserer Ständegesellschaft arrangieren. Aber dieser unglücklichen Welt will ich mich nicht opfern; ich werde mein Glück suchen, und wenn es an ihrem Rande ist, abseits der breiten Straße.«

»Am weitesten und sichersten wird Sie Ihre Liebe tragen, Ihre Liebe und die Ihres Mannes.«

»Sicher, so wird es sein. Wir werden Ihr Vertrauen nicht enttäuschen. Und wir wollen anderen Paaren ein Vorbild sein.«[510]

»Auch das«, sagte Sagramoso, »bestärkt meine Hoffnung darauf, dass sich unsere Gesellschaft allmählich ändert. Obwohl die Tradition schwer wiegt, das räume ich ein, lieber Freund.«

Der schrille Todesschrei eines Vogels zerriss die nächtliche Stille für einen Moment. Gleich danach schloss sich wieder die schwarze Ruhe der Nacht. Zu Johanna gewandt, sagte Möser: »Sie wissen, dass meine ehrlichen Wünsche Ihren mutigen Weg begleiten und dass Sie immer auf meine Hilfe rechnen können.«

»Wie viel Hilfe und Geduld haben Sie mir schon geschenkt. Ich werde Ihnen und Ihrer Frau dafür immer dankbar sein. Ihre Wertschätzung ist mein Glück, nicht mein Verdienst.[511] Es reichen keine Worte, um Ihre unbegrenzte Unterstützung zu beschreiben. Ihr Vertrauen und Ihren Glauben an mich. Er fehlte nie, wenn ich ihn brauchte und wenn ich ihn selber schon zu verlieren drohte. Sie haben dabei auch manchmal Ihren Grundsätzen zuwider gehandelt. Sie, der Sie ein Verteidiger eines starken Adels sind, der Sie mir niemals den Weg empfohlen hätten, den ich gehe. Sie sind mir ein sehr nachsichtiger Richter[512] – Sie sind ein Freund.«

»Am Ende ist das Leben größer als alle Theorien und alle Grundsätze; wie könnten sie dem Glück und dem Leben gerecht werden? Wer Sie kennt, liebe Johanna, wird Sie tief in sein Herz schließen. Ihre Menschenliebe, die natürliche Güte Ihres Herzens. Wer könnte Ihnen nicht zugetan sein? Meine Frau und ich – Sie wissen es – sind doch Ihre heimlichen Verehrer. Manchmal muss Freundschaft Konventionen und Grenzen überspringen. Sie beweist sich erst in schwierigen Situationen. Wir haben wenig für Sie getan und konnten gar nicht anders handeln.«
»Das alles verpflichtet mich für immer. Ich danke Ihnen dafür, und ich hoffe, ich werde Ihrer Freundschaft würdig bleiben.«
»Sie werden Flügel brauchen, meine liebe Johanna, wenn Sie Ihre Wurzeln lockern.«
»Ich werde kein Engel auf Erden sein. Ich werde es nicht sein können. Manchmal muss ich mich sicher kleiner Tricks und Teufeleien[513] bedienen. Öfter einmal werde ich mir eine Maske anlegen, damit ich auf der Bühne der Welt mein Spiel spielen kann. Ich werde als jemand erscheinen müssen, die ich nicht bin, um diejenige zu bleiben, die ich bin.«
»Rechne auch auf mich, liebe Cousine, ich werde dich unterstützen, wenn immer und wo immer ich kann. Ich bewundere deine Kühnheit und deinen Mut! Du riskierst mehr als viele Männer, mehr als der Theoretiker Rousseau. Du wirst erproben, was diese Theorie in der Praxis taugt, und das in einer wenig wohlwollenden Welt.«
»Ich sehe es viel einfacher, alle Theorie ist schal, wenn es ums Leben geht, um Wärme, Liebe, Erfüllung und Glück.«
»Da stimme ich Ihnen von Herzen zu, meine liebe Freundin.«
»Aber eines sollst du mir versprechen: gehe vorsichtig und behutsam vor, bringe dich und deinen Liebsten nicht in Gefahr!«
Das Licht war herabgebrannt, im Haus hörte man kein Geräusch. Seine Bewohner schienen zu schlafen. Auch draußen herrschte Stille. Die kleine Gesellschaft verabschiedete sich voneinander mit herzlichen Umarmungen.[514]

1762

Krieg und Johanns Reise

Als Ende des Jahres 1762 die Zarin Elisabeth, die brennende Feindin Friedrichs II., starb und ihr Sohn Peter III., ein glühender Bewunderer des Preußenkönigs, auf dem Thron folgte, wendete sich die äußerst kritische Lage Preußens. Im Osten herrschte Ruhe, und Friedrich gelang es, die Österreicher aus Sachsen und Schlesien zu verdrängen. Auch die französischen Truppen im Westen waren erschöpft. Aber noch einmal fiel ein französischer Parteigänger namens Cambefort in das Stiftsgebiet Osnabrück ein, stellte hohe Kontributionsforderungen und nahm Geiseln.
Auch das Land und die Dörfer bekamen die letzten Unruhen zu spüren. Johanna musste ihre Spaziergänge einschränken. Sie vermied manche Wege, um nicht Soldaten oder Marodeuren, französischen oder englischen, zu begegnen. Einmal überraschten sie zwei versprengte Soldaten zu Pferde. Erschrocken sprang sie zur Seite und fand sich in einem Entwässerungsgraben wieder. Es war schon komisch. Sie erzählte dieses Abenteuer ihrem Freund Möser, aber nicht ihrem Vater, er hätte ihr alle Spaziergänge verboten.[515] Zogen Truppen durch die Gegend, ließ der Graf Tore und Fenster des Schlosses verbarrikadieren und die Zugbrücken hochziehen, so dass die Familie tagelang im Halbdunkel leben musste. In dem Dorf Engter, wo die Bars Besitz hatten, waren Engländer einquartiert. Unter ihnen hatte Johanna einen Freund gefunden, einen älteren Colonel. Er war ein galanter, interessierter und lesehungriger Mann.[516] Sie lieh ihm alle Neuerscheinungen, die sie oder der Vater erworben hatten, und bekam sie stets zuverlässig zurück, nicht ohne geistreiche Anmerkungen. Einmal versuchte sie, zwischen den englischen Lieferanten, die kein Deutsch verstanden, und den Heuerleuten auf den Bar'schen Gütern zu vermitteln. Die Lieferanten verlangten für ihre Ware unverhältnismäßig hohe Preise von den Armen, die sie nicht zahlen konnten und wollten. Johanna sprach bei dem Colonel vor, der die Beschwerden für berechtigt hielt, und sie stritt mit den Kaufleuten. Mit der Folge, dass diese rachsüchtig den Quartiermeister beredeten, Engländer in Herrenhäuser und auf verpachteten Gütern der Familie von Bar einzuquar-

tieren, andere leer stehende Häuser wurden ebenfalls belegt. Nun hatte Johanna große Mühe, den erzürnten Grafen zu beruhigen und die armen Heuerleute zu entlasten, mit geringem Erfolg und großen Unannehmlichkeiten. Sie wusste, sie hatte sich zum Narren gemacht. Die Soldaten nahmen sich viele Freiheiten heraus. Manche angelten in den Bar'schen Teichen; als ein Knecht sie daran hindern wollte, warfen sie ihn ins Wasser.[517] Viele Engländer waren hinter den jungen Mädchen her, hübschen und hässlichen; Familienväter schlossen im besetzten Land eine zweite Ehe, eine sog. Kriegsehe. Die Müllertochter auf Barenaue ließ sich auf eine solche Verbindung ein. Ein englischer Reiter streifte lange mit zwei Pferden um das Schloss, um eine junge Dienerin zu entführen; er bot dem Vater 80 Dukaten für das Mädchen, deren arme Mutter flehte Johanna im Namen des Himmels an, die Tochter festzubinden. Johanna fürchtete, sie könne das Kind nicht festhalten, selbst wenn sie es mit Ketten fesseln würde.

Die Sorge um ihre Leute bedrückte Johanna. Noch mehr aber belasteten sie das Kränkeln der Mutter und die zunehmende Hinfälligkeit des Grafen. Die Mutter dankte ihr die Zuwendung mit herzlicher Liebe, der Graf mit Brummen und Übellaunigkeit. Sein Herz, wenn er denn eines hatte, hielt er verborgen.

Meist stand sie auf, sobald das Morgenlicht ihr Zimmer erhellte. Ihre ersten Gedanken eilten zu Johann und Fritzchen. Die Morgenstunden gehörten ihnen drei. Sie las immer wieder die Briefe ihres *lieben Mannes*, freute sich an Berichten über *Fritzgen*, sorgte sich, wenn Nachrichten ihres Schwagers über ihren Sohn ausblieben, schrieb an Johann Conrad, an ihre Freunde, an die Mösers, an Brockes, an andere. Ab acht Uhr war sie für ihre Eltern da[518], umsorgte sie, pflegte die Mutter, schrieb für den Vater juristische und literarische Entwürfe ins Reine, erledigte ihre Aufgaben im Schlosshaushalt, kümmerte sich um den Grafen und hörte sich überall Jeremiaden und Schimpfkanonaden an.

Einmal reiste sie nach Hannover[519], um Familienfreunde zu besuchen, wie sie ihren Eltern erzählte. Aber sie verbrachte ihre Zeit in der Hauptstadt mit ihrem kleinen Sohn. Wie freute sie sich über Fritzchen, der gewachsen war, der gesund schien und sich gut entwickelt hatte. Ein bisschen eingeschüchtert wirkte er, aber er fasste schnell Zutrauen zu ihr, ja, er klammerte sich an

sie und wollte sie schließlich nicht mehr gehen lassen. Ein schwerer Abschied! Sie vergoss viele Tränen. Auf ihrem Rückweg nach Barenaue traf sie sich mit Johann. Welch ein Glück, und auch, welch ein Schmerz! Denn nun würden sie sich für lange Zeit nicht mehr sehen.
Johann würde in wenigen Wochen nach Nantes abreisen nach dem Plan, den sie schon seit längerem gefasst hatten. Dabei wollte Johannes Buxtorf ihm helfen. Er war Weinhändler in Bremen, Freund von Johanns Vater und väterlicher Förderer. Man kannte ihn auch gut im Osnabrückischen, denn er lieferte vielen Adligen, auch den Bars, Wein und andere Spezialitäten. Er hatte mit Geschäftsfreunden und Verwandten in Nantes korrespondiert, und sie waren bereit, den jungen Mann in ihre Geschäfte einzuführen. Buxtorf würde Johanns Mentor bleiben, seinen Weg weiter mit Ratschlägen begleiten und ihn mit einem Darlehen unterstützen. Auch Johanna suchte Geld für *ihren Reisenden* zusammen, Lutz sollte endlich seine Schulden bei ihr zahlen![520] – Sie freute sich, dass ihr Liebster eine Ausbildung erhalten würde, die er sich immer gewünscht hatte und die ihn befähigen würde, künftig seine kleine Familie zu ernähren. Aber sie wusste auch, dass manche dachten, sie schicke ihn weit weg nach Frankreich, um ihn loszuwerden und die Beziehung zu beenden – und das machte sie traurig.[521]
Sicher – und Gott sei Dank! – würde Johanns Reise keine Kavalierstour sein. Ihr Vater erzählte gerne von der Seinen und konnte damit überall kleine und große Gesellschaften amüsant und geistreich unterhalten. Er hatte seine Tour schon als 16-Jähriger angetreten, begleitet von seinem Diener und dem französischen Hofmeister Jean de la Forest, der vom Großvater genaue Instruktionen für die Bildung seines Zöglings erhalten hatte.[522] Der Hofmeister sollte ihn im Studium und seinen Erfahrungen in der großen Welt unterstützen und leiten, der Bursche sorgte für reine Wäsche und seidene weiße Strümpfe, bürstete seine Röcke aus, pflegte seine Perücke, sorgte sich um die Pferde und die Equipage – auch die hatte der junge Mann. In Utrecht hielt er sich auf, in Heidelberg und in Lunéville, um die Rechtswissenschaften zu studieren, aber vor allem genoss er das Leben, machten den Schönen schöne Augen, spielte, trank, genoss die höfischen Feste. Tanzfeste, Maskenfeste, Feuerwerksfeste an den Höfen von Lunéville und Heidelberg. Er wurde wie viele junge Männer auf Kavaliersreisen gerne empfangen, ja er verkehrte fast täglich am Heidelberger Hof und begleitete bisweilen die Tochter des Kur-

fürsten auf dem Klavier. Er erweiterte seinen Horizont in adligen und höfischen Kreisen, schulte seine Umgangsformen, verfeinerte sein Französisch, entwickelte Witz und Galanterie, verbesserte seine Tanz- und Fechtkünste und wurde Meister im Causieren, Charmieren, Komplimentieren, Repräsentieren und Imponieren.
Wie anders würde die Reise von Johann verlaufen! Er würde in großbürgerlichen Kreisen verkehren, die sich freilich in ihrem Lebensstil vielerorts dem Adel angepasst hatten, vor allem würde er in der Welt des Großhandels Erfahrungen sammeln. Johanna stellte sich vor – und sie hatten darüber auch gesprochen –, dass er andere Lebensformen sehen, sich die Welt anschauen und gute kaufmännische Fähigkeiten entwickeln würde. Er würde gut Französisch lernen und sich eine Weltläufigkeit aneignen, die in ihrem Freundeskreis selbstverständlich war. Sie wünschte sich von ganzem Herzen, dass er dabei glücklich sein würde, und sie war sicher, dass seine Liebe zu ihr nie erlöschen würde.

Eine kalte Welt

Johann Conrad Meier führte über seine Reise und seinen dreijährigen Aufenthalt in Nantes Tagebuch. Er notierte am Abend oder am Ende der Woche seine Erlebnisse und Erfahrungen. Die meist knappen und kargen Einträge fordern mich zu einigen Ausschmückungen geradezu heraus.

Im August schiffte sich Johann bei Bremen ein. Seitdem waren Johannas Gedanken unterwegs. Sie reisten mit ihm, blieben bei schwerer See vor Anker liegen, gingen mit dem Kapitän Radeleff an Land und lernten in den Hafenstädten seltsame Menschen kennen, fuhren durch den Kanal und an Grevelingen, Dünkirchen und Calais vorbei, stachen in die hohe See. Johann litt unter schwerem Seegang und tagelanger Übelkeit und atmete auf, als die Concordia die Loiremündung erreichte und bei St. Nazaire vor Anker ging, von wo aus der Kapitän und er am nächsten Tag mit einem kleineren Schiff nach Nantes gebracht wurden. Einen Monat hatte die Reise gedauert, es war inzwischen Mitte September geworden. Das alles schrieb er ihr in

seinen langen Briefen. Er sehnte sich nach ihr, wie ihr seine Träume verrieten, *»der angenehmste war aber von meiner Doris, welche mir freundlich zulachte, welches aber nicht lange dauerte, sondern anzeigte, dass es ein Traum war.«*[523]
Auch Johanna sehnte sich nach ihm. An Tagen, an denen sie im Hause wenig gefordert war, machte sie weite Spaziergänge und hing ihren Gedanken nach. Sie wartete und wartete auf Post, die nicht kommen wollte. Sicher, die Briefe hatten einen sehr langen Weg, Johann sandte jeweils viele Schreiben als Konvolut an Buxtorf in Bremen, der sie dann an die verschiedenen Adressaten weiterleitete. Nach Monaten trafen endlich die ersten Nachrichten ein. Sie las sie immer und immer wieder, beim Spaziergang, in ihrem Zimmer, im Garten, am Tag und bei Kerzenlicht. Die Lektüre machte sie froh und wehmütig zugleich, sie wusste, dass sie geliebt wurde, und sie empfand große Sehnsucht nach ihrem Liebsten. Sie spürte in den Zeilen seinen aufrichtigen Charakter, sein Vertrauen in sie, sein Bemühen, das Ziel zu erreichen, das er sich gesetzt hatte, seine liebenswerte Art im Umgang mit anderen, seine Bescheidenheit und seinen Willen, aus jeder Situation das Beste zu machen. Wie viel er ihr doch in seinen nüchternen Mitteilungen und in seiner kargen Sprache erzählte! Sie lebte ein zweites Leben mit seinen Briefen.

Er wurde freundlich aufgenommen und war dankbar dafür, wie er in seinem Tagebuch schrieb. Nach der Ankunft begleitete er den Kapitän Radeleff bei seinen Gängen zur Börse, zur Admirabilität, zu den Zollhäusern und quartierte sich im »Holländischen Löwen« ein. Da erschien auch schon der Buchhalter von Herrn Schweighauser, um ihn auf sein Comptoir zu bitten. Eigentlich hatte Johann auf seine Koffer warten und sich angemessen kleiden wollen, aber nun folgte er doch dem Boten, um Herrn Buxtorfs Empfehlungsschreiben zu überreichen und sich vorzustellen. Er wusste einiges über seinen neuen Herrn: Herr Schweighauser war mit Johannes Buxtorf gut bekannt. Beide stammten aus der Schweiz, waren reformierten Glaubens und unterhielten weitreichende Handelsbeziehungen. Jean Daniel Schweighauser hatte in Nantes einen Großhandel und eine Reederei aufgebaut und war in kurzer Zeit sehr wohlhabend geworden.[524] – Johann folgte also dem Buchhalter und gelangte alsbald zu dem ansehnlichen Haus am

Quai Brancas. Im Parterre befanden sich die Geschäftsräume, in der Bel étage der große Saal für repräsentative Veranstaltungen und darüber die Wohnung der Familie. In dem *Kabinett mit gemalten Tapeten* kam Herr Schweighauser Johann sehr freundlich entgegen und bot ihm Arbeit im Comptoir an.[525] Johann war einverstanden, bis andere Direktiven von Herrn Buxtorf kommen würden. Der Großkaufmann lud ihn gleich für den nächsten Tag, einen Sonntag, auf das nahe gelegene adlige Landgut Grillau ein, das er gepachtet hatte.

Es war ein großzügiges Anwesen mit einem stattlichen Herrenhaus aus dem 16. Jahrhundert und einem großen Park, gesäumt von alten weit ausladenden Kastanien. Frau Schweighauser begrüßte ihn sehr freundlich, und die beiden kleinen Töchter der Familie – die dritte war noch so klein, dass sie bei der Amme lebte – wuselten fröhlich um ihn herum. Von nun an wurde er oft eingeladen. Das erste Mal folgte er der Einladung, weil er sich zu dem Besuch verpflichtet fühlte. Es würde nicht angenehm sein, fürchtete er. Noch weitere Gäste waren gekommen; manche sprachen Französisch, wieder einmal war er ausgeschlossen. Frau Schweighauser bemerkte schnell seine Not und gesellte sich zu ihm; mit ihr konnte er Deutsch sprechen, und sie brachte ihm viel Wohlwollen entgegen. Sie stellte ihm die anderen Gäste vor, erklärte deren Unternehmen und erzählte von ihrem Leben: Sie waren alle erfolgreiche Männer. Mehrere waren ebenfalls Großkaufleute, einer war Bankier, ein anderer Reeder. Sie hatten viel von der Welt gesehen und redeten – soweit er sie verstehen konnte – sehr klug über Geschäfte und Politik, interessant über Theateraufführungen und charmant und geistreich über kleine vergnügliche Begebenheiten des Alltags. Die meisten von ihnen stammten aus der Schweiz oder Deutschland, waren fast alle ebenfalls reformierten Glaubens, das stärkte ihre Gemeinschaft in einem Land, in dem das Edikt von Nantes von Ludwig XIV. aufgehoben und die Hugenotten vertrieben worden waren. »Wir gehören doch zusammen«, sagte Frau Schweighauser. Er wusste bereits, dass die Reformierten als Andersgläubige zwar in Nantes geduldet wurden, aber in keiner Kirche Gottesdienste abhalten konnten. Sie hatten nur einen Schlüssel zu einem Friedhof, um hier ihre Toten zu begraben. Ihre Töchter, erklärte Frau Schweighauser, würden erst getauft, wenn einmal ein reformierter Geistlicher in die Stadt komme. Er, Johann solle dann bei dieser Feier dabei sein. Den Schweighausers war er sehr dankbar für ihre Freundlichkeit und Unterstützung, und er gewann bald Vertrauen. Er war in die Familie aufgenommen, verbrachte die großen Feiertage mit ihnen und lernte ihre Freunde kennen.

Bei verschiedenen Kaufleuten machte er seine Aufwartung, für die Herr Buxtorf ihm ein Empfehlungsschreiben mitgegeben hatte. Von Herrn Josef Wilfesheim, einem Bankier, wurde er alsbald eingeladen. Für diesen Besuch ließ er sich vom Peruquier seine Perücke richten und zog sein Festtagsgewand an, seine gelbe Weste und seinen grünen Rock. Aber man bedeutete ihm, dass man solche Kleidung hier schon lange nicht mehr trage. Ach ja, einen neuen Anzug würde er sich nicht leisten wollen und nicht leisten können.

Täglich ging er ins Comptoir, seine Aufgabe war zunächst, deutsche, französische und holländische Geschäftsbriefe in das Briefkopierbuch abzuschreiben oder eine Reinschrift von Entwürfen anzufertigen. So begann er, etwas über die Geschäfte und die Geschäftsführung von Herrn Schweighauser zu lernen. Sein Gefühl für die französische Sprache verbesserte sich, zumal Herr Schweighauser freundlicherweise mit ihm die französischen Briefe durchging und einzelne Fehler besprach. Das Französisch, das hier gesprochen wurde, klang in seinen Ohren melodischer als das Bar'sche. Ja, er wollte die Sprache schnell lernen. Mit der Hilfe seines Dienstherren hatte er bald einen Französischlehrer gefunden. Er wechselte ihn, als er ihm nicht mehr genug beibringen konnte.

Nach der Arbeit beschäftigte sich Johann mit seiner französischen Grammatik in seinem Zimmer. Fast immer war er allein. Nur wenn die Schauspieler in Nantes waren, ging er fast täglich ins Theater. Herr Schweighauser hatte ihn an einem der ersten Abende in eine Vorstellung mitgenommen, sie hatte ihn in ihren Bann gezogen. Er konnte gut folgen, weil die Schauspieler sehr lebhaft spielten, ihre Gestik kräftig, ihre Mimik stark und ihre Sprechweise nuancenreich waren; manchmal vergaß er, dass sie Französisch sprachen und er sie kaum verstand. Er konnte herzlich lachen oder war tief gerührt.

Bald hatte er keine Scheu mehr, durch die Stadt zu streifen. Er bummelte an den Quais entlang, verweilte dort und besah sich die Schiffe, die vor Anker lagen – nur kleinere Schiffe konnten bis Nantes hineinfahren – und beobachtete die Arbeiten im Hafen. Manchmal lief er durch die verwinkelten Gassen des mittelalterlichen Stadtkerns; an einigen Stellen wurde die Stadtmauer abgerissen, die Stadt wuchs in das Umland hinaus. An vielen Orten wurde fieberhaft gebaut. Majestätisch sahen die Gebäude aus, alle aus Tuffstein oder Granit, die Börse und die Handelskammer, viele wurden verschönert. Gerne spazierte er auf die Inseln in der Loire, die sich hier in viele Arme verzweigte. Am liebsten war er auf der Insel Faydeau: So herrschaftliche Wohnhäuser wie hier hatte er noch nie gesehen, sie ähnelten Palästen. Ihre großzügigen Fassaden waren mit Säulen und Figuren geschmückt; überall entdeckte er gekurvte Formen, Formen von Muscheln und Schnecken. Schmiedeeiserne Geländer schmückten die Balkone, gewölbt wie ein Schiffsbug. Manche dieser Hôtels gehörten den sehr wohlhabenden französischen Großkaufleuten, andere waren die Stadtpaläste adliger Familien, wie Herr Schweighauser ihm einmal gesagt hatte. Die letzten freien Grundstücke wurden bebaut. Viele Handelsherren in Nantes mussten sehr erfolgreich sein, und sie steckten ihren Gewinn in Stein. Welche Pracht! Es war eine kühle Pracht. Steinerne Fremdheit.

Meist machte er diese Spaziergänge allein. Er war einsam. Nur manchmal begleitete ihn ein Kollege; sie setzten sich in ein Café, er lud gerne zu einer Tasse ein. Aber es kam selten dazu, es gab so wenige gleichaltrige Deutsche. Eines Tages beauftragte ihn Herr Wilfesheim, seinen jüngeren Bruder aus Angers abzuholen. Sieben Stunden brauchte er für den Ritt bis zu seinem Ziel. Aber der Abend in dem Freundeskreis des jungen Wilfesheims war herzerfrischend. Wie lustig war doch die Gesellschaft der jungen ausgelassenen Männer! Am nächsten Morgen brachen sie sehr früh auf, so dass sie zum Essen bei Wilfesheim in Nantes eintrafen. Der 14stündige Ritt in zwei Tagen hatte ihn sehr angegriffen; alle Knochen schmerzten ihn noch tagelang. Auch war die Reise für ihn kostspielig: »*Alles ist eine starke Depense für zwei Tage*«, schrieb er, »*es war aber bei dieser Gelegenheit nicht zu ändern; besonders, wenn man sich Freunde machen muss in der Fremde. Wie ungerne ich aber Depensen mache, muss der Erfolg zeigen und ergeben.*«[526]

Er war sehr sparsam und überlegte lange, bevor er sich etwas leistete. Allerdings musste er sich im Winter einen Hut kaufen, weil der seine völlig verschlissen war und der eisige Wind durch die Häuserschluchten und über das Wasser fegte. Um den Preis für den Hut zu reduzieren, ließ er die Trasse abschneiden; so blieb nur eine ganz einfache Kopfbedeckung. Auch seidene Strümpfe, schwarze und weiße, brauchte er, *weil man ohne seidene Strümpfe hier nicht wohl sein kann.* Alles war zu teuer, das Brennholz, die Kerzen, die Miete. Er suchte sich bald ein preiswerteres Quartier. Seine alte Vermieterin ließ ihn nur ungern ziehen, *weil sie nicht so bald eine Person wieder bekäme, die sich so ruhig verhielte.*[527]

Großzügig gab er Trinkgelder für kleine Dienstleistungen und Almosen für arme Menschen, die auf der Straße hockten. Er kam ja mit dem Geld aus, das Buxtorf ihm wie vereinbart regelmäßig zukommen ließ, und doch schien ihm, dass hier *alles enorm teuer* war. »Einmal träumte ich«, wie er schrieb, »von meiner *lieben Doris, die mir, wie es scheint, nicht günstig bleiben wollte. Wie zärtlich ich aber selbige dagegen liebe, kann ich hier nicht ausdrücken. Ich will derohalben heute an sie schreiben und fragen, ob mein künftiger Aufenthalt allhier nicht zu kostbar sei.*«[528] Aber seine liebe Doris nahm ihm nichts übel. Im Gegenteil, sie ließ ihm nun regelmäßig durch Buxtorf Geld zukommen, er solle nicht so kärglich leben! Er müsse sich ja nicht ihren Vater und Bruder zum Vorbild nehmen, die nie mit ihrem Geld auskamen.

Die Abende in seinem modrigen und finsteren Zimmer waren kalt. Da er selbst für das Brennholz aufkommen musste, begann er erst spät im Jahr zu heizen. Er war Ofenheizung gewohnt, der hier übliche Kamin erwärmte sein Zimmer nicht ausreichend. Seine Gedanken waren oft bei seiner Doris; erhielt er keine Post von ihr, war er unruhig und sehr niedergeschlagen. Die Sonntage waren besonders schwer zu ertragen, wenn er sie in seiner Kammer verbringen musste. »*Das Wetter ist klar, es regnet nicht mehr*«, schrieb er, »*aber es ist kalt dabei. Den heutigen Tag bringe ich voller Einsamkeit auf meinem sehr kalten Zimmer und mit kleinem Kaminfeuer zu und denke schmerzlich zurück an die vorigen Zeiten.*«[529]

Die Kälte ließ das Kondenswasser an dem Fenster über Nacht gefrieren, und am nächsten Morgen filterten Eisblumen das Licht weiß und kühl in sein Zimmer. Je kürzer und dunkler die Tage wurden, die ihn in die Einsamkeit und Kälte seines Zimmers zwangen, um so trüber wurden seine Gedanken, und er zog eine traurige Bilanz seines Aufenthaltes in der fremden Stadt: »*Ich muss aber nun anmerken, dass ein junger Mensch, der in fremde Länder gehen will, sich wohl vorzusehen hat, dass er nicht eher dahin abreist, bis er wenigstens zwei Sprachen gut versteht; oder die Sprache förmlich weiß, wo er sich aufzuhalten gedenkt. Latein und Französisch, mit diesen beiden Sprachen kann man sich genugsam helfen … Ich habe die Torheit begangen und bin mit meiner einzigen*

deutschen Sprache nach Frankreich gereist. Ich bin aber auch genugsam dafür bestraft worden; ich mag den chagrin – den Kummer – nicht sagen, sondern will nur die Nachfolger vor solchen Torheiten warnen. Wie oft habe ich mich in mein Land wieder gewünscht, da es auch nicht so kostbar zu leben ist, und der Winter einem nicht so hart deucht.«[530]
Weihnachten und die Jahreswende verbrachte er bei Familie Schweighauser und feierte mit ihr. Aber er litt weiter in Nantes. Im Januar hielt der Frost »*noch stark an und ich muss*« – schrieb er – »*viel Feuerung haben in meiner Kammer, und dennoch friert einem das Herz im Leibe vor dem Kamin. Da ich mich aber eine zeitlang nicht wohl befunden, so habe ich recht innerlichen Frost ausgestanden, ja die Brust ist mir vor Kälte zusammengezogen worden.«*[531]
Schließlich erkrankte er im Februar schwer.

Johanna erschrak über diese Nachricht und machte sich Vorwürfe. Warum hatte sie ihn gedrängt, in das fremde Land zu gehen? Wenn sie ihn verlieren würde! Sie war schuldig! Ein Leben ohne ihn wäre kein Leben! Fortwährend kreisten ihre Gedanken um ihren geliebten Mann. Sie war bedrückt, weinte oft und konnte in Gegenwart ihrer Eltern die Tränen nur mit Mühe zurückhalten. Erst im Frühjahr kamen wieder Briefe von ihm an; sie erzählten von seiner Genesung und von seiner Freude über den Frühling, der hier so zeitig begann und sein Herz aufschloss. Er schrieb von den blühenden Pfirsichbäumen, den grünen Sträuchern und dem Gras, den ausschlagenden Laubbäumen, dem sprießenden Korn und der Wärme. Und wie er sich freute, als er die erste Schwalbe sah!

Buch 3: Endspiel – Grenzland

1763 und 1764

Kriegsbilanzen

Über den Ausgang des Siebenjährigen Krieges sind wir bestens informiert. Nicht so über Johannas Krieg. Nur aus Andeutungen in späteren Briefen lässt sich ihr Schicksal erschließen. An diesem Punkt sind wir also wieder auf die Augen und Ohren der Kammerjungfer angewiesen. Aber zunächst lasse ich einen Zeitgenossen berichten.

Im November des Vorjahres hatten Friedensverhandlungen zwischen den kriegsführenden Parteien begonnen. Am 10. Februar 1763 wurde der Friede zwischen England, Frankreich und Spanien geschlossen, am 15. Februar 1763 der Friede von Hubertusburg zwischen Preußen, Österreich und Sachsen. Die Bilanz des Krieges war verheerend. Ein Zeitgenosse schrieb: *Die Monarchen Europens befanden sich also nach sieben blutigen Jahren in Ansehung ihrer Eroberungsentwürfe auf eben dem Punkt, wo sie ausgegangen waren, nachdem man in allen Weltteilen gefochten, nachdem das Blut vieler hundert tausend Menschen geflossen hatte, und Millionen Familien elend geworden waren; ein Zustand, der auf mannigfaltige Art auf die folgenden Generationen übertragen wurde. Dieser Krieg hatte Sachsen allein an Geld und Produktion aller Art siebzig Millionen Reichstaler gekostet, und Europa hatte dabei über eine Million Menschen verloren. Alle Staaten, die an dem Kriege Teil nahmen, der Preußische allein ausgenommen, hatten ihre durch Auflagen ohnehin hart gedrückten Länder mit ungeheuern Schulden belastet, die man noch bei den künftigen Menschengeschlechtern hart fühlen wird …*[532]

Nun waren sie also wieder zurück aus Holland. Schade, dass sie abgereist waren! Sehr schade. Zu schade! Sie, Wilhelmine, wäre gerne noch geblieben. Wer hätte sich auch eine Rückkehr nach Barenaue vorstellen können nach all den entsetzlichen Szenen vor eineinhalb Jahren? Nachdem die Familie das gnädige Fräulein verstoßen[533] hatte. Aber vor ein paar Monaten hatte die alte gnädige Frau, Gott hab sie selig!, das Fräulein zu ihrem Sterbebett gerufen. Da musste sie zurückkehren. Wie haben der alte gnädige Herr und noch mehr der junge deswegen getobt. Der Greis war unbarmherzig und der Junior selbstsüchtig und arrogant. Aber schließlich mussten sie den letzten Willen der sterbenden Frau erfüllen und das Fräulein in Barenaue ertragen. Wenn die Mutter es nicht gewünscht hätte, wäre das Fräulein sicher nie mehr zurückgekommen. Aber sie hing so sehr an der alten Dame. Es war ihre Mutter. Ihren letzten Willen wollte sie erfüllen. Das verstand sie, Wilhelmine, gut. Sie hätte ebenso gehandelt. In Holland konnte sie nicht zurückbleiben, so schwer ihr der Abschied auch fiel; das Fräulein brauchte sie jetzt und erwartete, dass sie sie begleitete. Sie wollte ja auch alles für die gute, alte gnädige Frau tun und dem Fräulein in dieser schweren Zeit beistehen. Ihre Herrin verdiente nichts als Bewunderung. Wie aufopferungsvoll sie ihre Mutter gepflegt hat! Sie war sich für keinen Handgriff zu schade. Tag und Nacht saß sie an ihrem Bett, manchmal kam sie mehrere Tage nicht aus den Kleidern. Sie ließ es sich nicht nehmen, die alte Dame zu betten, ihr die Medizin zu geben, sie zu waschen. Sie versuchte, mit bewährten und neuen Mitteln, die Schmerzen der alten Frau zu lindern. Mehrfach rief sie den Arzt nach Barenaue, aber er konnte nicht mehr viel helfen. Sie vergötterte ihre Mutter, sie bewunderte ihre Geduld, ihre Leidensfähigkeit und ihre christliche Ergebenheit. Und war sie nicht eine liebe und liebevolle Frau gewesen, auch ihr, Wilhelmine, gegenüber? Sicher, manchmal auch ein wenig weinerlich und schwach. Und immer hatte sie auch nicht auf des Fräuleins Seite gestanden! Aber wer würde ihr das jetzt nachtragen? Heute wollte sie nichts Böses von der Verstorbenen denken. Der alte Herr aber zeigte sich von seiner schlimmsten Seite. Er konnte es wohl nicht verschmerzen, dass die verworfene Tochter ihrer Mutter so viel wert war, mehr als er selbst. Er trank, er trank mehr, als er vor dem Rausschmiss des Fräuleins vor anderthalb Jahren getrunken hatte. Man konnte sich über ihn nur ärgern! Er randalierte des Abends, so dass die alte Dame die ganze Nacht weinte. Es war nicht auszuhalten! Bis das Fräulein ihn schließlich in ihr Zimmer ausquartierte und selber bei der Mutter nächtigte. Welcher Terror, welche Qualen! Sie hätte dem Fräulein so gerne geholfen, aber sie durfte sie immer nur wenige Minuten ablösen. Wenn sie nur das Fräulein trösten könnte! Doch gute und aufmunternde Worte waren überhaupt nicht angebracht. Auf den Wunsch der gnädigen Frau kam Möser noch einmal nach Barenaue[534]; er versuchte vergeblich, dem Fräulein Mut zuzusprechen. Sie war völlig erschöpft. Es war gut, dass auch Frau Möser ihn begleitete und die alte gnädige Frau in den letzten beiden Wochen pflegte.[535] Das Fräulein war zu ausgelaugt und konnte es nicht mehr tun.

Was sollte nun werden, nachdem die Bars ihre Tochter vor anderthalb Jahren verstoßen hatten? Was war damals alles geschehen! Wilhelmine dachte ungern an die schreckliche Zeit: Das Fräulein war zu Beginn des neuen Jahres unruhig geworden, weil sie keine Nachricht mehr über Fritzchen erhielt. Sie schrieb mehrere dringende Briefe an ihren Schwager Wuth, die unbeantwortet blieben.[536] Schließlich kam eine Botschaft aus Hannover, sie war wirr und voller Widersprüche: Fritzchen kränkele, aber sie solle sich keine Sorgen machen, er bekomme die beste Medizin – wie der Wuth eben war – das Kind sei weinerlich und zänkisch, aggressiv gegen den kleinen Sohn der Wuths, nehme ihm seine Schleckereien weg, obwohl er doch auch welche erhalte. Aber man erziehe ihn mit der nötigen Strenge und werde ihm seine Unarten schon austreiben und ihn zu einem leidlichen Glied der Gesellschaft machen. Im Augenblick lasse er ja den Kleinen in Ruhe, dafür quengele er unablässig und drücke sich in einer Ecke herum. Aber er habe kein Fieber. Das alles hörte sich sehr verdächtig an, wer wollte dem Wuth schon die scheinbar beruhigenden Worte glauben?

Das gnädige Fräulein war aufs Höchste alarmiert. Was geschah mit ihrem kleinen Sohn? Sie vermutete Misshandlungen und eine Erkrankung, die man zu leicht nahm. Sobald wie möglich wollte sie nach Hannover reisen. Wenige Tage später traf ein Eilbrief ein, Fritzchen sei schwer erkrankt, man wisse nicht, ob er überleben werde. Mein Gott, welch schlimme Situation! Eine große Angst fuhr ihr ins Herz. Das Fräulein war natürlich außer sich, sie war verzweifelt, und sie war nun fest entschlossen, zu ihrem Kind nach Hannover zu fahren. Es gab niemanden, den sie mehr liebte als ihren Sohn.[537] Das war doch verständlich! Aber nicht für ihre Familie. Ihr Entschluss entfesselte einen Sturm. Welch ein Aufschrei der Empörung in der Familie! Nun brachen alle ihre bösen Vorurteile wieder hervor! Wie kann man nur so klein sein, so unverständig, so grausam? Einmal schrie der alte Herr: »Willst du die Familie verraten? Willst du die Familienschande öffentlich machen? Hast du nicht versprochen, dass das Kind für niemanden existiert?« Sie, Wilhelmine, bekam nur das mit, was laut durch die Türen drang, an denen sie immer wieder vorbeischlich. Das Fräulein weinte ständig und wollte nicht mit ihr über die Angelegenheit sprechen. Aber sie spitzte ihre Ohren: »Deine Reise nach Hannover ist eine Entscheidung gegen die Familie und eine Entscheidung für deinen Bastard. Jedermann wird erfahren, dass du in Hannover bist, und jeder wird auch bald wissen, warum. Wie viele Menschen kennen uns in Hannover! Und dir ist doch klar, dass sich meine Intimfeinde auf diese delikaten Neuigkeiten stürzen werden. Sie werden für ihre Verbreitung sorgen, und das mit großem Entzücken! Und nicht nur in Hannover. In der ganzen Welt wird unsere Schande bequatscht werden!« Ein anderes Mal schrie der alte Herr: »Es wäre besser, wenn das Kind stürbe, dann, dann wären doch alle Probleme gelöst!« Diese Bemerkung hat das Fräulein ihm niemals vergessen! Schließlich drohte der Vater: »Wenn du nach Hannover fährst, brauchst du nicht mehr zurückzukehren – du darfst niemals zurückkehren. Unser Haus ist dir verschlossen. Das ist mein letztes Wort: Dann gehörst du nicht mehr zur Familie. *Verstoßen. Unadelig.*«[538] Diese Drohungen hielten aber das Fräulein nicht von ihrer Reise ab. In wenigen Tagen waren sie in Hannover bei dem Schwager Georg Adam Wuth. Sie fanden Fritzchen mit hohem Fieber, er war apathisch und schien dem Tode nahe. Man überließ dem Fräulein nur zu gerne die Pflege des Kindes. Frau Wuth wollte zwar helfen, ihr tat der kleine Kranke leid, aber ihre Schwiegermutter und ihr selbstgefälliger Ehemann hinderten sie, Fritzchen war ihnen lästig geworden, wenn sie auch gerne das Geld für die Versorgung des Kindes genommen hatten. Sie klagten und schimpften über den unliebsamen Hausgenossen. Und wollten sich hervortun. Nur mit Mühe konnte sie, Wilhelmine, den eitlen Wuth davon abzuhalten, wieder seine Scheintodgeschichte zu erzählen. Das Fräulein saß Tag und Nacht am Bett ihres kleinen Sohnes. Sie wachte, sie pflegte, sie weinte, sie sorgte sich, sie ließ mehrmals den Arzt kommen. Ihr Leben schien an dem Leben des Kleinen zu hängen.[539] Auch sie, Wilhelmine, war aufs Höchste alarmiert, dieses kleine liebe Menschlein, würde es überleben? Wie dauerte sie auch das Fräulein, sie wollte sich nicht vorstellen, was der Tod des Kindes ihr antun würde. Nein, sie würde den Sohn nicht überleben, das wusste sie. Womit hatte das liebe Fräulein soviel Leid und Kummer verdient? Sie ließ sich bei der Wache am Bett des Kindes von ihr nicht ablösen, und sie ließ sich nicht trösten. Ob

Herr Meier das vermocht hätte? Aber er war so weit weg, und der Brief über die Erkrankung seines Sohnes konnte ihn noch nicht erreicht haben. Von der Todesgefahr, in der Fritzchen schwebte, hatte ihm die Herrin gar nicht geschrieben. Schließlich hatte sie, Wilhelmine, das Kind schon aufgegeben – aber das Fräulein nicht. Und eines Morgens – der kleine Kerl erwachte und lächelte, das Fieber ging zurück, langsam erholte er sich. Es dauerte länger, bis das Fräulein ihre Erschöpfung überwunden hatte und wieder entschlossen handeln konnte. Fritzchen, das liebe Fritzchen konnte nicht mehr bei der Familie Wuth bleiben, das war klar, nicht in dem verhassten Hannover und nicht in diesem dunklen Haus. Herr Meier hatte früher von seinem Vetter Lippold in Stadthagen erzählt, das Fräulein wandte sich an ihn und schilderte ihre schlimme Lage. Er erbot sich sofort, ihr Kind aufzunehmen.[540] Also verließen sie Hannover. Sie, Wilhelmine, konnte sich beim Abschied – das Fräulein war mit Fritzchen schon in die Kutsche gestiegen – eine Frage nicht verkneifen: »Haben Sie, Herr Wuth, dem Fritzchen vielleicht von der roten Medizin gegeben?« Sein Gesicht verkniff sich, und sie verschwand schnell in der Equipage.
Sie fuhren nach Stadthagen; der Vetter und seine Frau waren sehr liebevolle Personen, Fritzchen würde es hier gut haben. Sie blieben noch eine zeitlang bei den gastlichen Menschen, bis sie schließlich nach Holland aufbrachen, wo sie sich niederlassen wollten. Nach Barenaue würden sie nie mehr zurückkehren. Nie mehr, dachten sie beide damals.

Die Niederlande! Ein fremdes Land, eine große Stadt, Utrecht! Das versprach Abwechslung, Abenteuer, Vergnügen! Es sollte die schönste Zeit ihres Lebens werden! Wie herrlich war diese Stadt! Große schöne Häuser, meist mehrstöckige Backsteinbauten mit Giebeln und hohen Fenstern, ein majestätischer Dom, ein großer Marktplatz, viele Geschäfte und Kontore. Vor allem viele Grachten mit oft schmalen Wegen an beiden Ufern, Brücken, Schiffe. Soviel Neues! Sie stiegen bei Joost Taets van Amerongen, einem Vetter des Fräuleins, ab. Er wohnte in einem Stadtpalais in der Wittevrouwestraat. Die Familie schien sehr wohlhabend zu sein, ihr Wohnsitz war großzügig und gepflegt, es wurde selten von Geld geredet, man gab glänzende Feste, für die sich das Fräulein sorgfältig kleidete; schön sah sie aus in ihren Gewändern! Und großartig waren die Feste mit feinen Damen und zuvorkommenden Herren, mit Musik und Tanz und fröhlichen Plaudereien und feinem Essen! Und dann all die anderen Cousinen und Cousins, allen voran Gerard Godert Taets van Amerongen, Herr von Oud Amelisweerd. Das Fräulein war überall sehr gerne gesehen, sie kannte ihre Vettern seit ihrer Kindheit, weil ihre Familie die holländischen Verwandten oft besucht hatte. Wie witzig und fröhlich das Fräulein in dieser Runde war! Wie gerne sie mit den Kindern ihrer Vettern spielte, sie hatte besonders ein Meisje in ihr Herz geschlossen, die kleine Maria.[541] Manchmal weinte sie, wenn sie in ihre Räume zurückgekehrt war, sie dachte an ihr Fritzchen und sehnte sich nach dem Kind und durfte doch nicht von ihm reden. Das Fräulein hatte mit ihr, Wilhelmine, vereinbart, ihren Sohn zu verschweigen und nichts von Johann Conrad Meier und nur Vages über die Eltern zu erzählen. Die Herrin wusste, dass sie sich völlig auf sie verlassen konnte und dass sie wie ein Grab schweigen würde. Nichts konnte man von ihr erfahren, selbst ihren Liebsten – ihren lieben Piet – weihte sie nicht in die Geheimnisse ein. Einige Male verreiste das Fräulein, und niemand wusste, dass sie nach Stadthagen fuhr, um ihren Sohn zu besuchen. Danach war das Fräulein immer ein wenig stiller, bis sie sich wieder in den Trubel der großen Familie eingefunden hatte. Ihr Briefwechsel mit ihrem Liebsten in Nantes lief über den Herrn Buxtorf aus Bremen, den sie als Freund der Familie ausgab, ja, und das war er ja wohl auch. So erfuhr niemand etwas von einem Herrn Meier. Des Fräuleins Schauspielkunst erhielt hier den letzten Schliff! Und auch sie selbst lernte noch dazu.

Ach, es gäbe viel über das schöne Leben in den Niederlanden zu erzählen, über die Badereisen nach Aachen, über die Aufenthalte im Stift Marienthal, in dem ihre Herrin Stiftsfräulein war und von dem sie eine Präbende bezog, ihre Reisen ans Meer, das Meer …
Aber ihre Gedanken wanderten immer wieder zu ihrem Liebsten. Die Trennung von ihm war schwer. Ja, sie hatte Utrecht nicht gerne verlassen, seinethalben nicht und wegen des lustigen Lebens nicht. Wenn es jetzt in Barenaue zu traurig und zu schrecklich war, dann dachte sie wieder an ihren Piet.[542] An ihren Liebsten, den immer gutgelaunten Piet, den hübschen Kerl, der stets witzig und meist ein bisschen keck war. Schon wie er sich mit ihr bekannt gemacht hatte! Kurz nach ihrer Ankunft wurde ihr aus der Küche

eine süße Leckerei gebracht. Von wem kam sie? Der Bote sagte nur: Ein Gruß aus der Küche. Also ging sie hinunter, um sich zu bedanken. Und ganz zufällig querte der Koch ihren Weg, der nur herzlich lachte, als sie nach dem freundlichen Absender fragte. Er bat sie, sie einmal bei einem Spaziergang an den Grachten begleiten zu dürfen. Sie willigte gerne ein, und sie gingen in ihrer Freizeit zusammen aus. Sie hüteten sich, ihrer jeweiligen Herrschaft etwas davon zu erzählen. Der Wind mochte an dem Tag so heftig blasen, wie er wollte, und die heimliche Rückkehr mochte viel Vorsicht erfordern – die gemeinsamen Stunden waren unvergleichlich. Ihre Beziehung wurde inniger, sehr innig. Welcher Spaß und welche Genüsse! Sie, Wilhelmine, weihte schließlich das Fräulein ein, die schon längst etwas von ihrem Verhältnis geahnt hatte. Das Fräulein war eher amüsiert als böse und sehr verständnisvoll. Sie bat ihre Kammerjungfer nur, diese Geschichte geheim zu halten.

Wie konnte sie sich nur an einem solch traurigen Tag in ihren glücklichen Erinnerungen verlieren? Heute war die gnädige Frau beigesetzt worden. Das Fräulein war seit dem Tod ihrer Mutter apathisch, sie, die sonst so zupackend war und immer alles geregelt hatte, saß nur still in ihrem Zimmer und weinte oder schaute starr vor sich hin. Der gnädige Herr war nicht in der Lage, die Beisetzungsvorbereitungen zu treffen, er trank mehr als sonst. Es war gut, dass Frau Möser noch da war und alles Nötige organisierte. Alle in Barenaue trauerten der gütigen gnädigen Frau nach und gönnten ihr nach ihren schweren Leiden die Ruhe. So auch all ihre Freunde, besonders Herr und Frau Möser. Es war eine große Trauergemeinde und eine würdige Bestattung. Zumal man verhindern konnte, dass der alte gnädige Herr noch eine zusätzliche Flasche Wein anlässlich der Beisetzung trank – er war natürlich darüber ein wenig verärgert.[543] Als sich der Trauerzug in Bewegung setzte, hörte sie, Wilhelmine, hinter sich die Bemerkung eines Trauergastes: »*Das arme Fräulein wird von jedermann, der sie kennt, bedauert, und umso mehr, da sie gleichsam destiniert ist, ein Opfer ihrer Familie zu bleiben und demhalben zu sacrifizieren.* Denn der Vater hat erklärt, *sie zeitlebens bei sich behalten zu wollen, weil er sie nicht entbehren könnte.*«[544]

Wie wahr! Ja, was sollte aus dem Fräulein werden? Was aus Fritzchen und was aus seinem Vater? Und was aus ihr und aus Piet?

1764

Die Moorburg

Es war ein Elend. Nun war seine Frau gestorben. Die letzten Monate waren schrecklich gewesen. Ihre Tränen waren schwer zu ertragen. Sie hatte nur noch geweint und geseufzt, verließ nicht mehr ihr Bett und klagte den ganzen Tag über ihre Schmerzen. Er hatte schon Mitleid mit ihr, aber er hatte auch Schmerzen. Seine Devise war: Zähne zusammenbeißen und ein Schluck guten Weins! Sie glaubte sich ihrem Ende nahe. Immer öfter sagte sie, dass sie bald sterben müsse. Wie oft in ihrem Leben hatte sie ihn schon mit solchen Prophezeiungen gequält! Dann kam sie auf den Gedanken, ihre Tochter an ihr Sterbebett zu rufen. Welch eine Unvernunft und welch eine Beleidigung der ganzen Familie! Die verstoßene Tochter, eine gefallene Frau, sollte ihr in den letzten Stunden Beistand leisten? Diese Person war ihr mehr wert als Ehemann und Sohn? Da konnte er doch schon mehr Einsicht und mehr Rücksicht von seiner Frau erwarten! Das war eine schwere Kränkung! Er sagte ihr das immer wieder. Aber es half nichts. Man musste schon sehr langmütig mit ihr sein. Ja, und schließlich war sie gestorben. Ihr zu Ehren hätte er gern ein extra Glas Rotwein getrunken, aber man ließ ihn nicht.[545] Nun war er allein. Doch, sie war eine treue und ergebene Frau gewesen. Wer sollte jetzt für ihn da sein? Es war schon ein Elend. Jeanne! Da sie nun einmal hier war, sollte sie auch bleiben und ihn umsorgen, bis er endlich von dieser elenden Erde gehen konnte.

Zu dem ganzen Unglück kam noch der Verdruss über seinen Bruder. Der verfiel zusehends. Und das Schloss auch.[546] Der Graf war nicht bereit, auch nur das Mindeste zu seiner Erhaltung zu tun. Überall Verfall: Man hatte seit Jahrzehnten die Bauwerke vernachlässigt, und das Moor forderte seinen Tribut. Nicht nur das Schloss, auch die Wirtschaftsgebäude waren in katastrophalem Zustand: das Back- und das Waschhaus, die Brennerei, das Torf- und das Viehhaus, die Schmiede und die Leinenfabrik. Seit Jahren waren die Dächer defekt und die Fenster zerborsten, so dass es hineinregnete und die Dielen verfaulten, vor ein paar Wochen war ein Heuermann im Viehhaus durch den Boden gebrochen. Noch gefährlicher: Die Brücken waren höchst

marode. Er stellt die Mängel zusammen: *Die Auffahrtsbrücke, die Hauptzufahrt, ist dergestalt verfallen, und von den meisten ihrer eisernen Klammern bestohlen worden, dass sie einer Reparatur durchaus benötigt und das meiste Holzwerk der beiden Brücken ist verfault und vernichtet … Eine hölzerne doppelte Zugbrücke, vom Hause auf den Garten gehend, ist in ganz losem, spektakulärem Zustande, so dass man dieselbe ohne Lebensgefahr nicht betreten kann. Desgleichen eine hölzerne Brücke, so auf die Bleiche geht, ist so schlecht beschaffen, dass die Leute ihre mit Leinwand oder Garn beladenen Schiebkarren nicht ohne Gefahr darüber führen können.*
Am schlimmsten stand es um den Wohntrakt. *Das Haus Barenaue ist auf Pilotis in einem tiefen Graben gebaut und muss künftig zu Grunde gehen, wenn diese Pilotis in heißen Sommertagen, ohne Wasser der Sonnenhitze bloßgestellt stehen; alljährlich geschieht aber ein solches durch gewinnsüchtige Boshaftigkeit der Bedienten, welche … bald diesem, bald jenem Bauern vergönnen, die Bäche auf ihre Wiesen abzuleiten und dem Hause Barenaue dadurch seine Fundamente zu Grunde richten. Daher rührt ohne Zweifel, dass man nicht nur vor zwei Jahren unter der einen Seite der Brauerei neue Pilotis hat müssen schlagen lassen, sondern dem Wohngebäude auch bereits der Einfall dräuet. Die Mauern, Wände und Bogen in den Gallerien sind geborsten und gesprungen, die Balken an vielen Orten ausgewichen …* Die Fenster sind *dermaßen in üblem Zustande, dass auch bei mittelmäßigem Regen das Haus voller Wasser läuft und die Mauern, besonders an der großen Hausstiege, dadurch zu Grunde gerichtet werden …*
Georg Ludwig vermochte seinem Bruder die notwenigen Reparaturen nicht begreiflich zu machen. Der alte Mann konnte nichts sehen, sicher, darum führte er ihn einmal bei Regen in die Eingangshalle. Der Graf sollte spüren, wie der Regen durch die maroden Fenster drang, Ströme die Wände herunterflossen und er im Wasser watete. Je mehr Beweise er dem Bruder vorführte, desto störrischer wurde der Alte. Das war die einzige Möglichkeit, seine Macht zu zeigen! Am nächsten Tag hatte er bereits alles vergessen, und er, Georg Ludwig, redete erneut – und erneut vergeblich auf ihn ein. So sah er sich genötigt, bei Gericht Anzeige zu erstatten. Schließlich beantragte er die Gerichtsunfähigkeit seines Bruders. Ein Arzt stellte fest, dass der 79Jährige sich, *was das Vergangene betrifft, keiner Begebenheit, die sowohl auf*

seinem Schlosse als hier im Lande sich noch vor kurzer Zeit merkwürdig zugetragen hat, erinnern könne.[547] Aber der Bruder hatte ein ewiges Leben!

Johanna hatte sich entschieden, nach Mutters Tod beim Vater in Barenaue zu bleiben. Wie schwer war dieser Entschluss. Wie sehr hatten der Vater und der Bruder sie beleidigt und geschädigt. Es gab keine tieferen Demütigungen, Demütigungen, die sie als Person vernichten sollten. War sie dem Vater noch etwas schuldig? Hatte er sie nicht vom vierten Gebot entbunden, als er sie verstieß und erklärte, sie sei nicht mehr seine Tochter und ihr Sohn nicht sein Enkel? Sie würde ihm das nie vergessen können. Dass er das vergessen hatte! Aber sie hatte auch in den Augen ihrer sterbenden Mutter die Bitte gelesen, sich nach ihrem Tod um den Vater zu kümmern. Diesen letzten Wunsch konnte sie nicht übergehen! Wenn sie ihn so in seiner Gebrechlichkeit, seinem Rausch, seinem Ärger und seinem Jammer sah, dann rührte er ihr Herz. Der einst galante, wenn auch oft launische Mann war ein missmutiger Trinker geworden und der schlanke Mensch ein gebeugter Alter mit Kugelbauch, der sich und allen anderen zum Verdruss lebte. Wo war der Dichter geblieben, wo der geistreiche witzige Mann, wo der Feinschmecker, der Genießer guter Weine und wo der leidenschaftliche Spaziergänger? Sie musste das Beste aus ihrer misslichen Situation machen. Noch war ihr Liebster in Frankreich; da konnte sie auch bei dem Vater bleiben und die Zeit für ihre Ziele nutzen: Sie würde ihr Testament aufsetzen und darauf hinwirken, dass der Vater sie in dem seinen angemessen bedachte.[548]
Ihre Gedanken waren oft bei Johann in Nantes; aber je länger er weg war, umso unschärfer wurde sein Bild. Sein Gesicht war nur noch ein Schemen; seine Bewegungen verblassten vor ihrem inneren Auge, und sein Lächeln erstarrte. Seine Briefe enttäuschten, sie waren so karg. Wenn sie sie mehrmals gelesen hatte, glaubte sie, seine Stimme zu hören, ihren Mann und Geliebten zu sehen und seine Liebe und seinen Großmut zu spüren. Aber konnte sie überhaupt noch ihren Eingebungen und Erinnerungen trauen? Da war auch etwas Fremdes in seinen Briefen. Er veränderte sich, er lebte in einer anderen Welt. Es war die großbürgerliche Welt von Kaufleuten. War das ihre Welt? Sie hatte sich ja von der Reise eine Angleichung ihrer Lebensweisen erhofft, aber ob das gelang? Ob sie diese Entwicklung wirklich schätzte? Ging dabei vielleicht der Mann verloren, den sie so geliebt hatte?

Und hatte nicht auch sie sich verändert nach all den Schicksalsschlägen? Nach all ihren großen Entscheidungen und ihrer einsamen Selbstständigkeit? Ob sie ihm noch gefallen würde – und ob sie ihm noch gehorsam sein konnte, wie sie es einst versprochen hatte?

Lebensart

Johann hatte sich in Nantes eingelebt. Viel hatte er gelernt. Er beherrschte die französische Sprache recht gut. Er konnte sich hier verständigen und fasste seine Tagebucheinträge und seine Briefe an Johanna französisch ab. Sie freute sich darüber, merkte aber auch an, dass seine Briefe nicht immer fehlerfrei waren; er solle weiter fleißig üben.

Er war ein guter Geschäftsmann geworden. Herr Schweighauser hatte ihn in alle Arbeiten und Bereiche seines Geschäftes eingeführt, ihn zu Geschäftsverhandlungen und -abschlüssen mitgenommen und ihm wichtige Aufgaben anvertraut.[549] Er hatte ihn in die Häfen vor Nantes geschickt, damit er, Johann, dort die angekommenen Waren anmelden und durch den Zoll bringen konnte. Gelegentlich erledigte er kleine Geschäfte für Herrn Buxtorf; er kaufte in Kommission Weine der Region. Ja, er hatte inzwischen einen sicheren und feinen Geschmack entwickelt. Doris würde sich darüber freuen.

Die Lebensart der Großkaufleute beobachtete er aufmerksam: Mit ihren Herzen lebten sie auf dem Land, und in ihren Gedanken folgten sie ihren Schiffen über das weite Meer. Sie gingen große Risiken ein und machten riesige Gewinne. Sie arbeiteten sehr fleißig und schätzten eine bequeme, wenn nicht luxuriöse Lebensweise. Sie lebten für ihre Arbeit und liebten ihre Familie. Sie waren scharf kalkulierende Geschäftsleute und sehr kultivierte Männer. Sie besaßen eine gut gefüllte Bibliothek und nahmen Bücher auf ihren Landsitz mit. Bücher, deren Titel ihm nichts sagten. Die Frauen bevorzugten wohl Romane, sie waren sehr belesen, standen dem Haushalt vor, erzogen die Kinder im christlichen Glauben und beschäftigten sich mit Handarbeiten – ähnlich wie er, Johann, das bei Mösers beobachtet hatte. Doch er wurde nie Teil dieser Gesellschaft.

Seit er von seiner Liebsten regelmäßig einen finanziellen Zuschuss erhielt, leistete er sich ein wenig mehr. Nein, verschwenderisch würde er niemals sein, das konnte Doris in seinem Ausgabenbuch nachlesen, das er sorgfältig führte. Am Ende des Monats hatte er nie alles Geld ausgegeben, das ihm zur Verfügung stand, ja, er hatte sogar kleinere Summen an Freunde verliehen. Er besuchte des Öfteren ein Café. Gelegentlich aß er auswärts; wenn er ins Theater ging, bestellte er sich manchmal ein Getränk! An Trinkgeldern und Almosen wollte er nicht sparen, auch nicht an Geschenken für seine Wohltäter und Freunde an Festtagen, an denen man hier Geschenke austauschte. Seine Kleidung musste modern sein, wenn er etwas gelten wollte. Er kaufte sich eine Uhr, dann einen neuen Hut, sogar einen mit goldenem Knopf. Der alte war noch brauchbar, er ließ ihn nur aufarbeiten und mit einer Schleife und einem silbernen Knopf schmücken. Gestickte Manschetten und Kniehosen aus Satin gehörten zur modischen Ausstattung, schließlich auch ein grauer Anzug. Noch nie hatte er so schöne und so wertvolle Kleidung besessen! Sie war teuer, aber er hatte sie günstig erworben. Er würde sie lange tragen können, auch nach seiner Rückkehr nach Deutschland. Nicht bei seinen Eltern, sie würden ihn nicht verstehen. Aber seine Liebste würde sich sicher über ihren schmucken Mann freuen. Nun fühlte er sich für die Kreise, in denen er verkehrte, angemessen ausgestattet. Niemand würde mehr über seine Kleidung spotten. Doris würde sicher auch damit einverstanden sein, wenn er sich eine Geige kaufte und Unterricht nahm. Nach seiner Rückkehr würden sie wieder miteinander musizieren. Ein halbes Jahr später kaufte er sich eine zweite Traversflöte und engagierte einen weiteren Lehrer, er erwarb Notenbücher, und manchmal spielte er zusammen mit Madame Schweighauser – sie war eine gute Pianistin[550] – bei ihren großen Festen auf ihrem Landgut Grillau. Er besuchte Konzerte, die in der Börse gegeben wurden, er war jedes Mal bis tief in sein Herz berührt. Noch mehr liebte er die Opern. Nach ihrer Uraufführung in Paris wurden sie alsbald auch in Nantes gespielt. Diese Musik war neu und unerhört. Auch die jüngsten Lustspiele von Marivaux sah er, sie handelten immer von der Liebe, die Liebenden hatten ein empfindsames Gemüt und ihre Rede sprühte von Geist und Lebensfreude. Das fühlte er. Wenn er doch auch so sprechen könnte! Er kaufte Bücher in französischer Sprache. Mit einem achtbändigen Lehrbuch zum Handelswesen wollte er sich fortbilden, und Reisebeschreibungen sollten seine Weltkenntnis auf unterhaltsame Weise erweitern. Von einem soeben erschienenen Buch über das Glück versprach er sich hilfreiche Ratschläge.[551] Mit Enthusiasmus hatte er die Bücher erworben, als er ihre Titel sah, und begann sogleich in ihnen zu lesen. Aber sie waren doch eine schwere Lektüre, er ließ sie bald liegen und verbrachte seine freie Zeit vergnüglicher.

Mit der Stadt, mit ihren vielen Wasserwegen und ihren prächtigen Bauten war er nun warm geworden. Manchmal ging er auf Besichtigungstour: Einmal stand er in der Karmeliterkirche. »*Ich sehe darin das Grabmal von dem letzten Herzog von Bretagne, welches von dem feinsten Marmor gemacht ist*«,[552] notierte er in sein Tagebuch. Die Burgfeste faszinierte ihn, die abweisenden wuchtigen Außenfronten und die elegant dekorierten Fassaden an der Hofseite; erst nach dem Umkreisen der nüchternen Burgfeste eröffnete sich ihm der herrliche Anblick: die Schönheit wollte erobert werden. Ihm gefiel auch die Altstadt mit ihren mittelalterlichen Häusern und der Église Sainte Croix. Als der Herzog zu Aiguillon, Kommandant der Bretagne, im Oktober 1763 ein großes Feuerwerk gab, war er dabei. Anlass für dieses Fest auf dem Börsenplatz war der Frieden, der nach sieben Jahren endlich das Schlachten beendet hatte.[553] Überwältigend war das Feuerwerk. Endlich war Frieden in Europa eingekehrt!

Die Schweighausers hatten ihn in ihre Gesellschaft eingeführt, und er wurde oft auch von ihren Freunden eingeladen. Er spielte Billard. Er wurde zu Jagden gebeten, da erwies es sich als richtig, dass er sein Gewehr mitgenommen hatte. Er wusste zu treffen, da konnte er sich hervortun. Aber andere Fertigkeiten musste er sich für diese Kreise noch erwerben: Er kaufte sich einen Degen und nahm Unterricht bei einem Fechtmeister. Er engagierte sich einen Tanzlehrer, der zwei Jahre mit ihm zusammen arbeitete. Er liebte den eleganten Tanz, den er hier lernte; die Musik trug ihn und die Bewegung im Takt machte ihn leichtfüßig. Ein paar Mal war er auch zu einem Ball eingeladen. Aber war er nicht verschwenderisch und vergnügungssüchtig? Was würde seine liebe Doris zu seinem Lebenswandel sagen? Er bat sie, nur nicht eifersüchtig zu sein, sie war doch die einzige, die er liebte![554] Sie war damit einverstanden, dass er so viel für ihr zukünftiges gemeinsames Leben lernte – oder?

Er beobachtete aufmerksam die französischen Adelsfamilien, aus der Ferne. Einige von ihnen waren – anders als in Deutschland – im Großhandel tätig und dabei sehr reich geworden. Gesellschaftlich blieben sie unter sich. Aber er wurde mehrere Male von französischen Handelsherren bürgerlicher Herkunft eingeladen, die auf großem Fuß lebten oder sich sogar einen Adelsbrief gekauft hatten. Ob das in Deutschland möglich war? Er staunte über den Reichtum in ihren Häusern – verglichen damit lebten Schweighausers geradezu bescheiden. In diesen Palästen sah er luxuriöse Einrichtungen, Möbel aus exotischen Hölzern, aus Ebenholz oder Palisander, Porzellanvasen aus Indien oder China, Fayencen aus Nantes, Goldschmiedearbeiten, kostbare Tapeten, schwere Vorhänge. Sehr schön, sehr fremd und sehr fern.

Briefe und Fantasien

Hier erlaubt sich die Fantasie viel.

Die Posttage waren Höhepunkte in seinem Leben, wenn er Nachricht von den Eltern und den Geschwistern erhielt, wenn Herr Buxtorf ihn beriet, wenn Briefe seiner Liebsten eintrafen. Und wenn sie alle schrieben, dass sie wohlauf seien.

Doris schien zufrieden mit ihrem Leben und zufrieden mit dem, was er ihr aus Nantes schrieb; nur ermahnte sie ihn, an seinem Französisch zu arbeiten. Nun war sie also wieder in Barenaue. Der Tod ihrer Mutter hatte sie völlig niedergedrückt, auch er trauerte dieser lieben Dame nach, wenn sie auch nicht immer richtig an Doris gehandelt hatte. Dass seine Liebste nun bei ihrem Vater bleiben wollte! Nach allem, was er ihr angetan hatte. Dass sie sich nun seinem Wunsch fügte! Sie war eine gute Tochter. Sie stand dem großen Haushalt vor, sie leistete dem Vater Gesellschaft und pflegte ihn. Der alte Herr schien nicht wohl zu sein. Er hatte den Eindruck, dass sie ihn nicht mit der gleichen Wärme und Liebe umsorgte wie einst ihre Mutter, aber doch mit großem Pflichtbewusstsein. Sie diskutierte wohl auch lange mit ihm über sein Testament, damit es er es gerecht abfasste.

Einmal schrieb sie ausführlich über ihre junge Schwägerin Klara Sophie Wilhelmine, geborene von Schele. Er wusste, dass seine liebe Doris ihre

Schwägerin nicht gemocht hatte. Sie hatte sie hochmütig erlebt und sich von ihr missachtet gefühlt. Das schien sich geändert zu haben, ein Vertrauensverhältnis war entstanden. Die junge Frau hatte es nicht einfach, meinte Doris. Sie lernte nun ihren Gatten erst richtig kennen, diesen schwierigen Mann, sie musste auf dem heruntergekommenen Gutshaus in Borgwedde[555] leben, hatte bald kleine Kinder. Johanna wurde Patentante der ersten Tochter, die auch ihren Namen erhielt.[556] Klara Sophie nahm gerne Ratschläge und Hilfe ihrer Schwägerin an.[557] Auch Doris gewann Verständnis für die junge Frau, und es entwickelte sich eine warme Beziehung zwischen ihnen. In einer vertrauten Stunde fragte Klara ihre Schwägerin nach ihm, Johann Conrad Meier. Sie ahnte wohl etwas von ihrem Verhältnis. Johanna sah keinen Grund, ihr nicht davon zu erzählen – nur Fritzchen verschwieg sie. Die Scheles kannten Johann als Verwalter in Barenaue; sie hatten ihn immer sehr geschätzt. Keiner hatte Einwände gegen ihre Verbindung![558] Sie waren keine voreingenommenen Menschen, sie waren weitherzig und großzügig. Das freute ihn. Das freute ihn sehr für sich selbst und für seine Liebste. Alles wurde nun leichter. Wie hatte der junge Herr von Bar seinerzeit gewütet, als Fritzchen geboren wurde! Wie hatte er die liebe Doris grausam gequält, als er von ihr verlangte, ihre Verbindung zu verschweigen, als er ihr mit dem Zuchthaus drohte und sie enterben ließ! Sie hatte aus Rücksicht auf ihre Familie damals ihren Geliebten und ihr Kind vor anderen verheimlicht. Schluss mit Verstellungen und Teufeleien, wenigstens in diesem Punkt! Welche Erleichterung für ihn, ihm lagen diese Maskeraden und Lügen nicht, er hatte ständig Sorge, er könne sich verplappern und die Wahrheit sagen. Das Spiel hatte nun wenigstens ein Ende. Wenn doch auch Johannas Bruder ihn endlich akzeptieren würde!

Welche Freude, wenn sie ihm von Fritzchen schrieb! Ab und zu reiste sie zu dem Kind, das bei seinem Vetter sehr gut untergebracht schien.[559] Der alte Herr von Bar hatte wohl keine Einwände gegen ihre Reisen, oder vielleicht hatte sie vergessen, ihm ihr Ziel mitzuteilen. Sie schrieb ihm ausführlich: Fritzchen war nun schon ein kleiner strammer Junge. Ein freundliches Kind, das ihr immer fröhlich entgegenlief, wenn sie kam, so als gehöre sie zur Familie. Er hatte seine, Johanns, dunkle Augen und plapperte den ganzen Tag. Neulich ging sie mit ihm durch den Garten. Er tollte umher und blieb schließlich vor einer Rose stehen. Er hätte sie wohl zu gerne angefasst und abgebrochen. Aber Doris zeigte ihm die Dornen und erklärte, dass ihm die Blume nicht gehöre. Da sagte er: »Aber sie gehört meinen Augen!« Die Abschiede von dem Jüngelchen waren für sie immer sehr schwer. Das letzte Mal weinte auch Fritzchen.

Es war Zeit, dass er bald zurückkehrte und ihre kleine Familie zusammenführte. Nicht vor dem Tod des Vaters, hatte Doris ihm geschrieben. Er aber wurde ein wenig ungeduldig. Wann und wo würden sie endlich zusammen leben? Und wie? Auf dem Land oder in der Stadt? In der Nähe bei seinen Eltern, in Hannover oder in der Nähe von Barenaue? Doris würde einen Weg wissen. Mit allem, was er inzwischen gelernt hatte, würde er eine gute Stellung finden können, wo auch immer und als was auch immer, als Kaufmann oder als Verwalter eines großen Gutes. Er würde ein gutes Einkommen haben und für sich und seine Familie sorgen können. Seine Liebste würde nicht so komfortabel leben, wie sie das gewohnt war, aber doch nicht in Armut. Er wollte von ihrem Geld unabhängig bleiben. Das war ihm sehr wichtig. Alles andere würde gegen seine Ehre gehen. Sollte sie wirklich das Villegas'sche Erbe antreten, dann könnte sie für zusätzliche Bequemlichkeiten sorgen.

Sklaverei

Erzähler träumen gerne und lassen auch ihre Helden träumen.

Johanna wurde klar, dass das Handelshaus Schweighauser in den Sklavenhandel verwickelt sein musste, wenn vielleicht auch nicht direkt. Nantes war noch immer ein wichtiger Umschlagplatz in dem Dreieckshandel, obwohl englische Häfen der französischen Stadt allmählich den Rang abliefen. Die Schweighausers importierten wie viele andere Großkaufleute Kaffe, Kakao, Zucker, Tabak und Baumwolle von den karibischen Inseln, um dann diese Waren weiter in Europa zu vertreiben. Die Schiffe kehrten aber nicht leer zurück, sondern brachten Waffen, Textilien, Eisen und Alkohol an die westafrikanische Küste, wo man sie gegen Schwarze, versklavte Schwarze, eintauschte, die dann wiederum nach Brasilien, Westindien und Nordamerika geschafft wurden. In den Wochenschriften las sie immer wieder einmal Berichte über diesen Handel. Darüber, wie die Familien auseinandergerissen wurden, wie man den Sklaven mit glühend heißem Eisen das Zeichen der Handelsgesellschaft einbrannte, wie sie auf engstem Raum in Sklavenschiffen zusammengepfercht wurden, Hunger und Durst leiden mussten und in großer Zahl starben. Dass die Überlebenden dann zu unmenschlicher Arbeit auf den Plantagen gezwungen wurden, wie man sie prügelte und sie schlechter als Tiere hausen und Hunger leiden mussten.

Ihr fiel Voltaires Neger aus dem »Candide« ein. Dieser arme Mensch. Nur mit einer Unterhose bekleidet lag er auf dem Boden, er konnte nicht gehen oder stehen, denn ihm fehlte ein Bein. Sein Herr, ein reicher und berühmter Handelsherr, hatte ihn verstümmelt als Strafe dafür, dass er hatte weglaufen wollen, auch seine rechte Hand fehlte, die man ihm abgehauen hatte, nachdem ein Mühlstein einen Finger abgerissen hatte, während er seine Arbeit verrichtete. Er lag auf dem Waldboden unter den kahlen Eichen, an seiner Seite ein Prediger, der ihn zur Frömmigkeit ermahnte, alle seien Adams Kinder, Weiße und Schwarze. Plötzlich zuckte der Geistliche zusammen – eine Horde von Menschen stürmte heran, laut schreiend, voran einige kräftige junge Burschen von den Nachbarhöfen, dann mehrere leicht bekleidete Schwarze, entstellt von Wunden und Schwären, und schließlich ein paar armselige Menschen, Eigenbehörige, alte mit gekrümmten Rücken und junge ausgemergelte Männer, die sie, Johanna, von ihren Gütern kannte. Sie drängten mit großer Geschwindigkeit vorwärts. Obwohl die meisten Fliehenden Gebrechen hatten, liefen sie doch schnell, und der Abstand zwischen ihnen und ihren schwerfälligen Verfolgern vergrößerte sich, sie schienen uneinholbar. Die Flüchtlinge hatten schon die Anhöhe erreicht und verschwanden im nächsten Moment hinter ihr, als eine zweite Truppe angehetzt kam. Sie nahm keinerlei Notiz von Johanna, aber sie konnte die Männer gut beobachten. Dieser Haufen war ebenso bunt zusammen gewürfelt wie der erste. Nur waren die Männer älter, alle waren teuer gekleidet und gut genährt. Es waren Männer in Uniformen darunter, die wohl Jagd auf Rekruten machten. Dann folgten keuchend feine adlige Herren in altmodischen Rüstungen – erkannte sie nicht auch einige Männer aus ihrer Ahnengalerie? Sie und die Männer in edlen schwarzen Kleidern – sie mussten reiche Kaufleute sein – schrieen durcheinander und verlangten ihre Eigenbehörigen und Sklaven zurück, sie seien ja ihr Eigentum und zum

Dienen geboren. Schließlich folgten einige Geistliche in dunklem Habit. Einer von ihnen, ein schwerer Mann, der mühsam hinter den anderen herhechelte, stürzte und konnte sich nicht mehr aufrappeln. Er lag in der Nähe des Predigers und des verstümmelten Sklaven und klagte über die Gottlosigkeit dieser Welt und verfluchte die Heiden, die sich nicht bekehren lassen wollten.
Als Johanna aufwachte, war sie sehr verstört. Der Traum verfolgte sie, wirre und widersprüchliche Gedanken quälten sie, sie fühlte sich schuldig, ohne zu wissen, worin ihre Schuld bestand. Waren die Ausgebeuteten und Geknechteten davongekommen?

1765

Unsagbar

Den Romanhelden und den Lesern sei eine Atempause gegönnt. Aber die Ruhe ist trügerisch und das Glück unbeständig.

Johanns Zeit in Nantes ging zu Ende. Anfang Mai verließ er die Stadt. Für seine Heimfahrt wählte er den Landweg und reiste über Paris.[560] In knappen Tagebuchnotizen hielt er seine Stationen fest. Die französische Hauptstadt wollte er kennen lernen. Er besuchte die Comédie Française, die Oper, ein geistliches Konzert, besichtigte Notre Dame und den Invalidendom. Ja, er liebte die schönen Künste und fühlte sich ganz leicht, als er durch die Straßen und Alleen schlenderte. Er ging in die edelsten Geschäfte und erstand einen kostbaren Seidenstoff für Johanna und allerlei Geschenke für seine Verwandten und für Freunde, die seinen Aufenthalt in Frankreich ermöglicht hatten. Weiter führte seine Fahrt nach Valenciennes, Cambrai, Brüssel, Maastricht, Aachen und Düsseldorf. Hier besichtigte er die Gemäldegalerie im Schloss des Kurfürsten. Dann weiter nach Haltern, Münster und Neuenkirchen, bis er schließlich nach einmonatiger Reise in Brunnenbrock ankam, einem Gut des Heinrich Conrad Niemeyer.

Der Herr war anwesend, ebenso sein Vetter, der Rittmeister.[561] Er wurde gut aufgenommen, fast wie ein Ebenbürtiger, er, der Herr Kommis, der junge Kaufmann, der in Frankreich allerlei Geschäfte für die Familie getätigt hatte und nun so gebildet war. Die Gastgeber fragten ihn nach seinen Erfahrungen, nach den großen Städten, die er gesehen hatte, nach Nantes, Paris und Brüssel, nach der Oper und der Comédie Française, nach den Handelsgeschäften und den Lebensgewohnheiten der Schweighausers. Sie hörten ihm interessiert zu. Es war eine wohlgemute Runde, und es waren sehr gute Tage. Heinrich Conrad Niemeyer war von seinen Sprachkenntnissen sehr beeindruckt – er selber versuchte gerade, mit Hilfe eines Buches Französisch zu lernen – und staunte über Johanns Weltläufigkeit. Er bat ihn, demnächst seinen Sohn auf einer Bildungsreise nach Frankreich zu begleiten. Johann fühlte sich sehr geehrt, wenn es ihn auch nach seiner Liebsten verlangte, die er noch immer nicht wiedergesehen hatte. Aber sie freute sich auch über diesen Auftrag und hatte gleich allerlei Vorschläge für eine gute Reiseroute, von der er profitieren und die ihm sicher gefallen würde.[562] Der Herr arbeitete bereits eine anspruchsvolle Tagesordnung für seinen Sohn aus, als er bei einem Unfall schwer verletzt wurde, die Pläne zerschlugen sich, die Reise wurde abgesagt. Stattdessen erhielt Johann Verwaltungsaufgaben auf den Niemeyer'schen Gütern.

Johanna war glücklich über seine Heimkehr, sehr glücklich, wenn es ihnen auch immer noch verwehrt war, zusammenzuleben; aber sie würden sich sehen können, sie würden einander näher sein, sie könnte sich sein Leben hier besser vorstellen, ihre Briefe würden ihn schneller erreichen. Ein bisschen enttäuscht war sie, dass er nach seiner Rückkehr so selten schrieb; über den schönen Seidenstoff, den er für sie in Frankreich gekauft und von Brunnenbrock aus zugesandt hatte, freute sie sich zwar und dankte ihm, aber wo blieben seine Briefe, wo blieb er selbst? Wenn sie sich doch endlich wieder in die Arme schließen könnten! Dann kam der Plan seines Patrons auf, er solle seinen Sohn auf eine Bildungsreise nach Frankreich begleiten. Das Wiedersehen würde noch weiter hinausgeschoben, wieder würden viele, viele Meilen zwischen ihnen liegen! Aber sollte sie ihm nicht diese Bildungschance gönnen? Freute er sich nicht auch über diese Gelegenheit? Sie wollte ihm das Herz nicht schwer machen, ja, sie wollte ihn ermutigen. Er konnte noch so viel lernen, was ihnen beiden später einmal nützen würde. An eine öffentliche Verbindung war sowieso nicht zu denken, solange der Vater noch lebte. Also schrieb sie ihm von sehenswerten Zielen auf der geplanten Route, die er unbedingt ansteuern sollte. Schön wäre es, über Holland nach Frankreich zu reisen und über die Schweiz, Straßburg und Frankfurt zurückzukehren, diese Orte würden ihn interessieren.

Sie erhielt schließlich einen Brief von ihm in Lingen, wo sie sich nach einer schweren Krankheit zur Erholung mit ihrem Bruder, ihrer Schwägerin und deren Vater, dem Minister von Schele, aufhielt. Von hier schrieb sie ihm: »*Am Tag der heiligen Peter und Paul war ich in der Kirche mit meinem Bruder und seiner Frau, der Minister betete öffentlich für die glückliche Rückkehr einer jungen Person, die in einem fremden Land abwesend gewesen war. Zu Mittag aßen wir zusammen, dann, während eines Spazierganges, nachdem ich ihn gefragt hatte, wer diese zurückgekehrte Person sei, für die er gebetet hatte, sagte er mir, das seiest du, von dem er einen Brief erhalten hatte … Ich beschwöre dich! Ich würde mich sehr freuen, wenn du mit ihm klug umgehen würdest. Ich hoffe, dass du auch ihm ein gutes Präsent für seine Gebete geschenkt hast … Auf dein Anraten setze ich weiterhin eine zufriedene und fröhliche Miene auf und versuche fröhlich zu sein.*« Mit der Genehmigung des Ministers hatte sie auch Johanns Gönner, den Herrn Buxtorf, und seine Frau nach Lingen eingeladen; sie würde gerne die Bekanntschaft dieser lieben Freunde machen, »*denen wir, du und ich, so viel zu verdanken haben, deine Reisen, dein Französisch, das du nun beherrscht, und alles, was du in den drei Jahren profitiert hast, sind ein Glück, für das wir diesem würdigen Grand Papa verpflichtet sind … mein ganzes Leben – auch wie ich hoffe deinerseits – dankbar und verpflichtet.*« War jetzt nicht alles gut?

Als Johanns Frankreichreise abgesagt wurde, drängte sie auf ein baldiges Wiedersehen; sie müssten sich unter falschem Namen an einem Ort treffen, in dem niemand sie kannte.[563] Er machte einen Vorschlag und sie fuhr – ohne dem Vater den Zweck ihrer Reise zu erzählen – zum Treffpunkt. Sie freute sich, und sie fühlte sich angespannt. Sehnsucht und Zweifel stritten in ihrem Herzen während der Fahrt: Was war aus ihm geworden in dieser langen Zeit der Trennung, nach einem Leben in Kaufmannskreisen, nach seinen Jahren in der großen Welt? War er noch der schöne, großherzige und

charmante Mann, den sie geliebt hatte? Würde sie ihm noch gefallen, würde er sie noch lieben?
Ach, war sie nicht ein wenig närrisch?

An dem verabredeten Ort wollten sie sich als das Ehepaar von Meien ausgeben. Er war zuerst eingetroffen und erwartete sie vor dem Wirtshaus. Als sie die Tür der Kutsche öffnete, stand er vor ihr, so männlich und so reif, und da war sie, sicher und schön, noch immer. Sie zögerte einen Moment, er stutzte und reichte ihr dann seine Hände, um sie beim Aussteigen zu unterstützen, sie legte ihre in die seinen und drückte sie, dann standen sie auf gleicher Höhe – »*Très cher ami*« und »*mein liebes Herz*[564]« – er schaute in ihr strahlendes Gesicht, und sie sah das Leuchten in seinen Augen. Sie gingen ins Haus und stiegen nebeneinander die Treppen hinauf, ihre Herzen schlugen schneller, als sie in ihren Räumen einander um den Hals fielen, einander drückten, einander so nah waren, so nah, dass sie den Herzschlag des anderen hörten – und doch blieb da ein unbestimmbares fremdes Gefühl.
Ihre gemeinsamen Mahlzeiten, ihre gemeinsamen Nächte, ihre Spaziergänge steigerten ihre Freude aneinander. Sie konnten ihre Blicke nicht voneinander lassen und vergaßen alles um sich herum, sie waren ganz irdisch und doch nicht von dieser Welt.
Ihr Glück war unsagbar. Konnte es dauern? fragten sie sich einmal.
Sie erdachten sich ihre Zukunft. Sie würde noch bei ihrem kränkelnden Vater bis zu seinem Tod bleiben, er hingegen in Niemeyers Diensten. Dann – endlich – würden sie ihre Beziehung auch vor den Augen der Menschen leben können – doch wann? Sie würden ein Haus kaufen, vielleicht auch Land bebauen, meinte Johanna, vielleicht einen Großhandel aufbauen, meinte Johann, sie würde mit ihrem Erbe ein Gut erwerben, er könnte mit seinen Einkünften als Großkaufmann ihren Lebensunterhalt sichern. So wie die Familie von Bar, so wie sein verehrter Patron, der alte Christian Eberhard Niemeyer, Gott hab ihn selig! Es blieben Fragen und es blieb Unruhe. Doch, sie gehörten zusammen. *Einmalallezeit*![565]

Johann schrieb[566] ihr von seinen Besuchen bei Fritzchen. Welch ein liebenswertes munteres Bürschchen. Es sprach gut und ganz verständig, und wenn es lachte, glich es ihr. Wie er das Kind liebte! Er brachte ihm Spielzeug mit,

scherzte mit ihm, erzählte ihm Geschichten. Der Vetter Lippold und seine Frau hatten den kleinen Kerl in ihr Herz geschlossen, er schien bei ihnen nichts zu entbehren.
Eines Tages erhielt Johanna per Eilboten einen Brief vom Vetter. Fritzchen sei sehr schwer gestürzt, sie möge kommen. Sie machte sich sofort auf den Weg. Bei ihrer Ankunft war Fritzchen tot.[567] Ihr Schmerz war unsagbar. Sie schloss sich tagelang in ihr Zimmer ein und blieb wortlos, wochenlang.

1767

Schwarze Pforte

Seine Welt war geschrumpft, sie war so groß wie seine Bibliothek. Manchmal fühlte er sich dort wohl. Es war ein gemütlicher Raum, er war umgeben von seinen eigenen Büchern, von den Werken seiner geliebten Autoren und von vielen Manuskripten, die in dem Raum verstreut herumlagen. Er hatte keine Lust, sie zu ordnen, und er brachte nichts mehr zustande. 1766 erschien sein »Anti-Hégésias« in der Übersetzung von Lieberkühn als »Scherz– und ernsthafte Widerlegung des Hegesias über den Selbstmord«[568]. Diese Ausgabe machte ihm ebenso wenig Freude wie schon die früheren Übersetzungen dieses inkompetenten Schreiberlings.[569]
Seine geliebten Weine trösteten ihn nicht mehr, sie schmeckten schal und machten ihn krank, und doch konnte er nicht ohne sie leben. Manchmal versuchte er sein Heil im Garten, aber die Spaziergänge waren zu beschwerlich, und ihm blieben nichts als Blicke aus dem Fenster. Sein Augenlicht ließ nach, er fürchtete das Familienübel, das schon seinen Vater und seinen Bruder befallen hatte. Noch konnte er den verwahrlosten Garten verschwommen sehen, die Lücken im Eichenwald, die sein Bruder hatte schlagen lassen, und die dunklen Wolken, die oft über dem Moor hingen. Die Schafwölkchen am blauen Sommerhimmel konnte er nur erahnen.
Nun sehnte er sich nach dem Ende. Zu viele Schmerzen, zuviel Ärger mit den Bar'schen Gütern, die er selbst nicht mehr sanieren konnte. Zu viele Zweifel an der Fähigkeit seines Sohnes, die Güter zu retten und die Prozesse

zu einem Erfolg zu führen. Und seine Tochter – er brauchte sie, sie ertrug seine Klagen geduldig, redete ihm zu, er möge genügend essen, und ließ den Arzt holen, wenn sich sein Gesundheitszustand verschlechtert hatte. Aber, das spürte er, sie war immer auch an einem anderen Ort. Manchmal verreiste sie, sie behauptete, sie fahre zu ihrer Freundin, dem Stiftsfräulein Metta von Oberg.[570] Aber er wusste, dass sie ihren Sohn oder ihren Geliebten besuchte. Wie ihn ihre Lügen kränkten und ihre Liebe für diese beiden Meier. Aber er war des Streitens müde.

Totenschild für Georg Ludwig von Bar, Künstler unbekannt

Der Vater kränkelte und verbrachte oft den ganzen Tag im Bett. Er klagte über Schmerzen in der Brust, im Kopf, in den Gliedmaßen. Er fühlte sich müde, wie er sagte, und schwach. Er hatte auf nichts mehr Lust. Er mochte weder lesen noch schreiben. Das viele Material, das er für neue Publikationen gesammelt und noch nicht verarbeitet hatte, lag ungeordnet in der Bibliothek.

Die Pläne, die er einst zur Renovierung des Familiensitzes gehabt hatte, waren vergessen, jetzt, da sein Bruder tot[571] und er Herr auf Barenaue war. Johanna versuchte ihn zur Reparatur der schlimmsten Schäden am Schloss zu bewegen, er wollte es doch seinem Sohn und dessen Familie einmal in gutem Zustand übergeben; er konnte nun über Gelder verfügen. Aber ihn interessierte es nicht mehr, was mit dem Schloss und den Ländereien geschah.[572] Wenn Freunde ihn besuchten, machte er gute Miene zu ermüdenden Stunden, wie er ihr danach erklärte, er war froh, wenn sie ihn wieder verließen. Manchmal war er so abweisend, dass sie gingen, noch bevor es der Anstand erlaubte. Johanna ließ ihm seine Lieblingsgerichte kochen, aber er kostete nur einmal und schob das Essen von sich.

»Was kann einem Mann wie mir das Leben noch bedeuten? Meine Schmerzen sind groß, ich bin des Lebens überdrüssig.«[573]

Johanna erinnerte ihn: »Vater, wie kannst du nur so sprechen! Du darfst auf ein langes Leben zurückschauen, in dem dir vieles geglückt ist. Du hattest und hast großartige Menschen zu Wegbegleitern und bist ihnen ein guter Freund. Denke an deine Bücher und das Ansehen, das du mit deiner Dichtkunst erworben hast! Vergiss nicht die Freude, die du deinen Lesern bereitest, und die Lehren, die du ihnen mitgegeben hast. Du wirst immer in ihrem Gedächtnis bleiben.«

»Meine liebe Jeanne, was bedeutet das? Man wird nicht mehr lange an mich denken, und schon gar nicht gerne. Die Zeit ist schon jetzt über meine Dichtung hinweggegangen. Die Menschen lesen sie nicht mehr, sie lieben Klopstock und andere junge Autoren. Ja, die Klopstockianer verachten meine Arbeit![574] Und Gottsched[575] auch!« Er saß zusammengesunken in seinem Sessel, sie schloss seinen Hausmantel und legte eine Decke über seine Knie.

»Vater, deine Dichtungen bedeuten vielen Menschen sehr viel, deine Texte sind unsterblich!« Musste sie das jetzt nicht sagen?

»Ach, meine Liebe, das kann ich nicht glauben. Wer oder was ist schon unsterblich? Es ist Zeit, dass es zu Ende geht, und es möge rasch gehen. Viele meiner Freunde haben einen schnellen Ausweg aus ihrem elenden Leben gefunden …«

»Vater, was für Ideen! Du wirst doch nicht an Selbstmord denken! Überwinde deine Melancholie, ersticke deinen Spleen! Du, der schärfste Kritiker des Selbstmordes. Du, der du ein ganzes Buch gegen den Selbstmord geschrieben hast!«

»Ach, dieser ›Anti-Hégésias‹![576] In welcher Laune habe ich das Buch geschrieben. Es ist leicht, gegen den Selbstmord zu polemisieren, wenn man nicht verzweifelt ist.«

»Du hast gesagt, *ein Spottvogel, die feine Spötterei, der artige Scherz, die lachende Ironie, die angenehme Satire … sollten zusammenstimmen, den rasenden Geist auszutreiben, … dieses würde mehr als ein gelehrtes Buch, das von einer ganzen Gesellschaft von Theologen und Morallehrern zusammengetragen ist, ausrichten*!«[577]

»Diese Sätze beweisen nur meine damalige Leichtfertigkeit und meine Ignoranz. Denen setzt mein Übersetzter noch die Krone auf, wenn er sagt: *Ich glaubte nicht, dass ein fürchterlicher Gegenstand, das Verlangen zur Vernichtung seiner Selbst, durch dero Anti-Hegesias jemals auf eine angenehmere und ergötzlichere Art zu Boden geworfen sei …*[578] Ich weiß jetzt, dass der feine Spott und die »ergötzliche Art« keinen Menschen vom Selbstmord abhalten werden, der sich in seine Arme werfen möchte. Seine Arme sind weich und tröstlich, und sie strecken sich mir entgegen. Was soll denn an der Polemik gegen den Selbstmord ergötzlich sein? Auch dieses mein Werk ist überholt. Hohles Wortgedröhne, Buchgeschwätz, eingeholt von der Wirklichkeit!«

»Mein lieber Vater. Ich weiß, dass es in deinem Leben Zeiten gab, in denen dir der Tod sehr willkommen gewesen wäre. Damals, als dein geliebter Joman gestorben war.[579] Doch du bist tapfer durch dieses dunkle Tal gegangen. Warum verlockt dich die *schwarze Pforte des freiwilligen Todes* denn jetzt?[580] Du selber hast viele gute Gründe gegen den Selbstmord angeführt, rechtliche Gründe, moralische, philosophische und theologische. Gute Gründe.« Er dauerte sie nun.

»Papier! Vernunftgründe sind Fantastereien und Hirngespinste! Mögen sie auch seit 2000 Jahren wiederholt werden. Sie sind nichts gegen das Leiden, nichts gegen die Furcht vor der Hilflosigkeit im Siechbett, nichts gegen die Furien, die den Kranken verfolgen, nichts gegen Wahnbilder und nichts gegen die Erlösungssucht und die Todesbegier. Der Tod ist allemal besser. Drei meiner Freunde und zwei meiner Ärzte sind ihm entgegengegangen[581], du weißt es. Für sie war es der Weg ins Paradies.«

»Das mögen sie geglaubt haben. Aber glaubst du das denn auch? Besinne dich auf deine tiefsten Überzeugungen, die dich dein Leben lang geleitet haben. Du hast viele Schicksalsschläge ertragen, mit großer Geduld und frommer Ergebenheit in Gottes Willen. Ist Hiob ein Narr gewesen? Du warst immer ein mutiger Mann. Und ein gläubiger Christ. Du gehörst nicht zu den *Rasenden, den Verzweifelten, den Trotzigen, den Unsinnigen,* die ihre *Seele … aus ihrem Leibe jagen.*«[582] Wie konnte sie ihn nur trösten?

»Ach, meine liebe Tochter …«

»Ich will dir aus deinem ›Anti-Hégésias‹ vorlesen: *Bin ich berechtigt, mit Gott unzufrieden zu sein und zu ihm zu gehen, weil ich der Welt überdrüssig bin? Soll Gott mein äußerster Schlupfwinkel sein? Man muss unvernünftig sein, wenn man sich schmeicheln will, im Himmel wohl empfangen zu werden, weil man sich auf der Erde nicht wohl befunden, und mit der göttlichen Vorsehung nicht zufrieden ist.*«[583]

Wenige Tage nach diesem Gespräch kam sein Freund Möser nach Barenaue. Er schrieb über diesen Besuch an einen Freund: »*Acht Tage vor seinem Tode besuchte ich ihn noch und war höchst traurig darüber, dass er noch zuletzt sein Gedächtnis und vielleicht seinen Verstand verlieren würde. Zwei Jahre vor seinem Ende erbte er seiner Brüder Güter …; aber ohne das Vermögen zu haben, der Welt noch zu genießen. Es kostete ihn Mühe, ein Glas Wein herunterzubringen.*«[584]

Am 6. August 1767 starb Georg Ludwig von Bar.

Abschied von Barenaue

Nach dem Tod des Vaters fühlte sich Johanna frei, nun konnte ihr Leben beginnen. Sie weinte seiner Zärtlichkeit nach, ihrer gemeinsamen Freude an Musik und Literatur, ihren Spaziergängen und geistvollen Gesprächen in kleinen und größeren Kreisen; traurig erinnerte sie sich an seine Sorge und Liebe für sie, an seine Genussfähigkeit, seinen Witz und seine Gutmütigkeit. Aber in den letzten Jahren lebte er niemandem mehr zur Freude, weder sich selbst noch seinen Verwandten und Freunden. Seine Grobheiten, seine Streitlust, sein Jammern, seine häufige Trunkenheit, seine schnell wechselnden Launen, sein Jähzorn waren eine dunkle Folie hinter den guten gemeinsamen Stunden. Nie würde sie vergessen können, wie unnachgiebig er gegen ihre Liebe gekämpft und welch zerstörerische Rolle er nach der Geburt von Fritzchen gespielt hatte.

Jetzt endlich würde sie ihren Weg gehen. Nur zu gerne wollte sie Barenaue verlassen, das Gefängnis, das sie nun auch noch unter seinen brüchigen Mauern zu begraben drohte. Lutz, der neue Stammherr, wollte mit seiner Familie hier einziehen. Ihm stand das zu, er hoffte vielleicht auf ein standesgemäßes Leben und repräsentative Feste. Aber seine Freude an diesem Domizil und sein Stolz auf das Schloss seiner Väter würden schnell zerbröckeln, ihn erwarteten endlose Instandsetzungsarbeiten, wenn das Schloss überhaupt noch zu retten war.

Johanna hatte erreicht, dass der Vater ihre Ansprüche in seinem Testament berücksichtigte, sie hatte ein wenig Druck auf ihn ausgeübt, gar mit einem Prozess gedroht[585], aber nun war alles zu ihrer Zufriedenheit geregelt: Sie sollte Mutters Anteile an den Bar'schen Gütern erhalten, außerdem ihre beweglichen Güter wie Möbel, Silber, Schmuck und Wäsche und die Anwartschaft auf das große Villegas'sche Erbe. Nun musste sie auch selber ein Testament abfassen. Sie setzte ihr Patenkind Jeanne Philippine, die älteste Tochter ihres Bruders, zur Haupterbin ein. Es schien ihr sinnvoll, vorläufig das große Erbe, das ihr von Mutters Seite zustand, in der Familie zu lassen und ihre Patentochter gut auszustatten, die nur eine bescheidene Versorgung durch ihre Familie erwarten konnte. Ihren Liebsten bedachte sie in dem Testament mit der beachtlichen Summe von 8000 Reichstalern: »*Zugleich erfordert aber mein Gewissen, meine Beruhigung und meine Dankbarkeit, dem Herrn Johan Conrad Meyer ein Zeichen meiner ihm im Leben gewidmeten Hochachtung und Liebe zu geben.«*[586]

Sie wollte bald nach Holland fahren und das Erbe ihrer 1740 verstorbenen Tante einfordern. Der Generalmajor George von Villegas erhob auch Anspruch auf die Hinterlassenschaft seiner ersten Frau, der Anna Charlotte, geb. Taets van Amerongen, einer Schwester von Johannas Mutter. Aber sie hatte gewünscht, dass ihr Besitz in ihrer Familie blieb und ihr, Johanna, zukam. Johanna musste den General dazu bringen, den letzten Willen seiner ersten Frau zu respektieren. Bislang hatte ihr Vetter in Utrecht mit dem Generalmajor George von Villegas verhandelt.[587] Nun wollte sie sich selbst um diese Erbschaft kümmern. Als sie bei einem Treffen mit Johann ihre Reisepläne besprach, schob sich ein Schatten über sein Gesicht. Ihre Pläne schienen ihn zu bedrücken, ja zu missfallen: Sie würde so weit fort sein, in einer Gegend, die er nicht kannte, und bei Menschen, die ihm fremd waren. Er würde sie in dem langen Winter nicht sehen können. Sollten sie abermals so lange voneinander getrennt sein? Er verstand ja, dass sie nicht in Barenaue bleiben konnte, aber sie könnte einen anderen Aufenthaltsort wählen, näher, im Norden Deutschlands. Seine Wünsche passten nicht gut zu ihren Plänen, aber gleichzeitig war sie von ihnen gerührt.

Da erhielt sie einen Brief ihrer Tante Wilhelmine von Krosigk aus Hamburg. Sie bat Johanna flehentlich, doch zu ihr nach Hamburg zu kommen, sie fühle sich krank und elend und wolle einen lieben Menschen aus der Familie um sich haben. Johanna befürchtete, nun schon wieder Krankenpflegerin zu werden. Aber die Tante hatte sich immer großherzig um ihren Bruder Georg Ludwig und seine Familie gekümmert; wie viel Freundlichkeit und Unterstützung hatte sie selbst von ihr erfahren![588] Und schließlich hatte die Tante, die selbst kinderlos war, ihre Nichte als Haupterbin eingesetzt. Diese Überlegungen und Johanns Bitten bewogen Johanna schließlich, nach Hamburg zu gehen, wenn sie es auch ein wenig widerwillig tat.[589]

Die Ehre ist – die Ehre

Johannas Aufenthalt in Hamburg bei ihrer Tante im Jahre 1767 ist verbürgt, eine Begegnung mit Lessing oder ein Theaterbesuch kann nur vermutet werden. Die Koinzidenz ihres Aufenthaltes in Hamburg mit Lessings Engagement am Hamburger Theater und der Aufführung seiner »Minna von Barnhelm« kann ich mir aber nicht entgehen lassen: Welch schöne Verknüpfungen lassen sich da denken!

Die Tante war kranker und debiler, als Johanna geahnt hatte. Ängste plagten sie, und sie wollte ihre Nichte ständig um sich haben.
Aber einmal gelang es Johanna doch, sich einen Abend freizumachen und eine Theatervorstellung zu besuchen. Lessings »Minna von Barnhelm oder Das Soldatenglück« war im September uraufgeführt worden, die Inszenierung wurde überall gerühmt, und auch die Leser des bereits veröffentlichten Stückes lobten es sehr. Sie war gespannt: Die »Berlinische privilegierte Zeitung« hatte geschrieben, dass der Handlungshintergrund so zeitgemäß und die Personen so natürlich seien.[590] Wie Recht der Rezensent hatte! Wann hatte sie jemals lebendige Personen in Komödien gefunden, Figuren von Fleisch und Blut? Wie steif und unbeholfen, wie papieren waren die Figuren in den herkömmlichen Lustspielen, abschreckende Exempel oder tränentreibende Tugendpuppen. Waren sie vergnüglich und witzig, dann waren sie doch nur Typen, niemals Charaktere. Und nun hier: Menschen, lebendig, vielseitig, geistreich und traurig, schalkhaft und ein wenig zu ehrbewusst. Und welch eine Schauspielkunst, die den Zuschauer das Theater vergessen ließ! Man konnte sich mit den Figuren auf der Bühne wie mit Freunden freuen und leiden!
Es war ein sehr deutsches und ein sehr aktuelles Stück auf der Folie des Siebenjährigen Krieges, den sie alle in den letzten Jahren durchlitten hatten. Diese Minna, welch eine Liebende, welch ein Selbstbewusstsein, welche Fröhlichkeit, welche Herzlichkeit, welche Courage und welche Klugheit! Nichts ging ihr über ihre Liebe, dabei ihr Witz und ihre kleinen Teufeleien, um Tellheim zu überzeugen, dass sein Ehrgefühl überzogen war. Aber auch – was für ein edler Charakter, dieser Tellheim! Als preußischer Offizier hatte er von den besiegten Sachsen hohe Kriegsabgaben einzufordern. Da die

sächsischen Stände diese nicht sogleich aufbringen konnten, schoss er die Gelder aus seinem eigenen Vermögen vor. Diese edle Tat gewann ihm zwar das Herz des sächsischen Fräuleins von Barnhelm, aber kostete ihm seine Stellung und seine Ehre bei seinen preußischen Vorgesetzten. Er habe mit dem Feind kollaboriert, lautete der Vorwurf, und er wurde unehrenhaft entlassen. Man weigerte sich, ihm das Geld zurückzuzahlen, das er den sächsischen Ständen vorgeschossen hatte. Da war er nun: entlassen, seiner Ehre beraubt und mittellos, dazu noch verkrüppelt. Genauer gesagt: ein wenig verletzt. Eine Ehe mit der schönen, wohlhabenden, glücklichen und liebenswerten Minna war für ihn nun unmöglich; er hatte nicht mehr die wirtschaftlichen Mittel, um mit Minna gleich auf zu sein, und er konnte sie schon gar nicht an eine Person binden, deren Ehre verletzt war. Konnte einen da seine Erbitterung verwundern? Aber Minna, die ihm entgegengereist war und sich im gleichen Gasthaus einlogiert hatte, schien das partout nicht verstehen zu wollen. Sie widersprach ihm: Was ist die Ehre? »Die Ehre ist – die Ehre«[591]; und sie beharrte auf dem gegebenen Eheversprechen. Aber Johanna konnte über sein Ehrgefühl, das Minna vielleicht ein wenig starr und komisch fand, nicht lachen. Sie verstand ihn sehr wohl, sie hatte Achtung vor ihm. Sie wollte diesen Gedanken nicht länger nachhängen, um nicht den Fortgang des Stückes zu verpassen. Ach, dieses Spiel Minnas, die sich nun als verarmt und von ihrem Erbonkel verstoßen ausgab, so dass beide scheinbar pari waren und Tellheim ihr sofort beispringen wollte. Und dann dieses verwirrende Spiel mit den Ringen; Tellheim musste glauben, dass sie ihn nicht heiraten wollte; zu weit trieb Minna ihr Spiel, um ihm seinen Stolz und sein rigoroses Ehrgefühl auszutreiben. Ja, darin hatte Minnas Kammermädchen Franziska recht. Das würde tragisch enden! Johanna war bedrückt. Aber in der Komödie gibt es ja einen Deus ex machina: Tellheim erhielt ein königliches Schreiben, in dem seine ehrenhafte Tat anerkannt wurde, er sollte rehabilitiert werden und sein Geld zurückerhalten. Zur gleichen Zeit traf auch Minnas Oheim ein, der sie natürlich nicht enterbt hatte und der die beiden jungen Leute in seine Arme schloss. Johanna wusste: In ihrem eigenen Leben würde kein Deus ex machina eine gute Lösung vom Himmel senden, sie und Johann waren die Lösung. Sie selbst würde dafür sorgen, dass man ihr Ehre und Respekt entgegenbrachte. Aber darin hatte Minna Recht, Liebe war unabhängig von Besitz und Ansehen, der Wunsch, das Leben mit dem Geliebten zu teilen, hing nicht vom Stand der Liebenden in der Gesellschaft ab. Wie oft hatte sie darüber nachgedacht! Und doch mussten sie in einer ungnädigen Gesellschaft leben. Hatte nicht auch Tellheim recht?

Nach der Aufführung suchte Johanna Lessing auf. Sie hatte ein Empfehlungsschreiben von Möser, der Lessing im Vorjahr in Pyrmont kennen gelernt und mit ihm auf den Promenaden und bei Tisch viele Gespräche geführt hatte. »*Herr Lessing ist hier*!«[592], hatte er damals enthusiastisch geschrieben. Lessing empfing sie herzlich und erkundigte sich nach Möser und dann nach ihrem Vater. Er war betroffen, als er von seinem Tod erfuhr.

»Ich kenne alle Werke Ihres verehrten Vaters. Ihr Witz und ihr Geist vergnügen mich jedes Mal von neuem.[593] Man spricht hier in Hamburg immer noch von ihm als einem liebenswürdigen Mann, *der seiner Feder mehr Freiheit erlaubte als seinem Munde und durch sein Reden kein Kind zu beleidigen imstande war.*«[594]

»Ich danke Ihnen. Wie sehr hätte sich mein Vater gefreut, Sie persönlich kennen zu lernen. Sie beide hätten sich gut verstanden! Sie hätten geschliffen und wendig die Worte gekreuzt. Gerne hätte ich dieses Gefecht erlebt!«

»Es wäre ein Vergnügen gewesen. Sicher. War es nicht schon ein glücklicher Streich, dass ein Irgendwer unser beider Abhandlungen über Horaz in einem Band[595] vereint hat?«

»Auch mein Vater war darüber entzückt, er schrieb: *Alle Bewunderer von Horaz sollten Ihnen zu dieser ausgezeichneten Apologie gratulieren!*«[596]

»Danke! Nun aber, mein verehrtes Fräulein, welch eine Ehre, mit Ihnen von Ihrem Vater zu sprechen und Sie selbst kennen lernen zu dürfen!«

»Das Vergnügen und die Ehre sind ganz auf meiner Seite. Und meine große Dankbarkeit. Dankbarkeit für Ihre ›Minna‹, die ich soeben gesehen habe. Sehr verehrter Herr Lessing, erlauben Sie mir Ihnen zu sagen, welch tiefen Eindruck das Lustspiel bei mir hinterlassen hat. Schmeicheleien sind mir fern, und ich würde Sie Ihnen nicht zumuten«.

»Ich würde auch nichts anderes erwarten und freue mich über ein aufrichtiges Urteil. Ist es nicht die Kritik, die uns fördert?«

»Ich habe noch keine Komödie gesehen oder gelesen, in der die Figuren so lebendig und lebensnah sind, man vergisst, dass man im Theater sitzt und nicht mit Minna, Tellheim und Franziska in den Räumen des Wirtshauses.«

»Es ist meine Absicht, die Zuschauer mitfühlen zu lassen. Es freut mich, wenn es mir mit dieser Komödie gelungen ist.«

»Ganz gewiss. Oft habe ich mich auf der Seite Tellheims gefunden. Hat er nicht recht, wenn er seine und Minnas Existenz nicht ganz und allein auf die Liebe gründen will? Ist sein Ehrgefühl wirklich überzogen?« Nachdenklich fuhr sie fort: »Ich habe mich gefragt, ob Minna mit ihrer Kritik nicht ein wenig realitätsfremd ist. Wir sind Wesen, die ihrer Liebe leben wollen, aber sind wir nicht zugleich Mitglieder einer Gemeinschaft? Haben wir nicht Freunde, und wirken wir nicht in die Gesellschaft hinein? Dabei wollen wir uns nicht *der Lächerlichkeit aussetzen,* wir möchten, dass man uns *Ehre und Respekt*[597] entgegenbringt; wir wollen den *Beifall aller rechtschaffenen Personen.*«[598]

»Ich kann Ihren Standpunkt verstehen. Und doch hat auch Minna recht, beide überziehen sie ein wenig, er mit seinem Beharren auf seinem verletzten Ehrgefühl und sie mit einer gewissen Leichtherzigkeit.«

»Mir liegt Tellheim sehr am Herzen. Warum sind seine Vorgesetzten, warum ist der König, warum ist die Gesellschaft nicht in der Lage, seine ehrenhaften Handlungen zu verstehen? Sind sie alle blind für wahre Tugend? Muss die Kritik nicht auch denjenigen gelten, die Tellheims Handeln verkennen?«

»Mein liebes Fräulein, ich habe denen, die für Tellheims Entlassung verantwortlich sind, am Ende Weisheit gegeben. Das mag ein wenig utopisch sein. Eine Komödie halt. Sie werfen einen sehr realistischen Blick auf Tellheims Situation und wenden das Thema ins Ernsthafte.«

»Ich möchte noch einen Schritt weitergehen. Versteht die Gesellschaft zu wenig von wahrer Tugend und stößt die Menschen aus, die gegen ihre oft überholten Regeln verstoßen?«

Lessing lachte: »Das wäre Stoff für eine Tragödie.«

»Sie haben Recht. Und wer will schon den Helden in einer Tragödie abgeben? Nun, ich freue mich über die heiter-ernste ›Minna von Barnhelm‹.«

Das Theatererlebnis und das Gespräch mit Lessing trugen sie noch lange durch viele trübe Stunden. Die Hinfälligkeit und Hilflosigkeit der Tante gingen ihr zu Herzen. Aber allmählich fühlte sie sich *ärger eingeschränkt*[599] als je in ihrem Leben. »*Es ist hier fast nicht auszustehen*«, schrieb sie ihrem Liebsten. Kaum ging sie ans Sonnenlicht, kaum kam sie unter Menschen, kaum sah sie etwas von der schönen Stadt Hamburg. Der Winter war sehr kalt, der Wind pfiff eisig durch die Straßen, nichts gab es zu lachen. Ständig hatte die Tante Wünsche, ständig wollte sie das eine und dann das Gegenteil davon, ihre Klagen waren endlos. Allmählich begann Johanna sich über ihren Liebsten zu ärgern, warum hatte er sie gedrängt, den Winter in Hamburg zu verbringen? Sie bat ihn, nicht herzukommen, denn wie hätte sie ihn der verwirrten Tante präsentieren können? Sie würde auch Johannas Situation nicht verstehen. Sie, Johanna, wollte *bei besserem Wetter um ihren Abschied ersuchen.*

1768

Pygmalion

Johann konnte die Trennung von Johanna nicht mehr ertragen. Er wünschte sich ihre Nähe, ihre Wärme und ihre Zärtlichkeit, wenn die sich auch manchmal hinter ihrer Klugheit verbargen. Er war unruhig, er hatte so viele Jahre auf das gemeinsame Leben gewartet, viele Jahre, zu viele Jahre. Oft hatte er seinen Wohnsitz geändert, viel gearbeitet, gelernt, gedient, gewartet. Nun wünschte er sich Ruhe und Stetigkeit. Er sehnte sich nach Johanna. Wann würde denn endlich das gemeinsame Leben beginnen? In seinen Briefen an sie konnte er seine Ungeduld nicht verbergen: »*Du, mein liebes Herz, würdest einsehen, dass es Zeit, hohe Zeit ist, meine Sache zu Ende zu bringen – zumal mein Herumstreifen auch endlich widerlich wird.*«[600] Aber er merkte, dass er sie damit erzürnte. Einmal schrieb sie: »*Deine Ungeduld gefällt mir, aber dein Grollen und deine Vorwürfe sind ungerecht und könnten mich auf die Dauer verärgern.*«[601] Nein, das wollte er nicht. Er wollte ihr keine Vorwürfe machen, und er wollte ihren Vorschlägen folgen; ja, sie wusste doch am besten, wie ihre gemeinsamen Pläne zu verwirklichen waren: »*Ich kann nicht mehr tun, als dich zu ersuchen, unsere Sachen nach deinen Einsichten zu traktieren. … In allem erbitte ich mir deinen gütigen Unterricht.*«[602]

dieser Stadt ist 20 Stunden zu Lande von Amsterdam entfernet, zu wasser aber eben so weit und soll nur 15 Stüber kosten der Transport — ich halte aber dafür, wenn man nie Land sehen will, so muß man nicht zu wasser gehen sollen ich aber noch nach Amsterdam reisen; so wäre es zu vielleicht gut gethan, daß ich meinen Französisch [illegible] dahin voraus ich will schicken zu wasser [illegible]. einen Mitreisenden wird unvermuthlich, wieder durch hiesiges ort gegangen müssen; daher brauchte ich meine Sachen nicht alle mit zu schleppen; sondern solche in diesem Hause lassen — wofalls ich ebenfals den [illegible] von Nantes, gleich kommen lassen, werde hernächst in Amsterdam bei Schuman stehet.

Die mir Notirten Sachen werde mit ersten Schiffen nach Nieuhuys absenden, sollte noch viel anzugehen sehn; ~~[illegible]~~ heute mit ersterm zu schreiben.

Demain j'irai à 10 heures à l'Eglise françoise; si cela seroit en votre Compagnie j'en aurois encore plus de bonheur & de Satisfaction.

D'ailleurs je serai assés impatient à cause de nos affaires pour en voir la fin — je suis resolu de hyverner dans ce Païs cy, ou d'ailleurs au vous souhaités et dans ce Cas vous me fournirés les Ducats necessaires mais n'estce pas dommage & même cruel, que notre argent sera depensé sans en tirer de profit; je veux dire: on n'est

nullement

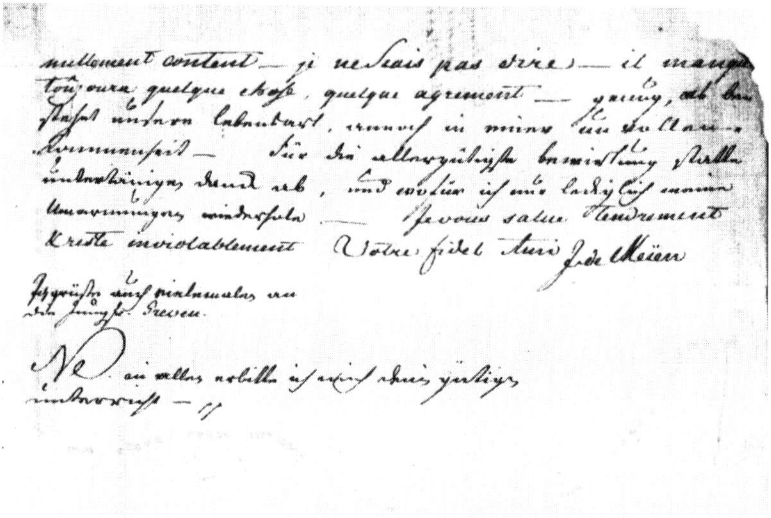

Johann Conrad Meier/von Meien an Johanna Friederike von Bar vom 27.8.1768

Er hätte sie so gerne in Hamburg besucht. Aber sie wollte das nicht. Sie teilte ihm das sehr bestimmt und entschieden mit.[603] Er verstand: Sie war bei ihrer Tante zu angebunden und unabkömmlich, ein heimliches Treffen wäre unmöglich. Auch mit seinem Französisch war sie nicht recht zufrieden. Ja, sein Französisch war fehlerhaft, er wusste es. Er war eben sehr unvollkommen. Er wollte es ihr recht machen, er wollte ihr gefallen, er wollte ihr Glück sein. Wenn sie zufrieden und glücklich war, dann war er es auch. Immer wieder ermahnte sie ihn, Französisch zu sprechen, zu schreiben und zu lesen. In einem Brief gleich dreimal. »*Du musst Französisch können, denn du weißt, dass man in unserem zukünftigen Milieu kein Deutsch spricht,* Französisch ist die Sprache, *die die ganze Welt versteht.*«
Sein Französisch und der Name, den sie nun auch bald tragen würde, das waren die Punkte, die ihr große Sorgen bereiteten, wenn sie an ihre gemeinsame Zukunft dachte. Sie war nicht adelsstolz, das wusste er. Aber sie fürchtete, wie sie schrieb, »*bei einem Namen genannt zu werden, den alle unseren Nachbarn haben,* und ich wünsche mir, *dass du und deine Frau mit Recht und Wahrheit Herr und Frau von – am gekauften Ort genannt werden könnten.*

Diese Absicht wollte ich aber nicht jedem auf die Nase hängen, sondern bitte dich, selbiges für dich zu behalten und dich nach einer Wohnung, einem Stück Landes, Gütgen etc. umzusehen, das einen geeigneten Namen trägt.« Johanna Friederike Meier? Sicher, sie wollte nicht unter diesem Namen leben, er war für sie eben nur ein Allerweltsname. Sie hatte recht: wenn er ein Gut besäße, könnte er leicht dessen Namen übernehmen, er könnte dann Herr von Holthausen, Herr von Kampe oder Herr von Moorburg heißen. Das wäre ein Herkunftsname, der anzeigt, woher sein Träger kommt, der aber doch einem adligen Namen sehr ähnlich ist. Sie adressierte ihre Briefe an ihn jetzt immer mit »Meien« und unterstrich dabei den letzten Buchstaben. Was würden seine Eltern zu einer Namensänderung sagen? Er dachte viel darüber nach. Würden sie es ihm verübeln, dass er den Namen, den er von ihnen erhalten hatte, aufgeben wollte? Einen Namen, der ihnen und der ganzen Familie so viel bedeutete! Auch seine liebe Doris schien zu befürchten, dass die Eltern sich darüber grämen könnten; sie bat ihn, sie nicht zu betrüben und sie zu ehren, wenn er sie auch bald für eine lange Zeit nicht mehr sehen würde.

Er wäre gerne ein erfolgreicher Kaufmann, aber ihm gefiel auch der Gedanke, Herr auf einem eigenen Gut zu sein. Er wäre der erste in seiner Familie mit eigenem Landbesitz. Alle hatten immer in einem Abhängigkeitsverhältnis gestanden. Johanna wollte eine eigene *Parzelle* erwerben, nein, auf keinen Fall ein gepachtetes Gut. Er sollte sich umschauen, aber nicht gerade in und um Hannover. Andererseits wollte sie auch kein landtagsfähiges Gut kaufen. Er verstand, warum. Niemeyer besaß ein landtagsfähiges Gut, das den adligen Besitzer zum Mitglied des Landtags machte. Aber sein Patron durfte die Mitgliedschaft im Landtag nicht wahrnehmen, denn er war nicht adlig. Niemeyer kümmerte das wenig, er war ein stolzer Bürger, ja er hegte eine gewisse Verachtung für Bürgerliche, die in den adligen Stand strebten.[604] Ihm würde es mit dem Besitz eines landtagsfähigen Gutes ähnlich gehen; die ganze Welt wüsste dann, dass er nicht adelig war. Diese Bloßstellung wollte Johanna, darin war sie sehr bestimmt, auf keinen Fall. »Aber auf jeden Fall«, schrieb sie, »wollte ich *die Torheit eines im Grunde verächtlichen Titels, so man für Geld zu kaufen pflegt,* vermeiden.«

Johanna hatte einen neuen Wohnsitz gefunden, und zwar in Veldhausen. Der Ort lag weit genug von Barenaue entfernt, niemand würde dort ihre

Geschichte kennen. Hellinghausen, wo Johanns Eltern lebten, war noch weiter weg. Sie würden ihren Lebensstil nicht verstehen[605], und sie würden nicht in ihre Lebenskreise passen. Er sollte ihnen gar nichts von ihren gemeinsamen Plänen erzählen, sonst würden sie sich ärgern oder spotten. Er schien immer noch zu viel auf sie zu hören. Ärgerlich war auch, dass er gegen ihren Wunsch nach Hannover gegangen war und sich dort so lange aufhielt. Er kam von seinem Bruder Friedrich Wilhelm, der jetzt in dieser Stadt lebte, nicht los. In Hannover konnte sie sich ihre Zukunft nicht vorstellen, es war der Ort, den sie am meisten verabscheute; dort hatte die Familie von Bar einen Namen, und die Adelsstolzen dort würden sie verlachen und über sie spotten. Sie hatte ihm das Opfer gebracht, den letzten Winter in Hamburg zu verbringen und nicht in Utrecht, wohin ihre Vettern sie eingeladen hatten. »*Anerkenne diese meine Gefälligkeit und sei überzeugt, dass ich immer mein Möglichstes tun werde, um dir zu gefallen, aber verlange nichts Unmögliches von mir*«, schrieb sie ihm. Sie erwartete nun, dass er ihr in ähnlicher Weise entgegenkam.

Endlich würden sie zusammen leben, und ihre Lebensweise würde ihnen Ehre und Respekt einbringen. Er sollte sich mit seiner zukünftigen Welt vertraut machen, mit der *beau monde*. Sie wollte ihn nach Aachen schicken, dort würde er adlige Personen kennen lernen, mit denen sie in Zukunft verkehren würden, außerdem einen ihrer Vettern, Gerard Godert Taets van Amerongen, Herrn von Amelisweerd. Sie schickte ihm dafür Geld nach Hannover, »*aber erlaube mir dir zu gestehen, dass ich sehr verärgert wäre, wenn du das Geld dazu nützen würdest*, dort zu *bleiben, wo du bist, oder zu deinem Protektor Niemeyer zurückzukehren.*«

Er konnte sicher noch einige Ratschläge für diese Reise brauchen: »Stelle dich mit dem Namen *Monsieur de Meyen du Pays de Lippe* vor. *Ich bitte nochmals, meinem guten Rat zu folgen und nach Aachen unter dem Namen zu gehen, unter dem du künftig meinen Anverwandten präsentiert werden wirst.* Führe dich bei den Verwandten unter dem Vorwand ein, deine Eltern und die meinigen seien sehr gute Freunde gewesen, und meine verstorbene Mutter habe dich sehr gemocht. Erzähle, dass du mich einmal in Osnabrück kennen gelernt hast, aber verrate nicht, in welcher Verbindung wir miteinander stehen. Du sollst nicht gerade lügen, aber … Außerdem, kaufe das Hauptwerk meines Vaters, die ›Epîtres diverses sur des sujets différens‹. Du brauchst ja nicht alle Bände zu lesen, aber einige Verse solltest du auswendig lernen. Kleide dich gut, besorge dir einen grauen Rock mit gleicher Weste und Beinkleidern, schwarzen Samtaufschlägen und weißen Knöpfen nebst Tresse und Hut. Nimm dir in Aachen einen Lakai, einen deutschen oder französischen, auf jeden Fall aber einen fremden, der unsere Vergangenheit nicht kennt. Dann brauchst du dir keine Sorgen zu machen, wenn er einmal von unseren Nachbarn ausgefragt werden sollte. Komme von Aachen sogleich mit Expresspferden zu mir nach Veldhausen, aber sage das nicht meinen Verwandten. Du wirst nur 30 Schritte von mir entfernt logieren. Es wird dir hier alles sehr gut gefallen. Bleib immer in meiner Nähe und sei nicht zu empfindlich über das Gerede von denen, die unsere Umstände nicht kennen. Ich wünschte, ich könnte mit dir reisen! *Adieu, der liebe Gott gebe uns ein vergnügtes Wiedersehen. Heureux voyage, bon Laquai, heureux au revoir. Addio!*«

Am Rande der Welt

Veldhausen, Johannas neuer Wohnort, befand sich im Niemandsland. Die Gegend war recht flach: Flüsse, Weiden, Felder, Sandflächen, Brüche und Moorgebiete, nur wenige Erhebungen und kleinere Wälder. Der Ort lag nördlicher als Osnabrück und Barenaue und weit im Westen an der deutsch-niederländischen Grenze. Er gehörte noch zum deutschen Reichsgebiet, aber die Region streckte sich wie eine Zunge in das Gebiet der Republik der Vereinigten Niederlande. Die meisten Menschen sprachen hier holländisch, manche deutsch; Holländisch war die Amtssprache. Grenzland also. Auch politisch war die Region ein Zwitterwesen: Veldhausen gehörte zur Grafschaft Bentheim; vor einem halben Jahrhundert war der Graf von Bentheim so verschuldet, dass er sein Land für 100 Jahre an das Kurfürstentum Hannover hatte verpfänden müssen. Ein gräfliches Land in fürstlichen Händen, zu zwei Dritteln an eine Republik grenzend.
Der kleine Ort besaß immerhin ein Amtsgericht und eine reformierte Kirche. Die nächste Poststation war das nahe gelegene Neuenhaus, die nächste größere Stadt war Lingen.

In dieser Gegend hatte Johanna Friederike ein Haus gesucht und schließlich gefunden. Es war erst 16 Jahre zuvor erbaut worden und bot viele Bequemlichkeiten.[606] Man nannte es das ›Haus auf dem Kamp‹, auf dem Feld; sie nannte es *cabane* – Hütte. Ihr gefiel es mit seiner langen Front zur Straße, einem Türmchen auf dem Dache und einem sehr großen Garten: Es war ein solides Haus, ohne prunkvoll zu sein. Sie lernte die führenden Familien der Region kennen und schmeichelte *unterdessen dem hiesigen Pfaffen. »Du kannst die Ursache erraten«*[607], schrieb sie an Johann. Entschlossen legte sie die nächsten Schritte zu ihrem Ziel fest.

Sie, Wilhelmine, freute sich, dass der Herr von Meien, wie er sich jetzt nannte, im Sommer nach Veldhausen zu Besuch kam. Er brachte ihr herzliche Grüße und ein Brieflein von Piet, ihrem Herzallerliebsten aus Utrecht. Wie glücklich sie darüber war, und wie sie sich über das Glück des gnädigen Fräuleins und des gnädigen Herrn freute. Dazu kam noch ein besonderer Spaß. Das Fräulein wollte nämlich die wahre Identität von Herrn Meier verschleiern und brauchte ihre Hilfe: Sie mussten eine Komödie spielen, und sie hatte darin eine wichtige Rolle; ihren Spaß an dem Spiel konnte sie nur mit Mühe verhehlen.
Also: Das Fräulein strahlte, als sie ihren Geliebten scheinbar zufällig in der Kirche nach dem Gottesdienst traf und dem »Fremden« vorgestellt wurde;[608] sie, Wilhelmine, musste schmunzeln, ein Menschenkenner hätte das Spiel durchschaut – aber es gab keinen in der Kirchengemeinde. Am wenigsten war das der Pfarrer, den das Fräulein mit charmanten Worten umgarnte. Es juckte sie, Wilhelmine, selber ein paar tolle Geschichten dazu zu erfinden, aber das Fräulein hatte ihr das ausdrücklich verboten. Der gnädige Herr, so musste sie ihn nun titulieren, durfte dem Fräulein zu Hause aufwarten und Grüße von ihren Verwandten überbringen, sie konnte ihn einladen und mit ihm spazieren gehen. Er schien sehr zufrieden und dankbar zu sein. Nachts kam er ungesehen ins Haus. Sie stand Wache, und sein Kommen bemerkte niemand. Das Fräulein war sehr glücklich. Schließlich musste er abreisen. Sie ließ verbreiten, er habe um sie geworben, nun wolle er zu seinen Eltern im Lippischen fahren und sie um Heiratserlaubnis bitten. Dann werde er zurückkehren, und sie wollten Hochzeit feiern. Tatsächlich aber reiste er nach Zwolle im Holländischen, wo er allerlei Geschäfte zu erledigen hatte,

welche konnte sie, Wilhelmine, nicht herausfinden. Er sollte wohl einiges für den künftigen Haushalt besorgen und wartete auf Waren aus Nantes, die er in Kommission nahm, um sie weiter zu verkaufen. Ob er sich auch neue Papiere mit seinem neuen Namen beschaffen würde? Das Fräulein hatte einmal gesagt, dass er eine Geburtsurkunde brauche.[609]
Oder sollte er einfach nur abwarten, bis das Fräulein hier alles geregelt hatte? Sie verbrachte viele Stunden an ihrem Pult; soweit sie, Wilhelmine, herausbekam, schrieb das Fräulein Briefe wegen ihrer Erbschaft, mit ihrem Bruder schien sie deswegen Ärger zu haben. Dabei ging es bestimmt um Geld. Öfter lud sie den Pfarrer ein, mit dem sie sich geistvoll unterhielt.
Einmal konnte sie einen Blick in einen Brief von Herrn Meier werfen. Er schien in Zwolle unzufrieden zu sein. Ihn ärgerte, dass er für seinen dortigen Aufenthalt so viel Geld ausgeben musste, ohne einen Profit zu erzielen.[610] Er war doch ein sparsamer Mensch! Einer von ihrer Art eben.

1769

Hochzeit und Ehe

Während die Eheschließung und ihre Umstände verbürgt sind, entspringt die Schilderung des Ehelebens der Fantasie. Ein späterer Besitzer von Johannas Briefen berichtet, Johann Conrad habe sie nicht gut behandelt. Das kann ich mir nicht vorstellen, wohl aber, dass das Leben in den gewählten Masken nicht einfach war.

Johanna hatte sich mit dem Pastor Nyhoff angefreundet in der Hoffnung, er werde die Trauung und die Einträge ins Kirchenbuch nach ihren Wünschen gestalten. Es war nicht schwer, ihn zu gewinnen, er war ein umgänglicher und sehr freisinniger Pastor, von manchen Gemeindemitgliedern wurde er deswegen geradezu angefeindet.[611]
Alles war vorbereitet und Johanna erwartete ihren Liebsten mit seinen Eltern zum Jahreswechsel. Sie wollten den Abend zusammen feiern und dann das Aufgebot bestellen. Aber die Reisegesellschaft aus Hellinghausen erschien nicht wie vereinbart. Was mochte der Grund sein? Johanna war ärgerlich.

Hatten seine Eltern jetzt vielleicht wieder Bedenken gegen seine Heirat mit ihr, die ihnen immer fremd geblieben war, die ihr Kind weggegeben – vielleicht wäre es sonst nicht gestorben – und die ihren Geliebten für mehrere Jahre ins Ausland geschickt hatte? Johannas Ärger wuchs, aber wandelte sich allmählich in Besorgnis. War er krank? Sie wartete und wartete. Dann überfiel sie eine schreckliche Befürchtung: Vielleicht scheute er doch vor dem gemeinsamen Lebensweg zurück, nun wo er ihnen endlich offenstand. Bei dem Gedanken erstarrte sie. Sie versuchte ihn zu verscheuchen, aber sie blieb sehr bedrückt und sehr beunruhigt. Schließlich brachte ein Eilbote einen Brief aus Hellinghausen. Hastig öffnete sie ihn: Die Mutter war an einer Lungenentzündung erkrankt und zu Beginn des Jahres verstorben. Am 8. Januar 1769 sollte sie beerdigt werden.[612] Johann und sein Vater waren sehr, sehr traurig, wollten aber nach der Beisetzung sofort nach Veldhausen kommen, die Hochzeit sollte stattfinden, in aller Stille.
Sie war bestürzt. Johann hatte seine Mutter geliebt; sie wusste, ihr Tod traf ihn schwer. Wie leer war sie nach dem Verlust ihrer Mutter gewesen, und noch immer hatte sie ihn nicht ganz verwunden! Und nun das. Sie war betrübt: die Verstorbene war eine warmherzige würdige Frau und ihr eine gute Schwiegermutter gewesen, jedenfalls anfangs, als sie, Johanna, in so großer Not gewesen war. Sie erinnerte sich, wie sie damals ihren Enkel so freundlich aufgenommen hatte, wie sie ihn liebte und ihm immer Gutes tun wollte. Was würde nun aus ihrer Hochzeit werden? Konnte sie ihrem Liebsten einen solchen Akt zumuten? Was würde man hier in der Gemeinde sagen, wenn er so kurz nach dem Verlust seiner Mutter Hochzeit feierte? Nach einigen unruhigen Tagen war sie sich sicher, dass eine baldige Eheschließung für alle das Beste war, dass man den Tag nur im kleinsten Kreis begehen würde und dass niemand im Ort von dem Tod der alten Dame erfahren sollte.

Am 15. Januar 1769 bestellten sie das Aufgebot, am 30. Januar wurden sie verheiratet. Der Pfarrer trug in das Kirchenbuch wunschgemäß die adligen Anreden und Titel aller Beteiligten ein: »*Der Hoogwohlgeborene Herr Johan Conrad van Meijen aus dem Lippischen, Sohn des Hoogwohlgebornen Ernst Conrad van Meijen und das Hoogwohlgeborene Fräulein Johanna Frederika von Bar zu Hamburg, Tochter des wijlen seine Hochwürden Georg Ludwig van Bar, Erbdrost des Stifts Osnabrück und J … Taets d'Amerongen.«*[613]

Johann wurde mit der hiesigen Gesellschaft besser bekannt. Nachbarn machten ihre Aufwartung, der Pastor kam zum Kaffee, Johann erfuhr vieles über die Gegend, über die Landwirtschaft hier, über Sitten und Gebräuche, er verstand die Gäste gut, wenn sie holländisch sprachen, und konnte mit seinem Platt mithalten. Bald wurden sie von Johannas Freunden, der Familie von Voet auf die Schulenburg in Grasdorf, eingeladen.[614] Er merkte, dass Johanna ein wenig angespannt war, als sie sich für den Besuch ankleideten, sie schärfte ihm noch einmal Zurückhaltung ein, die Voets kannten nur die Erzählung von ihrem zufälligen Kennenlernen hier in Veldhausen, die Johanna über sie beide hatte verbreiten lassen. Man würde Französisch sprechen. Am sichersten war es, einfach nur Fragen zu stellen. Das stand einem Neuen in der Runde doch gut an. Ja, das war ein hilfreicher Rat!
Sie fuhren mit ihrer Kutsche in der Schulenburg vor, einem großen Hof, in dem sie von dem Ehepaar empfangen wurden. Die Voets waren sehr freundlich, sie schienen Johanna in ihr Herz geschlossen zu haben und sich über ihre glückliche Ehe zu freuen. Herr von Voet nahm ihn sogleich in Beschlag und ging mit ihm hinter das Haus, um die angrenzenden Ländereien zu zeigen. Dabei verfiel er schnell ins Platt, Johann war erleichtert. Herr von Voet erzählte ihm von den vielen Bemühungen, dem moorigen Boden fruchtbares Land abzutrotzen. Das erfolgreichste Unternehmen war die Alte Piccardie. Vor mehr als 100 Jahren hatte der Graf Ernst Wilhelm den Pastor und Arzt von Coedevorden, genannt Picardt, beauftragt, das morastige Land beim Osterwald zu besiedeln und urbar zu machen. Er teilte das Gebiet in lange Streifen ein und gewann bald tüchtige Familien, die sich dort niederließen. Der Graf hatte ihnen sehr günstige Bedingungen geboten: Die Siedler erhielten das Land zur Erbpacht, die Abgaben an den Grafen waren sehr gering, sie brauchten keine Landeslasten zu zahlen und durften Torf stechen, den sie verfeuern konnten. Sie mussten das Land entwässern und bearbeiten, sollten Bäume pflanzen, konnten aber sonst anbauen, was das Land trug, und Vieh halten, so viel wie das Land ernährte.[615] Viele Familien hätten dort eine Heimat und ein Auskommen gefunden, wenn auch keinen Reichtum.

Herr von Voet war voll des Lobes über die erfolgreiche Urbarmachung, und Johann hörte ihm interessiert zu.
Beim Essen kam der Gastgeber noch einmal auf das Thema zu sprechen, nun auf Französisch, auch Johanna interessierte sich sehr dafür. Frau von Voet fragte schließlich Johann nach seinen Erfahrungen in Nantes; keiner von ihnen war je an der französischen Westküste gewesen. Johann wollte über die Stadt und das Stadtbild erzählen, die würden seine Gastgeber vielleicht am meisten interessieren. Die Handelshäuser – die prächtigen Paläste der Großkaufleute – die Kirchen – die Festung. Das Französisch ging ihm heute nicht so leicht von der Zunge, er stockte, verhaspelte sich, machte Fehler. Er merkte, wie angespannt Johanna ihn ansah und sich ein Schatten über ihr Gesicht legte. Als Frau von Voet sich bald für seinen interessanten Bericht bedankte, war er erleichtert. Johanna mahnte auch gleich danach zum Aufbruch. Schaute die Gastgeberin Johanna beim Abschied ein wenig mitleidig an? Ihren Ehemann schien sein Französisch nicht zu stören. Er schüttelte ihm herzlich die Hand und schlug auf Platt vor, einmal gemeinsam die Alte Piccardie zu besuchen.

Er wusste, dass Johanna mit seinem Auftritt nicht zufrieden war.
»Wir hatten doch vereinbart, dass du dich mit Erzählungen zurückhalten solltest. Dein Französisch war heute miserabel, und du hast dich und mich blamiert.«
»Es tut mir leid, wenn du dich für mich geschämt hast, wenn du meinst, dich für mich schämen zu müssen.«
»Es war peinlich. Vor allem aber fürchte ich, dass du unsere Geheimnisse verraten hast. Man wird an unserer Erzählung von deiner Herkunft zweifeln. Ich bin ja schon froh, dass du nicht über deine Arbeit im Kontor des Herrn Schweighauser gesprochen hast.«
»Wenigstens ein halbes Lob. Ich bin unvollkommen. Ich weiß es, und du wusstest es auch, als du dich an mich gebunden hast.«
»Jeder Mensch ist unvollkommen. Aber wir hatten doch vereinbart, dass du dich auf kurze Fragen beschränken solltest!«
»Ich bin kein Schauspieler. Du hast die Verstellungen von klein auf gelernt. Ist das mein Fehler, dass ich mich für diese Teufeleien, wie du die Lügen verniedlichst, nicht eigne? Ich halte diese Rollenspiele nicht durch! Schaust

du auf mich herab, weil ich diese Künste nicht beherrsche? Diese adlige Kunst? Du kannst deine Herkunft nicht ablegen, du bist eben doch eine Adlige!«

»Johann, du kränkst mich.«

Er konnte nicht mehr einhalten: »Soll ich dein Produkt sein? Ich fürchte, ich bin zu spröde und lasse mich zu wenig formen.«

»Ich verlange ja nur ein wenig Zurückhaltung und Klugheit.«

»Du verlangst und verlangst und verlangst. Hast du mir nicht immer wieder Gehorsam versprochen und sogar vor Gott geschworen?[616] Bin ich nicht der Herr im Hause?«

»Vergiss nicht, du bist der Herr in meinem Hause.«

»In deinem Hause! Gott, wohin bin ich gekommen?«

»Wohin sind wir gekommen? Haben wir das vergessen, was uns verbindet? All die schweren Zeiten, die wir ertragen haben, um endlich zusammen zu kommen? Und nun?«

Johann verließ den Raum und zog sich in sein Zimmer zurück. Sie sprachen tagelang nicht miteinander.

Als sie die Trennung nicht mehr aushalten konnten, versöhnten sie sich, wenn auch noch lange eine Befangenheit blieb, oder war es eine Fremdheit? Sie wollten sich eine zeitlang aus der Gesellschaft zurückziehen, sie würden mehr Französisch miteinander sprechen, Johanna sah ein, dass auch das Französisch mancher Männer in ihren Kreisen miserabel war und dass sie sich nur zu gerne auf Platt oder Deutsch unterhielten. Wenn sie wieder einmal Zeit mit ihren Freunden verbringen würden, wollten sie immer ganz nahe beieinander bleiben, damit sie ihm in schwierigen Situationen beispringen konnte, hatte sie das nicht schon öfters getan?

Am Tage ihrer Aussöhnung schlug sie ihm vor, eine Fahrt zur Alten Piccardie zu unternehmen, nur sie beide. Es war ein warmer Frühlingstag, die Alte Piccardie präsentierte sich freundlich. Überall noch kleine Entwässerungskanäle, aber man schien das Moor besiegt zu haben. Die meisten Siedler lebten in bescheidenen Häuschen nahe der Straße, hinter ihrem Haus erstreckte sich ihr Land, gepflegtes Land, teils grüne Weide, teils magerer Acker. Einige Bäume, noch blattlos. Aber auf dem Feld sprossen schon die grünen Spitzen eines Getreides hervor. »Viel gibt der Boden nicht her«, sagte

Johann, »aber man kann sich ernähren und die Tiere füttern.« Nur zwei Menschen waren zu sehen. »Sie scheinen zufrieden«, meinte Johanna. »Ich hoffe, dass sie es sind«, sagte Johann, »und dass sie ihr Auskommen haben. Sie haben ihr eigenes Stückchen Land, sie sind selbstständig, sie arbeiten nicht für einen Herrn wie die Heuerleute, und sind mit nur geringen Abgaben belastet.«

Am nächsten Tag fuhren sie in die Neue Piccardie, ein Kultivierungsgebiet, das erst vor einigen Jahren vergeben worden war. Aber welch ein Anblick! Auf einigen Grundstücken standen verräucherte Torfkaten, erbaut aus Soden und mit Stangendächern, ein paar verwahrloste Bienenhäuser, viele Grundstücke waren verlassen, und die Natur holte sie sich zurück.[617] Einige Äcker waren gefurcht, hier hatte man im Vorjahr wohl Kartoffeln angebaut. Jetzt waren die Felder von Unkraut überwuchert. Es war ein Elend. Johann kommentierte: »Man sagt hier: Den Eersten sien Doad / De Tweeten sien Not / Den Drütten sien Broad. Hier hat wohl schon die erste Generation aufgegeben.«

»Warum gelingt die Urbarmachung hier nicht so wie in der Alten Piccardie?«, fragte Johanna.

Johann hatte sich über die hiesigen Verhältnisse kundig gemacht und konnte seine eigenen Erfahrungen in der Moorkultivierung einbringen: »Die armen Leute haben hier nur kleine Drainagegräben angelegt, anlegen können, und die haben nicht einmal genug Gefälle. Den Boden haben sie im Herbst gehackt, im Frühjahr dann die Moorpflanzen abgebrannt und in die heiße Asche ihren Buchweizen gesät. Ein Boden, der so bearbeitet wird, bleibt nährstoffarm und ist nach sieben Jahren ausgelaugt, man muss ihn dann zwanzig Jahre und mehr brach liegen lassen. Kommt nach der Aussaat noch ein Frühjahrsfrost, dann ist auch diese Ernte verloren. Die Armen verdingen sich schließlich auf den umliegenden Bauernhöfen für einen Hungerlohn oder gehen in der Saison nach Holland zur Arbeit, um an langen Tagen Torf zu stechen oder Gras zu mähen. Wanderarbeiter. Wie sollen sie da vorwärts kommen? Sie sind ja die Ärmsten der Armen und haben nichts als ihre Arbeitskraft. Wie können sie sich ernähren? Wie sich vor Krankheiten schützen? – Ohne Hilfe kommen sie gewiss nicht vorwärts. In manchen Gebieten haben die Landesherren ihre Siedler unterstützt. An anderen Orten haben wohlhabende Unternehmer investiert, haben breite

Entwässerungskanäle angelegt, die mit den größeren Wasserstraßen verbunden sind. So wird das Moor wirkungsvoll entwässert. Die Kolonisten können Torf abbauen, der dann auf den Kanälen in dicht bewohnte Gegenden verschifft und als Brennmaterial verkauft wird. Auf dem Rückweg bringen die Kähne dann das zurück, was man in den entlegenen Flecken braucht wie Baumaterial und Dünger. Die Holländer sind Meister dieser Fehnkultur, und ihren Moorbauern geht es gut. – Aber die armen Bauern hier? Sie müssten viel lernen. Man sagt, dass ihre Köpfe von Gespenstern und Moorgeistern besetzt sind und die Irrlichter des Aberglaubens darin flackern. Natürlich haben sie kein Kapital. Und dann die Konkurrenz mit den alteingesessenen Bauern, die einen eigenen Hof auf besserem Grund besitzen. Die sehen die hungrigen, besitzlosen und kinderreichen Familien voller Argwohn und Misstrauen. Sie teilen ungern die Marken, die eigentlich alle nutzen dürfen, auch die Ärmsten. Sie machen es den Kolonisten schwer, wenn sie sie nicht sogar daran hindern, hier ihr Vieh weiden zu lassen, Holz zu fällen und Plaggen zu stechen, dann haben die Armen noch nicht einmal Dünger für ihren kümmerlichen Boden.«

»Mit der Hilfe der Großbauern darf man also nicht rechnen. Wie man da nur helfen könnte? Wie wir helfen könnten?«

Von nun an sprachen sie oft über das Thema, entwarfen kühne Pläne, die sie alsbald wieder verwerfen mussten, weil sie nicht zu verwirklichen waren, holten Erkundigungen ein, lasen neuere Abhandlungen, fragten bei Möser an, der über die Kultivierung der Moore so viel nachgedacht hatte.[618] Über die Pflege des Bodens, über die wirkungsvolle Entwässerung, die richtige Düngung, hilfreiche Gerätschaften. Würde man die armen Bauern unterrichten und aufklären können, könnte man holländische Unternehmer gewinnen, um hier zu investieren? Sollten sie vielleicht selber ein Mustergut anlegen? Ihre Überlegungen ließen auch nicht nach, als sie wussten, dass Johanna schwanger war. Zu ihren hochfliegenden Plänen kam nun die große Freude auf ihr gemeinsames Kind. So viel Glück! So viel Zukunft!

Bilanz

Hier sprechen bittere Tatsachen.

Johanna musste ein neues Testament aufsetzen. Ihr letztes Vermächtnis hatte sie im September 1767 nach dem Tod ihres Vaters gemacht. Damals hatte sie ihr Patenkind Jeanne Philippine, die älteste Tochter ihres Bruders, zur Haupterbin eingesetzt.
Nun hatte sich ihre Situation völlig geändert. Mit dem Bruder war es zu einem endgültigen Bruch gekommen. Kaum hatte sie im Vorjahr ihre Tante in Hamburg, Frau von Krosigk, nach einer halbjährigen Pflege verlassen – eine schwere, entbehrungsreiche Pflege! –, da war ihr Bruder dort aufgetaucht. Er hatte die alte, kränkelnde debile Dame offensichtlich überredet, ihr Testament, das Johanna zur Haupterbin machte,[619] zu ändern – zu seinen alleinigen Gunsten. Wahrscheinlich hatte er ihr etwas von Familientraditionen erzählt, von seiner Verehrung für sie, von seiner Sorge um den Fortbestand der Bar'schen Linie, dem Stammschloss und den Gütern, von seiner prekären Situation, von seiner jungen darbenden Familie, von dem Reichtum seiner Schwester ... Die Überredungskünste waren völlig überflüssig, denn die Tante teilte sowieso immer die Meinung der Person, die zuletzt mit ihr geredet hatte. Nach dieser Intrige kam er zu ihr nach Veldhausen, wo sie sich gerade sesshaft machte. Ihr ahnte nichts Gutes, als er plötzlich hier auftauchte und ihr mit seinem bekannten feinen Lächeln ein Stück Papier reichte. Es war das neue Testament der Tante.[620] Johanna wurde sehr zornig, er ließ erst ihren Ärger an sich abperlen, wurde dann aber laut: »Du mit deinem großen Erbe kannst sorgenfrei in einem neuen Haus leben, ganz nach deinen Wünschen. Ich aber habe nichts als Schulden geerbt und wohne mit meiner Frau und den kleinen Kindern in einem alten, baufälligen Schloss, dessen Feuchtigkeit uns noch alle umbringen wird ...«. Sie mochte nicht weiter zuhören. »Bitte, verlass sofort mein Haus und komm nie wieder! Nie wieder! Ich möchte dich und deine Familie nie mehr sehen. Barenaue vergesse ich gerne. Versinke mit deinem Schloss in der Vergangenheit!«
Nun also ein neues Vermächtnis. Ihrem Bruder gegenüber hatte sie keinerlei Verpflichtung mehr. Die Scheidung war endgültig. An seine Familie sollte

ihr reiches Erbe auf keinen Fall gehen. Ihre Verpflichtungen waren andere geworden. Ihren Lieben und ihren wahren Freunden, die sie unbeirrt unterstützt hatten, wollte sie ihre Dankbarkeit zeigen. Im Frühsommer setzte sie mit Hilfe ihres Freundes Justus Möser ein neues Testament auf[621]; an seinem Anfang annullierte sie ihr altes: »*Da einige meiner vormaligen Gefreundete sich wie meine Feinde und Verfolger geäußert haben und in allen meinen Umständen sehr verändert sind*«, kassierte sie ihr altes Testament. Sie setzte ihren *lieben Mann Johann Conrad von Meien* zum Erben ein und bedachte außerdem einige weitere Menschen aus Freundschaft oder aus Dankbarkeit für ihre Hilfe oder Dienste. Ihrer Patentochter Jeanne Philippine vermachte sie 2000 Rthl., eine weitere größere Summe ihrer holländischen Nichte Mietjen J.A. Taets van Amerongen, der ältesten Tochter ihres Vetters Jobst Taets van Amerongen, in *zärtlicher Erinnerung* und Dankbarkeit für die Unterstützung, die sie von dieser Familie erhalten hatte. Weiter bedachte sie mit größeren Summen ihre Freundin, die kränkliche Mette von Oberg, und ihre Schwägerin Helene. Den goldenen Kelch ihrer Mutter sollte die Kirche von Engter erhalten, wo sich das Familiengrab der von Bars befand und wo auch die Eltern bestattet waren. Ihre Tabatiere mit ihrem Portrait ging zu ihrem Andenken an ihren jüngsten Vetter Gerard Godert Taets van Amerongen, Herrn von Oud Amelisweert. Sie vermachte den Armen von Barenaue eine jährlich auszuzahlende Summe, den jetzigen Domestiken einen Zweijahreslohn, ihrer Kammerjungfer Wilhelmine Greven, welche ihr *stets redlich und treu gedient*[622], eine jährliche Rente von 30 Reichstalern, ebenso dem alten Gerd Henrich Biermann, der schon bei ihrer Mutter gearbeitet hatte. Schließlich sollte ihr Vetter Sagramoso zu ihrem Andenken ihren besten mit Juwelen besetzten Fingerring und silbernes Gerät erben. Sollte der liebe Gott sie mit einem Kind segnen, so fielen die oben genannten Legate an dieses und sollten zu seiner guten Erziehung dienen. Da ihr lieber Mann in den Rechten unerfahren war und er wegen der 25.000 Reichstaler Prozesse zu erwarten hatte, ernannte, erbat und erwählte sie ihren und ihrer Eltern *besten Freund, den Justizrat Justus Möser* als Rechtsbeistand, ebenso den Konsistorialpräsidenten Gruner. Sie sollten auch die Exekutoren dieses Testaments sein sowie die Vormünder ihres Kindes. Sie bat diese beiden Gönner und Freunde, zu ihrem Andenken ihre beiden goldenen Uhren und ein jeder einhundert Dukaten anzunehmen. Außerdem sollten die beiden armen Kinder in Barenaue, die sie bisher unterstützt hatte, auf Kosten ihrer Erben weiterhin unterhalten und erzogen werden. Das Testament schloss: »*Was mein Begräbnis betrifft, ist mir selbiges ganz gleichgültig und … verlange ich, ja selbst verbiete ich alle unnötige Pracht und Stolz, so oft aus Missbrauch angewandt wird.*«

Johanna wurde schwerer, manchmal spürte sie die Kindsbewegungen. Oft malte sie sich ihre Zukunft aus, ihr Leben mit ihrem Kind und ihrem Mann. Die gemeinsamen Stunden mit dem kleinen Wesen, dann mit dem größeren, schließlich mit dem erwachsenen. Die Sorgen und Freuden, die Erziehung, die gemeinsamen Unternehmungen, die Reisen nach Holland zu ihren Verwandten. Wenn sie an die großen Nöte während ihrer ersten Schwangerschaft dachte, an die Auseinandersetzungen mit ihrer Familie, das Versteckspiel vor dem Gesinde und den Bekannten, die nichts von der Schwangerschaft erfahren durften, an die Ungewissheit über ihr zukünftiges Leben, an die Angst vor der Geburt! Wie einfach war dann doch die Geburt gewesen und wie geordnet waren nun ihre Verhältnisse, wie anerkannt war sie unter den Freunden, die diesen Namen verdienten, welche Unterstützung hatte sie in ihrem Mann. Ein Schatten blieb: das tote Fritzchen. Dieses geliebte Kind! Es würde immer seinen Platz in ihrem Herzen behalten, auch nach der Geburt seines Geschwisterchens. Manchmal fragte sie sich, ob in ihrem Herzen neben dem Fritzchen überhaupt noch Platz für ein neues Kind sein würde. Und dann wieder die Freude auf das neue kleine Leben. Die Dreisamkeit würde sie und ihren Liebsten noch enger zusammenführen und manche Missstimmigkeiten der letzten Wochen auslöschen. Waren sie sich doch so einig in ihren Plänen für ihr Kind!
Eines Morgens fühlte sie leichte Schmerzen in ihrem Leib. Als sie auch noch am nächsten Tag anhielten, ließ sie den Arzt kommen. Er beruhigte sie, ihrem Kind gehe es gut, sie habe eine leichte Verstimmung und solle vorsichtshalber das Bett hüten. Da der Zustand sich in den nächsten Tagen nicht besserte, war sie doch besorgt. Aber auch die Amme, die sie bereits angestellt hatte, sagte, sie habe nichts zu befürchten, junge Mütter könnten jedoch der Entbindung gelassener entgegensehen, wenn sie alles geordnet hätten. Die Möbel und die Ausstattung für das Kind seien ja schon angeschafft. Ob sie ein Testament gemacht habe? Johanna hatte ihren letzten

Willen noch nicht beim hiesigen Gericht registrieren und bestätigen lassen. So bat sie Anfang August die beiden Gerichtsassessoren von Veldhausen und den Pastor Nyhoff zu sich. Sie übergab ihnen ihr versiegeltes Testament, das die drei Zeugen auch annehmen konnten, da die gnädige Frau *zwar krank und bettlägrig, doch guten gesunden Verstandes*[623] sei. Nun war auch das geregelt.

Manchmal setzte sie sich an das Fenster und schaute hinaus in ihren Garten. Wie schön sich doch die Bäume im Winde wiegten, wie angenehm musste es jetzt in ihrem Schatten sein. In ein paar Jahren würden die Bäume und Büsche höher sein, und man würde die schmalen Pfade zwischen ihnen gar nicht mehr sehen. In der zweiten Augustwoche setzte plötzlich schlechtes Wetter ein. Es regnete mehrere Tage sehr heftig, einer der Bäume in ihrem Garten stürzte um, er war entwurzelt. Das Bett der Vechte hielt die Wassermassen nicht mehr, der Fluss trat über die Ufer, und das Tal lag unter Wasser. Johanna fühlte sich schwach, manchmal durchschnitt sie ein scharfes Messer, meist aber schlief sie oder dämmerte vor sich hin, und nur in einigen Wortfetzen flutete die Überschwemmung in ihren Kopf. Einmal spielte Johann auf seiner Flöte eine Melodie, die sie kannte: Komm mit! Komm mit! Ein andermal glaubte sie, ein Gespräch von Johann und Wilhelmine zu hören, die Stimmen klangen aufgeregt. Der Arzt aus Veldhausen war auf der anderen Seite der Vechte vom Hochwasser überrascht worden, er konnte nicht mehr übersetzen. Ob er es nicht wagen sollte, mit dem Wagen durch das Wasser zu fahren und seine Doris zu ihm zu bringen? Da war sie schon wieder weggedämmert.

Meist fand sie sich in einem grauen Nebel. Einmal wurde er ganz hell und färbte sich in ein lichtes Rot und spielte alle Farben durch: ein Blau mischte sich hinein, ein glühendes Blau, das sich allmählich in Grün und Gelb wandelte. Schließlich verschmolzen die Farben zu Weiß. Es wurde hell, weiß, weißer als jedes Weiß.

Am 17. August 1769 starb Johanna Friederike von Meien, geb. von Bar, und wurde am 22. August in der Kirche von Veldhausen mit der *Frucht ihres Leibes*[624] beigesetzt.

Ausblick

Die Erzählerin schweigt und lässt der Chronistin den Vortritt, die sich auf wenige Tatsachen beschränken muss, auf Gewissheiten und historische Fakten.

Johann Conrad von Meien verheiratete sich ein Jahr nach Johannas Tod erneut, und zwar mit der siebzehnjährigen Sophie Wilhelmine Marie von Halem aus Oldenburg[625], Tochter des Anton Wilhelm von Halem. Die Hochzeit fand in Varel statt, das junge Paar zog zurück nach Hellinghausen, wo sein Vater jahrzehntelang Verwalter des Domänengutes gewesen war, das dem Grafen von Lippe-Detmold gehörte und von der Familie Niemeyer gepachtet wurde. Der Vater hatte treu und zuverlässig gedient, nun konnte Johann Conrad das Gut selber pachten – dank der großen Erbschaft von seiner ersten Frau. In seiner zweiten Ehe hatte er zahlreiche Kinder, von denen vier Töchter und ein Sohn überlebten. Seine Frau verlor ihr Leben bei der Geburt einer Tochter im Jahre 1788[626]; er selbst starb am 30. Dezember 1799. Sein Sohn Christian Theodor studierte Jura, wurde ein sehr erfolgreicher Verwaltungsbeamter in der Grafschaft Lippe und stieg bis zum Regierungspräsidenten auf; durch Heirat kam das Rittergut Exter in die Familie. Clamor Adolph Theodor von dem Bussche-Hünnefeld blieb unverheiratet. Er wurde ritterschaftlicher Landrat und schließlich Geheimer Rat und führte damit die Regierungsgeschäfte im Fürstbistum unter dem Fürstbischof Friedrich Herzog von York. Dabei arbeitete er eng mit Justus Möser zusammen.

Lutz oder Gotthard Ludwig von Bar schrieb über seine Schwester in die Familienbibel: Johanna Friederike von Bar, Kanonisse von Marienthal; nichts weiter. Er überlieferte sie dem Familiengedächtnis so, wie er sie sich immer gewünscht hatte. Seine Tochter Johanna Philippine, Johannas Patenkind, starb als Dreijährige[627], wenige Monate nach ihrer Tante. Lutz lebte mit seiner Familie in Barenaue. Er legte den jahrelangen Prozess, den die Familie gegen die Könige von England und Preußen wegen des Legates, das die Prinzessin von Ahlden seiner Familie vermacht hatte, durch einen Vergleich bei. Ebenso schloss er einen Vergleich mit der Familie von Sayn-Wittgenstein, mit der sein Onkel, der Graf, seit seiner Scheidung von der

Gräfin Sophie Charlotte aus diesem Haus um Alimentationen und Morgengabe prozessiert hatte. Hohe Forderungen mussten erfüllt, Witwen- und Leibrente gezahlt und Schmucksachen und Juwelen ausgeliefert werden.[628] Der alte Rechtsstreit um das Gut Astrup ging 1770 verloren; Lutz musste das Gut herausgeben, das als eine der wenigen Bar'schen Besitzungen fruchtbaren Boden hatte und gute Erträge abwarf; außerdem musste er Ersatz für die Einkünfte leisten, die seine Familie seit Jahrzehnten aus dem Gut gezogen hatte. Ihm blieb nichts übrig, als Mobilien, eigenbehörige Höfe und schließlich auch das Gut Borgwedde zu verkaufen.[629] 1788 wurde der Anspruch auf das Erblanddrostenamt der Familie von Bar, um das mehr als ein halbes Jahrhundert gestritten worden war, juristisch anerkannt. Ebenso die Ritterbürtigkeit, die man wegen der Vorfahren seiner Mutter angezweifelt hatte, einfach dadurch, dass dem Kaiser dafür acht adlige Vorfahren genügten und nicht 16, wie es die Osnabrücker Ritterschaft verlangte.[630] Seine Frau verlor er bei der Geburt der letzten Tochter.[631] Ein spätes Porträt zeigt ihn in einfacher dunkler Kleidung, er hat beiderseits seines Mundes tiefe Furchen, die ihm ein melancholisches, ja schwermütiges Aussehen geben. Er starb im Jahr 1812.

Gotthard Ludwig erlebte, wie sein ältester Sohn Herbord Sigismund Ludwig von Bar in hannoverschen Staatsdiensten sehr hohe Ämter bekleidete, viele Ehrungen erfuhr und als erster Bar wieder das Erblanddrostenamt wahrnahm. Noch zu Lebzeiten Gotthard Ludwigs heiratete dieser Sohn eine Frau aus bürgerlichem Stand, die Witwe Regina Catharina Charlotte von Gülich, geb. Dürfeld, die der junge Mann in Mösers Haus kennen gelernt hatte.[632] Das Herrenhaus auf Barenaue war so baufällig, dass es 1815 abgerissen werden musste und durch ein kleineres Wohnhaus ersetzt wurde. Mitte des 19. Jahrhunderts errichtete die Familie von Bar in der Nähe des alten Wasserschlosses ein neues zweigeschossiges Herrenhaus im neoromanischen Stil. Es wird Neu-Barenaue genannt.

Anhang

Anmerkungen

1 Hans Magnus Enzensberger, Dirk von Petersdorff: Wie soll man Geschichte(n) schreiben? Künzelsau 2014, S. 18.

2 Vgl. Justus Möser: Sämtliche Werke. 14 Bände. Oldenburg 1943-1990. Hier: Bd. 5, bes. S. 250f.

3 Barthold Heinrich Brockes: Irdisches Vergnügen in Gott. In: Werke, Bd. 2. Hrsg. Jürgen Rathje. Göttingen 2013, S. 469.

4 Vgl. dazu und zu Folgendem: Georg Ludwig von Bar an seinen Bruder Graf Nikolaus Christian von Bar, 17.3.1747, NLAOs Dep 37b Nr. 374; Briefe des Georg Ludwig von Bar an Johann Friedrich von dem Bussche-Hünnefeld aus dem Jahr 1746, NLAOs Dep 24b II Nr. 362.

5 Ludolf Friedrich von Krosigk (1694-1746), verheiratet mit Wilhelmine, verwitwete von Wackerbarth, Schwester des Georg Ludwig von Bar.

6 Johanna Friederike von Bar an Justus Möser, [1760], in: Justus Möser: Briefwechsel. Neu bearbeitet von William F. Sheldon. Hannover 1992, S. 242.

7 Zu Barenaue und der Familie von Bar vgl. Rudolf vom Bruch: Die Rittersitze des Fürstentums Osnabrück. Osnabrück 1930, bes. S. 303-313. Ursula Machtemes und Sonja Michaels: Alt-Barenaue in Kalkriese, Stadt Bramsche, Landkreis Osnabrück. In: Wolfgang Schlüter (Hrsg.): Burgen und Befestigungen. Bramsche [2000]. (Kulturregion Osnabrück, Bd. 15; Schriften zur Archäologie des Osnabrücker Landes, Bd. 2), S. 89- 95. Sonja Michaels: Kurze Beschreibung der Baugeschichte von Schloss Alt- Barenaue. In: Osnabrücker Mitteilungen, Bd. 107, 2002, S. 253-265.

8 Möser: Briefwechsel, S. 207.

9 Zur Kapelle vgl. Kristin Püttmann-Engel: Schlosskapellen im Raum Westfalen. Bonn 1987, S. 161f.

10 Heute in dem Niedersächsischen Landesarchiv (NLA), Standorte Osnabrück und Bückeburg.

11 Vgl. dazu und zum Folgenden: Georg Ludwig von Bar: Epîtres diverses sur des sujets différens, Bd. 1. London [vielmehr Amsterdam] 1740; 2. Aufl. Frankfurt a.M. 1753, S. 203ff. (Epître à ma patrie); Übersetzung von C.G. Lieberkühn, vorab veröffentlicht in: Neue Erweiterungen der Erkenntnis und des Vergnügens, Jg. 1755, 2. Teil, S. 161ff.; auch: Georg Ludwig von Bar: Poetische Werke, übersetzt von C.G. Lieberkühn. 3 Bände. Berlin 1756.

12 ›Epître à ma patrie‹, in der Übersetzung von Lieberkühn, zitiert nach dem Vorabdruck, S. 175.

13 Ebd., vgl. [Ludwig] Schirmeyer: Georg Ludwig v. Bar, »der beste französische Dichter Deutschlands«, ein Vorbild Wielands und Freund Mösers. In: Mitteilungen des Vereins für Geschichte und Landeskunde von Osnabrück, Bd. 32, 1907, S. 1-71, S. 16ff.; übersetzt.

14 Ebd., S. 10f.

15 Georg Ludwig von Bar an Johann Friedrich von dem Bussche-Hünnefeld, 28.3., 3.10. und 12.12.1746, NLAOs Dep 24b II Nr. 362 und 363.

16 Schirmeyer, S. 4ff.

17 [Georg Ludwig von Bar u.a.]: Il Tempio Di Melpomene, Su Le Rive Dell'Alstra, Da Rappresentarsi Nel Grande Teatro Di Questa Illustre Citta Di Amburgo, Nel Carnovale dell'Anno 1747. Hamburg 1747. (Textbuch in der Preußischen Staatsbibliothek). Vgl. dazu Steffen Martus: Friedrich Hagedorn. (Konstellationen der Aufklärung) Berlin, New York 1999, S. 26. Erich H. Müller: Zum Repertoir der Hamburger Oper von 1718 bis 1750. In: Archiv der Musikwissenschaft, 7. Jg., 1925, S. 329-333. Theaterzettel in: Erich H. Müller: Angelo und Pietro Mingotti. Ein Beitrag zur Geschichte der Oper im 18. Jahrhundert. Dresden 1917.

18 Vgl. Georg Ludwig von Bar: Rêveries poétiques sur des sujets différens. Amsterdam 1755, S. 150.

19 F[riedrich] Chrysander: Mattheson's Verzeichniss Hamburgischer Opern. In: Allgemeine Musikalische Zeitung vom 2. Mai 1877, Nr. 18, S. 281.

20 Georg Ludwig von Bar: Rêveries poétiques, S. 187.

21 Georg Ludwig von Bar: Babioles littéraires et critiques en prose et en vers, Bd. 3. Hamburg 1763, S. 134; übersetzt.

22 Vgl. Georg Ludwig von Bar an Johann Friedrich von dem Bussche-Hünnefeld, 12.4.1745, NLAOs Dep 24b II Nr. 362.

23 Ebd., 12.4.1745.

24 Zahlreiche Briefe von Georg Ludwig von Bar an Johann Friedrich von dem Bussche-Hünnefeld in NLAOs Dep 24b II Nr. 362 und 363.

25 NLAOs Dep 24b II Nr. 386 (Tagebuch des Johann Friedrich von dem Bussche-Hünnefeld), Eintrag vom 7.-16. August 1746; Georg Ludwig von Bar an Johann Friedrich von dem Bussche-Hünnefeld, 3.10.1746, NLAOs Dep 24b II Nr. 362. Von Hünnefeld hatte 1000 Rth. mitgebracht, die erst eine würdige Bestattung von Itel Jobst von Bar im Dom ermöglichten. Ebd. Georg Ludwig bezahlte diese Summe nie zurück, Johanna Friederike schrieb diesbezüglich an Clamor Adolph Theodor von dem Bussche-Hünnefeld, den ältesten Sohn von Johann Friedrich, 14.1.1766, NLAOs Dep 24b II Nr. 366.

26 Justus Möser an Johann Friedrich von dem Bussche-Hünnefeld, 23.8.1750, in: Möser: Briefwechsel, S. 77; übersetzt.

27 Ein Plan der barocken Gartenanlage abgedruckt bei Heike Düselder (Hrsg.): Adel auf dem Lande. Kultur und Herrschaft des Adels zwischen Weser und Ems. 16. bis 18. Jahrhundert. Cloppenburg 2004, S. 46.

28 Zu dem jungen Clamor Adolph Theodor von dem Bussche vgl. Silke Wagener: ... ohne die größte Not nie ein Collegium versäumet. Die Erlanger Studienjahre des Clamor Adolph Theodor von dem Bussche (1749-1752). In: Osnabrücker Mitteilungen, Bd. 101, 1996, S. 83-123.

29 In Johannas Bücherinventar, das in den 1760er Jahren angelegt wurde, findet sich auch der Titel: Francesco Algarotti: Le Newtonianisme pour les dames, ou Entretien sur la lumière, sur les couleurs et sur l'attraction. Paris 1738. NLABü Dep 39 Nr. 65.

30 Georg Ludwig von Bar: Epîtres diverses, Bd. 2 (Ausgabe 1763), S. 2 und S. 7 (Epître à Marphurius); frei übersetzt.

31 In enger Anlehnung an Justus Möser: Der Wert wohlgewogener Neigungen und Leidenschaften (1755). In: Möser: Sämtliche Werke, Bd. 2, S. 221-265, bes. S. 247ff. Diese Schrift ist ein Nachruf auf Johann Friedrich von dem Bussche-Hünnefeld.

32 Dazu und zum Folgenden vgl. Georg Ludwig von Bar an Johann Friedrich von dem Bussche-Hünnefeld, 29.1.1748, NLAOs Dep 24b II Nr. 362; übersetzt.

33 Vgl. ihr Testament von 1752, NLABü Dep 39 Nr. 65.

34 Vgl. dazu Schirmeyer, S. 4ff.

35 Hierzu und zum Folgenden Schirmeyer, S. 6f.

36 Charlotte von Bar an den Bruder Georg Ludwig, 24.6.1744, NLAOs Dep 37b Nr. 323. Vgl. Frank Göse: Zum Verhältnis von landadliger Sozialisation zu adliger Militärkarriere. Das Beispiel Preußen und Österreich im ausgehenden 17. und 18. Jahrhundert. In: Mitteilungen des Instituts für Österreichische Geschichtsforschung, Bd. 109, 2001, S. 118-153, bes. S. 142.

37 Ludwig Heinrich von Wurmb an Georg Ludwig von Bar, 12.1.1742, NLAOs Dep 37b Nr. 375.

38 Vgl. Göse, bes. S. 139.

39 Vgl. Johann Wilhelm von Archenholz: Geschichte des siebenjährigen Krieges in Deutschland. In: Johannes Kunisch (Hrsg.): Aufklärung und Kriegserfahrung. Frankfurt 1996, S. 413.

40 Vgl. Göse, S. 143ff.

41 L. von Sichart: Geschichte der königlich-hannoverschen Armee. Hannover 1870, Bd. 2, S. 400ff.

42 Georg Ludwig von Bar an seinen Bruder Nikolaus, 25.3.1748, NLAOs Dep 37b Nr. 374.
43 Vgl. ebd.
44 In den Territorien des Deutschen Reiches galten individuelle Währungen; 1748 schuf Franz I. mit einer »Münzkonvention« eine Währungsunion mit weitgehend kompatiblen Währungssystemen, der viele Staaten des Reiches beitraten. Der Wert des Reichstalers schwankte.
45 Das Zitat und zum Vorherigen vgl. Georg Ludwig von Bar an Graf Nikolaus Christian, 6.5.1748, NLAOs Dep 37b Nr. 374.
46 Gunner Lind: Military and Absolutism: The Army Officers of Denmark Norway as a Social Group and Political Factor 1660-1848. In: Scandinavian Journal of History, Bd. 12, 1987, S. 221-243, bes. S. 226.
47 Vgl. Johanna Friederike von Bar an Johann Conrad Meier, 3.10.1760, NLABü Dep 39 Nr. 183.
48 Justus Möser an Johann Friedrich von dem Bussche-Hünnefeld, 3.6.1746, in: Möser: Briefwechsel, S. 19; übersetzt.
49 Vgl. Wikipedia, »Fundregion Kalkriese«; aus der umfangreichen Literatur zu dem Thema vgl. Justus Möser: Osnabrückische Geschichte. In: Ders.: Sämtliche Werke, Bd. 12,1, S. 190.
50 Justus Möser: Arminius. Ein Trauerspiel. Hannover und Göttingen 1749. Veröffentlicht in: Möser: Sämtliche Werke, Bd. 2, S. 120 (Vorrede zum Drama).
51 Vgl. Marialuisa Ferrazzi: Michele Enrico Sagramoso, un cavaliere di Malta veronese alla Corte di Elisabetta e Caterina. In: Pietroburgo capitale della cultura russa, Bd. 1, Salerno 2004, S. 109-130, hier S. 113, spielt auf einen Brief des Marchese vom 27.11.1748 aus Osnabrück an. Aurelio Bertola de'Giorgio: Vita del marchese Michele Enrico Sagramoso. Pavia 1793, erwähnt S. 60 seinen Aufenthalt in Barenaue. Sein Aufenthalt in Hamburg wird auch erwähnt in den Briefen Georg Ludwigs von Bar an Johann Friedrich von dem Bussche-Hünnefeld, 3.10.1746 und 4.12.1748, NLAOs Dep 24b II Nr. 363, und an seinen Bruder Nikolaus, 6.5.1748, NLAOs Dep 37b Nr. 174; außerdem in Briefen Friedrich von Hagedorns an seinen Bruder Christoph Ludwig von Hagedorn, 4.2.1749 und 26.2.1749. In: Friedrich Hagedorn: Briefe, Hrsg. von Horst Gronemeyer, Bd. 1. Berlin, New York 1997, S. 261. Seine Besuche in Hamburg 1746 und 1747 sind belegt bei Aurelio Bertoli di'Giorgo, S. 25ff. Sagramosos französischer Entwurf der Dankesrede in: NLABü Dep 39 Nr. 183. Veröffentlicht in Franco Riva: Il carteggio di Michele Enrico Sagramoso diplomatico cosmopolita veronese. Florenz 1961, S. 68-71, und Michele Enrico Sagramoso: Tal Hållit För Kongl. Svenska Vetenskaps Academien. Stockholm 1748 (16. April).

52 Georg Ludwig von Bar an Johann Friedrich von dem Bussche-Hünnefeld, 3.10.1746 und 4.12.1748, NLAOs Dep 24b II Nr. 363.

53 Seine junge Geliebte war plötzlich gestorben, danach trat er in den Malteser Orden ein. So Claude Petiet: Ces messieurs de la religion. L'ordre de Malte au dix-huitième siècle ou le crépuscule d'une épopée. Paris 1992, S. 215.

54 Vgl. hierzu und zum Folgenden Ferrazzi, bes. S. 109-115.

55 Vgl. Herbord Sigismund Ludwig von Bar: Stammtafeln und Nachrichten vom Geschlecht der Bar. 2 Teile. Osnabrück 1840, S. 30.

56 In seinen ›Rêveries poétiques‹, S. 100 u. ö. hat er über den Katholizismus geschrieben; vgl. auch seinen Brief an die Gottscheds, 22.11.1754, Universitätsbibliothek Leipzig. Korrespondenz Gottsched, Bd. IX, Bl. 550f. Angriffe auf den Katholizismus auch in seinen ›Epîtres diverses‹, Bd. 1 (Ausgabe 1753), S. 169ff (Epître au Chevalier Martin).

57 Friedrich Hagedorn an seinen Bruder Christian Ludwig, 26.2.1749. In: Hagedorn, Bd. 1, S. 261ff.

58 Georg Ludwig von Bar: Rêveries poétiques, S. 193.

59 Georg Ludwig von Bar an Johann Friedrich von dem Bussche-Hünnefeld, 3.10.1746, NLAOs Dep 24b II Nr. 362, übersetzt.

60 Dazu und zum Folgenden vgl. Georg Ludwig von Bar an Graf Nikolaus Christian von Bar, 25.3.1748, NLAOs Dep 37 b Nr. 374.

61 Vgl. Renato G. Mazzolini: Linnaeus and Michele Enrico Sagramoso, Knight of the Order of Malta. In: Marco Beretta und Alessandro Tosi (Hrsg.): Linnaeus in Italy. The Spread of a Revolution in Science. Sagamore Beach, MA 2007, S. 61-75, bes. 69f.

62 Georg Ludwig von Bar: Epîtres diverses, Bd. 2 (Ausgabe 1763), S. 195f. (Epître à Armande)

63 Vgl. Mazzaloni; Federico Chesi: Michele Enrico Sagramoso. Il carteggio, i viaggi, la massoneria. Verona 2012, S. 76 –78 und öfter.

64 In enger Anlehnung an die Rede Sagramosos.

65 Vgl. Ferrazzi, S. 113; übersetzt.

66 Vgl. Ferrazzi, S. 113.

67 Georg Ludwig von Bar: Epître à ma patrie (Epîtres diverses), zitiert in Anlehnung an Lieberkühn, Bd. 2, S. 171.

68 NLABü Dep 39 Nr. 83, übersetzt.

69 Vgl. Georg Ludwig von Bar an Johann Friedrich von dem Bussche-Hünnefeld, 4.12.1748, NLAOs Dep 24b II Nr. 363: er habe seinen ›ulramontanen Neffen‹ in die Hauptstadt (wahrscheinlich Berlin) gebracht; vgl. Mazzolini, S. 62f.

70 Johanna Friederike von Bar an Justus Möser, 19.4.1759, in: Möser: Briefwechsel, S. 207; vgl. bereits Charlotte von Bar an ihren Bruder Georg Ludwig, 24.6.1744, NLAOs Dep 37b Nr. 323.

71 Vgl. ihre Testamente vom 18.9.1767, NLAOs Dep 3b IV Nr. 4425, 24.7.1769, NLAOs Rep 955 Nr. 913, S. 325ff.

72 Johanna Friederike von Bar an Johann Conrad Meier, [Juni 1757], NLABü Dep 39 Nr. 183.

73 Ebd.

74 Johanna Friederike von Bar an Johann Conrad Meier, 13.6.1757, NLABü Dep 39 Nr. 183.

75 Johanna Friederike von Bar an Justus Möser, [1760], in: Möser: Briefwechsel, S. 239.

76 Möser an Johann Friedrich von dem Bussche-Hünnefeld, 7.7.1751, in: Möser: Briefwechsel, S. 109.

77 Zu Mösers Tochter vgl. William und Ulrike Sheldon: Im Geist der Empfindsamkeit. Freundschaftsbriefe der Mösertochter Jenny von Voigts an die Fürstin Luise von Anhalt Dessau 1780-1808. Osnabrück 1971. (Osnabrücker Geschichtsquellen und Forschungen, Bd. 17), bes. S. 3ff.

78 Zu Johannas Lektüren vgl. Ulrike Sheldon: Johanna Friederike von Bar (1732-1769). Ein gebildetes adliges Frauenzimmer im Fürstbistum Osnabrück. In: Anschläge. Magazin für Kunst und Kultur, H. 15, Osnabrück März/April 1988, S. 14f.

79 Das kolportiert Levin Schücking, vgl. Schirmeyer, S. 68.

80 Justus Möser an Johann Friedrich von dem Bussche-Hünnefeld, 26.8.1751, in: Möser: Briefwechsel, S. 114; übersetzt.

81 Johanna Friederike von Bar an Johann Conrad Meyer, 19.10. 1760, NLABü Dep 39 Nr. 183.

82 Nikolaus Christian von Bar an seinen Bruder Georg Ludwig, 19.7.1742, NLAOs Dep 37b Nr. 375.

83 Nikolaus Christian von Bar an seinen Bruder Georg Ludwig, 17.8.1739, NLAOs Dep 37b Nr. 375.

84 Vgl. Schirmeyer, S. 9; 12.2.1740 an Georg Ludwig von Bar, NLAOs Dep 37b Nr. 375.

85 Vgl. dazu: Ronald G. Asch: »Wie die Fledermäuse«? Die Osnabrücker Ritterschaft im 18. Jahrhundert. In: Niedersächsisches Jahrbuch für Landesgeschichte, Bd. 75, 2003, S. 161-184; Zitat bei Elizabeth Harding: Landtag und Adligkeit. Ständische Repräsentationspraxis der Ritterschaften von Osnabrück, Münster, Ravensberg 1650-1800. Münster 2011, S. 97.

86 Bruch, S. 308.

87 Nikolaus Christian von Bar an seinen Bruder Georg Ludwig, 4.1.1736, NLAOs Dep 37b Nr. 375, übersetzt.

88 Georg Ludwig von Bar an seine Schwester Wilhelmine von Krosigk, 22.3.1756, NLAOs Dep 37b Nr. 377 und öfter.

89 Nikolaus Christian von Bar an Georg Ludwig von Bar, 30. [Mai?] 1737, NLAOs Dep 37b Nr. 376.

90 Siehe auch Möser: Briefwechsel, S. 174.

91 Testament des Nikolaus Christian von Bar, 17.3.1745; NLAOs Dep 37b Nr. 325.

92 Georg Ludwig von Bar an Johann Friedrich von dem Bussche-Hünnefeld, 13.4. 1750, NLAOs Dep 24bII Nr. 363, übersetzt.

93 Dazu und zum Folgenden: Justus Möser an Henrietta Dorothea von dem Bussche-Hünnefeld, 7.9.1754, in: Möser: Briefwechsel, S. 174.

94 Bereits im Frühjahr 1753, vgl. Friedrich Hagedorn an seinen Bruder Christian, 28.3.1753, in: Hagedorn, Bd. 1, S. 353, 376, 379.

95 Brief des Chalon gen. von Gehlen an Gotthard Ludwig von Bar, 21.11.1754, NLAOs Dep 37b Nr. 395.

96 Brief des Vetters von Meding, 1.9.1754, NLAOs Dep 37b Nr. 395.

97 Lind, S. 231ff.

98 Daniel Hochrath (Hrsg.): Die Bildung des Offiziers in der Aufklärung. Ferdinand Friedrich von Nicolai (1730-1814) und seine enzyklopädischen Sammlungen. Eine Ausstellung der Württembergischen Landesbibliothek. Stuttgart 1990, S. 35.

99 Vgl. Göse, S.150f.

100 Emil von Augustenburg-Sonderburg an Gotthard Ludwig von Bar, 1.2.1756, NLAOs Dep 37b Nr. 395.

101 Georg Ludwig von Bar an Graf Nikolaus Christian von Bar, 6.3.1748, NLAOs Dep 37b Nr. 374.

102 Briefe vom 22.9.1754 und 2.4.1756, NLAOs Dep 37b Nr. 395.

103 Johanna Friederike von Bar an Johann Conrad Meier, 30.9.1760, NLABü Dep 39 Nr. 183.

104 Erklärung Gotthard Ludwigs, 15.3.1754, NLAOs Dep 37b Nr. 395.

105 Georg Ludwig von Oberg an Gotthard Ludwig, 15.11.1754, NLAOs Dep 37b Nr. 395.

106 Vgl. Bruch, S. 308.

107 Vgl. NLAOs Dep 37b Nr. 395: viele Briefe aus dem Hause Augustenburg-Sonderburg aus den Jahren 1754-1756; besonders Emil August von Augustenburg am 23.12.1754.

108 Justus Möser an Henrietta Dorothea von dem Bussche-Hünnefeld, 7.9.1754, in: Möser: Briefwechsel, S. 174.

109 Dazu und zum Folgenden Testament der Johanna von Bar, geb. Taets van Amerongen, vom 26.9.1752, NLABü Dep 39 Nr. 65; das Testament ist nicht notariell beglaubigt, aber wahrscheinlich die Grundlage für das später häufig erwähnte Testament von 1754. Zu dem vgl. Johanna Friederike von

Bar an Justus Möser [Frühjahr 1761], in: Möser: Briefwechsel, S. 245 und öfter. Das im folgenden wiedergegebene Testament ist nahe am französischen Original.

110 Die Schreibung seines Namens in den Quellen schwankt zwischen Meyer und Meier.

111 Vgl. zu dem Duell Georg Ludwig von Bar an seine Schwester Wilhelmine von Krosigk, 22.3.1756, NLAOs Dep 37b Nr. 377.

112 Vgl. das Porträt des alten Gotthard Ludwig von Bar in Privatbesitz.

113 [Gotthard Ludwig von Bar]: Erzählungen. Hannover und Lüneburg 1756.

114 Georg Ludwig von Oberg an Gotthard Ludwig von Bar, 15.11.1754, NLAOs Dep 37b Nr. 395; übersetzt.

115 Die Kommentare der Eltern sind fiktiv.

116 Gotthard Ludwig von Bar, S. 57.

117 Ebd. Vorwort.

118 Ebd. Vorwort.

119 Zu ihren Stellungnahmen vgl. Briefe von 18.1., 27.1., 1.2., 4.3.1756, NLAOs Dep 37b Nr. 395.

120 Brief vom 1.2.1756; NLAOs Dep 37b Nr. 395.

121 Brief vom 27.1.1756, ebd.; übersetzt.

122 Brief vom 14.3.1756, ebd.; freie Übersetzung.

123 Brief vom 14.3.1756 und 11.5.1756, ebd.

124 Das Folgende ist fiktiv.

125 Johanna Friederike von Bar an Justus Möser, 4.6.1760, in: Möser: Briefwechsel, S. 226.

126 Es gab mehrfache Beziehungen der Familie von Schele zu Christian Eberhard Niemeyer. Z.B. verkaufte Herr von Schelenburg 1734 eines seiner Güter, das Rittergut Brunnenbrock oder Braunbruch bei Detmold, an Christian Eberhard Niemeyer. Daniel Victor von Schele war Pate einer Tochter eines Neffen von Christian Eberhard Niemeyer, des Johann Eberhard Maximilian. Zur Familie Niemeyer vgl. Theodor Niemeyer: Geschichte des hannoverschen Geschlechtes Niemeyer. Aus Familienpapieren zusammengestellt. Münder a. Deister 1932, S. 41, S. 166, S. 266.

127 Zu den Aufgaben eines Verwalters vgl. Bernd Wilhelm Linnemeier: Ein Gut und sein Alltag. Neuhof an der Weser, Münster 1992 (Beiträge zur Volkskultur in Nordwestdeutschland, H. 78), bes. S. 261ff.

128 Zu diesem Streitpunkt im Folgenden noch häufig.

129 Johanna Friederike von Bar an Johann Conrad Meier, o.D., [vor Juli 1757], NLABü Dep 39 Nr. 183.

130 Vgl. zu Hochmooren Reinhold Gayl: Faszination Moor. Lebensraum und Kultur. Wien 2004; Claus Hutter, Alois Kapfer, Peter Poschlod (Hrsg.):

Sümpfe und Moore. Biotope erkennen, bestimmen, schützen. Stuttgart, Wien, Bern 1997. Gisela Mücke: Das Moor neu entdecken. Hannover 1989. – Zeitgenössische Literatur: Johann Georg Krünitz's ökonomisch-technologische Encyklopädie, Bd. 92. Berlin 1803, S. 702ff. Möser: Sämtliche Werke, Bd. 8, S. 124f.; Bd. 12,1, S. 139ff. und öfter.

131 Vgl. die Akten zur Aufräumung von Gräben, Anlage von Entwässerungsgräben und Kultivierung der Moore in NLAOs Dep 37b.

132 Vgl. z.B. Möser: Sämtliche Werke, Bd. 8, S. 79f., Bd. 10, S. 164ff.

133 Brief des Johann Conrad von Meien (!) an Johanna Friederike von Bar, 27.8.1768, NLABü Dep 39 Nr. 183; vgl. auch Johanna Friederike von Bar an Johann Conrad Meier, 17.10.1758, ebd.

134 Georg Ludwig von Bar an Johann Friedrich von dem Bussche-Hünefeld, 16.7.1745, NLAOs Dep 24b II Nr. 363.

135 Clemens Samuel Lipstorf (1696-1750), Jurist, Bürgermeister von Hamburg; seine Frau Anna Margrethe (1715-1753), geb. Meurer. Die verstorbene »Silvie« Lipstorf wird öfters in Briefen erwähnt, auch ihr Sturz in die Alster, Johanna Friederike von Bar an Möser, [Juni 1761], in: Möser: Briefwechsel, S. 254; Georg Ludwig von Bar an Wilhelmine von Krosigk, 21.6.1755, NLAOs Dep 37b Nr. 377.

136 Vgl. Niemeyer, S. 36ff., 111ff., 119 und öfter.

137 Johanna Friederike von Bar an Johann Conrad Meier, 2.5.1757, NLABü Dep 39 Nr. 183.

138 Georg Ludwig von Bar an Johann Friedrich von dem Bussche-Hünnefeld, z.B. am 6.8.1737, NLAOs Dep 24b II Nr. 363; übersetzt.

139 Vgl. Georg Ludwig von Bar: Epîtres diverses, Bd. 2 (Ausgabe von 1763), S. 177f. (Epître à Armand).

140 Johanna Friederike von Bar an Johann Conrad Meier, [Herbst 1757], NLABü Dep 39 Nr. 183.

141 Ebd.

142 Ebd.

143 Johanna Friederike von Bar an Johann Conrad Meyer, o.D., Brief Nr. 11 [vor Juli 1757], NLABü Dep 39 Nr. 183.

144 Ebd.

145 Georg Ludwig von Bar: Babioles, Bd. 2. Hamburg 1761, S. 116f.

146 Diese Verbindung ist nicht belegt, lässt sich aber vermuten, da Finazzi in vielen bürgerlichen und adligen Häusern gern gesehen war und Unterricht gab. Auch hat er zu dem Pasticcio ›Il Tempio di Melpomene‹, dessen Libretto Georg Ludwig von Bar schrieb, Melodien beigesteuert. Zu Georg Ludwigs positiver Meinung über diesen Musiker vgl. Georg Ludwig von Bar: Rêveries poétiques, S. 187.

147 Dass er Flöte spielte, ist in seinem Reisetagebuch belegt; NLABü Dep 39 Nr. 265.
148 Vgl. Familienbibel, NLAOs Dep 37b Nr. 784.
149 Johanna Friederike von Bar an Regina Juliana Möser, o.D., NLAOs Dep 37b Nr. 396.
150 Georg Ludwig von Bar an Johann Friedrich von dem Bussche-Hünnefeld, 11.10.1731, NLAOs Dep 24b II Nr. 362.
151 Georg Ludwig von Bar an Johann Friedrich von dem Bussche-Hünnefeld, 19.8.1746, ebd.
152 Georg Ludwig von Bar an Johann Friedrich von dem Bussche-Hünnefeld, 5.8.1746, 19.8.1746, ebd; außerdem sein Tagebuch (Eintragungen zu Juli und August), NLAOs Dep 24b II Nr. 386.
153 Am 31.5.1752; vgl. Möser: Briefwechsel, S. 149.
154 Vgl. ihre häufigen Grüße an die Familie von dem Bussche-Hünnefeld durch Möser, ebd., S. 115, 124, 131, 133, 138.
155 Ebd., S. 112.
156 Möser: Sämtliche Werke, Bd. 2, S. 221-265.
157 Ebd., S. 251.
158 Dazu und zum Folgenden: Johanna Friederike von Bar an Johann Conrad Meier, [13.1.1757], NLABü Dep 39 Nr. 183.
159 Johanna Friederike von Bar an Justus Möser, [1760], in: Möser: Briefwechsel, S. 239.
160 Johanna Friederike von Bar an Johann Conrad Meier, [1757?], NLABü Dep 39 Nr. 183.
161 Ebd.
162 Dazu und zum Folgenden, Johanna Friederike von Bar an Johann Conrad Meier, [13.1.1757], NLABü Dep 39 Nr. 183.
163 Das und das Folgende: Johanna Friederike von Bar an Johann Conrad Meier, [13.1.1757], NLABü Dep 39 Nr. 183.
164 Seine Niedergeschlagenheit und »Melancholie« ist mehrfach belegt; Johanna Friederike von Bar an Johann Conrad Meier in mehreren undatierten Briefen.
165 Johanna Friederike von Bar an Justus Möser, 24.6.[1761], in: Möser: Briefwechsel, S. 252.
166 Johanna Friederike von Bar an Justus Möser, o.D. [1762], ebd., S. 284.
167 Die Frage stellte er häufiger, vgl. u.a. Johanna Friederike von Bar an Johann Conrad Meier, 17.10.1758, NLABü Dep 39 Nr. 183.
168 Johanna Friederike von Bar an Johann Conrad Meier, [13.1.1757], NLABü Dep 39 Nr. 183.

169 Vgl. Johanna Friederike von Bar an Justus Möser, 9.7.1761, in: Möser: Briefwechsel, S. 241 und öfter.

170 Johanna Friederike von Bar an Johann Conrad Meier, o.D., NLABü Dep 39 Nr. 183.

171 Dieses und die folgenden Zitate aus den meist undatierten Briefen der Johanna Friederike von Bar an Johann Conrad Meier, NLABü Dep 39 Nr. 183.

172 Dieses und die folgenden Zitate in den Briefen der Johanna Friederike von Bar an Johann Conrad Meier ab 1757; großenteils undatiert; NLABü Dep 39 Nr. 183; hier Brief vom 2.5.1757.

173 Ebd.

174 Zu ihrer Lektüre, soweit sie aus ihren Briefen an Möser hervorgeht, vgl. Ulrike Sheldon: Johanna Friederika von Bar (1732-1769). Ein gebildetes adliges Frauenzimmer im Fürstbistum Osnabrück. In: Anschläge. Magazin für Kunst und Kultur, H. 15, Osnabrück März/April 1988, S. 14f.

175 Johanna Friederike von Bar an Johann Conrad Meier, o.D. [1758/59], NLABü, Dep 39 Nr. 183. Der Brief ist nach dem Abschluss des Eheversprechens im September 1757 geschrieben, von da an duzten sich die beiden.

176 Johanna Friederike von Bar an Johann Conrad Meier, 2.5.1757, NLABü Dep 39 Nr. 183.

177 Ebd.

178 Insula que à Joanne Mayen sortita est. Aus dem Atlas Major. Amsterdam 1667. Künstler: Joan Blaeu. Für den Hinweis auf diese Karte danke ich Herrn Pieter Jan Verstraete, Kortrijk. Dieser Teil ist rein fiktiv; eine Begründung für die neue Anrede mit »Meien« fehlt.

179 Z.B. in ihrem Brief vom 2.5.1757, NLABü Dep 39 Nr. 183 und öfter.

180 Johanna Friederike von Bar an Justus Möser, 24.6.[1761], in: Möser: Briefwechsel, S. 252.

181 Johanna Friederike von Bar an Johann Conrad Meier, [Juni/Juli 1757], NLABü Dep 39 Nr. 183.

182 Vgl. dazu fast alle ihre Briefe an Johann Conrad Meier aus der ersten Hälfte des Jahres 1757, NLABü Dep 39 Nr. 183.

183 Dazu und zum Folgenden vgl. Johanna Friederike von Bar an Johann Conrad Meier, 2.5.1757, NLABü Dep 39 Nr. 183.

184 Vgl. Johanna Friederike von Bar an Justus Möser, [1761/62], in: Möser: Briefwechsel, S. 286.

185 Johanna Friederike von Bar an Johann Conrad Meier, 2.5.1757, NLABü Dep 39 Nr. 183.

186 Johanna Friederike von Bar an Johann Conrad Meier, [1757], NLABü Dep 39 Nr. 183.

187 »Diableries«; so öfter in ihren Briefen an Justus Möser, vgl. Möser: Briefwechsel, S. 247, 248, 251, 257, 258; übersetzt.

188 Johanna Friederike von Bar an Johann Conrad Meier, [1757], NLABü Dep 39 Nr. 183.

189 Johanna Friederike von Bar an Johann Conrad Meier, 13.7.1757 und öfter, NLABü Dep 39 Nr. 183; die Belege stammen aus verschiedenen Zeiten, daher der Wechsel von Siezen und Duzen.

190 Johanna Friederike von Bar an Johann Conrad Meier, 13.6.1757, NLABü Dep 39 Nr. 265.

191 Johanna Friederike von Bar an Johann Conrad Meier, [Juni 1757], NLABü Dep 39 Nr.183.

192 Ebd.

193 Johanna Friederike von Bar an Johann Conrad Meier, 13.6.1757, NLABü Dep 39 Nr. 183; Syntax und Wortbildung sind vorsichtig modernisiert.

194 Dazu und zum Folgenden: Johanna Friederike von Bar an Johann Conrad Meier, [Juni/Juli 1757], NLABü Dep 39 Nr. 183.

195 Johanna Friederike von Bar an Johann Conrad Meier, [vor September 1757], NLABü Dep 39 Nr. 183.

196 Diese Episode ist fiktiv, aber die gegenseitige Benennung mit den in der anakreontischen Dichtung verbreiteten Namen vielfach belegt.

197 Christian Felix Weiße: Scherzhafte Lieder. Stuttgart 1965, S.14 und 107.

198 Vgl. das Tagebuch des Johann Conrad Meier von seiner Reise und seinem Aufenthalt in Nantes 1762-1765, NLABü Dep 39 Nr. 265; diese Episode ist fiktiv, nicht jedoch die Eifersucht.

199 Johanna Friederike von Bar an Johann Conrad Meier, 2.5.1757, NLABü Dep 39 Nr. 183.

200 Johanna Friederike von Bar an Johann Conrad Meier, 2.11.1760, NLABü Dep 39 Nr. 183.

201 Johanna Friederike von Bar an Johann Conrad Meier, o. D., NLABü Dep 39 Nr. 183; es ist nicht gesichert, dass sich Johanna hier auf Johanns Teilnahme an der Hochzeit bezieht.

202 Johanna Friederike von Bar an Johann Conrad Meier, [1758], NLABü Dep 39 Nr. 183.

203 Johanna Friederike von Bar an Johann Conrad Meier, 15.9. [1759], NLABü Dep 39 Nr. 183.

204 Johanna Friederike von Bar an Johann Conrad Meier, 17.10.1758, NLABü Dep 39 Nr. 183.

205 Johanna Friederike von Bar an Johann Conrad Meier, 7.11.1760, NLABü Dep 39 Nr. 183.

206 Beide Zitate in Georg Ludwig von Bar an seine Familie, 24.5.1755, NLABü Dep 39 Nr. 291; übersetzt.

207 Bruch, S. 130, 308.

208 1754-1757. Zu diesem Abschnitt im Leben des Georg Ludwig von Bar vgl. seine Briefe an seine Frau und Kinder in NLABü Dep 39 Nr. 291 und an seine Geschwister in NLAOs Dep 37b Nr. 377.

209 Georg Ludwig von Bar an Johann Christoph und Luise Adelgunde Viktorie Gottsched, 27.11.1754, Universitätsbibliothek Leipzig, Briefwechsel Gottsched, Ms 0342 Bd. XIX Bl. 550ff.

210 Schirmeyer, S. 9.

211 Georg Ludwig von Bar an seine Familie, 21.8.1756, NLABü Dep 39 Nr. 291; übersetzt.

212 Ebd., übersetzt.

213 Vgl. Georg Ludwig von Bar: Epîtres diverses, Bd. 2 (Ausgabe von 1763), S. 84 (Epître à Pierre Dandin); übersetzt.

214 Ebd., S. 77; übersetzt.

215 Georg Ludwig von Bar an seine Familie, 21.8.1756, NLABü Dep 39 Nr. 291; übersetzt.

216 Georg Ludwig von Bar an seine Familie, 31.5.1755, NLABü Dep 39 Nr. 291; übersetzt.

217 Georg Ludwig von Bar: Babioles, Bd. 3, S. 123f.

218 Georg Ludwig von Bar an seine Familie, 24.5.1755, NLABü Dep 39 Nr. 291; übersetzt.

219 Petiet, S. 215; vgl. Bertola di'Giorgi, S. 108ff.

220 Georg Ludwig von Bar an Familie, 15.1.1755, NLABü Dep 39 Nr. 291; übersetzt. Georg Ludwig von Bar und Michele Enrico Sagramoso schrieben am 22.12.1754 Johanna einen gemeinsamen Brief aus Wien; LA Detmold, D 72 von Meien (ungeordneter Bestand).

221 Georg Ludwig von Bar an Familie, 15.1.1755, NLABü Dep 39 Nr. 291. Vermutlich handelt es sich um Graf Eugen Franz Erwein von Schönborn (1721-1801), verheiratet mit Maria Elisabeth, geb. Fürstin von Salm (1729-1775), der die große ungarische Herrschaft Munkács besaß.

222 Vgl. Babioles, Bd. 3, S. 123ff.; Georg Ludwig von Bar an Johann Christoph und Luise Adelgunde Viktorie Gottsched, 27.11.1754; Universitätsbibliothek Leipzig, Briefwechsel Gottsched, Ms 0342 Bd. XIX, Bl. 550ff.

223 Vgl. Babioles, Bd. 3, S. 129ff.

224 Vgl. ebd., S. 47f.

225 Ebd., S. 32.

226 Vgl. auch Georg Ludwig von Bar an Johann Christoph und Luise Adelgunde Viktorie Gottsched, 27.11.1754; Universitätsbibliothek Leipzig, Briefwechsel Gottsched, Ms 0342 Bd. XIX Bl. 550ff.

227 Vgl. den Briefwechsel Hagedorns mit Georg Ludwig von Bar und die Erwähnungen des Barons in Hagedorns Briefen an andere Adressaten: Briefe, Bd.1, S. 79ff., 176, 193, 194, 229, 249, 261, 268, 273f., 307, 321, 322, 330, 353, 361, 369, 376, 379, 404, 408, bes. 351f.

228 Soliloque, à l'Occasion de la Mort Prématurée de Mr. de Hagedorn, décédé à Hambourg le 28 d'Octobre 1754. Wien 1754; auch in ›Rêveries poétiques‹, S. 22ff. Das Gedicht fand große Verbreitung und viele Leser, z.B. die beiden Gottscheds, vgl. Dorothee Henriette von Runckel: Briefe der Louise Adelgunde Victoria Gottsched. Th. 2. Dresden 1771, S. 258.

229 Dazu und zum Folgenden: Möser: Briefwechsel, S. 269f.

230 Elisabeth Fritz-Hilscher und Helmut Kretschmer (Hrsg.): Wien – Musikgeschichte. Wien u.a. 2011.

231 Ein Écu entspricht etwa einem Reichstaler.

232 Ein Florin ist ein Florentiner Gulden und entspricht etwa ⅔Reichstaler.

233 Georg Ludwig von Bar an die Familie, 12.5. 1756, NLABü Dep 39 Nr. 291; übersetzt.

234 Georg Ludwig von Bar an seine Familie, 18.3., 24.5. 1755, 12.5.1756, NLABü Dep 39 Nr. 291; an die Schwester Wilhelmine von Krosigk, 22.12. 1755, 22.3.1756, NLAOs Dep 37b Nr. 377.

235 Georg Ludwig von Bar an Wilhelmine von Krosigk, 22.3.1756, NLAOs Dep 37b Nr. 377.

236 Georg Ludwig von Bar: Babioles, Bd. 4, S. 3ff., bes. S. 10.

237 Georg Ludwig von Bar an seine Familie, 24.5.1755, 12.5.1756, NLABü Dep 39 Nr. 291; vgl. auch Asch, S. 180ff.

238 Georg Ludwig von Bar an Wilhelmine von Krosigk, 22.12.1755, NLAOs Dep 37b Nr. 377.

239 Briefwechsel mit Metastasio im NLABü Dep 39 Nr. 292, 18.3.1755; übersetzt.

240 Georg Ludwig von Bar: Babioles, Bd. 3, S. 125; übersetzt.

241 HWV 55. Arie Nr. 12. Vgl. auch Michael O'Connell und John Powell: Music and Sense in Handel's Setting of Milton's *L'Allegro* and *Il Penseroso*. In: Eighteenth-Century Studies, 12 (1), 1978, S. 16-46.

242 Schirmeyer, S. 3; Georg Ludwig von Bar: Babioles, Bd. 2, S. 116f.

243 Ebd.

244 Vgl. dazu und zum Folgenden Justus Möser an Johann Arckenholtz, 15.8.1753, in: Möser: Briefwechsel, S. 157, übersetzt.

245 Juvenal (60-140 n.Chr.) war ein bedeutender römischer Satirendichter.

246 Bruch, S. 312 und 314; Michaels, S. 253ff.

247 Vgl. den Garten in Schwöbber ab 1753; Jens Beck: Adeliger Kulturtransfer zwischen Stadt und Land. In: Niedersächsisches Jahrbuch für Landesge-

schichte, Bd. 84, 2012, S. 208. Englische Gärten entstehen in Westfalen erst in den 1780er Jahren; sie waren jedoch durch Erzählungen von Englandreisenden, durch Abbildungen und Literatur bekannt. Vgl. Ursula Quednau: »La manie des jardins«. Englische Gärten in Westfalen. In: Westfälische Forschungen, Bd. 44, 1994, S. 223-258.

248 Das und das Folgende wörtlich oder in enger Anlehnung an Mösers erst sehr viel später erschienenen Schrift ›Über die deutsche Sprache und Literatur‹ (1781), in: Möser: Sämtliche Werke, Bd. 3, S. 79ff.

249 Horaz, Episteln I; übersetzt von Christoph Martin Wieland.

250 Vgl. Johanna Friederike von Bar an Justus Möser, [1760], in: Möser: Briefwechsel, S. 241.

251 Möser, Sämtliche Werke, Bd. 3, S. 81.

252 Johanna Friederike von Bar an Johann Conrad Meier, 2.5.1757, NLABü Dep 39 Nr. 183.

253 Johanna Friederike von Bar an Johann Conrad Meier, [Juli 1757], NLABü Dep 39 Nr. 183; vgl. auch Johanna Friederike von Bar an Justus Möser, [Frühjahr 1761], 24.6.1761, in: Möser: Briefwechsel, S. 245. Die Schlosskapelle kann als Ort der Handlung vermutet werden.

254 Johanna Friederike von Bar an Johann Conrad Meier, [Juli 1757], NLABü Dep 39 Nr. 183.

255 Johanna Friederike von Bar an Johann Conrad Meier, [Juni 1757], NLABü Dep 39 Nr. 183.

256 Georg Ludwig von Bar an Wilhelmine von Krosigk, 22.12.1755, NLAOs Dep 37b Nr. 377; übersetzt.

257 Georg Ludwig von Bar an seine Familie, 21.8.1756, NLABü Dep 39 Nr. 291; übersetzt.

258 Ebd. vom 31.5.1755; übersetzt.

259 Fast wörtlich in seinem Brief vom 27.8.1757, NLAOs Dep 37b Nr. 377.

260 Brief vom 9.7.1757; vgl. auch Brief vom 22.3.1756, NLABü Dep 39 Nr. 291.

261 Brief vom 22.8.1757, NLAOs Dep 37b Nr. 377.

262 Hierzu und zum Folgenden Georg Ludwig von Bar an Wilhelmine von Krosigk, 22.12.1755, 22.3.1756, 27.8.1757, 7.11.1758, NLAOs Dep 37b Nr. 377.

263 Georg Ludwig von Bar an Wilhelmine von Krosigk, 7.11.1758, NLAOs Dep 37b Nr. 377; übersetzt.

264 Georg Ludwig von Bar an Wilhelmine von Krosigk, 22.12.1755, NLAOs Dep 37b Nr. 377; übersetzt.

265 Georg Ludwig von Bar: Rêveries poétiques.

266 Johann Christoph Gottsched: Herrn Peter Bayles, weyland Professor der Philosophie und Historie zu Rotterdam. Historisches und Critisches Wörterbuch nach der neuesten Auflage von 1740 ins Deutsche übersetzt ... in vier Theilen. Leipzig 1741-44, Bd. 3, S. 144B.

267 Epîtres diverses, Bd. 2 (Ausgabe London, 1740), S. 224; (Anmerkung zu ›Epître à Armande‹); vgl. die kritische Anmerkung von Hagedorn und Bodmer in: Hagedorn: Briefe, Bd. 1, S. 192.

268 Neuer Büchersaal, Bd. 2, 1745, S. 421-437; Bd. 3, 1745, S.46-57.

269 Georg Ludwig von Bar fuhr nach Wien über Leipzig, um Gottsched und seiner Frau einen Besuch abzustatten; vgl. seine noch unveröffentlichten Briefe an Gottsched vom 9.7.1754, Universitätsbibliothek Leipzig, Korrespondenz Gottsched, MS 0342 Bd. XIX, Bl. 345f.; vgl. auch Bl. 550f.; Brief an beide Gottscheds vom 27.11.1754.

270 Georg Ludwig von Bar: Rêveries poétiques, S. XIII.

271 Friedrich Hagedorn an Bodmer, 30.4.1746; Hagedorn: Briefe, S. 192.

272 In den noch ungeordneten Beständen im StABü Dep 39.

273 Vgl. hierzu und zu dem Folgenden Mösers Schrift ›Über die deutsche Sprache und Literatur‹, in: Sämtliche Werke, Bd. 3, S. 71- 90; hier S. 78. Die Schrift ist allerdings erst 1781 erschienen als Entgegnung auf die Schrift von Friedrich II. von Preußen ›De la littérature allemande; des défauts qu'on peut lui reprocher; quelles en sont les causes; et par quels moyens on peut les corriger‹.

274 Ebd., S. 86, S. 85.

275 Ebd., S. 87.

276 Ebd., S. 82, 74.

277 Ebd., S.84.

278 Ebd., S. 81f.

279 Zu Mösers Einschätzung von und Interesse an Klopstock vgl. ebd., S. 84 und S. 87; außerdem Martin Siemsen: Justus Möser als Subskribent und Kollekteur. In: Ders. und Thomas Vogtherr (Hrsg.): Justus Möser im Kontext. Beiträge aus zwei Jahrzehnten. Osnabrück 2015, S. 229-259, bes. S. 247.

280 Hagedorn an Giseke, 12.4.1751, in: Hagedorn: Briefe, Bd.1, S. 23.

281 Möser: Sämtliche Werke, Bd. 3, S. 77.

282 Vgl. u.a. Johanna Friederike von Bar an Justus Möser, [1762], in: Möser: Briefwechsel, S. 284.

283 Vgl. Johanna Friederike von Bar an Johann Conrad Meier, o.D. [1759], NLABü Dep 39 Nr. 183.

284 Johannas Lektüre von Werken Klopstocks ist nachweisbar, nicht die von Shakespeares Dramen und Lyrik. In Johannas Besitz befand sich Jakob Friedrich von Bielfeld: Progrès des Allemands dans les sciences, les belles-lettres et les arts, particulièrement dans la poésie et l'éloquence. Amsterdam 1752. In

einem Exemplar (Antiquariat Wenner, 2015) dieses Buches findet sich ein Eintrag von Johannas Hand: Bar. Barenaue1752. Die in dieser Schrift vertretenen Positionen gehen allerdings nicht so weit wie Johannas in dem fiktiven Gespräch.

285 In Anlehnung an Möser: Sämtliche Werke, Bd. 3, S. 71-90.

286 Ebd., S. 75, 90.

287 Johanna Friederike von Bar an Regina Juliana Möser, o.D., NLAOs Dep 37b Nr. 377.

288 Wilhelmine von Krosigk oder Charlotte von Bar an ihren Bruder Georg Ludwig von Bar, 24.6.1744, NLAOs Dep 37b Nr. 373.

289 Vgl. Georg Ludwig von Bars Gedicht auf seinen verstorbenen Sohn in »Rêveries poétiques«, S. 5ff. Vgl. auch Anmerkungen des Übersetzers Lieberkühn in: Neue Erweiterungen Teil 1, S. 339; Schirmeyer, S. 38.

290 Einer seiner Lehrer war der berühmte Michael Richey. Vgl. auch Georg Ludwig von Bar an Johann Friedrich von dem Bussche-Hünnefeld, 16.7.1745, NLAOs Dep 24b II Nr. 363.

291 Übersetzung des französischen Textes bei Schirmeyer, S. 38.

292 Georg Ludwig von Oberg an Gotthard Ludwig von Bar, 5.11.1754, NLAOs Dep 37b Nr. 395; übersetzt.

293 Georg Ludwig von Bar an Johann Friedrich von dem Bussche-Hünnefeld, 14.8.1747, NLAOs Dep 24b II Nr. 363; übersetzt. Dass Gotthard den Brief gelesen hat, ist nicht belegt.

294 Vgl. Johanna Friederike von Bar an Justus Möser [1762], in: Möser: Briefwechsel, S. 284.

295 Georg Ludwig von Bar an Johann Friedrich von dem Bussche-Hünnefeld, 19.8.1746, NLAOs Dep 24b II Nr. 363.

296 Johanna Friederike von Bar an Justus Möser, [1760], in: Möser: Briefwechsel, S. 242.

297 Johanna Friederike von Bar an Johann Conrad Meier [Juni 1757] und öfter, NLABü Dep 39 Nr. 183.

298 So für 1762 in der Grafschaft Lippe; Niemeyer, S. 181.

299 Vgl. Alfred Frankenfeld: Justus Möser als Staatsmann im Siebenjährigen Kriege und am englischen Hofe. Diss. Göttingen 1922 (masch.), S. 26ff. und Anonym: Osnabrück während des siebenjährigen Krieges. In: Hannoversches Magazin, 1842, S. 217ff.

300 Justus Möser an Christian Diedrich von dem Bussche, 6.12.1758, in: Möser: Briefwechsel, S. 206; sprachlich modernisiert.

301 Johanna Friederike von Bar an Johann Conrad Meier, 17.10. 1758, NLABü Dep 39 Nr. 183.

302 Johanna Friederike von Bar an Johann Conrad Meier, undatiert, NLABü Dep 39 Nr. 183, leicht modernisiert.
303 Johanna Friederike von Bar an Regina Juliana Möser, o.D., NLAOs Dep 37b Nr. 377.
304 Georg Ludwig von Bar an Wilhelmine von Krosigk, 22.8.1757, NLAOs Dep 37b Nr. 377; übersetzt.
305 Ebd. Brief vom 7.11.1758; übersetzt.
306 Sinngedicht von Georg Ludwig von Bar in der Übersetzung von Lieberkühn; Neue Erweiterungen, Bd. 1, S. 163 (Vorabdruck). Original in Georg Ludwig von Bar: Rêveries poétiques, S. 121.
307 Vgl. Johanna Friederike von Bar an Johann Conrad Meier, [nach September 1757], NLABü Dep 39 Nr. 183.
308 Vgl. Georg Ludwig von Bar: Rêveries poétiques, S. 28ff.
309 Vgl. die zahlreichen Gedichte auf das Ehepaar und ihre Tochter, ebd., S. 67, 127, 150, 185, 222, 242.
310 Der Briefwechsel wird häufig in Georg Ludwigs Familienbriefen erwähnt. Von von Oberg ist nur ein Brief überliefert, und zwar an Gotthard Ludwig von Bar, 5.11.1754, NLAOs Dep 37b Nr. 395.
311 Ebd., vgl. Epîtres diverses, Bd. 1 (Ausgabe 1753), S. 203ff. (Epître à ma patrie).
312 Georg Ludwig von Bar an seine Familie, 31.5.1755, NLABü Dep 39 Nr. 291.
313 Georg Ludwig von Bar: Consolations dans l'infortune. Poème en VII chants. Hamburg und gleichzeitig Amsterdam 1758. Rez. Göttingische Anzeigen von gelehrten Sachen, 1759, S. 198ff.
314 Vgl. Justus Möser an Clamor Adolph Theodor von dem Bussche-Hünnefeld, 16.8.1758, in: Möser: Briefwechsel, S. 204f. Der Brief wurde in Barenaue geschrieben. In dem Brief die im Folgenden dargestellte Position Mösers.
315 Justus Möser an Clamor Adolph Theodor von dem Bussche-Hünnefeld, 20.12.1752, ebd., S. 151, hier auch zum Folgenden.
316 Vgl. Johanna Friederike von Bar an Justus Möser, 19.4.1759, ebd., S. 208.
317 Justus Möser an Clamor Adolph Theodor von dem Bussche-Hünnefeld, 16.8.1758, ebd., S. 204.
318 In enger Anlehnung an einen Brief von Ludwig Heinrich von Wurmb an seinen Schwager Georg Ludwig von Bar, 12.1.1742, NLAOs Dep 37b Nr. 375.
319 Georg Ludwig von Bar: Rêveries poétiques, S. 288.
320 Johanna Friederike von Bar an Johann Conrad Meier, o.D., NLABü Dep 39 Nr. 183. Ein Zusammenhang zwischen diesem Briefauszug und dem Brief Mösers an Clamor Adolph Theodor von dem Bussche-Hünnefeld ist nicht

nachweisbar. Vgl. auch ihren Brief [Anfang Oktober 1760] an Johann Conrad Meier.

321 Anonym: Osnabrück während des siebenjährigen Krieges, S. 222.

322 Ebd., S.221-224; vgl. Frankenfeld, S. 121ff., 173ff.

323 Maria Heilmann: Melle in acht Jahrhunderten, Melle 1969, S. 62f.

324 Vgl. Niemeyer, S. 166. Auch Johanna Friederike von Bar an Justus Möser, 1.8.1761, in: Möser: Briefwechsel, S. 261.

325 Vgl. Möser: Briefwechsel, S. 206, zu den kriegsbedingten minimalen Einnahmen des Clamor Adolph Theodor von dem Bussche-Hünnefeld für das Jahr 1758.

326 Johanna Friederike von Bar an Justus Möser, [Herbst 1760]; ebd., S. 233; vgl. auch das Haushaltsbuch des Johann Conrad Meier/Meien, NLABü Dep 39 Nr. 265.

327 Georg Ludwig von Bar: Babioles, Bd. 4, S. 135; Bd. 5, S. 80.

328 Fast wörtlich Johanna Friederike von Bar an Justus Möser, 13.7.1759, in: Möser: Briefwechsel, S. 212f.

329 Vgl. Johanna Friederike von Bar an Justus Möser, [1761 /62], ebd., S. 286.

330 Johanna Friederike von Bar an Regina Juliane Möser, 7. Aug. [1761], NLAOs Dep 37b Nr. 396.

331 Johanna Friederike von Bar an Justus Möser, 18.8.1759, in: Möser: Briefwechsel, S. 214.

332 Das und das Folgende in Johanna Friederike von Bar an Justus Möser, 22.4.1759, in: Möser: Briefwechsel, S. 209; übersetzt.

333 Johanna Friederike von Bar an Justus Möser, 19.4.1759, ebd., S. 207.

334 Johanna Friederike von Bar an Justus Möser, 22.4.1759, ebd., S. 209; übersetzt.

335 Johanna Friederike von Bar an Justus Möser, 4.9.1759, ebd., S. 217.

336 Johanna Friederike von Bar an Justus Möser, 22.4.1759, ebd., S. 209.

337 Dazu und zum Folgenden vgl. Johanna Friederike von Bar an Justus Möser, 19.4.1759, ebd., S. 207f.; übersetzt.

338 Johanna Friederike von Bar an Johann Conrad Meier, 15.9.[1759], NLABü Dep 39 Nr. 183.

339 Johanna Friederike von Bar an Justus Möser, 19.4.1759, in: Möser: Briefwechsel, S. 207.

340 Johanna Friederike von Bar an Justus Möser, 18.8.1759, ebd., S. 214 und öfter.

341 Johanna Friederike von Bar an Justus Möser, 18.8.1759, ebd., S. 214.

342 Johanna Friederike von Bar an Justus Möser, 10.9.1759, ebd., S. 218.

343 Johanna Friederike von Bar an Justus Möser, 3.12.1759, ebd., S. 219.

344 Ebd.

345 Johanna Friederike von Bar an Justus Möser, [Ende August 1759], ebd., S. 215.

346 Johann Friederike von Bar an Johann Conrad Meier, o. D., NLABü Dep 39 Nr. 183; aus weiteren, meist undatierten Briefen der Johanna Friederike ebd. lassen sich die Sorgen ihres Partners erschließen.

347 Johanna Friederike von Bar an Johann Conrad Meier, 15.9.[1759], NLABü Dep 39 Nr. 183.

348 Johanna Friederike von Bar an Johann Conrad Meier, 17.10.1758, NLABü Dep 39 Nr. 183.

349 Johanna Friederike von Bar an Johann Conrad Meier, o.D., NLABü Dep 39 Nr. 183.

350 Johanna Friederike von Bar an Johann Conrad Meier, o.D., Sonnabend (Brief Nr. 12), NLABü Dep 39 Nr. 183.

351 Johanna Friederike von Bar an Johann Conrad Meier, 30.9.1760, NLABü Dep 39 Nr. 183.

352 Johanna Friederike von Bar an Justus Möser, 25.3. [1762], in: Möser: Briefwechsel, S. 267.

353 Zu den Abstammungstheorien vgl. Christian Hoffmann: Römer, Franken, Sachsen. Familiäre Traditionsstiftung und Antikenrezeption beim Osnabrücker Adel in der Frühen Neuzeit. In: Rainer Wiegels und Winfried Woesler (Hrsg.): Antike neu entdeckt. Aspekte der Antike-Rezeption im 18. Jahrhundert unter besonderer Berücksichtigung der Osnabrücker Region. Möhnesee 2002 (Osnabrücker Forschungen zu Altertum und Antike-Rezeption, Bd. 4), S. 12ff. Zitate S. 14.

354 Vgl. Christina Haak: Das barocke Bildnis in Norddeutschland. Erscheinungsform und Typologie im Spannungsfeld internationaler Strömungen. Frankfurt a.M. 2001 (Schriften zur bildenden Kunst, Bd. 9).

355 Gottsched, S. 144B.

356 Das Bild befindet sich im Kulturgeschichtlichen Museum Osnabrück/Felix-Nussbaum-Haus.

357 Johanna Friederike von Bar an Justus Möser, [1762], in: Möser: Briefwechsel, S. 284.

358 Rezensionen z.B.: Luise Adelgunde Gottsched, in: Neuer Büchersaal, Bd. 2, 1745, S. 421-437; D.F.v.F.: Das Lob der Herren von Haren, Bey der Ankunft Ihr Excellenz Herrn Otto Zwier von Haren in Zürich. Zürich 1748, S. 22.

359 Vgl. Hagedorn, Bd. 1, S. 153f.

360 Das Bild befindet sich im Kulturgeschichtlichen Museum Osnabrück/Felix-Nussbaum-Haus. Zum Leben des Grafen Nikolaus Christian von Bar vgl. Bruch, S. 308. Herbord Sigismund Ludwig von Bar: Stammtafeln und Nachrichten von dem Geschlechte der von Bar im Fürstenthume Osnabrück. Mit Urkunden. Osnabrück 1840, S. 31ff.

361 Häufig in ihren Briefen an Justus Möser.
362 Möser: Sämtliche Werke, Bd. 8, S. 134f.
363 Bruch, S. 308.
364 Im Augenblick kein Bild zugänglich; zu der Perückenmode Ende des 17. Jahrhunderts vgl. Düselder, S. 123.
365 Vgl. dazu Bruch, S. 308 sowie Herbord Sigismund Ludwig von Bar: Stammtafeln und Nachrichten von dem Geschlechte der von Bar im Fürstenthume Osnabrück. Mit Urkunden. Osnabrück 1840, S. 28ff.
366 Das Bild befindet sich im Kulturgeschichtlichen Museum Osnabrück/Felix Nußbaum-Haus. Es ist in Schwarz-Weiß veröffentlicht von Dieter-Jürgen Leister: Bildnisse der Prinzessin von Ahlden. In: Niedersächsisches Jahrbuch für Landesgeschichte 26. Hildesheim 1954. Von dem Bild existieren viele Exemplare und Varianten, eine farbige Abbildung z.B. in: Mächtig verlockend. Frauen der Welfen. Begleitband zur Ausstellung des Residenzmuseums im Celler Schloss 2010. Berlin 2010.
367 Titel der angeführten Arbeit über Portraits welfischer Frauen, ebd.
368 Vgl. Mächtig verlockend; dort auch die Arbeiten von Christine van den Heuvel, Michael Sikora, Ute Eggesen. Außerdem Herbert Singer: Die Prinzessin von Ahlden. Verwandlungen einer höfischen Sensation in der Literatur des 18. Jahrhunderts. In: Euphorion, Bd. 49, 1955, S. 305-334.
369 Vgl. Sikora, S. 42.
370 Ulrike Weiß: »Gefährliche Liebschaften«. In: Mächtig verlockend, S. 154.
371 Verse von Benjamin Neukirch; zitiert nach Georg Schnath (Bearb.): Der Königsmarck-Briefwechsel. Korrespondenz der Prinzessin Sophie Dorothea von Hannover mit dem Grafen Philipp Christoph Königsmarck. Hildesheim 1952, S. 27. Johanna Friederike von Bar kannte den Briefwechsel, der erst viel später veröffentlicht wurde, nicht.
372 Ulrike Weiß, in: Mächtig verlockend, S.154.
373 Sophie Dorothea an Königsmarck, 26.7.1693, zitiert nach Georg Schnath: Geschichte Hannovers im Zeitalter der neunten Kur und der englischen Sukzession. Bd. 2: 1693-1698. Hildesheim 1976, S. 220.
374 Einige Briefe veröffentlicht in Stammtafeln und Nachrichten von dem Geschlechte der von Bar, S. 87ff.
375 [Gotthard Ludwig von Bar]: Erzählungen, S. 7ff.
376 Vgl. dazu und zum Folgenden Johanna Friederike von Bar an Justus Möser [Anfang 1760], in: Möser: Briefwechsel, S. 223f.; Zitate übersetzt.
377 Johanna Friederike von Bar an Johann Conrad Meier, 14.11.1760, NLABü Dep 39 Nr. 183.
378 Johanna Friederike von Bar an Justus Möser, [Anfang 1760], in: Möser: Briefwechsel, S. 224; Zitate übersetzt.

379 Ebd., S. 224; übersetzt.
380 Georg Ludwig von Bar, 29.1.1760, NLABü Dep 39 Nr. 183.
381 Später veröffentlicht in seinen ›Babioles‹; Originale im NLA Standort Bückeburg.
382 Johanna Friederike von Bar an Justus Möser, 4.6.1760, in: Möser: Briefwechsel, S. 226.
383 Johanna Friederike von Bar an Justus Möser, 19.5.1760, ebd., S. 224f.
384 Dazu und zum Folgenden: Johanna Friederike von Bar an Justus Möser, 4.6.1760, ebd., S. 226.
385 In dem Brief an Regina Juliana Möser vom 17.7.[1761], NLAOs Dep 37b Nr. 396, gedenkt sie des Jahrestages ihrer Ankunft im Möserschen Haus.
386 Schirmeyer, S. 52.
387 Georg Ludwig von Bar: Babioles, Bd. 1. Hamburg 1760. 2. Aufl. 1761; vier weitere Bände bis 1764; einige Manuskripte dazu in NLABü Dep 39 Nr. 183 und öfter.
388 1754 bezogen die Mösers den »2. Hof von dem Bussche-Hünnefeld« in der Hakenstr. (ehem. Nr. 5), das sie von der Witwe des Johann Friedrich von dem Bussche-Hünnefeld pachteten. Vgl. Thorsten Heese/Martin Siemsen: Justus Möser 1720-1794. Aufklärer-Staatsmann-Literat. Bramsche 2013 (Möser-Studien 1), S. 80. Es darf vermutet werden, dass es sich um den gleichen Hof handelte, den die Bars in den 40er Jahren von der Familie von dem Bussche-Hünnefeld gemietet hatten.
389 Vgl. Johanna Friederike von Bar an Justus Möser, [Ende August 1759], in: Möser: Briefwechsel, S. 216; Hinterlaßene Schriften von Margareta Klopstock. Hrsg. von F. G. Klopstock. Hamburg 1759.
390 Franziska und Hermann Tiemann (Hrsg.): Es sind wunderliche Dinger, meine Briefe. Meta Klopstocks Briefwechsel mit Friedrich Gottlieb Klopstock und mit ihren Freunden 1751-1758. München 1980, S. 468ff.
391 Hierzu und zum Folgenden Johann Wilhelm Archenholz, S. 300ff.
392 Bei der Verwendung des Personalpronomens wird auf das korrekte grammatische Geschlecht zugunsten des natürlichen verzichtet.
393 Johanna gedachte dieses Tages ein Jahr später: Johanna Friederike von Bar an Justus Möser, 9.7.1761, in: Möser: Briefwechsel, S. 255.
394 Die Abreise erfolgte wohl am 9.7.1760, vgl. die Erinnerungen Johannas in dem Brief vom 9.7. 1761, ebd., S. 255. Es konnten keine Dokumente zur Geburt und Taufe in den einschlägigen Osnabrücker Kirchenbüchern gefunden werden. Das Geburtsdatum ergibt sich aus dem Gedenktag, den Johanna Friederike von Bar in dem Brief vom 1.8.1761 an Justus Möser erwähnt, ebd., S. 261.
395 Johanna Friederike von Bar an Johann Conrad Meier, 19.10.1760, NLABü Dep 39 Nr.183.

396 Nachruf seiner Mitschüler, NLAOs Dep 24b II Nr. 517.
397 Vgl. Johanna Friederike von Bar an Justus Möser, [1761/62], in: Möser: Briefwechsel, S. 287; 25.3.[1762], S. 267.
398 Vgl. Johanna Friederike von Bar an Justus Möser, 1.8.1761, ebd., S. 261.
399 Vgl.: A. Kampmeier: Das Gut Hellinghausen im Wandel der Zeit. In: Heimatland Lippe, 81. Jg.1988, S. 318f.
400 Johanna Friederike von Bar an Johann Conrad Meier, [5.10.1760], 19.10.1760, NLABü Dep 39 Nr. 183.
401 Johanna Friederike von Bar an Johann Conrad Meier, [5.10.1760], NLABü Dep 39 Nr. 183.
402 Georg Adam Wuth, geboren in Bischofsrode, besuchte das Gymnasium, war 1761(!) bis 1782 Küster in St. Aegidien in Hannover, 1779-1792 in der Schlosskirche, erster Seminarlehrer im Rechnen an der Seminarschule.
403 Georg Adam Wuth: Beitrag zum 49ten Stück des neuen Hannoverischen Magazins: Warnung gegen das zu frühe Begraben der Menschen. In: Neues Hannoverisches Magazin, 89. Stück vom 7.11.1791, Sp. 1417-1422.
404 Johanna Friederike von Bar an Justus Möser, [1761/62], in: Möser: Briefwechsel, S. 287.
405 Zu ihrer Abwesenheit vgl. Johanna Friederike von Bar an Johann Conrad Meier, 30.9.1760, NLABü Dep 39 Nr.183.
406 Johanna Friederike von Bar an Johann Conrad Meier, 30.9.-3.10.1760, NLABü Dep 39 Nr. 183.
407 Hierzu und zu dem ganzen Kapitel vgl. ihre Briefe an Johann Conrad Meier vom 30.9., [5.10.], 19.10. und 7.11.1760 NLABü Dep 39 Nr. 183.
408 Johanna Friederike von Bar an Wilhelmine von Krosigk, 31.10.1760, NLAOs Dep 37b Nr. 377.
409 Johanna Friederike von Bar an Johanna Conrad Meier, 30.9.-3.10.1760, NLABü Dep 39 Nr. 183.
410 Dazu und zum Folgenden: Johanna Friederike von Bar an Johann Conrad Meier, 14.11.1760, NLABü Dep 39 Nr. 183.
411 Johanna Friederike von Bar an Johanna Conrad Meier, 30.9.-3.10.1760, NLABü Dep 39 Nr. 183.
412 Vgl. Johanna Friederike von Bar an Justus Möser, 22.4.1759, [Juli 1759], in: Möser: Briefwechsel, S. 209, 214f.
413 Das und das Folgende: Johanna Friederike von Bar an Johann Conrad Meier, 2.11.1760, NLABü Dep 39 Nr. 183.
414 Johanna Friederike von Bar an Johann Conrad Meier, 19.10.1760, NLABü Dep 39 Nr. 183.
415 Das und das Folgende: Johanna Friederike von Bar an Johann Conrad Meier, 2.11.1760, NLABü Dep 39 Nr. 183.

416 Johanna Friederike von Bar an Johann Conrad Meier, 7.11.1760, NLABü Dep 39 Nr. 183.

417 Dazu und zum Folgenden ebd.

418 Johanna Friederike von Bar an Johann Conrad Meier, [30.9.-3.10.1760], NLABü Dep 39 Nr. 183.

419 Johanna Friederike von Bar an Regina Juliane Möser, 9.12. [1761], NLAOs Dep 37b Nr. 396.

420 Johanna Friederike von Bar an Johann Conrad Meier, [5.10.1760], NLABü Dep 39 Nr. 183.

421 Johanna Friederike von Bar an Johann Conrad Meier, 2.11.1760, NLABü Dep 39 Nr. 183.

422 Johanna Friederike von Bar an Johann Conrad Meier, 30.9.1760, NLABü Dep 39 Nr. 183.

423 In Anlehnung an Johanna Friederike von Bar an Justus Möser, [1760], in: Möser: Briefwechsel, S. 240.

424 Ebd.

425 Georg Ludwig von Bar, Epîtres diverses. Bd. 1 (Ausgabe 1753), S. 62 (Epître à Jourdain); vgl. Neue Erweiterungen, 1755, S. 530.

426 Vgl. u.a. Johanna Friederike von Bar an Justus Möser, [Herbst 1769], in: Möser: Briefwechsel, S. 234.

427 Das und das Folgende Johanna Friederike von Bar an Johann Conrad Meier, 30.9.1760, NLABü Dep 39 Nr. 183.

428 Schirmeyer, S. 15; Georg Ludwig von Bar: Epîtres diverses. Bd. 1, dritter Brief.

429 Vgl. dazu Friedrich von Klocke: Justus Möser und die deutsche Ahnenprobe des 18. Jahrhunderts. Leipzig 1941. (Flugblätter für Familiengeschichte, H. 32).

430 Johanna Friederike von Bar an Regina Juliane Möser, 9.12. [1761], NLAOs Dep 37b Nr. 396; Johanna Friederike von Bar an Johann Conrad Meier, 14.11.1760, NLABü Dep 39 Nr. 183.

431 Das und das Folgende in enger Anlehnung an den Brief der Johanna Friederike von Bar an Johann Conrad Meier vom 14.11.1760, NLABü Dep 39 Nr. 183.

432 Vgl. auch Johanna Friederike von Bar an Regina Juliana Möser, 9.12.1760, NLAOs Dep 37b Nr. 396.

433 Johanna Friederike von Bar an Johann Conrad Meier, 29.11.1760, NLABü Dep 39 Nr. 183.

434 Johanna Friederike von Bar an Johann Conrad Meier, 14.11.1760, NLABü Dep 39 Nr. 183.

435 Kaster, Karl Georg [Mitarbeiter]: Ausstellung Osnabrück. 1200 Jahre Fortschritt und Bewahrung. Profile bürgerlicher Identität. Nürnberg 1980, S. 225.

436 Johanna Friederike von Bar an Johann Conrad Meyer, 30.9.1760, NLABü Dep 39 Nr. 183.

437 Johanna Friederike von Bar an Justus Möser, [1761/62], in: Möser: Briefwechsel, S. 287; folgende Zitate übersetzt.

438 Johanna Friederike von Bar an Justus Möser, 9.7.1761, ebd., S. 256.

439 Ebd., S. 257.

440 Johanna Friederike von Bar an Johann Conrad Meier, [Anfang Oktober 1760], NLABü Dep 39 Nr. 183.

441 Ebd.

442 Johanna Friederike von Bar an Johann Conrad Meier, 14.11.1760, NLABü Dep 39 Nr. 183.

443 Vgl. Johanna Friederike von Bar an Regina Juliana Möser, 9.12.[1761], NLAOs Dep 37b Nr. 396; Johanna Friederike von Bar an Johann Conrad Meier, 14.11.1760, NLABü Dep 39 Nr. 183.

444 So erst Johanna Friederike von Bar an Johann Conrad Meier, 1.7.1765; NLABü Dep 39 Nr. 183; das Vorhergehende fiktiv.

445 Johanna Friederike von Bar an Justus Möser, [1760], in: Möser: Briefwechsel, S. 242.

446 Dazu und zum Folgenden vgl. Johanna Friederike von Bar an Justus Möser, [1760], ebd., S. 238-243, hier besonders S. 242; das zweite Zitat ist übersetzt.

447 Johanna Friederike von Bar an Justus Möser, [vor Juni 1761], ebd., S. 247.

448 [Gotthard Ludwig von Bar]: Erzählungen, S. 11.

449 Burchard Christian von Behr an Justus Möser, 21.5.1765, in: Möser: Briefwechsel, S. 357; das genaue juvenalsche Zitat lautet: difficile est satiram non scribere.

450 Zur Familie von Schele vgl. Georg Victor Friedrich Diedrich Freiherr von Schele: Geschichte des Geschlechts der Feiherrn von Schele auf Schelenburg von den ältesten Zeiten bis zum Jahre 1774. Hannover 1829, bes. S. 73ff. Johannas Vermittlerrolle ist nicht belegt.

451 Vgl. dazu und zum Folgenden: Sichart, S. 411. – The Battle of Fontenoy 1745. An account of the action between the Allied army and that of France, near Tournay, 11th May, N.S. 1745 (Published by authority.) From the Gentlemen's Magazine. Vol. XV, 1745, S. 246.

452 Sichart, S. 416.

453 Ebd., S. 422.

454 Ebd., S. 421f.; vgl. Burchardt Christian von Behr an Justus Möser, 21.5.1765, in: Möser: Briefwechsel, S. 357.
455 [Gotthard Ludwig von Bar]: Erzählungen, S. 7ff. Diese Verserzählung wurde 1756 veröffentlicht, das Entstehungsdatum ist unbekannt.
456 Zum Folgenden Johann Wilhelm von Archenholz, S. 413.
457 Ebd., S. 412ff.
458 Ebd., S. 413.
459 Johanna Friederike von Bar an Regina Juliana Möser, o.D., NLAOs Dep 37b Nr. 377.
460 Ebd.
461 Johanna Friederike von Bar an Regina Juliana Möser, [1761], NLAOs Dep 37b Nr. 396.
462 Johanna Friederike von Bar an Justus Möser, vor Juni [1760], in: Möser: Briefwechsel, S. 247.
463 Dazu und zum Folgenden vgl. Johanna Friederike von Bar an Justus Möser, [Frühjahr 1761], ebd., S. 244ff.
464 Übersetzt; datiert auf den 9.9.1760, NLAOsn Dep 37b Nr. 396.
465 Johanna Friederike von Bar an Justus Möser, [Frühjahr 1761], in: Möser: Briefwechsel, S. 246.
466 Ebd., S. 245; übersetzt.
467 Johanna Friederike von Bar an Justus Möser, [Herbst 1760], ebd., S. 234; übersetzt; dort auch zum Vorherigen.
468 Johanna Friederike von Bar an Justus Möser, [Frühjahr 1761], ebd., S. 245; übersetzt.
469 Das und das Folgende Johanna Friederike von Bar an Regina Juliana Möser, [1761], NLAOs Dep 37b Nr. 396; übersetzt. Vgl. auch Johanna Friederike von Bar an Justus Möser, 9.7.1761, in: Möser: Briefwechsel, S. 256f.
470 Johanna Friederike von Bar an Justus Möser, 4.6.[1761], ebd., übersetzt.
471 Johanna Friederike von Bar an Justus Möser, [Frühjahr 1761], ebd., S. 245, übersetzt.
472 Johanna Friederike von Bar an Regina Juliana Möser, 9.6.[1761], NLAOs Dep 37b Nr. 396.
473 Johanna Friederike von Bar an Justus Möser, [vor Juni 1761], 4.6.[1761], in: Möser: Briefwechsel, S. 247f., 248ff.
474 Johanna Friederike von Bar an Regina Juliana Möser, 9.6.[1761], NLAOs Dep 37b Nr. 396.
475 Vgl. Johanna Friederike von Bar an Justus Möser, [1760], in: Möser: Briefwechsel, S. 240. Später hat sie Mösers Briefe vernichtet; ihre Briefe jedoch blieben erhalten.

476 Vgl. dazu und zum Folgenden Brief vom [1760], ebd., S. 238-242; übersetzt.
477 Ebd., S. 239f.; übersetzt.
478 Vgl. dazu und zum Folgenden: Johanna Friederike von Bar an Justus Möser, 1.8.1761, ebd., S. 260; Zitate übersetzt.
479 Johanna Friederike von Bar an Justus Möser, [1760], ebd., S. 240f.; übersetzt.
480 Johanna Friederike von Bar an Justus Möser, [ca. Juli 1761]; ebd., S. 258; freie Übersetzung.
481 Johanna Friederike von Bar an Justus Möser, [1760]; ebd., S. 242; Zitate übersetzt.
482 Johanna Friederike von Bar an Justus Möser, 24.6.[1761], ebd., S. 251f.
483 Johanna Friederike von Bar an Justus Möser, 24.6.[1761] und [Juni 1761], ebd., S. 251, S. 254.
484 Johanna Friederike von Bar an Justus Möser, 4.6.[1761], ebd., S. 248.
485 Johanna Friederike von Bar an Regina Juliana Möser, [1761], NLAOs Dep 37b Nr. 396, übersetzt.
486 Johanna Friederike von Bar an Justus Möser, [Juni 1761], in: Möser: Briefwechsel, S. 254; übersetzt.
487 Ebd., Brief der Johanna Friederike von Bar an Regina Juliana Möser, 17.7.[1761], NLAOs Dep 37b Nr. 396.
488 Johanna Friederike von Bar an Justus Möser, 9.7.1761, in: Möser: Briefwechsel, S. 257.
489 Georg Ludwig von Bar: Babioles, Bd. 3, S. 65; übersetzt.
490 Vgl. u.a. Georg Ludwig von Bar: Rêveries poétiques, S. 61.
491 Georg Ludwig von Bar: Babioles, Bd. 5, S. 145.
492 Johanna Friederike von Bar an Justus Möser, 9.7.1761, in: Möser: Briefwechsel, S. 256.
493 Georg Ludwig von Bar: Babioles, Bd. 3, S. 64.
494 Vgl. dazu und zum Folgenden Johanna Friederike von Bar an Justus Möser, 20.9. [1761], in: Möser: Briefwechsel, S. 263.
495 Als Wunsch ausgesprochen in Johanna Friederike von Bar an Justus Möser, 4.6. [1761], in: Möser: Briefwechsel, S. 249.
496 Johanna Friederike von Bar an Justus Möser, ebd.
497 Vgl. Ehekontrakt von Bar – von Schele, NLAOs Dep 37b Nr. 317; vgl. auch Bruch, S. 309.
498 Johanna Friederike von Bar an Regina Juliana Möser, [1761], NLAOs Dep 37b Nr. 396.
499 Osnabrück während des Siebenjährigen Krieges, S. 230.
500 Johann Wilhelm von Archenholz, S. 395; das Folgende in enger Anlehnung an Archenholz.

501 Zu Mösers Ansichten hier und im Folgenden vergleiche vor allem Aufsätze aus den ›Patriotischen Phantasien‹: Justus Mösers Sämtliche Werke, Bd. 4-11. Oldenburg u.a. 1943-1988. – Aus der umfangreichen Forschungsliteratur zu dem Thema vgl. Christoph Link: Justus Möser als Staatsdenker. In: Möser-Forum 2 1994, S. 21-46; Jean Moes: Justus Möser et la France. Metz 1981. (Université de Metz Faculté des Lettres et Sciences humaines), bes. Bd. 2, S. 786ff. William F. Sheldon: The Intellectual Development of Justus Möser: The Growth of a German Patriot. Osnabrück 1970. (Osnabrücker Geschichtsquellen und Forschungen, Bd. 15). Karl H.L. Welker: Rechtsgeschichte als Rechtspolitik. Justus Möser als Jurist und Staatsmann, Bd. 1. Osnabrück 1996 (Osnabrücker Geschichtsquellen und Forschungen, Bd. 38), bes. S. 369ff.

502 Im Vorgriff auf Immanuel Kant: Die Metaphysik der Sitten (1797), in: W. Weischedel (Hrsg.): Werkausgabe, Bd. 8. Frankfurt. a.M. 1977, S. 450.

503 Ernst Schubert: Adel im ausgehenden 18. Jahrhundert: Nordwestdeutsche Edelleute und süddeutsche Reichsritter im landesgeschichtlichen Vergleich. In: Joseph Canning und Hermann Wellenreuther (Hrsg.): Britain and Germany Compared: Nationality, Society and Nobility in the Eighteenth Century. Göttingen 2001 (Göttinger Gespräche zur Geschichtswissenschaft, Bd. 13), S. 164f.

504 Zur Rolle des Adels vgl. besonders Möser: Sämtliche Werke, Bd. 11, S. 114, 123, 216ff. und öfter.

505 Justus Möser an Thomas Abbt, [Juli 1764], in: Möser: Briefwechsel, S. 328.

506 Im Vorgriff auf den Titel einer Schrift von Kant, mit der sich Möser 1793 auseinandersetzt; vgl. Möser: Sämtliche Werke, Bd. 10, S. 141ff.

507 Zu Sagramosos Mitgliedschaft in einer Freimaurerloge vgl. Chesi und Mazzolini, S. 63. Zu den Freimaurern im 18. Jahrhundert vgl. u.a.: Rudolf Vierhaus: Aufklärung und Freimaurerei in Deutschland. In: Ders.: Deutschland im 18. Jahrhundert. Politische Verfassung, soziales Gefüge, geistige Bewegungen. Göttingen 1987, S. 110-125. Ders.: Politisches Bewusstsein in Deutschland vor 1789, ebd., S. 183-201, hier 190.

508 Voltaire im zehnten Brief seiner ›Lettres philosophiques sur les Anglais‹ (1731), zitiert nach Hans Joachim Schädlich: »Sire, ich eile …« Voltaire bei Friedrich II., 3. Aufl. Hamburg 2012, S. 16.

509 Vgl. Möser: Sämtliche Werke, Bd. 7, S. 203ff.

510 Johanna Friederike von Bar an Johann Conrad Meyer, [13.1.1757], NLABü Dep 39 Nr. 183.

511 Johanna Friederike von Bar an Justus Möser, 4.6.[1761], in: Möser: Briefwechsel, S. 249.

512 Johanna Friederike von Bar an Justus Möser, [1761/62], ebd., S. 286 und öfter.
513 Johanna Friederike von Bar an Justus Möser, 24.6.[1761], 9.7.1761, [ca. Juli 1761], ebd., S. 251, 257, 258 und öfter.
514 Zur Umarmung von Möser vgl. Johanna Friederike von Bar an Justus Möser, [Juli 1761], ebd., S. 257.
515 Dazu und zum Folgenden: Johanna Friederike von Bar an Justus Möser, 25.3.[1762], ebd. S. 267.
516 Dazu und zum Folgenden ebd. und Johanna Friederike von Bar an Regina Juliana Möser, [Frühjahr 1762], NLAOs Dep 37b Nr. 396.
517 Johanna Friederike von Bar an Justus Möser, 25.3. [1762], in: Möser: Briefwechsel, S. 267.
518 Johanna Friederike von Bar an Justus Möser, [Juli 1761], ebd., S. 257f.
519 Fiktiv.
520 Johanna Friederike von Bar an Justus Möser, 20.9.[1761], ebd., S. 264.
521 Johanna Friederike von Bar an Justus Möser, 4.6.[1761], ebd., S. 249.
522 Siehe hierzu und zum Folgenden Schirmeyer, S. 4ff.
523 Dazu und zum Folgenden das Tagebuch des Johann Conrad Meier, NLABü Dep 39 Nr. 265; hier Eintrag zum 16.8.1762.
524 Zu Nantes und den deutschsprachigen Kaufleuten in Nantes vgl. u.a.: Olivier Pétré-Grenouilleau: Nantes au temps de la traite des Noirs, Paris 1998, bes. S. 109ff.; R. Durand: Le commerce en Bretagne au XVIIIe siècle, 1917, bes. S. 91ff.; Paul Bois (Hrsg.): Histoire de Nantes. Toulouse 1977, bes. S. 161ff.
525 Tagebuch des Johann Conrad Meier/Meien, NLABü Dep 39 Nr. 265, Eintrag vom 11.11.1762.
526 Tagebuch, ebd., Eintrag vom 24.10.1762.
527 Tagebuch, ebd., Einträge vom 4.12.1762 und vom 16.-20.1.1763.
528 Tagebuch, ebd., Eintrag vom 26.10.1762.
529 Tagebuch, ebd., Eintrag vom 14.11.1762.
530 Tagebuch, ebd., Eintrag vom 3.12.1762.
531 Tagebuch, ebd., Eintrag vom 10.-12.1763.
532 Archenholz, S. 497.
533 Vgl. dazu und zum Folgenden: Johanna Friederike von Bar an Justus Möser, 6.-7.8.[1764], in: Möser: Briefwechsel, S. 332ff.
534 Vgl. Johanna Friederike von Bar an Justus Möser am 6.-7.8.[1764], in: Möser: Briefwechsel, S. 333, und Justus Möser an Johann Heinrich Jung, 2.9.1764, ebd., S. 341.
535 Johanna von Bar starb am 21.10.1764, ebd., S. 334 und S. 350.
536 Eintrag von Johann Conrad Meier/von Meien in sein Tagebuch am 7.12.1762, NLABü Dep 39 Nr. 265. Das Folgende fiktiv.

537 Johanna Friederike von Bar an Justus Möser, 6.-7.8.[1764], in: Möser: Briefwechsel, S. 333.

538 Ebd., übersetzt.

539 Ebd.

540 Im Allgemeinen gibt es nicht viele Informationen über ein Kind, das verschwiegen werden muss. – In seinem Rechnungsbuch trug Johann Conrad Meyer/Meien im Januar 1765 einen Besuch bei Vetter Lippold mit Bezahlung für den Unterhalt von und Spielzeug für Fritzchen ein. Stadthagen ist nicht als Wohnort des Vetters gesichert; jedoch bestieg Johann Conrad Meier auf der Rückreise dort die Kutsche, NLABü Dep 39 Nr. 265. Ab April 1763 führt er in seinem Tagebuch mehrere Briefe an Schwager Wuth und Vetter Lippold an.

541 Vgl. Abschrift des Testaments der Johanna Friederike von Bar vom 20.9.1769, NLAOs Rep 955 Nr. 913, S. 325-337.

542 Johanna Friederike von Bar über Wilhelmines Geliebten an Johann Conrad Meier, 22.6.1768, NLABü Dep 39 Nr. 183.

543 Justus Möser an Thomas Abbt, 10.11.1764, in: Möser: Briefwechsel, S. 350.

544 Mösers Bruder Johann Zacharias an Johann Georg Friderici, 29.10.1764, in: Möser: Briefwechsel, S. 334.

545 Justus Möser an Thomas Abbt, 10.11.[1764], in: Möser: Briefwechsel, S. 350.

546 Dazu und zum Folgenden Michaels, S. 253ff.; sprachlich modernisiert.

547 Gutachten, dass der Reichsgraf von Bar nicht gerichtsfähig sei, vom 22.5.1764, NLAOs Dep 37b Nr. 354.

548 Vgl. den Brief von Johann Christian Gruner an Johanna Friederike von Bar, in dem er Johanna in Mösers Auftrag über ihre Forderungen bezüglich des väterlichen Testaments Vorschläge macht: 6.5.1766, NLABü Dep 39 Nr. 183. Er rät zu einer gütlichen Einigung mit dem Vater und empfiehlt, von einem Prozess abzusehen. Sie solle nicht auf dem Mitbesitz der Güter bestehen, sondern sich auszahlen lassen, andernfalls würde sie bei verlorenen Prozessen um diese Güter mithaften.

549 Vgl. dazu und zum Folgenden seine Tagebucheinträge.

550 Nicht verbürgt.

551 Lettres de Miladi Montagüe, écrites pendant ses voyages en Europe, en Asie et en Afrique. 1763. J.B.F. Hennebert: Du plaisir ou du moyen de se rendre heureux. 2 Bände. 1764.

552 Vgl. sein Tagebuch NLABü Dep 39 Nr. 265, Einträge vom 17.-23.4.1763.

553 Vgl. ebd., Eintrag vom 14.9.1763.

554 Das und das Folgende fiktiv.

555 Vgl. Bruch, S. 241.

556 Vgl. Johannas Testament vom 18.9.1767, NLAOs Dep 3b IV Nr. 4425.
557 Das und das Folgende nicht verbürgt.
558 Vgl. Johanna Friederike von Bar an Johann Conrad Meier, 1.7.1765, NLABü Dep 39 Nr. 183: Von Schele betete in einem Gottesdienst öffentlich für die glückliche Rückkehr eines jungen Mannes (i.e. Johann Conrad Meier).
559 Nicht verbürgt.
560 Vgl. seine Tagebucheinträge zu seiner Reise 1763, NLABü Dep 39 Nr. 265.
561 Hierzu und zum Folgenden vgl. Niemeyer, S. 205f. Außerdem: Johanna Friederike von Bar an Johann Conrad Meier, 1.7.1765, NLABü Dep 39 Nr. 183.
562 Dazu und zum Folgenden: Johanna Friederike von Bar an Johann Conrad Meier, 1.7.1765, NLABü Dep 39 Nr. 183; Zitate übersetzt. Daraus das spätere Zitat.
563 Zu solchen Plänen gibt es erst für 1768 einen Beleg: vgl. Johanna Friederike von Bar an Johann Conrad Meier, 4.3.1768, NLABü Dep 39 Nr. 183.
564 So die Anreden in ihren Briefen; vgl. Johanna Friederike von Bar an Johann Conrad Meier, 1.7.1765; 22.6.1768; Johann Conrad Meier (Jean de Meien) an Johanna Friederike von Bar, 27.8.1768, NLABü Dep 39 Nr. 183.
565 Johanna Friederike von Bar an Johann Conrad Meier, 1.7.1765; 22.6.1768, NLABü Dep 39 Nr. 183.
566 Seine Besuche sind nur in seinem Rechnungsbuch überliefert (Geschenke für Fritzchen und Bezahlung des Vetters Lippold); vgl. seine Einträge vom Anfang des Jahres 1766.
567 Über das Leben von Friedrich Justus waren wenige Dokumente zu finden, über seinen Tod keine – schließlich sollte seine Existenz verschwiegen werden. Er ist weder in Johannas Testament von 1767 noch in dem von 1769 erwähnt, so dass vermutet werden kann, dass er vor 1767 gestorben ist. Familienmitglieder späterer Generationen beiderseits berichten Widersprüchliches: Das Kind sei früh gestorben und die Mutter ihm aus Kummer bald gefolgt (NLAOs Dep 37b Nr. 396), an anderer Stelle heißt es, ein Sohn der Johanna Friederike von Bar sei vor seinem Vater gestorben, also vor 1799 (NLABü Dep 39 Nr. 175).
568 Erschienen bei Lochner in Nürnberg.
569 Vgl. dazu Johanna Friederike von Bar an Justus Möser, [1762], in: Möser: Briefwechsel, S. 284.
570 Die Reisen sind nicht belegt. Die Freundschaft zu Metta wird in Johannas letztem Testament erwähnt (24.7./7.8.1769, NLAOs Rep 955 Nr. 913, S. 325-337); Metta war die Tochter von Georg Ludwigs bestem Freund Georg Ludwig von Oberg, der bereits 1762 verstorben war.

571 Graf Nikolaus Christian von Bar war am 23.12.1765 gestorben.
572 Justus Möser an Friedrich Nicolai, 30.9.1767, in: Möser: Briefwechsel, S. 432.
573 Das folgende Gespräch ist fiktiv.
574 Die Klopstockianer lehnen ausdrücklich ab, Bar in die »Gelehrtenrepublik« aufzunehmen, weil er nicht in deutscher Sprache schreibe und man sich nicht mehr für ihn interessiere, vgl. Friedrich Klopstock: Werke und Briefe. Historisch-kritische Ausgabe, Abt. Werke VII,1. Hrsg. von Rose-Marie Hurlebusch. Berlin, New York 1975, S. 100.
575 In seiner »Zugabe zur Theodicee«, 1763; Johann Christoph Gottsched: Ausgewählte Werke. Hrsg. von P. M. Mitchell, Bd. X,2. Berlin, New York 1980.
576 Georg Ludwig von Bar: L'Anti-Hégésias. Dialogue en vers sur le suicide. Avec des remarques critiques et historiques. Hamburg 1763; dt. Übersetzung von C.G. Lieberkühn u.d.T.: Scherz- und ernsthafte Widerlegung des Hegesias über den Selbstmord. Nürnberg 1766. Danach wird im Folgenden zitiert.
577 Ebd., S. 19f.; modernisiert.
578 Ebd. in der Einleitung des Übersetzers.
579 Vgl. seine Todesgedanken nach dem Tod des Sohnes in seinem Brief an Johann Friedrich von dem Bussche-Hünnefeld, 21.1.1748, NLAOs Dep 24b II Nr. 363.
580 Georg Ludwig von Bar: Scherz- und ernsthafte Widerlegung, S. 46.
581 Vgl. Einleitung dazu.
582 Ebd., S. 40.
583 Ebd., S. 49.
584 Justus Möser an Friedrich Nicolai, 30.9.1767, in: Möser: Briefwechsel, S. 432. Möser zeigte den Tod des Georg Ludwig von Bar in der Allgemeinen Deutschen Bibliothek, Bd. VI, 1768, 2.St., an. Vgl. Möser: Sämtliche Werke, Bd. 3, Osnabrück 1986, S. 202 und S. 335f.
585 Vgl. Anm. 548.
586 Testament der Johanna Friederike von Bar vom 18.9.1767, NLAOs Dep 3b IV Nr. 4425.
587 Zu diesen Auseinandersetzungen und dem Briefwechsel mit dem Vetter, vgl. NLABü Dep 39 Nr. 266.
588 Frau von Krosigk hatte Johanna ihr Haus als Rückzugsort während des Konflikts mit ihrer Familie angeboten; Johanna Friederike von Bar an Wilhelmine von Krosigk, 31.9.1760, NLAOs Dep 37b Nr. 377. Ein Vermächtnis für Johanna Friederike von Bar darf vermutet werden.
589 Johanna Friederike von Bar an Johann Conrad Meier, 22.6.1768, NLABü Dep 39 Nr. 183.

590 Am 9.4.1767; vgl. Sibylle Schönborn: Erläuterungen und Dokumente. G.E. Lessing, Minna von Barnhelm. Stuttgart 2003, S. 109.
591 Gotthold Ephraim Lessing: Minna von Barnhelm, IV, 6.
592 Möser: Briefwechsel, S. 409.
593 Vgl. Gotthold Ephraim Lessings sämtliche Schriften. Hrsg.: Karl Lachmann, 3. Aufl. hrsg. von Franz Muncker. Leipzig, Bd. 4 (1889), S. 324, 362; Bd. 5 (1890), S. 437ff., Bd. 15 (1900), S. 150, 193.
594 Ebd., Bd. 15, S. 255. Notiz von 1767. Es ist nicht bekannt, wie Lessing zu diesem Urteil gelangte, vielleicht durch Möser im Vorjahr, vielleicht tatsächlich in einer Begegnung mit Johanna Friederike von Bar.
595 Der gerächte und gerettete Horaz. Nebst einigen anderen Auszügen und Zusätzen aus den sinnreichen Schriften des Herrn von Bar. Frankfurt a.M. 1763.
596 Georg Ludwig von Bar: Babioles, Bd. 1 (2. Aufl.), S. 12, übersetzt.
597 Johanna Friederike von Bar an Johann Conrad Meier (Meyen), 4.3.1768, NLABü Dep 39 Nr. 183.
598 Johanna Friederike von Bar an Justus Möser, 1.8.1761, in: Möser: Briefwechsel, S. 260.
599 Hierzu und zum Folgenden vgl. Johanna Friederike von Bar an Johann Conrad Meier (Meyen), 4.3.1768, NLABü, Dep 39 Nr. 183.
600 Hierzu und zum Folgenden Johann Conrad Meier/de Meien an Johanna Friederike von Bar, 27.8.1768, Johanna Friederike von Bar an Johann Conrad Meier/Meien, 4.3.1768 und 22.6.1768, NLABü Dep 39 Nr. 183.
601 Johanna Friederike von Bar, ebd., übersetzt.
602 Johann Conrad Meier/de Meien an Johanna Friederike von Bar, 27.8.1768, NLABü Dep 39 Nr. 183.
603 Das und das Folgende in enger Anlehnung an den Brief der Johanna Friederike von Bar an Johanna Conrad Meier/ Meyen, 4.3.1768, NLABü Dep 39 Nr. 183; Zitat übersetzt.
604 Joachim Lampe: Aristokratie, Hofadel und Staatspatriziat in Kurhannover 1714-1760. Bd. 1. Göttingen 1963, S. 276.
605 Das und das Folgende in enger Anlehnung an Johanna Friederike von Bar an Johann Conrad Meier/Meyen, 22.6.1768, auch 4.3.1768, NLABü Dep 39 Nr. 183; Zitate zum großen Teil übersetzt.
606 Vgl. Ernst Kühle: Veldhausen. Die Geschichte eines Kirch- und Gerichtsortes in der Grafschaft Bentheim. Neuenhaus 1973. (Das Bentheimer Land, Bd. 81), S. 60.
607 Dazu und zum Folgenden: Johanna Friederike von Bar an Johann Conrad Meier, 22.6.1768, NLABü Dep 39 Nr. 183.

608 Diese Begegnung ist nur durch Erzählungen belegt; Informationen dazu finden sich bei Kühle und in der auf Holländisch verfassten Erzählung »La bellissime Hollande« in dem Erzählband ›Silhouetten‹ von L[ouise] E[ngelberts]. Amsterdam 1907, S. 241ff. Freundliche Mitteilung hierzu und zum Folgenden von Herrn Johann-Georg Raben, Neuenhaus. Die Verfasserin der Erzählung konnte auf einen nicht mehr zugänglichen Briefwechsel der Johanna Friederike von Bar mit einer holländischen Verwandten, der Florentine Wilhelmine Sloet van Warmelo, geb. Borre van Amerongen, zurückgreifen. »La bellissime Hollande« wurde später mehrfach nacherzählt; z.B.: Karl Naber in: Der Grafschafter, 1962, S. 879f.; Ernst Kühle, S. 60. In keiner der Erzählungen wird Johannas Doppelspiel durchschaut.

609 Johanna Friederike von Bar an Johann Conrad Meier, 22.6.1768, NLABü Dep 39 Nr. 183.

610 Vgl. den einzigen überlieferten Brief des Johann Conrad Meier/de Meyen vom 27.8. 1768 aus Zwolle, NLABü Dep 39 Nr. 183.

611 Vgl. Theodor Stiasny: Die Geschichte des Kirchspiels und der Evangelisch-reformierten Gemeinde Veldhausen. Hrsg. vom Kirchenrat der Ev.-ref. Kirchengemeinde Veldhausen. 2000 (books on demand), S. 68.

612 Freundliche Auskunft von Frau Simone Quadfasel aus dem Kirchenbuch der Gemeinde Langenholzhausen.

613 Ortsfamilienbuch Veldhausen (genealogy.net, veldhausen, VAN MEJEN).

614 Die folgende Episode ist fiktiv. Bei den Voets handelt es sich vielleicht um Dr. med. J. G. Voet op de Schuilenburg (†1801) zu Veldhausen und seine Frau. Vgl. Ortsfamilienbuch Veldhausen (genealogy.net).

615 Vgl. Ernst Kühle, S. 48f.

616 Vgl. z. B. Johanna Friederike von Bar an Johann Conrad Meier, 7.11.1760, NLABü Dep 39 Nr. 183.

617 Zur Moorkultivierung im 18. Jahrhundert im Bourtanger Moor nördlich von Veldhausen vgl. Johanna Lindner und Andreas Marschner: Moorker, Hannover 2000, http://www.lwg.uni-hannover.de/wiki/Moorker.

618 Vgl. z.B. Möser: Sämtliche Werke, Bd. 8, S. 79f., Bd. 10, S. 164ff.

619 Das lässt sich aus den Erzählungen um Johanna Friederike von Bar vermuten.

620 Überliefert in den oben erwähnten Erzählungen über Johanna Friederike von Bar.

621 Am 24. Juni 1769 in Veldhausen; erwähnt in: Nachrichten über den Ursprung und die Abstammung der Familie von Meien, StABü Dep 39 Nr. 254. Diese Fassung des Testaments war nicht zugänglich, jedoch eine Abschrift des Testaments vom 20.9.1769, NLAOs Rep 955, Nr. 913, S. 325-337. Den Hinweis auf dieses Testament verdanke ich Herrn Dr. Voort (Bad Bentheim).

622 So in ihrem Testament vom 18.9.1767, NLAOs Dep 3b IV Nr. 4425.
623 Anschreiben zu ihrem Testament von 1769, NLAOs Rep 955 Nr. 913.
624 NLABü Dep 39 Nr. 175.
625 Vgl. dazu und zum Folgenden: NLABü Dep 39 Nr. 42: Familienchronik; Ortsfamilienbuch Veldhausen (genealogy.net) mit zahlreichen Fehlern.
626 Vgl. Kirchenbuch von Langenholzhausen/Hellinghausen; freundliche Auskunft von Frau Simone Quadfasel.
627 Vgl. Familienbibel, NLAOs Dep 37b Nr. 784.
628 Herbord Sigismund von Bar, S. 31f.
629 Vgl. Bruch, S. 130, 240, 309.
630 Justus Möser an Gotthard Ludwig von Bar, [15.4.1782], in: Möser: Briefwechsel, S. 620f. Vgl. auch: Friedrich von Klocke.
631 Sie starb am 14.7.1782.
632 Bruch, S. 309f.

Quellen- und Literaturverzeichnis

Ungedruckte Quellen

Niedersächsisches Landesarchiv, Standort Bückeburg (NLABü):
Dep 39 Nr. 65, 175, 183, 254, 265, 266, 291, 292
Landesarchiv NRW Abteilung Ostwestfalen Lippe, Detmold:
D 72 von Meien
Universitätsbibliothek Leipzig:
Briefwechsel Gottsched, Ms 0342, Bd. XIX
Niedersächsisches Landesarchiv, Standort Osnabrück (NLAOs):
Dep 3b IV Nr. 4425
Dep 24b II Nr. 362, 363, 366, 386, 517
Dep 37b Nr. 317, 323, 325, 354, 374, 375, 376, 377, 395, 396, 784
Rep 2 Msc. Nr. 12b
Rep 955 Nr. 913

Gedruckte Quellen und Literatur

Anonym: The Battle of Fontenoy 1745. An account of the action between the Allied army and that of France, near Tournay, 11th May, N.S. 1745 (Published by authority.) From the Gentlemen's Magazine, Vol. XV, 1745, S. 246.

Anonym: Dem Wohlgebohrnen, Hochedlen und Wohlgelahrten Herrn Herrn Justus Henrich von Bar wollte bey Seinem Tode durch folgende Zeilen seine letzte Pflicht abstatten das gesammte Gymnasium. Hamburg 1746. [Nachruf]

Anonym: Osnabrück während des siebenjährigen Krieges. In: Hannoversches Magazin, Nr. 28 vom 6. April 1842, S. 217-232.

Archenholz, Johann Wilhelm von: Geschichte des siebenjährigen Krieges in Deutschland von 1756 bis 1763. In: Johannes Kunisch (Hrsg.): Aufklärung und Kriegserfahrung. Frankfurt a. M. 1996, S. 9-513.

Asch, Ronald G.: »Wie die Fledermäuse«? Die Osnabrücker Ritterschaft im 18. Jahrhundert. In: Niedersächsisches Jahrbuch für Landesgeschichte, Bd. 75, 2003, S. 161-184.

Bar, Georg Ludwig von: Epîtres diverses sur des sujets différens. 2 Bände. London [vielmehr Amsterdam] 1740, 1745; – Nouvelle Edition. Revuë, corrigée & augmentée. Frankfurt a.M. 1753. – Mehrere Ausgaben. – Außerdem übersetzt von C.G. Lieberkühn: Des Herrn G. L. von Bar poetische Werke. 3 Bände. Berlin 1756; einige Gedichte vorab veröffentlicht in: Neue Erweiterungen der Erkenntnis und des Vergnügens, Jg. 1755.

Ders.: Il Tempio Di Melpomene, Su Le Rive Dell' Alstra, Da Rappresentarsi Nel Grande Teatro Di Questa Illustre Citta Di Amburgo, Nel Carnovale dell' Anno 1747. Hamburg (1747).

Ders.: Soliloque, à l'Occasion de la Mort Prématurée de Mr. De Hagedorn, décédé à Hambourg le 28 d'Octobre 1754. Wien 1754. – Dass. In: Epîtres diverses sur des sujets différens. T. 3. Amsterdam 1755, S. 22ff.

Ders.: Rêveries poétiques sur des sujets différens. (Epîtres diverses sur des sujets différens. Bd. 3). London 1755. – Dass.: Nouv. éd., revue, corr. et augm. Amsterdam 1755. – Mehrere Ausgaben.

Ders.: Consolations dans l'infortune. Poème en VII chants. Hamburg 1758. – Dass. Amsterdam1758.

Ders.: Babioles littéraires et critiques en prose et en vers. 5 Bände. Hamburg 1760-1764. – Dass.: 2. Aufl. Bd. 2-5. Hamburg 1761-1764.

Ders.: L'Anti-Hégésias. Dialogue en vers sur le suicide. Avec de remarques critiques et historiques. Hamburg 1763. – Dass. übersetzt von C.G. Lieberkühn u.d.T.: Scherz- und ernsthafte Widerlegung des Hegesias über den Selbstmord. Nürnberg 1766.

Ders.: Der gerächte und gerettete Horaz. Nebst einigen anderen Auszügen und Zusätzen aus den sinnreichen Schriften des Herrn von Bar. Frankfurt a. M. 1763.

[Bar, Gotthard Ludwig von]: Erzählungen. Hannover und Lüneburg 1756.

Bar, Herbord Sigismund Ludwig von: Stammtafeln und Nachrichten von dem Geschlechte der Bar, de Bare, de Bere, de Baer, von Baar, jetzt von Bar im Fürstenthume Osnabrück. Mit Urkunden. Osnabrück 1840.

Bayle, Pierre: Historisches und Critisches Wörterbuch nach der neuesten Auflage von 1740 ins Deutsche übersetzt, auch mit einer Vorrede und verschiedenen Anmerkungen versehen von Johann Christoph Gottsched. Bd. 3. Leipzig 1743.

Beck, Jens: Adeliger Kulturtransfer zwischen Stadt und Land. Beispiele aus der Gartenkunst. In: Niedersächsisches Jahrbuch für Landesgeschichte, Bd. 84, 2012, S. 197-217.

Bertola de' Giorgi, Aurelio: Vita del marchese Michele Enrico Sagramoso. Bali' del S.M. Ordine de Malta. Pavia 1793.

[Bielfeld, Jakob Friedrich von]: Progrès des Allemands dans les sciences, les belles-lettres et les arts, particulièrement dans la poésie et l'éloquence. Amsterdam 1752.

Blaeu, Joan: Insula que à Joanne Mayen nomen sortita est. In: Ders.: Atlas Major. Amsterdam 1667.

Bois, Paul (Hrsg.): Histoire de Nantes. Toulouse 1977.

Brockes, Barthold Heinrich: Werke. Hrsg. und kommentiert von Jürgen Rathje. Bd. 2: Irdisches Vergnügen in Gott. Göttingen 2013.

Bruch, Rudolf v[om]: Die Rittersitze des Fürstentums Osnabrück. Osnabrück 1930.

Chesi, Federico: Michele Enrico Sagramoso. Il carteggio, i viaggi, la massoneria. Verona 2012.

Chrysander, F[riedrich]: Mattheson's Verzeichniss Hamburgischer Opern. In: Allgemeine Musikalische Zeitung, 12. Jg., Nr. 18 vom 2. Mai 1877, Sp. 280ff.

Das Lob der Herren von Haren, Bey der Ankunft Ihr Excellenz Herrn Otto Zwier von Haren in Zürich besungen von D.F.v.F. Zürich 1748.

Düselder, Heike (Hrsg.): Adel auf dem Lande. Kultur und Herrschaft des Adels zwischen Weser und Ems. 16. bis 18. Jahrhundert. Cloppenburg 2004.

Enzensberger, Hans Magnus und Dirk von Petersdorff: Wie soll man Geschichte(n) schreiben? Künzelsau 2014, S. 7-21.

E[ngelberts], L[ouise]: La bellissime Hollande. In: Dies.: Silhouetten. Amsterdam 1907, S. 241ff.

Ferrazzi, Marialuisa: Michele Enrico Sagramoso, un cavaliere di Malta veronese alla Corte di Elisabetta e Caterina. In: Antonella D'Amelia (Hrsg.): Pietroburgo capitale della cultura russa. Bd. 1. Salerno 2004, S. 109-130.

Frankenfeld, Alfred: Justus Möser als Staatsmann im Siebenjährigen Kriege und am englischen Hofe. Diss. phil. Göttingen 1922 (masch.).

Fritz-Hilscher, Elisabeth Th. und Helmut Kretschmer (Hrsg.): Wien – Musikgeschichte. Wien u.a. 2011.

Gayl, Reinhold: Faszination Moor. Lebensraum und Kultur. Wien 2004.

Göse, Frank: Zum Verhältnis von landadliger Sozialisation zu adliger Militärkarriere. Das Beispiel Preußen und Österreich im ausgehenden 17. und 18. Jahrhundert. In: Mitteilungen des Instituts für Österreichische Geschichtsforschung, Bd. 109, 2001, S. 118-153.

Gottsched, Johann Christoph: Ausgewählte Werke. Hrsg. von P. M. Mitchell. Bd. X: Kleinere Schriften. Berlin, New York 1980.

Gottsched, Luise Adelgunde: Rezension von Georg Ludwig von Bars ›Epîtres diverses‹. In: Neuer Büchersaal, Bd. 2, 1745, S. 421-437.

Haak, Christina: Das barocke Bildnis in Norddeutschland. Erscheinungsform und Typologie im Spannungsfeld internationaler Strömungen. Frankfurt a. M. 2001. (Schriften zur bildenden Kunst, Bd. 9).

Hagedorn, Friedrich: Briefe. Hrsg. von Horst Gronemeyer. Bd. 1. Berlin, New York 1997.

Harding, Elizabeth: Landtag und Adligkeit. Ständische Repräsentationspraxis der Ritterschaften von Osnabrück, Münster und Ravensberg 1650 bis 1800. Münster 2011. (Westfalen in der Vormoderne, Bd. 10).

Heese, Thorsten und Martin Siemsen: Justus Möser 1720-1794. Aufklärer – Staatsmann – Literat. Die Sammlung Justus Möser im Kulturgeschichtlichen Museum Osnabrück. Bramsche 2013. (Osnabrücker Kulturdenkmäler. Beiträge zur Kunst- und Kulturgeschichte der Stadt Osnabrück, Bd. 14; Möser-Studien, Bd. 1).

Heilmann, Maria: Meller Geschichtsbilder. In: Melle in acht Jahrhunderten. Melle 1969, S. 11-76.

Hochrath, Daniel (Hrsg.): Die Bildung des Offiziers in der Aufklärung. Ferdinand Friedrich von Nicolai (1730-1814) und seine enzyklopädischen Sammlungen. Eine Ausstellung der Württembergischen Landesbibliothek. Stuttgart 1990.

Hoffmann, Christian: Ritterschaftlicher Adel im geistlichen Fürstentum. Die Familie von Bar und das Hochstift Osnabrück. Osnabrück 1996. (Osnabrücker Geschichtsquellen und Forschungen, Bd. 39).

Ders.: Römer, Franken, Sachsen. Familiäre Traditionsstiftung und Antikerezeption beim Osnabrücker Adel in der Frühen Neuzeit. In: Rainer Wiegels und Winfried Woesler (Hrsg.): Antike neu entdeckt. Aspekte der Antike-Rezeption im 18. Jahrhundert unter besonderer Berücksichtigung der Osnabrücker Region. Möhnesee 2002. (Osnabrücker Forschungen zu Altertum und Antike-Rezeption, Bd. 4), S. 11-21.

Horaz: Episteln. Übersetzt und erläutert von Christoph Martin Wieland. Bearb. und hrsg. von Gerhard Wirth. Reinbek 1963.

Hutter, Claus-Peter (Hrsg.), Alois Kapfer und Peter Poschlod: Sümpfe und Moore. Biotope erkennen, bestimmen, schützen. Stuttgart, Wien, Bern 1997.

Kampmeier, A[lbrecht]: Das Gut Hellinghausen im Wandel der Zeit. In: Heimatland Lippe, 81. Jg., 1988, S. 318f.

Kant, Immanuel: Werkausgabe in 12 Bänden. Hrsg. von Wilhelm Weischedel. Bd. 8: Die Metaphysik der Sitten. (2. Aufl.) Frankfurt a. M. 1977.

Johann Georg Krünitz's ökonomisch-technologische Encyklopädie, Bd. 92. Berlin 1803.

Kaster, Karl Georg [Mitarbeiter]: Ausstellung Osnabrück. 1200 Jahre Fortschritt und Bewahrung. Profile bürgerlicher Identität. Nürnberg 1980.

Klocke, Friedrich von: Justus Möser und die deutsche Ahnenprobe des 18. Jahrhunderts. Leipzig 1941. (Flugblätter für Familiengeschichte, H. 32).

Klopstock, Friedrich Gottlieb: Werke und Briefe. Historisch-Kritische Ausgabe. Hrsg. von Horst Gronemeyer u.a. Abt. Werke, Bd. VII,1: Die deutsche Gelehrtenrepublik. Text. Hrsg. von Rose-Marie Hurlebusch. Berlin, New York 1975.

Klopstock, Margareta: Hinterlaßne Schriften. Hamburg 1759.

Dies.: Es sind wunderliche Dinger, meine Briefe. Meta Klopstocks Briefwechsel mit Friedrich Gottlieb Klopstock und mit ihren Freunden 1751-1758. Hrsg. von Franziska und Hermann Tiemann. München 1980.

Kühle, Ernst: Veldhausen. Die Geschichte eines Kirch- und Gerichtsortes in der Grafschaft Bentheim. Neuenhaus 1973. (Das Bentheimer Land, Bd. 81).

Lampe, Joachim: Aristokratie, Hofadel und Staatspatriziat in Kurhannover 1714-1760, Bd. 1. Göttingen 1963. (Veröffentlichungen der Historischen Kommission für Niedersachsen und Bremen, 24).

Leister, Dieter-Jürgen: Bildnisse der Prinzessin von Ahlden. In: Niedersächsisches Jahrbuch für Landesgeschichte 26, 1954, S. 149-173.

Lessing, Gotthold Ephraim: Sämtliche Schriften. Hrsg. von Karl Lachmann. 3., auf's neue durchges. und verm. Aufl. besorgt durch Franz Muncker. Bd. 4, 5 und 15. Stuttgart 1889, 1890 und 1900.

Ders.: Minna von Barnhelm. Stuttgart 2003.

Lind, Gunner: Military and Absolutism: The Army Officers of Denmark Norway as a Social Group and Political Factor, 1660-1848. In: Scandinavian Journal of History, Bd. 12, 1987, S. 221-243.

Lindner, Johanna und Andreas Marschner: Moorker. Hannover 2000, http://www.lwg.uni-hannover.de/wiki/Moorker.

Link, Christoph: Justus Möser als Staatsdenker. In: Möser-Forum 2/1994. Hrsg. von Winfried Woesler. Osnabrück 1995. (Osnabrücker Geschichtsquellen und Forschungen, Bd. 35), S. 21-45.

Linnemeier, Bernd-Wilhelm: Ein Gut und sein Alltag. Neuhof an der Weser. Münster 1992. (Beiträge zur Volkskultur in Nordwestdeutschland, H. 78).

Machtemes, Ursula und Sonja Michaels: Alt-Barenaue in Kalkriese, Stadt Bramsche, Landkreis Osnabrück. In: Wolfgang Schlüter (Hrsg.): Burgen und Befestigungen. Bramsche [2000]. (Kulturregion Osnabrück, Bd. 15; Schriften zur Archäologie des Osnabrücker Landes, Bd. 2), S. 89-95.

Mächtig verlockend. Frauen der Welfen. Begleitband zur Ausstellung des Residenzmuseums im Celler Schloss 2010. Berlin 2010.

Martus, Steffen: Friedrich Hagedorn – Konstellationen der Aufklärung. Berlin, New York 1999. (Quellen und Forschungen zur Literatur- und Kulturgeschichte, 15).

Mazzolini, Renato G.: Linnaeus and Michele Enrico Sagramoso, Knight of the Order of Malta. In: Marco Beretta und Alessandro Tosi (Hrsg.): Linnaeus in Italy. The Spread of a Revolution in Science. Sagamore Beach, MA 2007, S. 61-75.

Michaels, Sonja: Kurze Beschreibung der Baugeschichte von Schloss Alt-Barenaue. In: Osnabrücker Mitteilungen, Bd. 107, 2002, S. 253-265.

Moes, Jean: Justus Möser et la France. 2 Bde. Metz 1981. (Université de Metz Faculté des Lettres et Sciences humaines). – Dass. Osnabrück 1990. (Osnabrücker Geschichtsquellen und Forschungen, Bd. 30).

Möser, Justus: Briefwechsel. Neu bearbeitet von William F. Sheldon. Hannover 1992. (Veröffentlichungen der Historischen Kommission für Niedersachsen und Bremen, 21).

Ders.: Sämtliche Werke. Historisch-kritische Ausgabe in 14 Bänden. Oldenburg u.a. 1943-1990. – Besonders:

Ders.: Der Wert wohlgewogener Neigungen und Leidenschaften. Dem Andenken Herrn Johann Friedrichs von dem Bussche gewidmet. In: Sämtliche Werke 2, S. 221-265.

Ders.: Osnabrückische Geschichte. Allgemeine Einleitung. In: Sämtliche Werke 12/1, S. 27-286.

Ders.: Arminius. Ein Trauerspiel. In: Sämtliche Werke 2, S. 117-197.

Ders.: Über die deutsche Sprache und Literatur. In: Sämtliche Werke 3, S. 71-90.

Mücke, Gisela: Das Moor neu entdecken. Hannover 1989.

Müller, Erich H[ermann]: Zum Repertoir der Hamburger Oper von 1718 bis 1750. In: Archiv für Musikwissenschaft, 7. Jg., 1925, S. 329-333.

Ders.: Angelo und Pietro Mingotti. Ein Beitrag zur Geschichte der Oper im 18. Jahrhundert. Dresden 1917.

Naber, Karl: »La belliss[i]me Hollande«. In: Der Grafschafter, 1962, S. 879f. und 887f..

Niemeyer, Theodor: Geschichte des hannoverschen Geschlechtes Niemeyer. Aus Familienpapieren zusammengestellt. Münder a. Deister 1932.

O'Connell, Michael und John Powell: Music and Sense in Handel's Setting of Milton's *L'Allegro* and *Il Penseroso*. In: Eighteenth-Century Studies, Bd. 12 (1), 1978, S. 16-46.

Petiet, Claude: Ces messieurs de la religion. L'ordre de Malte au dix-huitième siècle ou le crépuscule d'une épopée. Paris 1992.

Pétré-Grenouilleau, Olivier: Nantes au temps de la traite des Noirs. Paris 1998.

Püttmann-Engel, Kristin: Schlosskapellen im Raum Westfalen 1650–1770. Bonn 1987. (Denkmalpflege und Forschung in Westfalen, Bd. 14).

Quednau, Ursula: »La manie des jardins«. Englische Gärten in Westfalen. In: Westfälische Forschungen, Bd. 44, 1994, S. 223-258.

Riva, Franco: Il carteggio di Michele Enrico Sagramoso diplomatico cosmopolita veronese. Florenz 1961.

Runckel, Dorothee Henriette von: Briefe der Frau Louise Adelgunde Victorie Gottsched gebohrne Kulmus, Th. 2. Dresden 1771.

Sagramoso, Michele Enrico: Tal Hållit För Kongl. Svenska Vetenskaps Academien. Stockholm 1748.

Ders.: Dass. (französische Fassung) In: Riva, Franco: Il carteggio di Michele Enrico Sagramoso diplomatico cosmopolita veronese. Florenz 1961, S. 68-71.

Schädlich, Hans Joachim: »Sire, ich eile ...« Voltaire bei Friedrich II. Eine Novelle. (3. Aufl.) Hamburg 2012.

Schele, Georg Victor Friedrich Diedrich Freiherr von: Geschichte des Geschlechts der Feiherrn von Schele auf Schelenburg von den ältesten Zeiten bis zum Jahre 1774. Th. 1-2. Hannover 1829.

Schirmeyer, [Ludwig]: Georg Ludwig v. Bar, »der beste französische Dichter Deutschlands«, ein Vorbild Wielands und Freund Mösers. In: Mitteilungen des

Vereins für Geschichte und Landeskunde von Osnabrück, Bd. 32, 1907, S. 1-71.

Schnath, Georg (Bearb.): Der Königsmarck-Briefwechsel. Korrespondenz der Prinzessin Sophie Dorothea von Hannover mit dem Grafen Philipp Christoph Königsmarck 1690 bis 1694. Hildesheim 1952. (Quellen und Darstellungen zur Geschichte Niedersachsens, Bd. 51).

Ders.: Geschichte Hannovers im Zeitalter der neunten Kur und der englischen Sukzession, Bd. 2: 1693-1698. Hildesheim 1976. (Veröffentlichungen der Historischen Kommission für Niedersachsen und Bremen, 18,2).

Schönborn, Sibylle: Erläuterungen und Dokumente. Gotthold Ephraim Lessing, Minna von Barnhelm. Stuttgart 2003.

Schubert, Ernst: Adel im ausgehenden 18. Jahrhundert: Nordwestdeutsche Edelleute und süddeutsche Reichsritter im landesgeschichtlichen Vergleich. In: Joseph Canning und Hermann Wellenreuther (Hrsg.): Britain and Germany Compared: Nationality, Society and Nobility in the Eighteenth Century. Göttingen 2001. (Göttinger Gespräche zur Geschichtswissenschaft, Bd. 13), S. 141-229.

Sheldon, Ulrike: Johanna Friederika von Bar (1732-1769). Ein gebildetes adliges Frauenzimmer im Fürstbistum Osnabrück. In: Anschläge. Magazin für Kunst und Kultur, H. 15, März/April 1988, S. 14f.

Dies.: Die Briefe der Johanna Friederika von Bar an Justus Möser. Zur »Bürgerlichkeit« einer adligen Frau. Eine Fallstudie. In: Möser-Forum 1/1989. Hrsg. von Winfried Woesler. Münster 1989. (Osnabrücker Geschichtsquellen und Forschungen, Bd. 27), S. 139-155.

Sheldon, William F.: The Intellectual Development of Justus Möser: The Growth of a German Patriot. Osnabrück 1970. (Osnabrücker Geschichtsquellen und Forschungen, Bd. 15).

Sheldon, William und Ulrike: Im Geist der Empfindsamkeit. Freundschaftsbriefe der Mösertochter Jenny von Voigts an die Fürstin Luise von Anhalt Dessau 1780-1808. Osnabrück 1971. (Osnabrücker Geschichtsquellen und Forschungen, Bd. 17).

Sichart, L[ouis Heinrich Friedrich] von: Geschichte der Königlich-Hannoverschen Armee, Bd. 2: 1705 bis 1756. Hannover 1870.

Siemsen, Martin: Justus Möser als Subskribent und Kollekteur. In: Ders. und Thomas Vogtherr (Hrsg.): Justus Möser im Kontext. Beiträge aus zwei Jahrzehnten. Osnabrück 2015. (Osnabrücker Geschichtsquellen und Forschungen, Bd. 55; Möser-Studien, Bd. 2), S. 229-259.

Singer, Herbert: Die Prinzessin von Ahlden. Verwandlungen einer höfischen Sensation in der Literatur des 18. Jahrhunderts. In: Euphorion, Bd. 49, 1955, S. 305-334.

Stiasny, Theodor: Die Geschichte des Kirchspiels und der Evangelisch-reformierten Gemeinde Veldhausen. Hrsg. vom Kirchenrat der Ev.-ref. Kirchengemeinde Veldhausen. (books on demand) 2000.

Vierhaus, Rudolf: Deutschland im 18. Jahrhundert. Politische Verfassung, soziales Gefüge, geistige Bewegungen. Ausgewählte Aufsätze. Göttingen 1987.

Wagener, Silke: … *ohne die größte Not nie ein Collegium versäumet.* Die Erlanger Studienjahre des Clamor Adolph Theodor von dem Bussche (1749-1752). In: Osnabrücker Mitteilungen, Bd. 101, 1996, S. 83-123.

Weiße, Christian Felix: Scherzhafte Lieder. Faksimiledruck nach der Ausgabe von 1758. Mit einem Nachwort von Alfred Anger. Stuttgart 1965.

Welker, Karl H.L.: Rechtsgeschichte als Rechtspolitik. Justus Möser als Jurist und Staatsmann. 2 Bde. Osnabrück 1996. (Osnabrücker Geschichtsquellen und Forschungen, Bd. 38).

Wuth, Georg Adam: Beitrag zum 49ten Stück des neuen Hannoverischen Magazins: Warnung gegen das zu frühe Begraben der Menschen. In: Neues Hannoverisches Magazin, 89. Stück vom 7.11.1791, Sp. 1417-1422.

Abbildungsnachweise

S. 16 Schloss Alt-Barenaue, Herrenhaus und Gartenanlage. Ausschnitte aus einem Stammbaum. Veröffentlicht bei Rudolf vom Bruch: Die Rittersitze des Fürstentums Osnabrück. Osnabrück 1930, S. 314.

S. 17 Grundriss der beiden Stockwerke des Herrenhauses von Alt-Barenaue. Veröffentlicht ebd.

S. 25 Georg Ludwig von Bar. Öl auf Leinwand, 18. Jhd., Künstler unbekannt. (Foto: Christian Grovermann, Osnabrück). Felix-Nussbaum-Haus/Kulturgeschichtliches Museum Osnabrück, L 60 c.

S. 41 Justus Möser. Öl auf Leinwand, 1931/32, Kopie von Theodor Döbner, nach einem Gemälde um 1755 (verschollen). (Foto: Christian Grovermann, Osnabrück). Felix-Nussbaum-Haus/Kulturgeschichtliches Museum Osnabrück, 6890 d.

S. 47 Michele Enrico Sagramoso. Gemälde, Künstler unbekannt. Franco Riva: Il carteggio di Michele Enrico Sagramoso. Florenz 1961, o. Seitenangabe.

S. 55 Graf Nikolaus Johann Christian von Bar. Porträt. Öl auf Leinwand, 1727, Künstler unbekannt. (Foto: Christian Grovermann, Osnabrück). Felix-Nussbaum-Haus/Kulturgeschichtliches Museum Osnabrück, L 60 d).

S. 68 Testament der Johanna von Bar, geb. Taets van Amerongen vom 26.9.1752. Autograph, Auszug. NLA Bückeburg Dep 39 Nr. 65.

S. 75 Barenaue. Von Franz Hecker, Radierung/Aquatintadruck dunkelgrau, um 1921. (Foto: Thorsten Heese, Osnabrück). Felix-Nussbaum-Haus/Kulturgeschichtliches Museum Osnabrück, E 2282.

S. 131 Schloss Alt-Barenaue, Gartenanlage. Ausschnitte aus einem Stammbaum. Veröffentlicht bei Rudolf vom Bruch: Die Rittersitze des Fürstentums Osnabrück. Osnabrück 1930, S. 314.

S. 151 Gotthard Ludwig von Bar. Öl auf Leinwand, Künstler unbekannt (Foto: Gabriele Niehaus, Melle). Privatbesitz.

S. 183 Sophie Dorothea von Braunschweig-Lüneburg als Flora. Öl auf Leinwand, von Henri de Gascar (?), 1686. (Foto: Thorsten Heese, Osnabrück). Felix-Nussbaum-Haus/Kulturgeschichtliches Museum Osnabrück, L 60 gg.

S. 191 Regina J. E. Möser, geb. Brouning. Öl auf Leinwand, 1931/32. Kopie von Theodor Döbner nach einem Gemälde um 1755 (verschollen). (Foto: Christian Grovermann, Osnabrück). Felix-Nussbaum-Haus/Kulturgeschichtliches Museum Osnabrück, 6890 e.

S. 192 Johanna Friederike von Bar an Regina Juliana Elisabeth Möser vom 9.12. [1760]. Autograph, Auszug. NLA Osnabrück Dep 37b Nr. 396.

S. 229 Schlacht von Fontenoy. Gemälde von Louis Nicolas van Blarenberghe. Wiki commons.

S. 294 Totenschild für Georg Ludwig von Bar († 6. August 1767). Relief, Holz, farbig gefasst, Künstler unbekannt. (Foto: Christian Grovermann, Osnabrück). Felix-Nussbaum-Haus/Kulturgeschichtliches Museum Osnabrück, L 60 rr.

S. 305 Johann Conrad Meier/von Meien an Johanna Friederike von Bar vom 27.8.1768. Autograph, Auszug. NLA Bückeburg Dep 39 Nr. 183.

Glossar

Ahnennachweis, Aufschwörung: Seit Mitte des 17. Jahrhunderts verlangte die Osnabrücker →Ritterschaft von ihren Mitgliedern den Nachweis von 16 adligen Vorfahren, um die Homogenität ihres Standes zu bewahren. Mit diesem Nachweis konnten sich die Berechtigten aufschwören lassen und Mitglied in der →Ritterkurie im →Landtag werden, sofern sie ein →landtagsfähiges Gut besaßen.

Amtmann: Die deutschen Territorien waren in Amtsbezirke eingeteilt, denen ein (Ober)Amtmann vorstand. Sie waren bürgerliche Amtsträger, die vom Landesherrn eingesetzt wurden, und hatten die Aufsicht über die Steuern, die dem Landesherrn zuflossen. Seit Mitte des 18. Jahrhunderts wurden oft studierte Männer in dieses Amt berufen.

Domherr: Angehöriger eines Domkapitels. Er nahm an den Gottesdiensten, der Verwaltung der Diözese und der personellen Ergänzung des Kapitels teil. Aus dem oft reichen Besitz des Stiftes bezog er Einkünfte (Präbenden, Pfründe). Die Ämter dienten der Versorgung der nachgeborenen Söhne adliger Familien, die sich in diese Ämter einkaufen mussten oder sie erbten. Georg Ludwig von Bar war Domherr im preußischen Minden, einem konfessionell gemischten Kapitel, und stritt viele Jahre um seine Einkünfte.

Eigenbehörigkeit: Die westfälische Form der Leibeigenschaft; Eigenbehörige waren persönlich unfrei und unterstanden dem jeweiligen Grundherren. Sie besaßen nicht das Land, das sie bewirtschafteten, mussten ihrem Grundherren Hand- und Spanndienste leisten und waren ihm im Sterbefall eine Abgabe schuldig, um die Verfügungsgewalt über die Habe des Verstorbenen zu erhalten.

Erb(land)drost: Er war der Vorsitzende der Ritterkurie im Landtag, verpflichtete neu aufzunehmende Mitglieder und nahm Repräsentationsaufgaben wahr. Seit Jahrhunderten hatte die Familie von Bar dieses Amt inne. 1710 wandelte die Ritterschaft dieses Amt in ein Wahlamt um. Heinrich Sigismund von Bar verweigerte die Anerkennung dieses Beschlusses, die Familie blieb vom Landtag ausgeschlossen und führte jahrzehntelange Prozesse um ihr Anrecht auf das Amt.

Erbherr: Meist der älteste Sohn einer adligen Familie, der alle Güter und den größten Teil des Vermögens erbte, um dessen Zersplitterung zu vermeiden. Die jüngeren Geschwister wurden mit kleineren Summen ausgesteuert und mit Ämtern in Stiften und im Militär versorgt.

Fehnkultur: Eine vor allem in Holland entwickelte Methode zur Urbarmachung von moorigem Gebiet: Es wurden schiffbare Kanäle gezogen, in die das Moor entwässert wurde. Die Schiffe transportierten Torf aus dem Moorgebiet zum Verkauf und brachten Flussschlick zur Bodenverbesserung zurück.

Fürstbistum Osnabrück (auch Hochstift Osnabrück): ein geistliches Territorium im Nordwesten des deutschen Reiches von 2.450 km^2 mit dem Zentrum Osnabrück. 1648-1802 wurde es abwechselnd von einem katholischen und einem evangelischen Bischof regiert. Bis 1761 war Clemens August, Kurfürst und Erzbischof von Köln etc. der Landesherr, ihm folgte aus dem Hause Braunschweig-Hannover (Großbritannien) der noch minderjährige Friedrich von York.

Gräfte: Wassergräben, auch um Schlösser.

Heuerleute: Pächter kleiner Hofstellen (Haus, Garten, etwas Ackerland), die ihre Pacht durch Mitarbeit auf dem Hof des Bauern verdienten; dadurch sicherte sich der Hofbesitzer bodenständige Arbeiter. Da die Heuerleute damit ihre meist großen Familien nicht ernähren konnten, verdingten sie sich oft in Holland als Saisonarbeiter, sie wurden dann Hollandgänger genannt.

Kontributionen: eine außerordentliche Auflage in Geld, die von einer Kriegsmacht in dem besetzten Gebiet erhoben wurde.

Kötter: Besitzer eines Kotten und einer kleinen Bauernstelle.

Landtag: die Vertretung der drei →Stände, in Osnabrück: der Geistlichkeit, des Adels/der Ritter und der Städte. Sie bildeten das entscheidende Gegengewicht zu dem absoluten Herrscher. Ihre Hauptaufgabe war die Bewilligung von Steuern und Abgaben, Mitsprache bei der Besetzung von weltlichen Ämtern, minimale Mitwirkung bei der Gesetzgebung. Jeder Stand hatte eine Stimme.

Landtagsfähige Güter: Im Fürstbistum Osnabrück gab es eine begrenzte Anzahl von Gütern, deren Besitz Adlige mit einem Nachweis von 16 adligen Vorfahren zur Teilnahme am Landtag befähigte; nur der Nachweis von 16 adligen Vorfahren und der Besitz eines solchen Gutes ermöglichten die Teilnahme im Landtag.

Marken: Grundeigentum im Besitz der Gemeinde zur gemeinsamen Nutzung: Wege, Wasser, Wald, Weiden, Torf und Gebiete zum Stechen von →Plaggen.

Plaggen: durchwurzelter Oberboden, meist aus Heide- oder Waldboden, der in Soden abgestochen wurde, dann als Einstreu in den Ställen verwendet und später mit dem Mist als Dünger ausgebracht wurde.

Rentmeister: Verwalter eines adligen Gutes, der das finanzielle Management (Einnahmen, Ausgaben, Abgaben) in Absprache mit dem Herrn leitete.

Ritterschaft: Im Allgemeinen der niedere Adel; im Besonderen die Gruppe (Kurie) der landtagsfähigen Adligen im Landtag (der 2. Stand).

Ritterakademie: Ausbildungsstätten für junge Adlige zur Vorbereitung auf Heeres-, Hof- und Staatsdienst. Fächer waren: Tanzen, Reiten, Fechten, Voltigieren, Jagen, Umgangsformen, moderne Sprachen, Naturwissenschaften, Kameralistik, Rechts- und Staatswissenschaft.

Stände, Ständestaat: Ein Staatswesen, in dem bestimmte Stände an den Staatsgeschäften teilhaben. Die Stände in Deutschland waren die Geistlichkeit (der erste Stand), der Adel (der zweite Stand) und das Bürgertum (der dritte Stand). Jeder Stand entwickelte eigene Verhaltensnormen (Standesehre) und eine spezifische Kultur. Die Einwohner wurden also nicht als Einzelne gesehen, sondern als Mitglieder ihres Standes. Durch die Standeszugehörigkeit waren die Rechte des einzelnen festgelegt. Die Stände besaßen unterschiedliche Rechte und Privilegien; der Adel z.B. weitgehende Steuerfreiheit, das Jagdrecht für Niederwild, auf seinen Gütern die niedere Gerichtsbarkeit.

Personenverzeichnis

Ahlefeld, Benedikt von (1678-1757), Gutsherr der holsteinischen Güter Jersbek und Stegen, zeitweilig mäzenatischer Direktor der Hamburger Oper, Erbauer des Jersbeker Barockgartens, Inhaber bedeutender Ämter, Vater von Metta Henrietta von →Oberg.

Augustenburg, Christian August Herzog von Schleswig-Holstein-Sonderburg-Augustenburg (1696-1754). Er lud Georg Ludwig von Bar mehrfach ein und borgte von ihm eine beträchtliche Geldsumme.

Augustenburg, Friedrich Christian I. von (1721-1794), Sohn von Christian August, Herzog seit 1754.

Augustenburg, Emil August von (1722-1786), ebenfalls Sohn des Vorgenannten, befreundet mit Gotthard Ludwig von Bar.

Augustenburg, Charlotte Marie von (1697-1760), Schwester von Christian August.

Augustenburg, Sophie Louise von (1699-1765), ebenso.

Bar, Charlotte von (†1759), unverheiratete Schwester von Georg Ludwig und Nikolaus Johann Christian, wohnhaft in Hannover.

Bar, Georg Ludwig von (1701-1767), zweiter Sohn des Grafen →Heinrich Sigismund. Bildungsreisen nach Utrecht, Heidelberg, Nancy, Straßburg. 1721 Domherr in Minden, bis 1729 wohnhaft in Minden, bis 1744 in Osnabrück mit Titeln, aber ohne Amt, bis 1751 in Hamburg, 1754-1757 in Wien. Ab 1765 Herr von Barenaue. Als deutscher Dichter, der in französischer Sprache schrieb, genoss er eine gewisse Berühmtheit. Seine wichtigsten Werke, die mehrfach aufgelegt und z.T. auch ins Deutsche übertragen wurden, sind: Epîtres diverses sur des sujets différens, 2 Bände, 1740-1745, Rêveries poétiques sur des sujets différens, 1755; Consolations dans l'infortune. Poème en VII chants, 1758; Babioles littéraires et critiques en prose et en vers, 5 Bände, 1760ff.

Bar, Gotthard Ludwig von (1727-1812), Sohn Georg Ludwigs, 1744 Fähnrich in der hannoverschen Armee, Adjutant, 1748 Hauptmann ebd., 1748 kgl. dän.Kapitän, seit 1767 Herr auf Barenaue.

Bar, Graf Heinrich Sigismund von (1654-1721), Vater von Georg Ludwig und Graf Nikolaus Johann Christian. Studium, mehrjährige Reisen in Europa, zahlreiche Ämter, 1708 Geheimer Rat in Diensten des Kurfürsten von Hannover, seit 1709 Verwalter des Privatvermögens der geschiedenen Gemahlin des Kurfürsten, Sophie Dorothea, »Prinzessin von Ahlden«, 1718 erhielt er die Grafenwürde, vererbbar an den Erstgebornen. Große Umbaumaßnahmen in Barenaue; Ablehnung der neuerlich geforderten Ahnenprobe, da er von ihr als Erblanddrost unabhängig zu sein glaubte.

Bar, Herbord Sigismund Ludwig von (1763-1844), Sohn von Gotthard Ludwig von Bar.

Bar, Itel Justus (Jobst) von (1724-1746), genannt Joman, Sohn von Georg Ludwig und Johanna von Bar, in Hamburg Schüler am Akademischen Gymnasium, Bruder der Johanna Friederike.

Bar, Johanna von, geb. Taets van Amerongen (1695-1764), Mutter von Johanna Friederike von Bar, aus Utrecht stammend, seit 1721 mit Georg Ludwig von Bar verheiratet, seit 1748 wohnhaft in Barenaue.

Bar, Johanna Friederike von (1732-1769), Tochter von Georg Ludwig und Johanna, geb. Taets van Amerongen. Geboren in Osnabrück, häufige Reisen in die Niederlande zu der Familie der Mutter, 1744-1748 in

Hamburg, danach in Barenaue. Seit 1757 Johann Conrad Meier versprochen, 2.8.1760 Geburt ihres Sohnes Friedrich Justus, 1763 von der Familie verstoßen, Aufenthalt bei den holländischen Verwandten, 1764 nach Barenaue zurückgerufen, Winter 1767/68 nach dem Tod ihres Vaters bei ihrer →Tante Wilhelmine von Krosigk in Hamburg, dann Wohnsitz in Veldhausen. Seit 15.1.1769 verheiratet mit →Johann Conrad Meier, nun gen. von Meien (Meyen). Gestorben am 17.8.1769.

Bar, Johanna Philippine von (6.2.1766-15.10.1769), Tochter von Gotthard Ludwig, Patentochter von Johanna Friederike von Bar.

Bar, Klara Sophie Wilhelmine von (†14.7.1782), Tochter von →Ludwig August von Schele, Ehefrau des Gotthard Ludwig von Bar.

Bar, Graf Nikolaus Johann Christian von (1689-1765), ältester Sohn von Graf →Heinrich Sigismund von Bar. Ausgedehnte Kavalierstour durch viele europäische Staaten, 1708-1719 im Dienste des Landgrafen von Hessen-Kassel als Offizier der Leibgarde und General-Postmeister. Herr von Barenaue seit 1721, 1726 Heirat mit Gräfin Sophie Charlotte von Sayn-Wittgenstein, bald geschieden. Er baute in Barenaue eine Leinen-, eine Tabak- und eine Seifenfabrik und legte eine Maulbeerzucht zur Seidenproduktion an. Er kaufte mehrere Güter zu, lebte aber meist entfernt von seinen Gütern. Mehrere Honorartitel. Weitere Reisen in Deutschland, Italien, England, Frankreich, längere Aufenthalte in Paris, Wien und Venedig. 1741-1750 lebte er in Frankfurt, allmählich erblindet, seit 1750 in Barenaue.

Biermann, Gerd Henrich, langjähriger Diener bei der Familie Georg Ludwigs von Bar, genannt Henrich.

Brockes, Barthold Heinrich (1680-1747), Ratsherr in Hamburg, Lyriker, Hauptwerk das neunbändige »Irdische Vergnügen in Gott«, 1721-1748, Mitbegründer der »Patriotischen Gesellschaft« in Hamburg 1724.

Brockes, Barthold Heinrich von (1715-1774), Sohn des Dichters, 1756 wurde er Kanzleirat in Osnabrückischen Diensten.

Bussche-Hünnefeld, Clamor Adolph Theodor von dem (1734-1818), ältester Sohn von Friedrich Johann und Henrietta Dorothea von dem Bussche-Hünnefeld, Studium der Rechte in Erlangen und Göttingen, 1756 Herr auf Hünnefeld, 1774 ritterschaftlicher Landrat, 1783 Geheimer Rat, die Regierung des Hochstifts bei der ständigen Abwesenheit des Fürstbischofs von York führend; er starb unverheiratet.

Bussche-Hünnefeld, Johann Friedrich von dem (1709-31.5.1752), Erb-und Majoratsherr zu Hünnefeld und Buddemühlen, Herr zu Königsbrück etc. Möser war sein Freund, Advokat und Sachverwalter.

Bussche-Hünnefeld, Henrietta Dorothea von dem, geb. von Ledebur zu Königsbrück (1717-1756), seit 1733 mit Johann Friedrich von dem Bussche-Hünnefeld verheiratet, sie brachte als Erbtochter die Güter Königsbrück, Steinhausen und Tappenburg in die Ehe. Von ihren 12 Kindern überlebten sechs ihre Kindheit.

Buxtorf, Johannes (1713-1785), geboren in Basel, bedeutender Kaufmann in Bremen mit weitreichenden Handelsbeziehungen, entfernt verwandt mit der Familie Schweighauser.

Cineas († 278 n.Chr.), Thessalischer Diplomat, Heerführer und Dichter. Er brachte nach dem Sieg des Pyrrhus bei Heraclea die römischen Gefangenen nach Rom, um ein Friedensangebot zu unterbreiten; der Senat wies ihn jedoch zurück.

Corneille, Pierre (1606-1684), bedeutender französischer Dramatiker, Vollender des klassischen Dramas der Franzosen, das sich durch äußerste Konzentration auf das Wesentliche und die Einhaltung der drei Einheiten (Raum, Zeit und Handlung) auszeichnete. Seine Helden sind Willensheroen und folgen einer Ethik der Selbstüberwindung.

Diderot, Denis (1713-1784), bedeutender französischer Denker und Dichter von europäischer Universalbildung, dem das Fragen und die Denkbewegung wichtiger waren als das Resultat, der das starr-mechanistische Weltbild der Aufklärung zugunsten eines organisch-dynamischen Denkens überwand.

Eugen, Prinz von Savoyen (1663-1736), bedeutender Feldherr im kaiserlichen Heer, mit dem er glänzende Siege errang in der Abwehr der vordringenden Türken, im spanischen Erbfolgekrieg und im Nordischen Krieg. Er war wichtigster Ratgeber des Kaisers und ein großer Bauherr, sein bedeutendstes Werk ist das Belvedere in Wien.

Ferdinand von Braunschweig-Lüneburg, Herzog (1721-1792), bedeutender Feldherr in den Schlesischen Kriegen und im Siebenjährigen Krieg, in dem er als Generalfeldmarschall den Oberbefehl gegen die Reichsarmee und die Franzosen hatte und mehrere Siege errang.

Finazzzi, Filippo (1705-1776), italienischer Kastratensänger, Komponist und Kapellmeister. Auftritte auf verschiedenen Bühnen in ganz Europa, auch in der Operntruppe von Mingotti. Er ließ sich 1745 in Hamburg und 1754 in Jersbek nieder.

Friedrich Herzog von York (1763-1827) war Sohn des englischen Königs Georg III. und dessen Frau Charlotte. Als 1763 der vakante Bischofssitz in Osnabrück zu besetzen war – nach den Bestimmungen des Westfälischen Friedens galt die Alternativsukzession, und dieses Mal war der Bischofsstuhl mit einem Protestanten aus dem Hause Hannover zu besetzen – ernannte Georg III. seinen soeben geborenen Sohn. Er übernahm die Regierung faktisch erst 1783. Zwei Geheime Räte führten die Regierung, tatsächlich wurde sie jedoch von Justus Möser geleitet.

Gottsched, Johann Christoph (1700-1766), Autor und Herausgeber kritischer aufklärerischer Zeitschriften. Er wollte das deutsche Drama durch die Anpassung an das französische Drama erneuern: der Possentreiber und Hanswurst wurden von der Bühne vertrieben, die drei Einheiten sollten beachtet werden.

Gottsched, Adelgunde (1713-1762), Autorin und Mitarbeiterin ihres Mannes Johann Christoph.

Greven, Wilhelmine Magdalene, langjähriges treues Kammermädchen von Johanna Friederike von Bar.

Hagedorn, Friedrich von (1708-1754), Aufenthalte in London, seit 1733 Sekretär der englischen Handelsgesellschaft in Hamburg. Er war ein geselliger Mensch mit einem großen Freundeskreis. Seine zahlreichen Gedichte und Verserzählungen sind von spielerischer Anmut und Leichtigkeit. Sie spiegeln eine weltzugewandte Lebensfreude und eine geistreiche vernunftbeherrschte moralische Kultur. Sie werden der Anakreontik zugerechnet.

Halem, Sophie Wilhelmine Marie von (1753-1788 in Hellinghausen), Tochter von Anton Wilhelm von Halem, einem Reichskammergerichtsrat zu Wetzlar und kgl.-dänischem Justiz-Kanzleirat etc.; Schwester des bedeutenden norddeutschen Schriftstellers und Juristen Gerhard Anton von Halem, seit Oktober 1770 verheiratet mit Johann Conrad von Meien (Meier), Mutter von fünf Töchtern und einem Sohn.

Henrich →Biermann.

Juvenal, Decimus Junius (60-140 n.Chr.), Redner und Satirendichter. Er griff mit äußerster Schärfe, geschliffenem Wort und ohne Scheu die Verkehrtheiten der Menschen seiner Zeit an.

Klopstock, Friedrich Gottlieb (1724-1803), Dichter, sein bedeutendstes Werk ist der »Messias«, dessen erste Gesänge 1748 erschienen. 1754 heiratete er die Hamburger Kaufmannstochter Margarethe (Meta) Moller (1728-1758).

Königsmarck, Philipp Christoph Graf von (1665-1694, ermordet?), ein Abenteurer, der zeitweise auch in hannoverschen Diensten stand. Er hatte eine Affäre mit der Kurprinzessin →Sophie Dorothea. Als die mit ihr verabredete Flucht bekannt wurde, verschwand er spurlos.

Krosigk, Ludolph Friedrich von (1694-1746), kgl. großbritannischer Legationsrat, wohnhaft in Hamburg. Seit 1738 verheiratet mit *Wilhelmine Margarethe* von Bar, verw. von Wackerbarth, Schwester von Georg Ludwig und Nikolaus Johann Christian von Bar.

Lipstorp, Clemens Samuel (1696-1750), sehr gebildeter und weit herumgekommener Jurist, 1730 in Hamburg zum Syndikus gewählt, als solcher an viele europäische Höfe gesandt, seit 1749 Bürgermeister in Hamburg. Seit 1737 war er mit Anna Margaretha Meurer, einer zu ihrer Zeit berühmten Schönheit, verheiratet.

Meien (Meyen), Johann Conrad von, geb. als Johann Conrad Meier (Meyer) (3.5.1732 in Brokelo bei Nienburg - 30.12.1799 in Hellinghausen), 1756-1760 Verwalter in Barenaue, dann auf Besitztümern oder Pachtgütern der Familie →Niemeyer (Hellinghausen, Brokeloh), 1762-1765 Arbeit/Lehre bei dem Großkaufmann Schweighauser in Nantes, Rückkehr in die Dienste von Niemeyer; Heirat mit Johanna Friederike von Bar am 30.1.1769 in Veldhausen, verwitwet am 17.8.1769; 2. Ehe mit →Sophie Wilhelmine Marie von Halem (1753-1788). Den Namen von Meien führte er bereits in seinem seit 1762 angelegten Kassenbuch.

Meier (Meyer), Ernst Conrad (1693-1779), viele Jahre lang (Ober)Verwalter auf Gütern der Familie Niemeyer, vor allem auf dem Domänengut Hellinghausen, auch in Brokeloh, Vater des Vorgenannten. Er und seine Ehefrau (1700-8.1.1769) hatten einen weiteren Sohn Friedrich Wilhelm und mehrere Töchter: Henriette (†1763), Charlotte, Helene.

Meier (Meyer), Johann Conrad → Meien.

Metastasio, Pietro Antonio (1698-1782), er schrieb unter anderem 27 Opernlibretti, die von den bedeutenden Opernkomponisten seiner Zeit vertont wurden (z.B. Hasse und Gluck). Seit 1729 lebte er als Hofdichter in Wien.

Mingotti, Pietro (*um 1702-1759), Intendant einer bedeutenden italienischen Operntruppe, die an Höfen und in großen Städten, u.a. auch in Hamburg, auftrat. Im Januar 1747 heiratete er die Sängerin Regina Valentini.

Möser, Justus (1720-1794), bedeutender Staatsmann, Publizist und Geschichtsschreiber in Osnabrück. Er war Sekretär, dann Syndikus der Ritterschaft im Fürstbistum, seit 1768 Geh. Referendarius und bis 1783 tatsächlicher Leiter der Verwaltung des Fürstbistums Osnabrück während der Minderjährigkeit des Fürstbischofs.

Niemeyer, Christian Eberhard (1675-1757), Oberamtmann in Eggersen, tätig auch im Garn-und Lederhandel, erwarb die z.T. adligen Güter Brokeloh,

Brodan, Grolland, Siebenmeierhof in Mehringen, Knabenburg in Lauenstein, Pächter des Domänengutes in Hellinghausen.

Niemeyer, Heinrich Conrad (1709-1776), Sohn von Christian Eberhard, Amtmann in Sternberg, Besitzer von Brunnenbrock, das er 1750 von der Familie von Schele erwarb.

Nyhoff, Johannes Henricus, einer der Pastoren der reformierten Kirche in Veldhausen (1759-31.12.1769), er verstand sich mit seinem Co-Pastor nicht, galt als freisinnig, wurde verklagt, dass er das Wort Gottes nicht rein predige, und musste die Gemeinde Veldhausen verlassen.

Oberg, Georg Ludwig von (1710-1762), verheiratet (seit 1733) mit *Metta Henrietta von Ahlefeld* (*um 1714) Tochter des →Benedikt von Ahlefeldt, die das Gut Jersbek in die Ehe brachte. Oberg gründete die erste Loge des Freimaurerordens in Deutschland und zwar 1737 in Hamburg, die er freilich bald wieder verließ. Er gewann den jungen Kronprinzen Friedrich von Preußen für den Orden und war ein sehr guter Freund von Georg Ludwig von Bar, der mehrere Gedichte auf ihn und seine Frau verfasste.

Oberg, Metta von (1737-1794), Tochter des Georg Ludwig von Oberg, seit 1762 Stiftsdame im Kloster Metersen, sehr gute Freundin der Johanna Friederike von Bar.

Sagramoso, Marquis Michele Enrico de (1720-1791), Ritter des Malteserordens, Sohn von Georg Ludwig von Bars Schwester Sofia, die in zweiter Ehe mit Marquis Orazio Sagramoso verheiratet war. Er trat in den Orden ein, leistete seinen Reisedienst auf Schiffen ab und lernte dabei alle großen Residenzen in Europa kennen, war in vielen diplomatischen Missionen für seinen Orden unterwegs, wurde im Frühjahr 1748 Mitglied der Schwedischen Akademie der Wissenschaften in Stockholm.

Schele, Johann Daniel Viktor von (1705-1774), Herr zu Schelenburg, kgl. großbritannischer (hannoverscher) Generalleutnant, nach dem Siebenjährigen Krieg Kommandant von Osnabrück. Er starb kinderlos.

Schele, Ludwig August von (1693-1767), kurhannöverscher Rat; erhielt durch Erbschaft 1758 Kuhoff, sein Sohn erbte 1774 die Schelenburg von Johann Daniel Viktor. Ludwig Augusts Tochter *Klara Sophie Wilhelmine* (†1782) heiratete 1761 Gotthard Ludwig von Bar.

Graf und Gräfin von Schönborn, vermutlich handelt es sich um Graf Eugen Franz Erwein von Schönborn (1721-1801), verheiratet mit Maria Elisabeth, geb. Fürstin von Salm (1729-1775), die die große ungarische Herrschaft Munkács besaßen.

Schweighauser, Jean Daniel (1714-1781), aus einer Basler reformierten Familie stammend, seit ca. 1740 in Nantes. Er war ein wohlhabender Händler und Reeder, war verheiratet mit Véronique Battier (1739-1802), Vater von drei Töchtern und einem Sohn.

Sophie Dorothea, Kurprinzessin (1666-1726), Gattin ihres Vetters Georg Ludwig von Hannover (später Georg I. von Großbritannien), die wegen ihrer Liebesaffäre mit dem Grafen →von Königsmarck geschieden und auf das Schloss Ahlden verbannt wurde.

Taets van Amerongen, Gerard Godert (1729-1804), Herr von Oud Amelisweerd, Vetter von Johanna Friederike von Bar.

Taets van Amerongen, Joost van (1726-1791), Deputierter von Utrecht, Vetter von Johanna Friederike von Bar.

Telemann, Georg Philipp (1681-1767), bedeutender Komponist des Barock, seit 1721 städtischer Musikdirektor in Hamburg; er war ein sehr produktiver Zeitgenosse und Freund von Bach und Händel und schrieb weltliche und geistliche Musik.

Villegas, George de (1691-1770?), Generalmajor, Kommandant von Breda, in erster Ehe verheiratet mit Anna Charlotte Taets van Amerongen († 1740), Halbschwester der →Johanna von Bar, geb. Taets van Amerongen. Anna Charlotte hatte ihrer Schwester ein beträchtliches Vermögen vermacht, das diese an Johanna Friederike von Bar weiter vererbte.

Voltaire (1694-1778), bedeutender und sehr bekannter französischer Philosoph, Historiker und Schriftsteller der Aufklärung. Er lebte in England, am Hofe Friedrichs II. von Preußen in Berlin und in Frankreich. Seine schriftstellerische Tätigkeit war sehr umfassend, eine zeitlang war er die geistige Autorität Europas. Sein satirischer Roman »Candide« erschien 1759; darin verspottete er Leibniz' Theorie von der besten aller Welten.

Wilfesheim, Josef Daniel (*1714), geboren in Basel, Großkaufmann in Nantes, reformiert, später »Konsul« in Nantes (Gerichtsbarkeit über Handelsstreitigkeiten).

Wurmb, Ludwig Heinrich von (1677-1762), Braunschweigischer Generalleutnant und Regimentskommandant, seit 1742 Stadtkommandant von Hamburg, verheiratet mit Louise Dorothea Maria von Bar (1683-1762), Schwester des Georg Ludwig von Bar.

Wuth, Georg Adam (1734-1808), Küster von St. Aegidien, dann von der Schlosskirche in Hannover, 1779-1792 Seminarlehrer im Rechnen, verheiratet mit einer Schwester des Johann Conrad Meier.

Zastrow, Ludwig von (1680-1761), in hannoverschen Diensten, kämpfte im österreichischen Erbfolgekrieg (1740-1748), 1744 Generalmajor, 1747 Generalleutnant. Im Siebenjährigen Krieg (1756-1763) war er General der Infanterie.

Zeittafel

***1689** (Graf) Nikolaus Johann Christian von Bar
***1701** Georg Ludwig van Bar
1721 Eheschließung von Georg Ludwig und Johanna Taets van Amerongen, wohnhaft in Minden bis 1729, wo Georg Ludwig Domherr ist
***1724** Jobst Heinrich, Sohn von Georg Ludwig
1726 Eheschließung von Graf Nikolaus Johann Christian von Bar und Sophie Charlotte, Gräfin von Sayn-Wittgenstein, baldige Scheidung
***1727** Gotthard Ludwig (Lutz), Sohn von Georg Ludwig, in Minden; getauft durch den französischen (reformierten) Prediger; Gevattern: der van Amerongen in den Generalstaaten und der Brigadier Ludwig Heinrich von Wurmb
***22.2.1732** in Osnabrück Johanna Friederike, Tochter von Georg Ludwig und Johanna, geb. Taets van Amerongen; Pate und Namensgeber war Johann Friedrich von dem Bussche-Hünnefeld (†1752)
***3.5.1732** Johann Conrad Meier/Meyer
1729-1744 Georg Ludwig lebt mit seiner Familie in Osnabrück im Stadthaus des Johann Friedrich von dem Bussche-Hünnefeld
1740 erste dichterische Veröffentlichung Georg Ludwigs (Epîtres diverses)
1744-1748 Georg Ludwig lebt mit Frau, Tochter und Sohn Itel Jobst/Justus (Joman) in Hamburg; Besuche des Vetters Michele Sagramoso im Oktober 1746, Mai 1747 und Mai 1748.
1744-1748 Gotthard Ludwig, Fähnrich und Adjutant in der hannoverschen Armee, kämpft in Flandern im Österreichischen Erbfolgekrieg (1740-1748), nimmt an den Schlachten bei Fontenoy, Roucoux und Laffeld teil.
† Juni 1746 Itel Jobst in Hamburg; Georg Ludwig sterbenskrank, Besuch des Johann Friedrich von dem Bussche-Hünnefeld.

30.1. und 6.2.1747 Aufführung des Pasticcio »Il Tempio Di Melpomene, Su Le Rive Dell' Alstra«, geschrieben von Georg Ludwig von Bar, übersetzt ins Italienische von Francesco Darbès, deutsche Anteile übersetzt von Hagedorn, mit Musik von Cyrill von Wich, Telemann, Finazzi, Scalabrini und Hachmeister.
1748 siedeln Johanna Friederike von Bar und ihre Mutter nach Barenaue über
1748-1753 Georg Ludwig lebt weiterhin in Hamburg
1748-1753 Gotthard Ludwig ist kgl. Kapitän in dänischen Diensten
1750 Graf Nikolaus Christian kehrt nach Barenau zurück, erblindet
1754-1757 Georg Ludwig in Wien zur Beschleunigung zahlreicher Prozesse der Familie
1754 Gotthard Ludwig begleitet den Vater einige Monate in Wien, Rückkehr nach Barenaue im Herbst 1754
1755 Duell des Gotthard Ludwig mit dem Colonel Schele von Schelenburg
1756-1763 Siebenjähriger Krieg
1756 Johann Conrad Meier beginnt seine Tätigkeit als Verwalter auf Barenaue; 1756-1768 überlieferter Briefwechsel der Johanna Friederike von Bar mit J.C. Meier
Januar 1757 Treueversprechen von Johanna Friederike von Bar und Johann Conrad Meier
27.8.1757 (spätestens) Georg Ludwig wieder in Barenaue
September 1757 Eheversprechen von Johanna Friederike von Bar und Johann Conrad Meier
1758-1762, 1764 überlieferter Briefwechsel der Johanna Friederike von Bar mit Justus Möser;
1759 Plan von Georg Ludwig und Gotthard Ludwig, nach Minden zu ziehen
November 1759-August 1760 Schwangerschaft der Johanna Friederike von Bar; schwere Familienauseinandersetzungen
2.8.1760 Geburt von Friedrich Justus (Fritzchen), Sohn von Johanna Friederike und Johann Conrad Meier im Hause Möser in Osnabrück, Georg Ludwig in Hamburg

September 1760 Johanna Friederike und Johann Conrad in Hellinghausen und in Hannover; das Kind zur Pflege bei Johann Conrads Schwester Wuth (verheiratet mit Georg Adam Wuth, Küster von St. Aegidien bzw. der Schlosskirche in Hannover); später bei Cousin Lippold wohl in Stadthagen
1760/61 Schwere familiäre Auseinandersetzungen wegen Johanna Friederikes Bindung an Johann Conrad Meier und wegen des unehelichen Kindes; angedrohte Enterbung der Johanna Friederike und Wiederherstellung des mütterlichen Testamentes zu ihren Gunsten
11.7.1761 Ehepakte Gotthard Ludwig von Bars mit Klara Sophie Wilhelmine von Schele
7.10.1761 Eheschließung von Gotthard Ludwig von Bar und Klara Sophie Wilhelmine von Schele, sie leben zunächst in Borgwedde
Mai 1763 Johanna Friederikes Sohn Friedrich Justus schwer erkrankt; Verstoßung Johanna Friederikes
1763-1764 Johanna Friederike in den Niederlanden bei Verwandten und im Stift Marienthal in Utrecht
11.8.1762-2.6.1765 Johann Conrad Meier auf Reisen und in Nantes zur Ausbildung im Großhandel.
Mai 1764 Johanna Friederike wieder in Barenaue zur Pflege der Mutter
† 21.10.1764 Johanna von Bar, geb. Taets van Amerongen
1764 Gutachten über die Gerichtsunfähigkeit des Reichsgrafen
Sommer 1765 Rückkehr des Johann Conrad Meier nach Deutschland, wieder in Diensten Niemeyers
† Dezember 1765 Graf Nikolaus Johann Christian (Totenschein vom 1. Januar 1766); Georg Ludwig ist nun Herr von Barenaue mit allen Rechten
† 6.8.1767 Georg Ludwig; Gotthard Ludwig ist nun Eigentümer von Barenaue
18.9.1767 Johanna Friederike macht ihr Testament
Juni 1768 oder früher erwirbt Johanna Friederike von Bar ein Haus in Veldhausen
August 1768 Johann Conrad Meier, jetzt gen. von Meyen, besucht Johanna Friederike in Veldhausen und reist weiter nach Zwolle, Rotterdam und vielleicht nach Aachen zu Johannas holländischen Verwandten Taets van Amerongen

30.1.1769 Eheschließung der Johanna Friederike von Bar mit Johann Conrad von Meien in Veldhausen; Aufgebot: 15.1.1769

† 17.8.1769 Johanna Friederike verstorben, am 21.8. »mit ihres Leibes Frucht« beigesetzt in der Kirche von Veldhausen

Dank

Viele Menschen haben das Zustandekommen und Erscheinen dieser Arbeit ermöglicht und unterstützt. Ihnen möchte ich herzlich danken.
Die Mitarbeiter der Bibliotheken des Germanischen Nationalmuseums Nürnberg und der Stadt Nürnberg sowie die des niedersächsischen Landesarchivs in Bückeburg und Osnabrück haben mir vielfältiges Material zugänglich gemacht. Für fachlichen Rat und weiterführende Hinweise danke ich Dr. Ludwig von Bar, Simone Quadfasel, Dr. Johann-Georg Raben, Pieter Jan Verstraete und Dr. Heinrich Voort.
Adelheid Liebl hat für mich die Nachtigallenarie von Händel differenziert analysiert, nur einzelne Aspekte konnte ich in dem Musikkapitel aufgreifen und meiner Geschichte anverwandeln. Dank für die schöne Zusammenarbeit!
Martin Siemsen verdanke ich viele fördernde Vorschläge, mit großem Einsatz hat er zur Endfassung beigetragen – ihm sei herzlich gedankt.
Die gründliche Beratung, die Ermutigung und die Empfehlungen von Prof. Dr. Winfried Woesler haben meine Arbeit ganz wesentlich gefördert; für sein sehr großes Engagement danke ich besonders und besonders gerne.
Der Nyland-Stiftung danke ich für die Aufnahme der Arbeit in ihre Schriftenreihe, besonders Prof. Dr. Walter Gödden, der auch die Endfassung und Drucklegung sehr hilfreich unterstützt hat.
Unschätzbar sind die Anregungen von William Sheldon. Er hat mir Mösers Welt eröffnet dank seines umfassenden Wissens, seiner Auseinandersetzung mit diesem Denker und seiner umfangreichen Materialsammlung. Barbara, Caroline, Rainer und Birgit haben die Arbeit jahrelang begleitet, geduldig meine Erzählungen von Johanna Friederike angehört und waren meine ersten Leser. Dank sei ihnen!
Susanne Schöneich danke ich für Ihre Mithilfe an der Redaktion.